作品より長い作品論

名作鑑賞の試み

細江光
Hosoe Hikaru

和泉書院

はじめに――本書の構成・意図など

本書は、「第一部　名作鑑賞の試み」「第二部　特殊研究」の二部から成る。

本書の中心をなす「第一部　名作鑑賞の試み」には、計五篇の既発表の作品論――芥川龍之介『地獄変』論・太宰治『満願』論・森鷗外『花子』論・志賀直哉『黒犬』論・『大津順吉』論――に加筆・修正を施し、収録した。また、太宰の『満願』と志賀の『大津順吉』については、作家論的な論考を、新たに書き下ろし、補足として付け加えた。

「第二部　特殊研究」には、作品論以外の、特殊なテーマを扱った既発表の論考・四篇に、やはり加筆・修正を施し、収録した。文学作品中の絵画を論じたもの二篇と、南木芳太郎と谷崎潤一郎についてのものと、美内すずえの漫画「ガラスの仮面」を論じたものである。

論文の配列は、第一部・第二部それぞれの中で、発表順としたが、「作家論的補説 太宰治と戦争」だけは、『満願』論の補足なので、その次に配列した。

各論文の要旨は、以下の通りである。

「第一部　名作鑑賞の試み」

◆「芥川龍之介『地獄変』論――誤読を終わらせるために」（初出「甲南国文」41号、平成六年三月）

『地獄変』は、従来の解釈では、「良秀が見たものでなければ描けない為、大殿に頼んで一人の女を焼き殺し、それが自分の娘であると知っても、苦痛を乗り超え、地獄変の屏風を完成させた後、自殺した」とされて来たが、本当は、「良秀はもともと最愛の娘を取り返すために屏風を引き受けたが、娘の死が避けられないと知って、意図的に大殿に娘を焼くという罪を犯させた」のである事を、作品の細部を精緻に、論理的に読むことで証明した。

◆「太宰治『満願』論」（初出「太宰治研究　9」平成十三年六月）

これまで論じられることの少なかった掌編《コント》『満願』を取り上げ、太宰の中期始発期の作品群が、薬物中毒等で失った名誉挽回のためと、井伏鱒二・キリスト教の影響から、謙虚さと禁欲性と道徳性を価値観の中心に置き、作品にも簡潔さや古典的均斉が見られることを指摘した。その上で、作中に張りめぐらされた数々のイメージ的伏線や、家族的エゴイズムを作品から消し去るための種々の細工や、太宰の母乳コンプレックスとヒロインが白いパラソルを回すシーンとの関係を指摘した。

◆「太宰治と戦争」＊書き下ろし

「『満願』論」への作家論的補説で、太宰の所謂中期が日中戦争・太平洋戦争の時期と重なること、人間不信・対人恐怖の強かった太宰が、この時期明るい作風に変わったのは、エゴイストだと思っていた日本の庶民が、天皇と国家に献身的な自己犠牲を見せたため、日本人を信頼できるようになった事が大きいこと、太宰は決して好戦的ではなかったが、日本の戦争目的の正しさを、少なくとも昭和十四年七月以降は信じていたこと、敗戦後、エゴイスティックな庶民の振る舞いを見て、再び人間不信に陥ったため、暗い作風になり、自殺したことなどを、太宰の作品・随想などから論証した。

◆「森鷗外『花子』論」（初出『片山先生退職記念論文集　日本文芸論叢』和泉書院、平成十五年三月）
　これまで論じられることの少なかった『花子』について、ロダンをイメージ的に太陽（神）と重ね合わせたり、サスペンスを使って読者を操作したりする鷗外のテクニックを指摘し、鷗外が新しい倫理的・宗教的境地を求めていたこと、その意味で、乃木殉死以降の歴史小説に連なる作品であることを論証した。

◆「志賀直哉『黒犬』に見る多重人格・催眠・暗示、そして志賀の人格の分裂」（初出「甲南国文」50号、平成十五年三月）
　これまで論じられることの少なかった『黒犬』について、作中の殺人事件のモデルとなった事件を初めて特定し、モデルと作品を比較することで、作品の本質を浮かび上がらせた。また、『黒犬』に現われた多重人格や老婆殺しが、志賀自身の心理と深く結び付いていることを証明した。

◆「志賀直哉『大津順吉』論——再評価のために」（初出「甲南国文」54号、平成十九年三月）
　これまで私小説としてのみ論じられて来た『大津順吉』を、モデルとなった女中C事件、及び草稿と細かく比較し、『大津順吉』が意図的に事実を改変して作られたものであることを明らかにした。また、『大津順吉』で志賀が、キリスト教が軽視した身体性やイノセンスなどの回復を重視し、見事に表現していること、「頭」中心の無様な恋愛、無様な青春を見事に描ききったことを指摘した。

◆「『大津順吉』前後の志賀直哉——『大津順吉』のテーマの生成過程」＊書き下ろし

『『大津順吉』論』への作家論的補説で、志賀文学の優れた特質をなすものが、なぜ、どのようにして形成され、幾多の秀作を経て『大津順吉』に流れ込んだかを考察した。

「第二部　特殊研究」

◆「近代文学に見る虚構の絵画――近代以前との比較を中心に」（初出「国文学　解釈と鑑賞」平成十年八月号）
近代以前と近代とで、文学の中に現われる絵画の意味がどのように変わったかを調査した結果、近代以前には、絵画に芸術としての独立性や尊厳が殆ど認められておらず、近代になると、芸術が永遠の世界と結びつけられ、西洋の芸術観の影響が強くなっている事を確認した。

◆「文学作品中の絵画――夏目漱石を中心に」（初出「甲南国文」45号、平成十年三月）
近代文学の中での絵画の使われ方を八種に分類整理した後、夏目漱石の場合、絵がアンビヴァレントな欲望との関連で登場して来る事、『それから』以前は色彩的で、『それから』以後は色彩的で無くなる傾向があることを論じた。

◆「南木芳太郎と谷崎潤一郎――山村舞を中心に」（初出「大阪の歴史」64号、平成十六年八月）
雑誌「上方」の主宰者だった南木芳太郎の新発見の日記を中心に、種々の資料から、山村舞を媒介とした谷崎と南木氏との、これまで知られていなかった交流関係を跡付けた。

◆「美内すずえ「ガラスの仮面」小論」（初出「ビランジ」19号、平成十九年四月）

美内氏が抱えていた生い立ちの問題を克服したいという欲望が、主要な登場人物全員が不幸な生い立ちを持つという設定に繋がっていること、月影千草と北島マヤ、そして「紅天女」によって、エゴを捨てること、イノセンスの大切さを描いていること、また神話元型などとの関係をも論証した。

＊　＊　＊

本書に『作品より長い作品論──名作鑑賞の試み』という一風変わった題名を付けたのは、本書に収めた『満願』論・『花子』論・『黒犬』論・『大津順吉』論が、実際に、論の対象とした作品より長い論文になっているからであるが、私が、その様に長い作品論を書くようになったのには、訳《わけ》がある。

私は、名作の名作たる所以を、その真の本質を、また使用されているテクニック・言葉のマジックの秘密を、なるべく多く、そしてなるべく完全に解き明かしたいと、かねてから考え、努力して来た。が、その果てに私は、作品の中で一つ一つの言葉、一つ一つのイメージ、一つ一つのセンテンスが、他ならぬそこに置かれている意味・役割を、もっと精密に、もっと厳密に、もっと徹底的に明らかにし、そうした作業を作品の最初の一語から終わりの一語まで完全に行なうという風にしていかなければ、文学研究というものを、現在の水準を超えて深化させる事は出来ない、と感じるようになったのである。

真に優れた作家が生み出した真の名作においては、作家は最初の一字から終わりの一字までを、すべて完璧に創り上げている。従って、名作には、無意味な部分・無視しても良いような部分は、一カ所たりとも存在しない。優れた作品は、その一語一語・一文一文が、天才の優れたテクニックそのものであるはずだ。それを知りつつ、また感じつつ、自分の能力では、うまく説明することが出来ないものだから、これ迄はごく大筋の議論──それも的外れでなければ、無駄ではないけれど──だけで済ませて来たが、これからは、自分に何処まで出来るか思い切って挑戦して見たい、そしてそういう挑戦を続けることで、自分のレベルを少しでも上げて行きたい、という気持になったのである。

現時点では、まだ初歩的な試作品の域を出ていないし、数も余りに少ないが、これを第一歩として、今後も努力を続けて行きたい。

本書の趣旨に御賛同頂ければ幸いである。

目　次

はじめに――本書の構成・意図など …… i

第一部　名作鑑賞の試み

芥川龍之介『地獄変』論――誤読を終わらせるために …… 3

太宰治『満願』論 …… 35

（一）所謂「中期」の解釈 …… 35

①神にすがるまで …… 35

②井伏鱒二の指導 …… 37

（二）モデル問題 …… 45

（三）『満願』の価値観 …… 49

①欲望の抑制――古典的均斉 …… 49

②欲望の抑制――セックスと家族的エゴイズム …… 53

③精神分析学的解釈――乳房……56

作家論的補説 太宰治と戦争……65

（一）本稿の目的……65
（二）仮説……66
（三）創作・随想に現われた戦争に対する太宰の姿勢……72
（四）敗戦後の太宰……155

森鷗外『花子』論……189

（一）導入部――ロダンの神格化……189
（二）中盤――三つのサスペンス……194
①久保田に関するサスペンス……194
②花子に関する第一のサスペンス……197
③花子に関する第二のサスペンス……205
（三）末段――イデア的美学、だが、ロダンとは異なる……。……208
（四）『花子』の価値観の統一性……217
（五）『花子』執筆の経緯……220
（六）理想と現実のギャップ……224
（七）『花子』の先駆性……226

志賀直哉『黒犬』に見る多重人格・催眠・暗示、そして志賀の人格の分裂……239
（一）多重人格・催眠・暗示と『黒犬』……239
（二）下位人格が老婆殺し事件と結び付く理由と『黒犬』の怖さ……243
（三）志賀の人格分裂と潔癖症――『剃刀』の例……245
（四）つきまとう老婆と志賀のインセスト的欲望……248
【付録】麻布老婆殺し事件関係資料／先行文学作品の影響／心理学の知識……253

志賀直哉『大津順吉』論――再評価のために……267
はじめに――本稿の狙い……267
（一）予備的考察……268
①『大津順吉』のテーマ――草稿が「第三篇」と題された理由――「原《ウア》『大津順吉』」――
雑誌掲載に伴う紙数の制約……268
②所謂「断層」問題――二部構成の意図……276
③『大津順吉』はどこまで事実に忠実か？――Cとの恋愛の場合……283
（二）解釈と鑑賞の試み……308
①『大津順吉』「第一」……308
（i）序章（「第一」の（一）・（二））……308
（ii）「第一」の（三）……318

(iii)「第一」の(四) …… 324
(iv)「第一」の(五) …… 334
(v)「第一」の(六) …… 336
(vi)「第一」の(七) …… 337
②『大津順吉』「第二」 …… 338
(i)「第二」の(一) …… 339
(ii)「第二」の(二) …… 345
(iii)「第二」の(三) …… 348
(iv)「第二」の(四)(五) …… 354
(v)「第二」の(六) …… 364
(vi)「第二」の(七) …… 369
(vii)「第二」の(八) …… 375
(viii)「第二」の(九) …… 383
(ア) 八月二十三日　(イ) 八月二十四日　(ウ) 八月二十五日
(エ) 八月二十六日　(オ) 八月二十七日
(ix)「第二」の(十) …… 401
(ア) 八月二十八日　(イ) 八月二十九日(日中)
(x)「第二」の(十一) …… 409
(xi)「第二」の(十二) …… 413

(xii)「第二」の(十三)……426

作家論的補説『大津順吉』前後の志賀直哉——『大津順吉』のテーマの生成過程……463

(一) 志賀直哉にとってのキリスト教——潔癖症・新しい道徳と思想・強い父……464
①入信……464
②棄教……469
(二) 硬直した思想からの解放の過程……476
①道徳否定・性欲重視……476
②感情・無意識重視……489
③子供らしさと動物・自然の評価……501
④シーンを描く力——写真的無意識……520

第二部　特殊研究

近代文学に見る虚構の絵画——近代以前との比較を中心に……539

(一) はじめに……539
(二) 近代以前……539
①人物画……539
②名画の魔術的な力……540

（三）近代（明治・大正期）……541
①人物画……542
②絵の魔力……543
③天才画家を描くもの……545
④寓意画……546
⑤象徴的な使用法……547
（四）西洋的芸術観との葛藤……547
（五）昭和期以降……550
文学作品中の絵画――夏目漱石を中心に……555
（一）序論……555
（二）文学作品中の絵画……559
【別表1】分類の試み――文学作品中の絵の機能……560
（三）漱石の場合……568
【別表2】夏目漱石の小説と絵画……569
南木芳太郎と谷崎潤一郎――山村舞を中心に……587
（一）谷崎潤一郎が山村舞に関心を抱くまで……588
（二）交流が始まるまで……592

(三) 出会いから『細雪』の舞の会まで (昭和十〜十三年) …… 595
(四) えびらくさんの死まで (昭和十三〜四年) …… 604
(五) 南木芳太郎の死まで (昭和十四〜二十年) …… 608
美内すずえ「ガラスの仮面」小論 …… 619
(一) 愛に恵まれなかったための心の歪み …… 619
①美内氏と母 …… 619
②メラニー・クラインの精神分析学説 …… 620
③速水英介 …… 623
④速水真澄 …… 625
⑤姫川亜弓 …… 628
(二) 心の歪みを超えた者たち …… 634
①月影千草 …… 634
②北島マヤ …… 635
(三) 愛に恵まれなかった者たちの神話 …… 647
①エディプス・コンプレックス、エレクトラ・コンプレックス …… 647
②ファミリー・ロマンスとカイン・コンプレックス …… 649
③英雄神話・メロドラマ・イニシエーションと結末予想 …… 652
(四)「紅天女」に籠められた意味 …… 658

①宗教的世界観……658
②母なる神々とその子供としての人間たち……661
③神話原型との関係――宇宙樹・植物神・キリスト……670
④道祖神との関係……672
⑤弘法大師・聖など……673
おわりに……674
おわりに……687

第一部　名作鑑賞の試み

芥川龍之介『地獄変』論

——誤読を終わらせるために

（一）

『地獄変』のストーリーについては、これまで概ね次のように理解されて来た。（注1）

〈堀川の大殿は、良秀の最愛の娘に懸想するが、娘は大殿の意に従わない。一方、良秀は、大殿から命じられた地獄変の屏風の中に、燃える牛車の中で悶え苦しんでいる上﨟を描こうとするが、見たものでなければ描けない為、行き詰まる。そこで良秀は、大殿に一人の女を犠牲にする事を依頼する。（この時、良秀は自分の娘が犠牲にされる事を夢で予知していたとする説と予期していなかったとする説がある。）大殿は、かなわぬ恋の恨みから（或いは良秀を懲らしめる為に）良秀の娘を焼き殺す。良秀はその苦痛を乗り越えて、地獄変の屏風を完成させた後、自殺する。〉

しかし、この理解に対して私は、次のような素朴な疑問を抱かざるを得ない。

一、良秀は何故、地獄変の屏風の中に燃える牛車の中の上﨟を描かねばならないのか。他人を（或いは自分の娘を）犠牲にせねば描けないのなら、どうして図柄を変更しないのか。一般論として言えば、牛車の中の上﨟は、地獄変の屏風に是非とも必要な図柄という訳ではない筈である。

二、良秀はどうして女を焼き殺そうとするのか。何も実際に焼き殺さなくても、牛車だけ焼いて、女は弟子を鎖で縛った時のように、縛って折檻する等の方法で充分ではないのか。出来上がった屛風の説明によれば、女の黒髪も衣装もまだ焼け焦げてはいないようだから、焼き殺す必要はなさそうである。

三、そもそも見たものしか描けない画家とは、小説家に置き換えれば、体験した事しか書けない作家、即ち私小説作家に当たるのではないか。それを芥川が偉大な芸術家とする事があり得るだろうか。

四、女を焼き殺す決意をした人間が、自殺するのは自己矛盾ではないか。良秀が生き続け、次なる傑作に挑んではいけないという理由はあるのか。

五、従来『地獄変』のテーマは、道徳ないしは肉親への愛を犠牲にして芸術を選ぶ芸術至上主義とされて来た。しかし、芥川には、他にそのようなテーマを持つ作品はないし、逆に『杜子春』のように、仙人になることよりも肉親の愛を採るという作品まである。これは奇妙ではないか。

六、もし「絵のために自分の娘さえをも犠牲にする芸術家の偉大さ」が主題ならば、大殿のような対立者は、作品の構成上、本来、必要ない。むしろ大殿抜きで、良秀が自分で娘を犠牲にする決意をした方が、この主題は徹底する、ということになってしまうが、それで良いのか。

七、芥川に芸術崇拝があるのは確かだが、「芸術の為の殺人は許される」とか、「絵の為に人を平気で殺す芸術家は、そうしない芸術家より偉大だ」などという馬鹿げた事を、芥川ともあろう者が、本気で信じていただろうか。(注2)

このように重大な疑問が幾つも生じるのは、この作品が矛盾だらけの支離滅裂な失敗作であるか、これまでの我々の理解が間違っているか、どちらかでしかあり得ない。そして、研究者たるものは、当然、後者の可能性に賭けるべきであろう。そこで私は、より良い読みが可能かどうかを以下に試みて見たい。

その際、特に注意したいのは、語り手のナレーションである。芥川は、大正七年六月十八日の小島政二郎宛書簡で、語り手のナレーションは、《二つの説明が互にからみ合つてゐて　それが表と裏になつ《ママ》ゐる》とし、例えば《大殿と良秀の娘との間の関係を恋愛ではないと否定して行く》のは、《その実それを肯定してゆく》《陰の説明》であるとしている。

芥川は、『藪の中』でも、同じ事件についての三通りの説明を同時に成立させようと試みているので、『地獄変』は、『袈裟と盛遠』と共に、その先蹤と言える。ただし、『地獄変』の場合には、二つの説明のうち語り手の信じている方は、誤りとして否定される。そして、真実の説明の方は、独立したナレーションとしては存在せず、語り手の言葉の間から、言わば石の間から玉を拾い出すように、読者が見分け、読み取る事によってしか成立しないのである。しかしこの事は、半ば真実、半ば誤りの玉石混淆の説明を、何種類も生じさせる危険性を伴っている。ならば芥川は、一体どのようにして、この危険を回避しようとしていたのであろうか。

そもそも語り手が、事の真相を正しく伝える事が出来ないのは何故かと考えてみるに、それは、語り手が大殿に対しては崇拝の念、良秀に対しては嫌悪の念を持っていて、その感情に引き摺られるからである。語り手が、大殿が良秀の娘に懸想したという明白な事実を敢えて否認しようとするのも、その為である。それならば、『地獄変』は、読者が語り手の言葉を、感情に引き摺られやすい主観的な解釈・評価と、客観的な事実の報告とに峻別し、客観的事実の方だけを信じるようにして行けば、自ずと真実の説明が見出されるような仕組みになっているのではあるまいか。また、そうでもなければ、作者が読者に真実の説明を読み取らせる事は不可能ではあるまいか。私はそのような観点に立って、以下、『地獄変』を読み直してみようと思う。

（二）

まず最初に、大殿が何の為に良秀に地獄変の屛風を作らせたかを考えてみよう。語り手はこの問題について、《かやうに娘の事から良秀の御覚えが大分悪くなつて来た時でございます。どう思召したか、大殿様は突然良秀を御召になつて、地獄変の屛風を描くやうにと、御云ひつけなさいました。》（五）と説明を逃げている。

しかし、この語り手の言葉を子細に検討してみると、そこに奇妙な矛盾が潜んでいる事に気付く。即ち、大殿への《良秀の御覚えが大分悪くなつて来た》という事実は、大殿が良秀に絵の制作を依頼する事をむしろ妨げる筈なのに、丁度その時期に大殿が絵を発注しているという矛盾である。作者は何故、わざわざこのような不自然な時期に、大殿が絵を発注した事にしたのだろう。技術的には、例えば絵の発注は、かつて二人の間柄がうまく行っていた時になされたが、何分にも大作なので、準備に時間が掛かっている間に、次第に大殿と良秀の関係が悪化した、という風にも書く事は出来た筈なのである。これは作者の不手際であろうか。いや、むしろこの矛盾は、語り手の言葉の裏の隠された真実を考えるように、読者に与えられたサインではないのか。

そのように考えて、この第五節全体を改めて読み返してみると、それは、まず良秀がいかに自分の娘を溺愛していたかを強調する事から始まり、良秀が娘を大殿から取り戻そうと躍起になっている姿を縷々述べ立てている事に気付く。そして屛風発注の事実は、娘の事から生じた大殿と良秀の対立の叙述の最後に語られているのである。してみれば、この屛風発注は、大殿が良秀の娘を自分のものにする為に、その手段の一つとして行なったものだと考えるのが、最も自然であろう。それではこの屛風発注は、何故、そのような目的に役立つのか。その答えは第七節の冒頭にある。良秀は《絵を描くと云ふ段になりますと、娘の顔を見る気もなくなる》というのがそれである。つまり大殿は、絵に熱中すると娘を忘れるという良秀の習性を利用して、その間に娘を自分のものにしてしまおうと企んだのである。

このように、第五節末尾で語り手がぼかしている大殿の意図は、第七節冒頭で明らかになる。そして、その間に挿入された第六節は、語り手自らが言う通り、《御話の順序を顚倒》し、叙述の流れを遮断する脱線なのであるが、それは、《珍しい地獄変の屛風の事を申上げますのを急いだあまりに》偶然生じた失敗なのではなく、大殿の意図をあからさまにしない為に、作者が行なったミスティフィケーションなのである。

大殿が「地獄変」という画題を選んだのは、半ばは偶然だが、半ばはそういう画題なら、彼が熱中して娘の事を忘れてしまうだろうという読みからであろう。事実、良秀は、《それから五六箇月の間、まるで御邸へも伺はないで、屛風の絵にばかりかゝつて居》た事が報告されており、その間に大殿は、良秀の娘を自分のものにしようとして、失敗するのである。良秀が、絵が完成に近付いた事を大殿に告げた時、《それは目出度い。予も満足ぢや。》（十四）と答える大殿の声に《妙に力の無い、張合のぬけた所》があったのは、一つにはもともとどうでもよい絵だったからであり、また一つには、大殿が強姦に失敗した事で、娘を自分のものにする事をほぼ諦める気になっていた為、これで時間切れになるのもやむを得ないという思いがあったのと、しかし一方、とうとうあの娘を自分のものに出来なかったという落胆の気持ちが入り混じった結果であろう。

さて、屛風の発注が、このように娘を巡る大殿と良秀の対立の中でなされている事は、良秀にとっての屛風絵の意味にも、無関係とは考えにくい。つまり、地獄変の屛風絵は、単に芸術作品としてあるのではなく、良秀が娘を大殿から取り戻す事に貢献するものとしてあるのでなければ、娘を巡る大殿と良秀の軋轢というストーリーが、首尾一貫しない事になってしまうのである。その場合、良秀は、屛風絵の方に気を逸らさせようとする大殿の策略にうまうまと乗せられたうつけ者になってしまうし、また、娘の事を半年もの間、忘れて思い出さないという不自然な事にもなってしまう。

従来の解釈では、良秀にとって、芸術と娘への愛は、無関係ないしは背反するものと理解されて来た。しかし、屏風絵発注の直前の部分には、良秀が、かつて大殿の為に《稚児文珠》(五)を描いた時に、褒美に娘の引き渡しを要求し、その後も同様の事を《四五遍》も繰り返していたという叙述がなされている。してみれば、地獄変の屏風に取り掛かった時にもまた、良秀は当然、屏風絵と引き換えに娘を渡すよう大殿に求めるつもりであり、その為もあって、熱心に仕事をしていたのだと理解せねばなるまい。芥川の『手帳』(二)に、《地獄変。(右二ケ条書き加へよ。) (1)大殿は地獄変の屏風と共に娘を返す約束をす。(2)良秀始めは娘を忘れず次第に仕事に熱中す。》とあるのも、元々の芥川の真意がここにあった事を示すものである。(注3)

ところが、《秋の初》(十一)から準備に取り掛かった屏風絵は、《その冬の末に》至って、俄かに筆が進まなくなる。語り手はその理由を、《何か屏風の画で、自由にならない事が出来たのでございませう》(十一)と推測する。そして、この推測と、《私は総じて、見たものでなければ描けませぬ。》(十四)という良秀の発言を結び付ける所から、語り手は、良秀は絵を完成させる為に女を焼き殺そうとしたのだと断定し、従来の解釈者もすべてそれを信じて来たのである。しかし、《見たものでなければ描け》ないという良秀の発言が、果たして本心から出たものかどうか、意図的な嘘でないかどうかは未だ検討の余地がある。そこで取り敢えず、良秀の発言を括弧に入れてみるならば、この部分で客観的な事実と言えるのは、屏風絵の進行が止まった事と良秀の涙だけで、その原因についての解釈は、語り手の主観に過ぎないと言える。しかも作者はここで、語り手に自ら、《傲慢なあの男が、屏風の画が思ふやうに描けない位の事で、子供らしく泣き出すなどと申すのは、随分異なものでございませんか。》(十二)と言わせ、自分で自分の解釈に疑問を呈させている。これは、この語り手には、良秀が泣き出す真の理由が分かっていない事を示す作者のサインであろう。

それでは、一体何が本当の理由だったのか。叙述の流れからすれば、それは、この部分の直後に示されている事、即ち、良秀の娘を《大殿様が御意に従はせようとし》、娘の運命が風前の灯火となっている事であろう。この事は、世の《評判》（十二）になったとされているのだから、当然、良秀の耳にも入っていたと考えて良い。[注4]

そもそも良秀が、娘を取り戻す日を楽しみに、その為にこそ屏風絵に専念していたのだとすれば、最愛の娘の身に危機が迫っていると知れば、屏風絵なぞ投げ出し、居ても立ってもいられない気持ちになるのが自然だろう。だからこそ《今までに描いた所さへ、塗り消してもしまひ兼ねない》様子になるのではないか。しかも良秀には、当面、娘を救うための良い手立てが何もない。となれば、良秀としても、絵をほっぽり出し、ただ涙を流してぼんやり空でも眺めているしかない事が、納得されるのである。

一方、もし良秀の涙が、絵がうまく行かない為、或いは自分の絵の為に焼き殺さねばならない他人の娘を思ってのものだったとするならば、この後の叙述との繋がりは、完全に失われてしまう。即ち、良秀とその娘は、それぞれ全然無関係な別々の問題で悩んでいて、ただたまたまその時期が一致しただけという事になってしまい、この後の強姦未遂事件も、絵の事で頭が一杯の良秀とは、全く無関係になってしまう。

また、もし良秀の涙が、絵の為に焼く自分の娘を思ってのものだったとしてみた所で、娘の貞操の危機と無関係になってしまう事に変わりはない。しかもその場合、良秀は、最初は娘を返して貰う事を楽しみに絵を描き始めたのに、途中からは逆に絵の為に娘を焼き殺す気になったという事になり、余りにも不自然である。

そもそも第十二節に於いて良秀の娘が《堪《こら》へてゐる》涙は、第五節に於ける涙の延長線上にあるものである。そして第五節の涙については、語り手も、絵と引き換えに娘を取り戻そうと焦る父・良秀と、娘を手に入れようとする大殿との対立が深まり、《父親の身が案じられるせゐ》だと推定しているのである。それなのに、第十二節に至って、娘は相変わらず涙を流し続けているのに、良秀の方だけが、いつの間にか娘の貞操とは全然別の事で悩むようになっているというのでは、話が一貫しない事になる。ここは、危機が深まった結果、娘ばかりでなく、遂に良秀までもが涙を流すようになったと読むべき所である。そして、この直後に起きる大殿による強姦未遂事件の際に、猿の良秀が娘を救う事も、娘を心配し続ける良秀の気持ちが、良秀の分身たる猿に乗り移ったものと解釈すべきなのである。

（三）

ところで、良秀が半年ぶりに大殿を訪れる第十四節は、《するとその晩の出来事があつてから、半月ばかり後の事でございます。或日良秀は突然御邸へ参りまして、大殿様へ直《ぢき》の御眼通りを願ひました。》と始まっている。良秀の大殿訪問を、《その晩の出来事》即ち良秀の娘の強姦未遂事件を起点にして《半月ばかり後》と位置付けたのは、この二つの出来事の間に、直接の因果関係がある事を暗示するためであろう。良秀は、娘の強姦未遂事件を知って、なお暫くの躊躇を経て、遂に重大な決心をしたという事が、この叙述の裏に仄めかされていると考えられるのである。

それでは良秀は、娘の事件をきっかけにして、何を考え、何を意図して大殿の邸を訪れたのか。

従来の解釈では、見たものしか描けない良秀は、屏風絵を完成する為に、女を焼き殺す事を余儀なくされ、大殿に依頼した、と理解されて来た。しかし、それでは大殿訪問は、娘の事件とは全く無関係で、ただたまたま時期が近接しているだけという事になってしまう。しかし、それよりももっと問題なのは、そもそも良秀の《見たものでなければ描け》ないという言葉が、信用すべきものかどうかという点である。

もし、良秀のこの言葉が本心から言われたものだとすれば、《では地獄変の屏風を描かうとすれば、地獄を見なければなるまいな。》という大殿の嘲笑は、全く正鵠を射た手痛いものとなってしまい、良秀がまるで馬鹿のようになってしまうが、それで良いのだろうか。また、最初にも疑問点として挙げた事だが、そもそも、自然主義文学に対して叛旗を翻した芥川ともあろうものが、見たものしか描けない、或いは見さえすれば描けると本気で思っているような情けない芸術家を、自分の理想の主人公に選ぶなどという事があり得ようか。それにまた、絵を完成する為なら、実際に女を焼き殺さなくても、女を縛って折檻する程度で充分だった筈ではないのか。百歩譲って、どうしても実際に女を焼き殺さねばならないとしても、それならば、人を殺す必要のない別の図柄に変更すれば済む筈ではないか。それをそうしないで、敢えて好みの絵を描く為に、人を焼き殺そうとする人間が居るとすれば、それは正真正銘の人非人だけであろう。しかし、良秀がそうした人非人でない事は、自明ではあるまいか。

良秀が「道徳ないしは肉親への愛を犠牲にして芸術を選んだ」という解釈は、第二十節の《良秀が、目前で娘を焼き殺されながら、それでも屛風の画を描きたいと云ふその木石のやうな心もち》を《画の為には親子の情愛も忘れてしまふ、人面獣心の曲者》とした世上の批判と、価値評価においては（非人間的と否定するか、芸術至上主義と肯定するか、で）反対だが、事実認識に於いては同じ事になる。ところが、こうした世上の批判に味方をして《如何に一芸一能に秀でやうとも、人として五常を弁へねば、地獄に堕ちる外はない》と言っていた横川の僧都は、すぐ後で、地獄変の屛風を見ると、思わず《出かし居つた》と褒め称えるし、《それ以来あの男》（即ち良秀）《を悪く云ふものは、少くとも御邸の中だけでは、殆ど一人もゐなくなりました。》とも書かれている。これは、横川の僧都や大殿の御邸の中の人々が、価値観自体を変えて、良秀が《人として五常を弁へ》なくても、作品が立派でありさえすればそれで良いと思うようになったからだとは、ちょっと考えにくい。従って、芥川は、横川の僧都や大殿の御邸の中の人々の変化を描くことで、「良秀は道徳や肉親への愛を犠牲にした」という事実認識自体を否定し、「良秀は《画の為には親子の情愛も忘れてしまふ》《木石のやうな心》の《人面獣心の曲者》ではない、ちゃんと《人として五常を弁へ》た人間らしい心を持った人間だ」と言っている、と見なければならないのである。

これまで、良秀は絵を完成する為に他人の（或いは自分の）娘を焼き殺そうとした言わば芸術至上主義的人非人だとする解釈が、一般に受入れられて来たが、それは、一つには、語り手が良秀に悪意を持っていて、良秀はもともと絵の為には人を殺しかねない男だったのだと、読者に思わせるような描き方をしている為である。

例えば、彼は意地の悪そうな老人で、人がらが卑しく、唇の目立って赤いのが獣めいている、とされている。唇の赤いのは、吸血鬼をイメージさせるつもりであろう(注5)（以上第二節）。また、良秀は誰にでも嫌われ、横川の僧都には魔障のように憎まれる（以上第三節）。彼は吝嗇・慳貪・恥知らず・怠けもの・強欲・横柄・高慢である。また、彼は人々が大切にしている習慣・慣例を馬鹿にする。檜垣の巫女が伝える御霊の御託宣にも吉祥天にも不動明王にも敬意を払わない（以上第四節）。どこの御寺の勧進にも喜捨をした事がない（以上第五節）。良秀は、悪魔に魂を売った画家で、狐が憑いているというような噂もある。良秀は死骸を丹念に写生したり（以上第七節）、夢で地獄の獄卒と話をしたり、弟子を鎖で縛ったり（以上第八節）、蛇を飼ったり（以上第九節）、弟子に耳木兎《みみずく》を嗾けたりする（以上第十～十一節）。語り手は、こうした悪いイメージを積み重ね、《実際師匠に殺されると云ふ事も、全くないとは申されません。》（十一）と言う。だがこれは、芸術に無理解で、大殿を盲目的に崇拝し、良秀に対して悪意を持っている語り手の目から見た良秀に過ぎない。客観的に見るならば、これらは良秀が誇り高い自信家で、世俗の権威を尊重しない優れた芸術家である事と、時代より遙かに先を行っている無神論者である事を示しているだけで、彼が絵の為に誰かに重大な危害を加えたというような実例は、ただの一つもないのである。死骸を写生する事や弟子を縛る事と、女を実際に焼き殺す事との間には、天地ほどの開きがあるし、弟子が蛇に咬まれそうになった時には、良秀も《慌てゝ、画筆を投げ棄て》（九）、弟子を助けている。

語り手は、良秀の写生の努力を、見たものしか書けないからであるかのように、意味あり気に強調して見せるが、写生はどんな画家でもする事である。良秀は、吉祥天も不動明王も稚児文珠も、実際には見た事はない筈だが、卑しい傀儡《くぐつ》や無頼の放免や大殿御寵愛の童をモデルに使って平気で描いている。だとすれば、女を焼き殺さなくても、地獄変の絵は描けたのである。

語り手は、大殿が良秀の娘を焼き殺したのは《かなはぬ恋の恨みから》（二十）だという最も多く囁かれていた噂を何とか否定しようとして、大殿は《車を焼き人を殺してまでも、屏風の画を描かうとする絵師根性の曲《よこしま》なのを懲らす御心算《おつもり》だつた》（二十）と大殿の言葉を持ち出す。が、『地獄変』では、語り手が否定しようとしてする説明は《陰の説明》（前掲・小島政二郎宛書簡）・間違った説明なのであるから、良秀は《車を焼き人を殺してまでも、屏風の画を描かう》などとは考えない人だ、というのが正しい解釈なのである。

（四）

良秀の意図についての従来の解釈は、以上のように甚だ疑わしいものである。それでは、他にどんな解釈が可能であろうか。それを考える上でヒントとなるのは、良秀に似絵《にせゑ》を描かれた女房たちが《三年と盡《た》たない中に、皆魂の抜けたやうな病気になつて、死んだ》（四）というエピソードである。これは、優れた絵はモデルの生命を吸い取るという発想で、ポーの『楕円形の肖像』やワイルドの『ドリアン・グレイの肖像』などに見られ、『地獄変』の種本の一つであるメレジュコウスキイの『レオナルド・ダ・ヴィンチ―神々の復活―』（十四）「夫人リサ・ジョーコンダ」にも、僅かではあるが、レオナルド・ダ・ヴィンチが、自分はモデルとなった女の生命を奪って、絵の中の「モナ・リザ」にそれを与えたのではないかと疑う場面がある。

良秀がモデルの命を絵の中に吸い取る能力を実際に有していたかどうか、また彼自身がそのように信じていたかどうかは不明である。しかし、もし良秀が、単に優れた芸術作品は永遠に生きるものだという事だけでも信じていたなら、娘を殺す事で大殿が娘を汚す事を防ごう、そして娘を自分の絵の中で永遠に生かそうと考える事は、充分あり得る。そして、これならば、娘の貞操が次第に危くなって行くという叙述の流れと、何の不自然もなく繋がるのである。先走って言えば、正にこれこそが、芥川が『地獄変』で書こうとした事だというのが、私の結論である。(注6)

良秀は、以前から娘を誰にも渡すまいとしていた。娘に言い寄る者は《暗打《やみうち》》(五)にしかねないほど溺愛していた。その娘が、大殿という凶悪なる暴君によって奪い去られ、犯されるか、ひどい目に遭わされる事が避けられない情勢になって来た。しかも、娘を救う事は、彼の力では不可能である。そこへ、強姦未遂事件が起こった。娘を殺し、自分も死のうという決意が彼の内に芽生えたのは、その時だったであろう。

良秀は《五十の阪に、手がとゞいて居り》(二)、「人生五十年」という考え方からすれば、もう死んでも惜しくはない年である。しかも第八節における夢の御告げによれば、娘は自分より先に死ぬ運命にあるらしい。(注7)良秀は、どうせ娘が助からないのならば、いっそ大殿に娘を殺させようと考える。大殿は娘に拒まれて、激怒しているに違いない。だから、うまく持ち掛けさえすれば、残虐な人間である大殿が娘を殺すであろう事は、充分、予想できたのである。

良秀は、その時たまたま地獄変の屛風を描きつつあった。彼はその屛風を、娘を永遠化する為に使うと同時に、大殿に娘を殺させる手段にも使おうと思い付く。恐らく屛風絵の中央には、それまで大紅蓮の炎だけが描かれる予定だったのだが、この時、良秀は俄かに予定を変更し、その炎の上に、牛車に乗ったまま地獄に落ちて行く娘の姿を描き込む決意をする。この変更は、《下画が八分通り出来上つ》(十一)ていたその時点でも、充分可能なものであった。大殿には、その絵を描く為と称して、娘を焼き殺させるようにうまく仕向ければいいのである。

この計略に大殿が乗れば、大殿の罪は地獄落ちに値する。(注8)従って、それは大殿に対する復讐をも兼ねる事になる。

良秀が、屏風絵に描き込む牛車を《檳榔毛《びろうげ》の車》と指定し、大殿が《日頃乗る》（十七）檳榔毛の車を燃やさせるようにし向けたのも、大殿の車を地獄への迎えの火の車へと変容させることで、大殿の地獄落ちを確実ならしめる呪術的な意味を含んでいそうである。事実、『邪宗門』（二）では、《或女房》が、地獄の火の車を連想させる《良秀の娘の乗つたやうな、炎々と火の燃えしきる車が一輛、人面の獣》（良秀）《に曳かれながら、天から下りて来》（注9）て、《「大殿様をこれへ」》と《呼《よば》は》る夢を見た後、大殿が《大納言様の御屋形から、御帰りになる御車《みくるま》の中で、急に大熱》を発して死んだとされている。これは、良秀父子の呪いで、大殿の車がそのまま地獄の迎えの火の車へと変容した事を暗示しようとしたものであろう。

屏風の絵はまた、大殿に対する呪詛の永遠化ともなるかも知れない。何故なら、良秀の娘は大殿のせいで死ぬのだから、彼女を取り巻く火は、彼女を苦しめる大殿の悪行と情炎の象徴ともなりうるからである。

私は、第十四～十五節の良秀の言動の背後に、こうした計略があったと推定する。芥川は、良秀が大殿に女を焼くことを願い出る以前の第八節で、既に夢で娘の死をうすうす予感しているという設定をわざわざ施しているのだが、その事が意味を持つのも、右のように解釈した時だけである。娘の死を予感したからこそ、娘を取り返すために描いていた屏風を完成することは意味を失い、良秀の筆は遅々として進まなくなる（それを語り手は、見たものしか描けないせいだとするのだが）。その後、大殿が良秀の娘を御意に従わせようとしているという評判が立ち、間もなく強姦未遂事件が起こり、これで娘の命は無いものと決まった。それらを踏まえて、前述のような計略を胸に秘めて、良秀は大殿の邸を訪れるのである。

そこで第十四節に戻ってみると、先に疑問を呈しておいた《私は総じて、見たものでなければ描けませぬ。》という良秀の言葉が、全く新しい意味を帯びて浮かび上がって来る。即ちこれは、意図的に吐かれた嘘であり、大殿に娘を焼き殺させる為の罠なのである。

（五）

右の私の解釈が正しいと仮定した上で、第十四～十五節を大殿の側から見てみると、おおよそ次のようになろう。

大殿は、地獄変の屏風絵にはもともと興味がなかった。しかし、良秀が、自分は《見たものでなければ描け》ないと言い、《よぢり不動》の話をしている間に、大殿の心の中に、一つの復讐のアイデアが朧げに浮かんで来たのである。それは、「地獄変の絵の中には、女が地獄の獄卒に折檻を受ける場面があってもよい筈だ。それならばそういう場面を良秀に描かせよう。そしてそのモデルと称して、良秀の娘を拷問に掛けて、その苦しむ姿を良秀に見せ付けてやろう」というアイデアであった。良秀とその娘は、親子とは言え、言わば相思相愛の仲だったから、大殿にとって良秀は、恋敵に他ならなかった。従って、このアイデアは、自分を袖にした娘に対する復讐であると同時に、良秀に対する復讐ともなる筈だった。大殿が、まるで《よぢり不動》の話が《耳にはいら(ママ)なかつたやうな》様子で、《しかし罪人はどうぢや。獄卒は見た事があるまいな。》と畳み掛けて尋ねたのは、このアイデアにすっかり心を奪われていた為である。(注10)

しかし、良秀はこの目論見に乗らなかった。折角の思い付きが水の泡になったので、大殿は《苛立》ち、良秀の顔を《睨》み付ける。ところが、良秀は意外な事を言い出す。燃える檳榔毛の車の中の上﨟が描けないというのである。勿論、《見たものでなければ》得心が行くようには描けないから、ということである。それを聞いた大殿は、思いがけない復讐のチャンスに期待を膨らませながら、《さうして――どうぢや。》と《悦ばしさう》に良秀を促す。そして、良秀が檳榔毛の車ごと一人の女を焼く事を願い出た時、大殿は、あの美しい良秀の娘を焼き殺してしまう事を惜しんでか、それとも事の余りの残酷さ故か、一瞬《顔を暗く》するが、すぐに復讐欲が大殿の心の中で勝ちを占める。そして、自らの良心の不安を打ち消そうとする為に、殊更に《けたたましく》笑い声を上げて、この良秀の側からの「飛んで火に入る夏の虫」とも言うべき愚かな申し出を利用して、良秀とその娘をひどい目に遭わせてやろうと決心するのである。その決断に際しては、絵の為に女を焼き殺すという申し出は、良秀の側からなされたのだから、自分に罪はない筈だという思いが、大殿の言い訳になっていたのであろう。その事は、《お、、万事その方が申す通りに致して遣はさう。》《それを描かうと思ひついたのは、流石に天下第一の絵師ぢや。褒めてとらす。》（十五）という言葉や、実際に焼き殺す直前の、《今宵はその方の望み通り、車に火をかけて見せて遣はさう。》（十七）という大殿の言い方から窺い知る事が出来るのである。

（六）

一方、同じ場面を良秀の側から眺めると、おおよそ次のようになろう。

良秀は、大殿を罠にかけ、娘を焼き殺させるという決意を胸に秘めて、大殿の前に出る。彼が《平伏》し《目を伏せ》、なかなか大殿の顔を見ようとしなかったのは、そのような重大な決意と計略を隠していた為である。良秀がこの時、他人ではなく、自分の娘を焼き殺す事を大殿に持ちかけている事は、種々の点から明らかである。例えば、良秀は、第十五節の冒頭で、いよいよ檳榔毛の車の事を持ち出す時、《始めて鋭く》気違いじみた恐ろしい目付きで大殿の顔を見る。そして、《突然嚙みつくやうな勢ひになつて》女を焼き殺す事を願い出る。この目付きの鋭さは、背後に秘められた不退転の決意を暗示するものである。そしてその《嚙みつくやうな》言い方は、半分自棄《やけ》にならねば言えない事を、彼が願い出ている事を示している。それは、「ひょっとしてうまい具合に赤の他人の娘が焼け死ぬ所が見られる事になったら、自分の作品は一層良くなるのだがなあ……」といった程度のあやふやな願望では決してあり得ない。また、もし良秀が、他人の娘を焼き殺す事を、以前めそめそ泣いていた時にも、今、不退転の決意を示す時にも考えているのだとすれば、何故、良秀の態度がこのように激変したのか、説明がないのは不自然である。それに対して、以前めそめそ泣いていた時には自分の娘をどうにかして救いたいと考えていて、今は諦めて我が娘を殺そうと決意しているのだとすれば、この態度の変化は、極めて自然で、納得できるものとなるのである。

また、大殿の《檳榔毛の車にも火をかけよう。又その中にはあでやかな女を一人、上﨟の装《よそおい》をさせて乗せて遣はさう。》という科白は、上﨟ではなく、《上﨟の装》をさせた身分の低い女を犠牲にする事を明らかに意味している。この科白がなくても、本当の上﨟を焼き殺すなどという事が、可能な事かどうか、考えて見るまでもない事であろう。良秀がこの時、自分の娘が焼き殺される可能性を全く考えなかったとしたら、余程の間抜けと言わざるを得ない。《あでやかな上﨟》という条件に合う女性で、大殿が殺しても後で問題が起こらないような身分の低い、そして大殿が良く知っている女と言えば、真っ先に良秀の娘が候補に挙がる事ぐらいは、当然、予想できる筈である。良秀の娘なら、良秀以外に文句を付ける人はいないという点からも好都合である。百歩譲って、もし良秀が、自分の娘を焼き殺すつもりでなかったとしたら、この時、「ただし、私の娘は駄目ですよ。」と念を押したに違いないのだが、彼はそうしない。

また、願いが聞き届けられた時の、《良秀は急に色を失つて喘ぐやうに唯、脣ばかり動《うごか》して居りましたが、やがて体中の筋が緩んだやうに、べたりと畳へ両手をつくと、／「難有い仕合でございまする。」と、聞えるか聞えないかわからない程低い声で、丁寧に御礼を申し上げました。》という描写は、語り手によるものではあるが、客観的な事実の描写になっており、良秀の願い出た事柄が、もし実現されれば彼自身にとって喜びではなく、却って極めて大きな痛手となるような種類のもの（即ち自分の娘を焼き殺すこと）であった事を、はっきりと示しているのである。

しかし語り手は、飽くまでも間違った主観的解釈を主張し続けるのが、その与えられた役割なので、ここでも、《これは大方自分の考へてゐた目ろみの恐ろしさが、（中略）あり〳〵と目の前へ浮んで来たからでございませうか。》と無理のある解釈をして見せる。即ち、「良秀は、恐ろしく残酷なことを願い出て置きながら、その実感がなかったのだが、願いが認められて初めて、焼き殺す恐ろしい場面がありありと想像されて、今更ながらショックを受けたのだ」、と言うのだが、それなら、「やっぱりやめます」と言えば済む筈ではないか。

また、その後、語り手が述べる《私は一生の中《うち》に唯一度、この時だけは良秀が、気の毒な人間に思はれました。》という感想は、語り手の解釈からすれば、この瞬間こそ、良秀が絵のためには人の命も犠牲にする人非人であることを証明した瞬間だった筈なのだから、完全な自己矛盾である。芥川は、語り手の解釈がいかに事実と合わないか、矛盾だらけであるかを強調し、読者が別の正しい解釈を、自力で見出すよう促しているのである。

なお、良秀は大殿に対して、檳榔毛の車を焼くことは、はっきりと願い出たが、女を焼くことについては、《さうしてもし出来まするならば――》と言っただけである。その言外の意味は明らかなので、良秀の罪は免れないとしても、大殿が「駄目だ」と答えれば、それまでだった。それなのに、大殿は女を焼く事をあからさまに言葉にし、喜び賛成し、手筈を整え、強力《ごうりき》の侍を待機させ、良秀が中止させようとしても出来ないようにして実行した。そして喜んで見物した。従って、罪の大半は大殿の方にあると言わざるを得ない。

もし芥川が、絵のために積極的に人を殺す画家を描きたかったのなら、この書き方はおかしい。良秀が「どうしても」と強く要求し、仕方なしに大殿が、良秀の娘ではなく別の女を焼いてやった、という風に描くべき所であろう。もとより芥川は、そんな事は百も承知だった。芥川は良秀ではなく、大殿に地獄に堕ちるような罪を犯させたいと思っていたからこそ、このような描き方をしたのである。

（七）

第十六節以下で、大殿は良秀の計略にはめられたとも知らず、逆に良秀を騙したつもりで、良秀の娘を乗せた牛車に火をかける。この日も良秀には、願いが叶った喜びは全く見られず、《星空の重みに圧されたかと思ふ位、何時もよりは猶小さく、見すぼらしげに見え》（十六）、大殿に名を呼ばれた時にも、その返事は《唸るやうな声》（十七）にしかならない。

語り手は、大殿が良秀に、《その内には罪人の女房が一人、縛めた儘、乗せてある。》と告げた際、《急に苦々しい》調子になった事を指摘しているが、これは、大殿が《かなはぬ恋の恨みから》（二十）娘を殺した事を読者に示す作者からのサインに他ならない。

大殿は、《車に火をかけたら、必定その女めは（中略）最期を遂げるであらう》とあらためて念を押した上で、笑いながら、《末代までもない観物ぢや。予もここで見物しよう。》と言って見物する。これも、大殿が娘と良秀が苦しむ所を見たがる残忍な悪人であることを示したものである。そして、《焔の中から浮き上つて、髪を口に嚙みながら、縛《いましめ》の鎖も切れるばかり身悶えをした》娘の姿には、大殿の（そして作者の）サディスティックなエロティシズムも感じられる。（注11）

良秀は既に心の準備を整えていたが、それでもいざ目の当たりに娘の姿を見ると、《思はず知らず走りかゝらうと》（十七）する。この場面、もし全くの不意打ちであったなら、良秀が愛する娘を何としてでも救い出そうとしない筈はない。現に大殿はそのつもりで、良秀に娘を救い出させぬように、《強力の侍》（十六）を控えさせておいた程である。それでも、もし普段の良秀だったら、たとえ一刀の下に切り捨てられようとも、或いは娘と一緒に焼け死ぬ事になろうとも、何とか娘を救おうと、最後まであがき続けたに違いない。それをそうしないで、《火が燃え上ると同時に、足を止めて（中略）食ひ入るばかりの眼つきをして》（十八）娘が焼け死んで行く姿をじっと見守ったのは、娘の最期をしっかり見届けて、それを立派に描く事が、娘に対する自分の使命だと予め覚悟していたからである。

語り手は、《良秀の心に交々《こもごも》往来する恐れと悲しみと驚きとは、歴々と顔に描かれ》《十王の庁へ引き出された、十逆五悪の罪人でも、あゝまで苦しさうな顔は》（十八）しなかっただろうと言う。この《驚き》という言葉は、娘が焼かれる事を良秀が予期していなかった事を意味するものではあるまい。これは、予期し、覚悟はしていても避けられない「ショック」の謂いであろう。

良秀の余りに《苦しさうな顔》を見ては、《強力の侍でさへ》も同情し、大殿様から中止の指令が出ないかと期待するように、その顔を仰ぎ見たのだが、《大殿は（中略）時々気味悪く御笑ひになつて、眼も放さずぢつと》車の中の娘の《地獄の業苦》を見ていた、と描かれている。語り手の立場とは矛盾するが、これも大殿が娘を焼き殺したのは、《かなはぬ恋の恨みから》であることを暗示した箇所である。

一方、良秀が、これ程の苦痛に対して声一つ立てず、歯を食いしばって耐えたのは、自分一己の芸術的野心の為などではあり得ない。もし仮に、単に芸術的野心の為に耐えたのであれば、良秀は《画の為には親子の情愛も忘れてしまふ、人面獣心の曲者だ》（二十）という世の非難が、余りにもぴったり当てはまる人非人だった事になってしまうだろう。また、猿でさえ一緒に焼け死んだのに、親の良秀が手を拱《こまね》いて見ているのは、腰抜けと言われても仕方があるまい。

しかし、この時、炎の中に猿の良秀が飛び込んだのは、良秀の身代わりとしてだった。猿の良秀は、或る意味、良秀の分身であり、かつて大殿の強姦を防いだのも、今、娘と一緒に焼け死ぬのも、良秀の願望の代行と考えられるのである。この後、良秀の表情が苦悩から法悦に変わり得たのも、娘と一緒に死にたいという思いが、猿の良秀によって満たされた結果という面もあるのだろう。

やがて炎の中に、猿と娘の姿が完全に掻き消されてしまった時、良秀の表情には不思議な変化が現われる。《さつきまで地獄の責苦に悩んでゐたやうな良秀》は、今は天上的な《恍惚とした法悦》の表情を浮かべ、もはやその《眼の中には、娘の悶え死ぬ有様が映》らず、地獄変の屏風の中に描かれるべきあのイメージ、即ち《美しい火焔の色と、その中に苦しむ女人の姿とが》成就しているのである。ここには、激しい苦悩が人を鍛え、清め、高めるというイメージがあろう。そしてそこには又、火というものの持つ、物を鍛え、清める浄化の力が、イメージとして加わっていよう。それは、志賀直哉の『焚火』や川端康成の『雪国』等にも見られるもので、地獄変の屏風の中央に燃え盛る大紅蓮の炎にも通じ、また同じ作者の『奉教人の死』へと受け継がれるものなのである。

元来、良秀の娘への溺愛は、言い寄る者は《暗打》（五）にしかねないほどで、自分だけのものにして手放したくないというエゴイスティックな妄執に近いものだった。その意味では、最初、良秀の娘を包んだ炎は、大殿に娘を渡してなるものかという、良秀の妄執の炎だったとも言えるかも知れない。

しかし、それも一時《いっとき》である。火と苦悩の力によって、良秀の娘への妄執は、純化され、昇華される。その直前に、燃え盛る牛車が、《火の車》（十九）から《火の柱》へと呼び換えられるのは、恐らく偶然ではあるまい。「火の車」が地獄からの御迎えであるのに対して、「火の柱」は、キリスト教の神の道しるべを意味するからである。《火の柱》が《星空を衝いて煮え返る》と、天まで届いているように描かれるのも、その為であろう。

語り手は、後で、出来上がった屏風を見た人々が、《誰でも（中略）不思議に厳かな心もちに打たれ》（二十）た理由として、《炎熱地獄の大苦艱を如実に感じるからでもございませうか》と言っているが、地獄の苦しみを目の当たりにして襟を正すというだけでは、この絵の解釈としては浅い。もしそういう事に過ぎないのなら、作者は何故、《火の車》から《火の柱》への呼び換えを行なったのか？　そして語り手はなぜ、火の柱を見つめている良秀に、《恍惚とした法悦》と、《人間とは思はれない、夢に見る獅子王の怒りに似た、怪しげな厳《おごそか》さが》漂い、《頭の上に、円光の如く懸つてゐる、不可思議な威厳が見えた》と言い、《随喜の心》で《開眼の仏》でも見るように良秀を見、《何と云ふ荘厳、何と云ふ歓喜》と叫んだのか？　それは、そこに地獄の苦しみではなく、天上的な喜びと感動があったからである筈だ。それは、良秀が、娘を焼き殺されるという地獄のような苦しみ・悲しみを乗り超えたことで、初めて辿り着くことの出来た、或る偉大な境地、《開眼の仏》に譬えられるような、高い境地を暗示したものであった。

それは芸術というものが持つ力でもあると私は思う。娘が焼かれているという目の前の悲惨な現実が、良秀の心の中で芸術作品として見られた時、それは、良秀・娘・大殿といった個々人の現実ではもはやなくなり、それを乗り超えた普遍性と永遠性の世界、象徴へ、芸術へと昇華されたのである。

もし地獄変の屛風が、普通の地獄変相図と同様、《炎熱地獄の大苦艱》を表わすだけだったとしたら、そこに美しく心優しい、何の罪もない女人を描き込む理由は、本来無い筈である。この絵は、美しい上﨟を敢えて地獄の中に置くことで、上﨟が象徴する人間の生・喜び・美・愛・栄光・自由などが、それぞれ地獄が象徴するその反対物——死・苦悩・醜・憎・悲惨・運命などと一体不可分であることを表わしているのだと思う。地獄の炎は、この絵の場合は、死と破壊であると同時に、浄化や人間の燃えあがる命のエネルギーをも、併せて象徴していると見るべきである。人々がこの絵を前にして厳粛な気持になるのは、それが人生の地獄的側面を直視しながらも、なお生きることに含まれる素晴らしさや、人間性の中に卑小さと同時に含まれている偉大さを、暗示しているからなのだと思う。

第六節の説明によれば、良秀はその画面の中に《上は月卿雲客から下は乞食非人まで、あらゆる身分の人間を》

罪人として描いていた。（注12）それは恐らく、誰もが多かれ少なかれ罪人であること、そして、地獄は死後に罪人だけが墜ちる世界と言うよりも、この世が既に地獄である事を意味しているのであろう。（注13）しかしそれは、必ずしも厭世的な意味だけで言われているのではなく、むしろ罪にまみれながら生きる地獄的な人生の中にこそ、真に人間的なものが輝き出るという考えからであろう。（注14）

　こうして、良秀は芸術家の偉大さを、存分に読者の前に表わす。語り手は、作品の前半では、良秀について、《昼の目立つて赤いのが（中略）如何にも獣めいた心もちを起させた》（一）と言い、一方、大殿については、《大威徳明王》（一）の生まれ変わり、《権者の再来》（一）と讃えていたのに、ここではそれがすっかり所を替え、良秀が《開眼の仏》に擬《なぞら》えられ、居合わせた総ての人々から仰ぎ見られるのに対して、唯一人大殿だけは、《獣のやうに喘ぎつゞけていらつしやいました。》と語られるのである。この語り手は、語りの現在に於いても大殿を崇拝し続けているという設定になっているのだから、これは明らかな矛盾であるが、作者は矛盾を犯してでも、良秀の勝利を言祝《ことほ》がずにはいられなかったのであろう。

　しかし、良秀は、《その後一月ばかり経つて、愈々《いよいよ》地獄変の屏風が出来上》った翌日に自殺する。もし、従来の説のように、良秀が芸術的野心の為に自分の娘を犠牲にしたのであるならば、この自殺は、肉親の情に屈伏する弱さ・自己矛盾でしかあり得ない。良秀が生き続け、寿命の許す限り傑作に挑み続けてこそ、芸術家としての生を全うした事になる筈だからである。しかしまた、他人の娘を焼くつもりが大殿にしてやられ、取り敢えず絵だけは完成したが、悲しみに耐えられずに死んだ、などというのでは、滑稽に堕そう。

　私の解釈では、これ迄の解釈とは違って、良秀は芸術至上主義者ではない。良秀にとって、芸術への愛も娘への愛も、どちらも命と同じくらいに大切だった。彼が地獄変の絵を描き始めたのも、娘を大殿から取り戻す事が一番の目的であった。大殿に娘を焼かせた際に、我慢してその姿を目に焼き付けたのも、また娘の死後すぐに後を追わず、一ヶ月間悲しみに耐えて屏風を完成したのも、最愛の娘を美しく描き留め、永遠の命を与えるという所期の目的があったからこそである。だから、その娘が死に、絵も完成した今、良秀にとっては、この世の生も名声も芸術も、もはや無用のものとなっていたのである。良秀が、絵の完成した翌日に自殺したのは、一日でも早く、愛する娘の待っている地獄へ行きたかったからであり、その夜の良秀の心には、絶望よりもむしろ、喜びが溢れていたに違いないのである。

最終第二十節には、良秀が地獄変の屏風を御邸へ持つて出て、《恭しく大殿様の御覧に供へ》た、と語られている。この時、良秀が、娘を焼き殺した大殿に対する憎しみの気持を少しも見せなかったのは、絵が完成し、後は安らかに死んで、娘のもとへ行くだけ、という心境だったからなのであろう。

（八）

以上のように解釈すれば、最初に提起した疑問点はすべて解消され、『地獄変』は首尾一貫した作品として理解可能になろう。それでは、『地獄変』及びその続編たる『邪宗門』に於ける芥川の作意は、新たにどのように読み取られるべきであろうか。

私の見る所では、『地獄変』及び『邪宗門』執筆当時（即ち大正七年頃）の芥川は、平穏無事にこぢんまりと収まっている日本の日常的世界とは対極的な、ヨーロッパの偉大な芸術家たちの作品の中の世界に憧れていた。その事は、『或阿呆の一生』で、若き日の自分が、（日本人の）《人生は一行のボオドレエルにも若かない》（「一　時代」）と感じ、（日本人の）《人生を見渡しても、何も特に欲しいものはなかつた。が、》《架空線》から放たれる《凄まじい空中の火花》に象徴されるような烈しい生き方だけは、《命と取り換へてもつかまへたかつた》（「八　火花」）と回想している事からも窺い知られる。また、『愛読書の印象』（大正九年八月「文章倶楽部」）でも、《一年前》即ち大正八年頃までの自分は、《「ジャンクリストフ」などの影響で》《ミケエロ・アンヂエロ風な力をもつてゐ》る芸術に傾倒し、《燃えるやうな力》を崇拝していたと告白している。若き芥川が憧れたのは、善と悪、美と醜、神と悪魔、光と闇の両極端が激しくぶつかり合い、烈しい苦悩と歓喜に引き裂かれるような、ドラマチックな世界だったのであろう。そこでは人物も等身大ではなく、激しいエネルギーに満ち溢れた英雄でなければならない。

しかしそれは、芥川が『煙草と悪魔』の悪魔の口を借りて、《善をしようと云ふ気にもならないと同時に、悪を行はうと云ふ気にもならずにしまふ。》と評した微温的な日本の現実とは、余りに懸け離れた世界であった。従って芥川は、『今昔物語集』の、特に本朝附《「世俗」並びに「悪行」》（『今昔物語鑑賞』）の巻々に導かれて、末法の世の仏教的世紀末的乱世に活路を見出したり（『地獄変』もまた、『宇治拾遺物語』や『古今著聞集』に取材した王朝物である）、或いは『断片』「一　ある鞭」に、《その後僕の心を捉へたものは聖人や福者の伝記だつた。僕は彼等の捨命の事蹟に心理的或は戯曲的興味を感じ、その為に又基督教を愛した。》と言うごとく、『黄金伝説(Legenda Aurea)』の延長線上に、『奉教人の死』『きりしとほろ上人伝』『じゆりあの・吉助』、また『往生絵巻』を紡ぎ出したり、また西洋文学の換骨奪胎を企てたりする他なかったのである。

例えば『羅生門』は、『今昔物語集』に取材し、仏像も薪となる末法の世に、鬼の棲み家として知られた羅生門で、芥川の分身たる若い下人[注15]が、盗賊になる《勇気》を得、吉田弥生との結婚問題で対立した伯母ふきを象徴する老婆を蹴倒し、道徳を超越した一種の超人・自由人・鬼となって、嬉々として闇の中に駆け去るという変身譚である。芥川自身は小心で、道徳や他人の批判を恐れ、生きたいように生きることが出来ないタイプだっただけに、道徳を超越した盗賊に憧れ、これを《愉快な小説》（別稿『あの頃の自分の事』）として書き上げたのである。『羅生門』を発表した時のペンネーム「柳川隆之介」も、押川春浪の『海底軍艦』の語り手「柳川竜太郎」に由来するも

ので、これが言わば《押川的冒険談》（「野口真造君硯北」）に通じるものだったからであろう。(注16)

また『偸盗』は、善悪・美醜が烈しくぶつかり合う世界を、ドストエフスキーの『カラマーゾフの兄弟』のロシアを下敷に用いて、我が末法の世に換骨奪胎せんとして、挫折したものであった。猪熊の爺がフョードル・カラマーゾフ、太郎がドミートリー・カラマーゾフ、次郎がアレクセイ・カラマーゾフ、沙金がグルーシェニカ、阿濃《あこぎ》がリザヴェータ・スメルジャシチャヤに当たる事は、言うまでもあるまい。

『地獄変』は、大殿という巨悪と、天才芸術家が烈しくぶつかり合う世界を描くために、メレジュコフスキーの『レオナルド・ダ・ヴィンチ―神々の復活―』を下敷きに、イタリア・ルネッサンスの世界を平安末期の末法の世へと換骨奪胎する事を試みたものであろう。『クヲ・ヴァディス』なども、併せて参考にされているかも知れない。

堀川の大殿は、平清盛とチェザーレ・ボルジアから主にヒントを得ていると思しい。(注17)彼は、権力をほしいままにし、始皇帝や煬帝等の暴君に譬えられ、寵童を人柱に立て、人肉嗜食者を従者とし、『邪宗門』では中御門の少納言を毒殺する。寵童を稚児文珠に描かせた事は、彼の無神論者たる事を示している。彼は好色で、男女両刀遣いでもある。雪解の御所の妹も、大殿に犯され、近親相姦を苦に自殺した可能性がある（『邪宗門』の方で使うつもりで、伏線として書いて置いたのであろう）。震旦の僧に切らせたという腿の瘡《もがき》も、恨みを受けて出来た人面瘡だったかも知れない。芥川は、彼によって巨大な悪しきエネルギーを代表させようとしたのであろう。

一方、良秀は、横川の僧都を戯画化し、御霊の祟を恐れず、吉祥天・不動明王・文珠を冒瀆する無神論者である。しかも彼は、《醜いものの美しさ》（四）を言う。彼は、メレジュコフスキーによって解釈され、世紀末的悪魔主義者になったレオナルド・ダ・ヴィンチの日本版であろう。(注18)

『地獄変』は無神論的で、キリスト教は出て来ないが、その実これは、宗教を愛と芸術に置き換えた殉教伝説・奇跡譚とも言え、そのあり様は『黄金伝説』の一種と評せよう。題名の『地獄変』も、ダンテの『神曲』「地獄篇」

を掛けていると考えられるし、横川の僧都も、カトリックの枢機卿あたりをイメージした方が分かりやすい。「地獄変」の屏風絵も、西洋の油絵に近いものをイメージして良いだろう。

続編『邪宗門』は、その題名からも明らかなように、『地獄変』で背後に押込められていた信仰の問題を、真っ向から取り上げようとしたものである。しかし『邪宗門』は、無神論者の若殿と、キリスト教徒・摩利信乃法師が対決する正にその直前で打ち切られる。本当は少しも信じていないキリスト教を、ただ作中に対立・葛藤を産み出す為だけに持ち出した芥川には、この対決を描く力がなかったからである。

芥川は、『地獄変』を《ボンバスティック》（大正七年四月二十四日薄田淳介宛と五月十六日小島政二郎宛書簡）即ち「大袈裟過ぎる」として、不満を漏らしていたが、それは、彼が実際に持ちこたえうる限界を余りに超えた激しさを、登場人物たちに与えてしまった為であろう。芥川は、偉大な芸術家たちの産み出した非日常的な烈しい世界に憧れるロマンチストであったが故に、エネルギーに憧れ、超人・大悪人に憧れ、偉大な芸術に憧れ、また烈しい信仰に憧れた。が、彼の本質は、シニックな理智を誇りとしつつ、根は小市民的に小心な道徳家で、慎ましい家族愛以上の理想や、社会の常識を超えるような烈しい情熱は、持ち切れなかったからである。

例えば、しばしば『地獄変』と共に芸術至上主義的と誤って見なされている『戯作三昧』は、実際には職業作家生活に伴う俗事に心を乱されがちな馬琴が、「勉強しろ、癇癪を起こすな」という常識的な処世訓と、孫と嫁の声援に感激して、一時的に《神来の興》（インスピレーション）を得たことを描いたものである。そのインスピレーションの表現は、抽象的で空疎で、まさに《ボンバスティック》であり、その事も含めて、この老馬琴の姿は、『地獄変』の良秀に比べて、遙かに芥川の身の丈に合っているのである。

しかし、私は『戯作三昧』より『地獄変』の方を高く評価したい。芥川は、『地獄変』で、彼の作中では比較的エネルギッシュに、優れた芸術作品への彼の若々しい憧れを表現し得ているからである。

『地獄変』の成否を分けるのは、良秀の屏風絵が、「真に優れた芸術作品」になり得ている、と読者に納得させられるかどうかである（『戯作三昧』の感銘が薄いのは、馬琴の『八犬伝』では、西洋的な意味での芸術を象徴させることが難しいせいもある）。

良秀は、作品が始まる時点で、リアルな筆力、テクニックという点では、既に当代随一の力を認められている。しかし、それだけでは真に優れた芸術的傑作は描けないという判断が芥川にはあり、だからこそ、良秀に娘を失うという大きな苦痛を与えたのである。語り手に、《あの恐ろしい出来事が（中略）なければ如何に良秀でも、どうしてかやうに生々と奈落の苦艱《くげん》が画かれませう。》（六）と言わせているのは、「恐ろしい出来事を体験しさえすれば、誰でも傑作が描ける」という意味ならば間違いだが、そうではなく、芥川自身の考えを代弁させたのであろう。

あの事件以前の良秀は、自分が描いているものを少しも尊敬していなかった。むしろ軽蔑し、嘲笑しながら描いていることが多かった。横川の僧都の戯画、檜垣の巫女のスケッチについては言うまでもないだろうし、卑しい傀儡の顔を写した吉祥天、無頼の放免の姿を像った不動明王については、《「良秀の描いた神仏が、その良秀に冥罰を当てられるとは、異な事を聞くものぢや」と空嘯《うそぶ》いてゐ》た事が記されている。龍蓋寺の《五趣生死《しようじ》》の絵も、《天人の嘆息《ためいき》をつく音や啜り泣きをする声が、聞えた》(注19)とか《死人の腐つて行く臭気を、嗅いだ》という噂が立った所から見て、そこには作者の残酷・冷笑だけがあって、死すべきものへの共感も憐れみも無かったに違いない。迷信や宗教を信じないことは構わないが、作者が本当に素晴らしいと感じるもの、作者自身より優れた価値を持つと信じたものを描いた絵でなければ、真に優れた芸術的傑作にはなり得ない。しかし、良秀は、自らの画技に惚れ込み自惚れ、描く対象に憧れたり、共感したりするという芸術の初心を忘れていたように思われる。

しかるに、良秀が最後に描いた屏風絵は、最愛の娘の最期を描いたものであり、また自らが地獄の苦しみを体験し、それを乗り超えて描いたものである。だから、読者は作品末尾では、良秀が屏風絵に、地獄で苦しむ人々の苦しみへの共感と憐れみを籠め、娘に対しては我が身を引き裂かれるような思いを籠め、大紅蓮の炎には、人間には如何《いかん》ともしがたい運命の力と、人間の罪に対する厳しい罰と浄化と救済と、さらには人間の生命のエネルギーの偉大さをも、象徴させる事が出来ているように感じる。『地獄変』では、天才と雖も優れたテクニックだけでは到達できない優れた芸術的境地に、激しい苦悩が導くことを説得的に展開し、出来上がった地獄変の屛風絵にも、こうした高度に複雑な象徴性を与える事が出来た所に、大きな成功があると私には感じられるのである。

元来、絵というものは、永遠に静止し、それだけで自己完結した別世界である為に、そこに表現されたものが永遠性を帯びているように感じられやすい。『地獄変』では、絵のこうした性質をうまく利用した結果、地獄変の屛風絵が、人間についての永遠の真実を表現する芸術的傑作になり得ているように、読者に感じさせることが出来た面もあるのであろう（こうした絵というものの性質については、本書「近代文学に見る虚構の絵画」と「文学作品中の絵画」を参照）。

私の見るところでは、芥川の作品の殆どは、意識のレベルで作られていて、無意識に由来する深い複雑な象徴性を欠き、比較的単純なメッセージに終わっている。しかし『地獄変』は、芥川にしては例外的な名作として、高く評価したいと思うのである。

注

（1）例えば、代表的な研究者である三好行雄氏の『芥川龍之介論』（筑摩書房）でも、また、『世界大百科事典』（平凡社）の『地獄変』の項（執筆者は佐藤泰正氏）などにも、このような解釈が採られている。

（2）『或阿呆の一生』九「死体」に、《王朝時代に背景を求めた或短篇を仕上げる為に》死体を見に行った芥川が、《己は死体に不足すれば、何の悪意もなしに人殺しをするがね。》と心の中でつぶやく場面がある。しかし、芥川が自作のために《人殺し》を決行した例しがないことは、言うまでもない。心の中でつぶやくことと、実行する事との間には、千里の径庭があるのである。

（3）この《屏風と共に》は「屏風と引き換えに」の意味であろう。

（4）ついでながら、ここで《評判が立ち始めて、夫からは誰も忘れた様に、ぱつたりあの娘の噂をしなくなつて了ひました。》という描写は、この噂が真相を言い当てていたこと、そして、娘がどうしても意に従わない為に、大殿が殊の外に不機嫌になり、「うっかり噂をすると、我が身が危ない」と、皆が口を噤んで息をひそめる程、険悪な状態になって行ったことを、巧みに表現したものである。

（5）昼の赤さが、芥川自身の特徴であったことは、菊池寛の「印象的な唇と左手の本」（「新潮」大正六年十月）、久米正雄の「隠れたる一中節の天才」（「新潮」大正六年十月）などで確かめられる。自身の特徴を賦与した事は、芥川が良秀を自分の分身と感じていた事の現われであろう。

（6）芸術による永遠化などという事を王朝時代の人間が考えるのは馬鹿げているが、良秀を悪魔主義的芸術家とする芥川は、その程度のアナクロニズムは意に介さなかっただろう。

（7）この夢に出る地獄の獄卒を大殿とする説があるが、取らない。大殿は良秀よりもその娘よりも長生きしているのだから、この場面で大殿が地獄から迎えに来るのは不自然過ぎる。そもそも、大殿は悪人だから地獄に堕ちるのであって、地獄の獄卒になりに行くのでは無いはずだ。また、もし地獄の使者を良秀が大殿だと考えたのなら、《貴様》（八）と呼ぶのはおかしい。（十四）で良秀が見たと語る地獄の獄卒の《牛頭《ごず》》《馬頭《めず》》や、《三面六臂《び》の鬼》も、大殿や、大殿がその生まれ変わりと言われる《大威徳明王》（一）ではあり得ない。《大威徳明王》は六面六臂だし、五大明王の一人で、そもそも鬼ではない。

（8）殺生や邪淫の罪を犯した者は、八熱地獄に堕ちると考えられていた。良秀の娘を取り巻く（屏風の、そして実際の）炎は、その事をも暗示しているのであろう。

なお、大殿のモデルになったと考えられる平清盛も、『平家物語』では無間地獄に落ちたとされており、これも八熱地獄の一つである。

（9）『地獄変』では、良秀の見た夢のお告げで、娘は奈落の炎熱地獄で待っている事になっていたが、『邪宗門』（一）で《或女房》が見た夢では、良秀父子が《天から下りて来》て、娘が《やさしい声》で《「大殿様をこれへ》と《呼《よ》ばは》った事になっている。二人は共に死後に許され、天上の世界で暮らしていると、作者はイメージしていたのであろう。

(10) 大殿が良秀の娘を罪人視していた事は、後で焼き殺す時に、《罪人の女房》(十七)と呼んでいる事から解る。強姦に失敗した大殿は、良秀の娘に自分の所行を言い触らされることを恐れて、娘を囚人としてどこかに幽閉し、屈強な獄卒たちに守らせていたのであろう。

(11) 初出および生前の刊本で《髪を口に》となっている箇所は、芥川の書き入れのある切り抜きによって、普及版全集(岩波書店　昭和九〜十年)から《猿轡を》に変更された。これは、牛車の中でいつでも娘が声を立てられる状態になっていれば、娘は救いを求めて声を出すはずであり、火がつけられる直前まで、中に誰が居るか分からないという『地獄変』の設定と相容れない為であるが、《髪を口に》の方が、芥川の趣味には叶っていたのであろう。

(12) これはダンテの『神曲』「地獄篇」に示唆されたものだろう。

(13) 後に芥川は、『今昔物語鑑賞』の中で、《修羅、餓鬼、地獄、畜生等の世界はいつも現世の外にあつたのではない。》と述べている。

(14) 『手帳』(一)に、《"There is something in the darkness." says the elder brother in the Gate of Rasho.》という書き込みがあり、これは大正五年七月二十五日付け井川恭宛書簡で言及のある『偸盗』の初期の構想メモと推定できる。従来、これを闇からの脱出・救済への希求と受け取る説が多いようだが(海老井英次氏の「『偸盗』への一視角」「語文研究」昭和四十六年十月、越智治雄氏の「作品論　偸盗」「国文学」昭和四十七年十二月)、そうではあるまい。どちらか一方ではなく、闇と光がぶつかり合うドラマこそが、芥川の希求する最も人間らしい理想の人生なのである。『地獄変』とほぼ同時に執筆された『蜘蛛の糸』でも、芥川は、極楽の世界が、犍陀多《かんだた》ら人間たちの運命に対して没交渉であることを冒頭と末尾の極楽の描写で強調し、御釈迦様が彼を救おうとすること自体が、気紛れな暇潰しでしかないという印象を強調している(御釈迦様は汗一つかくことなく、ただ見下ろしているだけである)。それに対して、糸を見付けた時の犍陀多の喜びから、元が泥棒だからスルスルとよじ登る所、くたびれて下を見下ろし、人が登って来るのを見てギョッとし、「降りろ!」と喚く所まで、犍陀多の在り方は、極めて自然で人間的で、笑いは誘うが、決して悪い感じはしない。仏教を信じていない芥川は、平穏無事な極楽より、むしろ地獄と犍陀多の人間らしさに共感を持っていたと推定できるのである。

（15）この下人は、『羅生門』の下書メモノートや断片原稿では、摂津出身で「交野平六」ないしは「交野五郎」と名付けられていた。「交野《かたの》」は摂津の国「芥川」の近くであり、下人が龍之介の分身である事を示すものと思われる。

（16）芥川が押川春浪の『海底軍艦』を愛読したであろう事は、「山梨県立文学館館報」3〜4号に翻刻された『絶島之怪事』からも明らかである。小学校時代に回覧雑誌を「日の出界」と名付けたのも、『海底軍艦』の日出雄少年や軍艦日の出にちなむものであろう。『西郷隆盛』で西郷隆盛生存説を取り上げたのも、押川春浪の『新日本島』の残響であろう。

（17）平清盛が慈恵僧正の生まれ変わりと言われる事が、大殿が大威徳明王の生まれ変わり、権者の再来と言われる事のモデルになり、清盛が松王健児を人柱に立てた事（幸若「築島」）が、大殿が寵愛していた童を長良の橋の橋柱にした事のモデルになっている。また、清盛の北の方が、地獄の獄卒が清盛を迎えに来た夢を見た事と、清盛が所謂あっち死にをした事は、『邪宗門』に利用されている。チェザーレ・ボルジアが屢々政敵を毒殺した事は、大殿が中御門の少納言を毒殺する事のモデルであり、また、妹のルクレチアと近親相姦の関係があった事も、恐らく、雪解の御所の妹との近親相姦という形で、『邪宗門』でも使われる筈だったと思われる。

（18）クリスとクルツの共著『芸術家伝説』（ぺりかん社）によると、ミケランジェロは、法皇パウルス三世の祭事長の似顔絵を、地獄に堕ちた者の中に描き込んだ事があり、また、死の苦しみを描く為に、実際に若い男を十字架に磔にして殺したという伝説も伝わっていると言う。或いは博識の芥川は、こうした話をどこかで読んで知り、良秀が地獄変の屏風に月卿雲客をも描き込んだというエピソードや、絵のために娘を焼き殺したという伝説を語り伝えられるという設定を思い付いたのかも知れない。

（19）仏教の世界観では、欲望に囚われたすべての生物は、死を免れない地獄・餓鬼・畜生・人間・天上の五つの世界（五趣）、または六つの世界（修羅道を加えて六道と言う）を輪廻転生するとされている。天人の世界（天上・天道）は、人間の世界より楽しみが多く、苦しみが少ないが、天人もまた死を免れることは出来ないとされている。欲望は超克したが肉体を持つ生物は、欲界の上の色界に住んで修行し、修行が進むと肉体を脱して、さらに上の無色界に住む、とされている。

【付記】　本稿は、平成五年十二月一日の甲南女子大学国文学会秋季研究発表会で、「『地獄変』の誤読を正す」と題して口頭発表したものに手を加え、「『地獄変』——読解の試み——」と題して「甲南国文」41号（平成六年三月）に掲載し、今回、加筆・修正を施し、改題したものである。

なお、芥川の文章の引用は、岩波書店の『芥川龍之介全集』（全12巻　昭和五十二〜五十三年）に拠った。ただし、旧漢字は新字体に置き換えている。

太宰治『満願』論

（一）所謂「中期」の解釈

①神にすがるまで

『満願』（「文筆」昭和十三年九月）を論じるためには、『満願』を生み出した所謂前期から中期[(注1)]への太宰の心境と作風の変化をどう解釈するのか、予め明らかにして置く必要があろう。

太宰は、幼少期に父母の愛に恵まれず、兄たちより劣等な存在として軽んじられて育った為に、母性的な愛情への饑餓感、父親願望、純粋で無邪気な子供になりたいという願望、劣等感（傷付けられたナルチシズム）と自虐的・自殺的な衝動、及び、劣等感とは裏腹の、強者に対する羨望や恨みによる悪魔的な攻撃性・反逆性、自分こそが優れた存在であることを証明したいという欲望（ナルチシズム・他人からの評価に対する過剰な敏感さ・芝居がかった誇張癖・虚栄心・英雄（天才）願望・道徳的に立派な自己犠牲的な人間になりたいという願望）、また、誰かと真の愛情関係を持ちたいという渇望と、それとは相容れないはずの動かし難い人間不信があり、こうした自己矛盾と葛藤に満ち、複雑で不安定な精神状態は、太宰の生涯を通じて、根本的には変わらなかったと言える。

作家以前の太宰は、しかし、自分を愛さなかった生家への敵意と自虐衝動と、科学的にも道徳的にも正しいと思われたマルクス主義の影響から、世のため人のために自らを滅ぼす、自己犠牲的な正義の英雄の死を夢見た。また、転向後は、《歴史的に、悪役を買》（『姥捨』「新潮」昭和十三年十月）い、自虐的に悪を誇張することで、《罪の兄貴》（『懶惰の歌留多』昭和十四年四月）として、自分より弱い人・若い世代に愛されようと望んだ（これらは、中期になるとすぐに、『姥捨』『花燭』『火の鳥』の中で反省される事になる。例えば『花燭』では、自殺願望に過ぎないものを《殉教者》に見せ掛けようとした《狂言》だった事を認めている）。

また、前期の太宰文学では、特殊な文体と、芸術的実験性によって、作者たる太宰の個性と「天才」を読者に強烈に印象づけようとするナルチシズムと傲慢さが目立っていた。(注2)

それが、心境・作風ともに所謂中期へと変容し、ナルチシズムと傲慢さが薄められる切っ掛けとなったものの一つは、昭和十一年の後半から十二年の前半にかけて相次いだ三つの事件、即ちパビナール中毒による文壇的信用の失墜と、「周囲のすべてに裏切られた」と太宰が受け止めた武蔵野病院入院と、初代の姦通と離婚とが彼に味わわせた、激しい挫折感と孤独感だったと想像できる（日中戦争の影響も大きかったと私は考えるが、それについては、本書「作家論的補説　太宰治と戦争」を参照されたい）。

太宰はもともと愛に飢え、孤独に弱かった。だから、自分の責任で周囲のすべての人から見放されそうになり、文壇からも《葬り去られ》（『東京八景』「文学界」昭和十六年一月）そうになった危急存亡の時に、太宰は、欠点だらけの自分を許し、愛してくれる親代わりの何かを、何としても新たに見つけ出し、見栄もプライドもかなぐり捨てて、しがみつかずには居られなくなっていた。傲慢さの角は、この時、（少なくとも一時的には）折れたのである。

その時、父の代わりとして見出されたのが、キリスト教の父なる神と井伏鱒二であり、以前は初代が務めていたと思われる母親役を新たに演じてくれるものとして呼び出されたのが、作中のヒロインたちであった。

取り分けキリスト教は、この回心において中心的な役割を果したと思われる（『東京八景』にも《神は在る》を転機の一因に挙げている）。即ち太宰は、特に武蔵野病院時代に読んだ新約聖書に導かれて、昭和十一年秋以降、「人間は不完全でしかあり得ないが、それでも父なる神はどんな詰まらない小さなものでもちゃんと愛して下さる。それを信じて、しかし自分に出来る範囲内で、隣人を愛する善い行いに努めなければならない。自分の場合は創作がそれだ」という一種の悟りのようなものに次第に近付いて行ったのである。(注3)

この事は、太宰が傲慢と自虐の両極を絶えず往復していた前期とは事変わり、限界を含めて自分の現状を謙虚に肯定できるようにし、調和的で安定した節度ある心境を可能にした。また、所謂中期の（少なくともその初期の）明るい調和的な作風の主たる原因も、そうした心境に立って隣人愛の理想を実現した（または実現しないまでも求めている）謙虚な善意の人々を作品に描き出したことにある、と考えられる。

ただし、太宰は真の意味でキリスト教徒になった訳ではなく、理想の父親像を神に投影しただけだったので、この心境は不安定であった。

②井伏鱒二の指導

昭和十三年初夏から十四年春頃（これを仮に「中期始発期」と呼んで置く）にかけては、井伏鱒二の果たした役割もまた極めて大きかった。佐藤春夫に破門されて以後、井伏は太宰と文壇を結び付ける最後の命綱と言っても良いぐらいの存在になっていたからである。

長尾良の『太宰治　その人と』（昭和四十年、林書店）によれば、昭和十三年七月頃、塩月赳・緑川貢・長尾と将棋やトランプばかりして怠惰に日を過ごしていた太宰に対して、井伏は「これじゃ、僕、責任持てない。世間の色々な非難に対しても負けてはいけない。もっと強くなってくれないと困る。「新潮」の楢崎氏が太宰の小説ならいつでも載せると言っていた」等と叱咤激励し、太宰の目からは大粒の涙が流れ落ちたと言う。相馬正一氏の『太宰治と井伏鱒二』（津軽書房）によれば、井伏は「来客の前で、その様なことはしない」と否定した由であるが、私には、長尾の証言が全く根拠の無いでっち上げであるとは思えない。太宰が『東京八景』に言う《初夏、はじめて本気に、文筆生活を志願し》、「新潮」に『姥捨』を書くに当たって、何らかの形で井伏の叱咤激励もあった事は、間違いないと思う。

井伏の『亡友』（「別冊風雪」昭和二十三年十月）によれば、井伏が四十日余り天下茶屋に籠もる為に出発する前夜（七月二十九日頃であろう）、太宰と飲んで別れようとすると、太宰は一人残される心細さからか、ヒィーと泣き声を出したと言う。井伏以外に頼れる相手がいないという追い詰められた淋しさが、ここには現われている。

太宰のその後の言動から察するに、これ以前、井伏は太宰に対して、文壇の信用を回復するための方針として、社会的に信用を得られるようなきちんとした市民的生活を送ることと、規則的に執筆し、原稿料で自活できるようにすることを強く勧め、太宰もその方針を厳守することを誓ったのではないかと思われる。

井伏はこの方針の一環として、先ず太宰の身を固めさせようと、阿佐ヶ谷の小料理屋ピノチオの娘、ついで石原美知子との縁談を世話し、太宰はどちらにも同意した。太宰が執筆に専念できるようにと山梨県御坂峠の天下茶屋に誘ったのも井伏であった。昭和十三年九月二日付け井伏宛太宰書簡に《お言葉の如く「仕事で来い」よりほかに生きかたございませぬ》とある他、この前後の井伏宛の手紙で太宰は、怠けずに小説を書いていることを繰り返し報告し、また「長生きして必ずいい作家になります」と誓ったりもしており、背後に井伏の忠告があったことが窺える。

前期の太宰は、天才的な作品（『晩年』（昭和十一年六月刊）など）を遺書として早々に死ぬつもりであり、原稿料で生活費を稼ごうという考えもなかった（『悶悶日記』昭和十一年六月）。しかし、キリスト教にすがってからは、太宰も取り敢えず自殺衝動から解放され、自分を天才視する傲慢も改め、精進を積み重ねて十年後を期すという心境に入る準備も整っていた。作家として長期計画でやって行くのであれば（『答案落第』（昭和十三年七月）で《このレエスは（中略）大マラソン》と言っている）、原稿料で生計を立てることも真剣に考えねばならない時期に来ていた。(注4) 太宰が昭和十五年二月二日付け井伏宛書簡で、「ようやく一月平均五十円の稿料が入るようになったから、文治からの送金減額を願い出た。(注5) 本年中には自活の基礎を打ち樹ててしまいたい」と書いているのも、それが昭和十三年夏頃に井伏と決めた方針だったからであろう。同書簡には、今日まで生きて居れたのも、ここまで辿り着けたのも、《何もかも、先生の教へに依つて》だとあるが、これは太宰の偽らざる実感だったに違いない。

しかし、井伏が勧めたような健全な市民的生活を受け容れることは、実は太宰にとって、決してなま易しいことではなかった筈なのである。太宰には、市民的な《秩序ある生活》に対して、『十五年間』（昭和二十一年四月）に言うような強いアンビヴァレンツがあったからである。

前期の太宰は、《小市民のモラルの一切を否定し》（『喝采』昭和十一年十月）、「世渡りの秘訣」は《節度を保つこと》（『もの思ふ葦（その一）』「世渡りの秘訣」「日本浪曼派」昭和十年八月）と皮肉り、《腹ができて立派なる人格を持》つようになったら、作家ではなく、《世の中の名士》になってしまう、《立派になりたいと思へば、いつでもなれるからね》（『碧眼托鉢』「立派といふことに就いて」「日本浪曼派」昭和十一年三月）とうそぶいていた。中期にも、『春の盗賊』（昭和十五年一月）のように、《この世に、ロマンチツクは、無い。私ひとりが、変質者だ。さうして、私も、いまは営々と、小市民生活を修養し、けちな世渡りをはじめてゐる。いやだ。私ひとりでもよい。もういちど、あの野望と献身の、ロマンスの地獄に飛び込んで、くたばりたい！》と既成秩序に安住した市民を否定する本音をさらけ出した作品もある。

また、青森県近代文学館発行の『資料集　第二輯　太宰治晩年の執筆メモ』（平成十三年）によると、太宰が使っていた昭和二十三年版の「文庫手帳」Ｐ62～70に、『如是我聞』（「新潮」昭和二十三年三～七月）で井伏鱒二を攻撃しようとして書いた下書きメモがあり、そこに、《井伏鱒二（中略）「家庭の幸福」（中略）実生活の駆引きだけで生きてゐる。（中略）あなたは、私に、世話したやうにおつしやつてゐるやうだけど、正確に話しませう、かつて、私は、あなたに気にいられるやうに行動したが、少しもうれしくなかつた。》と書かれている。《かつて、（中略）あなたに気にいられるやうに行動した》時とは、昭和十三年初夏から十四年春頃までを中心とする中期の事であろう。敗戦後、後期に入った太宰は、前期の価値観に戻り、井伏が勧め、中期には従っていた健全な市民的生活というものに、再び牙をむいたのである。

恐らく、父母の愛に恵まれなかった太宰にとって、家庭の幸福は予め自分には禁じられたもの、または自分を赤の他人として外に閉め出すもの、そして道徳的に言っても、エゴイズムを家族に拡げただけのものとしか思えず、市民生活の道徳秩序も、数々の偽善・虚偽を隠したものとしか思えなかった。その為、太宰は市民生活のモラルや家庭の幸福に、憧れとエディプス的な羨望の入り混じったアンビヴァレンツな感情しか抱けなかったのであろう。だから太宰には、最晩年の『如是我聞』に至るまで、家族愛を、単なるエゴイズムとして引き下げようとする傾向が強く、家族を超えたマルクス主義革命への奉仕やキリスト教の隣人愛、また戦時下の愛国的献身（本書「作家論的補説　太宰治と戦争」参照）などに、エゴイズムの無い真の愛の形を見出したのである。事実、マルクス主義から見れば、市民家庭の幸福はブルジョアのエゴイズムに過ぎないし、キリスト教から言っても、それは隣人愛に反するエゴイズムに過ぎなかった。また、市民に対する否定は、親友・山岸外史らと共有する感覚でもあった。(注6)そのせいもあってか、山岸の『人間太宰治』(注7)（筑摩書房、昭和三十七年刊）によれば、この頃、井伏は太宰に、山岸らの悪友たちと手を切ることを勧め、太宰からその話を聞かされた山岸は、「井伏鱒二は今日の現実社会の肯定者、完全な小市民文学者、善悪の価値基準が市民道徳にある。君こそ井伏と付き合わない方がいい」と攻撃した。

太宰は結局、山岸との交友こそ断たなかったが、その他の井伏の助言には忠実に従い、創作にも真剣に立ち向かい始めた。例えば、この夏、太宰は、「文筆」から四五枚のコントを依頼されて『満願』を書いているのだが、「文筆」は、文芸雑誌と言うより、僅々五十ページ程の砂子屋《まなごや》書房の自家宣伝パンフレットで、砂子屋が出した本の感想批評や、本を出した作家の随想を専ら載せていた。『満願』の掲載号は、創刊以来初めての試みとして、若手中堅作家たちのコント（すべて『満願』とほぼ同じ長さのもの）十二編を集めた特集号であるが、太宰としては、再起を賭ける第一作というつもりで、たとえ掲載誌がマイナーであっても、また片々たるコントであっても、力を抜くことなく優れたものを書くという姿勢を文壇に示さなければならない、と眦を決していたに違いない（この点についても、井伏から訓戒があったかもしれない）。

コントと言えば、太宰はこれより僅かに一年半以前、「若草」に『あさましきもの』（昭和十二年三月）を載せているが、これは、的外れを意味する《賭弓《のり》に（中略）はづしたる矢の、もて離れてことかたへ行きたる》というエピグラフを掲げ、《弱く、あさましき人の世の姿を》表わす三つの小話を並べた後、末尾に、《これは、かの新人競作、》玉の井の《ちよいと、ちよいとの手招きと変らぬ早春コント集の一篇たるべき運命の不文》と知りながら、《破廉恥の市井売文》、いやいやながら、酒が欲しくて重いペンを走らせた。《ひとりでは大家のやうな気で居れど、誰も大家と見ぬぞ悲しき。一笑。》と締め括られていた。コントを注文されたこと自体についての不満をあからさまに筆に載せ、それを掲載誌・編集者・読者に対する無礼とも考えず、むしろ読者への親愛の表現と思っている。きちんと自己完結したコントを書かないことも、自由奔放な形式破壊と思って得意にし、自分の才気をこそ見て欲しいという書き方である。これは、古典的に完成された作品世界を作り上げた『満願』とは対照的な作風であり、内容的にも、『満願』の美談に対して「弱くあさましき人の世の姿」と正反対である。しかし、太宰の生涯を通して見れば、彼の作家的本質はむしろこちらにあり、『満願』の方こそ一時の例外と見るべきなのである。

『懶惰の歌留多』（昭和十四年四月）の「に」の項に、井伏あたりを想定してか、《まともな小説を書けよ。おまへ、このごろ、やつと世間の評判も、よくなつて来たのに、また、こんなぐうたらな、いろは歌留多なんて、こまるぢやないか。》という仮想の友人の忠告を書き込んでいる事から見ても、『満願』等を古典的な作風にすることは、純粋に芸術的な選択ではなく、少なくとも幾分かは、文壇と世間受けを意識した選択だったに相違ない。

この時期、太宰は本格長篇フィクションにも挑戦しており、『花燭』は二百枚ぐらい（長尾による）、『火の鳥』は三百枚ぐらいの長篇にするつもりだった（ともに『愛と美について』昭和十四年五月所収）。これは、一つには、職業作家として生きて行くためには、稿料・印税の多い長篇も書けるようになっておかなければいけないという事と、同時に、本格フィクションや長篇も書ける所を見せて、文壇の再評価を得たいという考えもあっての事であろう。(注8)

この様に、「中期始発期」の太宰の文章はすべて、文壇と世間の冷たい目を意識し、名誉回復を図ることを願って書かれた例外的かつ幾らか自家宣伝的な側面を含み持っているものと見るべきである。

この頃の太宰が、どんなに人目を気にしていたかは、例えば『九月十月十一月』（上）（「国民新聞」昭和十三年十二月九日）に、《立小便しても（中略）特別に指弾を受けるであらうから、旅に出ても、人一倍、自分の挙動に注意しなければ、いけない。》とある事からも分かる。

その旅先の天下茶屋で書いた『火の鳥』でも、「過ちを犯して一度世の中から烙印を押された人たちが、どんなに名誉恢復に憧れているか」が語られ、「しかし、一朝にして名誉恢復などという甘い夢を見てはならない。今は誰にも迷惑掛けず、自分一人を制御するだけでも英雄的な大事業。明確な社会的責任感が持てるように、自分と自分の周囲を育成しなければいけない」と説かれている。この事は、太宰の市民的生活者志願が名誉回復のためだったことをはっきり示している。そしてこれが《聖母受胎をさへ、そのまま素直に信じてゐる》高須隆哉によって語られることは、この時期の太宰がキリスト教と井伏鱒二を心の支えにしていた事を示すものと言って良いだろう。

名誉回復の試みは、『姥捨』での《悪役を買はうと思つた》という弁解に始まり、『富嶽百景』(昭和十四年二〜三月)では、佐藤春夫の『芥川賞』(昭和十一年十一月)を読んで、太宰をひどいデカダン・性格破産者と思っていた新田に、《まさか、こんなまじめな、ちやんとしたお方だとは》と驚かせる形で、露骨に行われている他、『当選の日』(昭和十四年五月九日)『春の盗賊』(昭和十五年一月)などでも、悪評が伝説・誤解であることが強調されているし、『東京八景』(昭和十六年一月)では、《Sさん》(佐藤春夫)に謝罪し、破門を解いて貰ったことを報告している。『満願』を始めとする美談的な作品群も、太宰自身が謙虚で道徳的な人間であると認められたい(そして少なくともその当座は本気でそうなりたかった)願望に結び付いている筈である。

「中期始発期」のもう一つの特徴として、太宰が、津島家の人々に向けた求愛のメッセージをしきりに発信している事も指摘して置かねばならない。危機と孤独に陥った時、太宰が他の誰よりも津島家の人々を懐かしく思い出し、彼等の愛で自分を救って欲しくなったのは、ごく自然な成り行きである。また、前年、文治が選挙違反事件に連座し、太宰同様日陰の身になった事も、生家と和解し、生家のために自分が役に立ち、自慢になる人間だということを見せたい気持を起こさせたのであろう(これが『東京八景』で言われている転機の説明の心理的背景と思う)。

太宰は、津島家から義絶同然になっている悲しみを、『富嶽百景』『黄金風景』(昭和十四年三月二〜三日)などの作品の中に書き込み、『花燭』では、《三年後には、私も、きつと、》家族の《記念写真の一隅に立たせてもらへる。》という夢を語り、『火の鳥』では、須々木の自殺を《ふるさとを失つた人の悲劇》と規定し、親孝行や家系の大切さを説いた。昭和十四年一月十七日付け中畑慶吉宛書簡では、《一日も早く　故郷の母上はじめ　皆さまと晴れて対面　致したく存じます》と書き送り、『善蔵を思ふ』(昭和十五年四月)によれば、昭和十四年九月の青森県出身在京芸術家座談会の際にも、《末席につつましく控へてゐたら、》良い評判が故郷の町まで届き、四年この方思っている《衣錦還郷》に繋がるのではないか、と期待したりする。太宰がこの時期目指していた更生・名誉回復の中には、文壇的なものの他に、津島家の一員として晴れて迎えて貰いたいという願望が含まれて居り、謙虚さには、その為の戦略という面もあったのである。

しかし、津島家は、九十円の仕送りを続ける以外には音信もせず、太宰の再婚に際しても関わりを持つことを拒み、太宰の期待は裏切られた。この時期に太宰が、『古典風』（発表は昭和十五年六月だが、十二年十〜十二月に執筆したものに若干の改訂を施しただけ）『花燭』『黄金風景』『新樹の言葉』（昭和十四年五月）など、津島家に繋がる女中・乳兄妹などが、太宰を愛したり応援したりしてくれるという物語を次々に書いたのは、現実の津島家との断絶を埋め合わせるために太宰が偽造した「自家用神話」、架空の私設応援団のようなものであったろう。

「中期始発期」の太宰の心境と作風は、以上のような諸事情から生まれた一時的・例外的なもの、太宰の本領からは、ややはずれたものと見るべきである。また、そうとでも考えない限りは、昭和十四年春頃になって、文壇の評判が良くなり、危機を乗り超えられる見通しが付いて来た時に、たちまち反動が現われる理由を説明できないであろう。

例えば、中期ではあるが「中期始発期」の終焉を感じさせる『春の盗賊』（発表は昭和十五年一月だが、十四年春頃執筆）では、《私の謂はば行きづまりは、生活の上の行きづまりに過ぎなかつた》。《断じて、作品の上の行きづまりではなかつた。》と強調されているし、同じ頃に書かれた『八十八夜』（昭和十四年八月）では、太宰がモデルと見られる笠井という作家について、《五、六年まへまでは、新しい》《反逆的な、ハイカラな作家として喝采を博したが、今は《行ひ正しい紳士》になってしまい、《陋巷の、つつましく、なつかしい愛情がある》仕事と称しつつ、《でたらめな作品を》《書き殴つて》いる、と批判されている。フィクションの誇張はあるが、「中期始発期」を否定しようとする意志は明らかで、これ以降の作品にも、前期的な心境や作風への揺り戻しが現われているものがある。一つには、妻・美知子に対して次第に募り始めた失望と違和感も影響していよう。[注9] また、何時までたっても自分を迎え入れてくれない津島家に対する失望もあったろう。さらには、『ラロシフコー』（昭和十四年七月）に言うような、利害打算を超えた《「聖戦」といふ大ロマンチシズム》に刺激された面もあるだろう（本書「作家論的補説　太宰治と戦争」参照）。

その後も、例えば『走れメロス』（昭和十五年五月）のような美談風の作品はあるが、メロスが自分を最初から《偉い男》《勇者》として誇っている点や、王を殺しに行ってたちまち逮捕される無計画な振舞いなど、「中期始発期」の庶民的・良識的に謙虚な美談とは、相違を見せている。また、メロスとセリヌンティウスの友情は、結局の所、人間の世界には滅多に見られない例外だからこそ素晴らしいのであって、メロス自身も一時は《人を殺して自分が生きる。それが人間世界の定法》だと思うなど、暴君ディオニスの人間不信を、一般論としては正しいと太宰も思っている点、「中期始発期」の人間信頼一辺倒の姿勢とは、ニュアンスに差があるのである。

その後、『かすかな声』（「帝国大学新聞」昭和十五年十一月二十五日）の《信じる能力の無い国民は、敗北する》《ロマンを信じ給へ。「共栄」を支持せよ。》を経て、太平洋戦争勃発という国家的危機に刺激される形で、中期の後半、太宰の心境は、再び神に、信仰のようなものにすがろうとする傾向を強めるが、これについては、本書「作家論的補説　太宰治と戦争」で説くことにする。

（二）モデル問題

『満願』論に入る前に、もう一つの前提として、『満願』に描かれたことが、実話ないしはモデルの事実に近いものかどうかという点について、私の見解を明らかにして置く必要がある。結論から言えば、『満願』は基本的にフィクションであり、仮にモデルがあるとしても、大事なことで特定のモデルの事実に拠らなければ書けないようなことは何も無いと言って良く、モデル詮議は作品理解には無用と考える。ただし、『満願』の虚実を論じることは、『満願』理解に資する点もあると思うので、以下に簡単に私見を述べて置く。

周知のごとく、戸羽山瀚《とばやまかん》氏は、「太宰治と三島」（戸羽山瀚編『写真集明治大正昭和　三島・修善寺』国書刊行会、昭和五十四年刊）で、医師・今井邸で太宰をしばしば目撃したと述べ、今井夫妻が『満願』の医者夫婦の、作家・池氏夫妻が教師夫妻のモデルとしている。しかし、仮りにやや似寄りの事実があったとしても、『満願』に描かれた通りのシーンを太宰が実際に目撃した筈はない、と私は確信する。

その第一の理由は、『満願』の中でこの医者は、患者本人ではなく薬を取りに来た奥さま（以下、医者の奥さんと区別するため、ヒロインと呼ぶ）に対して、或る日突然、「もう治りました」と宣言した事になっている事である。これは、およそありそうもない事である。まともな医者なら、最後にレントゲンを撮り、患者本人を直接診て確認した上で、本人に「もう大丈夫です、セックスもしても構いません」と言う筈である。つまり、少なくとも、ヒロインが一人で帰るのを目撃したというのは、太宰のフィクションでなければならないのである。

不自然な点は他にもある。《私》は《五種類の新聞を》《読ませてもらひにほとんど毎朝》、医者を訪ねる事になっているが、そもそも太宰が、何種類もの新聞に毎朝目を通したという話は聞いた事がない。(注10)《五種類》としたのは、二三種類では、わざわざ読みに出掛けるのが不自然になると考えたからかも知れないが、三島のような田舎の町医者が、五種類もの新聞を取るかどうか。もし取るとしても、それは待合室の患者用であろう。だとすれば、診察が始まる時には、待合室に置かれていなければならない筈で、縁側で読むのはおかしい。

しかし、実はこの新聞は、作品の中で極めて重要な役割を担わされていて、これを毎朝縁側で読む事は、作品にとって是非、必要なことだったのである。何故なら、《一夏》の間に《私》が何度も医者の《叱咤》を耳にしたり、奥さんからそのわけを聞かせて貰ったり、《おゆるしが出た》直後のヒロインをタイミング良く目撃したりすることを、不自然ではなく可能にするためには、《私》が殆ど毎朝医院の縁側に座っており、その《眼のまへの小道》を、ヒロインが何回も、いつも《その時刻》に通ることが、是非とも必要な条件となるからである。

例えば、《私》が新聞を待合室で読んだだけでも、この小説にとっては致命的な不都合が生じてしまう。待合室の中でヒロインといつも顔を合わせるのでは、『満願』に充ち満ちていたあの爽やかな開放感が失われるし、医者とヒロインとの診察室での会話も聞こえてしまうだろう。目撃シーンが待合室になれば、ヒロインにパラソルを開かせる訳には行かなくなる。他の仕種に変えるとしても、誰も見ていないと思ってした無心の動作でなければ、人の心を打つことは出来ない。また、医者の奥さんと寄り添いながら目撃するという訳にも行かなくなる。

このように、あの感動的な目撃シーンは、綱渡り的に厳しい条件をクリアーしない限り、決して成り立たない。という事から逆に、《私》が新聞を読みに来ることだけでなく、『満願』全体がフィクションに違いない、と私は確信するのである。

ヒロインが頻繁に薬を取りに来るという設定も、いつも《私》が縁側に居る朝の決まった時刻に来るという設定も、不自然であり、目撃シーンを成立させるためのフィクションと思しい。当時は、結核に有効な薬はなかった筈であるし、頻繁に取りに来なければならない程、保存の利かない薬というのも解せない。しかも患者は全快間近で、薬は不要になりつつあった筈であろう。

医者が、《ときたま》ではあっても、わざわざ《玄関まで》出て来て《大声で叱咤する》というのも、診察室で言えば済むはずで、患者のプライヴァシー保護という観点から見てもおかしい。これは、一つには医者の開けっぴろげな性格を表すためであろうけれども、主たる理由は、そうしないと、縁側の《私》や医者の奥さんの耳に聞き取れず、奥さんが《私》に説明するという展開が出来ないからであろう。医者やその妻が、患者のプライヴァシーを他人に語ってはならないという良識は、当時も存在した筈で、医者の不思議な叱咤を聞くことが度重なった為に、奥さんも《私》の不審を解かねばと、説明する気になったという仕組みなのである。（注11）

『満願』は、太宰にしては珍しく緊密な構成を持った傑作であるが、それは一つには、この様に危うい綱渡りをしなければ、目撃シーンが成り立たない話だったからでもあろう。

なお、『満願』が三島を舞台にしている事についても、必ずしも実際にそこで体験したから、と見る必要はないように思う。三島滞在を懐かしんだ『老《アルト》ハイデルベルヒ』（昭和十五年三月）では、『ロマネスク』（昭和九年十二月）には言及しているのに、『満願』には一切触れていないし、そこに描かれた糶《せり》市や宿場時代そのままの飲み屋など、《頽廃の町》のイメージは、『満願』の三島とは懸け離れている。『満願』では、青春の懐かしさと、背後に富士を控え、結核にも良いすがすがしい舞台ということで三島を選んだだけであるらしく思われる。（注12）横田俊一の問合わせに答えた昭和二十二年一月二十一日付けの葉書にも、三島での『思ひ出』（昭和八年四〜七月）『ロマネスク』執筆には触れているのに、『満願』についての言及はないのである。

「中期始発期」に、太宰は住んだ事のある（或いは住んでいる）土地を舞台にした作品を幾つか書いているが、船橋を舞台にした『黄金風景』がもし実体験だったなら、その影響が『満願』以前に現われないのはおかしい。『新樹の言葉』が実体験でないことについては、美知子夫人の証言がある。『満願』の三島体験も偽造された過去と見て差し支えあるまい。

戸羽山氏の言う池氏夫妻と『満願』の教師夫妻との間に、どの程度の似寄りがあるのか分からないが、もし三年間セックスを我慢した結果、結核が治ったというだけの事なら、当時は日本中の至る所にあった筈であろう。

田中英光は、『満願』は《奥様のお話にヒントを得た作り物とお伺いしたことがある》（『自叙伝全集　太宰治』

「解説」、文潮社、昭和二十三年十月刊）と証言しているし、『東京八景』には、昭和十年、結核で経堂《きようどう》病院に入院中の事として、初代が《べエぜしてもならぬと、お医者に言はれました、と笑つて私に教へた》という一節がある。例えばこの時に、初代が医者から聞いた話として、三年間セックスを我慢した結果、結核が治った例を太宰に聞かせた程度でも、作家の想像力を以てすれば、『満願』一篇を草する事は充分可能と思う。

『満願』は、《これは、いまから、四年まへの話である。私が伊豆の三島の知り合ひのうちの二階で一夏を暮し、ロマネスクといふ小説を書いてゐたころの話である。》と、あたかも太宰自身の実体験であるかのように書き始められる。それは、美談というものは、嘘で良ければ幾らでもでっち上げられるものなので、読者を感動させるためには、作者太宰自身が、「これは、私が実地に見聞した実話である」と保証することが、作品の効果のために是非必要だったからなのであろう。

（三）『満願』の価値観

①欲望の抑制——古典的均斉

「中期始発期」の作品群は、かつてパビナールの誘惑に抗し得ないだらしなさから、多くの人々に嘘を付き、金を借りるなどして迷惑を掛けた過去と、その為に蒙った悪評を払拭する為に書かれている。その際、過去の自分を否定する為に、新たに選ばれた倫理は、キリスト教的なものと市民生活者的なものであった。即ち、かつての傲慢と自虐を否定して、限界を含めて自分の現状を謙虚に肯定すること、だらしなさを克服して、我欲を抑え、節度を保つこと、そして隣人愛を実践すること、などであった。従って、「中期始発期」の作品を主題内容面から見ると、その殆どはこうした道徳的主題を追究したものであり、しかも美挙を成し遂げた他者を《私》(＝太宰)が謙虚に賛美するという内容になっている事が多い。

太宰はこの時期、女性に自己を仮託する作品(『火の鳥』『女生徒』(昭和十四年四月))や、女性を賛美したり、女性によって救われる作品(『花燭』『満願』『I can speak』(昭和十四年二月)『富嶽百景』『黄金風景』『新樹の言葉』)を多く書いているのだが、これも、太宰にもともと女性的な性格がある(『一日の労苦』(昭和十三年三月))からばかりでなく、傲慢になりがちな自分の男性的自己主張を抑え、弱者の位置に身を置き、「内助の功」的謙譲の美徳を身に付けようとする気持があったせいでもあろう。

「中期始発期」にはまた、このキリスト教的・市民生活者的なモラルが、太宰の美意識をも強く支配している。即ち、これらのモラルの根底をなす、自己を律し、欲望を抑制することを良しとする価値観は、美に適用される時には、簡潔さや古典的均斉を良しとし、饒舌や自由奔放さを嫌う美意識を生む。その為、「中期始発期」の作品は、太宰としては例外的に簡潔で、古典的均斉を具えているのである。中でも『満願』は、内容的道徳的側面でも、形式的美的側面でも、「中期始発期」の作風を最も典型的に示した傑作と私は考える。(注13)

先ず形式的美的側面から見て行くと、『満願』は、起承転結のスムーズな展開を持ち、脱線や破綻がないことが、美点の一つである。段落で言うと、第一段落が起(医者との出会い)、第二段落が承(医者夫婦との交友)、第三、四段落が転(ヒロインの登場)、第五段落以下が結(美しいものを見たこと)に当たる。起承転結などは、ありふれた構成に過ぎないとも言えるが、太宰の作品の多くは、こうした教科書的構成を持たず、むしろ自由奔放な形式破壊によって、自分・太宰の存在を印象付けようとする作家的エゴが強いのが特徴なのである。

次に、作品の言わば気分的な展開としては、暗から明へというメリハリのある構成が採られている。これも、ありふれたことと言えばそれまでであるが、太宰の作品においては、普通は、暗の部分が長く重苦しく続いて行くし、明の部分は道化のような形で間歇的に現われ、暗から明へというような一本道ではない事が多い。ところが、『満願』においては、大部分が明で、暗部は《私》が《愛といふ単一神を信じたく内心つとめてゐ》ながら、それがうまく行かず、胸の内が《うつたうし》かった、という暗示的な述懐一つだけに抑え込まれている。それでいて、この一点の暗は、そこから作品のすべてが意味付けられる、言わば作品の基点としての重い意味を担っている。また、この暗部が明へと転換される過程は、整然と二つの段階に分かたれ、ラストで最終的な解決がもたらされるという、太宰には珍しく隙のない論理的な構成になっているのである。

具体的に言うと、《私》の暗部に《一味爽涼》をもたらす第一弾として、医者夫婦との交友（プラス牛乳配達の青年の爽やかな挨拶）が設定されている。医者は単純で《歯切れがよ》い《善玉悪玉》の《原始二元論ともいふべきもの》を説くが、実際にはその言葉とは裏腹に、医者の世界には善玉のみで悪はなく（ビールに反対する奥さんが悪玉とされることがその事を表わし）、逆に愛の一元論の気持ちの良い例証となった。その上に、医者夫婦とヒロインの愛の献身を目撃したことが強力な第二弾となって、遂に《私》は《愛といふ単一神》を信じられる程になった、というのが一篇の趣意なのである。

この気分の展開に関連して、小道具的なものにも言及して置くと、『満願』では、夏の季節感が実に巧みに用いられている。太宰は普段、心理を追うことに急で、「葦の自戒」（『もの思ふ葦（その三）』昭和十一年一月）にも言うように、自然に対しては余り関心を示さず、季節感も稀薄であるので、これも珍しい事である。[注14]

『満願』では、《私》の暗部、《うつたうしい胸のうち》は、夏の蒸し暑さと暗に結び付けられており、それが《お医者の善玉悪玉の説》によって《一味爽涼を覚え》たとなる。この爽涼感は、その後、《ビール》、《朝》、《冷い麦茶》、爽やかな《風》、《水量たつぷりの小川》、《自転車》を走らせ、《おはやうございます、と旅の私に挨拶し》てくれる気持ちの良い《牛乳配達の青年》によって畳みかけて強調された後、ヒロインの《簡単服》、《下駄》、《清潔な感じ》、そして《さつさつと飛ぶやうにして歩いていつた。白いパラソルをくるくるつとまはした》姿へと収斂して行く。特に作品の焦点となっている、風で回る風車《かざぐるま》のように涼しげな白いパラソルのイメージは、夏の強い陽射しと背後の青空を背景にする事で、最大限の効果を発揮していると言えるだろう。(注15)

太宰がヒロインのいつも通る道を、《青草原のあひだを水量たつぷりの小川がゆるゆる流れてゐて、その小川に沿つた細い道》として置いた事は、このシーンの背景を狭苦しい市中の街路ではなく、広々として開放的、かつ小川が流れ、草が生い茂る生命的な場所にし、三年の忍耐が終わったヒロインの解放感と生命感をさらに効果的に表現する事に役立っている。(注16)背後に富士のそびえ立つ三島という舞台設定も、爽涼感と開放感を醸し出す効果があろう。短い作品の中で、パラソルの場面に向けてイメージ的伏線を張り巡らした構成は、まことに簡潔にして巧みと言える。

文体も「中期始発期」には、前期に見られた西鶴ばりの変則的な文体は影を潜め、簡潔平明なものになる。特に『満願』では、太宰の他の作に多い一人称的な心情の吐露も、客観的な心理分析さえも殆どなく、簡明な叙事と客観描写が大部分を占める。これも、太宰においては極めて異例である。『満願』は僅かに四五枚という厳しい枚数指定を受けて書かれたものであり、その事が偶然に圧縮の効果を生んだ面もあるかも知れない。

太宰の作品では一般に、太宰自身を思わせる人物が主人公となったり、太宰自身が抱えている悩みの饒舌な吐露が中心になることが多いのだが、「中期始発期」には、それも抑制される傾向にある。取り分け『満願』では抑制が強く、自分自身の問題は、《愛といふ単一神》以外、全く語られる事がない。

また、太宰は作品の前面に自らしゃしゃり出て、自虐的・道化的な読者サービスをしようとする事が多いのだが、これも「中期始発期」には殆ど見られない。『満願』では、笑いを取る役は医者に任せ、それも抑え気味で、《私》は脇役に徹するようにさせている。

自分を表に出さないようにするためには、小説の書き方としては、三人称客観小説が最も相応しい筈であるが、太宰には、様々な人物を生き生きと描き分けるという才能は乏しく、『花燭』『火の鳥』で試みたものの、失敗に終わった。そこで、これに代わる方法として太宰が編み出した（と思われる）のが、理想的な人物を主人公として、脇役である太宰的な語り手が、主人公の美しい心が外に現われる特権的瞬間を垣間見て、賛美するという手法だった。『満願』はその嚆矢で、以後の『I can speak』『黄金風景』『新樹の言葉』は、すべてこの方法で書かれている（前述のように、美談は実話に見せ掛ける必要がある事も、この方法を採る理由の一つである）。また、『富嶽百景』も、（ユーモラスなものも含むが）垣間見た人物たちのスケッチを集成したもので、この手法の変形と言える。

この手法は、もともと短篇やコント向きなのだが、短かい作品は、人物を美化・理想化する美談に向いている。長い作品ではどうしても、人間に付きまとう不完全さや人生の醜さや退屈な面をも切り捨てる訳には行かなくなるからである。例えば『満願』のヒロインの生涯を、大長篇小説に仕立てたとしたら、『満願』の感動は、忽ち失われるであろう。その意味でも、垣間見の短篇は、「中期始発期」の太宰にとって、必然的な手法だったと言えよう。(注17)

②欲望の抑制――セックスと家族的エゴイズム

次に、内容的道徳的側面についてであるが、『満願』もまた、他の「中期始発期」の作品と同様、ヒロインが欲望を抑えた我慢・無欲（性欲だけでなく、簡単服に下駄という物質的な無欲さも含む）と献身的看護、医者の献身的な治療、そして医者夫婦と《私》がヒロインの喜びを共にする善意・無私の隣人愛など、エゴイスティックな欲望の否定を倫理的に評価する内容となっている。また、献身の結果、結核が治癒したとして、善意の勝利を言祝《ことほ》ぐ内容ではあるが、医者・ヒロインともに、独力で事を為した英雄ではなく、皆が無私の力を合わせた結果とする点、謙虚さも失っていない。また、禁欲ばかりを強調するのではなく、生きること（結核の克服）の喜びを謳い上げ、

《ビール》《冷い麦茶》爽やかな《風》などの感覚的な快楽も肯定し、《世の中の有様をすべて善玉悪玉の合戦と見》るような単純素朴さ・無邪気さをも愛すべきものとして肯定するなど、古典的な調和感がある事も、「中期始発期」の特徴と言える。

ただし、『満願』はセックスのお許しが出る話であるから、性欲も肯定されていると考えるのは誤りである。太宰の作品には、前中後期を問わず、セックスに関することは滅多に出て来ず、出て来る場合も、肯定的に意味付けられることはない。また、女性の肉体のエロティックな魅力が語られることすらもない。これは、父に対するエディプス・コンプレックスが強いために、セックスは即ち息子より夫を愛する母の裏切りだという無意識の悪印象があり、さらには、母に対する不信から女性不信があり、セックスは女性が男を利用して自らのエゴイスティックな欲望を満たす事という悪印象もあり、セックス以前の母子一体的な関係への憧れの方が遙かに強かったためであろう(注18)。太宰の理想とする女性像は、『俗天使』(昭和十五年一月)などからも分かるように、親切に飲食物・薬・金などをくれる、乳児にとっての母親のような女性で、作中には、母親タイプ・年上の姉のようなタイプ・女中・看護婦などとして登場することが多い。

『満願』のヒロインも、夫を看護する看護婦タイプである。その夫を作品から完全に排除しているのも、ヒロインのみを引き立たせる狙いの他に、性的な問題を忘れさせる事に一つの目的があろう。『満願』は表向き、セックスが解禁された喜びを描いているようにも見えるが、太宰は《清潔な感じ》を強調し、診察室でも医者と談笑させており、いつまでもセックス断ちは続けられそうである。ヒロインがパラソルを回すシーンにも子供のような無邪気さがあり、殆ど処女に近い印象を受ける。またそこにこそ、このヒロインの美しい感じがあるように思う。読者の多くも、この夜のヒロインが、夫とセックスする姿を想像したいとは思わないであろう。作品全体を通して、夏の蒸し暑さと爽涼感の対比がある事からも、セックスのような暑苦しいものは、否定されていると見るべきであろう。セックスのお許しが出るということは、即ち夫の肺結核が全快したということであり、ヒロインの喜びもそこにあったと読むべきである。

太宰がセックスを否定するのは、エディプス・コンプレックスの為であるが、「（一）所謂「中期」の解釈」で述べたように、太宰は家庭の幸福に対しても、エディプス的な羨望から、エゴイスティックな欲望として否定する傾向が強かった。「中期始発期」は、市民的生活を目指した時期なのだから、家庭的なものを肯定しそうであるが、実際には、津島家への求愛的なものを除けば、この点での変化は殆ど見られない（注19）。

『満願』でも、家族的エゴイズムを作品から消し去るために、太宰は種々の細工を施している。例えば、登場人物は皆一様に若く、医者夫婦だけでなく《私》・ヒロインにも恐らくはまだ子供がない。《私》に至っては、独身のように見える（《私》＝太宰なら、既婚者であるが）。また、彼らの両親・舅姑などの世代は、全く出て来ない。これは、登場人物たちが家や家族の利害に囚われることなく、純粋な人間愛から行動したという印象を作り出すための処置であろう。

特にヒロインについては、もし夫を作中に出したなら、夫だから献身するので、他人ならしないという家族的エゴイズム（または早くセックスしたいという肉欲）の感が強くなったであろうし、子供を出したなら、「この子の為にも早くなおって稼いで貰わなくては」といった生臭さが生じてしまったであろう。夫と子供を消し去り、他人である医者との二人三脚とした事で、初めて二人の献身は、普遍的な人間愛による純粋に道徳的な行為であるという印象を生じ、読者を感動させる事が出来たのである。

ヒロインが簡単服にパラソルという質素ながらハイカラな姿で出て来るのも、もし丸髷に和服であったなら、家のために従順に奉仕する婦道の鑑というイメージになってしまうからであろう。医者の奥さんがブリッヂを提案するようなハイカラさも、この事と関連しよう。

また、登場人物の職業を、医者と教師夫妻にしたのは、それらが西洋的知識人の仕事であり、かつ他人に奉仕する仕事だからで、これも家族的エゴイズムの否定に繋がる。《私》が作家であることにも、類似の意味があろう。《私》が医者夫妻の家族の一員のようになっていることや、医者とヒロインの親しさも、家族エゴを超えた友愛の理想を実現したものであり、しかも節度あるものとなっている所に、「中期始発期」らしい特徴がある。

③精神分析学的解釈——乳房

『満願』は、三年間のヒロインの辛抱が報われるという話だが、これは、これから名誉回復に立ち向かおうとする太宰が、ヒロインのように三年間我慢・努力すれば、大きな幸福（名誉の回復や結核の治癒）が与えられる、と約束する希望の神話だったと見て良い。三年という年限は、『HUMAN LOST』（昭和十二年四月）末尾の満二年掛かりの更生試案や、『花燭』（昭和十四年五月）の「三年後には、家族の記念写真の一隅に立たせて貰いたい」という願いと、間違いなく通底しているのである。

ところで、精神分析学的に言うと、我慢に対して大きな御褒美が与えられるというこのパターンは、太宰の母乳に対するコンプレックスと関係があると考えられる。母乳は、吸い尽くすと出なくなるが、時間を置けばまた溜まるからである。

メラニー・クラインによると、人間は誰でも、生後三四ヶ月までの乳児期には、母・乳房に全面的に依存しており、乳房は、その後の精神生活における良い対象すべての出発点となる。しかし、乳児はしばしば母・乳房に欲求不満を抱くこともあり、その際には心の中で（ファンタジーにおいて）乳房を攻撃・破壊する。しかし、二三才頃までの成長過程において、子供は乳房＝母を攻撃した事に罪悪感を抱くようになり、ファンタジーにおいて乳房＝母を修復しようとする。この修復がうまく行けば罪悪感もなくなるが、うまく行かなかったと感じた場合、その人

は、母・乳房に対して、病的なこだわりを持ち続ける事になると言う。(注20)

太宰の場合は、幼少期に母親役が、乳母・叔母キヱ・タケと次々に交替したことや、父母の愛に恵まれなかったことから、自分は母の乳房を傷付けたか吸い尽くした為に、愛して貰えなくなったという無意識の固定観念を持ったと推定される。恐らく太宰の心の病・言われなき罪悪感の根源はこれであろう。『苦悩の年鑑』で、子供の頃、砂糖水を他人に譲る童話が最も心に沁みたとしているのも、砂糖水＝母乳とすれば、よく理解できる。太宰は大酒飲み・大食漢であったにもかかわらず、うまいと思って飲み食いしたことがなかったようだが、(注21)これも、食物・飲物を無意識に乳房・乳と同一視し、乳房を破壊する事を恐れた為であろう。パビナールや酒も、母乳代わりだった可能性が高い。

初代は、太宰にとって、母の代わりを務めていたと思しく、初代との別れを『姥捨』と題して描いたのも、舞台が山だったからだけでなく、『大和物語』に出る母代わりの伯母に見立てたからでもあろう。その初代を失ったこの時期、太宰が作品の中で、新たな母・乳房を探し始めるのは必然であった。

事実、太宰は離婚後一度恋をしているが、それを描いた『秋風記』のKは、二つ年上で母のように優しく笑う女性で、主人公をバスから守ろうとして事故に遭う事になっている。『懶惰の歌留多』の「は」は、《母よ、子のために怒れ》であり、『火の鳥』では、高野幸代が須々木と出会って、《永遠の母親》というような《尊いきれいな気持に》なる。『富嶽百景』では、《母と良く似た老婆》に甘えかかったり、美知子の母堂に孝行しようと思ったりしている。(注22)『新樹の言葉』では、死んだつる（モデルはタケ）に酷似した幸吉の妹に、「あなたは駄目じゃない」と言って貰うことで救われる。『花燭』『黄金風景』も、かつて傷付け失ったと思っていたもの（とみ・お慶）＝乳房が無傷で蘇る神話と読める。(注23)『I can speak』は、母に評価して貰えない弟を優しく見つめる姉を描いているが、その姉の顔が《まるく、ほの白》いのは、無意識的には乳房を表わしたものと解釈できる。

『満願』では、太宰の一ヶ月の入院中に姦通した初代の裏返しとして、ヒロインが三年の禁欲に耐える。おまけに、太宰も悩まされていた夫の結核を治癒せしめる。これは理想化され、神話化された母と言って良いであろう。また、『満願』については、多くの評者が、ヒロインが白いパラソルを回すシーンを最も印象的であったと告白しつつ、それが何故であるかを説明し得た例は、これまで無かったように思うが、開いた白いパラソルは、乳房と形がそっくりであり（閉じたパラソルは、しぼんだ乳房に当たる）、この事が、強い印象を与える根本の原因と私は考える。

そう思って見ると、『満願』には、この他にも、豊かな乳と関連するイメージが随所に散りばめられ、パラソルの伏線になっていることに気付く。即ち、乳の代わりとして最初に《私》が飲んでいた酒、潤沢に供されるビール・麦茶のサービス、滾々と湧き出る乳のように水量たっぷりの小川、配達される牛乳。お多福顔で色が白いお医者の奥さんは、ふっくら白い乳房のメタファーであり、西郷隆盛のように太っていて《私》の怪我を癒してくれるお医者にもまた、そういう面がある。怪我の治療の際に医者が酔っていて、《私》と大笑いになる所は、酒＝乳に対する肯定を表している。また、経済的に豊かと考えられる医者夫妻を中心に置き、安月給と療養費で苦しい生活を強いられて当然の教師夫妻についても、《私》についても、お金の問題を消し去り、作品世界全体が貧しさと無縁であるかのように仮構したことも、無意識の深層では、豊かな乳房と結び付いている。さらに言えば、三島の背後にそびえ立つ富士山にも、乳房のイメージがあろう。

些細なことのようだが、このパラソルへの言及は、《おゆるし》が出た時、ただ一回だけなされる。『満願』の季節は夏なので、本当は、《私》がヒロインを見た時には、曇りでなければいつもパラソルをさしていた筈で、第三段落でも、簡単服・下駄と一緒に言及された方が自然なのである。それなのに、このように一回に絞ったのは、一つには印象を強めるためでもあるが、他にもっと重要な意味があったからだと私は考える。

即ち、このパラソルを、殊更、三年間の禁欲の終わりと結び付けて出したのは、このパラソルに、普通の乳房ではなく、「長く吸わずに我慢した結果、満タンになって張り切った乳房」というイメージを与えたかったからである。また、この《おゆるし》は、表向きはヒロインがセックスをすることのお許しを意味するが、パラソルと結び付くことで、無意識的には、「もうおっぱいを吸ってもいいのよ」と言って胸をはだけ、赤子に乳房を差し出す母の許しを（こういう時に赤子は実に嬉しそうな表情を見せる）、意味することになるのである。

ただし、この乳房は、直接には《私》にではなく、ヒロインの夫に与えられる訳だから、「自分のものにならないなら破壊してやりたい」という幼児的な嫉みの感情を刺激しやすい。それを防ぐために設けられたのが、《私》が医者の家族の中に、無葛藤的に取り込まれているという状況設定だったと思われる。

医者は、西郷隆盛のような良き父親タイプであり、医者の奥さんは、飲物＝乳を提供する良き母親タイプである（ビールを出そうとしない時に、悪玉呼ばわりされるのも、母の役割を果たさないからであろう）。この夫婦には子供が居ないため、《私》は言わば子供のようにそこに入り込み、毎朝、家族然と座敷で新聞を読むような間柄になっている。奥さんがお多福顔である御蔭で、それでもエディプス的葛藤は生じない。お許しの出たヒロインを目撃する際にも、《私》はこの奥さんと寄り添い、奥さんの囁く説明を聞きながら、奥さんと心を一つにして、ヒロインの喜びを共に喜ぶのである。

この様に、《私》が既に奥さんと母子一体化した状態に居た事が、羨望を克服することを容易にし、エゴイズムを超えた無私の心で、ヒロインをただ《美しいもの》として見、惜しみなく与える豊かな乳房（＝愛という単一神に近いもの）としてのパラソルのイメージを、素直に（ケチを付けたりせずに）自分の心の中に取り入れることを可能にした。ラストの《胸が一ぱいになつた》は、表面的には、「ヒロインの長い苦労を思って感動した」という意味であるが、無意識的には、乳房・乳＝母の愛・良いものが、《私》を一杯に満たし、その結果《私》が、良い、与える愛に満ちた存在に変わったことを意味しているのである。

『満願』は、「中期始発期」の他の作品とは違って、直接《私》が愛や声援を与えられるという神話にはなっていない。これは、ナルチシズムに対する自己抑制が最も強かった中期の最初期に書かれた為であろう。にもかかわらず、それが太宰と読者にとって救いとなるのは、単にヒロインが立派であったから、また結核が治ったからではない。万人にとって、乳房はすべて良いものの根源であるからであり、また、乳房はかつて自分が損なってしまった母に対する根源的な罪を象徴するものだから、それが満タンになることは、自分の罪が帳消しになることを意味するからである。『満願』が単なる道徳的美談ではなく、芸術的傑作と言えるのも、その様なパラソル＝乳房の象徴としての力を、見事に駆使し得ているからである。

しかし、太宰は、作中のイメージに、読者を癒すこれ程までに強力かつ普遍的な力を与えることには、二度と再び成功しなかった。その意味でも、『満願』は太宰の全作品の中で、例外中の例外と言うことが出来ると思う。

注

(1)　中期は、発表作品では『満願』からとして置く。『燈籠』(昭和十二年十月)には、社会全体を敵視し、罪を犯した弱い者の方が善良で美しいのだと強弁する傲慢でナルチスティックな姿勢があるため、前期に含めて考えたい。

(2)　傍証となるものとしては、昭和九年と推定される津村信夫宛書簡の、「青い花」の同人は《すべて　われは神なり　の自負を持つてゐるやうな有様》という一節や、昭和十年九月三十日付け鰭崎潤宛書簡の《自我の塔を築きあげること、これ以外にない》という一節が挙げられる。

太宰が自らのナルチシズムと傲慢さをはっきり反省したものとしては、『二十世紀旗手』(昭和十二年一月)「序唱」に、調子に乗って《私こそ神である。》と宣言したために、聴衆から《賤民の増長傲慢、これで充分との節度を知らぬ、いやしき性よ》と石を投げ付けられる《道化役者》のような顔の《六尺》近い《かたち老いたる童子》を描き、

《おのれの花の高さ誇らむプライドのみにて仕事するから、このやうな、痛い目に逢ふのだ。》と書いた例がある。また、前期の自分を振り返った『答案落第』（昭和十三年七月）の《五十米レエスならば、まづ今世紀、かれの記録を破るものはあるまい、とフアン囁き、選手自身もひそかにそれを許してゐた、かの俊敏はやぶさの如き太宰治》という一節もある。そして、昭和十四年五月四日付け山岸外史宛書簡には、《ほんとう《（ママ）》の謙譲といふこと、少しわかつてまゐりました。（中略）いままでの自身の傲慢が、恥かしくて、たまりません。》とある。

（3）『一日の労苦』（昭和十三年三月）『花燭』（昭和十四年五月）『懶惰の歌留多』『葉桜と魔笛』（昭和十四年六月）『鷗』（昭和十五年一月）『犯しもせぬ罪を』（昭和十六年二月二十日）などに、こうした考えが窺われる。『満願』の《私》も、《愛といふ単一神を信じたく内心つとめてゐた》とされている。

（4）武蔵野病院退院時の文治との約束で、仕送りが昭和十四年十月で打ち切られることになっていたことも、文字通りに実行されるとは必ずしも信じては居なかったにしても、影響はしたであろう。

（5）井伏鱒二の『解説』（『太宰治集　上』昭和二十四年十月）によれば、文治からの送金は昭和二十年七月の津軽疎開まで続けられ、昭和二十一年十一月に東京に戻る際に、文治が渡そうとした一ヶ月分のお金を太宰が辞退して、終わりになったらしい。

（6）例えば、「日本浪曼派」（昭和十年六～七月）の山岸外史「現代浪曼主義の啓蒙的諸相」を見られたい。

（7）長尾良の『太宰治　その人と』によれば、井伏はこの頃、塩月赳の就職のために、雑誌社や映画会社へ紹介して歩いたらしいが、これも塩月を太宰から引き離す為だったに違いない。

（8）『もの思ふ葦』「はしがき」（昭和十年八月）に既に、作品がジャーナリズム向け商品見本になるという自覚が見える。

（9）堤重久の『太宰治との七年間』（筑摩書房）「酒中の文学論」によれば、昭和十六年に太宰は美知子について、「真面目すぎる。崩れた所が少しもない。欠点がなくて困っている。」とこぼしていた

（10）相馬正一氏の「太宰治と沼津・三島」（「太宰治」6号、平成二年六月）によれば、坂部武郎・愛子兄妹は、太宰が自転車で怪我をしたことも、太宰が今井夫妻について語ったことも、また医者の所へ太宰が新聞を読みに通ったことも、記憶にないと言う。これも『満願』がフィクションであることの傍証となろう。

(11) なお、ついでながら、ラストの《あれは、お医者の奥さんのさしがねかも知れない。》は、奥さんが「この朝、お許しが出ること」（これが「あれ」に当たる）を予め知っていたことの説明として付けられたもので、奥さんが夫に説いてお許しを早めさせたと仄めかすことで、奥さんもまた、ヒロインのためを思っていた一人であることを強調したものである。井上諭一氏の「『満願』研究展望」（『太宰治全作品研究事典』勉誠社）は、《さしがね》を悪い意味に取り、奥さんがヒロインを警戒または嫉妬し、虚言を弄したとか、《私》をからかい、治療しようとした、などの解釈の可能性を提起しているが、《私》が《美しいものを見》、《年つき経つほど》《美しく思はれる》という一篇の趣旨に反しており、太宰の意図とは相容れないものである。

(12) 三島に程近い沼津は、明治二十六年に沼津御用邸が設けられて以来、多くの華族や資産家が別荘を建設し、海浜保養地として全国的に有名になっていた。

(13) なお、誤解を防ぐために断っておくが、私の考えでは、一般に美的範疇は、それぞれに或る特定の価値観を必ず前提としなければならない。また、価値観にも美的範疇にも、様々な種類のものが同等の権利を持って存在し得るのであって、簡潔さも欲望の抑制もその一つに過ぎず、これだけが正しい価値なのではない。芸術は、どんな大作でも、せいぜい数種類の価値観と、それに基づく美を表現することしか出来ない。そして、それとは正反対の価値観に立脚する作品もまた、同様に傑作たり得るものなのである。

こうした問題については、本当はもっと詳しい説明が必要なのだが、今はこの程度に留めて置く。

(14) 田中英光の『生命の果実』（「別冊文芸春秋」昭和二十四年八月）によれば、太宰は、《「自然は、ぼくに銅貨一つ与えてくれなかった。」「文学では、現代の人間を描くことが最高の問題だよ。自然描写なぞ、問題じゃない。」》と言ったという。ただし、堤重久『太宰治との七年間』の「奥多摩の壮行会」によれば、太宰は「風景はお好きですか」と訊かれて、《「当然だよ。文学作品で残るのは、そのなかの風景描写だけじゃあないかと思ってるぐらいだからね」》と答えた事もあるらしい。

(15) このパラソルのシーンには、モネの「日傘をさす女性」が無意識に影響した可能性もあるかもしれない。太宰は西洋絵画に詳しかったし、時期はずれるが、堤重久の『太宰治との七年間』などには、好きな画家の一つとしてモネの名が挙がっているからである。

(16)　太宰の『待つ』（昭和十七年六月）で、ヒロインが待っている《なごやかな、ぱつと明るい、素晴らしいもの》の候補として、《青葉。五月。麦畑を流れる清水。》が挙げられている。この他、『HUMAN LOST』（昭和十二年四月）の十九日に《みんな、青草原をほしがつてゐた。》とあり、「文芸」昭和十七年八月アンケート「私の好きな詩と言葉」に、木導の「春風や麦の中ゆく水の音」と回答した例がある。これらは、《青草原のあひだを水量たつぷりの小川がゆるゆる流れてゐ》るような風景が、太宰好みものであったことの傍証になろう。

(17)　『老ハイデルベルヒ』（昭和十五年三月）の佐吉が母親をおんぶするシーンも同じ手法だが、この小説は、「中期始発期」の諸作に比べると、遥かに弛緩したものだと私は思う。

(18)　堤重久の『太宰治との七年間』によれば、昭和十七年二月、恐らく十三日に、塩澤寺の厄除け大祭に集まった十九歳の娘たちを見て、太宰は「あの娘たちがいずれ結婚してあんなことをするのかと思うと猥褻だね、いやになるね」と言った。太宰のセックスに対する嫌悪感を示す一例として挙げて置く。また、太宰が『東京八景』で、東京について、《こんな趣きの無い原つぱに、日本全国から、ぞろぞろ人が押し寄せ、汗だくで押し合ひへし合ひ、一寸の土地を争つて一喜一憂し、互に嫉視、反目して、雌は雄を呼び、雄は、ただ半狂乱で歩きまはる。》と描いた後、森鷗外訳『埋木』の《「恋とは。」「美しき事を夢みて、穢き業《わざ》をするものぞ。」》を引用しているのは、恋愛も性も、家庭というものも、すべて浅ましく穢らしい、動物的でエゴイスティックな争いに過ぎない、という太宰の考えを表わしたものである。

(19)　『黄金風景』も、《私》が目指す方向は、お慶夫妻が期待する通りの偉い、そして目下の者に親切な人間になることであって、巡査とお慶一家の家庭的平和の図を真似ることではない、と読むのが正しい。

(20)　誠信書房の『クライン著作集』参照。なお、拙著『谷崎潤一郎――深層のレトリック』（和泉書院）P53～55とP660～662に、もう少し詳しいクライン説の要約を載せて置いた。また、本書「美内すずえ「ガラスの仮面」小論」でも、クライン説を取り上げている。

(21)　『懶惰の歌留多』『鷗』『人間失格』『わが半生を語る』、堤重久『太宰治との七年間』の「三鷹の一夜」など参照。

(22)　太宰はこの義母に、一時はかなり甘えもし、昭和十四年六月には旅行に連れ出すなど、孝行もしたようである。山岸外史『人間太宰治』「八ヶ岳」も参照されたい。

（23）　とみのモデルは宮越トキで、『思ひ出』によれば、叔母キヱに似ていた。

【付記】　本稿は、「『満願』論」と題して、『太宰治研究　9』（和泉書院、平成十三年六月刊）に掲載したものに、今回、加筆・修正を施し、改題したものである。

なお、太宰の文章の引用は、筑摩書房の筑摩全集類聚『太宰治全集』（全12巻　昭和五十～五十二年）に拠った。ただし、旧漢字は新字体に置き換えている。

作家論的補説　太宰治と戦争

以下の論は、太宰の心理についての私なりの仮説として提示しておく。これだけですべてが説明できるというつもりではない。ごく大まかな図式的整理として見て貰いたい。

（一）本稿の目的

『満願』論の冒頭に書いて置いたように、《太宰は、幼少期に父母の愛に恵まれず、兄たちより劣等な存在として軽んじられて育った為に、母性的な愛情への饑餓感、父親願望、純粋で無邪気な子供になりたいという願望、劣等感（傷付けられたナルチシズム）と自虐的・自殺的な衝動、及び、劣等感とは裏腹の、強者に対する羨望や恨みによる悪魔的な攻撃性・反逆性、自分こそが優れた存在であることを証明したいという欲望（ナルチシズム・他人からの評価に対する過剰な敏感さ・芝居がかった誇張癖・虚栄心・英雄（天才）願望・道徳的に立派な自己犠牲的な人間になりたいという願望）、また、誰かと真の愛情関係を持ちたいという渇望と、それとは相容れないはずの動かし難い人間不信があり、こうした自己矛盾と葛藤に満ち、複雑で不安定な精神状態は、太宰の生涯を通じて、根本的には変わらなかったと言える》。

太宰が一時期、マルクス主義運動に関わったのも、その原因は、自分を愛さなかった生家への敵意と自殺衝動と、マルクス主義が科学的にも道徳的にも正しいと思われた事、犠牲的ヒロイズム、それに、自分と同じように疎外・虐待されている《弱き者の仲間（中略）貧しき者の友》（『花燭』）になり、家族との間には持つことが出来なかった真の愛情関係を持ちたいという欲望などが、絡まりあったものだったに違いない。初代と結婚したのも、弱者を救うつもりだったのであろう（《無垢のままで救つた》つもりだったと『東京八景』に書かれている）。

　しかし、日本の民衆は、マルクス主義を嫌悪した。『虚構の春』の「下旬」の最初の清水忠治からの手紙には、《私は唯物史観を信じてゐる。（中略）けれども私は、労働者と農民とが私たちに向けて示す憎悪と反発とを、いささかも和げてもらひたくないのである。》とあるが、清水とは違って、太宰は民衆の憎悪に傷つき、それが革命運動から離れる一因になったのであろう。

　小説に専念するようになってからも、「前期」の太宰は、結局、自分と価値観を共有できる民衆、一体感を持てる民衆を見出す事が出来なかった。その為もあって、『満願』論に書いたように、《個性と「天才」を読者に強烈に印象づけ》る《自我の塔を築きあげること》で、高い評価を得ようとしたのであろう。その太宰が「中期」に移行できた原因としては、『満願』論に書いたような複数の要因が考えられるのだが、その他に、戦争も一つの大きな要因だったことを論証し、跡付けようとするのが、本稿の目的である。

（二）仮　説

　証拠の第一は、太宰自身が、『東京八景』（昭和十六年一月）で、自分に「中期」への変化をもたらした原因として、《故郷の家の不幸》、健康の回復、《年齢》に次いで、《戦争、歴史観の動揺》を挙げている事である。この《戦争》は、日中戦争以外にはあり得ない。

それでは、太宰はなぜ、《歴史観の動揺》を来たしたのか？　太宰が正しいと信じた歴史観、即ち唯物史観で、革命の担い手と成るはずだった労働者・農民が、逆にマルクス主義をこそ嫌悪した事が、その原因の一つだったであろう。

そして、もう一つには、日本の労働者・農民が、実は天皇をこそ喜び迎え、大きな犠牲を払って日中戦争に献身するのを、目の当たりにしたからではないだろうか？

太宰の「中期」を、昭和十三年夏頃の『満願』から、二十年の『パンドラの匣』と二十一年一月の『庭』辺りまでとすると、この期間が日中戦争勃発から太平洋戦争敗戦までと、ほぼ重なる事も、この仮説の正しさを示唆しているように思われる。「中期」の始まりと終わりが、開戦および敗戦から、それぞれ一年から数ヶ月程度ずれているのは、開戦および敗戦の影響が太宰に深く浸透するのに掛かった時間と考えられよう。

日中戦争を太宰が肯定的に捉えていた事をはっきり示している資料の一つは、『作家の手帖』（昭和十八年十月）である。この作品で太宰は、子供の頃、七夕というものは、《牽牛織女のおめでたを、下界で慶祝するお祭りであらうと思つてゐたのだが、それが後になつて、女の子が、お習字やお針が上手になるやうにお祈りする（中略）ためのお供へであるといふ事を聞かされて、（中略）女の子つて、実に抜け目が無く、自分の事ばかり考へて、ちやつかりしてゐる（中略）まことに実利的で、ずるいと思つた》と言う。ここまでは、太宰のいつものエゴイズム嫌い、女性不信である。しかし、この文章は、今年（昭和十八年）七月七日に、三鷹の町で七夕のお飾りを見かけて読んでみたとして、次のように続くのである。

《たどたどしい幼女の筆蹟である。

オ星サマ。日本ノ国ヲオ守リ下サイ。

大君ニ、マコトササゲテ、ツカヘマス。

はつとした。いまの女の子たちは、この七夕祭に、決して自分勝手のわがままな祈願をしてゐるのではない。清純な祈りであると思つた。私は、なんどもなんども色紙の文字を読みかへした。すぐに立ち去る事は出来なかつた。この祈願、かならず織女星にとどくと思つた。祈りは、つつましいほどよい。
昭和十二年から日本に於いて、この七夕も、ちがつた意味を有つて来てゐるのである。昭和十二年七月七日、蘆溝橋に於いて忘るべからざる銃声一発とどろいた。私のけしからぬ空想も、きれいに雲散霧消してしまつた。(注1)》
日中戦争以来、日本の女の子たちは、自分の欲望は二の次にして、国と天皇に誠・真心を捧げるようになった。その無欲で綺麗な心を、太宰は《清純》《つつましい》と賛美しているのである。
『作家の手帖』ではこの後、太宰の家の裏の産業戦士(注2)の奥さんが、洗濯をしながら歌っているのを聞いた時の事が、次のように書かれている。
《しばらく私は、その繰り返し唄ふ声に耳を傾けて、さうして、わかつた。あの奥さんは、なにも思つてやしないのだ。謂はば、ただ唄つてゐるのだ。夏のお洗濯は、女の仕事のうちで、一ばん楽しいものださうである。あの歌には、意味が無いのだ。ただ無心にお洗濯をたのしんでゐるのだ。大戦争のまつさいちゆうなのに。
アメリカの女たちは、決してこんなに美しくのんきにしてはゐないと思ふ。そろそろ、ぶつぶつ不平を言ひ出してゐると思ふ。鼠を見てさへ気絶の真似をする気障《きざ》な女たちだ。女が、戦争の勝敗の鍵を握つてゐる、といふのは言ひ過ぎであらうか。私は戦争の将来に就いて楽観してゐる。(注3)》
昭和十八年当時にあっても、戦争観としては常識はずれだったろうが、太宰にとっては本音である。恐らく大前提としては、「正しいもの（つまり日本）は勝つ」ということがあるのだろう。それに加えて、「日本の女性は、無欲で、物資の不足にも不平を鳴らす事がない。綺麗な心を持ち、正しい事をしている日本を信じ切り、安心し、楽しんでいる。アメリカの女は違う。だから勝てる」、と言うのであろう。

注意すべきは、『作家の手帖』で太宰が、日中戦争は日本の女性の心を綺麗にしたと考え、喜んでいるという事実である。ここでは、従軍する日本の男たちについては語られていないが、命を懸けて国のために戦う男たちを、太宰が賛美するであろうことは、『作家の手帖』から、充分予想できるのである（詳しくは後述する）。

なお、『作家の手帖』が、占領下で刊行された作品集『黄村先生言行録』（昭和二十二年三月）に採録された際、右の引用部分の内、《大君ニ、マコトササゲテ、ツカヘマス。》は、《戦争ハ、コハイデス。》に、《蘆溝橋に於いて忘るべからざる銃声一発とどろいた。》は、《蘆溝橋に於いて、不吉きはまる銃声一発とどろいた。》に、《産業戦士》は《青年工員》に、《アメリカの女たちは、》以下、末尾までは、《女の本性は、無心である。》に書き替えられた。

書き替えられた表現は、確かに反戦平和主義的かつ民主的になっている。しかし、書き替え前の表現と比べて見ると、その「反戦平和主義・民主主義」は、単にＧＨＱによって無理強いされたものに過ぎず、太宰の真意が執筆時から一貫して変わっていないことは明らかである。太宰が心から改心したのであれば、或いは戦中に於ける表現こそが、軍国主義の政権下で、やむを得ず選んだものに過ぎなかったのであれば（そのように主張する評論家・研究者も少なくないのだが）、もっと違った書き替え方をするか、戦中の文章の刊行を拒否したはずである。

次に、もう一つ重要な資料として、戦後の『苦悩の年鑑』（昭和二十一年六月）を見てみよう。その末尾で、太宰は自分の精神的遍歴を《十歳の民主派、二十歳の共産派、三十歳の純粋派、四十歳の保守派》とまとめて見せている。確かに左傾はほぼ数えの二十歳（昭和三年）からだ。三十歳は昭和十三年で、「中期」の始まりである。《四十歳の保守派》（「後期」）だけは、本当は昭和二十一年、三十八歳以降だが、十歳刻みの方が切りが良いから四十歳にしただけであろう。

この図式で、「中期」が《三十歳の純粋派》と呼ばれているのは、何故か？『苦悩の年鑑』では、二・二六事件（昭和十一年で太宰は二十八歳）の前の所に、

《私は、純粋といふものにあこがれた。無報酬の行為。まつたく利己の心の無い生活。けれども、それは、至難の業であつた。私はただ、やけ酒を飲むばかりであつた。私の最も憎悪したものは、偽善であつた。

＊

キリスト。私はそのひとの苦悩だけを思つた。》

という部分があり、これが《純粋派》という命名の由来であるはずだ。『苦悩の年鑑』はごく大雑把な書き方しかされていないので、年代の細かい所ははっきりしない。が、いずれにせよ、太宰の「中期」は、確かに「純粋派」と命名できる所がある（志向としては、「前期」の終わり頃から既にあったが）。そして「中期」の作品に見られる「純粋」さは、『苦悩の年鑑』に言う通り、確かに《無報酬の行為。まつたく利己の心の無い生活》、純粋の善意や愛情・友情、犠牲的献身、またはそういったものへの憧れ、と言えるのである。

つまり、太宰の「中期」＝《純粋派》＝エゴイズムの無い世界であり、それが可能になったのは、純粋な犠牲的献身が、戦争のために、日本の一般国民の間で普通に見られる時代になったからであろう。

事実、「前期」の太宰の作品には、人間の素晴らしさ・心の美しさをストレートに賛美したものは殆どなかった。そして、「中期」が始まる昭和十三年までに、太宰は昭和四、五、十、十二年と、四度も自殺未遂を繰り返した。これには幾つもの原因が考えられるが、その一つとして、「前期」の太宰が、一般国民の道徳性・精神性について、懐疑的で、低い評価をしか出来なかった事があったと私は思う。

例えば、『東京八景』（昭和十六年一月）に、東京市についてのこういう一節がある。

《こんな趣きの無い原つぱに、日本全国から、ぞろぞろ人が押し寄せ、汗だくで押し合ひへし合ひ、一寸の土地を争つて一喜一憂し、互に嫉視、反目して、雌は雄を呼び、雄は、ただ半狂乱で歩きまはる。頗る唐突に、何の前後の関聯も無く「埋木」といふ小説の中の哀しい一行が、胸に浮かんだ。「恋とは。」「美しき事を夢みて、穢き業《わざ》

をするものぞ。」》

これは「中期」に書かれた文章ではあるが、《戸塚》から順に、暗い「前期」の自分を描いて行く、その前置となっている文章であるから、「前期」の心境に重なるものと見て良い。この一節は、一般国民の生きる努力を、家族的エゴイズムによって、互いに争い、他人を押しのけようとする醜く浅ましいものとしか見ず、人間の男女を敢えて《雌》《雄》と貶め、《恋》も《穢き》性欲に過ぎないと嫌悪する、人間不信に満ちた文章である。もし生きることがこういう事なら、太宰でなくとも死にたくなるだろう。

しかし、「中期」には、右の『東京八景』の一節以外には、極端な人間不信は見られなくなり、一般国民に美しい心を見付ける明るい作品が多くなる。「中期」の最後と言える敗戦直後の『パンドラの匣』（昭和二十年十月二十二日～二十二年一月七日）も、明るい作品で、《いまはかへつて、このやうな巷間無名の民衆たちが、正論を吐いてゐる時代である。指導者たちは、ただ泡を食つて右往左往してゐるばかりだ。いつまでもこんな具合ひでは、いまに民衆たちから置き去りにされるのは明かだ。総選挙も近く行はれるらしいが、へんな演説ばかりしてゐると、民衆はいよいよ代議士といふものを馬鹿にするだけの結果になるだらう。》（「口紅」）と、民衆への信頼は変わっていなかった。

ところが、『パンドラの匣』連載終了の翌月に発表された『貨幣』（昭和二十一年二月）では、もう『東京八景』の先の一節と同様の見方に変わってしまっている。『貨幣』の次のような一節から、私はこれを、「後期」の最初の作品と見るのである。

《けだものみたいになつてゐたのは、軍閥とやらいふものだけではなかつたやうに私には思はれました。それはまた日本の人に限つたことでなく、人間性一般の大問題であらうと思ひますが、今宵死ぬかも知れぬといふ事になつたら、物慾も、色慾も綺麗に忘れてしまふのではないかしらとも考へられるのに、どうしてなかなかそのやうなものでもないらしく、人間は命の袋小路に落ち込むと、笑ひ合はずに、むさぼりくらひ合ふものらしうございます。この世の中にひとりでも不幸な人のゐる限り、自分も幸福にはなれないと思ふ事こそ、本当の人間らしい感情でせうに、自分だけ、或ひは自分の家だけの束の間の安楽を得るために、隣人を罵り、あざむき、押し倒し、（いいえ、あなただつて、いちどはそれをなさいました。無意識でなさつて、ご自身それに気がつかないなんてのは、さらに恐るべき事です。恥ぢて下さい。人間ならば恥ぢて下さい。恥ぢるといふのは人間だけにある感情ですから。）まるでもう地獄の亡者がつかみ合ひの喧嘩をしてゐるやうな滑稽で悲惨な図ばかり見せつけられてまゐりました。》

実際、敗戦後の混乱の中で、やむを得ず、または精神の支柱を失い、このように剝き出しのエゴイストになってしまった日本人も少なくなかったであろう。そういう現実の変化から、太宰は再び人間不信を強め、「前期」の精神状態に逆戻りし、『人間失格』のような作品を書いて自殺してしまったのではないか（詳しくは後述する）。

敗戦直前に書かれた随想『春』（昭和二十年春）で、太宰が《戦争のおかげで、やつと、生き抜く力を得たやうなものです。》と書いていたのも、戦争の御蔭で人間不信を脱却でき、その御蔭で自殺衝動から救われ、生きて来られた、という意味だった可能性が高いのである。

（三）創作・随想に現われた戦争に対する太宰の姿勢

以下では、「中期」を中心に、太宰の創作及び随想に現われた戦争に対する太宰の姿勢の変化を、年代順に跡付けて見たい。

その際、私は、太宰は、保身のために権力に擦り寄り、心にもない嘘を書くようなことはしなかった、という前提に立ちたい。

芸術家は、表現の効果のためにならモデルや素材となった事実を平気で作り変え、「事実ではなかったという意味での嘘」を書く。しかしそれは、自分の心の真実や、人間の真実を表現する為に必要だからそうするのであって、モラルがないからではない。

太宰は、良心的で道徳的な芸術家である。太宰は、決して自分の心を偽らなかった。嘘を書いて権力に媚び諂うぐらいなら、沈黙するか、筆を曲げる必要のない別の題材を選んだはずである。

それに、何人かの論者が行なっているように、太宰が書き残した文章の中の戦争肯定的な部分を、充分な根拠も無しに、「これは本音では無かった」などとして無視する事は、テキストの恣意的な改変になり、学問上、許されない。従って、以下、太宰が署名して発表したものは、基本的に太宰の本音として扱うことにする。

それから、もう一つ断わって置きたいことがある。私自身は、戦争は根絶すべきだと思っている人間だが、しかし、過去の時代に戦争を肯定した人間を、すべて否定するような考えは、おかしいと思っている。どういう理由で戦争を肯定したのかを、問題にすべきである。

太宰は、決して日本の領土拡張や世界征服を望んだのではない。敵兵の流す血を喜んだのでもない。この事は、誰の目にも明らかだ。太宰が戦争を肯定したのは、一つには、国民の自己犠牲を道徳的に賛美したからである。また、もう一つには、後述するように、植民地アジアの解放という大東亜戦争の目的を信じたからであった。

もし我々があの時代に、あの時代の日本人と同じ条件の下に生きていたら、我々もまた、あの戦争を肯定したに違いない。当時の新聞について、前坂俊之氏は、『メディアコントロール』（旬報社）p21で、次のように総括されている。《明治以来の新聞紙法、出版法などの検閲体制下で言論の自由はもともと制限つきのものではあったが、昭和（一九二五年）に入って以降、年々、言論、思想への統制は厳しさを増して、満州事変ではさらに残された約五〇パーセント、日中戦争で八〇パーセント、太平洋戦争下ではガンジガラメの検閲によって、ほぼ一〇〇パーセント報道の自由が奪われ、メディアは国のプロパガンダ機関にがっちり組み込まれた。》（具体的な事実関係については、前坂俊之氏の『戦争と新聞――兵は凶器なり』『戦争と新聞――言論死して国ついに亡ぶ』（共に社会思想社）を参照されたい）。我々が、今あの戦争を否定できるのは、当時は殆どの国民が（そして太宰も）知らなかった様々な知識を、我々が今、持っているからに過ぎない。あの戦争の悲惨な結末を、日本がアメリカに勝てる可能性がもともと無かったことを、あの戦争が侵略戦争であったことを、日本軍は戦争中に言われていたような道徳的・人道的な軍隊では決してなかったことを。

太宰が正しい知識を持たなかったために、正しいと信じて行なった戦争肯定を、私は、何ら批判するつもりはない。しかし、研究者の間には、あの戦争に対する拒否反応から、「太宰は戦争を肯定しなかった」と思いたいがために、作品を曲解するような傾向がある。それに反対したいと思って、私はこの稿を企てたに過ぎない。

現代の日本人にとっては、正義のための英雄的な戦争というものはなく、戦争はすべて悪で、戦争に参加する兵士も、戦争に反対しない人間も、すべて悪の加担者である、といった考え方が、常識になって来た。事実、二十世紀以降、戦争はすべて非人間的なもの、大量破壊兵器による無差別殺戮に過ぎなくなって来ており、反戦平和主義は、間違っていないと思う。

しかし、太宰が生まれ育ったかつての日本では、戦争についての考え方は、全く異なっていたのである。かつては（そして多くの国では今でも）、戦闘は、近代以前の武士たちのそれであれ、国家・民族間の近代の戦争であれ、愛国心・忠誠心・正義感・勇気・自己犠牲などなど、人間の美しさが存分に発揮される英雄的な舞台だったのである。

人間は、その時代の常識的な認識・価値観から容易には出られないものなのだ。その事を忘れて、あたかも制約から出ることも可能であったかのように、過去の人間を断罪する事は、学問的に正しい態度とは言われまい。我々現代の日本人だって、百年後の人類から見れば、いろいろと間違いを指摘される事になるだろう。自分たちは一〇〇パーセント正しいような気になって、過去の人間を裁くのは、傲慢で己を知らぬ者のすることだ。

優れた文学作品の中にも、後世の人間の価値観から見れば、おかしいと感じる部分は必ずあるものである。例えば『源氏物語』には、生霊という、今日から見れば非科学的なものが出て来るが、生霊を信じていた時代の人々の心の真実を、『源氏物語』が見事に表現しているならば、むしろそれを珍重すべきなのである。我々が忘れたり棄てたりしてしまった古い感じ方・考え方にもそれなりの理由があり価値があることを教えてくれるのが、古典の有り難さである。戦争を戦った（戦わざるを得なかった）人々の心の中にも、美しい真実はある。変態性欲の人間にも、犯罪者にも、心を病んだ人間にも。

文学研究者は、太宰が戦争に反対しなかった事を非難する前に、狭い価値観で凝り固まっている自分をこそ、自己批判すべきである。

さて、先ずは「中期」以前の事から始める。

太宰は、昭和十一年の二・二六事件を、『苦悩の年鑑』の所謂《純粋》《無報酬の行為》として見ていた可能性がある。二・二六から一年後の『HUMAN LOST』（昭和十二年四月）に、《蓮の開花に際し、ぽんと音するか、せぬか、大問題、これ、リアルなりや。（中略）リアルの最後のたのみの綱は、記録と、統計と、しかも、科学的なる臨床的、解剖学的、それ等である。（中略）天然なる厳粛の現実《リアリティ》の認識は、二・二六事件の前夜にて終局、いまは、認識のいはば再認識、表現の時期である。叫びの朝である。開花の、その一瞬まへである。

真理と表現。この両頭食ひ合ひの相互関係、君は、たしかに学んだ筈だ。相剋やめよ。いまこそ、アウフヘエベンの朝である。信ぜよ、花ひらく時には、たしかに明朗の音を発する。これを仮に名づけて、われら、「ロマン派の勝利。」といふ。誇れよ！　わがリアリスト、これこそは、君が忍苦三十年の生んだ子、玉の子、光の子である。》と書いているからである。二・二六事件前夜を最後に、リアリズムからロマンチシズムへと時代が移り変わったとする以上、二・二六事件はロマンチシズムの夜明けということになる。つまり、青年将校たちの行動は、ロマンチックな一つの美しい犠牲的行為として、太宰の眼に映っていた可能性があるのである。（注4）

さらに、『虚構の春』（昭和十一年七月）の「下旬」の斎藤武夫の手紙に、《二月の事件の日、女の寝巻について語つてゐたと小説にかかれてゐるけれども、青年将校たちと同じやうな壮烈なものを、さういふ筆者自身へ感じられてならない。それは、うらやましさよりも、いたましさに胸がつまる。》とある事も、太宰が青年将校たちの行動を、《壮烈》と肯定的に評価していた証拠と思える。（注5）

二・二六事件の背後には、当時の農村の悲惨な状況があり、その原因は、政界・官界が資本家と癒着し、資本家の利益ばかりを計っている事にあるという認識があった。その為、陸軍部内にも、蹶起した皇道派青年将校たちへの同情論があり、最初の「陸軍大臣告示」には、《諸子ノ行動ハ国体顕現ノ至情ニ基クモノト認ム》とあったのである。太宰の『虚構の春』「中旬」の清水忠治の手紙には、《今年の青森県農村のさまは全く悲惨そのもの。とても、まともには見られない生活が行列をなし、群落をなして存在してゐる。》とあるので、太宰も農村の悲惨に無関心ではなかったと考えられる。敗戦後には、確かに『苦悩の年鑑』で、二・二六事件を悪く言っているが、事件当時もそういう考えだったとは言い切れない。（注6）

太宰は、随想『人物に就いて』（昭和十一年一月）で、乃木将軍のことを高く評価していたし、随想『古典竜頭蛇尾』（昭和十一年五月）では、《日本の誇りは、天皇である。日本文学の伝統は、天皇の御製に於いて最も根強い。》と言う。『虚構の春』（昭和十一年七月）「師走上旬」の永野喜美代の手紙にも、《僕は日本民族の中で一ばん血統の純粋な作品を一度よみたく存じとりあへず歴代の皇室の方々の作品をよみました。》として『明治天皇御集』

を読んだ事が書かれている。「中期」の天皇崇拝や犠牲的献身への高い評価に繋がる一つの徴候と考えられよう。

日中戦争勃発直後の事はよく分からないが、山岸外史の『人間太宰治』（筑摩書房）「浅草の記」によれば、太宰は《新聞記事を読みながら、「政府はなにをするつもりなんだろうねえ。この後が問題ですよ」といった》と言う。まだ賛否の態度を決しかねていたようである。これは、蘆溝橋事件が言わば偶発的な衝突で、近衛内閣は最初の不拡大方針から拡大方針に転換したものの、事態の帰趨がはっきりしなかった時点での発言であろう。

戦争勃発後では、「前期」の最後に属するが、随想『多頭蛇哲学』（昭和十三年五月）が注目に値する。太宰はこの中で、近衛首相を暗黙の内に全体主義と結び付けつつ、《全体主義といふ合言葉も生れて、新しい世界観が、そろそろ登場の身支度を始めた。》とし、《唯物論的弁証法の切れ味も、なんだか心細くなり、狼狽して右往左往してゐる一群の知識人のためにも、この全体主義哲学は、その世界観、その認識論を、ためらはず活発に展開させなければなるまい。》《学術の権威のためにも、マルキシズムにかはる新しい認識論を提示しなければなるまい。》と書いている。『多頭蛇哲学』は、『東京八景』で言う《歴史観》（唯物史観）の《動揺》を示すものであり、また、個人のエゴを捨て、全体に帰一するような無私の献身としての全体主義に惹かれ始めた徴候とも言える。

長尾良の『太宰治その人と』（文芸文庫）によれば、戦争が本格化した後の昭和十三年七月の末頃、太宰は新聞で日々の戦況は見ていたが、戦況を話題にする事は殆ど無く、塩月・緑川・長尾らと、将棋やトランプで退屈を紛らしていたと言う。良くも悪くも、戦争への積極的な関心は、まだ無かったらしい。

「中期」の作風がはっきりと現われたのは、日中戦争勃発から約一年後の『満願』（昭和十三年九月）辺りからであるが、日中戦争に対する最初の肯定的な言及は、『I can speak』（昭和十四年二月）の中でなされた。酔った弟のくだ――「《おふくろにも内緒で、こつそり夜学へかよつてゐるんだ。偉くならなければ、いけないからな。（中略）姉さん。おらあな、いまに出征するんだ。そのときは、おどろくなよ。のんだくれの弟だつて、人なみの働きはできるさ。嘘だよ、まだ出征とは、きまつてねえのだ。（中略）姉さん、はつきり言つて呉れ、おらあ、いい子だな、な、いい子だらう？　おふくろなんて、なんにも判りやしないのだ。……》」――を聞いている《姉の顔は、まるく、ほの白く、笑つてゐるやうである。》《ふつと私は、忘れた歌を思ひ出したやうな気がした。たあいない風景ではあつたが、けれども、私には忘れがたい。》という部分である。表現としては僅かであるが、夜学で英語を勉強して偉くなりたい、姉にも母にも《いい子》と賞めて貰いたい、という気持（これは母にもっと愛されたかった太宰自身の気持でもあろう）と、兵士として出征して《人なみの働き》をして驚かせたいという気持は、いずれも純真で微笑ましい、立派に生きようとする努力として、同列に並べられ、太宰に高く評価されているのである。

続いて『懶惰の歌留多』（昭和十四年四月、初稿は昭和十二年十～十二月）に、《へ、兵を送りてかなしかり。／戦地へ行く兵隊さんを見送つて、泣いては、いけないかしら。どうしても、涙が出て出て、だめなんだ。おゆるし下さい。》という一節がある。これを反戦的と取る意見もあろうが、強固な反戦論者なら、悲しむのではなく、怒る所である。また、少しでも批判的な意図があるなら、《おゆるし下さい。》とは書かないだろう。ここでの涙は、御国のために命を賭ける兵士に対する素直な感動の涙と見るべきである。

『女生徒』（昭和十四年四月）は、微生物学者の娘で、女学校を卒業し、知的で読書家で、社会に対して批判的な考えも持っていた有明淑《しづ》の、昭和十三年・十九歳の日記（青森県近代文学館『資料集　第一輯　有明淑の日記』（平成十二年発行）で、写真版と活字版の日記全文を読める）に基づくものであるが、ニュアンスはかなり変えられている。中でも発禁になった石川達三の『生きてゐる兵隊』（「中央公論」昭和十三年三月号）を読んで書かれた五月十一日の日記が『女生徒』で活かされなかった事は、大きな問題を孕んでいる。

その部分には、《この小説を（中略）問題に取り上げた人達が馬鹿みたいに思はれる。》《国民達を、馬鹿にしてしまふ事は、出来ない事位ひ《ママ》、わかりさうなものなのに。》（この辺り九行には、太宰の手で大きく×が書かれている）《無理な事、矛盾な事は、長続きするわけが無い／すべてを明らかにし、本当の批判を生み、そして其処より如何に、国が大切であるか、敗けてはならないかを《ママ》、個人個人の、気持に、本当に出てこなければ嘘なのだ。》《こんな小さな私達でさえ《ママ》、悲しい様に思える《ママ》程、わからない事をする独裁政治が厭になる。》《戦争は、厭なものだ。苦しいものだ／如何に、人達にとつて、戦争が大きいか不幸なものであるか、と、国民達を愛する気持で書いた本が、癈され、それを書いた人は、社会から追ひ出されてしまつた事もある。》といった鋭い批判が書かれている。

また、続けて、遊びに来た軍人の娘から聞いたその叔父達の話を思い出して、《国を治めていく、絶体《ママ》の力を持つてゐる人達の間に、汚たない醜い人達の多い事だろう《ママ》。》と書き、《自分達が、今何んの為めに、生命をなげ出してまで戦つてゐるのか、わからないのに、素直に、自分から進んで、苦しみをなめ、死ぬ時は、「天皇陛下万ザイ」と、さけぶ人達の事を思ふと、たまらない気持がする。》《しかしこんな事は、日本丈では無いのだ。世界中が、皆、同じなのだ。》とも書かれている。

その他にも、巣鴨刑務所【正しくは前年から拘置所になっていた。この時、宮本顕治ら思想犯が拘置されていた事を知っていたのであろう】の脇を通った際の感想として、《同じ人なのに、社会から、カク離されて、ある年限を、他人に、支配され、ぢつとあの中丈で暮らしてゐる。社会の組織も中々、うまくなつてゐるものだ。島木健作の「獄」を思ひ出す。》（五月三十一日）とか、アグネス・スメドレーの『女一人大地を行く』が面白かった（七月十五日）とか、《私は社会学を勉強したい（中略）これは始終思つてゐる事だつた。（中略）自分の思想を肉づけ、そしてそれによつて喜びを得、生きがひを見ひ《ママ》出す事の出来る人が真に生活を持ち得た人と云ふのだろう。》（七月三十一日）といった一節もある。

勿論、これらは、その通りに書いて発表できる時代状況では無かったであろう。しかし、『女生徒』のヒロインを、こうした考えをも持ち得るタイプの人間として描く位のことは、出来たはずである。しかし、太宰はそうしなかった。

また、『女生徒』で、登校前にお母さんへの勤労奉仕に草むしりをして、《むしりとりたい草》と《残して置きたい草》とに《理屈はない》、《女の好ききらひなんて、ずゐぶんいい加減なものだ》となっている一節は、元となった八月六日の日記では、《その時代に排席《（ママ）》され、世の中よりのけられる人間でも、その次の時代には、最適のかんげいされる人間となるかもしれぬ。》という社会批判的な感想だったのを、意図的に太宰好みの女性嫌悪の話題にすり替えたものなのである。こうした事例から、太宰は右のような有明淑の考え方に共鳴しつつ、やむを得ずに伏せたのではなく、そもそも共鳴していなかったと見て良いだろう。

『女生徒』で、多少とも戦争と関係する箇所としては、《将校》である《いとこの順二さん》が《毎日毎日、厳酷に無駄なく起居するその規律がうらやましい》云々という所があるが、これは、五月三十日の日記の《仕官《（ママ）》学校なんてピンとこないけれど、毎日無駄なくやつていく、その規率《（ママ）》には、羨やましい。》を元に、《ピンとこない》という否定的評価を《そんなに素晴らしい生活内容などは、期待できないけれど、》に弱め、日記の《毎日無駄なくやつていく、その規率《（ママ）》》を《厳酷に無駄なく起居するその規律》に変えることで、軍隊的規律をさらに美しくイメージされるようにしている所が注目に値する。

さらに、それに続く、《戦地で働いてゐる兵隊さんたち》の《苦労をお気の毒に思ふ半面、私はずゐぶんうらやましく思つた。（中略）ただ眠りたい眠りたいと渇望してゐる状態は、じつに清潔で、単純で、思ふさへ爽快を覚えるのだ。》という一節は、元の日記にはなく、太宰の戦地の兵隊への気持が現われたものなのである。

全体として、太宰が元の日記よりも、将校や兵隊などを肯定的に捉え、戦争や社会への批判を消し去り、骨抜きにする方向で書き替えを行なっていることは、明らかである。

随想『ラロシフコー』（昭和十四年七月）になると、太宰は、《日本人のお得意の哲学》は、以前は《花よりだんご》やラロシフコー流の《「人生裏面観」》で、《ロマンチツクを、頭の悪さと解してゐ》た《けれども、少しづつ舞台がまはつて、「聖戦」といふ大ロマンチシズムを、理解しなければならなくなつて、（中略）「人をして一切の善徳と悪徳とを働かしむるものは利害の念なり。」などと喝破して、すまして居られなくなつたであらう。浪曼派哲学が、少しづつ現実の生活に根を下し、行為の源泉になりかけて来たことを指摘したい。》と、日中戦争を《「聖戦」といふ大ロマンチシズム》として、はっきりと肯定するようになった。

「聖戦」という言葉は、事変勃発後、間もなくから使用されていたが、「暴支膺懲」、「平和達成への聖戦」（例えば昭和十二年十月七日「読売新聞」夕刊）、「赤化防止への聖戦」（同年十月十一日「読売新聞」（朝刊）松岡洋右談）など、意味は曖昧で流動的であった。太宰がこの時期になって「聖戦」を《大ロマンチシズム》と言い出したのは、近衛首相が昭和十三年十一月三日に出した所謂第二次近衛声明で、「帝国の冀求する所は、東亜永遠の安定を確保すべき新秩序の建設に在り」とし、同年十二月二十二日の第三次近衛声明で、「日満支三国」の「善隣友好、共同防共、経済提携」を謳い、「日本の支那に求むるものが区々たる領土に非ず、また戦費の賠償にあらざることは自から明らかである」「支那の主権を尊重するはもとより、進んで支那の独立完成のために必要とする治外法権を撤廃し、かつ租界の返還に対して積極的なる考慮を払ふに吝かならざるものである」とした発言を真に受け、この戦争を、領土も賠償も要求しない、《利害の念》ではなく理想と正義を《行為の源泉》とする感動的な《大ロマンチシズム》と思ったからであろう。しかし、これらの発言は、実際には、日本に有利な条件で戦争を終結させる為の政治的駆け引きに過ぎず、直接的には、早期の戦争終結を望んでいた反共主義者で国民党副総裁の汪兆銘に、親日政権を作らせる為の餌であった。（注7）

太宰はもともと近衛文麿に好意と期待を持っていたようで、随想『多頭蛇哲学』（昭和十三年五月）で、近衛首相に言及していたことは、先にも述べたが、『兄たち』（昭和十五年一月）でも、長兄・文治が新聞に《A県の近衛公とされて、漫画なども出てたいへん人気がありました》と誇らしげに書かれている（後年のことだが、『惜別』で、文麿の父・近衛篤麿が、「支那の保全」をわが国の対支国是とした、として誉め讃えられている事も、これと無関係ではあるまい）。

日中戦争が侵略戦争ではなく、エゴイズム・損得打算を捨てた「聖戦」であるなら、日中戦争に命を懸ける兵隊さんもまた、ロマンチックな英雄ということになるはずだ。このような考えが、「中期」が始まって間もなくに語られるようになった事実は、「中期」自体、太宰が日本の兵隊に、正義の戦争への犠牲的献身を見た事が一つの要因となって始まったことの傍証と言えるだろう。（注8）

ここで、この時期の、反戦的とも見える太宰の文章『三月三十日』と『鷗』を検討して置こう。

先ず、随想『三月三十日』（昭和十五年四月）では、太宰は《満州のみなさま》に向かって、《私は、政治の事は、あまり存じません。》（事実その通りだったようだ）《けれども、》近衛声明を信じた汪兆銘による南京新政府（注9）の《「和平建国」といふロマンチシズムには、やつぱり胸が躍ります。》と日中戦争の平和的解決に期待を表明し、《日本には、戦争の時には、ちつとも役に立たなくても、平和になると、のびのびと驥足をのばし、美しい平和の歌を歌ひ上げる作家も、ゐるのだといふことを、お忘れにならないやうにして下さい。日本は、決して好戦の国ではありません。みんな、平和を待望しております。（中略）私のやうな、頗る「国策型」で無い、無力の作家でも、満州の現在の努力には、こつそり声援を送りたい気持なのです。（中略）私の三人の知人は、心から満州を愛し、（中略）全人類を貫く「愛と信実」の表現に苦闘してゐる様子であります。》と書いている。

満州国では、満州族・モンゴル民族・漢族（中国人）・朝鮮族と日本人の五民族が協力するという「五族協和」と、皇帝を中心に理想国家を建設する「王道楽土」がスローガンになっていたが、実態は日本の植民地に過ぎなかった。太宰が《満州の現在の努力》と言っているのは、「五族協和」「王道楽土」という理想的な新国家建設の努力をイメージしていたからで、《全人類を貫く「愛と信実」》を言うのも、民族の違いを乗り超えようとする「五族協和」を、《全人類を貫く「愛と信実」》を目指すものと思っていたからである。

現実認識の誤りはあるものの、この文章からは、太宰が好戦的でなく、民族を超えた「愛と信実」と平和を、心から望んでいた事がよく分かる。また、太宰が日中戦争下に、中国及び中国人の悪口を書かなかった事や、昭和十六年十月九日付け山岸外史宛葉書で、《支那の文化に敬意を感じます》と書いている事、『竹青』末尾の自註に《支那のひとたちに読んでもらひたくて書いた。》と書き、「『惜別』の意図」に、《中国の人をいやしめず、(中略)現代の中国の若い智識人に読ませて、日本にわれらの理解者ありの感情を抱かしめ、(中略)日支全面和平に効力あらしめん》と書いている事などから、太宰が中国を軽蔑したり、「断固膺懲」(昭和十二年八月十五日、政府声明)すべき敵と考えたりはしていなかった事も、推察できる。しかし、日中戦争を(そして後の太平洋戦争をも)平和のための正義の戦いと信じている太宰には、それは戦争に反対する理由にはなり得なかったのである(逆に、後述するように、太宰が真珠湾以降、アメリカ人の悪口を何度か書いているのは、植民地支配を続けて来た英米は「悪」だという基本認識があったからである。『十二月八日』で、《支那を相手の時とは、まるで気持がちがふ》と書いているのも、その為である)。

『鷗』(昭和十五年一月)では、《おそろしい速度の列車》という言い方で、戦争の先行きについての不安がはっきり表明されている。しかし、それは、ヨーロッパで第二次大戦が始まったことや、終わりが見えない日中戦争の将来に対するぼんやりとした不安であって、戦争を悪として否定するものとは読めない。

太宰は『鷗』で、自分にも《祖国を愛する情熱》がある、と繰り返している。また、自分が《丙種》で出征できないことを極端に卑下し、《私は、兵隊さんの泥と汗と血の労苦を、ただ思ふだけでも、肉体的に充分にそれを感取できるし、こちらが、何も、ものが言へなくなるほど崇敬してゐる。》と言い、《なぜ私は、こんなに、戦線の人に対して卑屈になるのだらう。私だつて、いのちをこめて、いい芸術を残さうと努めてゐる筈では無かつたか。》と自問する程なのだが、こうした言い方からも分かるように、太宰が卑屈になり、劣等感に苛まれる最大の原因は、自分は文学に人生を懸けてはいるものの、死の危険を不当に免れているという事なのである(注10)（加えて『鷗』の時期には、まだパビナール中毒事件の汚名が払拭できていないという劣等感も大きく、《おまへは、いま、人間の屑、といふことになつてゐるのだぞ。》などと卑下している。これもこの作品の暗い色調の原因になっている）。

『鷗』ではまた、兵隊さんの小説が雑誌に載るよう尽力したことを、《お役に立つた。これが私に、できる精一ぱいの奉公だ。（中略）銃後奉公。どうだ。これでも私はデカダンか。これでも私は、悪徳者か。どうだ。》とも書いている。このように兵隊さんを心から尊敬し、応援し、少しでもそのお役に立とうとする人間が、そして、その事で自分の汚名を濯《すす》ごうとする人間が、その兵隊さんたちが現に戦っている戦争や、戦争を遂行する国家を批判・否定することはあり得ない。

そればかりではない。太宰は『鷗』で、《私は戦線に、私たち丙種のものには、それこそ逆立ちしたつて思ひつかない全然新らしい感動と思索が在るのではないかと思つてゐるのだ。茫洋とした大きなもの。神を眼のまへに見るほどの永遠の戦慄と感動。》と書き、《「戦争を望遠鏡で見ただけで戦争を書いてゐる人たち」》の《悪文学》が、《無垢な兵隊さんたちの、「ものを見る眼」を破壊》し、兵隊さんの戦争を描いた小説を駄目にしていることに腹を立てている。太宰は、戦場にロマンチックな《永遠の戦慄と感動》があることを信じる十九世紀型のロマンチストだったのである。

『鷗』から半年後、昭和十五年七月執筆の『東京八景』（雑誌掲載は十六年一月号）でも、そのエピソードの最後に、《更に明るい一景を得た》として、日中戦争に応召出発する妻の妹の婚約者・T君に、《丙種合格》の太宰が、

《「安心して行つて来給へ。」》《「あとは、心配ないぞ！」》と大声で叫ぶ姿が描かれた。太宰は自分を、明るい、力強い銃後国民として、印象付けようとしているのである。（注11）

太宰がこのような状態だった時、日本は大きな転機を迎える。即ち、前年九月からのナチス・ドイツの破竹の進撃に刺激され、昭和十五年六月に近衛文麿が新体制（ファシズム的な総力戦体制）作りに乗り出した事がそれである。七月には第二次近衛内閣が成立、八月一日には、松岡洋右外相の大東亜共栄圏についての談話が新聞に大きく取り上げられ、九月には北部仏印進駐と日独伊三国同盟の調印があり、十月には大政翼賛会の発会式があった。来たるべき大東亜戦争（太平洋戦争）へのレールは、この近衛新体制において、実質的に引かれたのである。それに対して、太宰は、『三月三十日』で五族協和による王道楽土の建設というスローガンを真に受けたようである（他に、植民地支配からのアジアの解放という大東亜共栄圏のスローガンを真に受けたように、例えば武者小路実篤・谷崎潤一郎らも、真に受けた事が知られている）。それを窺わせるのが、『一燈』と随想『かすかな声』である。

『一燈』（昭和十五年十月）では、天皇のために戦って、《大君の辺にこそ、》死なめ（注12）《とは日本のひと全部の》、従って太宰にとっても《ひそかな祈願》である、とする。そして、これまで太宰は、日本国と天皇に対する自分の気持を《はにかんで、言へな》かったが、《非国民》と思われて、芸術という《鳥籠》（注13）を取り上げられること、即ち作品を発表できなくなることは困るので、貧者の一燈として、ささやかではあるが、天皇への自分の愛情をはっきりと表明して置く、として、昭和八年皇太子誕生の夜に、《日本全国、どんな山奥の村でも、いまごろは国旗を建て皆にこにこしながら（中略）バンザイを叫んでゐるのだらうと思つたら、私は（中略）その遠い小さい美しさに、うつとりした。》という体験を書いている。

これを、「太宰が身を守るために心にもない嘘を書いた」と考える向きもあるかも知れないが、太宰の天皇崇拝は、先に挙げた『古典竜頭蛇尾』（昭和十一年五月）『虚構の春』（昭和十一年七月）に既に現われていたし、『右大臣実朝』（昭和十八年九月）では、実朝が《御朝廷の尊い御方々に対し奉つては、ひたすら、嬰児の如くしんからお慕ひなさつて居られたらしく、》と強調され、『惜別』（昭和二十年九月）では、《天祖はじめて基をひらき（中略）万世一系の皇室が（中略）治め給ふ神国の真の姿の自覚こそ、明治維新の原動力になつたのである。》と書き、『パンドラの匣』（「固パン」5）では《天皇陛下万歳！》、『苦悩の年鑑』（昭和二十一年六月）では《私は、これまでどんなに深く天皇を愛して来たのかを知つた。》《私のいま夢想する境涯は、フランスのモラリストたちの感覚を基調とし、その倫理の儀表を天皇に置き、我等の生活は自給自足のアナキズム風の桃源である。》とし、戦後の幾つかの私信でも、天皇への愛着・支持を書いている（昭和二十一年一月二十五日付け堤重久宛書簡、同年一月二十八日付け小田嶽夫宛書簡など）。よって、この作品は太宰の本音であると判断できる。国民が天皇に心服している美しさ、全国民が心を一つにする事の美しさは、太宰が全体主義を肯定する一因となったのであろう。

一方、随想『かすかな声』（「帝国大学新聞」昭和十五年十一月二十五日。従ってこれは、東大生に向かって呼び掛けたものと言える）は、《信じるより他は無いと思ふ。私は、馬鹿正直に信じる。ロマンチシズムに據つて、夢の力に據つて、難関を突破しようと気構へてゐる時、よせ、よせ、帯がほどけてゐるぢやないか等と人の悪い忠告は、言ふもので無い。信頼して、ついて行くのが一等正しい。運命を共にするのだ。》と始まり、《信じる能力の無い国民は、敗北すると思ふ。》《ロマンを信じ給へ。「共栄」を支持せよ。信ずべき道、他に無し。》と説いている。(注14)

ここで太宰が《信頼して、ついて行》き、《運命を共に》しよう、と読者に呼び掛けているのは、まさに近衛新体制というロマンチシズムであり、大東亜共栄圏というロマンなのである。

太宰が新体制＝ロマンチシズムという考えだったことは、『清貧譚』（昭和十六年一月）冒頭の《私の新体制も、ロマンチシズムの発掘以外には無いやうだ。》や、戸石泰一らが新体制について質問した際、太宰が「ロマンチシズムは新体制ですよ」と答えたという証言によっても確認できる（戸石泰一『青春』（『太宰治研究』（筑摩書房、昭和三十一年所収））（注15）

昭和十五年九月の「新潮」のアンケート『文学者として近衛内閣に要望す』に、《唯物史観の徹底検討。》と返答したのも、近衛が推進する新体制運動が、マルクス主義以上の世界観を打ち出すことを期待したものであろう。

こうして太宰の方向性は固まったが、このように一切疑うことなく、ひたすら信じ続けるという態度は、現実的な態度ではなく、宗教的な信仰の態度である。それはそれで、信仰を同じくする人には美しく見え、また本人は気持が良いだろうが、疑わないためには、疑わしい現実を見ないことが必要であり、そのような盲信がいかに危険かは、言うまでもあるまい。太宰とて、うすうすそこに気付かぬ訳ではなかったであろう。が、太宰の精神の安定のためには、宗教的な信仰が必要だったのである。

太宰は幼児期に、欠点を含めたありのままの自分を無条件に父母から愛してもらうという体験を持つ事が出来ず、強い劣等感を植え付けられていた。その為、父親願望が強く、父に代わる何か大いなるものによって、自分が全面的に肯定・信頼され、安心しきって、その大いなるものに全幅の信頼を寄せ、すべてをお任せ出来るという相互信頼の境地に、常人以上に強い憧れを持たざるを得なかった。太宰がキリスト教に惹かれたのも、それが太宰のこうした願望を満たしてくれたからである。「マタイ伝」第六章の、《空の鳥を見よ、播かず、刈らず、倉に収めず。》や《明日のことを思ひ煩ふな》の辺りを太宰がよく引用しているのは、それが、父なる神に安心して総てを委ねれば良い、と語っているからである。（注16）

太宰が戦争中に、天皇と政府を《馬鹿正直に信じ》たいと望み、実際にもかなり信じたのも、こうした願望を天皇と政府に向けた結果である。当時の天皇は「現人神」であり、半ば宗教的な存在だったことと、天皇は国民の父母であり、国民は天皇の赤子とされていた事（これは、中国の儒教思想に由来するものだが）が、こうした心理を可能にした。太宰の中では、キリスト教も天皇崇拝も、同じ欲望から来るもので、矛盾対立は生じなかったのである（正式なキリスト教徒でも、日本では天皇崇拝を拒否する事は滅多に無かったし、太平洋戦争に反対する事も殆ど無かった）。

特に戦時下では、国家的な危機を乗り越えるために、天皇・政府・国民が心を一つにする必要があり、実際にも、国民の団結力は高まり、お国のために美しい自己犠牲が行なわれていた。太宰は基本的に、人間はエゴイストだという不信感が強く、エゴイズムを超えた麗しい信頼関係に憧れていただけに、その信頼の輪の中に自分も飛び込みたかった。その事も、天皇と政府を無条件に信じようとする姿勢に繋がったのであろう。

信頼の輪の中に自分も飛び込みたいという太宰の願望は、第二次近衛内閣以前の『走れメロス』（昭和十五年五月）で、メロスとセリヌンティウスの《仲間の一人にしてほしい》と願うディオニス王に既に現われている。

『走れメロス』の本質を確認するよすがとして、シラーの原作『人質』との異同に注目してみると、先ず、原作ではメロスがもっと大人らしく描かれ、冒頭では暴君を暗殺しようと短剣を懐に忍び寄る姿が、本当の政治的暗殺者として描かれている事が目を惹く。太宰はメロスを原作より遙かに子供っぽい、頭の《単純な》、《政治がわからぬ》、現実離れした理想主義の、純粋な青年に変えているのである。そして、暗殺未遂事件も、メロスが王の悪事に《激怒し》、《買ひ物を、背負つたままで、のそのそ王城にはひつて行つ》て、ディオニス王の警吏にたちまち捕縛され、調べると《メロスの懐中からは短剣が出て来たので、騒ぎが大きくなつてしまつた。》と、本当に暗殺する気があったかどうか疑わしいような書き方に変えている。(注17) そこに、現実を知らない純粋なロマンチシズム・単純明快な理想・愚直な信仰の方をこそ選ぼうとする太宰の（危険な）志向が現われているのである。ラストでメロスが赤子のように素っ裸になっていて、母ならぬ少女から、襁褓《むつき》ならぬマントを捧げられるという、シラーの原作には無い設定は、メロスの精神の赤子のような無垢・単純な綺麗さを表わした（危険ではあるが）見事な表現であると私は思う。

また、『走れメロス』には、シラーの原作とは違って、メロスが村に留まりたいという未練に苦しむ事や、途中で一度、《いつそ、悪徳者として生き伸びてやらうか》という気になる事が描かれ、最後にセリヌンティウスとメロスが互いの頬を一度ずつ殴ってから抱き合う事になっているのだが、これらを入れた事によって、絶対的な目標や正義に向かって、ただ一直線に進むこと、脇目もふらずにひた走ることこそが美しくて、脇道に逸れること、のろのろ歩くこと、考えたり迷ったり議論したりすることは醜い（劣っている）ということ、また、命を棄てることこそが美しくて、生きのびようとすること、普通に人生を楽しむことは醜い（劣っている）という太宰の（危険な）価値観が、強い説得力を持って表現されている（『走れメロス』という題名の《走れ》は、こうした価値観を象徴したものと言える）。

これは、太宰の方が表現が巧みであるというだけではなく、シラーの原作の方は、《友と友の間の信実》という常識的な価値を強調しようとしたものに過ぎないのだが、『走れメロス』の方は、寧ろそれ以上の絶対的な価値の存在を主張しようとする作品だからなのである。

「絶対的な目標に向かって、ただ一直線に走る」ということは、人間的な生活の現実的な諸問題を無視し、超越することの象徴なのである。妹や故郷の村への人間的な愛着を振り捨てる事もその一つである。そして、（シラーには無い）《野原で酒宴の、その宴席のまつただ中を駆け抜け（中略）犬を蹴とばし、小川を飛び越え》という笑わせてくれる楽しい一節も、具体的な雑多な（しかし大切な）物事によって成り立っている、決して一直線ではない人間の生活世界を超越しているからこそ、直線的にそれを横切って通ってしまうのである。（シラーには無い）《ほとんど全裸体で》走っている事も、今やメロスが人間社会の常識を超えた、純粋なイデア的な世界に居ることを意味している。

この時メロスは、殆ど何も見ずに、ただ《赤く大きい夕陽ばかりを見つめて》ひた走っていることになっているのだが（この設定もシラーには無い）、それが、「現実を見ないこと」「（太陽が象徴する）現実以上の大いなる理想・目標を目指すこと」の素晴らしさの、巧みな表現となっている。この夕陽は、当時にあっては、国旗の日の丸とも、イメージ的に重なるものだったかも知れない。

そしてメロスの、（シラーには無い）《信じられてゐるから走るのだ。間に合ふ、間に合はぬは問題でないのだ。人の命も問題でないのだ。私は、なんだか、もつと恐ろしく大きいものの為に走つてゐるのだ。》という何かに取り憑かれたような発言と、フィロストラトスの（シラーには無い）《あなたは、気が狂つたか》という批評と、《メロスの頭は、からつぽだ。何一つ考へてゐない。ただ、わけのわからぬ大きな力にひきずられて走つた。》という一節（シラーには無い）は、友の命が助かるかどうかという次元よりも、《もつと恐ろしく大きいもの》、もっと大切なもの、個人を超え、命より大切な大いなる理想とか、人間的・日常的な次元を超えた聖なるものがある事を述べようとしたものである事は明白である。それは、作者も具体的には特定していないが、当時の日本の状況においては、例えば天皇のため、国家のため、正義のため、歴史的な使命のために、自分を捨てて無我夢中で戦う日本兵の心境や、文学・芸術のために精進する太宰の心境とも重なり合うものとして考えられていたに違いない。

また、この作品をほぼ一貫する、セリヌンティウスを人質に置いて来たため、《いまは、自分のからだで、自分のものでは無い。》という状況は、戦場における兵士が、自分の体・自分の命が自分のものではなく、指揮官の命令のままに、戦わねばならない状況と、丁度対応していると言えるだろう。

また、この作品では、ディオニス王が《民の忠誠を》疑ったのは言わば被害妄想によるもので、最後に王が改心すると、たちまち群衆は《王様万歳》を叫び、王が人を殺したことを忘れ、王に対する全幅の信頼を表わすのである（この設定も、シラーの原作には無い）が、この最後の状態は、昭和天皇と臣民との実際の関係を、暗黙の内にモデルとして、また理想として、考えられているのであろう。

この様に、『走れメロス』は、一見、中学の教科書向きの衛生無害な単純な理想を表現しているだけのように見えて、実際には戦争を賛美する事と、深い所で結び付いている作品なのである。

『走れメロス』はこれ位にして話を元に戻そう。

日米開戦が近付くと、米英等との関係悪化（昭和十六年七月二十五～七日に米・英・蘭印が日本資産を凍結し、二十八日には蘭印が石油民間協定を停止、八月一日にはアメリカが対日石油輸出を全面的に禁止した）に刺激されたのか、太宰の物言いにも、根拠のない、盲信的な日本賛美が見られるようになる。

例えば、随想『世界的』（「早稲田大学新聞」昭和十六年十月十五日）には、《キリストの精神》について《今では、別段》《欧米の人たち》《から教へてもらふ必要も無い。》《このごろ日本人は、だんだん意気込んで来て、外国人の思想を、たいした事はないやうだと、ひそひそ囁き交すやうになつたのは、たいへんな進歩である。日本は、いまに世界文化の中心になるかも知れぬ。》とある。

キリスト教については、後の随想『一問一答』（「芸術新聞」昭和十七年四月十一日）でも、《世界中で、日本人ほどキリスト教を正しく理解できる人種は少いのではないかと思つてゐます。キリスト教に於いても、日本は、これから世界の中心になるのではないかと思つてゐます。》と答えている。

『風の便り』（昭和十六年十一、十二月）でも、《真の近代芸術は、いつの日か一群の天才たちに依つて必ず立派に創成せられる。（中略）さうして自分は、その新しい芸術が、世界のどこの国よりも、この日本の国に於いて、最も見事に開花するのだと信じてゐる。》《今では外国の思想家も芸術家も、自分たちの行く路に就いて何一つ教へてはくれません。敗北を意識せず、自身の仕事に幽かながらも希望を感じて生きてゐるのは、いまは、世界中で日本の芸術家だけかも知れない。》といった具合である。(注18)

随想『私信』(「都新聞」昭和十六年十二月二日)は真珠湾攻撃の直前に発表されたものである。十月十八日に首相は近衛から陸軍の東条英機に替わり、アメリカに対して妥協しない姿勢を明確にしていたが、ただ信じようという太宰の姿勢は変わっていない。さらに、この年十一月十五日に文士徴用令書が届き、太宰自身は身体検査で免除になったものの、井伏鱒二らが実際に戦地に送られた事で、死の危険が身近なものとして実感された事と、徴用を逃れた後ろめたさが、(注19)『私信』や次の『或る忠告』『新郎』に心理的に影響し、真面目になろう、襟を正そうという気持を強めさせた可能性がある。

『私信』の《私はこのごろ、私の将来の生活に就いて、少しも計画しなくなりました。(中略)明日の事を思ふな、とあの人も言つて居られます。(中略)いまの私にとつて、一日一日の努力が、全生涯の努力であります。戦地の人々も、おそらくは同じ気持ちだと思ひます。》の、「その日その日を精一杯に生きる」という考え方は、有りふれたものに過ぎないし、「前期」の『ダス・ゲマイネ』(一　幻燈)や昭和十年九月三十日付け鰭崎潤宛書簡にも既に出ていた。しかし、ここでは明日をも知れぬ《戦地の人々》と同じ気持になろうとして言われている所に、一つのポイントがある。

また、『新約聖書』「マタイ伝」六章二十四節以下の《あの人》=キリストの言葉を踏まえつつ、明日のことは、神や国家の指導者を信じてお任せしてしまい、何も考えない・《計画し》ないという信仰的姿勢に、重要な意味があるのである。

叔母に《これからは買ひ溜などは、およしなさい。》と言っているのは、勿論、太宰のエゴイズム嫌いが根本にあるのだが、当時は物資が不足しており、買い溜めに対する批判が強くなっていたからでもある。この年十二月十日に、大政翼賛会生活動員本部長によってラジオで発表された「決戦生活五訓」の中にも、《第三、不要の預金引き出し買い溜めは国家への反逆と知れ》とある。また、亀井勝一郎は、『戦ひのある日』(「新女苑」昭和十七年二月）で、《思へば日支五年間の戦ひは、我々に様々の教訓をもたらした。》として、《闇取引とか買溜のやうな利己的態度（中略）がはびこつたのもこの二三年間であつた。》と書いている（共に櫻本富雄氏『戦争はラジオにのって』（マルジュ社）の引用による）。太宰は叔母の反国家的でエゴイスティックな買溜を止めさせたかったのである。なお、《一寸の虫にも、五分の赤心がありました。》は、「一寸の虫にも、五分の魂」をもじったもので、《赤心》は、太宰の辻小説『赤心』（「新潮」昭和十八年五月）の場合と同様、「天皇への嘘いつわりのない忠誠心」の意味である。

随想『或る忠告』（次の『新郎』と同じ「新潮」昭和十七年一月号に掲載された）も『私信』と近く、《或る詩人》から太宰が言われた事として、《明日の生活の計画よりは、けふの没我のパッションが大事です。戦地に行つた人たちの事を考へろ。（中略）明日の立派な覚悟より、けふの、つたない献身が、いま必要であります。》と、書いている。

『新郎』（「新潮」昭和十七年一月）は、末尾に《昭和十六年十二月八日之を記せり。この朝、英米と戦端ひらくの報を聞けり。》とある事から、一般に太平洋戦争開戦の感想と受け取られる事が多いようだが、そうではない。この新年号の締切りが十二月十日だった事は、同号掲載の本多顕彰「翻訳月評」の冒頭に、《十二月十日締切の一月号に載せるための月評といふことになると》云々とある事から確認できる。従って、十二月八日の時点では、掲載予定の原稿は、大部分が入稿済みで、「新潮」の編集部としても、この号の内容を大きく変更することは、最初から諦めていたはずである。事実、この号に掲載された文章は三十四あるが、その内、開戦に直接言及しているものは、巻頭言として急遽書いて貰ったらしい中村武羅夫の『日・米英開戦と文学者の覚悟』（十二月九日付け）と、無署名の『文壇余録―アメリカの誤算ほか―』、『決議』（日本編輯者協会）、そして、巻末「創作特輯十篇」の末尾に掲載されている火野葦平の小説『朝』だけである（これは、雑誌の最初と最後を開戦関係で統一するために、急遽、書いて貰ったのであろう[注20]。従って、飽くまでも想像だが、太宰は開戦を知った後、直したとしても、題名と作品の冒頭と『私信』の引用より後の末尾ぐらいであろう。或いは、全く変えていない可能性もある。なぜなら、日米開戦が近いという予感が開戦前の太宰に既にあったとしても、決しておかしくはないからである。

　太宰は政治のことはよく分かっていなかったようだが、この年、四月から始まった日米交渉は、双方に妥協の可能性が殆ど無く、既に行き詰まっており、十月に近衛が退陣して、陸軍の東条が首相に就任した。この頃の「東京朝日新聞」を見ると、十一月二日（朝刊）（一面）トップ記事「わが決意を過小評価／米の認識改まらず／茲に太平洋の危機あり」には、《『既に過去四年間の戦争をしてゐる日本が米国を相手に戦争するやうなことはない』といふ日本の国力を過小評価した見方》をしているならば、《米国は重大な誤りをおかす》ことになるとか、《わが方は既に》《臨戦体制を急速に整備しつゝあ》るといった文言が載っている。十一月十六日（朝刊）（一面）には、「ル大統領、参戦の扉開く」として、アメリカで中立法修正案が成立し、アメリカが欧州大戦に参戦する可能性が高まったことが報道されている。十一月十九日（夕刊）（一面）には、衆議院本会議で「国策完遂に関する決議案」が全会一致で可決された事と、その趣旨説明に立った島田俊雄の演説の要旨が出ているが、それは、《しつかりやつて貰ひたい》《政府の人々は果して、如何にわれ〳〵国民が押し詰められた気分になり、どうしてでもこの重圧を押し除《の》けて天日を見ねば止まぬといふ意気に燃えてゐるかといふことを認識してをられるか、国民はみな大きな火事に焼かれつゝあるやうな気分に駆られてをる、（中略）こゝまで来ればもはや遺る外はないといふのが全国民の気持である》（山中峯太郎編著『東条首相声明録　一億の陣頭に立ちて』（誠文堂新光社、昭和十七年刊）には、より詳しく、より正確に再現されている）と、日米開戦を迫るものであった。こうした報道を読んでいれば、日米開戦がそう遠くないことは、十分予想し得たはずである。

　例えば、この「新潮」一月号に掲載された草野心平の『詩人梁宗岱におくる』（十一月二十五日付け）には、《新聞は毎日日米会談を報じてゐる。それが（中略）決裂して戦ふといふことに日本の国是が決定したら僕達日本人にはただ（中略）何等の疑念なく戦ふことがあるのみだ。そしてそのことは（中略）欧米侵略の鎖を断ち切つた東亜全体の、新しい東亜全体共栄の戦ひである》とあるし、火野葦平の小説『朝』にも、開戦を知った父の、《はじめからでけん相談しとつたんぢやから、かうなることは最初からわかつとつたんぢや》という言葉がある。太宰の『十二月八日』でも、妻は《いよいよはじまつたのねえ》と言っている（上林暁の『歴史の日』（「新潮」昭和十七年二月）にも伊藤整の『太平洋戦争日記』（新潮社）にも、《いよいよ始まりました》というセリフがある）。太宰も開戦を既に覚悟していたのかもしれないのである。

しかし、『新郎』に書かれている内容は、十二月八日及びそれ以降の事ではなく、作中に頻出する《このごろ》という言葉からも分かるように、もっと長いスパンで、最近の太宰の心境を語ったものである。遊びに来る大学生のエピソードなどは、明らかに数ヶ月前からの事を書いているし、国民学校の先生との遣り取りは、十一月下旬の事である。語られている心境も、基本は、『私信』や『或る忠告』にも現われていた、戦地の人々と同じ気持になり、いつ死んでも良いように生きようという事や、『かすかな声』以来繰り返している、疑わずに信じることの大切さである。《日本は、これからよくなるんだ。どんどんよくなるんだ。いま、僕たちがじつと我慢して居りさへすれば、日本は必ず成功するのだ。僕は信じてゐるのだ。新聞に出てゐる大臣たちの言葉を、そのまま全部、そつくり信じてゐるのだ。思ふ存分にやつてもらはうぢやないか。いまが大事な時なんださうだ。我慢するんだ。》[注21]という一節も、晩ごはんについての過去の失敗例の中の会話である以上、米英との開戦によって、そう考えたという事ではあり得ない。《思ふ存分にやつてもらはうぢやないか。》は「戦争を」の意味で、物資の不足を我慢して戦争に協力しよう、ということである。或いは太宰は、島田俊雄の演説の中にあった（戦争を）《しつかりやつて貰ひたい》という言葉を踏まえて書いたのかも知れない。《新聞に出てゐる大臣たちの言葉》も、真珠湾攻撃の直前に開かれた昭和十六年十一月十六～二十日の臨時議会での、東条陸相（首相と兼任）・島田海相の報告、東条首相・東郷外相・賀屋大蔵大臣の施政方針演説を直接に指すと見て良いだろう。しかし、そうした太宰の姿勢は、開戦でそうなったのではなくて、近衛新体制を《馬鹿正直に信じ》て《ついて行く》（随想『かすかな声』）と決めた時から変わっていないのだ。

しかし、真珠湾攻撃を知った結果、『新郎』のニュアンスが、『私信』と違って来た部分もあるかもしれない。『私信』の時には、文学を続けて《成功する》という未来への明るい展望が見られ、間近に迫った死の意識は、さほど強くは感じられなかった。理屈を言えば、《一日一日の努力が、全生涯の努力であります。戦地の人々も、おそらくは同じ気持ちだと思ひます。》という所に、死の意識がある筈だが、そう間近に死が迫っているという感じはしなかった。

ところが、『新郎』では、冒頭から、はっきりと近い死が前提されている。《青空》も《山茶花》も赤ん坊も、もうすぐこれが《見納め》になるかもしれないからこそ、《何もかも、なつかしい》。所謂「末期の眼」である。そして《私》は、もう死別が近いと思うから、誰に対しても《優しくしてゐる》。

恐らく太宰は、アメリカとの戦争になれば、すぐにも空襲が始まり、自分は死ぬかもしれないと、開戦以前から思っていたのである。日本では、空襲を想定し、灯火管制を伴った本格的な防空演習が、昭和三年から始まっており、昭和十二年、防空法が公布されてからは、灯火管制・消防・防毒・避難・救護などの訓練が日常的におこなわれるようになっていた（平凡社『世界百科事典』「防空演習」の項による）。その為、空襲に備えるという意識は、全国民に浸透しており、そのせいもあって、太宰以外にも、谷崎潤一郎の『高血圧症の思ひ出』・坂口安吾の『真珠』・火野葦平の『朝』などに、真珠湾攻撃の日に、すぐにも米軍の空襲が始まると思ったことが出て来る。また、開戦日をスクープして、十二月八日の朝刊で開戦を予告した「東京日日新聞」も、社会面で、《肇国以来外敵の侵入を許さなかったわが国も今や、空爆の危機を覚悟しなければならない事態に到達した。》《国民は明日にも空爆を受ける覚悟が必要だ、防空訓練を活かすのもこの時だ。》などと書いていたのである。

そのように切迫した死の危険があると感じていたからこそ、『新郎』は近い死を前提して始まるのだし、後で述べるように、『新郎』という題も、キリストの死に自分の死を重ね合わせて選ばれたものなのである。

死の接近は、太宰に襟を正させ、その為、『新郎』では、完全な立派さ・真面目さ・完全な清潔さを求める傾向が強く出ていて、太宰らしく笑える所は、最初の方の食べ物に関する妻との会話ぐらいしかない。その食べ物の話題も、《山海の珍味》や《ビフテキ》を食べている人たちが居る事に対する無言の非難で締め括られるのである。

その他、遊びに来る大学生は《一様に正義派》で《一つの打算もな》い。また太宰は、以前は《卑劣な自己防衛》のために《誠意》なく《責任感》なく面会することがあったが、この頃は《ひとりでも堕落させてはならぬ》と《責任を感じてゐる》。《自分の仕事も、だいじにしたいと思ひはじめて来た》。《世の中の人たち皆に、精一ぱいの正直さで附き合ひはじめた》。《国民学校訓導》の《御質問に》も《まじめにお答へ》する、といった具合である。

国民学校訓導に対しては、《小国民の教育をなさつてゐる人が、これでは、いけないと思ひました。》と返信したとあるが、「国民学校」は、従来の小学校より国家主義的な忠君愛国教育をさらに強化するために昭和十六年に始まり、「国民学校令」で、「皇国ノ道ニ則リテ（中略）国民ノ基礎的錬成ヲ為ス」と定められていた。また、「少国民」は、昭和十七年に始まった言い方で、子供であっても国民の一人として戦争を意識させ、お国のために奉仕させようとしたものである。太宰は、そういう少国民を教育する立場にある人間は、もっと礼儀を弁えよと言い、それに対して訓導が反省し、《「その火絶やすな」といふ歌を（中略）歌ひたい》と返信して来る。「その火絶やすな」は、北原白秋作詞・中山晋平作曲の軍歌で、昭和十二年十二月に発表された。その四番まである歌詞の第一番だけを挙げて置くと、《その火絶やすな　潔めの火なら　神に切火の　み灯明を　祈れ武運を　夜あけの雲に　国をあげ

ての　戦は長い》である。

この後、『私信』の引用を挟んで、『新郎』の末段は、清潔な身だしなみやきちんとした正装へのこだわりを縷々語っている。太宰が《毎朝かならず鬚を剃る。》、歯・爪・髪なども綺麗にすると言うのは、死を前にした嗜みとしてである。戦後の随想『小志』にあるように、太宰は死ぬ時には、「ヨハネによる福音書」で、イエスが最期に身につけていたとされているような、純白の下着を着て死にたいと思っていたから、《純白》の下着や、《縞目のあざやかな着物》と《角帯》の《正装》にこだわったのも、死に装束としてであり、また、最後の晴れ姿というつもりでもあったのであろう。また、《紋服》・《袴》で《馬車》で《銀座八丁》を練り歩きたいというのも、『斜陽』の《どうせほろびるものなら、思ひ切つて華麗にほろびたい》というのにやや近い、最後の晴れ姿という事である。

題名にもなっている《新郎《はなむこ》》は、日本語としての通常のニュアンスではなく、「マタイ伝」九章十五節（「マルコ伝」二章・「ルカ伝」五章）で、キリストが自らを花婿に譬え、しかも間もなく殺されることを予言した事を踏まえ、キリストに自らを擬えつつ、死を覚悟することで、残された一日一日を、新鮮な晴れやかな気持で過ごしたいという事であろう。

鶴の丸の紋服・袴で馬車で銀座八丁を練り歩くという発想は、花婿に相応しい結婚披露のパレードという連想が一つにはあるのだろうが、その他に、キリストがエルサレムにロバに乗って入城し、群衆の歓迎を受けたという「マタイ伝」二十一章六～十一節との連想もあろう。勿論、キリストは、入城後、間もなく処刑される事を予知している訳だから、これは死へのパレードなのである。

また、津島家の鶴の丸の家紋を付けたかったのは、太宰は『新郎』を書く三ヶ月余り前の八月に、母タ子《ネ》の衰弱が甚だしかったため、義絶の身ではあったが、十年振りで故郷に帰ることを許され、母・次兄・叔母キヱなどと再会できた。その喜びが忘れられず、死ぬ前に、自分は津島家の一員であるという事を、多くの人に知って貰いたいという気持が強まり、それが作品に現われたのであろう。

　しかし、日本では、昭和十五年七月七日に「奢侈品等製造販売制限規則」が出され、「贅沢品は敵だ！」という立て看板が立てられ、街頭で「華美な服装はやめましょう」という呼び掛けがなされていた。もし太宰が心にもなく、体制にすり寄ろうとして『新郎』を書いたのなら、紋服・袴で馬車で銀座八丁を練り歩きたい、などとは決して書かなかっただろう。それを平気で書いているのは、『新郎』はすべて、太宰の本音だったからである。

　ただし、馬車の話は、全部、または半分フィクションであろう。馭者がOKしたとしても、はにかみ屋の太宰が実行したとは思えない。ただ、馬車で銀座八丁を練り歩く場面を空想し、楽しんだだけに違いない。

　なお、佐藤隆之氏は、『太宰治の強さ』（和泉書院）で、《「新郎」の独りよがりの興奮は、見事なまでに「馭者」によつて打ち砕かれた。》としているが、誤読である。《「銀座は遠いよ。」》と《笑ひ出した》馭者に、《私》はいかなるショックも受けていない。馭者と一緒に笑っている感じである。そして、馭者の言葉によっても何ら考えを変えることなく、すぐ続けて、《私は（中略）この馬車にゆつたり乗つて銀座八丁を練りあるきたい。ああ、このごろ私は毎日、新郎の心で生きてゐる。》と締め括られる。つまり、《馬車にゆつたり乗つて銀座八丁を練りあるきたい》という、死を覚悟しつつ晴れやかな楽しい心が、即ち《新郎の心》だと太宰は書いているのである

　『新郎』とは違って、昭和十七年二月発表の『十二月八日』は、開戦の一日を、直接題材として書かれている。結論から先に言えば、私はこれを、戦争肯定の楽しいユーモア小説と考えている。冒頭の前置き的部分を除くと、最初のエピソードは、伊馬と《主人》の紀元二千七百年についての会話を聞いて《私》が噴き出した話であり、末尾は、夜道で《僕には、信仰があるから、夜道もなほ白昼の如しだね。ついて来い。》と言う《主人》に、《どこまで正気なのか、本当に、呆れた主人であります。》と笑わせる。最初と最後に笑いを持って来ているのは、ユーモ

ア小説にしようという構想だからである。

発表誌が女性誌でリベラルな「婦人公論」だったことも、気楽にのびのびと書けた原因かもしれないが、『新郎』との大きな違いは、『新郎』が十二月八日に書き上げたもので、間近に迫った死を意識していたのに対して、『十二月八日』の方は、二月号掲載で、開戦の日から或る程度時間が経って、開戦以来の大戦果に安心して、落ち着いて執筆できた事である。その心の余裕が、ユーモアを可能にしたのであろう。

しかし、太宰は、米英を相手にした決死の大戦争の際に、どうしてこんなユーモア小説を書こうとしたのか？それは、一つには、太宰という人は、皆が糞真面目になる時、緊張する時に、冗談を飛ばして笑わせたくなる人だからだと思う。しかしそれは、太宰が不真面目だからではない。一つには、くそ真面目を恥ずかしく感じる照れから来る半ば生理的な反応であり（『狂言の神』に言う《含羞》から来る《韜晦》癖。『小さいアルバム』も参照）、また道化癖・サービス精神からでもあり、また一つには、どんなに真剣・重大な問題に直面しても、それを別の方向からも考えられる心の自由・柔軟性・余裕を失はない能力からでもあろう。太宰が何度か引用しているニーチェの言葉「笑ひながら厳粛のことを語れ」（『狂言の神』『創生記』『小さいアルバム』）も、健全な精神の在り方を言ったものである。

太宰にはまた、非常時であればあるだけ、平常心（ユーモアも含む）を保つことが大切だという考えもあったのではないか。太宰は『私信』（および『新郎』における『私信』引用部）で、《無邪気に信じてゐる者だけが、のんきでありますす。》と書いていたし、『作家の手帖』でも、日本女性が《美しくのんきにして》いて、《アメリカの女たち》はそうでない事を理由に、《私は戦争の将来に就いて楽観してゐる。》と書いていた。のんきは余裕と必勝の信念から来るもので、冗談も言えない程追い詰められた精神状態では、勝ち目はないというのが太宰の考えであろう。開戦の朝を、《昨夜、軒端に干して置いたおむつも凍り、庭には霜が降りてゐる。山茶花が凛と咲いてゐる。

静かだ。太平洋でいま戦争がはじまつてゐるのに、と不思議な気がした。日本の国の有難さが身にしみた。》と描いたのは、おむつという日常性と美しい山茶花と静かさによって、戦争にも動じない平常心・日本を信じる安らかな心の素晴らしさを表わそうとしたものであろう（開戦の朝は実際に霜が降りたようで、上林暁の『歴史の日』にも出る）。《重大なニュウスが続々と発表》されても、《店先の様子も、人の会話も、平生とあまり変つてゐない。この静粛が、たのもしいのだ。》と書いている所も、その意味と考えられる。この作品を主婦の視点で描くことにしたのも、一つには太宰の道化を可能にするためだが、もう一つには、戦争の話題の間に、ひどく日常的な話題（買い物や銭湯のシーンなど）が出て来るようにするためで、その事を通じて、戦争下に生きる平常心を表わそうとしたのではないか。

しかし、研究者の中には、こうした上質のユーモアを、開戦の日を茶化し、非厳粛化したものと受け取る論もあるようである（松本健一氏『太宰治の時代』第三文明社、都築久義氏「戦争と太宰治」（「解釈と鑑賞」昭和五十八年六月）佐藤隆之氏『太宰治の強さ』など）。また、相馬正一氏のように、《太宰は愛国心の旺盛な女房を主役に仕立てて盛んに鬼畜米英論を展開させ、その女房から見てまことに頼りない夫の無能ぶりを揶揄することで、逆に戦時体制からはみ出して生きる太宰自身の立場を言外に主張しているのである》（筑摩書房『評伝太宰治』第三部）という解釈を採る研究者もおられる。

実は太宰は、この作品で、読者が松本健一氏らのように「開戦の日を茶化し、非厳粛化している」と誤解することを危惧していたようである。その為、太宰は予防のために、わざわざ前置き的な部分を設け、そこで、この日記・記録は、《私》が約百年後に《紀元二千七百年の美しいお祝ひをしてゐる頃》の日本人が読むことを想定して書いたものだという、大きな枠組みを作ったのである。なぜこの枠組みが誤解を防ぐのかと言うと、《紀元二千七百年の美しいお祝ひをしてゐる》日本人と《私》が言う時、《私》の頭の中には、二千七百年の日本国民が、二千六百年の日本国民と同様、神武天皇以来、万世一系の天皇のもとで、幸せに暮らしているというイメージが浮かんでいることが、明らかだからである。そういう人たちに見せたい日記・記録が、「開戦の日を茶化し、非厳粛化している」ものであるはずはない。

また、天皇制の国・日本が百年後も同じように続いているというこの大前提は、この戦争で、日本が敗北するはずがないという信頼も、自ずから含意する事になる。また、二千七百年の日本国民が、この開戦の日を《百年前の大事な日》と見るであろうことを前提として《私》がこの日記・記録を書いている事も、《私》がこの開戦を、日本国にとってプラスの意味で重要な歴史的事件として見ていることを、はっきりと示している。これらから、この日記・記録が、米英との戦争を支持する価値観で書かれていることが、はっきりと読み取れるのである（この日記の筆者である《私》と、《主人》および太宰の価値観が同一かどうかについては、おいおい問題にしたい）。

前置き的部分でもう一つ重要なのは、語り手である《私》の文章について、太宰らしき《主人の批評》という形で、《私の手紙やら日記やらの文章は、ただ真面目なばかりで、（中略）ちつとも美しくない》とされていること、そして《私》自身も、《本当に私は、幼少の頃から礼儀にばかりこだはつて、心はそんなに真面目でもないのだけれど、なんだかぎくしやくして、無邪気にはしやいで甘える事も出来ず、損ばかりしてゐる。》と認めていることである。(注22) つまり、太宰はこの小説で、《真面目》すぎるのは未《いま》だしで、《無邪気にはしや》ぐ方が優れた在り方だ、という価値観に立っている事を、前もって読者に宣言し、この作品を読む間は、くそ真面目の精神を棄てて、ユーモアを受け容れるように、腹を立てたりしないように、心の準備をさせようとしているのである。

なお、この《無邪気》ということは、太宰にとっては、大いなる父なるものを信じてお任せし、自分はその父に愛される子供の気持で、のびのび過ごすという、宗教的な理想の境地でもあった事を、注意して置きたい。

前置きに続く最初のエピソードでは、くそ真面目派の読者が怒り出さないように、《先日》、即ち真珠湾以前であるという予防線を張りつつ、早速二千七百年の読み方をめぐるナンセンスな会話で読者を笑わせてくれる。しかも、その笑いの原因を、二人のくそ真面目さに置くことで、太宰は改めて、くそ真面目の精神を戒めているのである。即ち、《どうだつていいやうな事を》伊馬が真剣に《煩悶し》、主人が《真面目に考へ》、伊馬も《ひどく真面目》で《本当に、心配さうな口調で》あり、主人も《ひどくもつたい振つて意見を述べる》、からこそ、読者は噴き出すのである（もちろん、真面目と言っても、読者を笑わせようと、作者によってやや誇張された真面目さではあるが[注23]）。

この二人の会話は、決して紀元二千七百年や二千六百年のお祭り自体の価値を引き下げようとする「茶化し」ではない。伊馬と《主人》が、《紀元二千七百年のお祭り》を大事に思うからこそ、真面目に議論をしているその善意については、誤解の余地がない。くそ真面目の精神の持ち主がこの小説を読めば、「紀元二千七百年のお祭りを笑いの種にするとは、けしからん！ 不敬である！」とか言い出すかも知れないが、《私》および普通の読者は、ただ《噴き出》すだけである。一般に、噴き出してしまった人は、無邪気に楽しんでいるのであり、自分を笑わせてくれた相手に悪い気持は決して持たないものである。逆に言うと、「嘲笑」「冷笑」「皮肉」といった悪意を含んだ冗談に対しては、無邪気に噴き出したりは出来ないのである。

相馬氏は《愛国心の旺盛な（中略）女房》に《夫の無能ぶりを揶揄》させているとされていたが、ここでの女房は噴き出しただけで、《揶揄》などしていないし、伊馬と夫に腹を立てて居るのでもない。もし彼女が、伊馬と夫の会話から、天皇や戦争に対する否定のニュアンスを少しでも嗅ぎ取ったなら、素朴な愛国者である彼女は、無邪気に噴き出したりはせず、必ずや怒りを感じたに違いないのである。

続く《主人》が小説を《なまけてばかりゐる》とか《あまり上手でない》という妻のコメントは、いつもの太宰のお道化である。が、この後、英米との開戦のニュースになるので、雰囲気を真面目にするため、《おや、脱線してゐる。（中略）出直さう。》となる。

英米との開戦の臨時ニュースは、朝七時に流されたのだから、普通なら、十二月八日の日記は、このニュースから始める所だろう。ではなぜ太宰は敢えてそうしなかったのか。それは、このニュースは、余りにも厳粛・重大で、ここから始めてしまうと、ユーモア小説に持って行きにくくなるからである。だから、最初に読者を別の話で笑わせておいてから、開戦のニュースに入るようにしたのである。そうすることで、ユーモラスな場面と厳粛な場面とが、鮮やかなコントラストをなす。そして双方の効果を強め合う事にもなるのである。（注24）

ニュースを聞いた時の《私》の感想は、《しめ切つた雨戸のすきまから、まつくらな私の部屋に、光のさし込むやうに強くあざやかに聞えた。二度、朗々と繰り返した。それを、じつと聞いてゐるうちに、私の人間は変つてしまつた。強い光線を受けて、からだが透明になるやうな感じ。あるひは、聖霊の息吹きを受けて、つめたい花びらをいちまい胸の中に宿したやうな気持ち。日本も、けさから、ちがふ日本になつたのだ。》という極めて真面目・厳粛なものである。もし戦争を茶化すつもりなら、ここでこそ茶化すべきなのに、そうはしていない。そして、主人も《さすがに緊張の御様子である》となる。（注25）

ここで用いられている光のイメージは、ヨーロッパの宗教絵画において、神的なものを表わす聖なる光の表現を真似たものであろう。その比喩を有効ならしめるために、《私》が隣家のラジオを聞いた部屋を、朝だがまだ雨戸は閉め切ったままで、まっくらだったとし、その暗黒の中に、雨戸の隙間から一筋の強い光が差し込むという比喩で、聖なる光の印象を強めたのである。続く《聖霊の息吹き》という表現も、キリスト教的なものであるが、ここで光や《聖霊の息吹き》が象徴しているのは、明らかに昭和天皇の意志・言葉である。先にも述べたように、太宰の中では、キリスト教も天皇崇拝も、同じ欲望から来ていて、平和的に共存できるからである。

太宰は、『かすかな声』以降、ただひたすら信じるという宗教的な姿勢を見せていたが、ここも極めて宗教的な表現になっている。《からだが透明になる》というのも、《つめたい花びらをいちまい胸の中に宿》すというのも、天皇の意志を受けて、醜いエゴが無くなり、宗教的に浄化された感じを比喩的に言ったものである。《日本も、けさから、ちがふ日本になつたのだ。》も、今この瞬間に、日本国民全員の心が洗い清められ、高められ、美しい、エゴイズムの無い状態になったという意味である。此処の美しい描写は、少し後の《山茶花が凜と咲いてゐる。静かだ。太平洋でいま戦争がはじまつてゐるのに、と不思議な気がした。日本の国の有難さが身にしみた。》という一節を経て、作品末尾まで、繋がって行くものである。

堤重久の『太宰治との七年間』（筑摩書房）の「開戦の日」によれば、開戦の翌日、堤から戦争について意見を求められた太宰は、《おれの、今の心境はだね、この歌かな》と言って、二十五歳で自殺した江口きちの辞世の歌「大いなるこの寂《しづ》けさや天地《あめつち》の時刻《とき》あやまたず夜は明けにけり」を口ずさんだと言うが、この歌は、死を考えなければならない状況と、朝日の光の厳かな印象と、人の命より遙かに大きな神聖なものの存在を感じさせる点で、《私》の感想に通じるものがある。この点からも、開戦のニュースを聞いた時の《私》の感想は、太宰の実感に基づいたものと信じて良い。

他の文学者にも、開戦のニュースまたは宣戦の詔書に対して、自分が別人に生まれ変わったような、または世界がうまれ変わったような感動を味わった人が多かった（高村光太郎『十二月八日の記』・獅子文六『あの日』・上林暁『歴史の日』など）。明治以来、欧米諸国民が日本及びアジアに対してした事については、いろいろと恨みがあったからである。

太平洋戦争が始まったと知った時の国民の反応を調べた川島高峰氏の『流言・投書の太平洋戦争』（講談社学術文庫）P22～23によれば、《開戦の第一報》に対しては、真珠湾等の戦果は一切報じていなかったにもかかわらず、《「スッとした」という一種の壮快感や解放感、そして歓喜といった、明快な肯定を示す人が多》く、《戦争の行き先に不安を感じた者》《日本の敗北を予感した者》はわずかであった。これは、先に引いた島田俊雄の演説にあったような閉塞感、そして決戦を待ち望む気分が、開戦直前の国民感情だったからでもあろう。

前坂俊之氏の『太平洋戦争と新聞』（講談社学術文庫）Ｐ366によれば、《昭和一五年当時、日本は鉄鋼類の約七〇パーセント、石油、ガソリンの約八〇パーセント、工作機械の約七〇パーセントなど、》戦争に必要な《主要物資の大半を米国からの輸入に頼》り、《ＧＮＰ（国民総生産）に至っては米国の二四分の一》で、アメリカと戦争をして勝てるはずもなかったのだが、こうした事実を正しく認識している日本人は、極めて僅かだった。一つにはそれは、日本政府の宣伝にもよるもので、例えば、真珠湾攻撃の直前に開かれた昭和十六年十一月十六～二十日の臨時議会で、賀屋大蔵大臣は、支那事変勃発以来、《急激に膨張をみたる巨額の歳入歳出が何等の支障なく円滑に支弁調達せられて参つたことは、如何にわが国の財政力が強大であるかを示すものであります。》と述べ、また、《北支那における石炭資源は二千億噸《トン》》もあり、《日本全土における石炭埋蔵量の十倍に上る》ので、《事変以来わが国の経済力は却つて著しい伸張を示してをるのであります。》と、まことしやかに説明していたのである（『東条首相声明録　一億の陣頭に立ちて』より。当時の新聞各紙で報道された文面と同じものである）。当時の作家たちは、これらの説明の嘘を見破る力はなく、その意味では、一般庶民と大差なかったのである。

参考として、前坂俊之氏の『太平洋戦争と新聞』Ｐ378～379から、唯一、開戦日をスクープして、十二月八日の朝刊で開戦を予告した「東京日日新聞」の記事の紹介を引用して置く。

《第一面の記事の内容はこうだ。

「日米交渉の進行如何に拘わらず、帝国不動の大国策たる支那事変の完遂と大東亜共栄圏確立の聖業が、もはや英米の反日敵性的策動を東亜の天地から一掃せざる限り、到底達成し得ぬ重大段階に進んだ。……世界平和を希求する帝国といえども、隠忍自重には自ら明瞭な限界がある、敵性諸国家の対日圧迫、攻勢が皇国の権威と存立を脅威するにおいては、わが平和愛好の利剣は一閃して破邪顕正の宝刀と化すであろう。

……敵は既に一重慶に非ず、いわんや一蔣介石でもない、かれを走狗となし、かれを使嗾する英米の現状維持的世界支配国家である。東亜諸民族の運命を双肩に挙国総進軍の秋を迎えたのである」


社会面の記事はこういう調子だ。

「肇国以来外敵の侵入を許さなかったわが国も今や、空爆の危機を覚悟しなければならない事態に到達した。太平洋の彼岸を見よ、ルーズヴェルト大統領は自己の栄達と世界制覇の野望を達せんがために、日本宿敵に名をかり、ABCD包囲陣の強化をはかり、軍備の数字的優秀を誇示して、東亜の盟主日本を軽視し、威嚇屈服させようとしている。

中国、タイ、仏印、マレー、蘭印、ビルマ、インド、フィリピン等の東亜の有色人を奴隷化して、飽くなき搾取の犠牲として私腹を肥やそうとしている。今こそ一億国民の起つべき秋は来た。

私に〝時宗〟の決意あり、我に〝正宗〟の銘刀がある。『イカばかり食わされる』とか『肉がない』とか、そんな議論をしている場ではない。

梅干と茶漬で十年でも二十年でも頑張る時は来たのだ、国民は明日にも空爆を受ける覚悟が必要だ、防空訓練を活かすのもこの時だ。弘安年間、元寇を退けた〝時宗〟に国民一人々々がなって銃後も前線もガッチリ肚を極める時期は正に来たのだ」》

他の各紙も、論調は同じであった。余程の事情通でなければ、この戦争に反対の考えを抱く事は、難しかったのである。

妻から声を掛けられた《隣室の主人》も、ニュースを聞いていて《さすがに緊張の御様子である》と描かれ、相馬氏の言うような夫婦間の齟齬はない。ただし、この後すぐに、またまた《主人》が、殆どマンガのようなセリフを連発し、笑わせてくれる。ここにも絶妙のコントラストがある。が、この場合も、《主人》のセリフは、国を愛する気持から大真面目で言ったものだからこそ、読者は無邪気に噴き出すので、《主人》が善意で言っていることは、誰の眼にも明らかだ。妻も、《主人の愛国心は、どうも極端すぎる。》と書いているだけで、「主人には愛国心がない」とは決して思っていないのである。

なお、この《主人》の地理音痴は極端だが、当時の日本人は、日本軍が戦っている地名を聞いても、何処にあるのか分からない人が多く、大阪では、開戦の日一日で、市内の書店の地図が、すべて売り切れてしまったと言う（櫻本富雄氏『戦争はラジオにのって』P234～235）。上林暁の『歴史の日』にも、子供たちが、「西太平洋」などを地球儀で確かめる話が出て来る。

続いて、お隣りの奥さんとのちぐはぐな会話が出て来るが、ここでも、《隣組長の重い責任に緊張して居》る真面目さがこわばりとなり、おかしさを醸し出しているのである。

この後、妻は、疎開するようなことになった時、後に居残る《主人は（中略）ちつとも役に立たないかも知れない。》と考える。ここも、相馬氏が言う《女房から見てまことに頼りない夫の無能ぶりを揶揄する》所なのかもしれないが、妻は《役に立たない》からと言って、《主人》と喧嘩になる訳でもなく、《揶揄》も否定もしてはいない。夫が《国民服》をまだこしらえていない事は、体制に対する反抗とも受け取られかねない所なのだが、妻は、《不精なお方だから、私が黙つて揃へて置けば、なんだこんなもの、とおつしやりながらも、心の中ではほつとして着て下さるのだらう》と、夫を信頼している。

《朝ごはんの時》も、《「日本は、本当に大丈夫でせうか。」》という妻の問いに対して、夫は《「大丈夫だから、やつたんぢやないか。かならず勝ちます。」》と答え、妻も《此のあらたまつた言葉一つは、固く信じようと思つた。》

となり、相馬氏の言うような夫婦間のずれはない。太宰が戦争を茶化すつもりなら、《主人》にこんな事を言わせるはずはあるまい。このように戦争を厳粛に受け止める事と、人を笑わせる道化とが、一人の人格の中で両立できることが信じられないという人は、よほど頭の固い生真面目な人なのであろう。

この日のラジオは、西太平洋で戦闘が始まったというニュースが、朝七時に流された後、七時十八分、七時四十一分、八時三十分、九時三十分の五回、それぞれ香港の総動員令発令、臨時閣議、日米交渉の経過と対米通告内容とともに放送された。しかし、日本が緒戦で大戦果を挙げつつある事は、午前十一時に、香港での英砲艦一隻撃沈、米砲艦捕獲が報じられた後、午前十一時半に、ハワイ奇襲作戦に成功したことと、シンガポールなどへの爆撃が報じられたのが、最初だった（『アナウンサーたちの70年』（講談社）による）。その後は、恐らく十二時半にマレー半島奇襲上陸、恐らく二時に大本営が一時に発表したハワイ大空襲・上海の英米艦攻撃・シンガポール爆撃・ダバオ、ウエーク、グアム爆撃が報じられ、午後五時か六時にフィリピン大空襲、香港飛行場空襲、という順序だったようである（主に櫻本富雄氏『戦争はラジオにのって』による。ただし、正確な資料が残っていない為、不確かな所がある）。また、日本がどういう訳で、どういう考えで英米との戦争を始めたかも、正午のニュースで「宣戦の詔書」が読み上げられ（『アナウンサーたちの70年』による）、零時二十分（或いは三十分）からの「帝国政府声明」を聞くまでは、知りようがなかった。だから、朝の段階では、町行く大人たちの表情は、いつにない緊張した面持ちで、無口だったと、前掲・川島氏の『流言・投書の太平洋戦争』で、様々な資料から結論付けられている（櫻本富雄氏『戦争はラジオにのって』に引く阿部真之助『日本の運命』（「新女苑」昭和十七年二月）も同様である）。妻が《「日本は、本当に大丈夫でせうか。」》と不安になるのは、こうした背景があるからなのだが、夫は何の根拠もなく、「必ず勝つ」と断言し、妻もそれを信じようとする。日本の戦争が正しいものであることは、誰も疑わなかったが、米英相手に勝てるかどうかには不安が残り、それを、正義は勝つはずだと宗教的に信じることで、乗り超えるのである（櫻本富雄氏『戦争はラジオにのって』に引く池崎忠孝『涙にうるむ』（「新女苑」昭和十七年二月）にも同様の会話が見られる。恐らく、日本のあちらこちらで、同様の会話が交わされていたであろう）。堤重久の『太宰治との七年間』の「開戦の日」によれば、開戦の翌日、堤から《先生、勝てるでしょうか》と訊かれた太宰は、《戦争が始まつた以上、ぼくたちは、勝つと信じるより、仕方がないね。》と答えたと言うから、『十二月八日』では、日本の国民を元気付けたいという気持から、実際に思っていたより、確信ありげに書いたのであろう。

続いて、妻の感想として、《目色、毛色が違ふといふ事が、之程までに敵愾心を起させるものか。滅茶苦茶に、ぶん殴りたい。支那を相手の時とは、まるで気持がちがふのだ。本当に、此の親しい美しい日本の土を、けだものみたいに無神経なアメリカの兵隊どもが、のそのそ歩き廻るなど、考えただけでも、たまらない。[注26] 此の神聖な土を、一歩でも踏んだら、お前たちの足が腐るでせう。お前たちには、その資格が無いのです。日本の綺麗な兵隊さん、どうか、彼等を滅つちやくちやに、やつつけて下さい。（中略）かういふ世に生れて、よかつた、と思ふ。ああ、誰かと、うんと戦争の話をしたい。やりましたわね、いよいよはじまつたのねえ、なんて。》と書かれている。[注27]

相馬氏が《愛国心の旺盛な女房を主役に仕立てて盛んに鬼畜米英論を展開させ、》と言われるのは、此処の事だが、前掲・川島氏の『流言・投書の太平洋戦争』によれば、《支那を相手の時とは、まるで気持がちがふ》というのは、多くの日本人が感じていた事で、アジア人同士で戦うよりも、長年にわたってアジアを抑圧し、搾取して来た英米に戦いを挑むことに、多くの国民は奮い立ったのである。それは、子供っぽい、無邪気な興奮と言って良い。本当は、この時代の戦争は、正義感で始めてしまうには、既に余りに危険な国家総力戦・無差別殺戮になっていた。そして、日本には勝てる望みは全く無かった。だが、当時の日本人には、その事がまだ分かっていなかったのである。我々は、この戦争の悲惨な結末を知っているので、当時の日本国民も、すべての結果を承知の上で、戦争を始めたように錯覚してしまうが、実際はそうではない。国民の多くは、戦争に対して余りにも無知なまま、無邪気な正義感と愛国心に駆り立てられて、明るい希望を持って、戦争を始めてしまったのである。

だから、この妻の感想も、まことに無邪気・単純・素朴である。彼女は、戦争を全く知らない。戦場で闘った経験もなく、実際の戦闘を見た事もない。自ら武器を取って戦う気もない。《滅茶苦茶に、ぶん殴りたい。》と言い、《日本の綺麗な兵隊さん、どうか、彼等を滅つちやくちやに、やつつけて下さい。》と言うが、彼女は米兵の血まみれ死体が無数に転がっている惨状をイメージして言っている訳ではない。目の前にアメリカ兵が居れば、手づから出刃包丁で刺し殺してやりたい程の憎悪に燃えているのでもない。彼女にとって戦争は、《やりましたわね、いよいよはじまつたのねえ》などと、オリンピックの試合について語るように、誰かとお喋りしたい程度のものでしかない。日中戦争が、内地の日本人にとっては対岸の火事のような所があったように、太平洋戦争も、当初は別世界の出来事に思われ、自分の頭の上に爆弾が投下されたり、米軍機が飛来して機関銃が自分に向けて掃射されるようなことは、まだ実感として想像しにくかったのである。彼女は当事者としてではなく、スタンドで声援を送る人間として、興奮し、はしゃいでいるだけなのである。

相馬氏は《鬼畜米英論》という言葉を使われたが、《鬼畜米英》は、昭和十八年九月に入って、ドイツ・イタリアなどに対する英米の爆撃で、女子供を含む多数の民間人（ハンブルク空襲では五万人）が無差別に殺されている非人道性を報じた新聞記事などから始まり、日本側の被害が大きくなるにつれて、烈しい憎悪を込めて使用されるようになって行ったものであって、何の被害もまだ受けていないこの妻の《無邪気にはしやいで》いるような状態とは、感情のレベルに大差がある。ここにあるのは、良くも悪くも単なるイメージであり、単なる観念である。《此の神聖な土を、一歩でも踏んだら、お前たちの足が腐るでせう。》というのも、日本国民に叩き込まれていた天皇を現人神とする神国思想の現われには違いないが(注28)、妻は、米軍が上陸して地上戦が始まる事も、神の御加護で米兵の足が腐る事も、現実の問題として考えている訳ではなく、日本に勝ってほしいという気持を、こういう子供っぽい言い方で表現しているだけである。そしてそれは、作者の都合で、意図的にそうさせたのである。

何故なら、太宰は、このようにまことに無邪気・単純・素朴な心のあり方を、高く評価しているからである。《無邪気》は、心が綺麗で、簡単に人を信じる子供の状態であり、父なる神に総てをお任せする信仰の理想状態である。妻は、開戦のラジオを聞いて《からだが透明にな》り、《つめたい花びらをいちまい胸の中に宿》したような綺麗な心の状態になったから、こうして、《日本の綺麗な兵隊さん、どうか、彼等を滅つちやくちやに、やつつけて下さい。》と《無邪気にはしや》げるようになったというのが、太宰の真意であろう。

続くラジオの軍歌についての一節も、重要である。《ラジオは、けさから軍歌の連続だ。一生懸命だ。つぎからつぎと、いろんな軍歌を放送して、たうとう種切れになつたか、敵は幾万ありとても、などといふ古い古い軍歌まで飛び出して来る仕末なので、ひとりで噴き出した。放送局の無邪気さに好感を持つた。》とある。これは放送局に対する批判ではない。見てくれは良くなくても、戦争のために、お国のために《無邪気》に《一生懸命》やっている子供のような素直さ・正直さ・純粋さを、微笑ましいものとして高く評価する太宰の価値観を、前置き的部分に続いて、ここでも読者に念押ししているのである。

ちなみに、この日は、ラジオ番組は予定が大幅に変更となり、開戦のニュースが全部で十六回も放送された（雑誌「放送」昭和十七年一月「戦時下のニュース放送」による）。そして、ニュースの合間には、「愛国行進曲」「軍艦行進曲」「敵は幾万」「太平洋行進曲」「敷島行進曲」などが流され、この小説には出ないが、士気を高める講演なども流されていたのである（主に櫻本富雄氏『戦争はラジオにのって』による）。

《おひる近くなつて、》ラジオで《マレー半島に奇襲上陸、香港攻撃、宣戦の大詔》のニュースを聞いて、妻は感動の涙を流す。そして、妻からニュースを知らされた《主人》も《「さうか。」》と笑う。ここでも、二人の気持は一つである。

《主人》が出掛けた後、妻は亀井勝一郎の家に立ち寄り、《亀井さんの御主人は、うちの主人と違つて、本当に御家庭を愛していらつしやるから、うらやましい。》とか、空襲に備えて《火叩きやら、(注29)なんだか奇怪な熊手のやうなものやら、すつかりととのへて用意されてある》亀井家に対して《私の家には何も無い。主人が不精だから仕様が無いのだ。》とか、《亀井さんの御主人は、本当にまめで、うちの主人とは雲泥の差だ。》などと思う。ここも、相馬氏の言う《女房から見てまことに頼りない夫の無能ぶりを揶揄》している所なのだろうが、この妻の言い方は、夫を非難するという程ではない。それに、この日は、米英との戦争が始まった第一日目である。始まったと聞いた途端、亀井氏が空襲に備えて準備万端整えたということは、すぐにも米軍機が日本の防空網を破って襲来すると考えたということである。それが、そんなに立派な事だろうか？　『新郎』の所で述べたように、太宰も十二月八日には、米軍機の空襲がすぐにもある事を予想したであろう。しかし、それでも《日本は必ず成功する》と《無邪気に信じ》ることを、太宰は『新郎』で説いていた。まして、『十二月八日』を執筆した時には、緒戦の勝利で、当分または永遠に、空襲はないと確信していたのである。

それに、よく読んでみると、ここの亀井氏の描き方は、決して手放しで賞賛しようとするようなものではない。《何やらいさましい格好で玄関に出て来られた》と思ったら、実は《いままで縁の下に蓆を敷いて居られたのだ》という展開は、笑いを取るためのものであろうし、《「どうも、縁の下を這ひまはるのは敵前上陸に劣らぬ苦しみです。」》と亀井氏にひどく大袈裟なことを言わせているのも笑いを取るためで、妻は《縁の下に蓆などを敷いて一体、どうなさるのだらう。いざ空襲といふ時、這ひ込まうといふのかしら。不思議だ。》と疑問を投げ掛けているのである。

また、《「よく、御用意が出来て」》と妻が褒めると、《「ええ、なにせ隣組長ですから」と元気よくおつしやる》

という所も、小学生が級長に選ばれて張り切っているような滑稽さで、微笑を誘う。さらに、亀井夫人が《小声で》、《本当は副組長なのだけれど》、お年寄りの《組長の仕事を代りにやつてゐる》だけだと暴露することで、また笑いを取るのである。

前に《隣組長の重い責任に緊張して居》るお隣りの奥さんが出て来たが、それと同じで、亀井氏も、張り切り過ぎ、頑張り過ぎているおかしみを、太宰は善意でユーモラスに描いていると読むべきだろう(注30)。

続いて、市場でラジオのニュースを聞いて、《比島、グワム空襲。ハワイ大爆撃。米国艦隊全滅す。帝国政府声明。全身が震えて恥づかしい程だつた。みんなに感謝したかつた。》と妻は感動する(注31)。

この時の《帝国政府声明》は、次のようなものであった。

《(前略)抑《そもそも》東亜の安定を確保し、世界平和に貢献するは、帝国不動の国是にして、列国との友誼を敦《あつ》くし、此の国是の完遂を図るは、帝国が以て国交の要義と為す所なり。然るに、曩《さき》に中華民国は、我真意を解せず、徒らに外力を恃んで、帝国に挑戦し来り、支那事変の発生を見るに至りたるが、御稜威《みいつ》の下、皇軍の向ふ所敵なく、既に支那は、重要地点悉く我手に帰し、同憂具眼の士国民政府を更新して帝国は之と善隣の誼を結び、友好列国の国民政府を承認するもの已《すで》に十一ヶ国の多きに及び、今や重慶政権は、奥地に残存して無益の交戦を続くるに過ぎず、然れども英米両国は東亜を永久に隷属的地位に置かんとする頑迷なる態度を改むを欲せず、(中略)帝国の存立に重大なる脅威を加ふるに至れり。(中略)遂に米国及英国に対し宣戦の大詔は渙発せられたり。(中略)帝国が日満華三国の提携に依り、共栄の実を挙げ、進んで東亜興隆の基礎を築かむとするの方針は、固より渝《かわ》る所なく、又帝国と志向を同じうする独伊両国と盟約して、世界平和の基調を画し、新秩序の建設に邁進するの決意は、益《ますます》牢乎たるものあり。而して、今次帝国が南方諸地域に対し、新に行動を起すの已むを得ざるに至る、何等其の住民に対し敵意を有するものにあらず。只英米の暴政を排除して東亜を明朗本然の姿に復し、相携へて共栄の楽《たのしみ》を頒たんと冀念するに外ならず。帝国は之等住民が、我が真意を諒解し、帝国と共に、東亜の新天地に新なる発足を期すべきを信じて疑はざるものなり。（下略）》（『東条首相声明録　一億の陣頭に立ちて』）

今日となっては、実に白々しい嘘八百であるが、太宰はこれを真に受けたのであろう。

続いて、《町の様子は》、《店先の様子も、人の会話も、平生とあまり変つてゐない。この静粛が、たのもしいのだ。》と、大戦果にもかかわらず平常心を保っている国民が讃えられている。これは、事実そうだったようで、午後一時過ぎに開戦を知った伊藤整は、町の人々がいつもと変わっていないのを不思議に感じたこと、しかしバスの客が《誰一人戦争のこと》を言わなかったこと、《誰も今日は笑わない》ことに気づいたことを『太平洋戦争日記』に記録している。また、ロベール・ギランの『日本人と戦争』（朝日文庫）には、この朝、号外を手にした町の人々の多くが緊張し、無言だったこと、午後には、どの日本人の顔も満足げな誇りで輝いていたが、叫び声・歓呼の声・拍手・喝采などは全く無く、静かだったことが記されている。

次いで、《卒業と同時に入営と決定した》《早大の佐藤さんが》訪ねて来たので、《お大事に、と私は心の底からのお辞儀をした。》と、戦地に赴く兵士への感謝と敬意が示される。入れ替わりに、堤が来たと出るが、これは、堤重久の『太宰治との七年間』に、開戦の日に太宰を訪ねたが留守だったことが出て居り、事実通りらしい。今（官一）も実際に訪ねて来たのであろう。

大学・高専の学生には、それまで徴兵猶予の特典が与えられていたのだが、兵員の不足から、昭和十六年十月、大学・専門学校などの修学年限を三ヶ月短縮して繰上げ卒業させ、十二月に臨時徴兵検査を実施し、合格者を十七年二月に入隊させることになった。早大の佐藤さん、帝大の堤さんは、その対象になった人たちなのである。

二人が《いままで髪を長く伸ばして居られたのに、綺麗さつぱりと坊主頭になつて》いたのは、当時の「徴兵検査受検壮丁の心得」として、検査出頭の際には、《身体を清潔にし頭髪は短く丸刈りにせよ。》という指示がなされていたからであろう（立命館大学国際平和ミュージアム所蔵の「京都連隊区司令部　徴兵検査受検壮丁の心得」の「検査出頭について」の三、にある）。

次いで、夕刊が来ると、妻は《隅々まで読んで、感激をあらたにした。（注32）》

妻の戦争への感激・反米英の思いと、続く園子を銭湯のお湯に入れる時の母としての幸福感とは、連続した流れの中にあり、どちらも自然な感情で、その間に何の対立・矛盾もない。また、この妻だけでなく、《よその人も、ご自分の赤ちやんが可愛くて可愛くて、たまらない様子で、お湯にいれる時は、みんなめいめいの赤ちやんに頬ずりしてゐる。》と書かれている。ということは、つまり、戦争を支持している日本国民が皆、赤ちやんを可愛がる優しさを持ちつつこの戦争を戦っているのであって、その間には、何らの矛盾も無いというのが、太宰の考えなのである。

銭湯の帰り道は、《燈火管制》のため真っ暗で、妻は《これは少し暗すぎるのではあるまいか。》と思う。これは、作者の意図としては、《燈火管制》を行なう政府を批判する事に目的があるのではなく、ラストで暗くても平気な《主人》と対比するための伏線なのである。

この日、東京府では、燈火管制を日没と共に行なうよう指令が出されていた（櫻本富雄氏『戦争はラジオにのって』P53）。この夜のことは、芹沢光治良の『十二月八日の日記』に、女中達が空襲を恐れて実家や姉の家に行くと家を出たが、《外は徹底的な燈火管制のために暗くて歩けなくてすぐ戻つて来た。》（「新女苑」昭和十七年二月）とあったり、「映画旬報」35号に、《とにかくこの夜の警戒管制は後で相当非難の声が起こったようであるが、全く暗すぎたようだ。一間と離れたら最後同伴者を見失ってしまう始末で、これでは婦人、子供は危険で歩けたものではない。》（共に櫻本富雄氏『戦争はラジオにのって』の引用による）とあったりするので、太宰は素直に事実通りに書いている事が分かる。（注33）また、《後で相当非難の声が起こった》という所から、燈火管制を暗すぎると批判する位のことは、この頃はまだ軍に睨まれることを恐れずに、普通に出来る状況だった事が分かるのである。

《主人》は、この真っ暗な夜道を、妻の後ろから、《我が大君に召されえたあるう、と実に調子のはづれた歌をうたひながら、乱暴な足どりで歩いて来る》。酔ってやや千鳥足になった上機嫌の様子が目に浮かび、笑いを誘う。昼過ぎに《主人》が出かける際に、《どうも、あんなに、そそくさと逃げるやうに外出した時には、たいてい御帰宅がおそいやうだ。》と妻が言っていたのは、酒を飲んで遅く帰って来るだろうことを諷したものだったのである。

ここで《主人》が歌っているのは、「出征兵士を送る歌」である（昭和十四年に発表され、大ヒットした）。その歌詞の第一番が、《わが大君《おおきみ》に召されたる／生命光栄《いのちはえ》ある朝ぼらけ／讃えて送る一億の／歓呼は高く天を衝く／いざ征《ゆ》け／つわもの／日本男児》で、今も右翼の街宣車がよく流している。反戦的な考えを持っている人間は、決して歌わない歌であろう。（注34）

そして、この作品の締め括りは、《ゴホンゴホンと二つ、特徴のある咳をしたので、私には、はつきりわかつた。

「園子が難儀してゐますよ。」

と私が言つたら、

「なあんだ。」と大きな声で言つて、「お前たちには、信仰が無いから、こんな夜道にも難儀するのだ。僕には、信仰があるから、夜道もなほ白昼の如しだね。ついて来い。」

と、どんどん先に立つて歩きました。

どこまで正気なのか、本当に、呆れた主人であります。》と言うものだ。末尾の一行でまた微笑を誘い、ユーモア小説として完結するのである。

この《主人》の《信仰》について、佐藤隆之氏は、《太宰が「鷗」の頃より培ってきた、世の中がどう動こうとも、自分は自身の姿を見失わず、作家としての道を邁進せんとする、その確固たる意志》《自信、自負》とされる

（『太宰治の強さ』。赤木孝之氏の『戦時下の太宰治』（武蔵野書房）もほぼ同様）。しかし、《信仰》は神や仏など、自分より遙かに偉大な絶対者や神聖な存在を信じる事であって、《自信、自負》や、自分の《確固たる意志》を《信仰》と呼ぶのはおかしい。

そもそも『十二月八日』という作品の中では、作家としての《主人》は、なまけてばかりいて、その小説も上手ではない事になっている。作家としての《自信、自負》《確固たる意志》を感じさせるような箇所は、作中に一つも無い。しかし、《信仰》に関連する宗教的な表現は、夫婦それぞれについてある。妻については、ラジオで開戦のニュースを聞いた時の《強い光線を受けて、からだが透明になるやうな感じ。あるひは、聖霊の息吹きを受けて、つめたい花びらをいちまい胸の中に宿したやうな気持ち。》という辺りがそれであるし、夫については、《「日本は、本当に大丈夫でせうか。」》という妻の問いに対して、《「大丈夫だから、やつたんじやないか。かならず勝ちます。」》と答え、妻も《此のあらたまつた言葉一つは、固く信じようと思つた。》という所である。

また、この作品の構成を見ると、開戦のニュースの所で使われた、《まつくらな私の部屋》の闇と、ラスト・シーンの暗い夜道とは、相互に呼応するように意図されている可能性が高い。即ち、開戦のニュースを聞いた《まつくらな私の部屋》の闇を神聖な光が貫いたように、ラストの《燈火管制》の《真の闇》を、《主人》の《信仰》が光となって、《夜道もなお白昼の如》くに照らし出すので、主人は《どんどん先に立つて歩》けるし、妻もその後について行くだけで良いのである。

また、作品の構成上のもう一つの大事なポイントとして、太宰は《主人》を作品の途中で外出させ（堤重久の『太宰治との七年間』によれば、これは事実をそのまま使ったものらしいが）、末尾で家族と合流させる。これは、家族の絆をラストで再確認するのに、適した構成であるはずだ。

太宰は、さらにその効果を高める為に、末尾近くの銭湯の場面で、初めて赤ん坊の園子をクローズ・アップして、母子の幸福感を描いて置いた。ここは、お風呂場の電灯と、お湯の暖かさの御蔭で、とても明るく暖かい場面になる。しかし、その帰り道は、銭湯とは対照的に《真の闇》と冬の寒さ（妻はスキイを思い出す）で、妻は《途方に暮れ》、《おそろし》い思いをする。そうした妻子のちょっとした危機を、タイミング良く救う形で、一杯機嫌の無邪気な《主人》が合流するのである。その結果、作品末尾には、父が戻り、家族が再び一つに結ばれた安心感、夜道が暗くてももう怖くはないという安堵感が生じ、家族としてのほのぼのとした一体感・幸福感が強く醸し出される。《どこまで正気なのか、本当に、呆れた主人であります。》という妻の言葉は、酔っぱらった主人の《無邪気さ》を、微笑ましく肯定したものである。そして、この一家の姿は、天皇や日本国への《信仰》とユーモアがありさえすれば、戦時下を生きること（或る意味で真っ暗な夜道を歩くこと）は、少しも《難儀》ではない、という考えの、巧みなイメージ化になっているのである。

相馬氏は、《愛国心の旺盛な女房》と《女房から見てまことに頼りない夫の無能ぶり》とを対照することで、《逆に戦時体制からはみ出して生きる太宰自身の立場を言外に主張している》とされたが、小説末尾で強調されているのは、夫婦の一体感である。『新郎』と比べてみても、『十二月八日』の夫婦の方が、遙かに仲が良さそうである。しかも、この仲の良さは、実際の太宰夫妻のものではあるまい。堤重久の『太宰治との七年間』「酒中の文学論」によれば、昭和十六年に太宰は美知子について、「真面目すぎる。崩れた所が少しもない。欠点がなくて困っている。」とこぼしていたのだから。『十二月八日』には、戦時下を生きる理想的な庶民の家族像を提示する為の、意図的な理想化が強く施されていて、『新郎』の方は、太宰の最近の心境を描くことが中心であったため、現実の夫婦関係に近い表現になったと見るべきであろう。

なお、『十二月八日』は、戦後、太宰の生前には、どの単行本にも収録されず、八雲書店版全集にも採録されなかった。当時は、非難を免れない作品だったからである。

太宰は敗戦後の『十五年間』（昭和二十一年四月）で、《私はこの戦争に於いて、大いに日本に味方しようと思つた。私など味方になつても、まるでちつともお役にも何も立たなかつたかと思ふが、しかし、日本に味方するつもりでゐた。この点を明確にして置きたい。》と言っている。(注35) 随想『返事』（昭和二十一年五月）でも、《はつきり言つたつていいんぢやないかしら。私たちはこの大戦争に於いて、日本に味方した。私たちは日本を愛してゐる、と。》と書いている。戦後になって、本当の事が言えるようになった時の、これらの発言を疑う理由は何もない。恐らく太宰は、米英との戦争に勝つことの困難さは感じていたであろうし、敗戦の可能性も考えていたであろうが、それでも最後まで日本の味方をしようとしたのである。

次に『待つ』（昭和十七年一月執筆）であるが、この小説については、《私》が待っているものについて、「戦争の終結」であるとする別所直樹氏『太宰治の言葉』（新文学書房、昭四十三年十月）の説や、「新しい道徳の行なわれる社会、自分の考えを思いきり大声で表明できる時代」とする渡部芳紀氏の「編年史・太宰治〈昭和十七年〉」（「国文学」昭和四十五年一月）など、反戦的な志向を見る説があるので、一応検討して置く（その他、キリスト・神とする佐古純一郎氏、奥野健男氏の説もある）。

しかし、この作品は、《省線のその小さい駅に、私は毎日、人をお迎へにまゐります。誰とも、わからぬ人を迎へに。》と始まり、《毎日、毎日、駅へお迎へに行つては、むなしく家へ帰つて来る二十《はたち》の娘を笑はずに、どうか覚えて置いて下さいませ。その小さい駅の名は、わざとお教へ申しません。お教へせずとも、あなたは、いつか私を見掛ける。》と終わっている。冒頭と末尾は、作品にとって極めて大事なものであり、二つを繋いで読めば、ヒロインが基本的には、誰とも分からぬ一人の人間（《あなた》）との運命的な出会いを期待して、駅に通っている事は、明らかである。従って、右の諸説は、いずれも間違いと言わねばならない。

それでは、『待つ』は、どう読むべきなのか。この小説の大部分を占めているのは、誰かを待っているヒロインの、自分でもよく分からない、揺れ動く複雑な心理の説明である。そして、その心理を複雑にしている根本原因は、《人間をきらひです。いいえ、こはいのです。》《死にたくなります。》《世の中がいやでいやでたまらなくなります。》という、かなり病的な対人恐怖症と、《二十《はたち》》の女性の抑圧された性欲であろう。

ヒロインは、対人恐怖症ゆえに、以前は《家にゐて、母と二人きりで黙つて縫物をしてゐると、一ばん楽な気持でした。けれども、いよいよ大戦争がはじまつて、周囲がひどく緊張してまゐりましてからは、私だけが家で毎日ぼんやりしてゐるのが大変わるい事のやうな気がして来て、何だか不安で、ちつとも落ちつかなくなりました。身を粉にして働いて、直接に、お役に立ちたい気持なのです。（中略）けれども、外に出てみたところで、私には行くところが、どこにもありません。買ひ物をして、その帰りには、駅に立ち寄つて、ぼんやり駅の冷たいベンチに腰かけてゐるのです。》

人々が命を懸けて立派に戦っているのに、自分はろくに役に立てないという罪悪観は、日中戦争以来、太宰自身が感じて来た気持であろう。しかし、その罪悪感と同じかそれ以上に強く、当時の性道徳のもとで抑圧された彼女の性欲へのアンビヴァレンツ（憧れと恐怖）が絡んでいることは、《どなたか、ひよいと現はれたら！　といふ期待と、ああ、現はれたら困る、どうしようといふ恐怖》、《現はれた時には仕方が無い、その人に私のいのちを差し上げよう（中略）といふあきらめに似た覚悟》、《その他さまざまのけしからぬ空想》《私は大変みだらな女なのかも知れない。》《身を粉にして働いて、お役に立ちたいといふのは嘘で、本当は（中略）自身の軽はずみな空想を実現しようと、何かしらよい機会をねらつてゐるのかも知れない。（中略）胸の中では、不埒な計画がちろちろ燃えてゐるやうな気もする。》といった表現が、はっきりと示しているのである。

対人恐怖症と戦争に貢献できない罪悪感と抑圧された性欲が絡み合う結果、彼女は精神的にかなり追い詰められたノイローゼ的な状態になっていて、《胸が一ぱいになり窒息する程くるしくな》るという「過換気症候群」の症状や、《生きてゐるのか、死んでゐるのか、わからぬやうな、白昼の夢を見てゐるやうな、なんだか頼りない気持になつて、眼前の、人の往来の有様も、望遠鏡を逆に覗いたみたいに、小さく遠く思はれて、世界がシンとなつてしまふ》という「離人神経症」の症状さえ呈している。毎日欠かさず駅まで行ってベンチにぼんやり腰掛けているという事自体、一種の「強迫行為」であって、それが象徴しているものは、どうしても現状から逃げ出したいという切迫した思いと（「駅」は現状から別の世界へ通じる突破口を象徴しているのであろう）、しかし、自力で行動して打開するのではなく、電車から運命の人が降りて来て何とかしてくれるのを待つ事しか出来ない無力さと、そして、実際には運命の人が現われる事なく、ただ毎日が過ぎ去って行くだけという打開不可能な状況であろう。

先に引いた『待つ』の末尾の一節は、『女生徒』末尾の《私は、王子さまのゐないシンデレラ姫。あたし、東京の、どこにゐるか、ごぞんじですか？　もう、ふたたびお目にかかりません。》（この一節は、元になった『有明淑の日記』には無く、太宰の創作である）と、会う／会わないで表面上の意味は正反対とも言えるが、その心理には共通点がある。『待つ』は、女性の心理や性欲を扱った『燈籠』『女生徒』『葉桜と魔笛』『皮膚と心』などの系列に属する作品で、だから、それらと共に、作品集『女性』（昭和十七年六月）に収録されたのであろう。

なお、太宰は、『女性』への収録に際して、真杉静枝の『妻』（博文館）の「跋」に引かれていた「待つといふひと言さへもはばかる大いなる別れなり征きませ吾が背」という短歌（歌集『戦線の夫を想ふ歌』（日本短歌社）の中の一首）を見て、昭和十七年三月二十九日付けの石光葆宛書簡で、《つまらぬ誤解を受けたくありませんので》『待つ』の《題を「青春」と改めて下さい》と頼んだ。太宰は、この作品が反戦・厭戦を意図していると誤解される事を恐れたのであろう。もしそれが「誤解」ではなく「正解」だったのなら、《つまらぬ誤解を受けたく》ないと書く理由がない。

また、『待つ』に代わる題名の最も相応しい候補として、太宰が「青春」をこの書簡で挙げていることにも注意すべきである。この小説のヒロインの病的で混乱した心理は、思春期特有のものだと考えたからこそ、太宰はこの題を考えたのである。

以下は、小説・随想等にかかわらず、太宰が戦争を肯定していたことを窺わせる主な部分を年代順に拾って、ごく簡単に見て行く事にする。本稿の趣旨から、作品の長所を取り上げず、専ら粗探し・揚げ足取りのようになってしまうが、これは決して太宰を非難するためではなく、単に客観的に事実を証明するためである事を、改めてお断りして置く。

◆『律子と貞子』（昭和十七年二月）のヒロイン、数え年十九歳の無邪気でお喋りな娘・貞子は、大学を卒業する遠縁の三浦憲治に向かって、《丙種だなんて、貞子が世間に恥づかしいわ、志願しなさいよ、可哀想に可哀想に、男と生れて兵隊さんになれないなんて、私だつたら泣いて、さうして、血判を押すわ、血判を三つも四つも押してみせる、兄ちやん！》と言う。

太平洋戦争勃発後、志願兵が急増したことは、当時の新聞にも報じられている（「国民新聞」昭和十六年十二月十一・十三日、「朝日新聞」十二月十八日など）。立命館大学国際平和ミュージアム所蔵の「京都連隊区司令部　徴兵検査受検壮丁の心得」の末尾には、「其の他」として、《近時検査前後に於て血書や血判の嘆願書を以て現役希望を提出する者或は兵種の希望又は乙種を甲種と変更を願出する者が多いが心中諒とするも絶対に応ずる訳には行かぬから此種願出は差控へるがよい。》とある。貞子は丙種になった憲治に、血判の嘆願書を以て現役希望を提出するように勧めているのである。

また、貞子は、真珠湾について、次のように言う。《兄ちやん、こんど泣いた？　泣いたでせう？　いいえ、ハ

ワイの事、決死的大空襲よ、なにせ生きて帰らぬ覚悟で母艦から飛び出したんだつて、泣いたわよ、三度も泣いた、》

また、貞子は、《あたし職業婦人になるのよ、いい勤め口を捜して下さいね、あたし達だつて徴用令をいただけるの、》と言う。ちなみに、昭和十四年に制定された国民徴用令では、十六歳以上二十五歳未満の女子も、軍の作業庁または政府の管理工場・指定工場に徴用し得ることを定めていたが、男女の性別役割の観念が強固だったため、実際に女子が徴用される事は無かった。しかし、貞子は徴用を望んでいるのである。

この、極めて無邪気な軍国少女（？）を、語り手は「ルカ伝」十章のマリヤに擬え、貞子の姉で《模範的なお嬢さん》律子（二十二歳）をマルタに擬えて、三浦に貞子との結婚を勧めた。ところが、三浦は律子と結婚する事にしたため、語り手は、《なんといふ事だ。私は、義憤に似たものを感じた。三浦君は、結婚の問題に於いても、やつぱり極度の近視眼なのではあるまいか。読者は如何に思うや。》と話を締め括っている。

◆『正義と微笑』「あとがき」（昭和十七年陽春）には、《昨年の秋、作者は軍の徴用を受けたが、左胸部のわづかな故障のため帰宅を命ぜられ、軍医からも静養をすすめられたけれど、作者は少しも静養しなかつた。職域奉公。かへつて大いに仕事をした。》と書いている（この引用部分は、『正義と微笑』が昭和二十二年二月、弘文社から再刊された時には削除された）。「職域奉公」とは、それぞれの職業で「お国のため」に一生懸命奉公する、という意味である。

◆『小さいアルバム』（昭和十七年七月）には、《もともと戦ひを好まぬ国民が、いまは忍ぶべからずと立ち上つた時、こいつは強い。向ふところ敵なしぢやないか。》とある。太平洋戦争は、《戦ひを好まぬ》日本国民が、《いまは忍ぶべからずと立ち上》がらざるを得ないようにしたアメリカのせいで起こった、としているのである。この一文は、戦後の作品集『薄明』（新紀元社、昭和二十一年十一月）に収録する際、《私は元来、女ぎらひ、酒ぎらひ、小説ぎらひなのです。笑つちやいけない。》に書き替えられている。

続いて、《まあ私の文学論は、それだけで、あとは、泣かぬ蛍、沈黙の海軍といふところです。》とある（ここも『薄明』では、《まあ私の文学論も、今夜は、それくらゐのもので、》と書き替えられた）。この《沈黙の海軍》（サイレント・ネイビー）とは、「軍人としての本務に邁進し、大言壮語を慎み、全力で責任を果たし、失敗しても言い訳をしない。」というイギリス海軍の精神を言ったものだが、イギリス海軍を模範としていた日本の海軍でも言われていたものである（豊田穣『江田島教育』（集英社文庫）など）。

◆『右大臣実朝』（昭和十八年九月刊）では、太宰の天皇崇拝が、時代の風潮に影響され、さらにエスカレートした感がある。

実朝が《御朝廷の尊い御方々に対し奉つては、ひたすら、嬰児の如くしんからお慕ひなさつて居られたらしく、》とか、《伊勢の大神の御嫡流たる京都御所のかしこき御方々に対する忠誠の念も巌の如く不動のものに見受けられました。》とか、《もともと御皇室のお方々に対しては、誰から教へられるともなく謂はば自然の御本能に依り恭謙の赤心をお持ちになつて居られましたお方で、》とか、《私どもの日常拝しましたところでは、あの将軍家でさへ、決して普通のお生れつきではなく、ただ有難く尊く目のくらむ思ひがするばかりでございましたのに、その将軍家を御一枚の御親書によつて百の霹靂に逢ひし時よりも強く震撼せしめ恐懼せしめ感泣せしめるお方の御威徳の高さのほどは、私ども蟲けらの者には推しはかり奉る事も何も出来ず、ただ、そのやうに雲表はるかに高く巍然燦然と聳えて居られる至尊のおはしますこの日本国に生れた事の有難さに、自づから涙が湧いて出るばかりの事でございます。》といった調子である。

この『右大臣実朝』に関連して、昭和十八年夏、芳賀檀の愛弟子・朝倉某の帰還歓迎会が、中谷孝雄・保田与重郎・高橋幸雄・檀一雄ら「日本浪曼派」同人によって銀座の料理屋で催された際、芳賀檀が雑談の中で、「太宰君がユダヤ人実朝という長篇を書いたそうで」（檀一雄の解釈では、太宰の東北訛りではそう聞こえるので）と言い、皆で他愛なく笑った所、それを伝え聞いた太宰が、芳賀檀と中谷孝雄に憤然と抗議の手紙を送ったという事件があった。檀一雄の『小説太宰治』（審美社）P183に拠ると、その中谷宛の手紙は、次のようなものだった。

《「あなたを刺す」とか「決闘する」とか「一家五人を抱へて路頭に迷う」とか、懊悩と激昂がこもごも交り合った無茶苦茶な手紙だった。文意を綜合すると、大体こんなことのようだった。

「私は忠良な日本臣民だ。この間は南方への徴発を受け、胸が悪いのでそれにもゆけなかった。私は弱い身体を引摺って、五人の家族を飢えさせたくなく、書けない小説を無理に書いている。まあ忠良な一臣民と云えるでしょう。その忠良なる日本臣民が、実朝という忠節に厚い一詩人を描こうとしたのに、これを故意にユダヤ人実朝だと誹謗した男がある。（中略）私の小説を誹謗し、また情報局や大政翼賛会あたりへ、コソコソと告口をして、作家の一生を屠る者があるのは、生かして置けない。明瞭に事態をあかして呉れないか」

大体こんなことが、泣くように、又恨むように、例の太宰調で綿々と述べられていた。》

太宰は確かに「忠良なる日本臣民」であったし、『右大臣実朝』で、《実朝という忠節に厚い一詩人を描こうとした》ことも、間違いない事実である。

太宰は『十五年間』でこの事件を、《私はそのやうに「日本の味方」のつもりでゐたのであるが、（中略）情報局の注意人物といふデマが飛び、私に、原稿を依頼する出版社が無くなつてしまつた。》とし、生活苦の余り、自殺も考え、その時《或る先輩》（井伏鱒二？）に出した手紙の大意を書いているのだが、その中に、《私は、いま、自殺といふ事を考へてゐます。しかし、こらへてゐます。妻子がふびん、といふよりは、私も日本国民として、私の自殺が外国の宣伝材料などになつてはたまらぬ、また、戦地へ行つてゐる私の若い友人たちが、私の自殺を聞いてどんな気がするか、それを考へて、こらへてゐます。》という一節がある。太宰は、自分の自殺が、米英によって、反戦・反体制的な抗議の自殺と誤解・曲解されて、報道・宣伝されては、お国に対して申し訳ないと思い、また、お国の為に命を棄てて戦っている《若い友人》たちに対しても、生活苦ぐらいで自殺する事は、恥ずかしくて出来ないと考えていたのである。太宰は同じ手紙の中に、《まさか、戦争礼讃の小説などは書く気はしません。》とも書いたらしいが、それは前後の文脈から見て、「どんなにお金に困っても、芸術的に無価値なものは書けない」という意味であり、戦争に反対だったからではないのである。

なお、檀一雄が「ユダヤ人実朝」についての太宰の誤解を解こうと会いに行った際、太宰は乃木将軍の漢詩「山川草木転《うた》た荒涼／十里風腥《なまぐさ》し新戦場／征馬前《すす》まず人語らず／金州城外斜陽に立つ」（長男を含む日露戦争の戦死者を悲しんだ「金州城下作」）を話題にし、《「あれはいい詩だ。現代の誰の詩も及ばんねえ」》とまで言ったという。太宰が乃木を反戦平和主義者と誤解したのでない事は言うまでもない。日露戦争を日本にとってやむを得ない正しい戦争として肯定しつつ、その為に命を捧げて英雄的に戦った人々の犠牲的な精神と、兵士と我が子を死なせねばならなかった乃木将軍の悲しみに、素直に感動しているのである。

◆『作家の手帖』（昭和十八年十月）については、先に触れたが、その時、一箇所省略した部分があった。それは次のような一節である。

《あこがれといふものは、いつの日か必ず達せられるものらしい。私は今では、完全に民衆の中の一人である。カアキ色のズボンをはいて、開襟シャツ、三鷹の町を産業戦士のむれにまじつて、少しも目立つ事もなく歩いてゐる。けれども、やつぱり、酒の店などに一歩足を踏み込むと駄目である。産業戦士たちは、焼酎でも何でも平気で飲むが、私は、なるべくならばビイルを飲みたい。産業戦士たちは元気がよい。

「ビイルなんか飲んで上品がつてゐたつて、仕様がないぢやねえか。」と、あきらかに私にあてつけて大声で言つている。私は背中を丸くして、うつむいてビイルを飲んでゐる。少しもビイルが、うまくない。（中略）私は君たちの友だとばかり思つて生きて来たのに。

友と思つてゐるだけでは、足りないのかも知れない。尊敬しなければならぬのだ。厳粛に、私はそう思つた。》

大地主の家に生まれた太宰が、その事を負い目として、普通の民衆の一人になりたいという願望を強く持っていた事は、周知の事実である。太宰は、お国のために働いている産業戦士（工場労働者）と完全に一心同体になりたいと思いつつ、そうなり切れないことを悲しむ。そして、戦争には何の役にも立たない小説しか書けない自分は、産業戦士を対等の友達扱いする資格はないのだ、自分より優れた人々として《尊敬しなければならぬのだ》と思うのである。

恐らく太宰は、戦況が厳しくなり、犠牲を払った日本人が増えて行くにつれて、自分もなるべく民衆と同じように犠牲を払い、民衆と一体化することで心の安定を得たいという思いがつのり、それが出来ない事に悩んだのであろう。（注36）

◇手紙ではあるが、昭和十八年十一月二十六日付けの掛川恒夫宛の書簡に、《かならず勝たねばならぬ戦争にて　いつさいを捧げたてまつり第二国民兵の義務を果し　なほ余力を以て　創作にも精進をつづけて行く覚悟に有之候》とある。

◆随想『一つの約束』（昭和十九年頃）では、《第一線に於いて、戦つて居られる諸君。（中略）諸君の美しい行為は、かならず一群の作者たちに依つて、あやまたず、のこり（ママ）くまなく、子々孫々に語り伝へられるであらう。》と語り掛けている。

◆『佳日』（昭和十九年一月）は、《これは、いま、大日本帝国の自存自衛のため、内地から遠く離れて、お働きになつてゐる人たちに対して、お留守の事は全く御安心下さい、といふ朗報にもなりはせぬかと思つて、愚かな作者が、どもりながら物語るささやかな一挿話である。》と書き起こされている。この《大日本帝国の自存自衛》は、太平洋戦争の「宣戦の詔書」の、《米英両国ハ残存政権》（重慶を首都として抵抗する国民政府）《ヲ支援シテ東亜ノ禍乱ヲ助長シ平和ノ美名ニ匿《かく》レテ東洋制覇ノ非望ヲ逞《たくまし》ウセムトス（中略）事既ニ此ニ至ル帝国ハ今ヤ自存自衛ノ為蹶然起《た》ツテ一切ノ障礙ヲ破砕スルノ外ナキナリ》という一節に由来するもので、開戦を正当とする理由として繰り返された言葉である。

また、大隅君が《東亜永遠の平和確立のため活躍してゐる》という一節は、同じく「宣戦の詔書」末尾の《朕《ちん》ハ汝有衆《ゆうしゅう》ノ忠誠勇武ニ信倚シ祖宗ノ遺業ヲ恢弘シ速《すみやか》ニ禍根ヲ芟除《さんじょ》シテ東亜永遠ノ平和ヲ確立シ以テ帝国ノ光栄ヲ保全セムコトヲ期ス》という一節を踏まえたものであろう。

大隅君の結婚相手は、会津藩士の家柄で、長女の夫が戦死した所謂《名誉の家》で、次女の夫も出征して《南方に活躍中》、結婚式の日は四月二十九日天皇誕生日で《これ以上の佳日は無い筈》と、軍国調である。

また、大隅君の《東京は、のんきだ》という批評に対して、《帝都の人たちはすべて懸命の努力で生きてゐるのだ》と説明しようとして、《「緊張の足りないところもあるだらうねえ。」》と《思つてゐる事と反対の事を言つてしま》う所がある。帝都の人たちの努力が、この戦争に勝つための努力であり、緊張であることは、言うまでもない。

また、《私は新聞に発表せられてゐる事をそのとほりに信じ、それ以上の事は知らうとも思はない極めて平凡な国民なのである。》という一節は、『十二月八日』にも類似の言い方があり、『かすかな声』以来の、お上を信じる主義の現われである。

ラストは、結婚式の日に、小坂の姉が、戦死した夫のモーニングを《うちのひとだつて、よろこぶ事でございませう》と貸してくれることの素晴らしさと、小坂の妹が、出征中の夫の《お帰りの日までは、どんな親しい人にだつて手をふれさせずに、なんでも、そつくりそのままにして置》きたいと、モーニングを貸さなかった女心の美しさを描いて、共に感動的である。戦争肯定であっても、美しい話は美しい事に変わりはない。

そして、末尾は、《上の姉さんが諏訪法性の御兜の如くうやうやしく家宝のモオニングを捧げ持つて私たちの控室にはひつて来た時には、大隅君の表現もまんざらでなかつた。かれは涙を流しながら笑つてゐた。》と締め括られる。ここでも、太宰は、ユーモアを忘れない。この作中で、終始《表現がまづ》かった大隅君が、最後に見せた無邪気な笑い。それを太宰は、いつも通り、賞賛するのである。

なお、『佳日』が戦後の作品集『黄村先生言行録』（昭和二十二年三月）に採録された際、書き出しは、《これは、いま、日本が有史以来の大戦争を起して、われわれ国民全般の労苦、言語に絶する時に、いづれ馬鹿話には違ひないが、それでも何か心の慰めにもなりはせぬかと思つて、愚かな作者が、どもりながら物語るささやかな一挿話である。》と書き替えられた。また、大隅君が《東亜永遠の平和確立のため活躍してゐる》という部分は、《主に北平古代美術の研究を担当してゐる》と書き替えられた。

◆『散華』（昭和十九年三月）では、文学を志しながら病死した三井君について、《このやうな時代に、からだが悪くて兵隊にもなれず、病床で息を引きとる若いひとは、あはれである。》と書く。戦場で戦うことを最高の価値とする『律子と貞子』と同様の発想である。

アッツ島で覚悟の玉砕を遂げた詩人《三田君》については、《北方の一孤島に於いて見事に玉砕し、護国の神となられた。》と書き、新聞で《アッツ玉砕の二千有余柱の神々のお名前》の中にその名前を見付けたと書く。これは、当時の常識ではあるが、天皇側に立った戦死者を神とする靖国神社の思想である。

《三田君》は、《昭和十五年の晩秋》に、太宰が《ロマンチシズム、新体制》について語った時、《首肯き》ながら聞いて居た年下の友人である。

太宰は、三田の《大いなる文学のために、死んで下さい。自分も死にます、この戦争のために。》という手紙を《なんとも尊く、ありがたく、うれしくて、（中略）これこそは、日本一の男児でなければ言へない言葉だと思つた。》と評し、《自己のために死ぬのではない。崇高な献身の覚悟である。》と言う。そして、《私は、詩人といふものを尊敬してゐる。純粋の詩人とは、人間以上のもので、たしかに天使であると信じてゐる。》とし、《三田君》をそうした純粋の詩人・天使と見なすのである。

『苦悩の年鑑』の《私は、純粋といふものにあこがれた。無報酬の行為。まつたく利己の心の無い生活。》という言葉を想い出そう。しかし、文学に献身するためには死なねばならないのか？　そうではない。長生きして献身する方が、もっと良いのである。

また、命を棄てさえすれば崇高な献身になるのか、と言うと、これも違う。つまらぬものの為に命を棄てたら、犬死にであろう。三田の死が崇高な献身であるためには、彼がその為に命を棄てた大日本帝国とその戦争が、大きな価値のあるものでなければならない。言うまでもなく、三田も太宰も、大日本帝国とその戦争の価値については、疑う事はなかったのである。

太宰は、《三田君の作品は、まつたく別の形で、立派に完成せられた。アッツ島に於ける玉砕である。》とし、

《純粋の献身を、人の世の最も美しいものとしてあこがれ努力してゐる事に於いては、兵士も、また詩人も、あるひは私のやうな巷の作家も、違つたところは無いのである。》と書く事で、兵士の戦争への献身と、詩人・作家の文学への献身を、共に美しい純粋なもの、同価値のものとした。エゴイズムを否定する太宰の価値観は、戦争を美とする時代の価値観に、容易に同化されてしまうのである。

なお、『散華』は、戦後、太宰の生前には、どの単行本にも収録されず、八雲書店版全集にも採録されなかった。

◆『東京だより』（昭和十九年八月）について、布野栄一氏は、「『文学報国』に見る良心的抵抗の痕跡」（日本大学国文学会「語文」88、平成六年三月）で、《太宰治の戦中における良心的抵抗》《一億一心の愛国精神への批判》を読み取っており、権錫永《クオンソクヨン》氏の「アジア太平洋戦争期における意味をめぐる闘争（3）—太宰治「散華」「東京だより」—」（『北海道大学文学研究科紀要』106、平成十四年）も同趣旨であるが、共に誤読である。

《産業戦士の歌（注37）を合唱しながら東京の街を行進》する《働く少女》たちについて、太宰は、《全部をおかみに捧げ切ると、人間は、顔の特徴も年恰好も綺麗に失つてしまふものかも知れません。東京の街を行進してゐる時だけでなく、この女の子たちの作業中あるひは執務中の姿を見ると、なほ一層、ひとりひとりの特徴を失ひ、所謂「個人事情」も何も忘れて、お国のために精出してゐるのが、よくわかるやうな気がします。》と書いている。

これは、個性を尊ぶ現代日本の価値観からすれば、批判を秘めた文言のようにも受け取れるが、《全部をおかみに捧げ切る》こと、《お国のために精出してゐる》ことは、無私の献身であり、太宰の当時の価値観から言って、批判の対象にはなり得ない。《所謂「個人事情」》はエゴイズムに繋がるもので、だからそれを忘れることは、素晴らしい献身・挺身の証なのである。太宰は、個々人の顔などの特徴が失われた状態を、「無私の境地」の現われとして評価しているのである。

さらに、太宰は『作家の手帖』（昭和十八年十月）で、産業戦士と完全に一体化したいと思いつつ、そうなり切れないことを悲しんでいた。そして、産業戦士を友と考えるのではなく、尊敬しなければならないのだと考えていた。その太宰が、産業戦士の少女たちの個性喪失を批判するようなことは、あり得ない。事実、事務所で働いている十人ばかりの少女の執務態度を、太宰は《ひとりひとり違つた心の表情も認められず、一様にうつむいてせつせと事務を執つてゐるだけで、来客の出入にもその静かな雰囲気は何の変化も示さず、ただ算盤の音と帳簿を繰る音が爽やかに聞こえて、たいへん気持のいい眺めなのでした。》と肯定的に描いている。それに続く《どの子の顔にも、これといふ異なつた印象は無く、羽根の色の同じな蝶々がひつそり並んで花の枝にとまつてゐるような感》じという表現も、少女を花にとまる蝶々に譬えて美化しようとしたもので、批判ではない。

ところで、この《働く少女》たちは、昭和十八年九月に創設され、軍需工場で働く「女子挺身隊」の人たちである。女子挺身隊は、当初、法律に基づいて結成されたものではなく、市町村長、町内会、部落会、婦人団体等の協力によって十四歳以上二十五歳以下を条件に、家庭の遊休婦人を中心に結成された自主的なものだった。(注38)

しかし、昭和十九年の日本は、末期的な状態になっており、兵隊の不足から学徒出陣が前年末から始まり、労働力の不足から、以前から行なわれていた男子の徴用に加えて、昭和十九年八月二十三日、勅令第五百十九号をもって、女子挺身勤労令が公布、即日施行され、これによって、以後は、女子に対する容赦ない徴用が実施されるのである。

『東京だより』に描かれている女子挺身隊は、強制加入が始まる直前の自主的なものである。それなのに、《生れた時から足が悪い》少女が、自ら進んで参加している。その自己犠牲的献身に、太宰は感動しているのである。(注39)

太宰はこの少女が、他の女子挺身隊員に比べて個性や特徴があるとは考えていない。《働く少女たちには、ひとりひとりの特徴なんか少しも無い、と前にも申し上げましたが、その工場の事務所にひとり、どうしても他の少女と全く違ふ感じのひとがゐたのです。顔も別に変つてゐません。やや面長の、浅黒い顔です。服装も変つてゐません。みんなと同じ黒い事務服です。髪の形も変つてゐません。どこも、何も、変つてゐません。》と強調し、この少女にも個性や特徴は無いが、何故か《感じ》が違っていて、不思議に美しいと感じたので、外面には現われない《幾代か続いた高貴の血》のために、《この人の何の特徴もない姿からでもこんな不思議な匂ひが発するのだ》ろうと、想像したりした程なのである。そして、後で、その少女が松葉杖をついているのを見て、そのような体で御国のために献身しようとする《崇高》な心に、その《不思議な美しさの原因》があった事を知り、感動するのである。

この年には、黒沢明監督が、「一番美しく」（昭和十九年四月公開）で、強制以前の女子挺身隊を美しく描いている。「一番美しく」という題名は、勿論、外見ではなく、心の美しさを言っているのである。そして、作中の小さなエピソードの一つとして、挺身隊員の一人が足を骨折しながら、仕事を続ける姿も描かれている。太宰は、昭和十九年、『佳日』映画化の関係で、東宝のプロデューサー山下良三と手紙の遣り取りをしており、東宝映画「一番美しく」を見た可能性も考えられなくはない。

なお、『東京だより』には、もう一つ、戦争への太宰なりの御奉公が書き込まれている。それは、これまで何度も本の表紙の絵を描きたいと言われ、その都度断ってきた絵の下手な友人の画家に、敢えて《こんど出版される筈の私の小説集の表紙の画をかいてもら》った事である。太宰は、その理由として、その画家が《徴用されて》《こんど工場へはひり、いまこそ小説集の表紙の画を、あらたな思ひで書いてみたい、といふひどく神妙な申出》をして来た、その《可憐なお便り》に接したからだと言う。徴用とは言え、それまでしなかった肉体労働をし、お国のために働く機会を得て、心を入れ替えたという所に、感銘を受けた太宰は、彼に絵を描かせる事が、ささやかながら、太宰自身の自己犠牲的献身になり、お国への御奉公になると考えたのである。《画が下手だつてかまはない。私の小説集の評判が悪くなつたつてかまはない。そんな事はどうだつていい。私なんかのつまらぬ小説集の表紙の画をかく事に依つて、彼の徴用工としての意気が更にあがるといふならば、こんなに有難い事は無い。》という訳である。

つまり『東京だより』は、太宰自身の無私の献身と、足の悪い少女の無私の献身を中心に、その周囲に《働く少女》たちと、徴用工になった画かきを配して構成されたものであって、批判的な意図などあるはずがないのである。

◇菊田義孝氏の『太宰治と罪の問題』（審美社）P182によると、昭和十九年秋、菊田が太宰に、《「先生はほんとに、日本の勝利を信じますか」》と訊いた時、太宰は《「もちろん、信じるさ。（中略）僕は大本営発表を、頭から信じることにしているんだ。われわれは、信じて勝つのさ。」》と答えた。

その一方で、太宰はこの時、周作人の随筆のユーモアをほめ、《支那人はさすがに大国民だ、大国民には、ユーモアがあるものだよ」》と言った。中国文化を尊敬しつつ、戦争を肯定し、政府を信じる姿勢に変化は見られない。

◇別所直樹氏の『太宰治の言葉』によれば、昭和十九年十月二十五日、神風特攻隊を指揮した関行男大尉（二十三歳）が米空母セント・ローに体当りしたことを伝える朝刊の記事を見ながら、太宰は、《いいねえ、この関大尉は……。肩に一寸でもゴミがつくと、パッパッと指で払うんだつてね》と言った。その後、亀井勝一郎宅を訪ねた際、太宰は、《ぼくらが青春時代に、共産主義の運動にとびこんだのも、あれは、あのころの特攻精神だつたんだな》と言い、亀井も賛成したと言う。太宰は、共産主義者だった時も、日本の戦争を支持し、神風特攻隊に感動している今も、その精神の本質は変わっていない、と思っているのである。

◆『津軽』（昭和十九年十一月刊）を書いた動機も、『作家の手帖』と同じく民衆との一体化願望にあったと私は思う。

《都会人としての私に不安を感じて、津軽人としての私をつかまうとする念願である。言ひかたを変へれば、津軽人とは、どんなものであつたか、それを見極めたくて旅に出たのだ。私の生きかたの手本とすべき純粋の津軽人を捜し当てたくて津軽へ来たのだ。》（「本編」二「蟹田」）というのは、やはり自分がそこに所属している民衆、自分を受け容れてくれる民衆を発見したかったという事だろう。

そして、太宰は《私は、たけの子だ。女中の子だつて何だつてかまはない。私は大声で言へる。私は、たけの子だ。兄たちに軽蔑されたつていい。》（五「西海岸」）と思うことで、遂に自分は大地主の子と言うより、女中の子であり、民衆そのものなのだと思うことが出来たのであろう。

たけと再会した時の気持は、《私には何の不満もない。まるで、もう、安心してしまつてゐる。足を投げ出して、ぼんやり運動会を見て、胸中に一つも思ふ事が無かつた。もう、何がどうなつてもいいんだ、といふやうな全く無憂無風の情態である。平和とは、こんな気持の事を言ふのであらうか。もし、さうなら、私はこの時、生れてはじめて心の平和を体験したと言つてもよい。先年なくなつた私の生みの母は、気品高くおだやかな立派な母であつたが、このやうな不思議な安堵感を私に与へてはくれなかつた。》と書かれている。太宰は家族の愛に恵まれなかったからこそ、それに代わるものとして、民衆を求めたのであり、たけは母と民衆の両方を兼ねた訳である。

『津軽』の末尾は次のように締め括られる。

《見よ、私の忘れ得ぬ人は、青森に於けるT君であり、五所川原に於ける中畑さんであり、金木に於けるアヤであり、さうして小泊に於けるたけである。アヤは現在も私の家に仕へてゐるが、他の人たちも、そのむかし一度は、私の家にゐた事がある人だ。私は、これらの人と友である。

さて、古聖人の獲麟を気取るわけでもないけれど、聖戦下の新津軽風土記も、作者のこの獲友の告白を以て、ひ

とまづペンをとどめて大過ないかと思はれる。(中略) さらば読者よ (中略) 元気で行かう。絶望するな。では、失敬。》

《古聖人の獲麟》に擬えるという事は、民衆の友になること《獲友》が、太宰にとっては、麒麟を捕まえる事にも匹敵する慶事であるという事である。また、その友がすべて、《そのむかし一度は、私の家にゐた事がある人だ》という事は、太宰が津島家を、マルクス主義時代とは違って、自分を友として迎えてくれる民衆の場所とイメージし、津島家自体も決して民衆と対立するものではなかったと思いなしたという事なのである。そして《元気で行かう。絶望するな。》は、「最後までこの聖戦の勝利を信じて戦おう」という事である。

なお、『津軽』で、戦後、前田出版社から昭和二十二年四月に再刊された際、「五　西海岸」の《日本は、ありがたい国だと、つくづく思つた。たしかに、日出づる国だと思つた。国運を賭しての大戦争のさいちゆうでも、本州の北端の寒村で、このやうに明るい不思議な大宴会が催されて居る。古代の神々の豪放な笑ひと濶達な舞踏をこの本州の僻陬に於いて直接に見聞する思ひであつた。》の最初の二つのセンテンスと最後のセンテンスが削除された。

◆『新釈諸国噺』(昭和二十一年一月刊) という作品集には、反戦の意図も戦争協力の意図も無いと私は思っているのだが、小泉浩一郎氏が、「『新釈諸国噺』論」(「日本文学」昭和五十一年一月) で、「大力」「裸川」「義理」に戦争批判を読み取ろうとされているので、反論して置きたい。

まず「大力」だが、小泉氏は、《他者への思いやりを欠いた才兵衛の残酷な行動》の非人間性に、《軍部支配層などの《好戦的時代精神に対する太宰の暗黙の批判が託されてい》るとされた。

しかし、才兵衛は、作中において全く孤立した存在で、登場人物全員が才兵衛に困り、迷惑しているのである。それでは、太平洋戦争下で、才兵衛のように、日本国民にこぞって嫌われ、憎まれていたものは何か？　それは決して日本の軍部や政府などではなく、米英軍に他ならない。従って、当時の読者が、「大力」と戦争を結び付けることが（無いとは思うが）もし仮にあったとしても、才兵衛と重ね合わせる事が可能なのは、米英軍だけである。

しかし、この江戸時代の四国の相撲取りの話から、鬼畜米英（また日本の軍部）を読者に連想させ得るとは、私には思えない。才兵衛は、相撲が強すぎて相手に怪我をさせただけであって、戦場における近代兵器による殺戮とは、次元が余りに違い過ぎるからである。

さらにまた、太宰は才兵衛の両親や、才兵衛を倒す師匠の鰐口のことも、決して良いようには描いていない。太宰はこの話を、善（才兵衛以外）VS悪（才兵衛）の話にする気が元々無いのである。従って、政治的風刺の意図も全く無いと見るべきである。

次に「裸川」（初出は昭和十九年一月）だが、小泉氏は、太宰には青砥の人間的卑小さに対する《仮借ない剔抉の姿勢》があり、「川に落ちた国土の重宝を蘇らせた」という青砥の言葉も、太宰は落とした銭の枚数が違うことを娘に指摘させることで、アイロニカルに批判しているのだとされる。そして、青砥は《僅か十一文のために》《民衆を虐げ》ている《加害者》であり、ばくち打ちの浅田小五郎が青砥を欺くのは、《そういう支配者の権力から民衆を救い出そうとする侠気の発露》であるとし、太宰は浅田に共感し、青砥を批判しているのだとされる。そしてそれは結局、《軍部支配層の唱道する大東亜共栄圏等の「真面目」な大義名分への懐疑と、大義名分の盲目の絶対化という硬直した時代精神への批判》だと結論されるのである。また、浅田小五郎は、「裸川」の元になった西鶴の『武家義理物語』では、名前が与えられていなかったのだが、その人物に名前を与え、逆に浅田に腹を立てた男が、元は「千馬孫九郎」となっていたのを、単に《真面目な人》《小さい男》と名無しにしてしまった所にも意味があると小泉氏は考えておられる。

しかし、太宰が選んだ浅田小五郎というネーミングは、思慮が「浅」い「小」人という意味を表したつもりであろう。実際、作中で《智慧の浅瀬を渡る下々の心には、青砥の深慮が解しかね、一文惜しみの百知らず、と笑ひののしつたとは、いつの世も小人はあさましく、救ひ難いものである。》と「智慧の浅瀬」「小人」という言葉を使って浅田は批判されているのである。

また、原作で歴々の武士の子孫「千馬孫九郎」とされていた人物を、親が《柴刈り縄なひ草鞋》作りなどをしている恐らく農家出身の《小さい男》にしたのは、平民ではなく武士の子孫だから立派な心を持っていた、という話になってしまう事を嫌ったせいで（実際、原作では、《子細あつて。二代まで身を隠し》ていたが《流石侍のこゝろざし》とか、《二たび武家のほまれ　ちとせをいはふ鶴が岡に住みぬ》とか書かれていた）、無名の一般庶民にも《真面目な》美しい心がある事を示し、さらに、後には親孝行によって、北条時頼に召し出されるという形で、庶民の美しい心が報われるようにしたのであろう。浅田がばくち打ちで、平民でありながら《氏育ち少しくまされるを鼻にかけ》ていると設定されている事は、彼が太宰の理想の民衆像から外れている事を意味していると考えて良い。

「裸川」の話はこの後、浅田の嘘が露顕し、青砥から厳しい罰を受け、それでも浅田は《おそるるところなく、》先に渡した銭十一文を返して下さいと言ったため、《ひかれ者の小唄》だと《のちのち人の笑ひ話の種になつた。》と締めくくられる。にもかかわらず、小泉氏は《笑ひ話》云々を、《真の主題を隠蔽するための隠れ蓑》とし、太宰は浅田の《権威に屈しない抵抗精神》に共感しているのだとする。が、笑いものになったと書いて、実は作者は誉めているのだと一般の読者に読み取らせるのは、余程はっきりと分かる書き方をしない限り無理である。また、結末の太宰の言葉は、反対の意味に読むべきだと言うのなら、「大力」末尾の《本朝二十不孝の番附の大横綱になつた》という一句についても、「実は太宰は才兵衛を誉めているのだ」と主張しなければ、小泉氏の読み方は一貫しない事になるだろう。

　もっとも、「銭十一文を返せ」という浅田の発言には、確かにふてぶてしい印象はある。恐らく太宰は、こういう悪人を描く事に、興味を持ったのだろう。そしてそれは、志賀直哉の『暗夜行路』前篇第二の十三に、謙作が西鶴の『本朝二十不孝』の《無反省に惨酷な気持を押通して行く事》《変な図太さ》に《感服し》、《弱々しい反省や無益な困惑に絶えず苦しめられてゐる今の》自分と比較して《羨し》く思う所があるので、太宰はそこから影響を受けていたのではないかと私は思う。それが、先の「大力」でも、才兵衛を悪玉にしなかった理由の一つではないだろうか。

　しかし、このふてぶてしさの印象は、我々の無知によって、誇張されている面もありそうである。と言うのは、（鎌倉時代の事は分からないが）原作である『武家義理物語』が書かれた江戸時代には、金一両が銭四貫文＝四千文であった（ただしこれは公定の基準で、実際の取引では相場が変動した）。例えば、小学館（一九七二年初版）『日本古典文学全集』「井原西鶴集（3）」Ｐ94の頭注四では、銭一貫文＝千文を約七五〇〇円としている。今、仮にこのレートで計算して見ると、一文は七円五十銭であり、浅田が返却を要求した十一文は、たったの八十二円五十銭に過ぎない。浅田が笑いものになるのは当然なのである。

　ちなみに同じレートで計算すると、一両は三万円である。青砥は、たった八十円ほどの小銭を回収するために、人足たちに三両と浅田に褒美の一両、合計四両、つまり十二万円相当を支払っていたのである。この金額を知ると、青砥という人物に対する尊敬の念も増すのではないだろうか。

　小泉氏は、《青砥は浅田によって低められ、批判化されている》とされているが、作中では、浅田が青砥を騙したことを話すと、仲間の人足たちが、《世が世ならお前は青砥の上にも立つべき器量人だ》と褒め称える。しかし、その事を語り手（＝作者）は、《とあさはかなお世辞を言ひ》と評し、その直後に、《真面目な》《小さい男》が浅田を罵倒するという展開になっている。つまり作者は、浅田を青砥の上に置く様な考え方は《あさはかな》考えであると、はっきりここで示しているのである。

太宰は本作で、青砥をかなり滑稽に描いている所も確かにあるが、それはこの人物の価値を否定するものとは言えない。例えば『新釈諸国噺』巻頭の「貧の意地」の登場人物たちの多くは滑稽に描かれているが、みんな良い人たちとされている。青砥も、《決して卑しい守銭奴ではな》く、《質素倹約、清廉潔白の官吏》で《国のために質素倹約を率先躬行してゐた》《真面目な人なのである》とされている。

実は、日中戦争の開始以降、日本では戦費等の調達のため、国民に貯金を奨励し、太平洋戦争開始後は、さらにこの運動が強化されて、昭和十七年八月には、大政翼賛会が貯蓄総額二百三十億円という目標を達成するために、使ったつもりで貯金する「使ったつもり貯金」を提唱し、これが流行語になった程であった。太宰は「裸川」の三ヶ月前に随想『金銭の話』を書き、その中で西鶴の『日本永代蔵』『世間胸算用』を引用しているぐらいなので、倹約・貯金奨励運動を応援するという訳ではないが、こうした運動の事も頭に置いて、「裸川」を発表した事は間違いあるまい。

太宰は、『金銭の話』では、自分には《どういふわけか、お金が残らぬ》ことを繰り返して例の道化を演じていて、「裸川」でも青砥をユーモラスに戯画化して描いては居るが、それを政府批判と取るのは、全くの誤りである。

最後に「義理」についてだが、小泉氏は次のように主張されている。《「乱暴者の若殿」をめぐる神崎式部と森岡丹三郎との対立の図式は、太平洋戦争下における軍部支配層もしくは天皇制軍国主義に対しての〝言論〟をつかさどるべき知識人の二様のあり方を私かに仮託したものではなかったか。式部によって象徴されるのは、例え軍部支配層の好戦的姿勢に反し、臆病者、非国民と罵られても、大井川渡河に比せらるべき無暴な戦いに対する理性的な反対の〝言葉〟を貫き得る真の勇気を持った知識人の姿であり、他方、森岡丹三郎によって象徴されるのは、軍部支配層への迎合のみをこととし、良心や本心を偽って、好戦的路線に盲従する〝言葉〟を吐き、無暴な戦いへの世論をかき立て、結局、国全体を自滅の道に誘導しようとする軽薄な似而非知識人の姿である。そして「義理」一篇のモチーフが、丹三郎に象徴される体制迎合的な圧倒的多数の知識人の主体性の欠如と無責任な自己偽瞞的言動の剔抉にその眼目を置いていることは言うまでもあるまい。》

私には、この様な読み方が可能とは全く思えない。そもそも、神崎式部は戦国時代の武将・荒木村重の横目役（領内取締役）で、近代社会における「知識人」とは、異質な存在である。森岡丹三郎に至っては、まだ《十六歳》という設定で、「軽薄」とか「似而非」とか言う以前に、そもそも「知識人」とは言えないだろう。太平洋戦争下における好戦的な知識人たちの多くが、丹三郎のような種類の臆病者だったとも、私には思えない。

また、作中での悲劇は、増水した大井川を渡る際に丹三郎が溺死し、丹三郎の父・森岡丹後への義理から、神崎が息子・勝太郎に溺死を命じざるを得なかった事にあるのだが、それが太平洋戦争と何の関係があるのか？　荒木村重の支配した摂津の国一国が攻め滅ぼされるという悲劇ならまだしもであるが、川を渡る事には、戦争との共通点が無いし、これは国民的な問題ではなく、一親子を襲った義理と人情の悲劇に過ぎないのである。

さらに、小泉氏の論では、神崎は正しい知識人の筈だが、確かに最初は一生懸命反対はしたものの、主君の次男・村丸が大井川に馬を乗り入れた時には、その神崎こそが、お供の者たち全員に、危険な大井川に直ちに飛び込むよう命令を下したのである。そして、川を渡りたくなかった臆病者の丹三郎を、自分たちが守るからと川に入らせて、結局死なせてしまったのも、神崎式部その人の責任なのである。従って、太平洋戦争下の知識人に強いてなぞらえるなら、神崎式部は、開戦前には反対したが、開戦後は、「始まってしまった以上は飽くまで戦え、天皇陛下を守れ！」と叱咤激励するタイプの知識人という事になる筈である。そして、森岡丹三郎の方こそ、「戦争なんか厭だ厭だ」と言い続ける知識人ということになるだろう。

最後に、この作品の末尾は、《武家の義理ほど、あはれにして美しきは無しと。》となっている。小泉氏は、これもまた隠れ蓑に過ぎないと決め付けておられるが、太宰の真意は、明らかにこの話を《あはれ》であると同時に《美し》いものとする所にあるのである。その事は、《「そちに頼みがある。」》と父に言われた時の勝太郎の描写――《「はい。」と答へて澄んだ眼で父の顔を仰ぎ見てゐる。家中随一の美童である。》――が、外見的な美しさと同時に、《澄んだ眼》によって心の綺麗さを強調しようとしたものである事と、《死んでおくれ。」》と父に言われるや、《さすがは武士の子、あ、と答へて少しもためらふところなく、立つ川浪に身を躍らせて相果てた》と、その潔さを賛美している所から、明らかだ。それは、天皇のため国のために潔く死ぬ日本男児に対する賛美にこそ通じるものであって、決して反戦的なものではあり得ない。後述する『惜別』の例を見ても、太宰が主君への忠義というものを、高く評価していた事は、明らかなのである。

『新釈諸国噺』の「凡例」にある、《西鶴は、世界で一ばん偉い作家である。メリメ、モオパツサンの諸秀才も遠く及ばぬ。》《この際、読者に日本の作家精神の伝統とでもいふべきものを、はつきり知つていただく事は、かなり重要な事》《この仕事を、昭和聖代の日本の作家に与へられた義務と信じ、むきになつて書いた》という言葉、また、『自著を語る』（昭和二十年一月）で、『新釈諸国噺』に言及した直後の、《今迄の日本の文学はどつちかと云ふとやはり欧米第一主義でしたが、日本文学には日本文学としての他の追従を許さないよさがあるのです。日本文学の伝統に根ざしたもの――其処に私の目標を置いて行きたいと考へてゐます。》という発言を、文字通りに受け取るのが、太宰に対する礼儀というものであろう。

なお、小泉氏が取り上げなかった「人魚の海」では、藩の重役の野田武蔵に、《武士には「信」の一字が大事》と言わせ、末尾で《此段、信ずる力の勝利を説く。》と明言するなど、信じることの大切さが、武士であることと結び付けて強調されている事に注意したい（原作では、《うたがふべきにあらず》とあるだけである）。また、野田の発言の中にある《日本の国は神国なり》は、原作には無く、太宰が「神国思想」に染まっていた事を窺わせる。

また、原作では何の御咎めも無かった野田が、百右衛門を成敗した後、責任を取って切腹したことにし、《何のためらふところも無く見事に割腹して相果てたとはなかなか小気味よき武士である》と誉めているのは、潔く命を捨てる人間を賛美する太宰の価値観の現われである。

◆随想『春』（昭和二十年春、執筆）で、太宰が《戦争のおかげで、やつと、生き抜く力を得たやうなものです。》と書いているのは、先にも述べた通り、戦争の御蔭で人間不信を脱却でき、その御蔭で自殺衝動から救われ、生きて来られた、という意味だったと考えられる。

以下は、戦争中に執筆されたが、刊行が敗戦後になった作品である。

◆『惜別』（昭和二十年九月刊）が戦争に協力しようとして書かれたものであることは、「『惜別』の意図」からも明らかである。昭和十九年一月三十日付け山下良三宛書簡でも、《これもお国のためと思ひ、他の仕事をあとまはしにして、いささか心胆をくだいてゐます》と書いている。

また、『惜別』の「あとがき」では、《この「惜別」は、内閣情報局と文学報国会との依嘱で書きすすめた小説には違ひないけれども、しかし、両者からの話が無くても、私は、いつかは書いてみたいと思つて、その材料を集め、その構想を久しく案じてゐた小説である。》と前置きし、末尾では、《なほ、最後に、どうしても附け加へさせていただきたいのは、この仕事はあくまでも太宰といふ日本の一作家の責任に於いて、自由に書きしたためられたもので、情報局も報国会も、私の執筆を拘束するやうなややこしい注意など一言もおつしやらなかつたといふ一事である。しかも、私がこれを書き上げて、お役所に提出して、それがそのまま、一字半句の訂正も無く通過した。朝野一心、とでも言ふべきであらうか、これは、私だけの幸福ではあるまい。》と断っている。太宰がわざわざこういう断り書きを付けて、『惜別』が自発的に、そして自由に書いた作品である事を強調したのは、自分が内閣情報局や文学報国会のような権力機構に擦り寄ろうとし、筆を曲げ、媚び諂ったと邪推される事が厭だったからであろう。これは、戦後に「便乗思想」を嫌悪したのと同じ、太宰流の潔癖さである。しかし太宰は、自分の戦争肯定・戦争協力については、言い訳をする必要は感じなかった。それは、太宰の本心から出たものだったからだ。

詳しく論じるには長すぎる作品なので、殆ど省略するが、『惜別』の中の日露戦争についての表現を見ると、《ことしの二月、日本は北方の強大国露西亜に対して堂々と戦を宣し、日本の青年たちは勇躍して戦場に赴き、議会は満場一致で尨大の戦費を可決し、国民はあらゆる犠牲を忍んで毎日の号外の鈴の音に湧き立つてゐる。自分は、この戦争は大丈夫、日本が勝つと思ふ。このやうに国内が活気汪溢してゐて、負ける筈はない。》とあり、さらに、《これではまるで支那の独立保全のために日本に戦争してもらつてゐるやうにも見えて、考へ様に依つては、支那にとつてはまことに不面目な戦争ではあるまいか。日本の青年達が支那の国土で勇敢に戦ひ、貴重な血を流してゐるのに（下略）》となっている。太宰は、日露戦争の時にはまだ生まれておらず、河北新報社で日露戦争当時の新聞も調べたようだが、ここに書かれていることは、太平洋戦争を戦う日本国民についての太宰の考えでもある事に、注意を喚起して置きたい。

また、魯迅が親しくなった貧しい大工の十歳ぐらいの娘（＝日本の庶民のイノセンスの代表）が、戦地の伯父に送った慰問文に、《露助を捕虜になされその上名誉ある決死隊に御はひりなされたさうですが（中略）我が天皇陛下の御ため大日本帝国のために御つくし下さるやう祈つて居ります》とあるのは、『作家の手帖』の七夕のくだりと同工異曲である事を指摘して置く。太宰は続けて、魯迅をして《長大息を発せしめたものは、この短いたよりの中に貫かれてゐる鮮やかな忠義の赤心であつた》とし、魯迅に、《日本の思想は、忠に統一されてゐる（中略）先日一緒に見た芝居の政岡も、わが子に忠だけをすすめてゐます。母に孝行せよといふ教育はしてゐません》と言わせ、それに対して中国では、《忠孝とは言つても、忠は孝の接頭語くらゐの役目で添へられてゐるだけで、主格は孝のはうにある》とし、それがひどく悪いことのように言わせる。これは、「孝」が親子のエゴイズムから余り離れていないのに対して、「忠」はエゴイズムの否定・自己犠牲であり、素晴らしいことだ、という太宰本来の価値観を表わしたものである。そして太宰は、『惜別』の末尾で医学を捨てて帰国する魯迅に、《僕は、やつと》《日本の忠義の一元論》《が体得できました。帰国して、僕はまづあの民衆の精神の改革のため、文芸運動を起します。》と言わせるのである。この終わり方は、「『惜別』の意図」に書かれていた計画――「魯迅が日本にあって中国にない《単純な清い信仰》をこそ取り戻さねばならないと考え、その為には《美しく崇高なる文芸に依るのが最も捷径ではなからうかと考へ、（中略）文芸救国の希望に燃え》て仙台を去る所で擱筆する」――とほぼ同じであり、太宰が《忠義の一元論》をどんなに重視していたかが分かる。と同時に、戦時下の太宰の創作活動もまた、《美しく崇高なる文芸に依》って、天皇と国家への忠誠を中心とする太宰好みの自己犠牲の精神を、《単純な清い信仰》として鼓吹する《文芸救国》の活動だと、太宰自身が考えていた事が、ここから想像できるのである。

「『惜別』の意図」には、魯迅が《この日本の清潔感》・《単純な清い信仰》・《理想》は《一体、どこから来てゐるのであらうか。》と考え、《教育に関する御勅語、軍人に賜りたる御勅諭までさかのぼつて考へるやうにな》る、とあるが、小山清の「風貌」（「風雪」昭和二十五年七月）によれば、太宰は『惜別』を書いていた頃、小山に《「『教育勅語』に友達の間柄のことを、どう云つてあると思ふ？　朋友相信じなんだ」》と言った。教育勅語や軍人勅諭にある儒教的な道徳を、太宰は心から大切にしていたのであろう。

なお、『惜別』は、前引《支那の独立保全のために》の辺りや「あとがき」など、昭和二十二年四月、講談社から再刊された際に削除された箇所が多く、合計すれば、一万二千字以上にもなると言う。しかしその中には、《その頃すでに、独逸の膠州湾租借を始めとして、露西亜は関東州、英吉利はその対岸の威海衛、仏蘭西は南方の広州湾を各々租借し、次第にまたこれらの諸国は、支那に於いて鉄道、鉱山などに関する多くの利権を得て、亜米利加も、かねて東洋に進み出る時機をうかがつてゐたが、遂にその頃、布哇を得て、さらに長駆東洋侵略の歩をすすめて西班牙と戦ひ比律賓を取り、そこを足がかりにしてそろそろ支那に対して無気味な干渉を開始していた。》という欧米の侵略に関する正しい記述も含まれていたことを、忘れてはならないと私は思う。

◆『お伽草紙』（昭和二十年十月刊）の「カチカチ山」には、アメリカに対する悪口が出て来る。《皮膚感覚が倫理を覆つてゐる状態、これを低能あるひは悪魔といふ。ひところ世界中に流行したアメリカ映画、あれには、こんな所謂「純真」な雄や雌がたくさん出て来て、皮膚感触をもてあまして擽つたげにちよこまか、バネ仕掛けの如く動きまはつてゐた。別にこじつけるわけではないが、所謂「青春の純真」といふものの元祖は、或ひは、アメリカあたりにあつたのではなからうかと思はれるくらゐだ。スキイでランラン、とかいふたぐひである。さうしてその裏で、ひどく愚劣な犯罪を平気で行つてゐる》。この引用文の《アメリカ映画》《アメリカ》は、昭和二十一年二月に筑摩書房から再版された際に、ともに《ジヤズ映画》と書き替えられた。

同様の悪口は、『純真』（昭和十九年十月十六日）にも書かれている。

「浦島さん」にも、《エデンの園の蛇ぢやない、はばかりながら日本の亀だ。》とか、玉手箱について、《ギリシヤ神話のパンドラの箱の物語》は《意地悪い》《神々の復讐》で、《日本のお伽噺》がその《ギリシヤ神話よりも残酷である。などと外国人に言はれる》のは《いかにも無念な事だ。》といった欧米に対する対抗心が現われた箇所がある。

また、「舌切雀」の冒頭には、《私はこの「お伽草紙」といふ本を、日本の国難打開のために敢闘してゐる人々の寸暇に於ける慰労のささやかな玩具として恰好のものたらしむべく、（中略）少しづつ書きすすめて来たのである》と、戦争協力の意志を明らかにしている。

また、「カチカチ山」の、兎の仇討ちは《日本の武士道の作法ではない。》《なぜ正々堂々と名乗りを挙げて彼に膺懲の一太刀を加へなかつたか。（中略）神は正義に味方する。（中略）あまりにも腕前の差がひどかつたならば、その時には臥薪嘗胆（中略）修行をする事だ。（中略）いやしくも正義にあこがれてゐる人間ならば、誰でもこれに就いてはいささか不快の情を覚えるのではあるまいか。》という部分は、「日本人は正々堂々、正義の戦争しかないし、現に大東亜戦争はさういう戦争だ」という太宰の信念を反映した文言であろう。「臥薪嘗胆」は、三国干渉から日露戦争に掛けて使われた言葉、「膺懲」は、日中戦争についてよく使われた言葉である。また、占領下に出版された『雌に就いて』（昭和二十三年八月）では、《日本の武士道の作法》は「正義の作法」に書き替えられた。

ところで、東郷克美氏は、「「お伽草紙」の桃源境」（「日本近代文学」昭和四十九年十月）で、以下の「舌切雀」の一節を引用し、次のように論じておられる。

《　私はここにくどいくらゐに念を押して置きたいのだ。瘤取りの二老人も浦島さんも、またカチカチ山の狸さんも、決して日本一ではないんだぞ、桃太郎だけが日本一なんだぞ、さうしておれはその桃太郎を書かなかつたんだぞ。本当の日本一なんか、もしお前の眼前に現はれたら、お前の両眼はまぶしさのためにつぶれるかも知れない。いいか、わかつたか。この私の「お伽草紙」に出て来る者は、日本一でも二でも三でも無いし、また、所謂「代表的人物」でも無い。これはただ、太宰といふ作家がその愚かな経験と貧弱な空想を以て創造した極めて凡庸の人物たちばかりである。

これは一応「日本一」的なるものの称揚という形をとってはいるが、太宰が「お伽草紙」において意識的に「日本一」的なるものに自己の「凡庸」を対置しようとしていることは明らかである。当時、桃太郎が戦意高揚の具に利用されていたことを思えば、ここに太宰の時勢に対するひそかな抵抗を読みとることも不可能ではない。少なくとも時代の悪気流との緊張関係なしにはこの作品は成立しなかったであろう。

しかし、右の「舌切雀」の引用箇所の直前直後には、次のように書かれているのである（中略）にした部分と、その直前直後のワン・センテンスは、東郷氏の引用箇所である）。

《かりそめにもこの貴い国で第一と言ふ事になると、いくらお伽噺だからと言つても、出鱈目な書き方は許されまい。外国の人が見て、なんだ、これが日本一か、などと言つたら、その口惜しさはどんなだらう。だから、私はここにくどいくらゐに念を押して置きたいのだ。（中略）これはただ、太宰といふ作家がその愚かな経験と貧弱な空想を以て創造した極めて凡庸の人物たちばかりである。これらの諸人物を以て、ただちに日本人の軽重を推計せんとするのは、それこそ刻舟求剣のしたり顔なる穿鑿に近い。》（ちなみに、この辺りの十数行は、占領下の『雌に就いて』では、削除されている。反英米的・国粋主義的だからである。）

こうした前後の文脈からみれば、太宰が外国人、特に英米人に対して、自分の作品が悪印象を与えること（また、読者からそうなると危惧されること）を虞《おそ》れている事は明らかであろう（「浦島さん」にも外国人に与える印象を気にしている箇所がある事は、先に述べたし、『右大臣実朝』の項で引いた『十五年間』の《私の自殺が外国の宣伝材料などになつてはたまらぬ》も同じ発想である）。また、太宰の英米人に対する敵愾心も、日本一の桃太郎が《お前》つまり英米人の《眼前に現はれたら、お前の両眼はまぶしさのためにつぶれるかも知れない》という言い方から、明らかである。従って、日本一の桃太郎を否定する考えなど、この文章のどこからも読み取れはしないのである。

しかも、太宰は『俗天使』で、ミケランジェロのキリストの裸体を、《まるで桃太郎のやうに玲瓏な》体と賞賛していた（これについては、今官一の「津軽へ寄せる詞」（津軽書房『わが友太宰治』所収）にも証言がある）。そして、菊田義孝氏の『私の太宰治』（大光社）「日本一の桃太郎」によれば、昭和十九年の初秋か二十年の早春【恐らくは十九年】に、熊王徳平から太宰に送られた葉書の中に、太宰を「日本一の桃太郎」と賞賛した言葉があったのを、太宰は心から嬉しそうにしていたと言う。太宰が反戦的な立場から桃太郎を嫌っていたなら、この様な反応をする筈がないのである。

さらに、東郷氏が無視されている事で、実は大切な事は、この言わば「「桃太郎」を書かざるの記」が、「舌切雀」という作品の中に書き込まれている事実である。普通こういった事は、『お伽草紙』の「前書き」か「後書き」に書くものであろう。しかし太宰は、『お伽草紙』の最後の作品「舌切雀」の中に書いた。勿論、故意に、である。それは、「桃太郎」についてここで語る事が、先ずは「舌切雀」という作品にとって効果的であり、ひいては『お伽草紙』所収の全作品にとっても効果的である、という計算があったからである筈だ。では、どのように効果的なのか？

私の見る所では、この疑問を解く鍵は、次の箇所にある。先ず太宰は、「舌切雀」の冒頭近くで、《桃太郎のお話は、あれはもう、ぎりぎりに単純化せられて、日本男児の象徴のやうになつてゐて、物語といふよりは詩や歌の趣きさへ呈してゐる。》と述べた後、《もちろん私も当初に於いては、この桃太郎をも、私の物語に鋳造し直すつもりで》、《鬼ヶ島の鬼》を《醜怪極悪無類の人間として、描写するつもりであつた》のだが、ギリシャ神話のメデューサのような魔物と違って、《日本の化物は単純で、さうして愛嬌がある。（中略）鬼ヶ島の鬼たちも、（中略）善良な性格のもののやうにさへ思はれる。》しかし、《ここは、どうしてもメデウサの首以上の凄い、不愉快きはまる魔物を登場させなければ（中略）読者の手に汗を握らせるわけにはいかぬ。》《しかし、私は、カチカチ山の次に、いよいよこの、「私の桃太郎」に取りかからうとして、突然、ひどく物憂い気持に襲はれたのである。せめて、桃太郎の物語一つだけは、このままの単純な形で残して置きたい。これは、もう物語ではない。昔から日本人全部に歌ひ継がれて来た日本の詩である。物語の筋にどんな矛盾があつたつて、かまはぬ。この詩の平明潤達の気分を、いまさら、いぢくり廻すのは、日本に対してすまぬ》。

これらの説明の中で、最初と最後にわざわざ繰り返されている《単純》ということと《詩》ということ、そして《日本》ということは、太宰自身が特に重視していると見るべきである。太宰の『お伽草紙』は、本来、子供のための、従って、良くも悪くも単純素朴なお伽噺を、理想通りにはならない、複雑な大人の現実を描く小説に作り替えたものと言えるだろう。しかし、太宰の理想・夢は、どこまでも単純素朴な美しい心の世界の方にあって、それは「カチカチ山」を除く三作の、人間の現実を離れた別世界（山中の鬼の世界・竜宮・雀のお宿）の場面で実現されるのだが、太宰は主人公たちを、元の現実に立ち帰らせることで、人間が耐えなければならない苦い真実をも描いているのである。

つまり、太宰が「桃太郎」を敢えて書かず、書かなかった事を強調したのは、そうする事で、「桃太郎」を太宰の夢見る「美しい理想の日本」の象徴にまで高める為なのである。即ち、《鬼ヶ島の鬼たち》ですら《単純》で《愛嬌》があり、《善良な性格》でありうる（これは「瘤取り」の鬼もそうであるが）、無邪気で純粋で《平明潤達》な、日本人固有の（と少なくとも太宰は思っている）《詩》の世界、小説にすれば現実の手垢にまみれてしまう、日本人の美しい「理想」の象徴へと、高めようとしたのである。そしてそれを、自分の小説「舌切雀」及び小説『お伽草紙』全体の、小説としての表の顔の裏側に潜められた美しい夢として、裏返しに表現しようとしたのである。小説としての『お伽草紙』には、人間一般そして日本人にもある醜い「現実」に対する批判がある。文学である限り、それが無いということはあり得ない。しかし、太宰の批判の対象が、「日中戦争や太平洋戦争を遂行する天皇・政府・軍部と、それを支持する日本国民」であったとする事は、明らかに誤りであり、太宰の真意とは全く異なる、と言わざるを得ないのである。

東郷氏の論文には、また、《「言葉」への不信――「言葉」のいらない場所へのあこがれは「お伽草紙」全篇を貫いている重要なモチーフだが、これは戦争イデオローグと化したこの時期の一部の文学者がその言葉を戦争体制に売り渡し、荒廃させて行った事実に対応しているとみてもいいだろう。》とある。が、一体『お伽草紙』の何処に、戦争イデオローグを連想させるような人物が居ると言うのだろうか？『お伽草紙』で、「前書き」から「舌切雀」まで、一貫して主人公を苦しめているのは、主人公のロマンチックな《生きる流儀を》理解しようとしない妻子・弟妹・父母ら家族の冷たい心・態度・言葉であり、唯一例外である「カチカチ山」の場合も、狸の《生きる流儀を》侮蔑し、平気で殺害する十六歳の処女の残酷さである。それをもう少し一般化したものとしては、「浦島さん」に、《陸上の生活は騒がしい。お互ひ批評が多すぎるよ。陸上生活の会話の全部が、人の悪口か、でなければ自分の広告だ。》という亀のせりふがあり、「舌切雀」でも《やたらと人の陰口をきく》人々への嫌悪が語られている。しかし、これとても、世の人々の浅ましさに過ぎず、戦争イデオローグとは何の関係もない。《「言葉」のいらない場所へのあこがれ》は確かにあるが、それが満たされるのは、「瘤取り」でお爺さんが鬼の酒宴に飛び込んで踊る時、「浦島さん」の竜宮、「舌切雀」の雀のお宿のシーンであり、いずれも冷たい家族から逃げ出しただけであって、反戦や特殊な一時的な風潮に背を向けるというニュアンスは無いのである。

東郷氏はまた、《「浦島さん」における形骸化した「人真似こまねの風流ごつこ」への批判も、ファナチックな観念論に堕しつつあったこの時期の日本的美意識の論議に向けられているといえなくはない。》とされているが、「浦島さん」では、浦島太郎の風流は、旧家の長男の《趣味性》《道楽》《ほんの片手間の遊び》で、《その遊びに依つて、旧家の長男にふさはしいゆかしさを人に認めてもらひ、みづからもその生活の品位にうつとりとする》というものでしかない。《ファナチックな》所など、何処にも無いのである。

さらに東郷氏は、「舌切雀」の主人公が、《自分は「本当の事を言ふために生れて来た」のだが、「おれの真価の発揮できる時機が来る」までは「沈黙して、読書だ。」と語る。ここに、絶望的な時代状況の中で、「足の悪い馬よりも、もつと世間的の価値が低い」ことを自覚しながらも、いやむしろそれゆえに「本当の事を言ふために生れて来た」作家としての宿命に殉じようとする太宰治のひそかな決意を読みとることもできよう。》と論じて居られる。しかし太宰は、「おれの真価の発揮できる時機【戦後?】が来る」まで「沈黙」したりはせず、戦時下に次々と盛んに作品を発表し続けていて（発表できない種類の作品も、あるにはあったろうが）、この主人公とははっきり異なっているのである。

また太宰は、語り手に主人公を、《日本で一ばん駄目な男》《情けない生活》《寝てゐるほどの病人では無いのだから、何か一つくらゐ積極的な仕事の出来ぬわけはない筈である。けれども、このお爺さんは何もしない。》《その骨惜しみ（中略）その消極性は言語に絶するものがある》と言わせている。東郷氏が引用されている《沈黙して、読書だ。」》という発言に対しても、雀のお照に《「どうだか。」》と《小首を傾け》させ、《意気地無しの陰弁慶》《廃残の御隠居》《変態の愚痴》《あなたは、何もいい事をしてやしない》と痛烈に批判させている。太宰は、主人公の「沈黙して、読書」という姿勢を、決して高くは評価して居ないのである。

また、この主人公は、沈黙して読書する理由を、東郷氏が《絶望的な時代状況》と呼んで居られる「戦争下の状況」に求めてはおらず、はっきり別の事を挙げて居るのである。即ち、主人公は先ず雀に、《世の中の人は皆、嘘つきだから、話を交すのがいやになつたのさ。》と自分の《沈黙》の原因を説明し、《みんな（中略）自分の嘘にご自身お気附きになつてゐない。》と付け加えている。これを《沈黙》の「第一の説明」と呼ぶ事にすると、その直ぐ後の、元召使いの妻との会話が、言わば《沈黙》の「第二の説明」になっているのである。その会話の中で、主人公は妻の発言を、《嘘ばかり。》《みんな嘘さ。》と打ち消し、妻は大金持の三男坊である自分と財産目当てで結婚したのに、嘘を吐《っ》いていると仄めかす。そして、《おれをこんな無口な男にさせたのは、お前です。夕食の時の世間話なんて、たいていは近所の人の（中略）悪口ぢやないか。（中略）だから、もう誰とも口をきくまいと思つた。》と言い、《お前たち》、と妻一人から「世の中の人間一般」に話を拡げて、《お前たちには、ひとの悪いところばかり眼について、自分自身のおそろしさにまるで気がついてゐないのだからな。おれは、ひと【人間一般】がこはい。》と言うのである。主人公が雀に説明した《沈黙》の「第一の説明」と、妻に語った「第二の説明」とを比較してみると、その論理はぴったり重なっていることが分かるであろう。主人公は、妻が無自覚に嘘ばかりつき、そして人の悪口ばかり言う事に嫌気が差し、妻ばかりではなく世の中の人間は皆そうだと感じて、《もう誰とも口をきくまいと思つた。》のである。従って、「舌切雀」の主人公（そして作者・太宰）が批判しているのは、「戦争下の状況」ではなく、いつの時代にも見られる「世の中の人間一般」の浅ましさなのである。

さらに、この主人公は雀に、《おれは何もしてゐないやうに見えるだらうが（中略）おれでなくちや出来ない事もある。（中略）おれの真価の発揮できる時機が（中略）来たら、おれだつて大いに働く。》と言っていた。これが言わば、《沈黙》の「第三の説明」になっているのだが、主人公の《真価》とは何か、また、それが《発揮できる時機》とは具体的にはどういう《時機》なのか、どうして今は駄目なのか、説明不足で分かりにくい。しかし、この後、社会の方には特段の変化もないのに、間もなくその《時機》が来た事に作中でなっている以上、それが戦争とも平和とも無関係であることは明らかである（恐らくは、雀のお宿で得た《生れてはじめての心の平安》と、お婆さんの死自体が、お爺さんが仕官する気になった最大の原因なのであろう(注40)）。

また、真価を発揮した結果は、《仕官して、やがて一国の宰相の地位にまで昇つた》事なのだから、彼の真価は太宰とは違って、元々文学ではなく政治的なもので、その事を本人も自覚していたからこそ、《仕官》を望んだのであろう。彼は本ばかり読んで居たと書かれているが、その本が文学書だったとも、小説家志望だったとも書かれてはいない。むしろ、語り手は、《読書はしても別段その知識でもつて著述などしようとする気配も見え》ないと言い、雀も《ちよつと学問なんかすると》云々と言っているから、広い意味での在野の学者・知識人（中国の逸民・高士の類）と見ておいて良いだろう。主人公は《本当の事を言ふために生れて来た。》と言っていたが、仕官して宰相になる事でそれが可能になるのだとすると、彼が目指していたのは、小説を発表することではなく、恐らく、「人々が嘘ばかり言うような社会を実際に変革し、道徳的な理想の社会を、理想の政治によって実現すること」だったのであろう。彼が、《周囲》に《大竹藪》のある《草庵》に住む《世捨人》だったという設定から推測すると、太宰は、中国の「竹林の七賢」（「瘤取り」で言及している）を意識し、消極的な隠者としての生き方から、積極的な生き方に転じ、仕官して、言わば「士大夫」になったと設定したのかもしれない。

以上のように、『お伽草紙』に戦争への批判や抵抗を読み取ろうとする事は、すべて誤りなのである。

なお、『お伽草紙』では、中期に入ってからは目立たなくなっていた太宰の人間不信と女性不信、そして孤独感がはっきり現われている。これは、敗戦直前の日本国民の間に、厭戦気分が広がり始め、かつてのような、うるわしい一体感が失われつつあった事が主たる原因と考えられる。

（四）敗戦後の太宰

太宰は敗戦から三ヶ月程たった昭和二十年十一月二十三日付け井伏鱒二宛書簡で、《共産主義も自由主義もへつたくれもない》と書き、十二月二十九日の山下良三宛書簡で、《新型便乗の軽薄文化をニガニガしく思つてゐます。

いまこそ愛国心が必要なのにねえ。》と書き、二十一年一月になると、当時の風潮への苛立ちをあらわに手紙に書き、「保守派」への加担を明言するやうになる。この二十年十一月頃から、太宰は「後期」に移行し、作品では『貨幣』がその最初のものと私は考えている。

『パンドラの匣』（「河北新報」昭和二十年十月二十二日〜二十一年一月七日）は、敗戦後の第一作と言って良いものであるが、「中期」の作風に属するものと言える。基になった『雲雀の声』が昭和十八年に書かれているということもあるが、それ以上に、この作品には、天皇を信仰しようとする宗教的姿勢が顕著だからである。

例えば、八月十五日の所謂玉音放送は、「幕ひらく」で、次のように描かれる。

《ほとんど奇蹟の、天来の御声に泣いておわびを申し上げたあの時（注41）》（1）

《お父さんの居間のラヂオの前に坐らされて、さうして、正午、僕は天来の御声に泣いて、涙が頬を洗ひ流れ、不思議な光がからだに射し込み、まるで違ふ世界に足を踏みいれたやうな、或ひは何だかゆらゆら大きい船にでも乗せられたやうな感じで、ふと気がついてみるともう、昔の僕ではなかつた。》（4）

《聖霊が胸に忍び込み、涙が頬を洗ひ流れて、さうしてひとりでずゐぶん泣いて、そのうちに、すつとからだが軽くなり、頭脳が涼しく透明になつた感じで、その時から僕は、ちがふ男になつたのだ。それまで隠してゐたのだが、僕はすぐに、

「喀血した。」

とお母さんに言つて、お父さんは、僕のためにこの山腹の健康道場を選んでくれた。》（1）

《さうして僕は、この道場に於いて六箇月間、何事も思はず、素朴に生きて遊ぶ資格を尊いお方からいただいてゐるのだ。》（「死生」1）

天皇の声を《奇蹟》《天来の御声》《聖霊》と呼び、《不思議な光》に譬えて神聖なものとして描く描き方、そし

て、歴史的大事件（太平洋戦争の開戦・敗戦）によって生まれ変わるという発想が、『十二月八日』と酷似していることは、誰もが気付く所である。

主人公のヒバリは、戦争中、肋膜になり、高等学校への進学も出来ず、家でぶらぶらしていなければならなかった為、他の人たちはお国のために命を捧げて働いているのに、《「自分の生きてゐる事が、人に迷惑をかける。僕は余計者だ。」といふ意識》に《地獄》の苦しみを味わい、わざと《病気を悪化させて》死のうとしていた（これは、父母に愛されなかったために作者太宰の中に生じた固定観念である）。それが天皇の玉音放送で、生きても良いのだと言って貰ったことで、生きようという気持になり、喀血を母に告白して、「健康道場」という心身共に健康になれる道場に入ったという設定になっている。

ヒバリは生きる意欲を取り戻すが、普通の意味で生きようとするのではない。それは、「幕ひらく」の最初で、《僕がこの健康道場にはひつたのは、戦争がすんで急に命が惜しくなつて、これから丈夫なからだになり、何とかして一つ立身出世、なんて事のためでは勿論ない》（1）と断っている通りである。では、どのように生きるのか？　立身出世のようなエゴイズムを棄てて、《いのちも要らず、名も要らず》（「花宵先生」6）無欲に、である。太宰のいつも通りの考えではあるが、『パンドラの匣』では、一度棄てた命を天皇からもう一度頂いたから、今の若者は無欲なのだという事になっている。

《「いまの青年は誰でも死と隣り合せの生活をして来ました。（中略）もう僕たちの命は、或るお方にささげてしまつてゐたのです。僕たちのものではありませぬ。それゆゑ、僕たちは、その所謂天意の船に、何の躊躇も無く気軽に身をゆだねる事が出来るのです。」》（「マア坊」1）（注42）

《尊いお方に僕たちの命はすでにおあづけしてあるのだし、僕たちは御言ひつけのままに軽くどこへでも飛んで行く覚悟はちやんと出来てゐて、もう論じ合ふ事柄も何もない筈なのに、それでもお互ひに興奮して（注43）（下略）》

《報酬ばかり考へてゐるやうな人間では駄目だ。「さうとも、さうとも。功利性のごまかしで、うまく行く筈はないんだ。おとなの駈引きは、もうたくさんだ。」》（「花宵先生」2）

《僕たちはもう、なんでも平気でやるつもりです。逃げやしません。命をおあづけ申してゐるのです。身軽なものです。そんな僕たちの気持にぴつたり逢ふやうな、素早く走る清流のタッチを持つた芸術だけが、いま、ほんもののやうな気がするのです。いのちも要らず、名も要らずといふやつです。[注44]》（「同」6）

《君、あたらしい時代は、たしかに来てゐる。それは羽衣のやうに軽くて、しかも白砂の上を浅くさらさら走り流れる小川のやうに清冽なものだ。（中略）芭蕉ほどの名人がその晩年に於いてやつと予感し、憧憬したその最上位の心境に僕たちが、いつのまにやら自然に到達してゐるとは、誇らじと欲するも能はずといふところだ。この「かるみ」は、断じて軽薄と違ふのである。慾と命を捨てなければ、この心境はわからない。（中略）すべてを失ひ、すべてを捨てた者の平安こそ、その「かるみ」だ。》（「同」7）

無欲ということは、自分のために生きることの否定である。だから、『パンドラの匣』の末尾で太宰が強調するのは、これも太宰に一生涯つきまとった価値観であるが、例の《献身》なのである。

《献身とは、ただ、やたらに絶望的な感傷でわが身を殺す事では決してない。大違ひである。献身とは、わが身を、最も華やかに永遠に生かす事である。人間は、この純粋の献身に依つてのみ不滅である。しかし献身には、何の身支度も要らない。今日ただいま、このままの姿で、いつさいを捧げたてまつるべきである。鍬とる者は、鍬とつた野良姿のままで、献身すべきだ。自分の姿を、いつはつてはいけない。献身には猶予がゆるされない。人間の時々刻々が、献身でなければならぬ。いかにして見事に献身すべきやなどと、工夫をこらすのは、最も無意味な事である》(「竹さん」6)。

《いつさいを捧げたてまつる》相手は、直接的には天皇であろう。ただしそれは、結局は日本国民のためであり、場合によっては世界のためにもなるかもしれない。

しかし、無欲に献身的に生きると言っても、その向かう所は何処なのか？　戦後の日本は何処へ向かうべきだというのか？　この点についても、『パンドラの匣』は、「中期」の特徴をはっきり示している。即ち、すべては天皇にお任せなのである。『パンドラの匣』ではこの事が、「天の潮路」「天意の船」など大きな船の航路に譬えて表現されている。

「幕ひらく」の次の一節を見よ。

《あの日以来、僕は何だか、新造の大きい船にでも乗せられてゐるやうな気持だ。この船はいつたいどこへ行くのか。それは僕にもわからない。未だ、まるで夢見心地だ。船は、するする岸を離れる。この航路は、世界の誰も経験した事のない全く新しい処女航路らしい、といふ事だけは、おぼろげながら予感できるが、しかし、いまのところ、ただ新しい大きな船の出迎えを受けて、天の潮路のまにまに素直に進んでゐるといふ具合ひなのだ。》(1)

《お父さんの居間のラヂオの前に坐らされて、さうして、正午、僕は天来の御声に泣いて、涙が頬を洗ひ流れ、不思議な光がからだに射し込み、まるで違ふ世界に足を踏みいれたやうな、或ひは何だかゆらゆら大きい船にでも乗せられたやうな感じで、ふと気がついてみるともう、昔の僕ではなかつた。》(4)

また「健康道場」(5)の一節。

《まあ、ここにゐる間だけでも、うるさい思念の洪水からのがれて、ただ新しい船出といふ一事をのみ確信して素朴に生きて遊んでゐるのも、わるくないと思つてゐる。》

また「死生」(4)の一節。

《僕たちはいま、謂はば幽かな花の香にさそはれて、何だかわからぬ大きな船に乗せられ、さうして天の潮路のまにまに身をゆだねて進んでゐるのだ。この所謂天意の船が、どのやうな島に到達するのか、それは僕も知らない。けれども、僕たちはこの航海を信じなければならぬ。》

また、「マア坊」（1）における親友の手紙。

《「いまの青年は誰でも死と隣り合せの生活をして来ました。敢へて、結核患者に限りませぬ。もう僕たちの命は、或るお方にささげてしまつてゐたのです。僕たちのものではありませぬ。それゆゑ、僕たちは、その所謂天意の船に、何の躊躇も無く気軽に身をゆだねる事が出来るのです。これは新しい世紀の新しい勇気の形式です。船は、板一まい下は地獄と昔からきまつてゐますが、しかし、僕たちには不思議にそれが気にならない。」》

同じく「マア坊」（1）の一節。

《愛国思想がどうの、戦争の責任がどうのかうのと、おとなたちが、きまりきつたやうな議論をやたらに大声挙げて続けてゐるうちに、僕たちは、その人たちを置き去りにして、さつさと尊いお方の直接のお言葉のままに出帆する。（中略）僕はどうもこんな「理論」は得手ぢやない。新しい男は、やつぱり黙つて新造の船に身をゆだねて、さうして不思議に明るい船中の生活でも報告してゐるはうが、気が楽だ。》

そして、船の比喩は使われていないが、『パンドラの匣』の末尾は、次のようになる。

《あとはもう何も言はず、早くもなく、おそくもなく、極めてあたりまへの歩調でまつすぐに歩いて行かう。この道は、どこへつづいてゐるのか。それは、伸びて行く植物の蔓に聞いたはうがよい。蔓は答へるだらう。

「私はなんにも知りません。しかし、伸びて行く方向に陽が当るやうです。」》（「竹さん」6）

日本の新しい進路を象徴する船は《天意の船》であり、それを船出させたのは《天来の御声》＝玉音放送であり、《天の潮路》の流れに乗って進んで行く。《この船はいったいどこへ行くのか》、その向かう先は一切不明であるが、

《僕たちはこの航海を信じなければならぬ》し、《その所謂天意の船に、何の躊躇も無く気軽に身をゆだねる事が出来る》のである。《天意》《天来の御声》は天皇の意志・声、《天の潮路》も天皇の意志を象徴する。そして、太宰は《この所謂天意の船が、どのやうな島に到達するのか、それは僕も知らない。けれども、僕たちはこの航海を信じなければならぬ。》と言うのである。これは、随想『かすかな声』以来の、天皇や政府をひたすら信じようとする宗教的信仰の姿勢と同じである。[注45]

太宰が天皇に対する態度を変えなかったのは、天皇の玉音放送（終戦の詔書）の内容にも、関係があるだろう。抜粋すると、《万邦共栄ノ楽ヲ偕《とも》ニスルハ皇祖皇宗ノ遺範ニシテ朕《ちん》ノ拳《けん》々措《お》カサル所曩《さき》ニ米英二国ニ宣戦スル所以モ亦実ニ帝国ノ自存ト東亜ノ安定トヲ庶幾スルニ出テ他国ノ主権ヲ排シ領土ヲ侵スカ如キハ固ヨリ朕カ志ニアラス（中略）朕ハ帝国ト共ニ終始東亜ノ解放ニ協力セル諸連邦ニ対シ遺憾ノ意ヲ表セサルヲ得ス（中略）朕ハ時運ノ趨ク所堪ヘ難キヲ堪ヘ忍ヒ難キヲ忍ヒ以テ万世ノ為ニ太平ヲ開カムト欲ス（中略）朕ハ茲《ここ》ニ国体ヲ護持シ得テ忠良ナル爾《なんじ》臣民ノ赤誠ニ信倚シ常ニ爾臣民ト共ニ在リ（中略）神州ノ不滅ヲ信シ任重クシテ道遠キヲ念ヒ総力ヲ将来ノ建設ニ傾ケ道義ヲ篤クシ志操ヲ鞏《つよ》クシ誓テ国体ノ精華ヲ発揚シ世界ノ進運ニ後レサラムコトヲ期スヘシ爾臣民其レ克《よ》ク朕カ意ヲ体セヨ》となる。「終戦の詔書」は、太平洋戦争が決して侵略戦争ではなく、植民地アジアの解放を目指した正義の戦いであったことを、飽くまでも主張しつつ、戦争を止め、平和を目指すという内容だった。そして、これまで通りの天皇と国民のうるわしい関係を維持したまま、道徳的で立派な国作りに向かって出発しようと呼びかけているのである。太宰は、それをそのまま素直に受け取ったから、『パンドラの匣』で、玉音放送を、《奇蹟の、天来の御声》として、美しく描いたのである。

しかし、太宰の天皇への態度は、実は、全く変わらなかった訳ではないのである。『苦悩の年鑑』（昭和二十一年六月）で太宰は、《日本は無条件降伏をした。（中略）

天皇の悪口を言ふものが激増して来た。しかし、さうなつて見ると私は、これまでどんなに深く天皇を愛して来たのかを知つた。私は、保守派を友人たちに宣言した。》と書いている。これは、太宰の場合は、敗戦後の方が、天皇への愛を強く感じたということなのである。

事実、太宰は、敗戦後、半年程（昭和二十一年一月二十九日『苦悩の年鑑』脱稿辺りまで）は、戦時中よりも天皇崇拝を強調・力説するようになった。後で紹介する私信の中でも書いているし、『パンドラの匣』では、天皇を終始一貫、作品の根幹に据え、《日本に於いて今さら昨日の軍閥官僚を攻撃したつて、それはもう自由思想ではない。便乗思想である。真の自由思想家なら、いまこそ何を置いても叫ばなければならぬ事がある。（中略）天皇陛下万歳！　この叫びだ。（中略）アメリカは自由の国だと聞いてゐる。必ずや、日本のこの自由の叫びを認めてくれるに違ひない。わしがいま病気で無かつたらなあ、いまこそ二重橋の前に立つて、天皇陛下万歳！　を叫びたい。」》と訴えた（アメリカ人にも読んで欲しかったのであろう（注46））。『十五年間』（昭和二十一年四月）でも『パンドラの匣』を引いて天皇陛下万歳を叫び、『苦悩の年鑑』でも《倫理の儀表を天皇に置》くことを理想に掲げた。

このようになったのは、私の解釈によれば、もともと太宰は、父に代わる何か大いなるものによって、自分が全面的に肯定・信頼され、安心しきって、その大いなるものに全幅の信頼を寄せ、すべてをお任せ出来るという相互信頼の境地に憧れて居り、父親願望を天皇に投影することで、漸く心の安定を得ていた。それが、敗戦によって否定されてしまうのではないかと予感し、不安になった為、天皇崇拝を強調・力説したというのが一つである。

そしてもう一つには、太宰は、家族にすら愛されなかった事から、人間不信・対人恐怖が根深くあった。しかし、戦争中は、国民が天皇の許に一致団結し、美しい自己犠牲を見せたため、太宰はそういう民衆を尊敬し、一体感を持つ事が出来、精神的に安定していた。ところが、戦争が終わり、天皇崇拝もなくなれば、民衆はバラバラになり、元のエゴイストに逆戻りしてしまうであろう。その事を太宰は恐れたのである。

例えば、昭和二十年十一月二十三日付け井伏鱒二宛書簡末尾で、太宰は《共産主義も自由主義もへつたくれもない、人間の欲張つてゐるうちは、世の中はよくなりつこありませんよ》と書いている。太宰は、エゴイズムを克服できない限り、良い世の中というものはあり得ないと考えるのである。

また、昭和二十一年一月十五日付け井伏鱒二宛書簡で、太宰は《いまの日本で、保守の態度が一ばん美しく思はれます。日本人は皆、戦争に協力したのです。その為にマ司令部から罰せられるならば、それこそ一億一心みんな牢屋へはひる事を希望するかも知れません。》と書いている。戦前のままの天皇と国民の関係・《一億一心》を、太宰は《一ばん美しく思》うのである。

昭和二十一年一月二十五日付け堤重久宛書簡では、《天皇が京都へ行くと言つたら、私も行きます》。《保守派になれ》。《天皇は倫理の儀表として之を支持せよ。恋ひしたふ対象なければ、倫理は宙に迷ふおそれあり。》と書いている。《恋ひしたふ対象なければ、倫理は宙に迷ふ》というのも、太宰は、父親願望を投影できる自分より優れた宗教的存在に支えられなければ、心の安定が得られないからなのである。

しかし、太宰の抵抗は虚しかった。前に引用したように、「後期」の始まりを告げる『貨幣』(昭和二十一年二月、執筆は二十年十一月中旬頃と推定されている)で、太宰は、《自分だけ、或ひは自分の家だけの束の間の安楽を得るために、隣人を罵り、あざむき、押し倒し、(中略)まるでもう地獄の亡者がつかみ合ひの喧嘩をしてゐるやうな滑稽で悲惨な図ばかり見せつけられてまゐりました。》と、国民のエゴイズムを非難せざるを得なかった。

また、占領下での社会の急激な変化の中で、戦中の日本をそのまま理想とし続けることには、無理があった。それを表わす作品の一つが、『冬の花火』である。

『冬の花火』（昭和二十一年六月）は、ヒロインの数枝が、戦時下のような美しい日本が滅んだことを嘆き、自分の生活だけしか考えないエゴイストの日本国民を罵倒する所から始まっている。《負けた、負けたと言ふけれども、あたしは、さうぢやないと思ふわ。ほろんだのよ。滅亡しちやつたのよ。日本の国の隅から隅まで占領されて、あたしたちは、ひとり残らず捕虜なのに、それをまあ、恥かしいとも思はずに、田舎の人たちつたら、馬鹿だわねえ、いままでどほりの生活がいつまでも続くとでも思つているのかしら、相変らず、よそのひとの悪口ばかり言ひながら、寝て起きて食べて、ひとを見たら泥棒と思つて、（中略）まあいつたい何のために生きてゐるのでせう。まつたく、不思議だわ。》と。

しかし、その数枝も、小さい時に清蔵と遊んで処女を失っており（これは『思ひ出』に出る子守との性的な悪戯がモデルであろう）、親不孝な我が儘を繰り返し、東京で勝手に結婚し、夫が出征すると、生きて行くために年下の鈴木の愛人になり、敗戦後は、夫の生死も定かでないのに、鈴木と家を持とうと準備している。しかも、そういう自分の生き方を正しいと信じることは出来ず、《日本は、もう、（中略）何もかも、だめなのだわ。（中略）さうして、あたしも、もうだめなのだわ。どんなにあがいて努めても、だめになるだけなのだわ。》（第二幕）と嗚咽する。

しかし、第三幕で数枝は、《日本にはもう世界に誇るものがなんにも無くなつたけれど、（中略）あたしのお母さんだけは》（誇れる）と思い、《あたしの命よりも愛してゐ》る継母・あさのために、鈴木と別れる覚悟をし、百姓になって、『苦悩の年鑑』に書かれた《自給自足のアナキズム風の桃源》のような部落を作れないか試してみる、と手紙に書く。太宰にとっては、神も天皇も、自分を愛してくれる理想の父母の代わりであった。だから、国が滅び、倫理的秩序が失われようとした時、太宰の分身としての数枝は、（越智治雄氏（「国文学」昭和四十二年十一月「冬の花火」）・越次倶子氏（「太宰治」昭和五十四年四月「冬の花火」）などが既に指摘されているように）あさを理想化し、神・天皇の代わり、《倫理の儀表として》《恋ひしたふ》（前引・堤宛書簡）ことで、生きる支えにしようとするのである（「継母」と設定したのは、《恋ひしたふ》距離を確保する必要からであろう）。数枝があさが《傍にゐなさい、と言つたら》《一生》《母の傍にゐるつもり》になるのも、太宰が「天皇が京都に行くなら自分もついて行こう」と考えていた事（堤宛書簡）と同じ心理なのである。しかし、あさが、実は六年前に清蔵と姦通していた事を告白すると、数枝は《論理》の支柱を全く失い、一切の《理想》を棄てて《落ちるところまで、落ちて行》こうとするのである。

このあさの姦通を、《六年前》（＝昭和十五年、紀元二千六百年）としたのは、太宰や日本国民の多くが道徳的な戦争と信じていた真珠湾攻撃と大東亜戦争の欺瞞性が、敗戦後になって暴露された事と、対応させる為であろう。純白だったあさに付けられた道徳的汚点と、あさが倒れて死に瀕している事は、戦争によって日本国と天皇に付けられた道徳的汚点と、国家と天皇制の危機に対応している。

数枝はあさの告白を聞いた時、《さあ、日本の指導者たち、あたしたちを救つて下さい。出来ますか、出来ますか。》と叫ぶ。太宰は昭和二十一年四月一日付けの河盛好蔵宛の手紙で、『冬の花火』は《今の所謂「指導者」たちへの抗議のつもりもあ》る、と書いている。数枝、そして太宰が指導者に叩き付けているのは、あなた方は、私たち日本人の道徳的破綻を救えますか？　という問いである。太宰は戦後の《所謂「指導者」たち》にはそれが出来ない、出来るとしたら天皇だけだと考えていたのであろう。しかし、民主的な考え方に立つならば、日本の現実を救うのは指導者たちの責任だと思っている事自体がおかしな事である。我々国民一人一人が、力を合わせて新しい日本を作り上げれば良いのである。しかし、太宰にはそういう発想は無かった。

太宰がもし、民主主義を自らの理想と出来たら、全く苦しむ必要は無く、むしろ敗戦と占領を歓迎し、民主化への明るい希望に胸を高鳴らせていたはずである。しかし、太宰は、戦争中の日本に戻りたがっていた。だから、この年四月二十二日付けの堤重久宛書簡では、《人生、それこそ生れて来なければよかつたやうなもので、もともと地獄で、楽しい筈が無いんだがね。》と、既に自殺に繋がる暗い心境を窺わせていたし、小野正文氏の『太宰治をどう読むか』（サイマル出版会）によれば、五月中旬（『春の枯葉』執筆時）に、太宰は《「日本は敗けただけではない。ほろびたんだ。君や僕は、ほろびてゆくものだ。君や僕らはもう過去の存在だよ」》と語っていた。そして、九月一日付け貴司山治宛書簡でも、『冬の花火』について、《娘》（数枝）《に希望を持たせるのは、むづかしく、やつぱりどうも、私は絶望になつちやふ《ママ》んです。（中略）私自身がまだ、いまのこの現実に対して希望の確信を持てないでゐるのでせう。》と書いているのである。

『春の枯葉』（昭和二十一年九月）では、太宰は、戦前からの国民学校教師・野中弥一に自己を仮託して、《新しい日本の姿といふものをお前たちに教へたつもりだが、しかし、どうも、教へたあとで何だか、たまらなく不安で、淋しくなるのだ。僕には何もわかつてゐないんぢやないか》と、価値観の激変に付いて行けない苦しみを語っている。そして《去年の秋に散つて落ちた枯葉が、そのまんま、また雪の下から現はれて来た》春の枯葉に自分を擬えて、戦争の時代を《十年間も、それ以上も、こらへて、辛抱して、どうやら虫のやうに、わづかに生きて来たやうな気がしてゐるけれども、しかし、いつのまにやら、枯れて落ちて死んでしまつてゐるのかも知れない。これからは、ただ腐つて行くだけで、春が来ても夏が来ても、永遠によみがへる事がないのに、それに気がつかず、人並に春の来るのを待つてゐたりして、まるでもう意味の無い身の上になつてしまつてゐるんぢやないのかな。》と絶望的な感慨を述べる。

同僚の奥田が伝える所によれば、野中は《この世の中にいかにおびただしく裏切りが行はれてゐるか、おそらくは想像を絶するものだ、いかに近い肉親でも友人でも、かげでは必ず裏切つて悪口や何かを言つてゐるものだ、人間がもし自分の周囲に絶えず行はれてゐる自分に対する裏切りの実相を一つ残らず全部知つたならば、その人間は発狂するだらう》と言っていた。太宰の人間不信が次第に悪化し始めているのである。それに対して奥田は、《人間は現実よりも、その現実にからまる空想のために悩まされてゐるものだ。空想は限りなくひろがるけれども、しかし、現実は案外たやすく処理できる小さい問題に過ぎないのだ。この世の中は、決して美しいところではないけれども、しかし、そんな無限に醜悪なところではない。おそろしいのは、空想の世界だ》と反論したという。確かに太宰の人間不信は、妄想的に誇張されている。その事を太宰自身も、薄々感付いては居たのであろう（感付いたからといって治るものではないのだが）。しかし、その奥田も、《人間がだめになつたんですよ。張り合ひが無くなつたんですよ。大理想も大思潮も、タカが知れてる。そんな時代になつたんですよ。僕は、いまでは、エゴイストです。いつのまにやら、そうなつて来ました。》と言うのである。この時、太宰の念頭にあった、かつて《張り合ひ》となった真の《大理想》《大思潮》とは、《エゴイスト》の反対物、即ち天皇のもとでの《一億一心》であり、大東亜共栄圏の理想であったろう。だから、『春の枯葉』は、メチル・アルコールによる野中の自殺同然の死で終わる。太宰は、いかなる救いも用意できなかったのである。

アンケート『昭和二十二年に望むこと』（昭和二十二年一月）への太宰の回答は、《何を望んだつて、何も出来やしねえ。》であった。すさんだ自暴自棄的な心境に陥っている事が窺える。

『トカトントン』（昭和二十二年一月）では、玉音放送の後、《しかし、それは政治上の事だ。われわれ軍人は、あく迄も抗戦をつづけ、最後には皆ひとり残らず自決して、以て大君におわびを申し上げる。自分はもとよりそのつもりでゐるのだから、皆もその覚悟をして居れ。》という中尉の演説を、《厳粛》に受け止めた《私》が、金槌のトカトントンという音とともに、《ミリタリズムの幻影》が憑き物のように落ちてしまい、以来、何かに《感激し、奮ひ立たうとすると》トカトントンの音が聞こえて来て、すべてが無意味に感じられてしまう。そして、伯父の《「人生、それはわからん。しかし、世の中は、色と慾さ。」》という答えを《案外の名答だと思》うが、闇屋になって一万円もうけようという気にもなれない。

　こうした虚無的な、或いは鬱病的な精神状態は、恐らく太宰自身にも、共感できるものがあったのであろう。太宰の場合は、ミリタリズムという言葉は当たらないが、戦時中に信じた理想が、敗戦後に、全面的に否定されてしまったことには、大きなショックを受けた筈である。田中英光の「『自叙伝全集　太宰治』解説」（津軽書房『師太宰治』所収）によれば、太宰は《「人間失格」の二年ほど前から、さかんに、「世の中は、色と欲」という》（『トカトントン』の主人公の伯父と同じ）《言葉を使っておられた。》という。人間というものへの絶望から出た言葉であろう。

　しかし太宰は、この小説の末尾では、《某作家》の《返答》として、敢えて《僕は、あまり同情してはゐない》、《気取つた苦悩》だ、《いかなる弁明も成立しない醜態を、君はまだ避けてゐる》と書いた。そして、太宰が進むべき道として自らも考え、この小説で指し示したのは、《身と霊魂《たましひ》とをゲヘナにて滅し得る者》（聖書の誤読だが、太宰のつもりでは「地獄に堕ちて肉体も霊魂も共に滅ぶ事を恐れず、ましてや周りの人間の既成道徳に基づく非難など顧みずに生きる勇気ある人間」という意味であろう）になることである。これは、『冬の花火』末尾の数枝の《えい、勝手になさいだ。あたし、東京の好きな男のところへ行くんだ。落ちるところまで、落ちて行くんだ。理想もへちまもあるもんか。》を積極的に意味付け直したようなもので、既成の価値観を大胆に踏みにじれということである。

　太宰は自らも、昭和二十二年三月二十七日に、山崎富栄に、自分は《貴族だ》、《現在の道徳打破の捨石になる覚悟だ》、自分は《キリストだ》（山崎富栄『雨の玉川心中』真善美研究所）と言ったようだが、そこには、肺病が悪化し、どうせ長くはないという自暴自棄と、どうせ死ぬなら死に花を咲かせて見せようという打算も働いていたであろう。そして、その道徳打破は、小説『斜陽』（昭和二十二年七～十月）の中では、第一回戦を勝ち抜けた事に出来ても、具体的には、妻子ある男の私生児を産んだというだけで、どこが新しい道徳なのかも分からぬものに終わり、現実社会を動かすことには、何の力も持たなかったのである。

津島美知子氏の『回想の太宰治』（人文書院）「税金」によれば、太宰は昭和二十二年五月頃から《被害妄想が昂じて、むやみに人を恐れたり、住所をくらましたりする日常になっていた。》と言う。そして、その前後に書かれた『斜陽』では、はっきり人間（民衆）＝エゴイストという不信感が基調となった。

直治は「夕顔日誌」に、《思想？　ウソだ。主義？　ウソだ。理想？　ウソだ。秩序？　ウソだ。誠実？　真理？　純粋？　みんウソだ。》（三）と書く。太宰は『苦悩の年鑑』に、《私は、純粋といふものにあこがれた。無報酬の行為。まつたく利己の心の無い生活。》と書いていた。その《純粋》も理想も誠実もウソだと書かねばならなくなったのは、敗戦後の日本に、余程深く絶望した結果である。

直治はまた、遺書の中で、《貴族に生れた》（七）事を負い目とし、《民衆の友》になろうとして挫折した事を振り返り、「夕顔日誌」で、《正義？　所謂階級闘争の本質は、そんなところにありはせぬ。人道？　冗談ぢやない。僕は知つてゐるよ。自分たちの幸福のために、相手を倒す事だ。殺す事だ。死ね！　といふ宣告でなかつたら、何だ。ごまかしちやいけねえ。》（三）と書いている。これらは、かつて太宰自身が、大地主の子としての負い目から、マルクス主義運動に関わった時、民衆に対して抱いた革命の夢が裏切られ、次いで、日中戦争・太平洋戦争下に民衆に対して抱いた「中期」の夢が敗戦で破れ、民衆とは、要するにエゴイストだと思うようになった結果なのである。

その一方で、敗戦後、華族制度が廃止され、昭和二十一年十一月施行の財産税や農地改革もあって、華族や地主階級が政治的・経済的に没落に向かった結果、太宰の中で「貴族」は、浅ましい民衆とは正反対の「反物質的な精神的高貴さ」と、時代に背を向ける「古き良きもの」との象徴へと変容したのであった。だから、『斜陽』では、エゴイストではない人間が、《貴族》として描かれている。直治が《おれたちの一族でも、ほんものの貴族は、まあ、ママくらゐのものだらう。》（一）という母について、かず子は、《私はこれから世間と争つて行かなければならないのだ。ああ、お母さまのやうに、人と争はず、憎まずうらまず、美しく悲しく生涯を終る事の出来る人は、もうお母さまが最後で、これからの世の中には存在し得ないのではなからうか。（中略）生きるといふ事。生き残るといふ事。それは、たいへん醜くて、血の匂ひのする、きたならしい事のやうな気もする。》（五）と言う。そして直治は、《お金の事で、人と争ふ》（七）ぐらいなら、むしろ母の後を追って、《貴族》として死ぬことを選ぶのである。

ただ、かず子だけは、《身と霊魂《たましひ》とをゲヘナにて滅し得る者》（六）として、《戦闘》を《開始》するが、それは自分のエゴイズムの為ではなく、実際には《道徳革命》（八）のための《美しい》《犠牲者》を自任し、自らを《聖母》《マリヤ》に擬して居るのだから、これもやはり一種の貴族なのである。

昭和二十三年の『人間失格』（六〜八月）になると、もはや終始一貫、病的な人間不信と対人恐怖に充ち満ちていて、人間（民衆）は、《よく自殺もせず、発狂もせず、政党を論じ、絶望せず、屈せず生活のたたかひを続けて行ける、苦しくないんぢやないか？　エゴイストになりきつて、しかもそれを当然の事と確信し、いちども自分を疑つた事が無いんぢやないか？（中略）道を歩きながら何を考えているのだろう、金？　まさか、それだけでも無いだろう、（中略）いや、しかし、ことに依ると、……》（「第一の手記」）などと書かれるようになるのである。『人間失格』という題名は、大庭葉蔵が《廃人》・《人間、失格》の烙印を押された事に一応は由来するのだろうが、実質的には、葉蔵ら少数の例外を除く大多数の人間こそが「人間失格」のエゴイストではないか？　という批判を籠めたものである(注47)。

常識的に考えると、葉蔵の人間不信は対人恐怖症という病気であって、その病気の原因は、幼少期の父母との関係にあると推定できるし、作者太宰の場合は間違いなくそうであった。しかし、『人間失格』では、葉蔵の父母は余り登場しないし、葉蔵の幼少期に特にひどい扱いを葉蔵にしたようにも書かれていない。太宰は、家族から受けた不当な扱いが自分を傷つけたことを、幾つかの作品ではっきり描いているにもかかわらず（注48）、『人間失格』では、敢えてそれを書かなかった。それは、父母など特定の人間のせいで、葉蔵が人間不信という妄想に陥っているのではなく、大多数の人間は、実際に「人間失格」のエゴイストだと考えていたからなのである。

　しかし、それにもかかわらず、太宰は「第三の手記」の終わりの方で、葉蔵に、《父が死んだ事を知つてから、自分はいよいよ腑抜けたやうになりました。父が、もうゐない、自分の胸中から一刻も離れなかつたあの懐しくおそろしい存在が、もうゐない、自分の苦悩の壺がからつぽになつたやうな気がしました。自分の苦悩の壺がやけに重かつたのも、あの父のせゐだつたのではなからうかとさへ思はれました。まるで、張合ひが抜けました。苦悩する能力をさへ失ひました。》と書かせる。作中には、父が葉蔵の《胸中から一刻も離れなかつた》と思わせる記述は、どこにもないのに、である。また、「あとがき」の終わり近くでは、京橋のスタンド・バアのマダムに、《「あのひとのお父さんが悪いのですよ」》と、何の説明もなく決め付けさせている（注49）。

　私は、これらは、太宰が、父なる存在によって肯定されることを必要とし、その願望を投影できるような存在（天皇や神）に支えられなければ、心の安定が得られないのに、敗戦後、それを失ってしまっていた事を反映した表現なのではないかと思う。即ち、父なる存在は、『人間失格』では、登場して葉蔵を虐待するのではなく、理解不能の存在として、葉蔵から常に遠く遙かに離れている事によって（心が通じ合わない事や、空間的な隔たりによって、そして最後には父の死によって）、葉蔵から、活き活きと生きようとする気力を奪った、と言えるのではないか？

　同様の意味で、『人間失格』で、もう一つ注目に値するのは、父なる「神」の扱われ方である。

『人間失格』では、葉蔵が何らかの宗教を信じたり、強い関心を抱くに至ったことは、どこにも書いてないのに、「第三の手記」（一）で《「お父ちゃん。お祈りをすると、神様が、何でも下さるつて、ほんたう？」》というシゲ子の言葉を切っ掛けに、

《「うん、さう。シゲちゃんには何でも下さるだらうけれども、お父ちゃんには、駄目かも知れない。」

自分は神にさえ、おびえてゐました。神の愛は信ぜられず、神の罰だけを信じてゐるのでした。信仰。それは、ただ神の笞を受けるために、うなだれて審判の台に向ふ事のやうな気がしてゐるのでした。地獄は信ぜられても、天国の存在は、どうしても信ぜられなかつたのです。

「どうして、ダメなの？」

「親の言ひつけに、そむいたから。」》

となる。《親の言ひつけに、そむいたから》という所から、葉蔵の場合、父への恐怖がそのまま神への恐怖に転化されている事が判るのである。太宰にとって神は、父への願望を投影する対象であるため、父なるものへの幻滅や恐怖もまた、神に投影されてしまうのであろう。

また、「第三の手記」（二）で、《無垢の信頼心》を持つヨシ子が、それ故に犯された時、葉蔵は、《そのとき自分を襲つた感情は、（中略）神社の杉木立で白衣の御神体に逢つた時に感ずるかも知れないやうな、四の五の言はさぬ古代の荒々しい恐怖感でした。自分の若白髪は、その夜からはじまり、いよいよ、すべてに自信を失ひ、いよいよ、ひとを底知れず疑ひ、この世の営みに対する一さいの期待、よろこび、共鳴などから永遠にはなれるやうになりました。実に、それは自分の生涯に於いて、決定的な事件でした。》と言い、《神に問ふ。信頼は罪なりや。》《果して、無垢の信頼心は、罪の原泉なりや。》《無垢の信頼心は、罪なりや。》と、まるでヨシ子が犯されたのは恐ろしい神の仕業・責任であるかのような扱いになっている。太宰は神に、この世界の支配者・父・天皇として、この

世界で起ることとの全責任を取って貰いたいのである（『冬の花火』で、国民を救えない日本の指導者たちを、数枝が非難したように）。

さらに、モルヒネ中毒になった際、葉蔵は、《この地獄からのがれるための最後の手段、これが失敗したら、あとはもう首をくくるばかりだ、といふ神の存在を賭けるほどの決意を以て、》《故郷の父あてに長い手紙を書いて、自分の実情一さいを（中略）告白》し、その結果、脳病院に入れられる。言うまでもなく、父の差し金であるが、それについて葉蔵は、《神に問ふ。無抵抗は罪なりや？》と書くのである。ここでも、父宛の手紙がまるで神宛の手紙ででもあったかのように、そして、父が自分に優しくしてくれるかどうかで、神が存在するかしないかが判るかのように、両者は暗黙の内に結び付けられているのである。

「あとがき」の終わり近くで、京橋のスタンド・バアのマダムが、《「あのひとのお父さんが悪いのですよ」》《「私たちの知つてゐる葉ちやんは、とても素直で、よく気がきいて、（中略）神様みたいないい子でした。」》と言い、それが全篇を締め括る言葉になっているが、恐らくこれは、悪いのはお父さん＝神様であり、本当は葉蔵＝太宰治こそが、神となるに相応しい、エゴイズムの無い、美しい心の持ち主だった、という事なのであろう。

戦後、理想の父を天皇に求める事が出来なくなった太宰は、幻滅と絶望を深めるにつれて、この荒んだ世界を支配している神に、非人間的な恐ろしい父のイメージを投影するようになって行ったのであろう。『ヴィヨンの妻』（昭和二十二年三月）の大谷も、《「僕はね、（中略）死にたくて、仕様が無いんです。生れた時から死ぬ事ばかり考へてゐたんだ。皆のためにも、死んだはうがいいんです。（中略）それでゐて、なかなか死ねない。へんな、こはい神様みたいなものが、僕の死ぬのを引きとめるのです。」（中略）おそろしいのはね、この世の中の、どこかに神がゐるといふ事なんです。」》と言う。そして、その妻によれば、店に来る客は《ひとり残らず犯罪人ばかり》で、《路を歩いてゐる人みなが、何か必ずうしろ暗い罪をかくしてゐる》。言わば日本中「人間失格」。そしてこの妻もまた、《お店のお客にけがされ》たことを、葉蔵のように神のせいにして、《神がゐるなら出て来て下さい！》と神を責めるのである。

太宰が『如是我聞』（昭和二十三年三、五～七月）で、《攻撃すべきは、あの者たちの神だ。》（中略）《彼らの神は何だらう。（中略）家庭のエゴイズムである。》と書いたのも、太宰は神に、自分の究極の理想を投影し、委ねていたからである。

民衆は「人間失格」となり、天皇も神も信じられなくなった時、太宰は自殺するしかなくなった。昭和二十三年六月十三日、入水した際の遺書には、《みんないやしい欲張りばかり》という、エゴイズムを批判する言葉があった。太宰の弟子・田中英光は、「太宰治先生に」（津軽書房『師　太宰治』所収）で、太宰の《死の一因に、（民衆から孤独になった、）作家の不安を身にしみて、感じたものです。》と書いている。

太宰は、無頼派と呼ばれたりするが、実際には、自分が生きたいように自由に生きる事が出来にくい人で、断えず人を恐れ、人（或いは神）から褒められよう、認められよう、愛されようとばかりしてしまう性格だった（民衆に愛されようとしたのも、『斜陽』の末尾に、《葉ちやんは（中略）神様みたいないい子でした。》と書かずには居られなかったのも、その為である）。道徳についても、戦前の道徳観を、普通以上に厳格に守ろうとして、エゴイズムの全く無い、清らかな心に憧れ続けた人だった。自己犠牲的な革命運動やキリスト教に惹かれ、「汝の隣人を愛せよ」が強迫観念になったのも、戦時中に、《忠良な一臣民》（檀一雄『小説太宰治』）に成り切ってしまったのも、その為だった。『斜陽』では、かず子が、「女大学」に対する「道徳革命」を言ったり、母が《不良》を高く評価したりするが、それは、「優等生的性格」（他人の評価を気にして生きたいように生きられない性格）から脱したいという太宰の願望の現われであり、かず子のように人と争うことを肯定する事は、太宰にとっては真に革命的な事だったのである（なお、境界性パーソナリティ障害との関係も疑われるが、ここでは述べずに置く）。
以上、大雑把な概観ではあったが、「中期」の太宰が精神的に安定し、明るい作品を書けたのは、戦争下の自己犠牲的な民衆の在り方を見て、人間不信から立ち直れたこと、神・天皇・政府に父親願望を投影できたこと、戦争を正義の「聖戦」と信ずる事が出来たことが原因であり、それらが敗戦によってすべて不可能になってしまった結果、太宰は人間不信に逆戻りし、自殺してしまった事が、ほぼ証明できたと考える。

注

（1）この《けしからぬ空想》とは、この前に出て来る、毎年七夕にだけ女に会いに行ったらどうだろうという太宰の空想のことである。
（2）《産業戦士》は軍需産業の工場労働者のことで、この呼称は、彼らのプライドをくすぐり、愛国心を高め、生産能力を上げる目的で作られたものである。当時、三鷹の太宰の家の近くに、（中島飛行機や日立・日産グループなどと並び称された）「日本無線」という無線通信機器の軍需財閥の工場があった。
（3）堤重久の『太宰治との七年間』（筑摩書房）「三鷹の一夜」に、昭和十七年二月中旬のこととして、《女どもが、参った国が、先に敗けるね。》という太宰の意見が記録されており、『作家の手帖』末尾の一節が、太宰の持論・本音だったことが確認できる。
（4）《君が忍苦三十年の生んだ子》とは、明治四十年（一九〇七）の自然主義リアリズムから三十年かかって、我らロマン派が開花したという意味である。
（5）この小説は、『雌に就いて』である。
（6）当時の日本国民の間には、青年将校に対する同情論も存在した。例えば、三月一日「東京日日新聞」に掲載された、主筆・高石真五郎の「事変に直面して」では、《かくの如き非常手段をもって、国家の政治を変更せんとするものが、皇軍のうちから現れたことは、まさに重要軍職にあるものの責である。しかしながら純真なる青年将校が憂国の志に駆られねばならなくなったような事由は、どこに存したか。……大乗的にいえば、わが国民生活の構成員であるわれわれ国民自身が、自ら罪を犯した心特になって自省反思しなければならぬ。この大きな欠陥を修正して、社会正義が平和裡に、立憲的に行わるる社会を現出するの任は、まさに今後のわが国民に下された重大な使命である」》とあった。また、三月三日の「時事新報」の社説「子供に何と説明するか」は、《二・二六事件によって殺された重臣と襲った軍人といったいどちらが悪いのか、子供に聞かれて大人が言葉に窮するケースがたびたびあ》り、《こうした質問にあった小学校教員の困惑を紹介した》。（引用は前坂俊之『太平洋戦争と新聞』（講談社学術文庫）による。）

（7）　民政党の斎藤隆夫は、昭和十五年二月二日の衆議院本会議で代表質問を行い、近衛声明の欺瞞性を鋭く批判した（所謂「反軍演説」）が、軍部の反発もあって、衆議院は斎藤を除名した。以下に掲げるのは、この際に、議長の判断で衆議院議事速記録から削除された一節で、国立国会図書館から利用の許可を得て、そのホームページの「電子展示会」の「史料による日本の近代」第4章から抜粋・引用する。

《（前略）歴代ノ政府モ言ウテ居ル、（中略）此ノ度ノ戦争ハ是マデノ戦争ト全ク性質ガ違フノデアル、此ノ度ノ戦争ニ当ツテハ、政府ハ（中略）何事も道義的基礎ノ上ニ立ツテ国際正義ヲ楯トシ、所謂八紘一宇ノ精神ヲ以テ東洋永遠ノ平和、延イテ世界ノ平和ヲ確立スルガ為ニ戦ツテ居ルノデアル、故ニ眼前ノ利益ナドハ少シモ顧ル所デハナイ、是ガ即チ聖戦デアル、神聖ナル所ノ戦デアルト言フ所以デアル、（中略）現ニ近衛声明ノ中ニハ確ニ此ノ意味ガ現レテ居ルノデアリマス、（中略）併シナガラ斯ノ如キ高遠ナル理想ガ、過去現在及ビ将来国家競争ノ実際ト一致スルモノデアルカ否ヤ（中略）一タビ戦争ガ起リマシタナラバ、最早問題ハ正邪曲直ノ争デハナイ、是非善悪ノ争デハナイ、徹頭徹尾力ノ争デアリマス、（中略）此ノ現実ヲ無視シテ、唯徒ニ聖戦ノ美名ニ隠レテ、国民的犠牲ヲ閑却シ、曰ク国際正義、曰ク道義外交、曰ク共存共栄、曰ク世界ノ平和、斯ノ如キ雲ヲ摑ムヤウナ文字ヲ並べ立テテ、（中略）国家百年ノ大計ヲ誤ルヤウナコトガアリマシタナラバ現在ノ政治家ハ死シテモ其ノ罪ヲホロボスコトハ出来ナイ（下略）》。

太宰は、斎藤が批判した《眼前ノ利益ナドハ少シモ顧ル所デハナイ》という《聖戦》の《高遠ナル理想》に、素直に共鳴していたのである。

（8）なお、堤重久の『太宰治との七年間』「開戦の日」に、真珠湾の翌日に、太宰が「軍人に愛国心など無い」と言ったとの証言があるが、「軍人」は所謂「職業軍人」の事で、徴兵された一般の兵隊とは、はっきり別ものである。

（9）中国国民党の副総裁だった汪兆銘は、日本側が、泥沼化した日中戦争を終結させるために、日本軍を完全撤兵することや、中国に日本側の戦費の賠償を求めないことなどを餌とし、密約したため、当時、国民政府の首都になっていた重慶から密かに脱出し、昭和十五年三月三十日に、「和平建国」をスローガンとして、日本占領下の南京に新政権を樹立した。しかし中国国民の支持は得られず、日本の傀儡政権にとどまり、戦争の行く末に影響を与えることもなかった。

（10）『狂言の神』で、笠井一（太宰治）は《若き兵士たり》と履歴書に書いていた事になっていて、これは共産主義革命運動の兵士の意味である。太宰は自らを「革命の兵士」に擬していた時期があったのである。また、『列車』で、《数年まへ》《或思想団体》から《見映えのせぬ申しわけを立てて》《別れてしまつた》《私が》、上野駅で、出征する兵士を見た時、《見るべからざるものを見たやうな気がして、窒息しさうに胸苦しくな》り、《私のあんな申しわけが立つ立たぬどころではないと思つた》というのは、命を惜しんで革命を裏切った、と自分を責める思いに駆られたからである。太宰には、このように命を懸ける献身や自己犠牲に対する強い尊敬の念があり、それが出来ない弱い自分を卑下する気持も強い事が、出征兵士を賛美する事や戦争肯定に繋がったのであろう。

（11）『東京八景』は、伊豆の温泉宿で『東京八景』を書こうとしている暗い主人公・《私》（≒太宰）から始まり、「前期」についての暗い回想を列ね、「中期」への《転機》から、明るい話になって末尾にいたり、出征するT君を力強く送り出す自分を描いた後、《作品の構想も、いまや十分に弓を、満月の如くきりりと引きしぼつたやうな気がし（中略）いさんで伊豆に旅立つた。》となる。勇んで旅立つのは、末尾への話の流れからは自然なのだが、実際には、これから主人公が伊豆で書くはずの「東京八景」とは、太宰のこの『東京八景』のはずであって、しかも、冒頭に描いていた暗い作者像とは繋がらなくなってしまった。しかし、『東京八景』はどうしても「暗」から始まって「明」で終わるべき作品である。そこで、破綻を回避するために付けたのが末尾の一文（《私》は）《まだ、あの温泉宿に居るやうである。何をしてゐる事やら。》という《私》の述懐である。これは謂わば誤魔化しで、『東京八景』の《私》とは別に、温泉宿に《私》が居るという、論理的には矛盾した一文である。《私》が《私》を書く、虚構を含んだ私小説が惹き起こした、エッシャーの「描く手」のような構造的な捻れである。

安藤宏氏の論「『東京八景』試論」(「解釈と鑑賞」昭和六十二年二月)は、そこに構想の破綻を見ようとしているが、窮余の一策に過ぎず、大袈裟に考えるべきではない。

(12)「大君の辺にこそ」は、『万葉集』の大伴家持の「賀陸奥国出金詔書歌」の一節「海行かば水漬《みづ》く屍《かばね》、山行かば草生《む》す屍、大君の辺にこそ死なめ、かへりみはせじ」を略したものである。昭和十二年以来、信時潔が作曲した軍歌「海ゆかば」が、出征兵士を送る歌として愛好されており、堤重久の『太宰治との七年間』「武蔵野と銀座」には、昭和十六年に、太宰が《日本の現代音楽じゃあ、信時潔の〝海ゆかば〟があるぐらいじゃあないの》と言ったことが記録されている。太宰はまた、「文芸世紀」(昭和十六年二月)のアンケート「古今の詩歌につき御愛唱のもの一首」に対しても、《「海ゆかば……」》と回答している。これらの事実は、『一燈』が太宰の本心を吐露したものである事の一証左と言える。

(13)『一燈』で、太宰は、芸術家は《鳥籠一つを、必死にかかへて、うろうろしてゐる》としている。この《鳥籠》は、幸せの青い鳥を入れるためのものなのであろう。だから、『一燈』で太宰は、《昔から、芸術の一等品といふものは、つねに世の人に希望を与え、怺へて生きて行く力を貸してくれるものに、きまつていた。》と言うのである。

(14)《帯がほどけてゐるぢやないか》は、『平家物語』に出る宇治川の先陣争いで、先を行く梶原景季に佐々木高綱が「馬の腹帯が伸びている」と注意して、景季が締め直しているすきに抜き去ったことを踏まえている。『HUMAN LOST』にも、《その馬の腹帯は破れてゐますよと、かの宇治川、佐々木のでんをねらつて》云々とあり、『花吹雪』にも言及がある。

(15)『散華』にも、戸石と三田が二人で初めて訪ねて来た昭和十五年初冬に《ロマンチシズム、新体制》が話題になったとある。

(16)キリスト教的な神への信頼・親愛は、『葉桜と魔笛』(昭和十四年六月)『春の盗賊』(昭和十五年一月)『心の王者』(昭和十五年一月二十五日)『善蔵を思ふ』(昭和十五年四月)『ろまん燈籠』(昭和十五年十二月〜十六年六月)『東京八景』(昭和十六年一月)などに、特にはっきりと描かれていて、時期的に見ると、キリスト教信仰の高まりは、近衛新体制・大東亜共栄圏を支持する準備になったように思われる。

菊田義孝氏の『太宰治と罪の問題』（審美社）「邂逅」P157～158によれば、『右大臣実朝』刊行以降（昭和十八年？）に、菊田が《「キリストは死後復活して昇天したといふけど、その昇天といふのは、実際上どんな事だったんでしょうかね」》と訊くと、太宰は《「それは、多くの弟子たちの見ている前で、雲に乗って天へ昇ったのさ。文字どおりに信じなければ、いけないんだ」》と答えたと言う。こうした非合理をもそのまま受け入れる信仰の姿勢が、天皇と政府にも向けられ、戦争の現実を理性的・批判的に検討することを妨げたのであろう。

(17)　これは、天皇崇拝の時代には、他国の話であっても、王を暗殺しようとするストーリーは発表しにくかったという事情もあるのだろうが、何よりも太宰自身が、メロスが主君を殺そうとする部分を、なるべく子供っぽい、リアリティのないものにしてしまいたかった為であろう。

なお、細かい事だが、メロスが独身で養うべき妻子が無く、父母も既に亡く、妹も間もなく結婚するという設定は、後顧の憂い無く、メロスが理想に殉じ、死地に赴ける心理的な条件になっている。多分、セリヌンティウスも同様の状況にあるから、平気で身代わりに成れたのであろう。なお、シラーの原作では、メロスの妻子・父母の有無については言及が無い。

(18)　昭和二十年一月「月刊東奥」の随想『自著を語る』でも、《今迄の日本の文学はどつちかと云ふとやはり欧米第一主義でしたが、日本文学には日本文学としての他の追従を許さないよさがあるのです。日本文学の伝統に根ざしたもの——其処に私の目標を置いて行きたいと考へてゐます。》と書いている。

(19)　太宰が後ろめたさを感じていた事は、井伏鱒二の「戦争初期の頃」（筑摩書房『太宰治全集　六』「月報」昭和三十一年三月）に、《当時、太宰君は徴用を逃れたことを、何か後ろめたいことのやうに感じてゐたやうに思はれる。何か身を小さくしてゐる風で、私たちが東京駅を発つときにも姿を見せなかつた。資産家に生れたといふことで、いつも後ろめたさを感じてゐた性根にも通ずるだらう。》と書かれている事や、太宰の『正義と微笑』「あとがき」（昭和十七年陽春）の一節《昨年の秋、作者は軍の徴用を受けたが、左胸部のわづかな故障のため帰宅を命ぜられ、軍医からも静養をすすめられたけれど、作者は少しも静養しなかつた。職域奉公。かへつて大いに仕事をした。》から、推測できる。

(20)　「新潮」昭和十七年一月号の奥付は、「十二月二十二日印刷、一月一日発行」となっている。巻末の「編輯日録」には、十二月十六日に日本出版文化協会の雑誌分科会が開かれた事も出て来るが、巻末は、ぎりぎりになって変えても影響が無いからであって、途中の文章を変える事は、ページの組み方が大きく変わってしまうので、敢えてしなかったと考えるのが妥当であろう。

(21)《新聞に出てゐる大臣たちの言葉を、そのまま全部、そつくり信じてゐるのだ。》と類似した表現として、『佳日』（昭和十九年一月）に《私は新聞に発表せられてゐる事をそのとほりに信じ、それ以上の事は知らうとも思はない極めて平凡な国民なのである。》という一節がある。また、戦後になって、戦中の報道の虚偽が明らかになってからではあるが、『十五年間』にも、《戦時日本の新聞の全紙面に於いて、一つとして信じられるやうな記事は無かつたが、（しかし、私たちはそれを無理に信じて、死ぬつもりでゐた。》とある。

太平洋戦争では、昭和十七年六月五日のミッドウェー海戦以降、日本が次第に劣勢に立たされ、十八年二月にはガダルカナル攻防戦で敗退し、四月には連合艦隊司令長官の山本五十六が戦死し、五月以降はアッツ島を皮切りに玉砕が相次ぎ、九月には同盟国イタリアが降伏する。そのため、大本営の発表は、昭和十七年五月の珊瑚海海戦以後、戦果を誇張し、被害を隠蔽するものになっていた（前坂俊之氏『太平洋戦争と新聞』）。その為、新聞等の報道を疑う人も現われ、川島高峰氏の『流言・投書の太平洋戦争』（講談社学術文庫）によると、昭和十八年二月頃から、日本は本当は負けているという噂が流れ始め（P89）、清沢洌《きよし》の同年九月四日の日記に、《巷間にて伝うるところでは戦艦、陸奥、長門はすでに撃沈され、また郵船会社の船などはほとんどなしと。》（『暗黒日記』評論社）と記録された噂もその一つである。

『佳日』の新聞についてのコメントからは、太宰が大臣の言葉や新聞報道を本当は疑わしいと感じながら、敢えてそのまま信じる事を、自分の生き方として選んでいたことが窺い知れる。が、『新郎』の頃には、まだ素朴に信じていたのであろう。

(22)『一問一答』（「芸術新聞」昭和十七年四月十一日）で、太宰は、《ごまかさうとするから、生活がむづかしく、ややこしくなるのです。正直に言ひ、正直に進んで行くと、生活は実に簡単になります。》《無欲といふことも大事ですね。欲張ると、どうしても、ちよつと、ごまかしてみたくなり（中略）馬脚をあらはして、つまらない思ひをする》と言っている。『十二月八日』で、《私》が《礼儀にばかりこだはつて、なんだかぎくしやくして、（中略）損ばかりしてゐる。》のは《欲が深すぎるせゐかも知れない。》と言う発想の裏には、『一問一答』の、《欲張ると》（「不正直に、見栄を張ると」というニュアンスだろう）、《ごまかさうとするから、生活がむづかしく、ややこしくなる》という考えがあるのだろう。『十二月八日』で、《私》が《嘘だけは書かないやうに気を附ける事だ。》と考えるのも、見栄を張らずに、正直に生きるべきだ、という太宰の考えに基づいているようである。

(23) 伊馬と《主人》の紀元二千七百年についての会話は、伊馬春部が《太宰治研究の一資料たらしむべく（中略）意図し》（伊馬の「『桜桃の記』後記」、中公文庫『桜桃の記』所収）た戯曲『桜桃の記』第二章で、大体同じ形で使われている所から、実際の会話に近いものと推定できる。ただし、会話の時期は、『桜桃の記』でト書きに注記されている《十六年六月頃》が本当なのだろう。

(24) 開戦の臨時ニュースは、朝七時に最初に放送された。その文言の『十二月八日』における引用は、《大本営陸海軍部十二月八日午前六時発表》の《十二月八日午前六時》が抜けている以外は正確で、二度繰り返した所も合っている（愛国新聞社出版部『大東亜戦争年史（第一年）』による）。

『十二月八日』の描かれ方は、当日の実際をかなりよく反映しており、太宰は、或る程度、記録としての正確性も意識しているようである。登場する人物はすべて実在の人間らしく、名前も実名で書かれている。こうした事も、太宰がこの小説を真面目に、（しかしユーモア小説として）書いた事を示唆している。

(25) このシーンの厳粛さ・宗教性から考えると、太宰は、実際には昭和天皇の「宣戦の詔書」（ラジオで放送されるのは正午の臨時ニュースでだが）を聞いた時の印象を、開戦のニュースの所に移したのかもしれない。

(26) 前にも述べたように、太宰は日中戦争下でも中国人を軽蔑するような事は書かなかったが、太平洋戦争の際には、アメリカの悪口を、『十二月八日』の他にも、『作家の手帖』（昭和十八年十月）・『純真』（昭和十九年十月十六日）の《「純真」なんて概念は、ひよつとしたら、アメリカ生活あたりにそのお手本があつたのかも知れない。》・『津軽』（昭和十九年十一月）四「津軽平野」の《ジヤアナリズムなんて、もとをただせば、アメリカあたりの資本家の発明したもので、いい加減なものですからね。》・『惜別』（昭和二十年九月）の《いつたいに、アメリカ人の科学に対する態度は、不健康です。邪道です。》以下・『お伽草紙』（昭和二十年十月）「カチカチ山」の《アメリカ映画》に出る《純真》に対する悪口、で書いている。

(27)　伊藤整の『太平洋戦争日記』（新潮社）にも、十二月八日の午後に、バスで隣に立っていた伍長に《『いよいよ始まりましたね』と話しかけたくて、むずむずした》とあり、島木健作の『十二月八日』（「文芸」昭和十七年一月）にも、《行きずりに逢ふ人がたがひに見交す眼には、話しかけたいやうな、親しげないろがあつた。》とある。上林暁の『歴史の日』（「新潮」昭和十七年二月）にも、《日米会談進行中は、息詰るやうな気持だつたが、いよいよ火蓋が切られてみると、なんだかカラッとした気分で、誰彼なしにお饒舌《しゃべ》りがしたくてならなかつた。》とある。国民の団結心が高まったからであろう。国木田独歩の『号外』にも、日露戦争時のこうした心理への観察がある。

(28)　坂口安吾も宣戦の詔書を聞いて、《必要ならば、僕の命も捧げねばならぬ。一兵たりとも、敵をわが国土に入れてはならぬ。》と感じたことを、『真珠』で書いている。当時としては、有り触れた感慨であろう。

(29)　亀井氏が用意した《火叩き》とは、長さ二～三mの棒の先に縄か古布を結びつけたもので、これを濡らして黄燐焼夷弾から飛び散って燃えている黄燐や小さい炎・火の粉を叩き消す事になっていた（「週報」第353号（昭和十八年七月二十一日号））。が、実際の空襲では、殆ど役に立たなかった。太宰は、こんなものでは空襲は防げないと、この時点で既に思っていたのではないか。

(30)　櫻本富雄氏『戦争はラジオにのって』によると、十二月八日には、午後一時五十分に、ラジオで安井東京市防衛局長から、《今日ただちに空襲ありとは考えないが》《防火器具を始め、防衛資材が充分に準備されているか否かをこの際至急再検討するとともに、かねて錬成している防空精神を、隣組相互の間で更に一層強化していただきたい。》という談話が流された。或いは亀井勝一郎は、それを聞いて、『十二月八日』に描かれているような空襲の備えをしていたのかも知れない。

(31)　「帝国政府声明」は午後零時二十分か三十分に発表されたはずであり、フィリピン空襲については、五時の大本営発表が最初のはずである（櫻本富雄氏『戦争はラジオにのって』）。また、《米国艦隊全滅す。》は、ラジオで使われた表現ではなく、真珠湾攻撃から約一週間後に、「ハワイ海戦」の戦果を報道した新聞の見出しから取ったものらしい。櫻本氏・前掲書によれば、この日の午後一時の大本営発表では、《帝国海軍は本八日未明ハワイ方面の米国艦隊並びに航空兵力に対し決死的大空襲を敢行せり》としか述べて居らず、午後八時四十五分の大本営発表で初めて、《戦艦二隻轟沈、戦艦四隻大破、大型巡洋艦約四隻大破》という具体的な発表がなされた。

『十二月八日』のニュースの時刻・順序は、合っている所もあるが、正確でない所がある。これは、自宅にラジオが無かったことと、太宰が午後から外出したことが原因であろう。

(32)《「帝国・米英に宣戦を布告す」》という見出しを付けたのは、「東京朝日新聞」である。ちなみに、十二月九日の「報知新聞」夕刊の社説「神機遂いに到れり」には、「悪虐無道、世界を剽掠し、地球上人類の当然相倶に享有すべき富源の八割までを侵略して恬然憚るなき英米は、更に東亜の『残れる残肴』たる支那大陸に毒牙を磨くに至って」云々とあり、「東京日日新聞」九日朝刊の「日日だより」「一億国民の義憤」では、徳富蘇峰がこう書いていた。「諺に盗人猛々しという、彼の米国は自から反省するを知らず、我に向かって逆襲し、既成の事実を無視し、現在の情勢を看過し、唯だ原則の一点張りにて、我を屈従せしめんとしつつある」(前坂俊之氏『太平洋戦争と新聞』)。

(33)細かいことだが、阿部泰山著『万年暦』(京都書院)によると、この日は陰暦二十日で、月の出が遅かった。燈火管制で真っ暗になったのは、そのせいもある。上林暁の『歴史の日』によると、午後七時半頃に外出した時には《外はまつ暗で》《遠くから人の来る気配がすると(中略)突き当たらないやうに、わざと下駄の音を立てて歩いた》り、いつも目印にしていた炭屋も運送店も気付かずに通り過ぎてしまったりする程だった。そしてラジオで《大本営海軍部発表、八日午後八時四十五分。》によるニュースを聞いた直後に、電柱の肩に月が出て居たとある。『十二月八日』では、妻が園子を連れて銭湯に行ったのは日没前で明るく、帰る時は日没後で真っ暗、《主人》と出会った時も真っ暗だった。恐らく太宰は、空襲の恐れや燈火管制の事もあって、この日は早めに帰宅し、月が昇る前に妻と出会ったのであろう。

(34)太宰が軍歌を歌った例として、昭和十七年四月下旬に、湯河原温泉で、太宰が射的をしながら軍歌「日本陸軍」を口ずさんでいた例を挙げて置く(山岸外史の『人間太宰治』「ふたたび湯河原で」による)。「日本陸軍」は、大和田建樹作詞、深沢登代吉作曲で、明治三十七年に発表された。歌詞は一番が「出陣」で、「天に代りて不義を討つ/忠勇無双の我が兵は/歓呼の声に送られて/今ぞ出で立つ父母の国/勝たずば生きて還らじと/誓う心のいさましさ」。二番が「斥候」で、「あるいは草に伏し隠れ/あるいは水に飛び入りて/万死恐れず敵情を/視察しかえる斥候兵/肩に懸れる一軍の/安危やいかに重からん」で、十番「平和」までである。山岸は、太宰が二番の「あるいは草に伏し隠れ/あるいは水に飛び入りて」を口ずさんでいた事を記録している。太宰は日露戦争後の生まれだが、『日本流行

歌謡史　戦前編』（社会思想社）によれば、「日本陸軍」は、太平洋戦争の際、出征兵士の歓送に歌われたと言う。また、長尾良の『太宰治その人と』（文芸文庫）には、昭和十三年七月に、塩月・緑川と月見に行く途中、太宰が日露戦争時の軍歌「橘中佐」を歌った事が記されている。

(35)　引用文の内、《日本に味方しよう》《日本に味方するつもりでゐた。》の《味方》は、初出誌では伏字になっていて、昭和二十二年八月の作品集『狂言の神』から、現在の形になった。伏字にしなければならないような状況にもかかわらず、太宰は敢えて「日本に味方した」と書いたのである。

なお、野原一夫氏は、『回想　太宰治』（新潮社）で、太宰が昭和二十一年十一月二十日の酒の席で、《我々はみんな日本に味方したんです。戦争に協力したんです。》と話していたことを記録されている。

(36)　太宰が民衆への志向を強めつつあった事を示す例として、堤重久の『太宰治との七年間』「武蔵野と銀座」に出る《シューベルトは、えらいんだよ。ベートーヴェンなんて、王侯のような暮しをして、威張《えば》っていたらしいが、シューベルトの方は、庶民の一員ですよ。庶民のために作曲し、庶民が唄ったんだな。町のお姐ちゃんや、あんちゃんがね」》という昭和十六年十月初旬の発言を挙げて置こう。

(37)　「産業戦士の歌」は、昭和十六年二月発表。歌詞は「技術自慢の製品あげて　護る銃後の鉄壁陣よ　おいら日の丸心は一つ　どうだ兄弟やろうじゃないか　科学日本は科学日本は　ソレ世界一　ソレ世界一」である。

なお、「産業戦士の歌」は、戦後、『薄明』（新紀元社、昭和二十一年十一月刊）に『東京だより』が収録された際、《生産の歌》と書き替えられた。

(38)　女子挺身隊の結成率は、昭和十九年五月現在で、対象となる年齢層の僅か七％に過ぎなかったと言う（『決定版・昭和史――破局への道』（毎日新聞社）第11巻P190）。

(39)　高木知子氏は、「太宰治――抵抗か屈服か」（西田勝編『戦争と文学者』（三一書房）所収）で、《作者は、実は不自由な者までも駆り出す戦時体制に憤りというよりも悲しい現実をみているのかもしれない。》としているが、この少女は強制ではなく、自主的に働いていることを、太宰は知っていたはずである。

(40)　「舌切雀」結末の《女房のおかげです》の解釈は難しいが、お爺さんはお婆さんに対して、《馬鹿にしすぎてゐた》し、お婆さんの無惨な死についても、自業自得ではあるが、止めようともしなかったお爺さんにも責任の一端がある事、そしてお婆さんの死と引き替えに、お爺さんは巨万の富を得たこと（「雀大臣」の大臣は、「大尽」即ち大金持のニュアンスであろう）、そして、語り手も指摘していた異常なまでの「消極性」をお爺さんが脱し得た最大の原因は、お爺さんを《無口な男にさせ》ていたお婆さんが死んで居なくなった事であること、などから、お爺さんにはお婆さんに対していろいろと負い目があり、そこから出た言葉、と心理的には理解できよう。また、裏の事情としては、このお婆さんのモデルが、太宰の妻・美知子である事も、無関係ではあるまい。

また、太宰は「瘤取り」末尾で、単純に善人が栄え、悪が罰せられる話に対する否定的な姿勢を見せており、そういう精神でこの『お伽草紙』を貫くつもりであったと推定できるので、お婆さんを悪妻として否定しきってしまわず、人間というものの難しさ・複雑さを表わす為にも、この様に言わせたのであろう。

また、雀のお照との事は、作者もお爺さんも、財産や出世とは結び付けず、純粋に美しいものとして心の奥に大切に秘めて置きたかった事も、大きな理由と思われる。《雀に対する愛情の結実である》という《お世辞》に《苦笑》し、そういう批評を封じ込める為に、《女房のおかげです》と答えたという設定になっているのは、その為であろう。

(41)　敗戦は国民の責任であると感じて、天皇に泣いてお詫びするというのは、当時、普通の発想で、太宰もそれを共有していた事が分かる。なお、既に塚越和夫氏（『作品論太宰治』双文社）・浅田高明氏『太宰治の「カルテ」』『太宰治――探査と論証』（共に文理閣）・東郷克美氏らの指摘があるように、このヒバリの転機は、『雲雀の声』の段階では、太平洋戦争の「宣戦の詔書」とされていた可能性が高い。それを、「終戦の詔書」に置き換えることが出来たのは、太宰の天皇崇拝が、敗戦によってもゆるがなかったからである。

(42)　この一節は、『パンドラの匣』が昭和二十一年六月に河北新報社から刊行された時にはこの儘だったが、二十二年六月に双英書房から再刊された際には、すべて削除された。

(43)　この一節は、『パンドラの匣』が昭和二十一年六月に河北新報社から刊行された時にはこの儘だったが、二十二年六月に双英書房から再刊された際には、大部分が削除され、《わけもなく、妙に互ひに興奮して、》だけになった。

(44)　この一節は、『パンドラの匣』が昭和二十一年六月に河北新報社から刊行された時にはこの儘だったが、二十二年六月に双英書房から再刊された際に、《命をおあづけ申してゐるのです。身軽なものです。》が削除された。

(45)　《自由思想の本家本元は、キリストだ》（「固パン」4）とか《科学の基礎をなすものは、物理界に於いても、化学界に於いても、すべて仮説だ。肉眼で見とどける事の出来ない仮説から出発してゐる。この仮説を信仰するところから、すべての科学が発生するのだ。》（同）とか言う辺りも、宗教的である。

(46) しかしこの一節は、『パンドラの匣』が昭和二十一年六月に河北新報社から刊行された時にはこの儘だったが、二十二年六月に双英書房から再刊された際には、《日本は完全に敗北した。さうして、既に昨日の日本ではない。実に、全く、新しい国が、いま興りつつある。日本の歴史をたづねても、何一つ先例の無かつた現実が、いま眼前に展開してゐる。いままでの、古い思想では、とても、とても。》に書き替えられた。

(47) 青森県近代文学館『資料集　第二輯　太宰治晩年の執筆メモ』（平成十三年発行）によると、太宰が使っていた昭和二十三年版の「文庫手帳」P51に、『人間失格』「あとがき」の下書きメモがあり、そこには、《この手記で、僕はよく読まないけど、ことごとしく人間失格などと言つて騒いでゐるやうだけど、完全に人間性を失つた者の姿は、何の事はないそのへんに一ぱいうようよゐる、つまり普通の「人間」なのだからね、》と書かれている。

(48) 例えば、『無間奈落』（二）・『思ひ出』・『二十世紀旗手』の四唱・『俗天使』・『六月十九日』・『五所河原』など。その他、昭和十一年六月二十日付け佐藤春夫宛書簡でも、《肉親の愛情知らぬ児なのです》と書いている。

(49) 『人間失格』全体を通して、葉蔵の父が、葉蔵に苦しみ又は恐怖感を与えたと明記される事例を探して見ても、①どんなお土産が欲しいかと訊いて困らせたこと、②葉蔵は本当は美術学校へ入りたかったのに、父に言われるままに、《口応へ一つ出来》ずに高等学校に入学してしまったこと、③出席日数の不足について、父の代理として長兄から叱責の手紙が来たこと、④情死事件を起こした為に、月々の僅かな送金以外、故郷との繋がりを断ち切られたこと（本当は官立でも私立でも学校へ入れれば、生活費は送ってくれることになっていたのに、ヒラメがそれを言わなかったために家出し、葉蔵の生きて行く方向はまるで変わってしまう）、⑤モルヒネ中毒を告白した所、脳病院に入れられたこと、ぐらいしかない（母については皆無と言って良い）。しかも、太宰の父は、太宰が中学に入る前に亡くなっており、田辺あつみとの情死事件や東京武蔵野病院入院には、全く無関係だったのである。

【付記】本稿は、平成二十年と二十一年の夏に書き下ろし、今回、初めて発表するものである。

太宰の文章の引用は、筑摩書房の筑摩全集類聚『太宰治全集』（全12巻　昭和五十～五十二年）に拠った。ただし、旧漢字は新字体に置き換えている。

なお、拙著『谷崎潤一郎――深層のレトリック』（和泉書院刊）に、谷崎の戦争観を再検討した「谷崎潤一郎と戦争――芸術的抵抗の神話」という論考がある。本稿と類似した問題を扱っているので、併せてお読み頂ければ、幸いである。

森鷗外『花子』論

（一）導入部――ロダンの神格化

鷗外は『花子』の中で、ロダンを一種、神のような存在にしようとしていて、導入部は主としてその為にある、と私は考える。

書き出しが、《Auguste Rodin は為事場《しごとば》へ出て来た。》と、単刀直入にロダンの名前からはじめられるのも、この作品が、直接にはこの人への讃美歌として（間接的には花子や久保田へのそれとして）書かれているからである。[注1]従って、この Auguste Rodin という名前には、「あの世界的に有名な、偉大な芸術家の」といった語気が、暗黙の内に含まれていると理解せねばならない。実際、ロダンは一九〇〇年のパリでの展覧会、一九〇二年のプラハでの展覧会によって、既に世界的な名声を確立していたからである。《為事場》も、有り触れた部屋、単なる労働の場ではない。あのロダンが、偉大なる芸術作品を産み出す、創造の舞台だと思わなければならないのである。

細かい事のようだが、《Rodin は為事場へ出て来た》と書いて、「仕事場に入って来た」と書かなかったのは、一つには、ロダンがこの同じ建物（オテル・ビロン）の中に住んでいて、廊下を伝って仕事場に来たからでもあるが、それよりも、語り手と読者の視点を仕事場の中に置き、そこから、今まさにドアを開けて仕事場に入って来るロダンを迎える形にすることで、ロダンの登場を、堂々たる大人物・名優などの、檜舞台への登場として描きたかったからであろう（俳優が「舞台に入って来た」とは普通言わない）。

ここには説明は無いが、ロダンは入り口で一旦立ち止まり、いかにも大人物らしく、満足げにゆっくり室内を見渡す。その後、語り手は、言わば時間を止めたまま仕事場の説明を行なう。そしてその最後の、《ロダンは晴やかな顔附をして、この許多の半成の作品を見渡した。》という所で、再び時間を自然な流れに戻す。その時に読者は、この間《かん》、ロダンが仕事場のドア付近で立ち止まったままでいた事を、あらためて了解するのである。

従って、二行目の《広い間《ま》一ぱいに朝日が差し込んでゐる。》は、三人称全知視点の抽象的な語り手（これもまた神の視点に近いものである）が、立ち止まって室内を見渡しているロダンの視点に寄り添って見た光景である。朝日の光（そう、それはどうしても朝日でなくてはならない！　昼の光でも夕陽でも駄目なのだ。）は、みずみずしく清らかに、晴れやかに感じられる。それが仕事場を一杯に満たしている。それは、太陽＝造物主の与えた祝福とも、浄めとも、聖別とも思える。その晴れやかさは作品全体に浸透しており、そのみずみずしさ清らかさは、花子の十七歳の処女の裸体のみずみずしさ清らかさと遠く呼応している。と同時に、仕事場に差し込む朝日は、ロダンとも結び付き、ロダンこそが力強い神であり、太陽であるという暗示を与えるのである。

太陽は、世界の諸民族の神話において、強力な神の、総てを見通す目と見なされて来た。鷗外は、ロダンの仕事場を祝福する朝の太陽神と、仕事場を見渡すロダン（＝神）とを、密かに、巧みに重ね合わせているのである。

《この Hôtel Biron といふのは…》以下は、ロダンを佇《たたず》ませたまま、語り手が Hôtel Biron の歴史を読者に説明している部分であるが、これは何も、鷗外が博識ぶりを見せ付けようとして挿入した訳ではない。「尼寺は神に捧げられたもの、神の住居であり、まさに《此間で讃美歌》が歌われていた。それが今はロダンの住居にしてアトリエになっている」、という結び付きによって、ロダンと神を同格の存在として、また讃美歌の宗教性とロダンの芸術の宗教性を同様のものとして、強く結び付けようとしているのである。[注2]

尼達は、女でありながら、性を完全に否定し、娘達の《桃色の唇》は、まだ性に目覚めていないことを表している。(注3)こうした性の（抑圧とまでは言わないまでも）抑制は、カトリック的な価値観だけでなく、鷗外の儒教的感覚・清潔好きとも調和する。これら敬虔な尼と娘たちの清潔なイメージは、後で花子が神なるロダンの前で裸になる場面にまで繋がっていく。先走って言うならば、花子の裸体からは、性的な意味合いはほぼ完全に払拭されており、その裸は無垢なる純潔と信頼の象徴でしかないのである。(注4)

　鷗外は尼寺をさらに活かして使うべく、抽象的な説明に続けて、当時は《巣の内の雛が親鳥の来るのを見附けたやうに、一列に並《なら》んだ娘達が桃色の唇を開いて》讃美歌を歌っていたことだろう、と語る。巣の中の雛が、親鳥が来ると一斉に口を開けるイメージで、合唱する娘たちを視覚的に想像させる巧みな表現であるが、それだけではない。この比喩は、「人間が神に対して、子供（雛）が親（親鳥）に対して抱くような、自然で美しい信頼と愛情を寄せる調和した世界」という幸福なイメージを醸《かも》し出すのに、大いに役立っているのである。(注5)そして、この雛が親鳥に抱く信頼と敬愛のイメージは、後の花子・久保田（≒雛）とロダン（≒親鳥≒神）の関係にも繋がって行くのである。

　次の行の《その賑やかな声は今は聞えない。》は、表面的には、折角作り上げた美しいイメージを消し去ってしまうはずのものなのだが、例えば『新古今和歌集』の藤原定家の歌「見渡せば花も紅葉もなかりけり　浦の苫屋の秋の夕暮」で、「無い」とされたはずの花と紅葉が、美しく脳裡に浮かんで来るように、(注6)読者の脳裡では、聞こえないはずの讃美歌が聞こえ、居ないはずの尼と娘たちの映像が、映画の二重露出のように、ロダンの仕事場の映像と重なる仕組みなのである。

　ここから時間は、一応現在に戻る（が、ロダンは立ちつくしたままである）。そして、Hôtel Biron の過去と現在が対比され、その違いが説明される。しかしこの対比は、過去と現在を截然と切り離すかのように見えて、実は逆に、蝶番のように結び付けるためのものなのである。《その賑やかな声は今は聞えない。》と独立して一段落をなしている一行が、丁度、左右の段落を結び付ける蝶番の役目を果たしているのである。

尼寺の讃美歌の声の賑やかさに対応するのは、正反対の、《声の無い》、静かに仕事に集中する生活だが、すぐ後の段落で詳しく説明されるように、そこには次々と作品が産み出される賑やかさ、沢山の作りかけの作品が置いてある空間的な賑やかさがある。また、尼達が一生を神に捧げ、宗教的勤行に精神を集中する日々の言わば「密度」と「宗教性」に対応するのが、《声は無いが、強烈な、錬稠せられた、顫動してゐる（中略）生活》、即ち、芸術作品の創作に一生を捧げ、精神とエネルギーを集中するロダンの日々の「密度の濃さ」である。そして、明確には語られていないが、ロダンの作り出す彫刻に、讃美歌と対応するような宗教性があることを、鷗外は暗に言おうとしているのである。

続く段落は、ロダンが複数の作品の制作を、少しずつ、同時進行で進めて行く事を紹介したものであるが、それを《日光の下に種々の植物が華さくやうに（中略）作品が（中略）此人の手の下に、自然のやうに生長して行く》とした喩《たと》えは、ロダンを直接太陽神と同一視している点で、鷗外の意図がはっきり読み取れる箇所である。（注7）

また、《此人は恐るべき形の記憶を有してゐる。》《此人は恐るべき意志の集中力を有してゐる。》も、神に近いロダンの超人的な能力を印象付けるものである。（注8）

また、《その作品は手を動さない間にも生長してゐるのである。》は、ロダンの頭の中で作品が成長するということであるが、これも神がイデアに基づいて万物を創造するというプラトン的な思想に関連するもので、神とロダンを結び付けるイメージの一つと言える。

続く段落の《ロダンは晴やかな顔附をして、この許多の半成の作品を見渡した。》は、最初にも述べたように、時間的には、仕事場へ出て来た直後のロダンの描写である。この描写もまた、「晴れやかな顔附のロダン」と「朝の晴やかな太陽＝神」、「ロダンの《許多の半成の作品》」と「朝日に照らされる神の被造物」を、結び付けるものである。(注9)続くロダンの顔の描写《広々とした額。中程に節のあるやうな鼻。白いたつぷりある髯》は、リルケの描写を簡潔にしたものに過ぎないが、叡知と威厳に満ちた力強い「老人としての神」というイメージとの類似は明らかであろう。(注10)

続いて《「Entrez!」》と言った時の《底に力の籠つた、老人らしくない声》も、ロダンの力強いエネルギーを表わしている。

なお、西洋には、神は土から人間や生物を作り出すというイメージがあり、彫刻家と神がイメージ的に結び付きやすい。(注11)『花子』の種本となったグセルの“L'art, Entretiens réunis par Paul Gsell”（以下、「グセル」と略称し、訳はすべて古川達雄訳・角川文庫版に拠る）には、第六章「女の美しさ」でロダンが花子の美を語った直ぐ後に、アダムの妻イヴを歌ったユゴーの詩「女性の聖別式（Le sacre de la femme）」（『諸世紀の伝説』所収）の第四節の一部が引用されていて、その中に《女性の肉体よ！　理想の土よ！　ああ、すばらしい存在よ！／ああ、いともすばらしい神の手になる土の塊に、／精神が宿った崇高な存在よ！／魂がその屍衣に似た肉体をとおして輝く物質よ！／彫像家である神の指跡が見える土よ！》（詩の引用は、潮出版社刊『ヴィクトル・ユゴー文学館』第一巻「詩集」（辻昶・稲垣直樹訳）に拠った）とある。恐らくはこれが、彫刻家ロダンを神と結び付ける『花子』のヒントになったに違いない。

以上が、作品の予備的説明的導入部分で、普通、退屈になり勝ちな部分である。しかし、鷗外は、簡潔な短文に対句的な詩のようなリズムを持たせることで、美と聖なるものを賞賛する敬虔な雰囲気を巧みに醸し出し、読者を少しも飽きさせない。(注12)さらに、太陽や尼寺時代のイメージを巧みに重ね合わせることで、太陽神としてのロダンという現実離れしたイメージまでもを、巧みに読者に受け入れさせてしまうのである。

《戸をこつ〳〵叩く音》と共に、新たな登場人物たちが加わり、物語はようやく動き始める。

平川祐弘氏は、「森鷗外の『花子』」（河出書房新社『和魂洋才の系譜』所収）で、『花子』には《事件らしい事件が欠けているから、ドラマティックな面白味はおよそない。筋の発展の妙味はほとんどない》と断じておられる。しかし、『花子』という作品の、特に中盤の効果は、何よりも設定された三つのサスペンスの巧みさに依存しているのであって、その意味では、事件らしい事件の無い所に巧みにドラマを設定した妙味をこそ、言うべきであろう。(注13)サスペンスの始まる順序としては、花子に関する第一のサスペンスが最初なのだが、ここでは順序を変えて、先に久保田に関する小さなサスペンスから見て行きたい。

（二）中盤――三つのサスペンス

①久保田に関するサスペンス

久保田は前々からロダンを尊敬し、ロダンに会えることに胸をときめかして来た人物である。その事は、《先生の所へ呼ばれたといふことを花子に聞いて、望んで通訳をしに来た》という興行師の説明の中の、《望んで》というたった三文字で、見事に予告されていた。また、その感激振りは、《学生は挨拶をして、ロダンの出した、腱の一本一本浮いてゐる右の手を握つた。La Danaïde や Le Baiser や Le Penseur を作つた手を握つた。》と、一度の握手を二度繰り返して描く事によって、よく表わされている。La Danaïde 以下の作品名に、「あの偉大なる傑作の」という語気が付き纏っている事は言うまでもないだろう。

久保田の名刺には《医学士》とあり、これは明治大正期の小説では、自動的に「東京帝国大学医科大学卒」を意味する。久保田は、日本の将来を担う人材として、L'Institut Pasteur という世界的な権威のある研究所に、恐らく国費で派遣されている破格のスーパー・エリートなのである。(注14) その久保田がロダンを尊敬してやまない事は、ロダンをよく知らなかったであろう明治の日本の読者にとっては、ロダンの偉大さに重みを加える所以ともなったであろう。

この時代には、ヨーロッパに滞在している日本人はごく少数であった。しかもロダンと対等に渡り合えるような語学力と教養を持つ人材は。だから、鷗外は、久保田をかつての自分同様のスーパー・エリートと設定したのである。

しかし、久保田のサスペンスにとっては、ロダンがこの大学士とか L'Institut Pasteur とかスーパー・エリートとかいうものに、殆ど意味を認めていない事の方が、実は大切なのである。ロダンが《ランスチチユウ・パストヨオルで為事をしてゐるのですか。》という問いに続けて、《Avez-vous bien travaillé?》(良い仕事が出来ましたか?)と訊《たず》ねたのは、地位や肩書には意味はない、現に良い仕事が出来ているかどうかだけが重要なのだ、という価値観の現われだからである。リルケの表現を借りるならば、《もしこの問に「はい」と答えられたなら、それ以上もう問うことはないのですし、安心していいのです。仕事をしているものは幸福なのです。》(岩波文庫『ロダン』第二部P101)ということになる。久保田のサスペンスは、この問いから始まる。

なお、余り言われていないことのように思うが、文学作品の中では、語句やセンテンスは、意味を表現する他に(または、意味を表現するよりもむしろ)心理的な時間を引き延ばすために、挿入されることがある。《Avez-vous bien travaillé?》と《Oui, beaucoup, Monsieur!》の間の三行にも、久保田と読者が自問自答するための心理的な時間を確保し、サスペンスを生じさせるという機能があることは、試しにこの三行を飛ばして読んでみれば、すぐに分かるであろう。

さて、久保田は、この問いが、ロダンが《口癖のやうに云ふ詞だと、兼て噂に聞いてゐた》。従って、この問いの背後にあるロダンの価値観をも理解し、尊敬していたと考えられる。それだけに、久保田はこの問いを重く受け止め、《はつと》し、真剣に自問自答せざるを得なかった。「自分は胸を張ってロダンに答えられるだけの良い仕事を、はたして本当にして来ただろうか？」と。それだけではない。久保田の内面を理解した読者は、自分もまた《はつと思》い、この同じ問いが自らにも突き付けられたように感じる。その為に読者は、久保田が《Oui, beaucoup, Monsieur!》と答える時、自分も一緒に、偉大なるロダン先生のテストを受け、自分も「ウイ！」と答え、ロダンの弟子の端くれにして貰えたような敬愛の気持を、ロダンに対して持たされるのである。

先走って言って置くと、『花子』の三つのサスペンスは、すべて、「ロダンに相応しい人間であるかどうか」という問掛けになっているのである。久保田が自問自答の末に、《Oui, beaucoup, Monsieur!》と答えた時、久保田はロダンに相応しい人間として、自らを確認したのである。

その時、久保田が《これから生涯勉強しようと、神明に誓つたやうな心持がした》のは、彼がロダンの価値観を単に聞き知っていた段階から一歩を進め、真剣な自問自答を通じて、今やそれを内面化し、自分自身のものとし、改めて死ぬまでその価値観に従って生き続けたい、という気持になったからなのである。また、「良い仕事」かどうかは、より高い理想を追求し、判断の基準を上げて行けば、際限なくレベルの高い、困難な目標になって行く。ロダンは、他人にそこまでの事は求めていないのだが、若い久保田は、ロダンに憧れ、ロダンのようなレベルの高い仕事をしたいと夢み、その為に生涯たゆむことなく努力を続けようと決意した、という事でもあろう。

それは、また鷗外の気持でもあったはずである。何故なら、「自分は良い仕事が出来ていると思い、それだけで充分満足する」という境地は、『花子』から七ヶ月後に発表された『カズイスチカ』の《詰まらない日常の事にも全幅の精神を傾注》する鷗外の父や、二年後の『妄想』の《日の要求に応じて能事畢るとする》境地に通じるものだからである。リルケの讃美をさらに美化して、鷗外は、ロダンが日々制作に励む生活を、理想の境地として描いたのである。『花子』のテーマの一つ（第二のテーマ）は、このロダン（リルケ）―久保田―鷗外の仕事観にあると見るべきである。

なお、久保田が《神明に誓つたやうな心持がした》という《神明》は、元々は神と同義であるが、平安時代末期頃から天照大神を指す語としても使用されるようになった。いずれにしても、久保田にロダンを神のように仰ぎ見させることは、鷗外の戦略の一環である。ロダンを太陽と結び付ける作品の方向性を考慮するなら、《神明》は太陽神・天照大神を特に指している、と解釈しても間違いにはなるまい。

これまでは《学生》とだけ呼ばれ、単に通訳をする技術者に過ぎなかった久保田は、《Oui, beaucoup, Monsieur!》と答えた直後から姓で呼ばれるようになり、主たる視点人物へと格上げされる。これは、ここまでのような全知の視点では、この後、花子を描く時に、花子の内面をブラックボックスにしてサスペンスを生じさせることが、不自然になる為である。また、久保田が内心、花子を低く評価していて、その為に読者も不安になるが、最後にどんでん返しでロダンが花子を高く評価し、読者が喜ぶ、という風に持って行く都合からも、久保田の視点を確立して置くことが必要だった。鷗外が、久保田にロダンの問いを読者と共に深く受け止めさせ、ロダン信奉者としての信仰告白をさせることで、ロダンの世界の一員としての資格と、読者の代表としての資格を手に入れさせたのは、視点人物に昇格させるための準備という意味も含まれていたのである。

②花子に関する第一のサスペンス

次に花子に関するサスペンスであるが、その最初の焦点は、ロダンが花子をどう評価するのか、先に述べたように「ロダンに相応しい人間と認められるのかどうか」、という不安にある。導入部でロダンの偉大さを強調して置いた事も、この局面では、サスペンスを強めるのに大いに役立ち、読者は《お約束のMademoiselle Hanakoを連れて来た》という興行師の言葉を聞いただけで、直ちに不安にならざるを得ない。何故なら、鷗外の時代も今も、花子など誰も知らないからである。男なら、仕事や留学でヨーロッパに渡ることもあるが、この時代になぜ未婚の日本女性がフランスに居るのか？　これは、大きな疑問である。

　鷗外は、すぐに、ロダンは、《どの人種にも美しい処がある》と《信じてゐる》(注15)人だ、と読者に期待を持たせる。これは同時に、ロダンを人種という人間的次元を超えた普遍的な神の視点を持った存在として、神格化する動きの一つと言って良い。

　しかし鷗外は、これ以外は、花子が低く評価されるのではないかと不安にさせるような材料ばかりを、次々と繰り出す事で、サスペンスを維持して行く。曰《いわ》く「最初に興行師が《御約束のMademoiselle Hanakoを連れて来た》と言った時、ロダンが《別に顔色をも動かさなかつた》のは余り興味がないからではないのか」「カンボジヤの踊子のデッサンを取ったと言うが、《繊く長い手足の、しなやかな運動に、人を迷はせるやうな、一種の趣》があったというのは、退廃的なエロチシズムではないのか。花子もそういう女なのではないか」「花子はvariétéに金で買われて出ている芸人に過ぎないではないか」「小柄な興行師の耳までしかないようなチビの女が、ロダンに高く評価されるなんてことが有り得るだろうか」(注16)。「それなのにロダンの注意深い視線が今、花子の上に留まっている。しかも花子の髪は《不恰好に結つた高島田》だ。ロダンはチビの花子を見下ろし、《花子の（中略）不恰好に結つた高島田の巓《いただき》から（中略）足の尖《さき》まで、一目に領略するやうな見方をし》た。神のようなロダンの事だから、一目で何もかも見透かされてしまったに違いない！」といった具合に（この時、《締まつた体》《巌畳な手》という説明も出してあるのだが、まさかそれをロダンが誉めることになろうとは誰も気付かないという、憎らしい書きっぷりである）。

さらに鷗外は、ロダンと花子の一回の握手を、《ロダンは（中略）小さい巌畳な手を握つた。》と《花子は、愛相の好い微笑を顔に見せて握つた。》の二回に分けて、その間に久保田の花子に対する低い評価を長々と紹介するのである。即ち、久保田は《羞恥》を《禁じ得なかつた》。《日本の女》の代表として《ロダンに紹介するには、も少し立派な女が欲しかつた》。花子は《別品ではない。》《子守あがり位にしか、値踏が出来兼ねる》。《日本の女優だと云つて》いるが、日本では誰も知らないいかがわしい女優である、(注17)と。

これだけの下準備をして、読者を不安の極致に追い詰めて置いた御蔭で、鷗外は、《意外にもロダンの顔には満足の色が見えてゐる》、即ち「花子は、ロダンに相応しい人間と認められたのである」、と知らせるだけでも、日本人の誰もが、ロダンを無条件で好きになってしまうように仕向けることが出来た。

また、その次に説明される、ロダンが花子を評価した理由も、勤労を貴ぶ日本人には、大いに納得の行くものと言える。即ち、《健康で余り安逸を貪つたことの無い花子の、些の脂肪をも貯へてゐない、薄い皮膚の底に、適度の労動によつて好く発育した、緊張力のある筋肉が、額と腮《あご》の詰まつた短い顔、あらはに見えてゐる頸、手袋をしない手と腕に躍動してゐるのが、ロダンには気に入つたのである》。これは、『花子』末尾のロダンの発言の元になっているグセル第六章の表現と、リルケの『ロダン』第一部末尾などに描かれているロダンの勤勉さ(注18)に基づく鷗外の創作である。が、また鷗外自身の価値観とも、一致するものであった。

二人との挨拶が終わったので、ロダンは《二人に椅子を侑《すす》め》る一方、付き添いの《興行師》は部屋から出し、《応接所》で二人が帰る時まで待機させる。

実は鷗外は、ロダンとこの興行師との上下関係を読者に印象づけるように、一貫して書いて来たのである。ロダンには、この《興行師》に対しては、最初に部屋に入って来た時からニコリともさせず（《顔色をも動かさなかつた》と書かれている）、握手もさせず、《椅子》に座るよう勧めることもさせなかった。興行師が《「通訳をする人が一しよに来てゐますが。」》と尋ねる時にも、卑屈に《機嫌を伺ふやうに云》わせている。外見上も《三十代の痩せた男》で《大きい男ではない》と、貧相な印象を与える。そして、今、部屋から出て行かせた。

一方、久保田に対しては、ロダンは自分から握手を求めたし、花子に対しては、西洋式の礼儀作法に則り、久保田に紹介されてから握手を求め、そして二人に椅子を勧めた。この後も久保田に煙草を勧めるなど、日本人二人に対しては、一貫して礼儀正しい態度を持している。

こうした描き分けをしたのには、目的があった。それは、ロダンに冷淡に扱われる興行師を先に出して置いて、その後、久保田と花子が部屋に入って来た時に、《二人共際立つて小さく見える。（中略）興行師も、大きい男ではないのに、二人の日本人はその男の耳までしかないのである。》と書くことで、二人がロダンに軽蔑されるのではないかという読者の不安を煽り立てることが、その一つである。そして、その後で、今見たように、ロダンが久保田と花子を高く評価し、礼儀正しく扱うという風に描くことで、ロダンは日本人を高く評価し、礼儀正しく扱ってくれているという印象を創り出そうとしたのである。

それでは、作中の《ロダン》は、なぜこの興行師に冷淡なのか？　それはユダヤ系だからであろう。残念な事ではあるが、ちょうど鷗外がドイツに留学した頃は、ドイツでアンチ・セミティズム（宗教的ではなく人種的なユダヤ差別）が盛んになっていたこともあって、鷗外は『即興詩人』の「猶太の翁」の章で、《猶太街《ゲットオ》》を《（我国の穢多まちの類なるべし。）》と説明するような差別意識を持っていた。だから、ユダヤ人をだしに使う事にしたのであろう（注19）。

同じ様な使い方をされたのが、カンボジヤの踊子である。鷗外は《Kambodscha の酋長が（中略）連れて来てゐた踊子》と言い、《繊く長い手足の、しなやかな運動に、人を迷はせるやうな、一種の趣のあるのを感じた》としていた。《酋長》は未開の野蛮部族の族長というニュアンスであろうし、《人を迷はせるやうな》は、下等な退廃的エロティシズムというニュアンスであろう。鷗外の意図としては、十七歳の処女・花子の非—性的な美しさを際立たせるために、同じ東洋のカンボジアの舞踊を下等なものとして持ち出し、カンボジアの未開の酋長に対して、パストゥール研究所のエリート・久保田を持ち出したのであろう。

このカンボジヤの踊子のことは、グセルの第六章で、ロダンが花子の美を語る直前の所に出ているのだが、《私は、国王と一緒に最近パリに来たカムボジャの小さな踊子達を、無限の喜びを以て素描しました。彼女達の繊細な手脚の細やかな動作は、珍しくかつ驚くばかり心を魅するものでした。》となっていて、『花子』とはニュアンスが異なる（高村光太郎訳『続ロダンの言葉』「女の美」（筑摩書房『増補版　高村光太郎全集』第16巻に拠る）では、《異様な不思議な誘惑を持つてゐました。》となっていて、鷗外に近いが）。

また、ロダンは、その著書『フランスの大聖堂』（新庄嘉章訳・東京創元社）「第十二章　シャルトル」のVIで、次のように書いている。

《私はもう一度帰ってくる。私は到着する。私は眼をあげる。この天使はカンボジア人のような顔をしている！

（中略）

この前のシャルトル参詣と今度の参詣との間に、私はカンボジアの舞姫を見たのだった。私は、パリ（プレ・カトランにおいて）とマルセイユ（グリシーヌ荘において）とで、彼女らを熱心に研究した。紙を膝の上にのせ、鉛筆を手にし、彼女らの異様なまでの美しさとその舞踊の大きな特徴とに驚嘆しながら。とりわけ私を驚かせ、私を恍惚とさせたのは、これまで私の知らなかったこの極東の芸術の中に、古代芸術の原則そのものを見出したことだった。（中略）私が古代の大理石の中で感嘆していたものを全部、これらのカンボジアの女たちが与えてくれた。更にその上に、極東の未知なるものと柔軟なものとを付け加えて。（中略）私は常に宗教芸術と芸術とを一つに考えた。宗教がすたれる時には芸術もまたすたれる。ギリシア、ローマのあらゆる傑作、またわが国のあらゆる傑作は、皆宗教的である。――実際、カンボジアのこれらの舞踊は芸術的なるが故に宗教的である。そのリズムは儀式である。そしてこの舞踊のリズムの純粋さを確実にするものは、儀式の純粋さである。故に、シソワット王と、その娘で王宮舞踊団の指揮者のサンフォンドリは、これら舞踊にこの上もなく厳格な正統性を保存させようと異常な注意を払い、またそれが美しいままに残っているのだ。こうしてみると、アテネでも、シャルトルでも、カンボジアでも、どこにおいても、同じ思考が芸術を保護したので、ただ教理の形式だけが違うのだ。しかも、この違いさえも、あらゆる緯度の下における人間の形と身振りのおかげで、稀薄なものとなった。

カンボジアの舞踊の中に古代美を認めたように、マルセイユ滞在の少し後、シャルトルで、あの大きな天使の姿の中にカンボジア風の美を認めた。実際、その姿は、舞踊の中のある姿とそんなに違ってはいないのだ。あらゆる時代の、美しい人間の表現における相似は、芸術家にとっては、自然の統一性に対する深い信念を証明し、それを高揚させるものである。この点で一致している種々様々な宗教は、人間がその歓喜や、苦悩や、確信を表現する、調和ある大きなパントマイムの保存者のようなものであった。西洋と東洋は、芸術家が人間を本質的な姿に表現したその最高の作品の中で、互いに接近しなければならなかったのだ。》

ここで言われている一九〇六年のシソワット王のフランス訪問は、百人を超えるお供を伴った公式訪問で、フランス大統領は官邸（エリゼ宮殿）に一行を迎え、歓迎会を開いた（資延勲『ロダンと花子』文芸社参照）。《酋長》という鷗外の表現は、誤りと言うべきであろう。

この踊子達の舞踊は、九世紀頃に確立され、神聖な舞踊として、カンボジアの王宮で千年にわたって伝承されて来た最も格式の高い古典舞踊である。一方、シャルトル大聖堂は、十二～十三世紀の面影をそのまま伝える貴重なゴシック建築で、ロダンは「フランスのアクロポリス」と絶賛していた。ロダンは、そのシャルトルとカンボジアの舞踊を同列に置いて、誉め讃えているのである。鷗外はこの事を知らず、カンボジアの舞踊も知らなかったのであろう。

なお、現実のロダンは、花子と出会った頃、ロイ・フラー、イサドラ・ダンカン、ディアギレフの「バレエ・リュッス」など、革新的な舞踊や、カンボジア舞踊の西洋とは異なる肉体表現に強い関心を抱いていた。(注20) それには、次のような事情もあったようである。

ヨーロッパでは、女性はコルセットで体を締め上げる習慣があり、一八三〇年には胴回り四十六センチのコルセットまで作られ、きつく締めるため食事が摂れなかったり、卒倒する者まで現われ、健康上の問題を巡って賛否両論が闘わされた。

一八九〇年代初めにジャワを訪れた婦人科医シュトラッツは、ジャワ女性の筋肉と血色の良さに驚嘆し、それは彼女たちがコルセットを着用せず、新鮮な大気と日光に肌をさらしているせいだと考え、一八九七年に、この考えを『ジャワ女性――婦人科学的一考察』という著書にまとめ、以後、コルセット廃止を熱心に主張した。同じ頃、一九〇一年、シュルツェ＝ナウムベルクも、コルセットの有害さについての一書を著しているが、コルセットが実際に使われなくなったのは、第一次大戦後になってからであった（カーン『肉体の文化史』（法政大学出版局）第二章「服装が人体に加えた迫害」と原註による）。

イサドラ・ダンカンは「自然に帰れ」をモットーとし、体を締めつけるバレエ着やタイツや靴を用いず、古代ギリシアのゆるやかなチュニックをまとい、感情のおもむくままに肉体を動かすモダン・ダンスを創始した。ロダンのカンボジア舞踊や花子への関心も、女性の身体をめぐるこうした新しい動きに促された面があったのだろう。

さて、久保田と花子を椅子に座らせた後、ロダンは花子と、次のような短い会話をする。

《「マドモアセユの故郷には山がありますか、海がありますか」（中略）

「山は遠うございます。海はぢき傍にございます。」

答はロダンの気に入つた。

「度々舟に乗りましたか。」

「乗りました。」

「自分で漕ぎましたか。」

「まだ小さかつたから、自分で漕いだことはございません。父が漕ぎました。」

ロダンの空想には画が浮かんだ。そして暫く黙つてゐた。ロダンは黙る人である。》

『花子』の冒頭に、繰り返しを多用した音楽的な説明文があったが、ここも、簡潔な中に、傍線を付した部分に繰り返しのリズムがあり、まるで詩のようだ。そして《黙る人》ロダンの沈黙は、《Sacré-Cœur の尼達》にも通ずるような、修道士の宗教的冥想を連想させる。(注21) ロダンが《空想》した《画》(＝シーン)は、恐らく、山や海という大きな自然と一体化した素朴な生活であろう。(注22)

この会話は鷗外の創作であるが、鷗外は、ロダンが都会の人間関係には無関心で、神と共にある大自然の中の人間にのみ心を向けている、というイメージを創り出したかったのであろう。グセルの第九章「芸術における神秘」のロダンの言葉《他の人々にとつては単に森であり大地であるに過ぎぬものが、偉大な風景画家にとつては或る限りない大きな存在の顔のように見えるのです。》を取り敢えず挙げて置こう。リルケの『ロダン』第二部末尾近くの、ムードン転居後のロダンの生活を描いた箇所(岩波文庫版P109～116辺り)も、参照されたい。自然を愛し、大切にしたロダンは、他にも《芸術といふものは、自然の研究に過ぎません》(高村光太郎訳『ロダンの言葉』の「クラデル筆録」より)といった発言を数多く遺している。

鷗外は、《健康で余り安逸を貪つたことの無い》、労働を厭がらない素朴で自然な花子と、ロダンとの精神の一致を、この短い会話を通じて、巧みに暗示したのである。

しかし、同時に鷗外は、花子には《こんな世渡をする女の常として、いつも人に問はれるときに話す、極まつた、stéréotype な身の上話がある。》とし、《ロダンの》問いによって、《幸《さいわい》にも此腹藁》が破られただけだと書くことで、花子の品性に対する疑いを残し、次の第二のサスペンスの準備としたのである。

③花子に関する第二のサスペンス

花子に関する第二のサスペンスは、《マドモアセユは（中略）着物を脱いでせうか。》というロダンの質問と共に始まる。

鷗外はまず、久保田に、《外の人の為めにならぬ、同国の女を裸体にする取次は無論しない。》と考えさせる事で、それが一つ間違えば国辱にもなりかねない重大問題であることに読者の注意を向けさせている。

実際、例えば明治三十四年七月二十五日に、ハワイ・ホノルル港外で、アメリカの検疫官が、汽船・亜米利加丸の乗客のうち、日清両国人のみに健康診断を行い、しかもその際、岡部領事官補夫人を含む日本女性の、裸の乳房から股間にかけて、調べ、手を触れことが、「米国官憲日本婦人凌辱事件」として大問題になった（注23）。この事件は、有島武郎の『或る女』（前編十八）でも、《この間のやうに検疫所で真裸にされるやうな事でも起れば、国際問題だの何んだのつて始末におへなくなる。》と言及されているものである。

久保田のこうした考慮は、時間的にサスペンスを引き延ばすという事の他に、裸を見られることの屈辱性を強調する事で、後で花子が下す決断が、いかに自己犠牲的な、容易ならぬものであったかを読者に印象付ける伏線ともなっている。それは同時に、《外の人の為めにならぬ（中略）無論しない。併しロダンが為めには厭はない。それは何も考へることを要せない。》とする事で、久保田のロダンに対する例外的な敬意を強調する役目をも果たす。しかし、久保田はその後に《只花子がどう云ふだらうか》と花子の人間性に疑惑の暗雲を投げ掛けることで、にわかに読者の不安を掻き立てるのである。

久保田及び語り手は、花子という人間に対して、ロダンとは違って、ここまで一度も高い評価を与えたことがなかった。花子が貧家の出で、無教育な芸人であることは、当時の常識から充分想像でき、エリートの久保田が軽蔑するのはやむを得ない所であろう。だから、久保田の花子に対する説得の言葉は、軽蔑しつつ相手に合わせようとした結果として、この作中で唯一、無駄な繰り返しが多く、持って回った言い方の、下卑た文体になっている（勿論、時間的引き延ばしも目的の一つではあるが）。次の久保田の言葉の内、同じ種類の傍線を施した所が、互いに内容が類似していて、不必要な繰り返しになっている所である。

「少し先生が相談があると云ふのだがね。先生が世界に又とない彫物師で、人の体を彫る人だといふことは、お前も知つてゐるだらう。そこで相談があるのだ。一寸裸になつて見せては貰はれまいかと云つてゐるのだ。どうだらう。お前も見る通り、先生はこんなお爺いさんだ。もう今に七十に間もないお方だ。それにお前の見る通りの真面目なお方だ。どうだらう。」

久保田は花子を見下して《お前》と呼び、花子が下司《げす》な勘繰りをするものと頭から決め込み、先回りをして、「ロダンはもうお爺さんだし、真面目な人だ（から、強姦したりはしない）」などと下品な言い訳を試みる。そして、《かう云つて、久保田はぢつと花子の顔を見てゐる。はにかむか、気取るか、苦情を言ふかと思ふのである。》という時間引き延ばしの段落が入る。《気取るか、苦情を言ふか》という所から、読者の脳裡には、「私は女優ですのよ。モデル女なんかではありません。」などと、ツンと澄まして断る花子の姿が思い浮かぶ。少し前にあった《こんな世渡をする女》という軽蔑的な言い方や、花子の身の上話も『ルルド』の小娘と同レベルだという不吉な情報も蘇るだろう。

この様にして鷗外は、読者の心の中に、「花子レベルの女なら、偉大なロダン先生の前をも構わず、ぐずぐず言い出し、日本人全体の顔に泥を塗るかもしれない」という、前もっての軽蔑と怒りと不安を可能な限り掻き立てて置く。(注24) しかし、それらはすべて、《「わたしなりますわ。」》という《きさく》な《さつぱりと》した簡潔な答えに、最大限の効果をもたらすための準備なのである。久保田の下らない長ったらしいあの説得の言葉も、《「わたしなりますわ。」》という短い一言の素晴らしさを引き立てる上では、大いに役立っているのである。

読者は花子の人間性に疑いを懸けていた分、それだけ、この何の迷いもない、ロダンに対する美しい信頼の言葉を耳にするや、反動的に、花子という人が実にいい人であるような、美しい印象を受け取る（実は読者は、花子の人間性について、殆ど何も教えられてはいないのだが）。そして、それが為に、花子の裸体までもが、読者の心の中で、肉体的にも精神的にも美しいものとして、まばゆいまでに光り輝き始めるのである。花子はこの一言で、自分がロダンに相応しい人間であることを、証明した訳である。

花子の答えを聞いた《ロダンの顔》が《喜にかゞやいた》ことは、ロダンの花子への高い評価を再び示したものである。続くロダンの言葉《「ここにゐますか。」》は、久保田の意志を尊重する態度であり、久保田の返事《「わたくしの職業にも同じ必要に遭遇することはあるのです。併しマドモアセユの為めに不愉快でせう。」》は、久保田が初めて花子をレディーと認めた事を、表わしている。

こうして、三つのサスペンスを通じて、久保田と花子は、敬愛に値する理想の神・ロダンの美しい信奉者となり、ロダンの信頼を勝ち得、花子はロダンのモデルになるという栄誉を与えられる。『花子』の第一のテーマはここにある。(注25) 即ち、近代が破壊した古い信仰に代わる新しい信仰を得たいという願望、これである。それは鷗外とリルケの願いであり、ロダン自身も、《もしも宗教が存在していなかつたとすれば、私はそれの創始を必要と感じたことでしょう。真の芸術家達は、要するに人間の中での最も宗教的な人間なのです。》《今は貴方も、芸術とは一種の宗教であることを了解なすつたでしようか？》（グセル「第九章　芸術における神秘」）と語るような芸術家だったからこそ、リルケと鷗外は、ロダンを取り上げたのである。(注26)

サスペンスというものは、或る意味、単純な技巧ではあろう。しかし、以上、三つのサスペンスを、もしこの作品から取り除いてしまったらどうなるだろう。「Avez-vous bien travaillé?」の問いに、直ちに「Oui, beaucoup, Monsieur!」と答えさせ、前後の説明を削ってしまったとしたら？　ロダンが花子を一目見るなり、褒め言葉を並べ始める事にしたら？　ロダンが「着物を脱いで貰えますか」と訊ね、花子がすぐに「ええ、いいですよ」と答えるようにしたら？　この作品は、空疎で何の説得力も持たないものになるであろう。

鷗外は、読者を説得するために、是非、サスペンスを用いる必要があったのである。それは、信仰や宗教というテーマ自体が要請するものだったと言えよう。何故なら、信仰というものは結局、目に見える客観的証拠のようなものによって説得されるものではなく、目には見えない所に何か神聖な偉大なものが隠れているという主観的思いなしと、そこから生じるへりくだる心（敬虔さ）からしか育たないものだからである。そうした信仰心を読者の内に生じさせる為には、ロダンを神のように偉大だと思わせ、そのロダンの前に立たされた日本人を、軽蔑されるかも知れない危機的状況、即ちサスペンスに置いた上で救う（ロダンに高く評価して貰う）という心理的操作が、どうしても必要だったのである。

（三）末段――イデア的美学、だが、ロダンとは異なる……。

『花子』の末段、即ち久保田が《書籍室》に去ってから末尾までは、《人の体も形が形として面白いのではありません。霊の鏡です。形の上に透き徹つて見える内の焰が面白いのです。》というロダンの芸術観を言うためにあると言って良い。鷗外が、ロダンが花子をデッサンしている間を利用して、ボードレールをだしにして、《Physique》（物質的・肉体的なもの）より《Métaphysique》（物質・肉体を超えるもの）の方がより価値があると言って置いたのも、こうしたロダンの芸術観の理解を助ける為なのである。[注27]

　また、『花子』冒頭で、ロダンが幾つもの作品の制作を同時進行的に進めることを言った所で、それらの作品は、神に等しいロダンの頭の中で《手を動さない間にも生長してゐる》とした所[注28]は、作品の本質はロダンの精神の中にこそ存在するのであって、《大理石》等は、単にそれを写し出して人の目に見えるようにするだけだとするイデア論的な考えを示唆した伏線と言える。

　鷗外が、この作品の中心に花子の裸体を置きつつ、花子が着物をごそごそ脱ぐ所、その裸体、そしてそれをデッサンするロダン、そして花子が再び着物をごそごそ着直す所を、一切、消し去ってしまった事は、花子の裸体を、女の生身の肉体としてではなく、抽象的イデア的な次元に格上げする上で、非常に効果的であった。

　細かい事だが、花子の《わたしなりますわ》という科白も、内実は「裸になりますわ」の謂《い》いだが、鷗外はここでも「裸」という語を使わずに済ました。これを例えば「わたし脱ぎますわ」に変えたとしても、裸を連想させる分、品格において劣るというのが鷗外の美意識であろう。出来上がったロダンの《esquisses》を、粗くて花子の実際の肉体の線を見分けられないものにしたのも、その為である。[注29]

　『花子』末尾のロダンの説明も、花子の裸体を、無垢なる純潔と信頼という精神的美徳の象徴として、読者の脳裡に刻み込む。

　『花子』はこうして、鷗外の狙い通り、素晴らしい技巧を駆使して、見事に完成された。

　しかし、実を言うと、鷗外の解釈は、実際のロダンから比べると、道徳性に偏り、「人の体の形の面白さ」を余りに軽視し過ぎているのである。

ロダンは何よりも、人の体を彫刻に刻み、人の体の表情によって表現する芸術家である。グセルは、第一章「芸術における写実主義」で、ロダンがいつも大勢の男女のモデルを雇い、裸でアトリエ内を自由に歩き回ったり休んだりさせ、それを観察しながら、気に入ったポーズを見付けると直ちに粘土に取っていた事を伝えている。そうする事で、ロダンは、《身体のあらゆる部分に表われる感情表現を判読し得るようになつた。／一般には、顔が唯一の心の鏡であると考えられている。（中略）事実は凡そ身体の筋肉にして内的変化を表明せぬものはないのである》、と。生涯にわたって、断えず裸体を研究し続けていたロダンが、《人の体も形が形として面白いのではありません。》などと言うはずがないのである。

また、デュジャルダン＝ボーメッツの『ロダンとの対話』で、ロダンは、《「私は生身のモデルなしには仕事ができないのです。（中略）模写するものがなければいかなるアイデアもわいてこないと断言してもよいくらいなのですが、自然がみせてくれるさまざまな形態をひとたび目にすると、私には語るべきテーマや、さらにはテーマの展開がみえてくるのです。」》（アントワネット・ル・ノルマン＝ロマンの「ロダンのアトリエ」（『ロダン事典』（淡交社）所収）による）と語っていて、目に見える形がロダンにとってすべての出発点であったことが分かるのである。

そもそも『花子』の《霊の鏡》《内の焔》云々というロダンの言葉の元になったのは、グセルの第六章の、《人体、それはなかんずく魂の鏡です。そこ（魂）よりしてそれの最大の美は発するのです。》という一節と、ユゴーの詩「女性の聖別式（Le sacre de la femme）」から《女性の肉体よ！　理想の土よ！　ああ、すばらしい存在よ！／（中略）／接吻と愛を招きよせる、厳かなこの土よ。／世にも神聖なものなので、美しい女の肉体を抱きしめでもすれば、／官能が火と燃えるそのときには、人はいつも神を抱いたような心地になるはずだ！》（詩の引用は、『ヴィクトル・ユゴー文学館』より）を引いた後に続く《そうです、ヴィクトル・ユーゴーはそれをよく理解していたのです。我々が人体において崇め讃えるもの、それは、あの様に美わしい形にもまして、そこに火と燃えるが如く歴々と見られる内なる焔であるのです。》という一節である。しかし、ロダンの力点は何処までも、人体にある。人体が《魂》の鏡であり、人体において《内なる焔》を崇め讃えるのである。そして、ここでロダンが言う《内なる焔》は、直前のユゴーの詩の《官能が火と燃える》を踏まえたもので、道徳的か不道徳かに拘わらず、恋愛、情熱、性的欲望を含めて言ったものであるはずだ。人体は《魂》の鏡であっても、その《魂》は、美しい道徳的、宗教的な魂である必要は、全く無いのである。

《霊》《内なる焔》の意味をはっきりさせるために、グセルの第二章「芸術家にとつては自然の一切が美である」での、ロダンの言葉も見てみよう。

《一般の人はその現実の姿が自分に醜しと思われるものは芸術的なものではないのだと、兎角想像しがちです。／（中略）畸形のもの、健康でないもの（中略）襤褸《つづれ》をまとう貧民も醜なのです。／不道徳な人間、身持悪く罪ある人間、社会に害悪を流す異常の人間の魂ならびに行為もまた醜です。親殺しや逆賊や破廉恥な野心家の魂も醜なのです。／（中略）／ところが大芸術家あるいは大作家がそれらの醜悪の一あるいは他を手にとるや否や、彼は立ち処にその姿を一変させてしまい……魔杖の一撃で、それを美に造りかえるのです。（中略）／それは事実、芸術においては、特性を持つもののみが美しいのだからです。／『性格』それは美かあるいは醜か、何らかの自然の光景の強力な真実です。それは二重の真実と云い得べきものでさえあります。何故なら、それは外部の真実によつて表現された内部の真実だからです。顔面の表情、身振り、そして人体の動作、空の調子、地平線の線条、それらが表現するものは、心、感情、思想なのです》。

ロダンは、不道徳なものを、芸術や美と相容れないものとは全く考えない。それは裏を返せば、道徳的に立派な内面を持っていれば、それが《形の上に透き徹つて見え》、美となる、とも考えていないという事である。この引用部分でロダンが言っている《外部の真実》によって表現される《内部の真実》（＝《霊の鏡》《内の焔》）も、明らかに道徳とは無関係で、ごく大雑把に《心、感情、思想》と呼ばれているだけなのである。

例えば、一九一一年にオテル・ビロンをロダン美術館にするという案が浮上した際、《「エロチック」なロダンの作品を》元（Sacré-Cœur の）教会や礼拝堂だった所に置くということは、《その場所が「善良なる尼僧」がやむなく去った建物である以上、カトリック派を刺激することだ》ったと言う（ベルナール・シャンピニュル『ロダンの生涯』（美術公論社）による）。(注30) これは勿論、芸術に対して無理解な人々の意見ではあったが、ロダンの作品の中には、時代に先駆けて、肉体的・官能的エロティシズムを大胆に肯定したものが幾つもあったのに、鷗外が『花子』の中で、その事に殆ど触れようとしなかった事は、事実である（La Danaïde や Le Baiser の名前は挙げているし、カンボジアの踊子の《人を迷はせるやうな》《趣》も評価したとはしているが）。

以上から、『花子』の《霊の鏡》《内の焔》云々というロダンの言葉は、実際のロダンのそれよりも、道徳的かつ宗教的清らかさに偏った意味に、かなりニュアンスがすり替えられている事が判るはずである。ただし、これは、鷗外が意図的に変えたと言うよりも、リルケの『ロダン』に既にそういう傾きがあったため、ロダンを非常に道徳的に潔癖な人間であるように、思い込んでしまったのだろうと思う。(注31)

以上を踏まえて、『花子』末尾の《「マドモアセユは実に美しい体を持つてゐます。脂肪は少しもない。筋肉は一つ〳〵浮いてゐる。Foxterriers の筋肉のやうです。腱がしつかりしてゐて太いので、関節の大さが手足の大さと同じになつてゐます。足一本でいつまでも立つてゐて、も一つの足を直角に伸ばしてゐられる位、丈夫なのです。丁度地に根を深く卸してゐる木のやうなのですね。肩と腰の濶い地中海の type とも違ふ。腰ばかり濶くて、肩の狭い北ヨオロツパのチイプとも違ふ。強さの美ですね。」》を読み直して見ると、この部分も、元になったグセル第六章におけるロダンの発言とは、微妙にずれている事が判るのである。

グセルの第六章は、「女の美しさ」と題されている。この章は、若い女性たちの裸体をデッサンしながら、ロダンが、《ああ！　あのモデルの肩、何という素晴しさだろう！（中略）／それからこの咽喉（中略）殆どこの世のものならぬ美しさ《グラース》です！／また今一つのこの腰部（中略）その前にひれふすべきものです！》と叫ぶ処から始まる。そして、グセルが古代の美女と現代の美女の優劣を問題にした所から、ロダンは現代のヨーロッパの女性を「地中海沿岸型」と「北方型」に分類して説明し、《あらゆる人体の型も、如何なる人種も、全てがその美を持つています。》と言い、その具体例として、カンボジアの踊子を例に挙げ、花子について次のように語るのである。

《私は日本の女優ハナコによつて習作をつくりました。彼女には全然脂肪がないのです。その筋肉はまるであのフォックステリヤと呼ぶ小犬のそれのように浮き出して突起しています。彼女の腱は実に丈夫なもので、それが附着している関節は、四肢自体の太さと等しい太さをもつています。彼女は一方の脚を前方に直角に挙げながら、唯一本の脚で思うままの時間を立つていることが出来るほど強靭なのです。そうやつていると、まるで樹のように、根が生えたかと思うばかりです。して見ると彼女には、ヨーロッパ人のそれとは全然別箇な、しかも矢張り彼女の稀に見る力によつて優れて美しい解剖があるのです。

（中略）

——要するに、美は至る処にあるのです。[注32]》

第六章の話の流れを踏まえると、ロダンは、美の理想は一種類しかないのではなく、《あらゆる人体の型も、如何なる人種も、全てが》それぞれに異なるタイプの美を持っているのだ、と言おうとしていた事が判る。さらにはっきりさせる為に、ロダンがクラデルに語った言葉を高村光太郎訳『ロダンの言葉』から引用しよう。

《天上は此所にある（中略）われわれは自分達自身既に神である（中略）私は自然の研究によつて此の信仰に到着しました。（中略）私の言ふ処は、「地上はすべて美しい」といふ事、又人間に向つては、「汝等はすべて美しい」

といふ事です。（中略）詩人にとつては、美はいつまでも或る景色であり、又或る女です。しかし違ひます。すべての女であり、又すべての景色です。黒人も、黄色人も其の美を持つてゐます。われわれのと違つた美です。（中略）醜は無い。青年の頃、私は此の誤謬を他の人と同じくやつて居ました。一人の女の胸像を作るには、其が自分の「美」の特殊な観念に従つて、自分に綺麗に見えなければならなかつたのです。今日では私はどんな女からでも胸像を作ります。そして其がやはり美しい。

（——クラデル、「ですが、先生、顔の壊れた女はやはり醜悪でせう。」）

——左様、しかし（中略）若し其女に其女の子供が死んだと告げたら、其の顔を攪乱する恐怖や、苦痛の激動が無比に美しいでせう。

美は性格があるからこそ、若しくは情熱が裏から見えて来るからこそ存在するのです。肉体は情熱が姿を宿す型《ムーラージ》です。》

ロダンも若い頃は、一つの美の理想に囚われていたが、今では、地上の《すべての景色》は美しいし、人間も《すべての女》、すべての人種にそれぞれの美があると感じるようになっている。その様な意味で、花子も美しいのである。ここにも《霊の鏡》《内の焔》のヴァリエーションとなる《肉体は情熱が姿を宿す型《ムーラージ》です。》という言い方が出て来るが、この《情熱》も、道徳性とは無関係であり、《恐怖》や《苦痛》もここに含まれているのである。

なお、付け加えるなら、現実のロダンが誉め讃えたのは、三十八歳の既婚者で、宗教的ではなく、裸になるのをさんざん厭がった花子である。

一方、小説『花子』の中のロダンが誉め讃えているのは、『花子』の中で鷗外が創り出した、性に目覚める以前の十七歳の、無垢なる純潔と信頼という精神的美徳を持つ処女（mademoiselle）としての花子なのである。（注33）

ロダンは、「自然が生み出したものの形は、命の現われとして、すべて美しい」と言いたかったのであろう。そして、それは飽くまでも外に現われた「形」に就いて言われた事であって、目に見えない Métaphysique なもの・イデア的なものの美について言ったのではなかった。

ヨーロッパの芸術史の中で言えば、「美」と「醜」が、相容れないものとされて居たルネッサンス以来の古典的美学から、「醜」とされて来たものを積極的に再評価する方向への変化が急速に進んだのが十九世紀であり、ロダンもその潮流に属する一人だったと言えるだろう。

長い回り道をしたが、もう一度、『花子』末尾に戻ると、鷗外の表現は、一見、元にしたグセルのものと、殆ど同じように見える。しかし、『花子』でのロダンの言葉は、《「マドモアセユは実に美しい体を持つてゐます。」》から始まり、これが全体を統括する大前提となり、最後も《強さの美ですね。》で締め括られる。その為に、読者は、十七歳の処女の、普通の意味で「美しい体」を、結局は脳裡に浮かべてしまうのである（実際のロダンの言葉は、「花子は実に美しい体を持っています。」という風には始まっていなかった）。また、《肩と腰の潤い地中海の type とも違ふ。腰ばかり濶くて、肩の狭い北ヨオロツパのチイプとも違ふ。強さの美ですね。」》という結論部分は、《地中海の type》よりも《北ヨオロツパのチイプ》よりも強く美しい、即ち、全ヨーロッパの白人女性より日本女性の方が美しく強い、という意味に受け取られてしまうのである。日本人にはそこが感動的なのだが、しかし、実際のロダンは、そんな事は一言も言っていない。単に、「ヨーロッパとは違うタイプの美があり、それにも同等の価値がある」と言っているに過ぎないのである。

さらに、『花子』末尾の表現は、単独で登場しているのではなく、前に出ていた表現、《健康で余り安逸を貪つたことの無い花子の、些の脂肪をも貯へてゐない、薄い皮膚の底に、適度の労動によつて好く発育した、緊張力のある筋肉が、額と腮《あご》の詰まつた短い顔、あらはに見えてゐる頸、手袋をしない手と腕に躍動してゐるのが、ロダンには気に入つたのである。》に呼応するものとして提示されている。その為、末尾のロダンの言葉の《脂肪は少しもない。筋肉は一つ〳〵浮いてゐる。（中略）腱がしつかりしてゐて太い（中略）丈夫（中略）強さの美》は、花子の精神に含まれる勤労の美徳が、肉体の《形の上に透き徹つて見え》たものとして読むことになる。また、《丁度地に根を深く卸してゐる木のやうなのですね。》も、花子の精神の、現実にしっかりと根差して堅実であるという美点が肉体に現われたものとして読むことになる。鷗外自身、この様に読ませるつもりで、この文章を書いているのである。

つまり鷗外は、『花子』で、ロダンは、「《形》《Physique》＝身体的外面性には、より本質的な道徳的内面性＝《霊》《内の焰》《Métaphysique》が透けて見えるような形で現われている。自分（ロダン）は《形》を通して道徳的理想としての内面性を見ているのだ。その意味で、花子はヨーロッパの女以上に美しい。」と言ったと解釈しているのだが、それは現実のロダンについての解釈としては、誤解と言うしかないのである。

しかし私は、だから『花子』は失敗作だ、と言うつもりはない。これはこれで、とても美しい。美しい空想の世界を、見事に打ち立てた傑作だと思う。ただ、鷗外がそこに表現した美は、現実のロダンが花子に見出した美とは、はっきり別のものだというだけである。

『花子』は、ロダンを、《形》を通して道徳的に美しい内面性を見、それを表現できる芸術家として礼讃することによって、芸術家というもののあるべき姿とその高い意義を説くことになる。また、肉体より霊やイデアを価値とする考え方の背景となっているキリスト教とその天上志向をも、受け容れる。こうして『花子』は、鷗外としては極めて例外的に、キリスト教的・芸術崇拝的作品となったのである。

(四)『花子』の価値観の統一性

作中における価値観の統一性は、芸術作品が優れたものになる為の大切な条件の一つである。『花子』では、芸術と宗教を強調するために、それと相反するものは、すべて排除されている。花子の生身の肉体としての裸体が消去された事は既に述べたが、地上的・現実的な普通の日常生活も、芸術と宗教とは不調和であるため、ほぼ完璧に抹殺されているのである。(注34)

例えば『花子』では、ロダンはもっぱらオテル・ビロンに住んでいて、仕事場と書籍室以外の空間は、すべて切り捨てられている。ただ、オテル・ビロンが尼寺だった時の宗教的イメージが呼び出されるだけである。(注35)その為に、ロダンは、毎日、朝から晩までオテル・ビロンで、一人孤独に仕事に全身全霊を捧げていて、他のことは一切しないかのような印象を受ける。ロダンは、まるで独身の修道士であるかのようである。花子の女優としての日々も、久保田の医学者としての仕事も、全く抽象的にしか触れられない。

しかし、実際のロダンは、パリの南のムードンに立派な邸宅を構えていて、そこにもアトリエがあったし、パリの国営大理石保管所付属のアトリエも持っていたのである。国際的な名声を得ていたロダンの所には来客も多く、秘書も必要だったし、アトリエでは、多数の助手や職人を使っていて、孤独で静謐な時間ばかりを過ごしていた訳ではない。(注36)また、『花子』に描かれている時期のロダンは、内縁の妻ローズが居るにもかかわらず、ショワズール公爵夫人と愛人関係になっていたし、その他に、ロダンのモデルをしていたGwen John（一八七六〜一九三九年イギリス人女性画家）との関係も続いていた。過去には有名なカミーユ・クローデルとの事件もあった。『花子』に描かれている道徳的な印象のロダンは、実像とはかなり違っているのである。

花子が初めてロダンにあったのは一九〇六年、ロダンの「死の首」のモデルになったのは一九〇七年だが、その頃、ロダンはまだ、実際にはオテル・ビロンを借りて居らず、花子はパリ郊外のムードンの本宅に通った。また、オテル・ビロンは、当時は安く貸し出されており、クララ・ヴェストホッフとその夫リルケ、その他ジャン・コクトー、画家アンリ・マティス、舞踊家イサドラ・ダンカンなども一時期借りていた。ロダンが一九〇八年からここを借りるようになったのは、リルケが勧めたのが切っ掛けで、決してロダンが独占していた訳ではないし、実はショワズール公爵夫人も、愛人兼秘書として、オテル・ビロンに住んでいた。

鷗外は、これらの事実を知らなかったり、知りながら大きく改変する事で、生の現実面が持つ様々な夾雑物や暗黒面を一気に飛び越え、芸術と霊的なものと神だけが織りなす高次の世界に到達できたのである。

ロダンが花子の故郷について訊ねる所は、『花子』の中では唯一例外的に、花子の過去の紆余曲折を呼び出す可能性のある瞬間だったのだが、《「マドモアセユの故郷には山がありますか、海がありますか」》という問い方のせいで、現実的で《stêréotype な身の上話》の《腹藁を》葬り去ることになる。山も海も舟を漕ぐ事も、普通の日常生活の外部にあるものであり、鷗外はロダンの関心を、そういう美的な空想にしか向けさせないのである（現実のロダンはそうでもなかっただろうが）。

鷗外がここで Zola の “Lourdes” に言及したのも、恐らく偶然ではない。『ルルド』の小娘(注37)が語るのは、現実的な欲望にまみれた御利益宗教の迷信に過ぎず、ロダンという神が主宰する『花子』の世界こそが、真に敬虔な宗教的な物語であることを鷗外は言いたかったのであろう(注38)。

禁欲的な価値観は、他の形でも現われる。例えば、余計なお喋りは全く無い。作中の発話は、ロダン・久保田・花子いずれの場合も、すべて必要最小限に切り詰められている（唯一の例外は、裸になるよう花子を説得しようとした時の久保田の科白である）。それは鷗外好みの軍人的無口さであり、また修道院的な宗教的瞑想の雰囲気でもあろう。『花子』の文体自体も、簡潔を追求する美意識に従ったものであることは明らかだ。花子の肉体に対する讃美も、その本質は、無駄を嫌い、簡潔な引き締まったものを良しとする美意識に基づく。花子は《小さい、締まつた体》を持っていて、《脂肪は少しもない》のだから。

無駄は、時間についても省かれ、ロダンは即断即決で直ちに指示を出す。例えば興行師の話を聞くと直ぐに《宜しい。一しよに這入らせて下さい。》と言う。そして鷗外も、手間を掛けずに《興行師は承知して出て行つた。／直ぐに男女の日本人が這入つて来た。》といった調子で、スピーディーに展開して行く（特にサスペンスを付ける必要のある場合は別だが）。ロダンは、花子に着物を脱ぐことを求める時にも、《何の過渡もなしに》単刀直入に切り出す。そして、花子が承知すると、直ちに仕事にかかり、二十分足らずで終わらせてしまう。久保田も（鷗外も）、その待ち時間すら無駄にせず、ボードレールを読むこと（伏線を敷くこと）に使うのである。

それはまた、ロダンと鷗外のもう一つの価値観、刻苦精励する勤労を美徳とする価値観とも結び付いている。花子は《健康で余り安逸を貪つたこと》が無く、《適度の労働によつて好く発育した、緊張力のある筋肉が》《躍動してゐるのが、ロダンには気に入つたのである》。花子が《手袋をしない》ことも、和服を着ているせいではあるが、重い物一つ持たない西洋の貴婦人との違いを暗示していよう。末尾でもロダンは、花子の《腱がしつかりしてゐて太い》こと、《足一本でいつまでも立つてゐ（中略）られる位、丈夫》であること、《強さの美》を讃《たた》えている。

鷗外自身も、こういう美に対して無感覚ではなかったようで、既に『鶏』で、《十六ばかりの小柄で》《気性もはきはきしてゐ》て《動作も活潑で》《肌に琥珀色の沢《つや》があつて、筋肉が締まつてゐる》《精悍な》下女の《春》が、鷗外をモデルとした主人公・石田の気に入った、と書いていた。

この他、礼儀正しさもまた、禁欲的自己抑制の一つと言って良いだろう。自分を抑え、他者を思い遣る礼儀を、鷗外は常に大切にしたし、ロダンも又そうであったと、リルケが『ロダン』第二部（岩波文庫Ｐ99）で伝えている。

『花子』という作品自体、鷗外の他の作品同様、行儀の良い作品で、ロダン・花子・久保田は、いずれも礼儀正しい。

この様に、一つの価値観で全編を貫き、調和的に統一できている事は、『花子』の芸術的完成度の高さの指標となろう。

なお、精神分析学的に言うと、こうした美意識は、肛門性格と親和的なものである(注39)。肛門性格は、幼少期のトイレット・トレーニングの時期に胚胎し、自らの欲望（最初は排泄衝動）に打ち克つセルフ・コントロールを快とする禁欲的傾向を持つ。於菟の『父親としての森鷗外』に言う鷗外の徹底癖・潔癖、『金毘羅』の小野に見られる時間と金に対する吝嗇などは、肛門性格の代表的な特徴とされるものである。また、肛門性格者は、大便への嗜好を昇華したものとして、絵の具や粘土を捏ねることを好む傾向があるが、その意味でも、粘土を捏ねるロダンは、肛門性格者と結び付きやすい存在なのである。

美は価値の一種であるから、美的価値判断は、その人の価値観の傾向によって左右される。禁欲的傾向や肛門性格的傾向の強い人は、鷗外・『花子』を美しいと感じ、その反対の傾向の強い人は、美を感じないであろう。三島由紀夫が鷗外を愛好し、『花子』に美しい「解説」（『日本の文学　2』「森鷗外」（一）、中央公論社、所収）を捧げたのも、三島に肛門性格的な傾向が強かったことが大きな原因と思われる。

（五）『花子』執筆の経緯

次に、鷗外は何故この作品をこの時期に書いたのか、鷗外にとってこの作品はどういう意味を持つものだったのかを、簡単に考察して置きたい。

日露戦争後、日本の文壇では自然主義が全盛となったが、鷗外はそれを嫌い、自然主義以後の西洋文学の様々な動向を、積極的に日本に導入しようと、翻訳等で試みていた。それは、『森鷗外氏の文芸未来観』（「毎日電報」明治四十四年一月一日）によれば、《諸国の歴史が証明してゐる》ように、《文化を跡戻りさせようとして》も、それが《好結果を来《きた》》すことはないので、《自然派が人心を毒するなら、其芸術を、其文芸を一層発展させて行つて、》《此難所を踏み越えて、光明世界に向つて進ませようとすべきである。》という考えあってのことだった。

『妄想』に記されたように、鷗外は自然科学だけで満足できる人間ではなく、生きることの究極の意味を求めて、キリスト教や仏教に慰藉を求めつつ、信仰を得られない人間だった。だから、自然科学的で慰謝のない自然主義とは異なる《光明世界》、即ち新しい倫理的・宗教的境地を志向する文学を求めていたのであろう。しかし、鷗外は、翻訳は別だが、直接、西洋の新しい倫理・宗教に立脚した創作をものすることは、『花子』以外にはほぼ無かったと言って良い。

鷗外が、自作でも幾分か「光明世界」に近い世界を描こうとし始めたのは、『鶏』（明治四十二年八月）辺りからで、『金貨』『杯』『里芋の芽と不動の目』、そして『花子』を挟んで『あそび』『カズイスチカ』と続くのだが、それらは、『花子』を別にすれば、すべて足ることを知り、現実を甘んじて受け入れる諦念（resignation）の境地を表したもので、西洋的な宗教・倫理の匂いは無い。

例えば、『金貨』（明治四十二年九月）と『花子』を比較して見よう。『金貨』は、左官の八が、軍人の荒川を一目で何となく好きになってあとをつけ、泥棒に入って捕まるが、荒川は八の善良さを見抜き、《晴やか》な顔で見逃すという、余裕ある心境を窺わせる話で、全体の印象は、『花子』とは全く異なるが、構造的には類似する所もあるものである。

類似点の一つは、盗みに入った八に対して、意外にも荒川が好意的な評価を下すという、展開の意外性である。

花子に関する第一のサスペンスに該当するものだが、『花子』程、強調されてはいないし、意外な展開の結果、ロダンに当たる荒川が、特別に素晴らしい人間に思えるという程の効果はない。

二つ目は、洋行経験を持つ立派な軍人である荒川と、貧しい左官に過ぎない八との間に、大きな上下の懸隔があり、しかも両者の間に相互的な信頼関係が成り立つ点である。しかし、荒川は所詮一軍人であり、ロダンのような偉大さはないし、見逃して貰った八は、久保田のように、今後、荒川のように生きようと決意することもなく、花子のように、荒川のために身を投げ出す訳でもない。

この比較からも、『花子』の芸術的価値が、キリスト教的な天上志向に深く依存していることが、あらためて明らかになるだろう。しかし、そうした要素は一体どこからどのようにして鷗外のもとにやって来たのであろうか。

例えば、キリスト教的な宗教への関心が、僅かでも窺える例外的な作品『金毘羅』（明治四十二年十月）を見てみよう。その中で、鷗外とかなり共通する所が多いと見られる主人公・小野博士について、鷗外は、《博士は奇蹟といふことに就いては、多少考へて見たこともある》とか、《霊》という《形而上》的なものを講じようとすると出来ず、自分の思想・生活の内容・意義の空虚を感じるなどと書き、この時期の鷗外のキリスト教的志向の一端を示している。それは、同月に発表された『現代思想』に窺えるように、リルケ等の影響で、『花子』に繋がる部分ではある。が、博士は結局、ゾラの『ルルド』も金毘羅信仰も、共に非科学的な迷信として否定するだけで、信仰の端緒を掴むことすらなかった。

しかし、その八ヶ月後、『花子』の前月の『青年』（七）（「スバル」明治四十三年六月）になると、平田拊石の口を借りて[注40]、イプセンの（キリスト教の）牧師ブランドに現われた、自分の理想・道・倫理・宗教を求める傾向を語っている。そして（八）（同）では、小泉純一に、《日本で消極的な事ばかし書いてゐる新人の作を見ますと、縛られた縄を解《ほど》いて行く所に、なる程と思ふ所がありますが、別に深く引き付けられるやうな感じはありません。》と、破壊的な自然主義には深い魅力は感じないのに対し、Verhaeren は《妙にかう敬虔なやうな態度を取つてゐ》て、《丸で日本なんぞで新人だと云つてゐる人達とは違つてゐるもんですから、へんな心持がしました。》《直ぐにこつちの人生観にはならないのですが、其癖あの敬虔なやうな調子に引き寄せられてしまふ》。その友達だという《ロダンの彫刻なんぞも、同じ事だらうと思ふのです。》と語らせている。

恐らく鷗外は、自然主義（《消極的新人》）の後を襲うべき文芸思潮を求め、また宗教・倫理・理想への鷗外個人の渇仰からも、《積極的新人》としての象徴主義・神秘主義などについて調べるうちに、リルケやヴェルハーレン、恐らくは特にリルケとの関連からロダンに興味を抱いたのであろう。そしてリルケの『ロダン』やグセルを読む内に、ロダンの《敬虔なやうな調子に引き寄せられ》、尊敬を抱く一方、そのロダンが花子の美をグセルに説明した内容にも共感する所があって、偉大なるロダンと花子（ただし鷗外が理想化した虚構の少女）が理想的な仕方で出会う場面を空想し仮構し、自然主義以後の作風のお手本として、日本の文壇に示したのであろう。

或いは、『現代思想』と同時に発表されたリルケの戯曲『家常茶飯』が、画家とそのモデルをしていた慎ましい女性との恋愛・結婚を扱っていたので、それが（恋愛とも結婚とも直接関係はないが）、ロダンのモデルになった花子が、ロダンを信頼し尊敬する心の美しさを描くという、『花子』の着想を生んだ一つの切っ掛けだった可能性も、考えられると私は思う。

ただし鷗外は、『現代思想』（と『金毘羅』明治四十二年十月）の段階では、リルケは《ロダンの評を書いたのですが、ロダンを評したのだか、自家の主観を吐露したのだか分からないやうな、頗る抒情的な本になつてしまつたのです。兎に角おそろしい傾倒のしやうなのです。全く惚れ込んでゐるのです。》と、リルケのロダン崇拝には、好意的ではあるが、ちょっとからかうようなニュアンスを見せていた。この点から考えると、『花子』は、『現代思想』以後の八ヶ月の間に、グセルなどを読んで、鷗外自身もロダン熱にかなり取り憑かれた、ごく短い例外的な期

間に、一気に書かれた可能性が高いと言えそうである。（注41）
その結果、『花子』は、鷗外の一時の夢の結晶として、見事な作品に仕上がった。しかしながら、鷗外は以後、同傾向の作品を書くことは二度となく、『花子』は単発の孤立した試みにとどまった。そうなったのは、『青年』の純一が、Verhaerenの人生観の敬虔なような調子に引き寄せられつつ、それが《直ぐにこつちの人生観にはならな》かったように、鷗外もまた、決してキリスト教の神を信じたりは出来なかったことが、第一の原因であろう。（注42）
結局、『花子』のキリスト教的側面は、ロダンを描くため、ロダンとの取り合わせのために、『花子』限りの事として作中に持ち込まれた、というのが中心で、実際の鷗外は、そうした要素に憧れる気持はあっても、それを真の意味での自分の理想とすることは出来なかったのであろう。
鷗外は、『花子』の翌月の『あそび』で、早くも東洋的な悟りの境地に戻り、西洋的な「政治は一時のもの、芸術は永遠のもの。政治は一国のもの、芸術は人類のもの」という小川の芸術崇拝的な考え方を木村に否定させ、「ただ作りたい時に作るだけだ」と言わしめたのである。

（六）理想と現実のギャップ

『花子』には、その宗教性が付け焼刃である他にも、鷗外としては、かなり背伸びをしている無理な点が、なお幾つかあった。

一つは、花子というモデルの問題である。鷗外は『花子』を書く約一年前、明治四十二年八月十七日付けの談話『屹度有望だ』（「歌舞伎」九月一日号の「俳優渡英の議」の「（一）評家としての意見」に掲載）で、《貞奴より劣つた花子といふやうなもの》でさえ西洋では《相応に歓迎されて居る。》とか、《批評の書物で見ると、（中略）花子でさへ表情が猛烈で宜《い》いと言はれて居る。》などと述べていて、現実の花子のことは頭から馬鹿にし切っていた。もしロダンに心を惹かれていなかったら、鷗外は花子を描こうとは決して思わなかったであろう。鷗外はロダンと取り合わせるために、相応《ふさわ》しい「花子」を別に創作しなければならなかった。読者にとってはそれでも構わないが、しかし、鷗外の目からは、『花子』の法螺話である事は余りにも明らかだったのである。

もう一つの問題点は、鷗外自身にあった。『花子』が光明世界でありうるのは、ロダンには神のような天才があり、久保田には一生努力するに足る医学の仕事があり、花子には人を信じる美しい心がある、という風に、登場人物がそれぞれに人並以上に恵まれた存在だからであるが、鷗外には、そのいずれも無かったからである。

鷗外が自分自身を天才と思えず、自作に満足していなかったことは、『妄想』で、《日の要求に安んぜない権利を持つてゐるものは、恐らくは只天才ばかりであらう。(中略)自分にはそれが出来なかつた。それでかう云ふ心持が附き纏つてゐるのだらう。》と述べている事や、『なかじきり』で、《わたくしには初より自己が文士である、芸術家であると云ふ覚悟はなかつた。》と言っている点などから窺い知られる。

また、久保田とは違って、鷗外が自分の仕事や人生に満足できなかった事は、『カズイスチカ』『妄想』の他、《自分の生活に内容が無い》《他人の思想の受売をしてゐるのに慊《あきた》らない》《夫婦の愛や、家庭の幸福(中略)も自分の空虚な処を充たすには足らない。》と考える『金毘羅』や、傍観者の悲しみを述べた『百物語』などにも現われていよう。

鷗外はまた、花子のように、誰かを全面的に信頼し、自分を預けたり、その人のために死んだりしたいという気持を持っていたようだが、現実にそういう対象を持つことは出来なかった。

鷗外は、天才たらんとする憧れをロダンに、自分の上に立つ理想の主人を求める気持は花子と久保田に託することで、理想の光明世界を仮構し得た。しかし、仮構は所詮、現実ではなく、鷗外が抱える現実の不満は、すぐにまた熕《くすぶ》り始めずにはいなかったのである。

（七）『花子』の先駆性

鷗外は、『花子』を否定して、『あそび』『カズイスチカ』で、再び知足安分的 rēsignation の境地に戻ったように見えた。しかし、『妄想』で鷗外は、結局それも付け焼刃・背伸びであって、本当の自分は《永遠なる不平家》でしかないことを、告白しなければならなかった。その鷗外が大きな変貌を見せるのは、乃木殉死事件後、『興津弥五右衛門の遺書』（以下、『興津』と略記する）以降である。

『鶏』一連の知足安分的作品と、『興津』以降を比較してみると、乃木殉死以前の主人公たちの殆どが理性的・常識的・穏当であるのに対して、『興津』以降、史伝以前の作には、ものに取り憑かれたような激しさ、熱狂的・狂信的な所が目立つ。

例えば興津と相役・横田の言い分を比べれば、主命を絶体視しない横田の方が近代的とも考え得るが、それを藩主・三斎（細川忠興）に《総て功利の念を以て物を視候はば、世の中に尊き物は無くなるべし》と批判させたり、興津に、主命ならば《鉄壁なりとも乗取り》《鬼神なりとも討果た》す、《批判がましき儀は無用》と言わせる発想は、神がかり的・特攻隊的と言える。『山椒大夫』の安寿も、地蔵の霊験で《物に憑かれたやうに、聡く賢《さか》しくな》るし、『最後の一句』のいちも、《物でも憑いてゐるのではないか》という印象を残す。この他にも、この時期には、死に物狂い的な激しい行動者を描いた作が多い。

鷗外という人は、理性的で冷静慎重で、常識的な生き方に終始した人と言えるが、それは、『ヰタ・セクスアリス』末尾に言うように、《少年の時から、余りに自分を知り抜いてゐたので、その悟性が情熱を萌芽のうちに枯らしてしまつた》からであり、また森家の家長として、軍人・高級官吏としての制約からでもあった。しかし、《悟性が情熱を枯らしたやうなのは、表面だけの事で》、その氷の底には《火山を突き上げる猛火》が燃えていた。鷗外は、実人生でも創作でも《「智」を以て扱ふ》《apollonisch》（『歴史其儘と歴史離れ』）な傾向が強かったが、乃木殉死から約三年間だけは、理性の抑制を取り払い、猛火を迸らせたのである。

そうした後年の鷗外を踏まえて振り返ってみると、『花子』は、その前後の知足安分的な諸作品よりは、むしろ『興津』以降の作風と繋がっている。『興津』以降のように激しくはないが、自分が信じる価値に向かって、真っ直ぐに突き進もうとする姿勢において、また合理・《功利の念を》捨てて、《世の中に尊き物》を求める姿勢において。そういう意味で、『花子』は、キリスト教的要素を除けば、やはり鷗外にとって、単なる付け焼き刃ではなく、『興津』以降の噴火の予兆として捉えたいと、私は思うのである。

注

（1）ただし、鷗外がロダンを実際に神のように尊敬していたかどうかは疑いの余地もある。作家が自分の感情を作中で誇張することは、良くあることだからである。

（2）細かい事だが、《Faubourg Saint-Germain》は、かつては、パリのサン・ジェルマン・デ・プレ地区の「郊外（=faubourg）」だったが、十七、八世紀頃から貴族の館が次々と建てられ、高級住宅地となった所である。鷗外は、『山椒大夫』などから明らかなように、中下層階級の人間より上層階級の人間を、清潔で美しく立派と考える傾向が強い。ここで、わざわざ《Faubourg Saint-Germain》という地名を出したのも、貧乏人の娘たちではなく、上流階級の娘たちが讃美歌を歌ったことを強調したかったからと考えられる。

また、Sacré-Cœur（正式には Sœurs du Sacré-Cœur de Jésus で、日本では聖心会と呼ぶ）は、フランス革命による聖職者に対する迫害のさなか、一八〇〇年に聖マグダレナ・ソフィア・バラ（一七七九～一八六五）により創立されたカトリックの女子修道会で、近代において軽視されるようになった神への信仰を復興しようとしたその歴史に、鷗外も共感を抱いた可能性がある。

（3）新保邦寛氏は、「二人の〈花子〉」（筑波大学近代文学研究会編『明治期雑誌メディアにみる〈文学〉』所収）で、讃美歌を歌う娘達を官能的と見、《それと違つた賑やかさ》という言い方によって、ロダン・花子の美は《官能的な美とは凡そ異質な美》であることが語られているのだ、と受け取っておられるが、賛成できない。

また、新保氏が『花子』を『ル・パルナス・アンビユラン』の花子と結び付けて解釈されていることにも、同意できない。

（4）中世のキリスト教会は四種の裸体表現しか認めなかった。それは原罪以前のアダムとイヴなどの〈自然の裸体 nuditas naturalis〉、財産の否定を表す〈現世の裸体 nuditas temporalis〉、無垢を表す〈美徳の裸体 nuditas virtualis〉、異教の神々や悪魔の〈罪の裸体 nuditas criminalis〉である。また、フィチーノなどフィレンツェの人文主義者たちは、愛には神聖なものと地上的なものとの二相があり、神聖な愛は世俗的なものへの軽蔑を象徴する裸婦に体現されると考えた（ホール『西洋美術解読事典』（河出書房新社）「裸体」の項）。花子の裸体はこうした「美徳の裸体」「神聖な愛を象徴する裸婦」に近く、そうした裸体を中心に据えた『花子』の作風は、西洋の寓意画の伝統に連なる象徴主義的なものと言えよう。

（5）『山椒大夫』で人買船にさらわれる安寿と厨子王にも同じ比喩が用いられているが、『山椒大夫』では、母から遠く引き離される二人の憐れさの表現として、別の意味で効果的に使われている。

（6）三島由紀夫の『存在しないものの美学「新古今集」珍解』の説に従う。

（7）この段落は、リルケの『ロダン』（以下『ロダン』の引用はすべて岩波文庫、高安国世訳に拠る）第二部の次の箇所を参考にして書かれている。

ロダンは《そこかしこで始め、補正し、変更を加えます、それはちょうど彼を必要とする物らのよび声に応じて群衆の中をかき分けて行くかのようです。どれ一つとして忘れられてはいません。押しもどされた物は、自分らの時のくるのを待ち、いそぐことはありません。庭の中でもすべてのものが同時に成長するのではないのです。花は実と並んで咲き、或る木はまだ葉にかかっています。自然そのもののように時間をかけ、自然そのもののように実を結ぶこ

とは、この巨人の本質の中にあることだと先に私は申し上げなかったでしょうか。》（P116）

リルケと比較すると、鷗外の方が、遙かにロダンを神格化している事がよく分かる。また、鷗外の表現は、リルケよりも簡潔で、巧みである。

（8）リルケの『ロダン』第一部の次の箇所が、《此人は恐るべき形の記憶を有してゐる。》の元になったと思われる。

《記憶というものをロダンは、いつでも使用できると同時に信用のできる手段に作り上げていたのである。モデルが坐っているあいだ、彼の目は、彼がこの時間内に仕上げられるよりずっと多くを見るのである。彼はそれを一つとして忘れることがない。だからモデルが帰ってからはじめて彼にとって本当の仕事が、彼の充満した記憶の中から始められるということがしばしばある。彼の記憶は広く大きい。》（P55）

また、《此人は恐るべき意志の集中力を有してゐる。》については、リルケの『ロダン』第二部の次の箇所が元になったと思われるが、《意志の集中力》という言い方は出て来ない。

《彼は朝の遠い散歩からそのたびに強められ制作欲に充ちて、帰ってくるのです。よい知らせでもあるかのようにうれしげに彼は自分の仕事している物のところへはいって来て、何かいいものをみやげに持って来たかのように、一つの物の方へ寄って行きます。そして次の瞬間には、まるで幾時間も前から働き続けているかのように仕事に没頭しています。》（P115〜116）

（9）晴やかな顔は、自分に満足出来る一種の悟りの境地を表現するものとして、特に『花子』の前後の作品に、繰り返し出て来る。『金貨』、『あそび』、『雁』（拾壱）のお玉、『高瀬舟』などである。

（10）神は、天地創造の最初から存在する老人であるという考えを、多くの民族が抱いている。

なお、ロダンの顔のこの描写は、リルケの『ロダン』第二部の次の箇所を元にしたものであろう。

《突然にこの「岩のような」そばだった額ができているのです。そこからまっすぐな強い鼻が突き出しています。その鼻翼は軽く敏感そうです。古い石のアーチの下にあるように見える目は、外へも内へも遙かなまなざしを投げています。牧羊神のマスクに見るような口、半ばかくれ、近代幾世紀の肉感的な沈黙の豊富を加えた口。そしてその下に、あまりにながく抑えつけられていたもののように、ただ一条の白い波となってあふれ落ちてくるひげ。それからこの首を担っている全体の姿、それは梃子《てこ》でも動かないもののように見えます。

こういう外貌から感じられるところを言うとすれば、それはこういうことでしょう、この姿は河神のように古い昔にさかのぼり、また予言者のように予見するように見えることです。》（P98）

リルケが《河神》になぞらえた事は、ロダンを神になぞらえるというアイデアを鷗外に思い付かせる一因になった可能性もある。

(11)『旧約聖書』の「創世記」二章七節《主なる神は、土（アダマ）の塵で人（アダム）を形づくり、その鼻に命の息を吹きいれられた。人はこうして生きる者となった。》、「イザヤ書」六十四章七節《主よ、あなたは我らの父。わたしたちは粘土、あなたは陶工／わたしたちは皆、あなたの御手の業。》、「エレミヤ書」十八章一～六節、『新約聖書』「ローマ人への手紙」九章二十～二十一節など（引用は日本聖書協会『新共同訳　新約聖書』による）。

ジュディット・クラデルによれば、ロダンは、《「もしも神の思考が想像できるとすれば、世界を創造したとき神が最初に考えたのはモデリング（肉付け）なのだ。神を彫刻家にたとえるなんて、すごいだろう？」》と語った事がある（アントワネット・ル・ノルマン＝ロマンの「ロダンのアトリエ」（『ロダン事典』淡交社）による）。また、神が土から人間を創る所を描いた「神の手」という作品も、ロダンは創っている。

(12) 例えば、《その賑やかな声は今は聞えない。／併しそれと違つた賑やかさが此間を領してゐる。或る別様の生活が此間を領してゐる。それは声の無い生活である。声は無いが、（中略）別様の生活である。》とか、《幾つかの台の上に、幾つかの礬土の塊がある。又外の台の上にはごつ〳〵した大理石の塊もある。》と傍線部を繰り返しながら畳み込むリズムや、《日光の下に種々の植物が華さくやうに（中略）作品が（中略）此人の手の下に、自然のやうに生長して行く》とか、《此人は恐るべき形の記憶を有してゐる。（中略）此人は恐るべき意志の集中力を有してゐる。》といった対句仕立てなど、音楽的に工夫された文体に注意すべきである。

(13) よく引かれる志賀直哉の『新作短篇小説批評』（「白樺」明治四十三年八月）が、三つのサスペンスの内、二つを取り上げているのはさすがである。

(14) ちなみに、鷗外は『青年』（二十）で、Institut Pasteur にメチニコフが居ることを書いている。

(15) これは、グセルの第六章で、ロダンがカンボジアの踊子と花子の美を語る直前の所に出る。

(16) 明治初期の日本人成人男子の平均身長は一五五cm（『世界大百科事典』（平凡社）「身長」の項に拠る）、成人女子はさらに一〇～一二㎝低かったと言われている。実際の花子は、身長一三六㎝、体重三〇㎏（沢田助太郎『ロダンと花子』（中日出版社）P39）と、今なら小学三、四年生ぐらいの体格だった。

(17) 日本では歌舞伎役者や大道芸人・旅芸人などを河原者乞食・河原者と見下す風潮が、明治以後も強く残っていた。また、女優は、日本では明治四十四年以降、松井須磨子らが登場して、初めて定着する。それでも、女優を芸者・娼婦と同一視するような見方が、大正期ぐらいまでは続いた。鷗外自身、花子について、《こんな世渡《よわたり》をする女》といった書き方をしている。

なお、実際の花子は、元芸者で、お金に困っている時に、横浜の貿易商がデンマークのコペンハーゲンに店を出すについて、客寄せに日本の踊りや音楽の出来るものを探していると聞き、これに応募してヨーロッパに渡っただけで、演技力は、八歳から十三歳まで田舎の旅芝居や子供芝居の子役をさせられていた時に、自然に身についたものだけだった。しかし、ヨーロッパに渡って演じた日本の芝居は、非常に高い評価を受けた。例えば、小山内薫の『露西亜の年越』（「三田文学」大正三年五月）によれば、大正二年一月十三日に、モスクワでスタニスラフスキーと会った際、花子の事を訊ねられて、小山内は《日本中の恥を一人で背負つて立つたやうな気がしました。私は真赤になりました。「そんな人の名は日本で聞いた事もありません。」私は冷汗をかきながら、やつとこれだけ言ひました。》と記している。しかし、その後一ヶ月も経たない内に、花子一座がモスクワで公演した際、花子はモスクワ芸術座附属俳優学校に招待され、スタニスラフスキーとオリガ・クニッペル（チェーホフ未亡人）の前で演技を披露し、絶讃され、イサドラ・ダンカンに紹介されたと言う（資延勲『ロダンと花子』に詳しい）。

(18) リルケの『ロダン』第一部末尾（P72～73）には、ロダンの《労働の塔》の構想に関連して、《彼はたえず休みなく働く。彼の生涯はただ一日の仕事日のようにすぎて行く。》《ひとはいつか、この偉大な芸術家を偉大にしたものが何であるかをさとるであろう。すなわち彼が、彼の全力を傾倒して彼の制作の道具の低いかたい存在の中へ没入することよりほか何事をも欲しなかったひとりの労働者であったことを。》と書かれている。

また、グセルの第十一章「芸術家の効用」に、《労働こそは我々の生在理由《レーゾン・デートル》にしてかつ我々の名誉であると見るべきものでありましょう。》と語られている。

(19) 《穢多まち》云々という注記は、岩波書店版『森鷗外全集』では省略されている。

筑摩書房版（全集類聚）『森鷗外全集』第1巻の須藤松雄氏の「語注」では、ロダンが興行師に《椅子をも指さない》事について、《早く花子の美を認めたいから。》と妙な注を付けているが、《その暇《いとま》がない（＝早く花子の美を認めたい）からばかりではない。》と言っているのだから、当然、他の理由を考えねばならない。それは、鷗外が、ロダンはユダヤ人を軽蔑している事を暗示したかったからであろう。

(20) モニック・ローランの『ロダン』（中央公論社）によれば、一九〇二年に、ロダンはイサドラ・ダンカンのバレエ団に魅了され、《この舞踏に、自然な動き、自然の賛美を見出した。さらに彼は友人に打ち明けている。「ああ、私が若かったころ、せめてこのようなモデルたちを手にできていたならよかったのに！」》。一九〇六年には、ロダンはカンボジアの舞踊団にパリで魅了され、マルセイユまで追い掛けて行った程だった。一九〇八年からロダンはオテル・ビロンに部屋を借りたが、オテル・ビロンにはイサドラ・ダンカンもロイ・フラーも住み、その庭でダンカンの弟子達が踊り、ロイ・フラーもロダンのために踊った。また、一九一二年には、ロダンはニジンスキーをアトリエに迎えて、石膏像とブロンズ像を制作した。

(21) リルケの『ロダン』第二部（P112）に、ロダンは無口だと出る。しかし、グセル、クラデル、ロートン、コキヨ、モークレールらによる相当な分量のロダンの言葉が残されている所から見て、ロダンが本当に無口だったかどうかは、疑問である。

なお、ロダンと興行師の会話について、稲垣達郎氏が《初級語学リーダーの会話の訳読のような調子を、ことさらに用いている。》（学燈社『森鷗外必携』（昭和四十三年刊）所収「花子」）とされたのは面白いと思う。本当はフランス語でなされている会話を、露骨な翻訳調を用いることで、逆に想像させようとしたのであろう。

(22) ただし、実際の花子こと太田ひさは、名古屋で幼少時代を過ごしており、海が近いと言っても、自然の中で育ったとは言い難い。

(23) 明治三十四年八月十六日の「日本新聞」に記事が掲載されている。

(24) 久保田は、ここでは読者をそういう方向へ引っ張って行くための傀儡として、便宜的に用いられている。これはあくまでも創作上のテクニックであって、鷗外が久保田を軽蔑しているということではない。

(25) ドナルド・キーン氏の「鷗外の「花子」をめぐって」（中央公論社『日本の作家』所収）は、《小説の動機となった胸像は》「死の首」で、《鷗外の小説に立派に描写されているように、ロダンは花子の平凡な顔の内に今日でも私たちを感激させる苦痛を舐めた魂を発見した。》《花子を理解し得たのはロダンだけであったろう。》《鷗外はロダンの特別な才能を理解した。》《西洋芸術における「個性」の本当の意義を理解出来たのは、鷗外の一つの功績であった。ロダンの発見は、鷗外の発見と同様なものであった。》などとされているが、全く賛成できない。

ロダンは「芸者の仇討」で死ぬ時の花子の表情に衝撃を受け、「死の首」を作ったが、鷗外は現実の花子とは別に、「死の首」とは全く無縁の花子を創造し、顔も肉体も殆ど無視して、精神だけを取り上げようとした。そして、それは近代的な「個性」の発見ではなく、逆に前近代的に素朴な敬虔さの復権だったのである。

(26) リルケが《随分敬虔なやうな、自家の宗教を持つてゐるらしい》《現代詩人》の一人であることは、鷗外の『現代思想』に述べられている。

(27) ‘Metaphysique’は、ここではカントが『純粋理性批判』で述べているような、確実な科学的認識の対象とは成り得ない霊魂の不滅・人格の自由・神など感性的制約を超えた対象にかかわるものという意味で用いられていると思われる。

なお、『花子』における「玩具のモラル」の紹介は、適切とは言い難い。このエッセーで主として語られていることは、玩具は子供の豊かな想像力を掻き立て、現実の人生以上に魅力的な美しい人生を見せるという意味で、子供が出会う最初の芸術であり、子供に玩具を与えないようなプロテスタント的な大人は許せない、ということであり、子供が玩具を壊すという話は、最後の一割足らずを占めるだけだからである。また、ボードレールは、確かにそれを子供が見せる最初の形而上学的傾向とは言っているが、機械仕掛けで動く玩具の仕組みを見ようとする事と、《形の上に透き徹つて見える内の焔》を面白いと思うイデア論的な志向との間には、かなり距離がある。鷗外は、ロダンが愛読したボードレールを引き合いにしつつ、形而上学という言葉を持ち出したいという思いから、こうしたずれには敢えて目をつぶったのであろう。

ちなみに、小林勇の『蝸牛庵訪問記』昭和十一年四月二十七日の条で、《森家では子供には一切おもちゃはやらない主義だといって》鷗外の母・峰子が、潤三郎に貰った玩具を人にやってしまったことを幸田露伴が語っている。鷗外自身も『サフラン』で、自分は本好きで、《凧と云ふものを揚げない、独楽と云ふものを廻さない》子供だったと回想し、於菟の『父親としての森鷗外』「鷗外の母」にも、鷗外の津和野時代の友人だった伊藤氏が、遊ぼうと誘いに行っても、鷗外は《いつも机の前に坐って読書か習字をして居り祖母》（峰子）《がかたわらにつき添っているので逃げ帰》った事が記録されている。鷗外はどういう思いで「玩具のモラル」を読んだのだろう。

(28) この表現は、リルケの『ロダン』第一部の記述を簡潔にしたものだが、鷗外の方が遙かにイデア論的な印象を与えるようになっている。

なお、鷗外が西洋のイデア論的芸術観をよく理解していたことは、没理想論争に既に現われているが、創作にイデア論的傾向を見せたケースは、『花子』のみと言って良い。これは、イデア論が、日本人の伝統的な思想風土とは、結び付き難かった為だろう。

(29) しかし、遺されているロダンによる花子のデッサンは、実際には、花子の肉体の輪郭が充分分かるものである。

なお、竹盛天雄氏は、「『花子』について」（小沢書店『鷗外――その紋様』所収）で、「裸体描写を避けたのは政府の文学芸術政策への配慮もあった」としつつ、《結句、鷗外がここで言おうと目論んだのは（中略）「日本の女」の人体美を、西洋の「自由と美の認識」につらなる観点（中略）によって、捉え直してみること》だったとし、執筆動機の中には、《女の体の美しさをも芸術の立場から追究し表現する自由を主張しようとする狙いが潜んでいる》ので、『花子』は《思想言論圧迫政策への諷刺や皮肉を盛った、男性的要素の強い作品群の前哨的存在》だとされている。

しかし、私は、本文中で述べたような立場から、これらすべてに反対する。

(30) フランスでは、一九〇一年の association 法から一九〇五年の政教分離法に至る過程で、修道会が教育を行なうことが禁止されたり、それまでは税金も掛からず、言わば国教として保護されていたカトリックの教会や修道会の施設・土地に対して、厳しいチェックが入るようになり、それまで占有していた資産が強制的に取り上げられた事に対する強い不満が、この様なロダン美術館に対する反対の背景にあったと考えられる（工藤庸子『宗教 vs 国家』（講談社現代新書）参照）。

なお、オテル・ビロンはフランス政府が買い取り、この邸宅の部屋を安く貸し出した結果、リルケなど若い芸術家たちが借りるようになり、リルケの勧めで見に来たロダンが一九〇八年からアトリエを構えて主な仕事場としただけでなく、一九一一年には、全作品を国に寄贈する代わりに、死ぬまでここに住み続けたいと提案し、強い反対もあったが、一九一六年に国会の承認を得、一七年にロダンが亡くなった後、今日に至るまで、ロダン美術館となっている。

(31) ウルズラ・エムデは、その著『リルケとロダン』(昭森社)の「解釈者としての詩人」の章で、ロダンについては、「かれの生活、かれの挙止は人目に立つどんな場合にもまことに単純で上品で立派で、その心情たるや天真爛漫……強固な信念に満ちているが、腹の中は複雑で、どこまでもずるく、抜け目なく出来ている」(ジュディット・クラデル『オーギュスト・ロダン　人と作品』)とか、「要するにロダンは皮肉で女好きで神経病みでうぬぼれ屋なのである。かれはかれが表現する人間の特質を残らず備えている……」(モークレール『オーギュスト・ロダン』)といった見方があった事を紹介した上で、《リルケには、ロダンは人間存在の自然的な根源といまだに有機的な連関を保っている人のように見えたのである。というのも、リルケにはこの芸術家と自然との親密な結合は、風景や森羅万象に対するロダンの態度を特徴づけていた現実への熱狂的な帰依、自然的な生命万般へのひたむきな傾倒と絶対の虚心のたまもののと思えたばかりでなく、リルケの目から見ればロダンは単に自然と結びついているのみならず、自然的な存在であり、あたかも自然さながらであった。》とし、リルケのロダンは、彼が『ロダン』で展開した《自然力の表象》そのものへとロダンを《神話化したものである》と評している。

(32) 引用文の最後から二番目の一文は、高村光太郎訳『続ロダンの言葉』では、《ですから彼女はヨーロッパ人の解剖組織とは全然違ふものを持つてゐるのです。それでゐて其の奇妙な力の中に立派な美があります。》となっていて、こちらの方が分かりやすい。

(33) 花子の実像については、沢田助太郎氏の『ロダンと花子』に詳しい。鷗外は、花子が裸になるのを厭がったとまでは知らなかっただろう。しかし、当時の常識からして、鷗外が現実の花子を、心の純粋な十七歳の処女だと思っていたとは、到底考えられない。

花子の年齢について、平川氏は、ドイツの新聞雑誌に載った花子の写真の印象から、《鷗外は誤って「十七歳」という年齢を与えてしまった》とされているが、そうではあるまい。鷗外には、十七歳前後のティーン・エイジャーを好む傾向がある(『舞姫』のエリス、『うたかたの記』のマリイ、『杯』の第八の娘、『雁』のお玉、『安井夫人』の結婚時、『山椒大夫』の安寿、『最後の一句』のいち、など)。そうした好みから、理想のヒロインとしての花子を十七歳に設定したのであろう。

(34) 地上的・現実的なものを抑圧・隠蔽する傾向は、他の作品とははっきり異なるものである。面食いの鷗外が、女性の外面的な美より内面的美を高く評価するのも珍しい。ただ、禁欲的傾向は、他の作品にも強い。エロティシズムに対しても、鷗外は概して控え目で、『ヰタ・セクスアリス』の十四歳の所で「恋愛の美しい想像と性欲とは別々になっていた」とする辺りなどには、性に対する軽蔑的な感覚も現われている。自然主義に対する鷗外の嫌悪にも、性の問題が影響したことは、明らかだろう。

(35) ベルナール・シャンピニュル『ロダンの生涯』(美術公論社)によれば、オテル・ビロンは、実際には聖心会の女学生の寄宿舎として使用され、敷地内にゴシック風の礼拝堂はあったが、別棟だった。ロダンが借りた部屋も、オテル・ビロンの一階の元教室であり、《つひ此間まで聖心派の尼寺になつてゐた》という『花子』の表現は、誤りと言える。

(36) アントワネット・ル・ノルマン=ロマンの「ロダンのアトリエ」(『ロダン事典』所収)によれば、十九世紀の彫刻家は石を刻むものではなく、粘土を使って造型するものだとされていた。粘土作品が完成すると、ただちに型取りをし、鋳型を作り、石膏製のコピーを一体制作する。粘土作品は型取り作業の際に破壊されてしまう。従ってこの石膏像を原型として、ブロンズや大理石等に忠実に写し取る作業がなされるのだが、これは、ロダンのチェックを受けながら、直接には助手や職人たちが行なうのである。ロダンの場合、そのアトリエは、一つの会社のように組織され、助手、粘土から鋳型を作る型取り職人、ブロンズ像を作る鋳造職人、大理石彫刻を作るために余分な石材を大雑把に削り取る星取り職人と、仕上げをする下彫り職人など、それぞれ専門を持った五十名以上の使用人を抱えていたと伝えられている。

ロダンのもとで働き、後に彫刻家として名を成した人に、元助手のブールデル、カミーユ・クローデル、藤川勇造らが居り、ロダンの下彫工から有名な彫刻家になった人にポンポンが居る。また、一時期ロダンの秘書になった人としては、有名なリルケの他に、象徴主義の理論家シャルル・モリス、ラテン語学者マリオ・ムーニエ、美術評論家ギュスターヴ・コキオ、そしてジュディット・クラデル、マルセル・ティルレ、ショワズール公爵夫人、、稲垣吉蔵(元助手)らが知られている。

(37) 『ルルド』「第一日」のⅣ「奇蹟」に出る十四歳の少女Sophie Couteau。左の踵の骨がカリエスになっていたが、ルルドの泉に足を漬けたら治ったという話を、車内の人々に披露する。
(38) 鷗外がルルドを単なる迷信として否定していた事は、『金毘羅』から明らかである。
平川氏は、《Lourdes からの引用は》《最近の読書から影響をうけ》ただけとされるが、物足りない。

新保氏は、『ルルド』への言及が、医学的ゾライズム批判・久保田批判であり、久保田がロダンに導かれて、自然主義的な考え方からメタフィジックになる所に、自然主義文壇へのメッセージがある、とされるが、久保田が最初、自然主義的なら、何故ロダンを崇拝していたのか不審である。
(39) 拙稿「肛門性格をめぐって」(「甲南女子大学研究紀要」平成七年三月。のち『谷崎潤一郎――深層のレトリック』(和泉書院)所収)も御参照頂ければ有難い。
(40) 《平田拊石》は、夏目漱石の外貌を隠れ蓑として借りては居るが、講演の内実は鷗外の自説と見るべきである。
(41) 鷗外のロダンへの傾倒は、リルケの『ロダン』第二部刊行の一九〇七年以前には恐らく遡らないだろう。
例えば、鷗外は、「スバル」には創刊号(明治四十二年一月)から「海外消息」「椋鳥通信」を連載しているが、ロダンへの言及は、『花子』と同月(明治四十三年七月)に、一九一〇年五月七日発とした「椋鳥通信」の冒頭に、《今年の国民 Salon には Rodin が大きい胸像を二つと女の torsi を二つ出してゐる。胸像の方が好い。》と書いたのが最初らしい。『花子』の翌月の「三田文学」八月号裏表紙に掲載されたロダンの一九一〇年巴里美術国民協会出品作は、「椋鳥通信」で《好い》とされた胸像であろう。

また、「スバル」裏表紙にロダンの彫刻が用いられるのは、四十二年十月、高村光太郎の裏表紙絵ロダン「歓楽の半獣神」が最初で、後は『花子』と同じ四十三年七月から八、十月、飛んで大正二年二月となる。鷗外が「スバル」創刊以前からロダンのファンであったなら、もっと早くに紹介されたのではないだろうか。

平川氏の「ロダンと花子」(『NHK日曜美術館』第2集、学習研究社)によれば、鷗外は一九〇九年十月頃に、ドイツの新聞 'Berliner Tageblatt' に部分的に載ったグセルの独訳を読んだらしい。鷗外のロダン熱は、それ以降、急速に高まって、『花子』を生んだと考えたい。
(42) 『花子』以後、翻訳以外でキリスト教的要素の見られるのは、『吃逆』『鎚一下』だが、『吃逆』はオイケンをめぐる議論に過ぎず、『鎚一下』は献身的な生き方に対する道徳的感銘に過ぎない。また、芸術至上的な要素が多少とも見られるのは『天寵』であるが、これも、寧ろ中心を占めるのは、主人公を周りで支えた画材商やW先生の方であろう。

【付記】本稿は、『片山先生退職記念論文集　日本文芸論叢』（和泉書院、平成十五年三月刊）に「名作鑑賞――森鷗外『花子』」と題して発表したものに、今回、加筆・訂正を施し、改題したものである。

なお、森鷗外の文章の引用は、岩波書店版『森鷗外全集』（全38巻　昭和四十六～五十年）に拠った。ただし、旧漢字は新字体に置き換えている。

志賀直哉『黒犬』に見る多重人格・催眠・暗示、そして志賀の人格の分裂

（一）多重人格・催眠・暗示と『黒犬』

『黒犬』という作品の一番の特徴は、多重人格（人格分裂）及び催眠・暗示という珍しい心理現象が扱われている点にあるのだが、[注1] これは、志賀が明らかに自覚的に行なったことである。

作者の意図は、一般にストーリーの構成を見れば、大体推察できる。『黒犬』の場合、発端の部分で、浦月[注2]という大学生を登場させ、《睡中遊行の話》をさせ、それが原因で、語り手が自分を《睡中遊行》の殺人者ではないかと妄想し、《睡中遊行》（＝夢遊病）的な異常な心理状態に実際に陥る。そして、ラストで再び浦月が登場し、それを《恐迫観念》（ママ）と説明して終わる。こうした構成・展開からも、作者の関心が異常心理にあったことは明らかである。ただし、「恐迫観念」と説明して終わったのは、読者の恐怖感を和らげるためであり、真の解決ではない。

多重人格というのは、同一人の内に、二つ以上の異なる人格が生じ、交互に出現し、通常、他の人格の時のことは互いに知らない（ただし、第二以下の人格が第一人格のしたことを知っていて、第一人格は第二人格の存在すら知らない、といったケースもある）、という病理現象である。第二以下の人格は、第一人格が否定したいと思っているような悪いことを平気で行う傾向が強く、第二以下の人格が現われる時には、声や態度なども、まるで別人の

ように変貌する。かつて西洋で見られた悪魔憑きや日本の狐憑きなどは、第二以下の人格が悪魔や狐と見なされたものと解釈できる。『黒犬』の主人公が空想した、人を殺して置きながら、本人が全く知らないという夢遊病者のケースも、多重人格の一種である。ただし、『黒犬』の主人公は、実際には夢遊病の殺人者ではない。しかし、そうした空想に陥った際の心理が、著しく多重人格的なのである。

『黒犬』で、人格分裂がその最初の兆候を現わすのは、主人公が元の駄菓子屋の前を通り掛かって、《不図、「あの婆さんを殺した男も結局分らず了ひかな」》と思った時である。何の脈絡もなく、急にこういう疑問が浮かんで来ること自体、第一人格のコントロールをかいくぐって、下位の人格が強いた事であろう。(注3)

次いで、物取・意趣以外に《この婆さんを殺すべき動機が（中略）あり得るであらうか？》と第一人格は考えるが、これも下位人格の罠のようなもので、この時、既に《私の腹の底には「勿論さういふ動機はあり得るさ」といつてゐる者がある》。これは、下位人格の声がいよいよ顕在化したものである。第一人格は、《こんな事をあんまり考へると自縄自縛になるぞ》と予感するが、そういう予感を強いているのは、自分を犯人と見なしている下位人格であり、《「笑談ぢやない。自分はそんな事をした覚えはない」かう云つて居るもの》は、第一人格に近いが、また別の下位人格であろう。

次に第一人格は、《浦月の話した睡中遊行者のやうな人間の仕業とすれば、それはあり得ない事ではない》と考える。これは、論理的には、自分が犯人である可能性も認めるものなのだが、第一人格自身は、その事に気付かず、自分自身が犯人であるとは、まだ全く思っていない。

すると黒犬が、《わしだけは殺した人間を知つてゐる》と話しかけて来る。これは、心理的には、主人公の第二以下の人格が、黒犬に投影された結果、黒犬が語っているように感じられるのであって、黒犬との対話は、主人公の分裂した人格同士の会話と見て良い。一般に黒いものには、自分が抑圧しているものが投影されやすいのである。

第一人格は、この会話が始まる時点で、自己の人格を統一する力・コントロールする力を全く喪失した状態になっている。

多重人格では、下位の人格が登場する際に、第一人格とは異なる低い声を出すことが多いので、ここで、下町風の老成した「わし／お前さん」口調の黒犬と、《「馬鹿いへ」》《ふむ、さうだ》などと開き直った悪党じみた口調の主人公の下位人格が（恐らくは低い声で）会話する所は、声の質という点で、極めて自然であり、説得力がある。

黒犬は、老婆殺害の唯一の目撃者なので、その証言には重みがあり、読者に対してだけでなく、主人公に対しても、強い説得力を持つ。主人公は、黒犬の言うことを、自分の記憶に照らして、確かな体験的事実として一々追認・裏書きし、完全に犯人に成り切ってしまうが、それは、催眠術者が威厳ある態度を以て被験者を暗示にかけて行く〈威光暗示〉の場合と、心理的に極めて良く似ている。セルフ・コントロールの力が極度に弱まった自我状態が、こうした下位人格による自己催眠暗示を可能にしているのであろう。

なおまた、この時、下位人格が信じている事柄の内、殺人犯というのは誤りだが、「自分は睡中遊行者だ」という空想は、半ば当たっている。心理的にはそれに近い多重人格現象を呈しているのだから。この空想が強いリアリティーを持つ一因は、そこにもある。

さて、主人公は、犯人に成りきった状態で、黒犬から離れて、再び家路を辿り始める。しかし、彼はそれを、老婆を殺した直後の体験と混同する。《私は今歩いてゐる此路》を、犯行直後にも、《恰も遠い所から帰つて来た人のやうな足取りで》、即ち疲労・衰弱した心神の状態で、歩いていたように錯覚する。これは、理性の働きが低下しているために、時間の感覚が混乱し、既視感（déjà vu）を生じたものである。その結果、犯行当夜の状況が完全に再現されるという超自然的な怪異現象が生じているように感じられる（ただしここは、夏目漱石の『夢十夜』「第三夜」同様、怪談「こんな晩」(注4)のパターンによったものであろう。《丁度こんな寒い晩だつた。》という一文が、その証拠になる)。さらに、主人公は、道路に落ちた二つの黒い影に、自分を殺人犯として挟み打ちにし、逮捕しようとする意志があるという超自然的怪異も、簡単に信じ込む。ここでは、第一人格の良心に当たる部分が、下位人格によって排除され、影に投影され、警察的な存在として感受されているのであろう。

《二つの影が路の上で一つになつた時》、逮捕されると思って《私は一寸息をひいた。が、其処には別に何事も起らなかつた》ので、《私は漸く、その馬鹿々々しい夢から覚めた》。この時、二つの黒い影は、主人公の人格分裂を象徴しており、それが一つに重なったことを切っ掛けに、主人公の人格も統一性を回復するというイメージになっているのである。

妄想から覚めた主人公は、《おちものゝした》(これは「憑物の落ちた」の意であろう)ような気持になるが、憑物は下位人格が第一人格から支配力を奪い取る多重人格現象の一つなので、ここからも、作者がこの夜の主人公の体験を、多重人格現象と見ていたことが推測できるのである。

志賀は、こうした現象を深く理解していたようで、この夜、主人公がこのような体験をした原因について、まことに適切な伏線を敷いている。

その一つは、主人公がこの日は朝から《頭痛で甚く元気がな》く、《総て受け身な気持》だったとしたことである。普段なら、第一人格が力強くセルフ・コントロールしているのだが、心身ともにひどく弱っていた為に、コントロールが緩んで、第二以下の人格が頭をもたげて来たというのである。

もう一つの理由付けは、浦月から睡中遊行者(二重人格者)の話を聞いていた事である。《気の衰へてゐる時にかう云ふ病的な話は余りよくなかつた》と、主人公もはっきりこれを原因に挙げているように、心身の疲労時には、催眠・暗示に掛かりやすくなる。その上、作者が設定したように、一人で暗い淋しい単調な夜道を長時間歩き続けるという状況は、催眠的な効果を持ちやすい。その結果、彼自身の下位人格が呼び出され、暗示がまたさらなる暗示を呼ぶような自己催眠的な状態に陥ってしまったのであろう。

作者は浦月には「恐迫観念」と簡単に片付けさせているが、実際にはもっと深い理解を持っていたと見て良い。

（二）下位人格が老婆殺し事件と結び付く理由と『黒犬』の怖さ

しかし、こうして浮かび上がって来た下位人格が、他のことではなく老婆殺しと（実際は無関係なのに）結び付くのは何故なのか。これについては、人間一般の心理に基づく理由と、志賀の個人的な理由が考えられる。

先ず人間一般の心理に関して言うと、人は誰でも、不道徳なこと・罪悪に関わること・醜悪・不潔・非人間的なことなどを、自分の人格から閉め出そうとするものである。すると、そうした要素は、下位人格の中に入り込む。だから、夢遊病状態で下位人格が解き放たれれば、人を殺すこともしかねないと誰もが感じるのである。『黒犬』を読む者が、これを他人事とは思えず、生々しい恐怖感に襲われるのは、この物語が、こうした普遍的な心理に立脚しているからである。

また、老婆殺し事件に合理的には理解しにくい要素があったことも、下位人格と結び付くもう一つの要因だったと考えられる。何故なら、第一人格は、一般に理性的で、不合理なことを排除しようとする。従って、下位人格は、非合理的な要素と結び付きやすいからである。

老婆殺しの不合理性としては、先ず物取や意趣のような合理的な動機が見当たらないことが挙げられる（モデルとなった麻布老婆殺しの方は、明らかに物取であり、動機を不明としたのは、志賀の意図的改変である。【付録】参照）。

また、黒犬が《生きたまま、襤褸布に包まれ行李詰にされて居た》ことも、犬を吠えさせない為なら、殺した方が早そうであり、不合理で不気味な印象を残す（麻布老婆殺しの方には、犬の行李詰という事実はなかった。【付録】参照）。

なお、主人公の下位人格は、自らを犯人と信じ込む訳だが、彼も自分に合理的な動機があったとは思っていない。睡中遊行者は、動機がなくても人を殺す、自分がまさにそれである、と考えているのである（実際には、後述するように、醜い老婆に対する嫌悪感が、殺害空想を呼び起こしたのであろうけれど）。また、彼が空想した犯行の状況は、二階の窓から忍び込み、一階の老婆を絞殺した後、又二階から外へ出て行くというイメージである。入る時は、一階が戸締まりされていたためとも考えうるが、作中にはその様な合理的な理由付けは施されていない（勿論わざとであろう）。また、出て行く時に二階から出る理由はちょっと思い付けない。この様に動機もなく、方法も不合理である所に、下位人格の犯罪としての自然さがある事を、志賀はよく理解していたのである（麻布老婆殺しでは、老婆の死体は二階で発見され、一階の裏口は戸締まりされていたが、表口は開いたままだった。犯人は二階で殺害し、一階表口から逃走したと推定できる。【付録】参照）。

なお、作中の老婆殺し事件に合理的には理解しがたい点が多い事は、この作品が怪談として傑作であり、読者に強い恐怖感を与える所以でもある。およそ、怪談・怪奇小説というものは、人間の世界の合理性に対する信頼を突き崩すことで、読者に恐怖感を惹き起こすものだからである。

『黒犬』の場合は、犯行の不合理性の他に、犯人が遂に分からずじまいで終わること、老婆自身に合理的には理解しがたいような不気味さがあること、犯行の夜が完全に再現されるという怪異、二つの影が自分を挟み打ちにするという怪異、がある上に、「人間は自分をいつも合理的にコントロールできる」という信頼を打ち砕く夢遊病・多重人格という事実が突き付けられる。自分が人を殺した覚えがないという事が、殺さなかったという保証にならないことの怖さ、そして、自分が夢遊病になってしまうことや、その状態で人を殺すことを防ぐ手立てが全くないということは、底なしの穴に落ちて行くような恐怖に読者を突き落とすのである。

また、語りのテクニックという点から言うと、語り手を同時に主人公にして置いて、途中で突然自ら殺人犯と認めさせる技法が、特にショッキングである。読者というものは、本来、語り手を信頼し、その案内に身を任せることで、安心して物語の世界を辿って行くものなのである。しかるにこの語り手は、前半は基本的に客観的な、信頼できる語り手として振る舞い、浦月との遣り取りなどには、若者らしい冗談口などもまじえたりして、自分が人殺しかも知れないことなどおくびにも出さなかったのに、突然自らが犯人そのものだとはっきり認め、犯行の状況まで具体的に語り出す。しかもこの事は、この作品のテーマである二重人格の、人格交替の瞬間を、語り手が読者の目の前で実演して見せる仕掛けになっている。また、催眠術の〈威光暗示〉のようなことも、黒犬と主人公の会話によって実演して見せているのである。

（三）志賀の人格分裂と潔癖症――『剃刀』の例

『黒犬』のような鬼気迫る傑作は、小手先の技術や、人間一般の心理についての通り一遍の理解だけで、書けるものではない。こうした作品を書いてしまうには、やはり志賀という作家に、二重人格や老婆殺しの心理に深く通じてしまうような、個人的な理由があったとしか考えられない。従って、私は、志賀にも人格の分裂傾向があったと推測する。また、特に老婆や殺人と結び付くものとしては、潔癖症と祖母へのインセスト的な性欲を原因として考えたいのである（インセスト的な性欲については（四）で扱う）。

志賀という人は、潔癖症が激しく、自分というものを完全に理想通りにコントロールしようとし、自己の内なる偽・悪・醜、弱さ・不潔さなどの負性・劣性に対しては、それを根こそぎ徹底的に排除しようとする傾向が強い人だった（文体にも美意識にも、それが強く現われている。中でも初期には強い）。これは、遺伝的なものもあるのだろうが、祖父母のもとで、父・直温と対等のライバルのように育てられた為に生じたエディプス的な強者志向による所が大きいと考えられる。

しかし、そういうタイプの人間も、自己の内なる負の部分を本当に消去することは出来ない。だから、志賀の文学には、強者たらんとして自分の弱さに苛立ったり、自分の気分を完全にコントロールしようとして、出来ない事に苛立つ心理などを描いたものが少なくないのである（『大津順吉』『和解』など）。

自己の内なる負の部分を無理に排除しようとすると、自分自身を言わば「白い」本当の（と思っている）立派な自分と、「黒い」影のようなもう一人の負の自分とに、分裂させてしまう事になる。志賀およびその文学には、実際、こういう傾向があると私は思う。そして、その為に、志賀は、二重人格の心理をよく理解できたのだと考えるのである。(注5)

回り道になるが、潔癖症ゆえに破滅する人物を描いた『剃刀』（「白樺」明治四十三年六月）を例にとって、志賀の潔癖症に対する私の解釈を、具体的に例示して見よう。

『剃刀』の芳三郎は、辰床の前の主の一人娘を貰って店も譲られたという設定になっている。即ち、彼は言わば父に取って代わった強い息子・エディプス的成功者なのである。この様な設定にしたのは、志賀自身が、父・直温との間に、激しいエディプス的葛藤を経験している長男だったからであり、その葛藤の言わば正の部分を芳三郎に投影するためである。

志賀は残りの負の部分を投影するために、「黒い」影のような人物・源公を、この主人公と対をなす存在として登場させる。源公が辰床の跡目争いで芳三郎に敗れて堕落した人物、即ちエディプス的葛藤の敗北者として設定されているのはその為である。

源公は一旦は店を出たものの、再び辰床に舞い戻り、仕事は怠ける、霞町あたりの怪しげな女に狂い回る、治太公に店の金を掠めさせる、と、悪事の限りを尽くす。一般に、自己の内なる醜悪な部分を切り捨てようとする場合には、切り捨てても切り捨てても、まるで嫌がらせのようにそれが目の前に戻って来てしまう、という現象が起こる。本来自分のものであるのに、それを受け容れまいとしても、無理だからである。源公は志賀≒芳三郎が切り捨てようとする自分の半面であるが故に、一旦は店を出てもまた戻って来てしまい、芳三郎もそれを受け容れざるを得ず、店に入れると、志賀≒芳三郎の潔癖な神経を逆なでにするようなことばかりを繰り返すのである。特に源公は、エディプス的葛藤の敗北者であるから、エディプス的葛藤に本来つきまとっている性欲の暗い側面、不潔さを示すことになる。

そこで芳三郎は、遂に我慢できなくなり、事件の一月程前に、源公と治太公を追い出してしまう。しかしそれは、稼ぎ時に人手を足りなくし、風邪を押して芳三郎が仕事をしなければならなくする、という形で、芳三郎にも跳ね返って来る。自分の半面を切り捨てる事は、当然、自分の痛手になるのである。

芳三郎が殺してしまう《下司張つた小男》の客は、言わば源公を追い出した結果、その代わりとして、再びつきまとって来た醜悪な自己の半面と言って良い。芳三郎はこの男を見ていると、《小女郎屋のきたない女が直ぐ眼に浮ん》でしまい、《胸のむかつくやうなシーンが後から〳〵》《頭に浮んで来》てしまう。ここでも、彼が切り捨てようとする醜い性のイメージは、強迫的に戻って来てしまう。そして芳三郎は、この男の《肌理《きめ》の荒い一つ〳〵の毛穴に油が溜つて居るやうな顔を見て居ると》、不潔な《其部分を皮ごと削ぎ取りたいやうな気がし》てしまう。不潔な部分を全面的に切り捨てたくなるのは、潔癖症の本質的な病理だからである。そして、最後に芳三郎は、この客の顔に傷を付けてしまい、《十年間、間違ひにも客の顔に傷をつけた事がないといふ》誇りに一点のシミが印せられたことが許せず、客を殺すことで、心理的には、こうした一連の出来事すべてを切り捨てようとするのである。

芳三郎が熱に浮かされた状態で事に及ぶのは、意識的なセルフ・コントロールの力が弱まった時に、芳三郎が普段抑圧していた自分の悪しき無意識が出て来てしまった、ということである。

なお、性的不潔感から殺人に至る例は、『剃刀』の他に『濁つた頭』（「白樺」明治四十四年四月、ただし夢）・『范の犯罪』（「白樺」大正二年十月）にも見られる。これらはいずれも、道徳的にか生理的にか不快な印象を与える人物との関係を断ち切りたいが断ち切れないという状況のもとで、潔癖症的な主人公が殺人に至っている点と、夢うつつの間に殺していること、それから恐らくは執筆時期という点で、『黒犬』と極めて近い関係にあるのである。（注6）

（四）つきまとう老婆と志賀のインセスト的欲望

『黒犬』における老婆に対する殺意は、『剃刀』と同様、醜悪な老婆との関係を断ち切りたいという潔癖症の衝動と理解して良い。『剃刀』の芳三郎に汚い性のイメージが付きまとい、悩ましたように、『黒犬』の主人公にとって、老婆のイメージが切り捨てたいのに付きまとってくるものだったという事は、明瞭に描かれているからである。

例えば、《愛嬌のない》婆さんの冷たい、無関心・無表情な眼が、主人公には《甚く厭だつた》のだが、主人公は《自家からの出入りに可笑しい程それを気に》してしまう。つまり、厭なのにそのイメージに付きまとわれているのである。

また、主人公が夢現の境で見た老婆の《眼の辺から下が煮豆で一杯つまつて居る顔》。このイメージは、言わば主人公だけを狙ってその夢に入り込んで来たものであり、以後主人公に付きまとって、《覚めても不図それが浮んで来ると》《その度軽い戦慄を覚えるのが癖になつて了》うのである。

また、主人公が《或晩おそく》聞いた婆さんの《魘されてゐる気持の悪い声》と、《黒犬が吠えも唸りもせず、同じ部屋の中を亢奮しながら跳び廻つてゐる気配》。これは、他の人は聞かなかったであろうのに、まるで狙ったように、厭がっている主人公だけが聞かされてしまうのである（ちなみに、モデルとなった麻布老婆殺しの老婆は、実際には近所でも評判のお人よしの婆さんで、これらの老婆のイメージは、すべて志賀の空想か、意図的改変と考えられる。【付録】参照）。

しかし、そもそも主人公は、なぜ老婆の醜いイメージにつきまとわれなければならなかったのだろうか？　自らも言う通り、《自分と直接何の関りもない婆さん》なのに…。この問題を解くためには、作者である志賀の深層心理にまで測鉛を下ろして見る必要がありそうである。

『創作余談』によれば、麻布老婆殺し事件が迷宮入りになった後、志賀は、自分が夢遊病者で、知らない内に老婆を絞め殺したのではないかという《変な空想にとらへられ》たことが実際にあり、『黒犬』は、それを主人公の空想に置き換えることで成立したものなのである。だとすれば、志賀には老婆殺しに生々しい実感を持つ理由があった筈である。

恐らくその理由は、何よりも、志賀にとって祖母留女が実質的に母であり、その為に、父とのエディプス的葛藤の中で、留女（および留女の身代わりとなる老婆）に、近親相姦的な性欲を抱かざるを得なかったことであろう。(注7)

例えば、志賀には、麻布の家の離れの二階に住んでいた時、その下の部屋に泊まっていた《「沢屋の婆ァ」といふ六十以上の》《見にくいがおだやかな性質の婆ァ》に強い肉欲の衝動を抱いた体験（『濁つた頭』関連草稿）があった。これは祖母留女に向けられるべき性欲が、類似の老婆に向けられたものと考えられる。

また、小説ではあるが、『暗夜行路』前篇第一の十一で、二階の部屋にいる時任謙作は、一階で寝ている祖父

（実際は父）の妾で、義母に等しい、そして二十歳も年上のお栄とのセックスを期待して階段を降りる。そして、前篇第二の五では、お栄と結婚しようとまでするのだが、このお栄のモデルは、主に留女であろう。そしてこの前篇第一の十一の場面は、大正三年の大井町時代に、直哉が二階に、留女が階下に寝ていた時期をモデルにしたものらしいのである。『黒犬』の主人公が、不自然にも二階の《窓から忍び込んで》階下に寝ていた老婆を絞め殺すのは、これらと関連するのであろう。

老婆に性的に惹かれるもう一つの理由としては、志賀の中に、潔癖症とは裏腹の、醜悪なものへの強い牽引と嫌悪が、絶えず存在し続けていた事が考えられる。例えば、『暗夜行路』草稿1によれば、志賀が相馬家の屋敷内に住んでいた六七歳の頃、二軒ほど置いた隣の同年輩の女の子が唯一の遊び友達だった。それは、《眼ぶたのふくれた、いつも眼の悪い醜い女の子で》、《その声も愉快な感じはしなかつた》にもかかわらず、志賀は《他に隠れてこの子を《お母さんにして》（ということは、インセスト的な欲望を持って）、《情欲的な関係で》遊んだと言う。《其頃から多少潔癖があつた》にもかかわらず、二人で《キタナイ真似》をし、《情欲がキタナイ事で満足を感じやうとした》。それは二人が《情欲の事に無智で》《どうすればい丶か知らなかつた。それが妙な現はれ方をしたのである。》と言う（注8）。志賀が老婆に性的に惹かれるのも、醜いからこそなのであろう。

老婆の醜さは、志賀の中では、女性性器の外見と、連想の中で結び付いていたようである。例えば、『児を盗む話』の悪夢では、《其子供が私の鼻先で、不意にうつ向いた。短い髪の毛が前へ下る。それがさん俵《だら》ぼつちを被《かぶ》つたやうな荒いこは張つた毛だ。顔は見えないが、其乱れた髪の間から気味の悪い赤さをした下唇が舌でも出したやうにだらりと垂れ下つてゐるのが見えた。それはもう女の児ではない、五十ばかりのきたない婆《ばばあ》で、見えなくても髪の毛の裏で笑つてゐるのが解る。》と描写されているが、俯《うつむ》いた子供の《さん俵《だら》ぼつちを被《かぶ》つたやうな荒いこは張つた毛》は陰毛で、《其乱れた髪の間から》見える《気味の悪い赤さをした下唇》は性器であり、《きたない婆《ばばあ》》

の顔はその儘、陰部なのである。従って、『黒犬』の老婆が《稲荷ずしのやうな感じの婆さん》と描かれるのも、直接には茶色く皺だらけの顔の皮膚を形容したものであろうが、無意識の意味としては、女性の陰部そのものを象徴するものと解釈できる。

『黒犬』では、性的魅力など全くなさそうな老婆について、《妾だとか、吉原の花魁上りだとか》性的に不潔な噂があった事になっている（これはモデルの事実では無く、意図的改変らしい。【付録】参照）が、これも、志賀にとってはこういう老婆の方が、留女に対する禁じられた性欲と、醜いものに対する欲望を満たしやすい性的な対象だったからであろう。

老婆の殺され方が絞殺であることにも、性的な意味が考えられる（これは、モデルも絞殺だった。【付録】参照）。精神分析学者アーブラハムは、両手で人を絞め殺すという空想はエディプス的なもので、性行為を、父が母の上にのし掛かり、母を絞め殺すことだと感じた幼児期の解釈の名残であるとしている（「心的障害の精神分析に基づくリビドー発達史試論」の「V　メランコリー性のうつ病の幼児期の範例」（一九二四年）岩崎学術出版社『アーブラハム論文集』P64）。この考えに立てば、老婆殺しは即ち老婆とのセックス、ということにもなりうる。(注9)

また、『黒犬』で、主人公が《或晩おそく》婆さんの《魘されてゐる気持の悪い声》と、《黒犬が吠えも唸りもせず、同じ部屋の中を亢奮しながら跳び廻つてゐる気配》を聞き、《何の事か分らぬだけに（中略）慄然《ぞっ》とした。》という所も、性的な印象がある。これは、志賀の幼児期に、偶然父母の性行為を隣室などで聞いて、母が《魘されてゐる》と思い、意味の分からぬ興奮した気配を感じ取った印象が変形されて、この様なイメージになったのではないか、と私は考えている。翌日、何事もなかったかのように、婆さんはいつも通りだったとされているのも、魘される声を聞いた翌朝の母の印象が変形されたものと考え得るだろう。

以上の解釈が仮に間違っているとしても、志賀が主人公の老婆殺しの空想を性絡みのものだと感じていたことには、疑問の余地がない。老婆について性的な噂を書き込んでいる以外にも、話の前半で、性欲絡みの記述を故意にちりばめている事実が、その証拠となろう。

例えば、主人公が《これから（中略）行つて見ないか》と言った若竹亭は、（志賀も一時期熱中した）女義太夫で知られる寄席であるし、《親がかりが碁で家を空けるのは全く信用の浪費だからね》とは、実際に行くならともかく、行きもしないのに遊廓へ行ったと思われるのは損だ、という意味であり、《それ程の信用でもあるまい》は、これまでに何度も行っているから家族も信用していないだろう、の意である。また、《三島様まで送るかね》という冗談は、例えば樋口一葉の『たけくらべ』（八）に、《坂本へ出ては用心し給へ千住がへりの青物車にお足元あぶなし、三島様の角までは気違ひ街道》とある吉原遊廓近辺の「三島神社まで送って来るかね（その後、君は遊廓に行ったらどうだ）」の意である。上野の雁鍋辺りで《殊更景気のいい掛け声をして》主人公を《追ひ抜いて行く俥》も、吉原へ向かう人力車である。(注10)そして、主人公の子供時代の、駄菓子を買える子供たちに対するたわいのない羨望までもが、《年頃になつて茶屋待合の絃歌の響を聴きながら、其処にどんな歓楽境があるのだらうと想像した》心持に、殊更なぞらえられているのである。

そもそも主人公は、友人が大学生である所から、恐らくは二十歳《はたち》余りの独身の若者であろうが、そのように設定した事も、一つには性欲にからませるため、一つには、モデルとなった老婆殺し事件当時（そして執筆当時）の志賀の分身とするためであろう。

さらに、モデルとなった老婆殺しは、実際には麻布で起き、志賀も麻布に住んでいたのに、『黒犬』では、事件現場を吉原に程近い三の輪に移したのも、(注11)一つには性欲にからめるためであろう（【付録】参照）。

志賀は、吉原に近い根岸に対しても悪いイメージを持っていた。これは、根岸に志賀の実母・銀の実家・佐本家があって、留女が、下町風だった佐本家を軽蔑し、直哉に軽薄・下品な行いがある度に、「血筋は争われないものだ」と嘆息するのを常としていた事が一因である。志賀が『暗夜行路』で、謙作に悪しき性欲を遺伝させる祖父と、謙作の近親相姦的欲望の対象となるお栄を、わざわざ根岸に住まわせたのは、そういう因縁からであった。『黒犬』の老婆殺しを、三の輪に持って行ったのも、意図する所は同じであろう。

『黒犬』の主人公は、老婆殺しの犯人を推理しようとして、自らが殺人犯と思い込む訳だが、エディプス・コンプレックスの命名の由来となったオイディプスは、父殺しの犯人を追究した挙げ句に、自らが父を殺し、母と近親相姦を犯した真犯人と知る。オイディプスが自ら犯した罪を知らなかったという物語の構造は、父殺しや母子相姦願望が、人間の「無意識」の欲望であることを反映しているのであろう。同様にして、『黒犬』の主人公が自らを老婆殺しと思い込むことは、彼の「無意識」の中に、老婆（祖母留女）に対するオイディプス的近親相姦的な衝動と、それを烈しく嫌悪し、否定しようとする潔癖症が潜んでいることを反映しているのではないかと私は思うのである。

【付録】麻布老婆殺し事件関係資料／先行文学作品の影響／心理学の知識

【麻布老婆殺し事件関係資料】

志賀直哉は、『創作余談』で、『黒犬』は《麻布今井町の交番を一寸曲つた所に小さい駄菓子屋があつて、その独者の婆さんが殺され》、《犯人》も分からないままになっていた《或夜おそく》、志賀がその家の前を通り掛かった際に《不図此小説にあるやうな空想に陥入つた事があつたので、書いて置》き、《後年それを書き直し》たもの、と説明している。

幸い、志賀の言う事件は、明治三十八年一月九日夜に起きたものと特定でき、志賀の日記と新聞に記事が残されている。以下に列挙するものがそれである（ただし、記事内容の重複する部分は省略した）。

◎明治三十八年一月十日の志賀日記全文。

《鹿島の角をまがつた所に七十六七になるお婆さんが独りで出してゐる荒物屋が厶《ござ》いませう――小さな――そこへ昨晩まだ宵の内強盗が這入つて其婆さんをしめ殺し金をとつたとやらで、今日は近所の巡査が気の付かなかつたのは不埒だとかで進退伺を出したとやら――それが又近所でも評判のお人よしの婆さんだつたさうですが「金故人命そこなうとは」といつた川崎屋（注12）の台辞は偽ぢやムいません、》

◎一月十一日「都新聞」（三）面「●麻布の老婆殺し」と題する記事全文。

《麻布区今井町三十四番地に荒物と駄菓子などを商ひ居れる岡本さく（七十三）と云へる独身者あり平素小金を貯め居れりと近所にても評判ありし由なるが昨朝九時頃予て近所よりおさくに頼まれ毎日の如く水を汲みに行く婆のお何が同人方に赴き見ると戸は閉めたる儘なるに何時も早起の人が今日に限つて寝坊をするとは不思議と表の戸を明けたる処締りをして無きに益々不審を起し近所の者両三人を呼び来りて家内に入り能く検《あらた》め見ると裏口は堅く戸締りなしあれば《ママ》座敷は銭箱やら簞笥やら右往左往に取散らしありおさくの姿が見えぬに若しや愛宕下の蝙蝠傘屋へ往きたるにはあらぬかと近所の人力車夫を頼み迎ひに遣りしが同家にも来ずとの事にて空《ママ》して立帰りたり依つて更に家の中を検め見たる処這《こ》はそも如何におさくは二階座敷の隅に何者にか手拭にて絞殺され歯を切《くひしば》つて無惨の最期を遂げ居たるにぞ一同は腰も抜んばかりに打驚き直に麻布署へ訴へ出で同署より警部医師出張検視あり又急報に接し時を移さず東京地方裁判所より桜井予審判事長野検事、警視庁よりは宮内警部第三部の園江医師等臨検ありし

が多分同家の勝手を知りたる曲者が財宝等を得んとして忍び入りしをおさくに認められ斯る惨事を演じたるものなるべしと》

◎同日「萬朝報」（三）面「●麻布の老婆殺し」と題する記事より抜粋。

《（前略）下座敷には衣類等散乱し二階に上れば阿作の寝所にて同人は男の犢鼻褌《ふんどし》にて絞殺され其四辺には血が流れ居る有様（中略）二階の簞笥の抽斗は悉皆開け放ちあり衣類の散乱せる等より考ふれば盗賊の所為ならん（中略）▲阿作は旧宇和島藩の奥女中を勤め同家の馬廻役岡本綱元と夫婦になりし者なるが綱元は十二年前に死亡せしより阿作は先妻の連子なる阿豊（四十四）と云へるに大塚金太郎（五十二）と云ふ綿打職人を養子に貰ひ芝区明舟町に綿店を開店せしも忽ち失敗して閉店し且つ阿作と阿豊との折合悪しく聟の金太郎はまた大の怠惰者《なまけ》と三拍子揃つて悪い事が重り合ひ一家に波風絶えず今より十年前金太郎を離縁せしに阿豊は金太郎と共に家出せしかば阿作は親戚なる芝区桜川町三洋傘商山本正義等と相談の末阿豊と親娘の縁を切つてやりしに阿豊は爾来金太郎と一緒になり三年前までは芝区西久保広町に住居し居たるも目下行衛は不明なる由▲其後阿作は前記の場所に荒物商を営み所持金は銀行に預入れ其利子にて何不足なく暮し居り性来実直にして近所の評判至つてよく人より怨恨を受くるやうな事はあるまじとぞ▲また同家は二階四畳半と下座敷三畳と四畳半と都合三間にて阿作は毎夜十時前後に眠るを常とし兇行の当夜下座敷に同人が菓子袋貼りの夜業が其儘になり居たる所より察するに犯人は夜の九時前後に忍入りて阿作を絞殺し死体を二階へ運び行きたるものならんと云ふ》

◎同日「読売新聞」第二版（五）面欄外「●麻布の老婆殺し（詳報）」と題する記事より抜粋。

《（前略）お作は性来至つて実直にして酒も飲まず唯だ亡夫の命日に墓参するを此上なき楽とし近所の評判も宜く

（後略）》

◎翌十二日「読売新聞」（三）面「老婆絞殺の嫌疑者」と題する記事より抜粋。

《（前略）お作は元来篤実の老婆にて他人より怨を受くる筈もなく近所の者には御新造と呼ばれ敬はれ居る者（中略）其犯人は強盗の所為とも覚えず或ひは同人の財産を覗ふ親戚故旧の毒手に出でしならんと麻布署にては厳重に探偵の末一昨夜嫌疑者として同人の親戚一人引致せられ目下取調中なり》

ただし、この嫌疑者が犯人として逮捕・処罰されたという記事はなく、容疑不充分として放免されたと推定できる。

これらの日記・新聞記事は、『創作余談』とも『黒犬』とも大筋において一致する事から、『黒犬』のモデルがこの事件であることは、疑う余地がない。

しかし、それなら『黒犬』は、事実をそのまま書いているのかと言うと、そうではなく、以下のような相違がある。

一、『黒犬』では、老婆殺害の際、《犬は生きたまま、襤褸布に包まれ行李詰にされて居た》とあるが、日記・新聞記事には、犬のことは全く出て来ない。志賀の『創作余談』でも、《黒犬はその婆さんの飼犬ではなかつたが、全く見分けのつかぬ位よく似たのが二匹ゐて、私が変な空想にとらへられてゐるのを二匹で見送つてゐたので、又気味が悪くなつた事を覚えてゐる。》と述べているので、殺された老婆・お作は犬を飼って居らず、従って行李詰の事実もなかったと見て良い。また、主人公が《或晩おそく》聞いたとされている、婆さんの《魘されてゐる気持の悪い声》と、《黒犬が吠えも唸りもせず、同じ部屋の中を亢奮しながら跳び廻つてゐる気配》も、フィクションと断定できる。

二、『黒犬』では、殺された老婆はひどく不気味で評判の悪い人物だったとしているが、志賀日記・各紙とも、お作は近所で評判の良い老婆だったとしており、こちらが事実であろう。新聞記事によれば、実際は、もと宇和島藩の奥女中で、宇和島藩士（馬廻役）の後家と言うから、比較的上品な人柄だったのであろう。

三、『黒犬』では、《物取か意趣かさへ分らなかつた》としているが、金目当てだったことは、日記・各紙とも一致している。

ただ、《箪笥の小抽斗の裏に小判が三十両隠してあつた》という『黒犬』の記述は、近所の噂か何かで聞いた話に基づいている可能性もなくはない。

四、『黒犬』では、殺人事件が三の輪で起きたことになっているが、実際は麻布で起きた。

五、『黒犬』では、時雨の降る晩秋か初冬に季節が設定されている（少なくとも夢遊病的空想においては、犯行も《丁度こんな寒い晩》に行われた事になっている）が、実際の事件は、正月九日に起きた。

六、実際の事件は明治三十八年一月九日に起き、志賀が《此小説にあるやうな空想に陥入つた》のは、さらに後である。その時期は特定できないが、明治四十三年八月二十八日の志賀日記に『黒い犬』の創作を思うとあるから、

この二つの日付の間のどこかであることは間違いない。(注13)

しかし、『黒犬』は、その十年余り以前に遡って時代を設定されている。即ち、大正十四年一月「女性」に初出の際の末尾には《今から三十年程前の話である》とあり、作中の《高等中学》という言い方から、明治二十七年六月、第一高等学校と改称される以前と推定したい。また、末広鉄腸の『唖之旅行』(『書き初めた頃』『愛読書回顧』に、志賀の愛読書として名前が挙がっている)は、明治二十二年十二月に前編、二十四年九月に後編が刊行されているので、明治二十三〜六年の十一月あたりが有力と考えられる。

偶然かもしれないが、近藤嘉三著『魔術と催眠術』という本が、穎才新誌社から明治二十五年九月に出版されている。

志賀は、作中に提灯・行灯・文久銭(注14)・小判三十両を使用したり、殺された老婆について、旗本の後家という噂を設定したり、物取や意趣という古風な言い回しを用いるなど、日清戦争以前という時代設定を意識していると思われる。

七、『黒犬』では、一階に寝床があり、そこで殺したように書かれているが、実際は、寝床は二階にあり、そこに死体もあった。

これらの相違点の内、最初の六点は、志賀自身の日記や『創作余談』の事実認識ともはっきり食い違っており、意図的改変と見て良い。

時代設定をモデルより十年余り遡らせたのは、この奇怪な物語にリアリティーを持たせる為には、科学的合理的なものがまだ弱かった時期に持って行く方が良いが、睡中遊行などの心理学的説明が可能な方が都合がよいということで、明治二十五年頃が選ばれたのであろう。

例えば、三遊亭円朝の『真景累ヶ淵』が、文明開化の世の中では、《狐にばかされるといふ事は有る訳のものでないから、神経病》だということで、「真景（神経）」と名付けられたり、坪内逍遥の『小説神髄』（明治十八〜九年刊）で、《稗官者流は心理学者のごとし宜しく心理学の道理に基づき其人物をば仮作《つく》るべきなり》と説かれたような時代を意識したのかも知れないが、勿論、志賀は、そうした浅薄な科学崇拝とは無縁で、浦月に《恐迫観念》という説明をさせたのも、逆に近代合理主義では説明しきれない心の不思議を強調するためであろう。

【先行文学作品の影響】

先行文学作品などからの影響としては、例えば長与善郎の「心当り二三」（改造社版志賀直哉全集月報第9号、昭和十三年六月）に、志賀が二十八九の頃（明治四十三、四年、即ち『黒犬』の最初の構想時）に、ポーの『黒猫』やモーパッサンの『オルラ』等に感心していたという証言があることが注目される。黒犬と黒猫はイメージ的に近いし、またポーの『告げ口心臓』で、老人の眼が厭で殺してしまう辺りからも、ヒントを得ている可能性がある。

『オルラ』には、夢遊病や催眠術のことが出て来るし、明治四十三年八月二十八日の日記には、有島壬生馬からモーパッサンの短編の話を二つばかり聞いた事と、その所為とは明記されていないが、同じ日に《「黒い犬」の創作を思ふ》という記述があり、モーパッサンの怪奇小説に触発された部分があった可能性もある（ただし『黒犬』はモーパッサンより遙かに優れている）。少なくとも志賀は、はっきり怪奇小説というジャンルを意識して『黒犬』を書いたと見るべきであろう。

ハーンの怪談類や夏目漱石の『夢十夜』「第三夜」（「朝日新聞」明治四十一年七月二十七日）からも影響を受け

た可能性もある。特に「第三夜」とは、怪談「こんな晩」のパターンという点で酷似している。しかし、「第三夜」は、百年前に犯した罪に呪われる恐怖が中心で、殺害理由は（不明確だが）、単なる金目当てだろう。一方、『黒犬』は、無意識の衝動をコントロールできなくなる多重人格の恐怖が中心で、性的要素も強い。また、漱石の方は被害者によって追い詰められるが、『黒犬』は、自分で追及し、自分が犯人であると思い込むという差がある。また漱石の方は、早くから結末が予感されるが、『黒犬』では途中まで全く展開の予想が付かないなど、違いも大きく、『黒犬』のオリジナリティーは明らかである。

【心理学の知識】

志賀が、『黒犬』に描いたような異常心理に、いつ頃から関心を持ち出したのかは、定かでない。が、志賀は、東京帝大で、明治三十九年九月から、元良勇次郎の「ヴント心理概論」と福来友吉の「実験心理学」を履修しようと考えたことが、「手帳4」から分かる。ただし、「手帳5」の「手帳中扉」の時間割表では、火曜の午後六～七時と木曜の三～五時が「心理」となっていて、「手帳5」記載の時間割とは対応しないし、三十九年は日記が無いため、誰の心理学を取ろうとしたのか、また実際取ったのか、はっきりしない。四十年六月十八日（火）の日記から、志賀が午後に心理学の試験を受けたものの投げ出した事が判るが、これは対談「木下利玄を偲んで」の志賀の発言によれば、元良の試験で、元良の著『心理学十講』（正しくは『心理学十回講義』冨山房、明治三十年刊）を読んで行った、とのことである。この『心理学十回講義』の第九回「人格論」には、多重人格に関するビネーの『人格変換』が紹介されているが、十行程度で簡単すぎる。里見弴の『君と私』（十二）にも、《君【志賀】が大学の方で教つて来る心理や支那哲学の話も私を喜ばせた。》とあるが、詳細は不明である。

四十一年にも、未定稿44「今日の日記（一名、「疲労」）」・未定稿55「沼津の沙鷗に与ふ」によって、元良の心理学を受講した事が判るが、志賀と同時に東京帝大文学部哲学科に入った安倍能成の『我が生ひ立ち』Ⅳ「東大時代の講義」や『東京帝国大学一覧』（明治三十九～四十年）によれば、元良の「心理学」は、文学部全体の必修科目だったから、再度取り直そうとしただけであろう。

しかし、この年十一月十三日には、《大学の心理学の実験の為めに行はれた》（武者小路実篤『或る男』百十六）催眠術を、志賀は木下利玄・武者小路と本郷の中央会堂に見に行った。「木下利玄日記」によれば、この時、開会・閉会の辞を述べたのは福来友吉で、恐らくは彼が中心になって開催されたのであろう。

志賀が福来の授業を直接受けた可能性は小さいが、例えば、志賀の明治四十年六月二十三日の「手帳7」には、《○人間は夢現の時が最も賢いと思つた、（中略）第一人格がボーッとして、第二人格が考へるのを音無しくカン察してゐる時である、中々エライ事を考へる、（中略）然しこれは面白い何にかに書いて置かうと、ハット目をサマスと、もう第一人格の支配が烈しくなつて第二人格がアワテ、逃げるから何んだかマルデ解からなくなる》と、自分の中に第一人格と第二人格があることを、自明のこととして書いている。この「第一人格」「第二人格」という言葉、そして多重人格の知識を、志賀が心理学から学んだことは間違い有るまい。

興味深いことに、福来の『催眠心理学概論』（成美堂、明治三十八年刊）「第十四章　人格の転換」P248では、多重人格を意味する《複重人格》の、《生来持続せる通常人格》を《第一人格》と呼び、《中途より卒然現出したる新人格》を《第二人格》と呼んでいるし、翌年に出した『催眠心理学』（成美堂、明治三十九年刊）では、「第十五章　複重人格」で、ビネー（Alfred Binet）『人格転換論』、ジェームズ（William James）『心理学原理』、メーゾン『識伝と意識以下の自我』、ジャネ（Pierre Janet）『神経病と固定観念』、シディス（Boris Sidis）『暗示の心理学』の症例や、福来自身が診た症例を紹介している。また、例えば、明治三十四年に育成会から出た速水滉による解説書『ビネー氏人格変換論』には、ヒステリー患者の多重人格などが紹介され、夢中遊行も二重人格の一種として紹介されている。同書の三、「学説」第三章「誘発的人格変換」P28には、催眠術によって人工的に人格変換を惹き起こすことや、Mesmerismなども解説されている。こうした類の文献を志賀が読んだか、間接的にどこからか知識を仕入れた可能性は高い。

明治四十一年八月二十九日の未定稿43「小説ダイナマイト」には、心の弱いお力が門吉の言いなりになってしまうことを、《メスメリズム》や《睡眠《ママ》術》に譬えた所があるが、これは、催眠術者が威厳ある態度を以て被験者を暗示にかけて行く〈威光暗示〉の場合と、心理的に似ている。

明治四十三年執筆の『濁つた頭』では、津田は性をめぐる葛藤のせいで、お夏と共に《かなり烈しいヒステリーになつて了ひ》（七）、その為に言わば夢遊病的な状態で殺人を犯したと妄想しつつ、自分でそれを夢か、《それとも人格の分裂──さういふ現象かしら？》（九）と疑うのであるが、志賀がヒステリー・夢遊病・人格の分裂を一繫がりのものと捉えたのは、ビネーらの心理学を何らかの形で知っていたからであろう。四十四年執筆の『不幸なる恋の話』も、縁談があって会った女性が夢遊病で、後で慢性的なヒステリーだった事が分かる、というものである。この他、『剃刀』『祖母の為に』『范の犯罪』『児を盗む話』など、異常な心理を鋭く抉った作品が、初期の志賀には多い。もとより志賀の傑作は、心理学を少しかじったぐらいで作れるものではないのだが、志賀が心理学を多少とも知っていたことは、まず間違いない所であろう。

注

（1）多重人格・夢遊病・催眠術、及び、それらが欧米の文学に与えた影響については、エレンベルガー著『無意識の発見』（弘文堂）上巻「第三章　第一次力動精神医学」を参照されたい。

（2）「浦月」という雅号は、志賀が明治二十八年頃、回覧雑誌「倹遊会雑誌」に半月楼主人・金波楼半月などの名で和歌・講談等を書いていた事から付けた名前であろう。『中野好夫君にした話』によれば、この雅号は、熱海に家族で来て、浪に月が映って美しかった事から思い付いただけであるから、「浦月」でも意味は同じと言って良い。従って、浦月もまた、或る程度、志賀の分身と言って良いのである。

（3）事件の犯人は捕まっておらず、従って、犯人が女である可能性もゼロではないはずなのに、語り手は犯人を男と決め込んでいる。この決め付けは、自分を犯人とすることの伏線であり、心理的には、既に自己暗示にかかっている結果とも考えられる。

（4）『日本昔話大成』第7巻（角川書店）P323~331参照。

（5）例えば、『暗夜行路』の謙作は「黒い」志賀であり、その実父である醜悪な祖父は、志賀の愛する祖父とは似ても似つかぬ「黒い」祖父として造型されている。また、お栄も、言わば「黒い」ヒロイン、「黒い」留女として、謙作を悩まし続けるのである。

また、『児を盗む話』の主人公は、冒頭でいきなり父親から《貴様のやうなヤクザな奴が此家に生れたのは何の罰かと思ふ》と、ダメ人間のレッテルを貼られてしまう「黒い」弱い志賀である。従って、彼は長篇小説を書こうとしても挫折し、女の子を誘拐するという犯罪を空想し始める。しかし、彼が本当に誘拐したかったのは、芝居小屋で見た、「白い」鳥の毛の肩掛けをした、裕福そうな家の色の「白い」美しい女の児なのに、実際には、貧しい按摩の家の色の「黒い」児を連れ出して逮捕される。つまり、ここでは、ヒロインの白と黒への分裂があり、黒い主人公は、自分にふさわしい「黒い」ヒロインしか手に入れられずに破滅するのである。

この他、『網走まで』の、この母は夫か《此児に何時か殺されずには居まい》と主人公に思わせた耳と鼻とに綿を詰めた男の子や、『祖母の為に』の白っ児の葬儀屋、『佐々木の場合』のすが眼でひねくれた醜い厭な女の子など、負性の刻印を身に負う人物たちは、志賀の負の部分を投影された人物と見て良いだろう。

（6）『濁った頭』の津田の潔癖症は、津田がキリスト教に入信し、自慰行為を止めようとして、ナイフを腿へ突き立てたりすることや、聞き手を《貴方のやうな清浄な人》と呼ぶ所に現われている。

『范の犯罪』の范は、自分の攻撃性を一切禁圧し柔和にならねばならないと信じ込んでいるキリスト教信者の道徳的潔癖症である。その為、妻と別れられず、許そうとして追い詰められた范は、遂には妻が死ねばいいという《きたないいやな考》を抱いてしまう。范が妻を死なせたにもかかわらず驚喜するのは、不潔な考えから永久に解放された事と、《何も彼も正直に云つて、それで無罪になれる》自分の純白さが、潔癖症の人間には、何よりも嬉しい事だったからである。

　性絡みではないが、『祖母の為に』では、祖母が死ぬのを期待して付きまとっている、道義的に不潔な、死神のような白っ児の葬儀屋を、志賀は想像の中で睨み付け、その葬儀屋が死んだ時には、自分が殺したように感じ、喜び、得意になる。これも、不潔なもの・悪を滅ぼしたいという潔癖症的な欲望が満たされた事が、喜びの何割かを占めている筈である。

（7）　生井知子氏の「志賀直哉と父」（『白樺派の作家たち』和泉書院、平成十七年刊所収）の指摘による。

（8）　エディプス・コンプレックスの命名の由来となったオイディプス王は、自分が父殺しと母子相姦を犯した事を知った時、自ら眼を突いて盲目となったと伝えられている。この事から、眼の悪さ・不気味さは、近親相姦の罪を無意識に象徴するものと考えられる。『暗夜行路』草稿1の女の子が、《眼ぶたのふくれた、いつも眼の悪い醜い女の子》だったことと、『黒犬』で醜い老婆《の眼が（中略）甚《ひど》く厭だつた》と言われることとは、共に近親相姦の罪悪感と関係があると私は思う。

（9）　アーブラハムはまた、この論文で、仕返しとして父を絞殺するという空想が生じる場合もある、としているのだが、志賀の作中でこれに該当すると思われるのが、『クローディアスの日記』で、兄のハムレット王（志賀の父と密かに同一視されているのであろう）が夢に魘されるのを聞いたクローディアス（志賀自身に該当するだろう）は、兄の夢の中でその咽《のど》を絞めている自分の形相《ぎょうそう》や心持をまざまざと想像するのである。その事と、『黒犬』で、主人公が自分が老婆を殺す際の《自身の兇悪な顔つきや様子や心持をまざ〳〵と憶ひ出す》事とは（本当は想像しただけだったのだが）無関係とは思えない。

（10）　明治時代には、吉原へ人力車で乗り込む際には、皆に見せびらかすように、殊更賑やかにするという風習があった。

（11）　今村太平氏の『志賀直哉との対話』（筑摩書房）P122で、志賀は『黒犬』について、「本当は麻布での事件だったが、三の輪に知っている人の家があって、そこにしてある」と語っている。志賀家があった麻布のような上流階級が住む場所とは違って、三の輪は場末で、吉原や千住の遊廓とも近いし、小塚原の刑場跡にも近く、潔癖症の人間が抑圧する性欲・犯罪・貧困など、醜悪なものとイメージ的に結び付く土地柄なのである。

(12) 川崎屋は、歌舞伎俳優・市川権十郎の屋号。市川権十郎は旧名・嵐璃鶴の時、小林金平という金貸しの妾・原田きぬと密通。きぬは主人・金平を毒殺したため、明治五年二月二十日に晒首となったが、璃鶴は明治七年九月、満期出獄して九代目市川団十郎の門下となり、市川権十郎と改名した。この事件は実録として多くの講釈師によって読まれた他、岡本起泉の小説『夜嵐阿衣花廼仇夢《よあらしおきぬはなのあだゆめ》』でも知られている。

(13) 『黒犬』は大正十三年十二月に完成されたが、『創作余談』から、若い頃に一度書いたものを書き直したものであることが分かっている。明治四十三年八月二十八日の日記に《「黒い犬」の創作を思ふ》とあるので、初稿の成立はこれ以降であり、どんなに遅くとも、志賀が人生観の変化を理由に「朝日新聞」連載小説の執筆を辞退した大正三年七月以前には書かれていたと推定したい。四十四年七月から十二月や四十五年一月から五月、大正二年十二月十二日以降は日記が残っていないので、十分、可能性がある。『黒犬』をすぐに発表しなかったのは、所謂「時任謙作」(「原『暗夜行路』」)や『暗夜行路』に組み込む可能性を考えたからかも知れない。

なお、「ノート10」冒頭の《四十四年十二月四日》付けの「日のある内のあかり」の直後にある《〇黒い犬のもえぎのへり朱のへり》というメモも、『黒犬』に関するものだった可能性がある。

(14) 谷崎精二の『明治の日本橋・潤一郎の手紙』(新樹社)所収「遠い明治の日本橋」(下町の暮し)に、日清戦争頃、文久銭が実際に使われていたという証言がある。

【付記】本稿は、「『黒犬』に見る多重人格・催眠・暗示、そして志賀の人格の分裂――【付録】麻布老婆殺し事件関係資料」と題して、「甲南国文」50号(平成十五年三月)に掲載したものに、今回、加筆・修正を施し、改題したものである。

なお、志賀直哉の文章の引用は、岩波書店版の新版『志賀直哉全集』(全22巻と補巻6巻　平成十~十四年)に拠り、「手帳」や未定稿の番号なども、同全集に従っている。

志賀直哉『大津順吉』論——再評価のために

はじめに——本稿の狙い

『大津順吉』は、完璧ではないが、十分「傑作」と呼ぶに足る作品だと私は思っているのだが、残念ながら、その真価を理解している人は、研究者の間にも意外に少ないように感じられる。本稿の狙いの一つは、この傑作を、徹底的に詳しく、深く掘り下げて読み直すことで、再評価を促すことにある。

また、私見によれば、『大津順吉』には、若き日の志賀直哉が、作家として目指していた努力の方向性（無意識的・身体的なものの重視）が、かなり透けて見える所があり、それを明らかに出来れば、志賀直哉という天才の理解に、大いに資する所があると思う。これが本稿の狙いの第二である。

なお、本稿では、志賀直哉の文章の引用は、岩波書店版の新版『志賀直哉全集』（全22巻と補巻6巻　平成十〜十四年）に拠り、「手帳」や未定稿の番号なども、同全集に従っている。

（一）予備的考察

①『大津順吉』のテーマ――草稿が「第三篇」と題された理由――「原《ウア》『大津順吉』」――雑誌掲載に伴う紙数の制約

『大津順吉』については、解釈の中心となるべきテーマの理解についてさえも、須藤松雄氏・中村光夫氏らの自我貫徹、池内輝雄氏の姦淫、山崎正和氏の不機嫌など、評者によって諸説に分かれ、いまだ定説を見ないようである。

しかし私は、少なくとも志賀が考えていた第一のテーマは、一番分かりやすい常識的な場所に、即ち『大津順吉』の開巻劈頭に掲げられていると思う。即ち、《十七の夏、信徒になつて、二十過ぎた頃からは私には女に対する要求が段々強くなつて行つた。私は何となく偏屈になつた。其偏屈さが自分でも厭はしく、もつと自由な人間になりたいと云ふ要求を時々感ずるやうになつた。然しそんな事も私の信仰を変へる迄には其頃の私としてかなり長い時日と動機となるべき色々な事件とが必要だつたのである。》という一段落の中の、《もつと自由な人間になりたい》がそれであり、その具体的な現われとしてキリスト教からの離脱と女中Cをめぐる家族との対立が描かれたのだと思う。

しかし『大津順吉』は、奇妙なことに、劈頭の言葉とは裏腹に、実際には志賀直哉が《信仰を変へ》、内村鑑三にお別れの挨拶に行った明治四十一年末に至ることなく終わってしまう。

また、『大津順吉』の終わり方は、女中Cとの事件を描くという意味でも変である。実際には、事件は《明治四十年八月三十日午前三時半》で終わった訳ではなく、この後も十月までは、志賀とその周辺に幾つも重要な動きがあり、志賀は家を出てCと住むべく、八王子まで家探しに行ったり、Cの家族に挨拶に行ったりしたが、その間にも次第に幻滅を感じ始め、取り敢えず結婚は先延ばしにして、Cに教養を付けさせるため裁縫女学校に入学させ、寄宿舎に入れた。この時点では、志賀は二〜四年ほど考えて最終的な決断をするつもりだったようだが、結局、四十二年四月にCに別れ話を切り出し、恐らく九月頃に正式に関係を断った。女中C事件は、本来なら、ここまで描かねば完結しないはずなのである（実際、志賀は、未定稿129「或る旅行記　青木と志賀と、及び其周囲。」（以下「或る旅行記」と略記する）や『過去』では、簡略ながら事件を終わりまで書いている）。

志賀は、予告したキリスト教からの離脱および女中事件を、なぜ中途半端な所で打ち切ったのか？　その理由を、私は、次のように解釈したい。即ち、〈志賀直哉は、「大津順吉」という題名のもとに、当時、一大自伝長編小説を構想しており、現在の『大津順吉』は、その一部というつもりで「中央公論」に掲載された、言わば未完の断片だった〉という解釈である。

この様に解釈する理由の一つは、『大津順吉』の草稿が、不思議なことに「第三篇」と題されている事実である（写真版で見ても、原稿用紙の端に迷いなく「第三篇」と題して書き始められている）。「ノート10」に書かれている『大津順吉』各章の内容概略などから、この「第三篇」一五〇枚が、「中央公論」掲載を睨んで、明治四十五年六月六日から書き始められ、二十日に一五〇枚に達した『大津順吉』の草稿であることは確実である。それならば、なぜこの草稿は「第三篇」と題されたのか。また、その一方で、明治四十五年六月六日の志賀日記には、なぜ《「大津順吉」の長篇にかゝる》とあって、〈「第三篇」にかかる〉とは書かれなかったのか。

私はこれを以下のように考える。志賀は、自分自身を「大津順吉」という名前で主人公とし、その誕生から順に生涯を追って行く一大自伝長編小説をこの頃構想しており（以下この幻の長編小説を仮に「原《ウァ》『大津順吉』」と名付けることにする）、その内の誕生からキリスト教入信後暫くまで、言わば幼年時代・少年時代を『大津順吉』の

「第一篇」「第二篇」として描き、キリスト教から次第に離脱して行く過程とその後の模索期（言わば青年時代）を『大津順吉』「第三篇」として書くつもりだったのではないか。或いは志賀は、トルストイの『幼年時代』『少年時代』『青年時代』を真似た自伝的三部作を考え、その「第三篇」（恐らくは現行『大津順吉』よりもっと後の時期までを扱う長いもの）を『青年時代』に当たるものとして考えていたのかも知れない、と。これなら、志賀が『大津順吉』の草稿を「第三篇」と呼んでもおかしくないであろう。（注1）

証拠とまでは言えないかも知れないが、『大津順吉』執筆の一年余り前、明治四十四年二月十三日の志賀日記に、志賀が墓参りに行った所、先に行った義母が、死んで生まれた赤子の石の陰に、線香を隠して手向けているのを見付け、愉快に感じ、《此の事を、Cとの関係を主にした長篇の一部に入れやうと思つた。それは、今の昌子の生れた事に対するシニカルな見方を消す道具としてこれを用ひやうと思ふ。》と書いていることに、注意を促したい。何故なら、昌子の誕生は明治四十一年十一月十七日で、Cの事件の約一年後である。つまり、ここで言われている《Cとの関係を主にした長篇》は、『大津順吉』より、少なくとも一年以上後までをカバーする作品であり、《Cとの関係を主にした》という言い方が表わしているように、Cとの関係以外のことも、いろいろと含むような、正に自伝的な長編だったと推定できるからである。この日記の時点で、三部或いは四部以上の「原『大津順吉』」の構想が纏まっていたかどうかは分からないが、『大津順吉』よりは大規模な自伝的長編小説が念頭に置かれていたことは確かと言える。（注2）

さらに重要な証拠は、『廿代一面』の、《彼は最近、嘗て日本人が書かなかつたやうな形式で、一つの長篇を書かうと思つてゐた。それが出来ればどんなに小さく見積つても彼にはライフ・ウァークの第一段になるものだつた。のみならず、それによつて生活のあらゆる束縛から蟬脱する、そんな風に彼は思つてゐた。そして彼はその考から一時、自家を捨てる覚悟までしてゐた。

かう云ふ話を彼は興奮しながら或夜英介に話した。英介も一緒に興奮し、喜んだ。》という一節である（この《彼》＝伊作のモデルは里見弴で、「米田英介」が志賀である）。

ここで《嘗て日本人が書かなかつたやうな形式》の《長篇》と言われているものは、直接には、明治四十五年六月六日から書き始められた里見の自叙伝「小説　二十五歳まで」（里見弴未発表原稿集『雑記帖』所収）である。自伝的な小説としては、島崎藤村が既に『春』を書いていたのに、《嘗て日本人が書かなかつたやうな形式》と言うのは、恐らく、自分の誕生から始め、齢を逐って幼年時代・少年時代・青年時代と精神的成長を辿って行くトルストイ的な自伝小説だからで、事実、「小説　二十五歳まで」は、芸術的価値は低いが、そういう形式で書かれている。志賀が《それが出来ればどんなに小さく見積つても彼にはライフ・ウァークの第一段になるものだつた》と言っているのも、その長篇が自分の生涯の一部分を扱う《第一段》で、その前後を書き加えて行くことで《ライフ・ウァーク》になる、という意味であろう。

この里見の構想に対し、志賀が《一緒に興奮し、喜んだ》のは恐らく事実通りで、この場面のモデルになっている明治四十五年三月十六日の志賀日記には、《伊吾だけ来る。翌日のアケ方四時まで話してかへる。伊吾はいよ〳〵家を出て、自叙伝を作らうと思つてゐる決心を話した。（中略）伊吾が此決心は積極的の意味あれば自分は愉快を感ずると答へた。今月末に出かけるらしい／自分の小説「青木と自分」を朗読して聞かせた。／二時間かゝつた。》とある。

志賀は、家を出、《自叙伝》を書くことで自己を確立しようとする里見の決意に共鳴し、言わばエールを送る意味で、自分の書きかけの自伝的小説「青木と自分」（＝「或る旅行記」）を朗読して聞かせたのだろう。

それだけではない。五月二十五日には、《「廿四才」を少し書いて見る／自分は今は書くより読む事が大切である。書く事を第二にして少し読む。考へる。》と日記に記されている。この「廿四才」は残っていないが、『大津順吉』

の原型の一つと考えられる。しかもそれは、三月十六日に里見から聞かされた《自叙伝》の構想に刺激された、齢を逐って書くようなタイプの《自叙伝》としての「原『大津順吉』」の内の「廿四才」の部分、つまりは明治三十九年の稲ブリンクリーのパーティーの前後を書きかけて、すぐに中止したものだったに違いない。

さらに興味深いのは、志賀が『大津順吉』の草稿「第三篇」を書き始めた六月六日に、里見も同時に「小説　二十五歳まで」を書き始めている事実である。これは、恐らく偶然ではない。志賀が自伝的長編連作としての「原『大津順吉』」に取り掛かると聞いて、それなら自分も、三月十六日に志賀に構想だけ話していた自叙伝に、二人競作の形で、実際に取り掛かろうとしたのであろう。

だから志賀は、十枚ずつと決めて六月六日から九日まで書いた後、六月十日の日記によれば、《伊吾の家へ》自分から出掛けて行き、《伊吾の「廿五才まで」を見た》。これは、たまたま遊びに行って、見せられたというのではあるまい。里見が自叙伝を自分と同時に書き始めていることを知っていて、その出来映えが気になって、見に行ったのである。

この様な里見との経緯から見て、『大津順吉』は、誕生から順に生涯を追って行く自伝的長編連作の一部分として書かれた可能性が極めて高いと言えるのである（注3）。

そもそも、「大津順吉」という主人公名は、「志賀」を滋賀県との連想から「大津」に変え、「直哉」を似た意味の「順吉」に変えただけのものなので、自分を「志賀直哉」という本名で小説に登場させるのと大差はない。だからこそ志賀は、『大津順吉』発表後の他の自伝的・私小説的作品『鵠沼行』『和解』『蝕まれた友情』でも、順吉や大津として自分を登場させているのである。

しかし、これらの作品を、志賀が『大津順吉』と題することはなかった。それでは、主人公名だけでなく、作品名までも『大津順吉』（または『志賀直哉』等）とし得るのは、どんな場合だろうか？　それは、志賀直哉の生涯の中の相当に長い期間を扱う自伝的長編以外にはありえないだろう。であるならば、『大津順吉』という題名は、現行のそれのような比較的小規模な一つの作品だけの題ではなく、もっと大規模な自伝的大長編小説か、自伝的連作群の総題にする方が遥かに相応しい題名であり、志賀自身も最初はそのつもりだった可能性が高いのではないだろうか。

事実、『大津順吉』の後すぐに取り掛かった自伝的な長編小説・所謂「時任謙作」も、最初は主人公名を大津順吉として書き始められ、内容も、キリスト教を棄てた後の志賀が、さらに《もつと自由な人間に》なるために行なった模索をモデルにしたものであり、当初は「原『大津順吉』」「第三篇」の最後の部分として書き始められた可能性が高いのである。(注4)

また、現在『暗夜行路』草稿1とされているものと、「ノート10」の〈ノート後より〉にある《○陸前石の巻住吉町に生れた》から《○母の死と新しい母、》に到る幼少時代についての年代順の覚書は、「原『大津順吉』」「第一篇」のためのメモである可能性があり、(注5)また『濁つた頭』草稿とされている主人公を大津姓で書いているものは、「第二篇」の草稿の一つかも知れない。後者はナンバーが69まであって、それを75と修正してあるので、或る程度長いものを書こうとしていたことが分かる。

『暗夜行路』はフィクションではあるが、その前篇第二の三で、時任謙作が《自分の幼時から現在までの自伝的なものを書かうと》する背景には、大自伝小説群として「原『大津順吉』」を書こうとした事実があったのではないか。

後の所謂「時任謙作」も、「原『大津順吉』」「第三篇」を書き継ぐつもりが、アナトール・フランスの『エピキュラスの園』から生じた空想に基づいて、理想化を施し、虚構性を強めた為に、主人公名を変えたものと言って良い。そして、それが挫折後、別の虚構軸を導入して書き替えられたものが、『暗夜行路』になるのである。つまり

「原『大津順吉』」は『暗夜行路』の最初の出発点でもあるのである。

しかし、『大津順吉』の「第一篇」も「第二篇」も発表していないのに、「中央公論」にいきなり『大津順吉（第三篇）』という題で載せる訳にはいかないだろう。だから志賀は、六月二十日に草稿「第三篇」が百五十枚に達し、「全体の構造」を作ろうとした時には、「ノート10」に『大津順吉』という題で各章の内容を要約し、その欄外に『大津順吉の或る一時代』という題名の候補をメモし、『大津順吉』「第一」の二回目の草稿を書き終えた六月二十八日の日記では、《「大津順吉の過去に」といふ題にした。》と書いたのであろう。「或る一時代」とか「過去に」を付けて限定した方が、「原『大津順吉』」の一部分でしかない「第三篇」の実態には即していたからであろう。それが結局『大津順吉』という題に落ち着いたのは、この方がすっきりした題であるからか、「中央公論」側の意向か、どちらかであろう。(注6)

『大津順吉』を「中央公論」に掲載したことは、題名に影響しただけでなく、むしろ内容の方に、さらに大きな影響を及ぼしたと推定できる。

と言うのは、当時「中央公論」で小説を連載した例はなかったし、志賀は「中央公論」へは初めての寄稿で、紙数を大幅に増やすよう要求することも出来にくかったであろう。『大津順吉』は、数えてみると、四百字詰原稿用紙で約百三十四枚分あるようだが、「中央公論」から支払われた原稿料は百円だったと言うから（大正元年八月二十七日日記）、もともと一枚一円または八十銭で百枚以内という約束だったため、オーバーした分は支払われなかったのではないか。(注7)

いずれにしても、志賀は、「原『大津順吉』」「第三篇」即ちキリスト教からの離脱の過程を、一度に「中央公論」に掲載することは、到底不可能だと知っていたはずである。だから、途中までで良いから書こうと考え、取り敢えず試しに草稿「第三篇」を書いて、何をどの辺りまでなら載せられそうか見積もってみた。(注8)その結果は、二百字詰・百五十枚、即ち四百字詰・七十五枚に達した時点でも、まだ千代との恋愛に到達していなかった。そこで、志賀はその時点で《「全体の構造」を作》（六月二十日の日記）って見て、抜くべき所などを決めたに違いない。その結果、一（輔仁会大会）・二（入信の経緯）、合わせて七千字以上をほぼ全文削除した他、ウィーラー・千代以外の女性たちとのエピソード（まき・西洋料理店の女給・箱根で知り合った女学校教師）をすべて取り止め、武者小路実篤の登場シーンも一つ削って、千代のことを書く紙数を確保しようとしたのである。また、全体を二部に分かつことも、この時点で決めたらしい。「ノート10」の『大津順吉』内容メモの後に、《2nd part. 好きになる事か、》とあるのは、どこで二部に分けるかのアイデア・メモである。

志賀はこのようにして、〈完成形〉（以下、草稿「第三篇」を〈草稿〉と略記し、現行の『大津順吉』を〈完成形〉と表記する場合がある）の細かい内容、そして有島壬生馬に手紙を書く所までという終わり方も決めて行ったに違いない。そして、今回載せられない部分は、また別の機会に書き足せば良いと、その時には考えていたのであろう。

こうした作者側の裏の事情が、作品冒頭で《信仰を変へる迄》を書くようなことを謳って置きながら、キリスト教からの離脱も女中C事件も、書き切ることなく終わらせてしまうことに、志賀が平気でいられた原因と考えられる。

しかし、「それでは、『大津順吉』は、尻切れとんぼの断片で、完成作品として論じるに値しないものなのか？」と問われれば、私は「断じて否」と言いたい。『大津順吉』は、このままでも十分な価値を持つ見事な芸術作品なのである。それは、次の「②所謂「断層」問題」の所で説明するように、志賀がこの作品の構成について、かなりよく考えて書いていることと、部分々々の表現の素晴らしさに依る。

一方でまた、仮に志賀が、女中C事件やキリスト教離脱の経緯を結末までたどれるように加筆した場合、『大津順吉』がもっと優れた芸術作品になるかと言えば、むしろ逆に、芸術性を損なうことにしかならないだろうと私は思う（志賀直哉もそう思ったからこそ、加筆しなかったのであろう）。扱われている事柄の内容的完結と、芸術的完成とは、全く別次元の問題なのである。

ただし、志賀が当時、「原『大津順吉』」「第一篇」「第二篇」そして『大津順吉』の続篇を書くつもりでいたことは、『大津順吉』の書き方に、一部迷いを生じさせ、多少、完成度を下げる結果になっている、と私は思う。『大津順吉』は、単独で読んでも理解できるように書いてあるが、例えば「第一」の（一）と（二）は、「原『大津順吉』」「第二篇」を書いた暁には、要らなくなる部分であろう。他にも、志賀直哉の明治三十九年九月以前の事実に言及した部分（「第一」の（三）と（四）の一部）や「第二」の（六）で自分が住んでいる「離れ」の説明をしている部分、「第二」の（九）で（　）内で祖母と自分との関係を説明している部分、「第二」の（十二）で《私共と周囲の大人たちとの関係を語った部分なども、要らなくなるかもしれない。そういう意識が働くために、これらの部分は、取り敢えず仮に書いて置くという感じになったのではないか。志賀直哉は発表直後、『大津順吉』のことを余り良く言っていない（『暗夜行路』草稿2の（四））が、こうしたことも、その一因かも知れないのである。

②所謂「断層」問題――二部構成の意図

『大津順吉』については、須藤松雄氏が『志賀直哉の文学』で、《K・Wとの恋ではあのような態度しか取れなかった順吉が、わずか半年の間に、千代とただちに肉体的にも結び付き、激怒して家人と抗争する順吉に変わりえた》理由が充分説明されていないとして、「第一」と「第二」の間に《断層めいたものを感じ》ると述べた事を切っ掛けとして、「第一」と「第二」の間にある所謂「断層」が、研究者の間でしばしば論議を呼んで来た。（注9）

実は須藤氏の疑問自体は、単純な誤解によるもので、志賀のつもりとしては、順吉が絹ウィーラーに対して全く消極的だったのは、結婚したいと思わなかったからであり、千代に対して積極的な態度を取ったのは、本当に結婚したいと思ったからである（この事は、〈草稿〉（八）の最初の方を読めば、明らかである）。仮に順吉がキリスト教を棄てた結果、千代に対して積極的になれたと言うのであれば、確かに信仰の変化が説明されていないという疑問が生じるが、順吉はキリスト教を棄てておらず、偶然、千代が女中として勤め始めた結果、結婚したい相手に巡り会っただけなのだから、説明の要もない訳である。

『大津順吉』冒頭にあるように、キリスト教は「妻にする決心のつかない女を決して恋するな」と命じているだけで、結婚を前提とした恋愛には、むしろ好意的なのである。さらに志賀は、結婚相手となら、挙式以前にセックスをすることさえも、神は許されるはずだと、当時考えていた（内村鑑三は認めなかったが）。

「第一」と「第二」の間には、従って、須藤氏が言う意味での内容的「断層」は存在していない。単に半年の時間的空白があるだけである。しかし、この二部構成については、なお一考の価値がある。と言うのは、〈草稿〉を書き始める段階では、まだ二部構成が考えられていなかったばかりでなく、志賀は、極めて重要なエピソードの一つ、明治三十九年十月三十一日に実際には行なわれた絹ウィーラー（稲ブリンクリー）のダンス・パーティーを、実際とは異なる四十年春に移すという操作まで施して、すべてのエピソードを明治四十年春（モデルとなったものは三月三日）の学習院輔仁会大会から切れ目無く順番に並べようとしていたからである。

ところが、〈完成形〉では、絹ウィーラーのダンス・パーティーを事実通り三十九年秋に戻すことで、約半年の断層を生じさせ、それによって、アンバランスに短い「第一」と長い「第二」に分けるという道を選んでいる。(注10)

それは、事実通りに書こうとしたからではない。〈完成形〉でも、例えば《親しい友達の一人が近頃真理を恐れ始めた》というキリスト教的なモチーフ（モデルとなる黒木三次に対する不快は、明治四十年六月二十八日、二十九日の日記と「手帳7」、明治四十年七月八日有島壬生馬宛書簡に出る）は、本来あるべき「第二」ではなく、「第一」の絹ウィーラーのダンス・パーティーの直前に移動させているからである。

そもそも志賀には、「自伝的な小説は事実通り書くべきだ」という考えがなかった。その事は、明治四十五年二月七日の日記の《「長篇」(注11)は事実を順序に書く事は無益であると思つた。摑むべき所を摑み。抽き出して来て、寧ろアレンヂして考へねばならぬ。》という一節によって、確かめられる。また、後年のものだが、インタヴュー『大洞台にて』（昭和二十三年九月二十五日「読売ウイークリー」）で志賀は、〔「私小説」と「本格小説」について先生はどういう見解をもっていますか。〕と問われて、《そういうものを書く傾向が多いが、僕は別に「私小説」を主張しているのでも何んでもない。しかも「私小説」といっても、あったことを、その儘、丹念に書くものでもないね。》と答えている。

それでは、二部構成にした目的は何なのか？　二つに分かれているという状態は、二つの間に両者を隔てる何らかの意味での断層・切断面があって、初めて可能になる事である。逆に言うなら、作者は、むしろそうした断層・切断面を作中に生じさせたいからこそ、わざわざ一つの作品を二部に分けるのである。では、『大津順吉』で志賀は、どういう意味で、断層・切断を必要としたのだろうか？

理由は幾つもあったであろうが、最大の理由は、「第一」がキリスト教への囚われを強調するパートだったため、弱い順吉でなければならなかったのに対して、「第二」では、千代との結婚をめぐって家族と闘わせねばならず、「第一」に比べて実際に強くなった訳ではないが、強気で積極的な順吉にする必要があったことであろう。

この順吉の変化に、須藤氏は違和感を感じられた訳であるが、実際にはこれは、同じ盾の両面なのである。キリスト教という思想を真理・正義と思うために、その性道徳の窮屈な枠からはみ出しそうになる自分を弱者と感じて苦しむのが「第一」であり、キリスト教の正義に従っている強者として、正しい結婚を貫こうと闘うのが「第二」なのである。しかし、「正しい結婚」に見えた千代との関係も、結局は正義感に災いされた若気の過ちであって、

『大津順吉』の中での順吉の変化・進歩は芽生えの段階に留まり、後年、キリスト教を棄てた時に、初めて本当の変化・進歩が生じるのである。

二部構成にした理由の第二は、順吉が《もつと自由な人間》になるというメイン・テーマを実現する上で必要になる具体的なサブ・テーマを分類し、それらを二つの異なるパートでそれぞれ扱うことで、『大津順吉』のメイン・テーマを読者により分かりやすくすることだった、と私は思う。

即ち「第一」では、自由な人間になるための第一歩として、キリスト教の性道徳に苦しめられ、その正しさを疑うというサブ・テーマが扱われている。これは「第一」の（二）で、恋を妨げている原因に挙げられていた《「境遇」と「思想」》の内の「思想」の方であり、同じ箇所に挙げられていた《「心」と「体」》の内では、「体」（性欲）の方の問題なのである。（注12）志賀自身の体験として、女中Cより先に起こったブリンクリーとの関係が、「心」からの恋愛と言うより、外面的な美しさに惹かれただけだった事が、「第一」で主に「思想」と「体」の問題を扱うことを選ばせたのである。

ただし、『大津順吉』では、キリスト教から来る「苦しみ」は強調されているが、「疑い」の方はまだ微かな萌芽に過ぎず、自覚的な対決と言うには程遠いものに終わる。それでも、この「疑い」と性をめぐる「体」の葛藤が、後に志賀がキリスト教を棄て、独自の人間観を打ち立てる上で大きな突破口になった訳であるから、この萌芽は、やはり重要な一歩なのである。

『大津順吉』「第二」では、自由な人間になるために、「第一」の（二）で言う「境遇」、即ち個人の自由を妨害している封建的な家族（ひいては社会）との葛藤が、サブ・テーマとして登場している。（注13）

ただし、家族との葛藤については、封建的なものは悪であるというような単純な問題としてではなく、志賀の家族との葛藤を反映した複雑で内面的な問題として扱われているため、『大津順吉』の作中では、充分な展開を見ないままに終わらざるを得なかった。

「第二」ではまた、《「心」と「体」》の内では、「心」（恋愛など）の方の問題が扱われている。「第二」のヒロインのモデルが直哉とは身分違いの女中であり、その恋愛に際して、複雑な心の葛藤があったことが、「境遇」と「心」を主に「第二」で扱うという選択に繋がったのである。

なお、「第一」「第二」を通じて、キリスト教に限らず一般に正義という「観念」への囚われを脱することと、身体性やイノセンスなどの回復がサブ・テーマとなっていると私は考えるが、これについては、後で詳しく述べる事にしたい。

志賀が、主要なサブ・テーマに従って、内容を二つのパートに或る程度振り分けようと試みていたことは、例えば、キリスト教の問題を、なるべく「第一」だけに集中させようと操作した痕跡があることから確認できる。

即ち、『大津順吉』執筆の直前に書いていた「或る旅行記」（五）では、Cとの事件当時、志賀が《考へとしても行為からいつてもカナリ堅いキリスト信者であつた》ことを正直に書いているし、事実、事件当時は毎週日曜日には内村鑑三の所へ通い、手帳にもキリスト教に関することをよく書いていたのに、『大津順吉』では、キリスト教の性道徳に苦しむ話を「第一」で中心的に扱った後、「第二」では、性欲に苦しむシーンは一切設けず(注14)、キリスト教という言葉や信仰を連想させる表現も全く使っていないのである（まだ信徒であることが確認できる表現も、《U先生の顔がいい》とか、角筈に枇杷を持って行くという程度しかない）。

また、《親しい友達の一人が近頃真理を恐れ始めた》というキリスト教的なモチーフは、前述の通り、黒木三次の事実から言えば、本来あるべき「第二」に置かず、敢えて「第一」に移動させた。

その一方で、「封建的な家族との対決」は、「第一」の時期にもあったはずなのに、それは一切取り上げなかった（父に自活を迫られたことは出るが、これは封建的な圧制としては意味付けられていない）。

また、「第二」では、「封建的な家族との対決」の一つとして、ウィーラーの電話を取り継がなかったというエピソードを入れているのだが、ウィーラーは「第二」ではもはや重要ではなく、千代をヒロインにするパートなのに、敢えて入れており、逆に「第一」でのウィーラーとの交際に対しては、家族の反対が全く描かれないのである（この問題については、（二）解釈と鑑賞の試み②『大津順吉』「第二」（iii）「第二」の（三）で、やや詳しく考察する）。

メイン・テーマ、サブ・テーマの明確化と並行する現象として、〈完成形〉では、構成についての作者の意識が、取り敢えず書いてみただけの〈草稿〉の時よりはるかに明確になっていることも（小説家として当然のことではあるが）指摘できる。

例えば、〈草稿〉では（四）で千代が絹ウィーラーの電話を取継ぎ、（七）では類似赤痢の時に祖母が「千代に足を揉んで貰え」と言うなど、千代を早くから読者の前に出して置こうとする意図が感じられる。が、〈完成形〉では、「第一」での電話の取継は無名の女中に変更され、類似赤痢の時にも千代は全く出していない[注15]。そうすることで、「第一」と「第二」のヒロインをはっきり別にし、キリスト教の性道徳に苦しめられ、その正しさを疑うというサブ・テーマ、従って「体」の問題に相応しい絹ウィーラーのエピソードと、個人の自由を妨害している封建的な家族（ひいては社会）との葛藤、および「心（頭）」の問題に相応しい千代のエピソードを、明確に分離しようとしたのであろう。

ウィーラーは、〈草稿〉では、順吉がかなり恋愛的な感情を抱いている対象として描かれていたが、〈完成形〉では、恋愛感情を殆ど消し去ることで、恋愛ではなくキリスト教のせいで「開けない男」になったことが問題の「第一」と、恋愛結婚が問題になる「第二」のサブ・テーマの違いを明確にしようとしている。

ウィーラーは、〈完成形〉でも「第二」の（二）（三）に顔は出すが、それは、順吉が若い女と付き合う事を禁じようとする封建的家制度の例として出されているに過ぎない。また、「第二」の（六）で、順吉の日記に書かれる時には、千代とは違って結婚相手にはならない女として対比するために過ぎないのである。

同時に志賀は、〈草稿〉では取り上げていた「まき」(注16)と西洋料理屋の女給(注17)と箱根の宿で知り合った女のエピソードをカットすることで、順吉にとって初めての恋愛対象としての千代の存在感を、より強化している。

〈完成形〉ではまた、冒頭「第一」の（一）に《もつと自由な人間になりたいと云ふ要求》云々という一節を設けて、メイン・テーマを明確に打ち出している。これに対して、〈草稿〉冒頭の乃木希典、新渡戸稲造、そして学習院の生徒たちに対する不快は、封建的なものとの戦いという〈草稿〉段階でのメイン（またはサブ）テーマに関連するものではあろうが、テーマとして明確に分かりやすく説明したものにはなっていない（必ずしも、分かりやすくすることが、常に大切という訳ではないが）。また、恐らく〈草稿〉では、（三）の《ゴルキーに出て来る強い自由な男に自分は惹きつけられた。（中略）教えに接する前三四年間の自由な生々した生活を恋しく思ふ事が多くなつた》という一節が、キリスト教からの解放というもう一つのメイン（またはサブ）テーマを表わすものだったと思われるが、構成がごちゃごちゃしているため分かりにくい。

〈完成形〉ではまた、同じ「第二」の（二）で、《「心」と「体」とが絶えず恋する者を探しながら、「境遇」と「思想」とにさまたげられてゐる、その不調和が苦しくて〳〵ならない》と、サブ・テーマを明確に繰り返す部分を作っているし、他にも、「第二」の（四）の《開けた人間で私がなかつた》、《私には禁慾的な思想と、それから作られた第二の趣味と性質とがあつた》、「第一」の（五）の《考へれば考へる程、私が（中略）「開けない男」である事が腹立たしくなつた。自分は何時の間にこんな男になつて了つたらう》と、サブ・テーマを繰り返し、明確にしている。

なお、作品の結末は、作品のテーマを考える上で最も重要な手掛かりになる部分であるが、〈完成形〉末尾での順吉が、「第二」冒頭の籠の中の「あうむ」と意図的に結び付けられていることと、その前に出て来る《其時の現在に於て、（中略）私共は皆何かに狂つてゐる猪武者に過ぎなかつたであらう》という一節は、作者がこの作品で、主人公を「まだ自分の問題を解決できずにいる青年」として、また（最終的な敗北者としてではないが）取り敢えずは敗北者として提示するつもりだったことの、明らかな証拠と言える。

③『大津順吉』はどこまで事実に忠実か？――Cとの恋愛の場合

『大津順吉』のように事実をモデルとした小説の場合、作中のどこまでが事実通りで、どこがどう変えられているかを調べなければ、作者の意図や工夫の実態を明確には出来ない。しかし、普通は、モデルとなった事実について詳細な記録が残らないため（文献を下敷きにして書かれる歴史小説などの場合は可能だが）、小説と事実との差異を確認することは難しい。ところが『大津順吉』の場合は、Cとの事件当時の手帳類が残されており、志賀自身も『大津順吉』執筆の際、その手帳類を参考にして書いているため、相当多くの箇所について、事実と小説の異同を確認することが可能なのである。そこで、この滅多にない好条件を最大限に活かすべく、以下しばらく事実と小説を比較・考察することを通じて、『大津順吉』はどの程度まで事実に忠実なのか大まかな見当をつけ、同時に、『大津順吉』で、志賀がどういう創作意図で事実を作り替えているのかも、大まかに考察してみたい。後の「(二)解釈と鑑賞の試み」に回した方が分かりやすいものもあるので、それらはそちらで取り扱うことにし、ここでは専ら「第二」(六)以下で描かれている順吉と千代の恋愛についてのみ検討を試みることにする。

そもそも志賀は、『大津順吉』執筆当時、Cとの恋愛事件、そして事件当時の自分をどう考えていたのだろうか？『大津順吉』執筆の直前に書かれた「或る旅行記」(五)でも、『大津順吉』の翌年に書かれた『暗夜行路』

草稿13の（十六）でも、事件から二十年後の大正十五年十月に発表された『過去』でも、志賀が最終的にCに幻滅して、自分の意志でCと別れたことははっきりしている。

それでは幻滅した原因は何か？　『過去』は時期が離れ過ぎていて信憑性が低いので、執筆時期が早く、また、登場人物も実名のままの未定稿で、意図的な事実の改変が少ないと期待できる「或る旅行記」（五）によって考えると、幻滅の原因は主に、Cが《小学校を卒業したゞけの》教養のない、《恋の悲劇の女主人公になるには余りに気楽な女》だったことにある（Cは当時、満十六歳だから無理もないのだが）。志賀はその為、一旦結婚を延期して、自分の小遣いの一部で、Cを佐原の井上裁縫女学校（現・学校法人井上学園　千葉萌陽高等学校）に入学させ、一年半ほど寄宿舎に入れて教育しようとしたが、暫くしてCから来た写真の田舎臭さに我慢できず、破り捨てたし、Cが書いて寄越す手紙は、どれも幻滅の種にしかならなかったと言う。（注18）

しかし、当時は、一度でもセックスをした以上は結婚しなければ姦淫罪になると思っていたため、志賀がCに別れ話を持ち出すのは、明治四十一年末にキリスト教を棄てた後の、四十二年四月十三日（明治四十二年五月二十一～二十八日有島壬生馬宛書簡）で、多分、同年九月に《向ふの叔父との話も済むで別れる事にした》（「或る旅行記」）ようである。（注19）

ここに私見を加えるならば、間違いの元は、志賀・Cともに恋愛経験が殆ど無かったこと、身近に交際可能な若い異性が殆どいなかったこと（これらは当時は普通の事である）、（注20）志賀の方は、キリスト教のせいで性欲を抑えきれずに苦しんでいた時だったこと、今後再び恋愛のチャンスがあるかどうか分からないと思っていたことも加わって、「好き（like）」や「セックスをしたい」というレベルだった相手を、「一生を共にすべき相手」と誤解してしまったこと、などにあるのであろう。なまじCに惚れ込み、魂を奪はれるというような恋ではなかったことも、「冷静によく考えて決めたことだから大丈夫だ」という誤った自信に繋がったのであろう。また、家族の反対も、単純に身分違いを理由に暴力的に引き裂こうとする、封建的で不当極まりないものだったため、逆に、屈服すれば正義に反してしまうという気持を強くさせる結果になったと思われる。

　志賀はCとの婚約については、婚約の三日後、明治四十年八月二十五日に祖母の反対を受けて、早くも「二人の愛はまだ十分強くないから」《一先づ破約してもよい、》と「手帳9」に書いていた。しかし、その夜、Cと肉体関係を生じてからは、キリスト教の信仰や武者小路の応援もあって、家を出ることも辞さない姿勢で、頑強に意志を貫き通そうとした。しかし、祖母の病気もあって、「或る旅行記」によれば、九月二十四、五日に八王子で住む家を探した頃から、徐々に後悔が心の奥に兆し始め、十月二十四日には父に「結婚については二~四年、考えたい」という手紙を出して、延期を決めている。しかし『大津順吉』では、Cとの事件は八月末までしか書かれていないため、順吉は熱烈な恋愛でないことは、はっきり意識しているが、後悔するにはまだ至っていない。その為、「志賀がこの恋愛を全面的に肯定してこの作品を書いている」という読みも生じかねないが、それが誤読であることは、以上の事実から明白である。

　それでは、志賀は事件から五年後、『大津順吉』を執筆する際には、この恋愛事件をどのように考え、どのような解釈で書こうとしていたのであろうか? 既にCに幻滅して手を切っている以上、この恋愛を積極的に評価するということは、勿論あり得ない。大雑把に言えば、「若気の過ち」と考えていたであろう。しかし、それをさらに厳密に言うと、どうか。

　「或る旅行記」で見る限り、志賀は、自分がキリスト教的な思想に基づく正義感に囚われていたことが、事件の大きな原因だったと考えていたようである。従って、ここで予め結論を言ってしまうならば、『大津順吉』では、キリスト教から解放され《もっと自由な人間》になるというメイン・テーマのもとに、キリスト教のせいで生じた誤った恋愛事件として、この事件を位置づけようとしていたと推定できるだろう。

「或る旅行記」（五）によれば、事件当時の志賀は《カナリ堅いキリスト信者で》《猛り狂つて騒いだ点は今の青木（注21）と殆ど変らなかつた。権利を主張し、理屈をいふ点では遙かに烈しかつた。》《彼は彼自身のアッフェヤーを総て正義の為めといふ考へからばかり考へてゐた。然しこれは彼の本然の要求ではなかつた》。《志賀が彼の事件に対してとつた態度は外見からはあくまで勇者の態度であつた。》《理屈に捕らはれて、何所までもガン古だつた》が、《彼の心は決してそんなに勇者でも傲慢なものでもなかつた》。実は武者小路実篤（彼もキリスト教の影響を受けていた）の影響が大きかった。（注22）祖母に対しては屢々、《僕のしやうといふ仕事は今の誤つた社会に反対して、正しくしやうといふのが目的なのですが、今若し、私が自家の人達に自分の全く認められない理屈で譲歩したとすれば私の仕事の立場はそれでなくなるやうなものなんです。宗教上からいつても罪人になるかならぬかといふ所なのです》（八月二十五日の「手帳9」もほぼ同じ）と説明していた。《だから彼はどんな事をしてもCを捨てる事は出来なかつた。然しそれは何所までも理屈からで彼の感情は》恐らく九月下旬頃からは次第に《Cのやうな女の為めにそんな苦しみをするのが馬鹿々々しくなつてゐたのである。が、其感情もハッキリと（中略）頭に浮べるやうな事は当時の彼として迚も其賤しさに堪え得なかつたのである》。

即ち志賀は、キリスト教の信仰に基づき、互いをよく知り合ってする恋愛結婚が理想の結婚であること（これは七月十三日頃、八月五日の「手帳8」などから分かる）、身分・階級は人間の価値とは無関係であり、従って身分・階級が違うことを理由に結婚に反対するのは間違いであること（これは八月二十五日の「手帳9」から分かる）、などをはっきり信念とし、意識していたし、自らが女中と結婚することが、《今の誤つた社会》を正す《仕事》の一環ともなると考えていた為、途中で間違いに気付き始めても、なかなか結婚を取り止めには出来なかったのである。

『大津順吉』でははっきりしないが、先に引いた「或る旅行記」の中の祖母に語った言葉からも分かるように、当時の志賀が思い描いていた《仕事》＝文学は、後年の志賀文学とは全く異なり、イプセンやゴーリキーのそれのような、内村鑑三的に社会を敵に回して正義の為に戦うような類いのものだった。(注23)

例えば、明治三十九年四月十日の「手帳2」には、「日本のイプセンになって天皇制を否定し、暗殺されるが、その人物が播いた種が五十年後百年後には立派な実を結ぶ」という話を、ゴーリキーの『フォマ・ゴルディエフ』のような小説に書き、世間の迫害を受け、自分の子供をゴーリキーに預け、その子が偉いIconoclast(注24)になる、という空想が書かれている。

同年五月二十七日付けの有島壬生馬宛書簡では、《ミレー、ホヰッスラーの如きは世の風潮に逆らつた人達ではあり、其迫害やら何やらが恰も思想家のそれのやうで、誠に痛切に感じた、彼等は猶且思想家である、英雄である、（中略）今の日本の美術家は（中略）何の傾向もなし、理想もなし》と言い、自分も《作家になれぬといふ事があるものか（中略）今の小説家のやうなあんな作家ではない　傾向を明かにした主張のある独創の作家になつて見せる》と書き送っているのである。

事件最中の明治四十年八月二十四日の「手帳9」でも、結婚相手は自分と自分の仕事を信じてくれる女でなければならない理由を説明して、《余のなさんとする仕事は或る時は友にそむかれ、家族にそむかれ又国民の多数に迫害されるやうな時もなしとはせぬ、かやうな時に自分に最も近い妻が世間のものと同様に自分と自分の仕事を解さずにゐたら其不快はどうであらう》と、書く程だったのである。『大津順吉』にも触れられている三十九年八月の未定稿22「（きさ子と真三）」は、こうした正義の戦いの矛先を、内村鑑三にも向けようとしたものだったと言って良い。

志賀が、Cとの事件がほぼ一段落した明治四十年十月中頃から月末に掛けて、木下尚江の『火の柱』を読み、民友社の「十二文豪伝」シリーズのシェリー・エマーソン・ジョンソン・ユーゴー・バイロン・ゲーテを立て続けに読み、その後、カーライル・ラスキン・トルストイを扱ったM.A.Ward著『十九世紀の予言者』を読んでいるのも、正義の思想を世界に鼓吹する大文豪たらんとする願望ゆえであろう。

しかし、こうしたキリスト教的・思想的な正義志向から、志賀はこの後、急速に抜け出して行く。志賀が内村のもとへ通った確実な記録は、明治四十一年五月十日が最後であり、私の想像では、七月下旬、「暴矢」（のち「望野」）に参加した辺りからは行かなくなり、十月二十八日の有島壬生馬宛書簡(注25)の後、年内に内村の所へ正式に訣別の挨拶に行ったのではないかと思う。それと歩調を合わせるように、文学についての考えも変化し、例えば明治四十一年十二月頃には、イプセンの話から里見弴と議論をした際、志賀は、「社会問題・政治問題の解決の為に書かれた小説（正義のための文学）は、芸術を手段に使う事であり、真の芸術から見れば一段下がったものだ」と発言するようになっていたのである（里見弴『文芸の岐路（所感）』及び『君と私』（二十）に拠る）。

こうして志賀は、ようやくバランスのとれた判断が出来るようになり、四十二年秋には、Cと別れるという正しい道を選ぶことが出来たのである。

しかし、志賀は、『大津順吉』では、こうした経緯をその通りに作中でなぞることはしなかった。それは、一つには、かつて信じていたキリスト教的な価値観も文学観も既に捨て、Cにも幻滅してしまった以上、当時の自分たちをそのまま再現することに、意味があるとは思えなかったからである。また、もし『大津順吉』で、志賀とCの恋愛を、正しい純愛として描くならば、志賀・C・武者小路が正義で、父・母・祖母らが正義に反対する悪役という単純な図式になってしまい、『大津順吉』は文学としての価値を持ち得ないからでもある。

そこで志賀は、実際には九月以降に起こる幻滅・後悔を言わば前倒しし、「順吉は、そもそもの最初から千代に対する愛に（無意識の警告である）不安を感じ、躊躇していたにもかかわらず、キリスト教的正義感など、「頭」中心の生き方に災いされて、誤った結婚に突っ走ってしまった」という設定にし、この設定に合うように事実を改変して書いたのである。そうする事で、先にも述べたように、キリスト教からの解放というメイン・テーマのもとに、この事件を明確に位置づけようとした、というのが私の考えである。

以下では、具体的に作中での描写を実際に辿りつつ、「手帳」から分かる志賀の実際とも必要に応じて比較を試みながら、私のこの結論が合っているかどうか、検証してみようと思う。

先ず、大きな枠組みとしての、「誤った結婚の大きな原因は、正義感に駆られた事にある」という考えは、『大津順吉』では、「第二」の（八）の箱根の場面で、次のような形で明確に打ち出されている。

《私は函根で考へた。が、それは狭苦しい中で、どう〳〵廻りをしてゐるやうな考へ方であつた。小さな帳面に千代の事をCとして、私は色々な事を書いてゐた。要するに私は私の躊躇は千代がそれ程美しくない事、及び千代の家《うち》が社会的に低い階級にあると云ふ事などから来てゐると云ふ風に、寧ろそれは脅迫観念的にさう考へられた。私は私の虚栄心を殺す事が出来ればそれで此問題は片がつくのだと考へた。》

また、この考えによって帰京後、愛を告白する際、結婚の事は言わずに千代の気持を確かめようとする自分の《ずるい態度》が、《みにくくて〳〵堪《かな》はなくなつて》、いつの間にか結婚を申し込んだ形になってしまう、という展開においても、やはり潔癖すぎる正義感が原因になった、としているのである。

これとほぼ同じ事は、後年の『過去』にも書かれている。即ち、《千代は田舎の左官の娘で、教養もなく、容貌も決して美しいとは云へなかつた。そんな点で、私は愛しながらも迷つてゐたが、仕舞に迷ふ自分に嫌悪を感じ、迷ふのは愛する気持が不純なのだと幾らか恐迫観念に近い考で、遂に決心し、打ち明けた。当時の私には愛情を打ち明けるといふ事は結婚の申出になつてゐた》。

しかし私は、これらは、先に述べた方針に基づく意図的な作り事であると思う（『過去』の場合は、志賀自身、

『大津順吉』の方が実際だったように、いつの間にか錯覚していた可能性も大いに考えられる）。何故なら、事件当時の実際の志賀は、Cが美しくないという事や知識・教養の差は確かに多少気にしていたが、「手帳」で見る限り、懸念よりもそれを打ち消し、結婚しようという気持の方が、一貫して遥かに強かったからである。また、貧富の差・家柄の差を気にして、それを理由に結婚をためらうという趣旨の記述は、「手帳」には一箇所もなく、従って、そういう理由で迷う自分に嫌悪を感じるという記述も、当然のことながら一箇所も無いからである（七月十一日の項に自己嫌悪と読める記述があるが、これについては、次に問題にする）。

それに、そもそも内村鑑三の忠実な弟子だった当時の志賀が、階級差や貧富の差を気にするということが、本当にありえたであろうか？

〈完成形〉では意図的に伏せられているが、〈草稿〉の（八）には、この頃の順吉が《富を呪》い、汽車は三等車にしか乗らず、人力車にも何ヶ月も乗らず、小遣いは、芸術研究のために全額丸善での買い物に使い、大学卒業後は田舎の貧しい中学教師になるつもりでいて、そうした価値観から、ウィーラーとは相容れないと思ったことが書かれていたし、「或る旅行記」にも、この頃の志賀が、武者小路のトルストイズムの影響で、益々ひどく《富を的てにする仕事を悪《に》く》んでいたことが書かれている。

また、『大津順吉』には出て来ないが、八月二十五日に祖母から結婚に反対された時、「手帳9」によれば、志賀は《平民の女と結婚したが為めに志賀家の血統が汚されるといふのなら志賀家を捨てゝ少しも差し支えない、といつた》。また、「手帳9」の九月十五日に帰京後のことを振り返った部分（以下、「九月十五日（回想）」と略記する）によれば、九月九日に、父から《Cを捨てればよしさなくば家を追ふ》と言われて《家を出る事にする》とある。[注26] 大金持だった志賀家の財産を捨てても良いと考えるような人間が、貧乏人との結婚を厭うということは、考えられないだろう。[注27]

『大津順吉』には、「第二」の（六）など、志賀が事件当時の「手帳」を自ら引用している例が幾つもあるが、志賀が「手帳」を読み返して見て、なおかつ僅か五年前の自分の気持を正しく想い出せず、全く誤解して気付かないということは考えられない。従って、これは意図的な改変と解すべきである。

例えば、志賀が残した記録で、Cへの愛を最初に記したものは「手帳7」の七月七日の項で、Cは「小学校しか出てないために趣味を解する機会を持った事のない女だ」と書きつつ、その《Cを余は愛してゐる（中略）余の愛が尚一年も不変にして（中略）其上、若し彼が余を思ひ、他に約束した人もないならば余は彼を妻としてもよい（中略）彼を愛するならば益々自ら聖く、これに対さねばならぬ》と、結婚に向けて積極的である。しかし、この日の記事は（三時間顔を見ないと淋しいという事以外は）『大津順吉』には使われなかった。

次にCのことを書いた七月十一日の項では、『大津順吉』「第二」の（六）に引用されている通り、自分に《愛を云ひ表すだけの勇気がない》ことを批判し、それを《悪い意味で》の《利口》さと捉えている。これは一見、「迷ふのは不純だという脅迫観念から愛を告白した」という『大津順吉』や『過去』と一致するかのようである。が、実際には、「手帳7」では、『大津順吉』に引用された《自分は何も云ふまい（中略）眼で彼を追ふまい》云々に続く部分で、《いけないと思ひつゝ、余は今やめたくない、多分明朝もやめないだらう》と愛の強さの方が勝っているし、その後の部分で《Cと結婚する堅き決心のつくまでは決して己が愛を彼にあかしてはならぬ、》と思いつつ、《（実はいやであるが）》と愛を明かしたくて仕方がないことが告白されている。つまり、「手帳7」の実際のニュアンスは、『大津順吉』の箱根の場面のように、「勇気がなく尻込みする自分を自己嫌悪し、無理矢理、尻を叩いて積極的に結婚に進ませようとする」というニュアンスではなく、「結婚に進みたがっている自分に対して一生懸命手綱を引いて引き留めようとしている自分もいるが、結婚に進もうとする力の方が強くて引きずられる」というニュアンスなのである。同じ「手帳」からほぼ正確に引用していても、省略の仕方によって、ニュアンスは正反対になる。志賀がこれを意図的にやっていることは、他の例をも検証することで、次第に明らかになる筈である。

次にCのことを書いた七月十五日の「手帳8」では、結婚相手として《低い生活を送つて来た、高き女を望むのである。》と、寧ろ経済的に貧しい階級出身の女性との結婚を望んでいる。（注28）勿論Cを念頭に置いてである。そして、結婚の条件を列挙した中で、《其人の（中略）無学と病気　生家の如何とは総て許す決心でゐる》と書いている。《生家の如何》とは家柄のことである。七月十七日の「手帳8」には、（十五日に）Cとお互いにもっとよく知り合うために友達になってくれと申し入れた際、《Cは私見たやうな賤しいものを友達なんて、と笑つて了つたが、余は賤しいのではない。と云つて聴かした》とある。七月二十二日には、《◎キリストの教は愛であつて理屈ではない、（中略）余はCを愛して初めて雇女に同情をひき起した、（中略）ア、今の金満家にして若しも貧民窟の一少女に恋し《（ママ）》をするならば、此男は初めて美しい同情を貧民に起すであらう、これはヒキンな恋の例であるが恋でなくて真の不偏なる愛を持つ時には人は憐れなる者を知らず顔に過せぬものである、（中略）人を愛する事の出来るやうになれば其人は聖人になつたのである、（中略）愛の泉からはこん〳〵として総ての善事善行わき出るべし、（中略）神は愛なり》と書かれている（これは志賀が当時、かなり熱心なキリスト教徒であったことの証拠ともなる文章である）。こういう発想を持つ人間が、身分違い・貧富の差を理由に結婚をためらうとは考えられない。

『大津順吉』「第二」の（六）には、七月二十二・二十八日の「手帳8」を踏まえた記述が七月二十日の日記として使われていて、その後半に、千代が家族に愛されて育ったことを聞いて、《一寸異様な感じがした》と書かれている。しかし、七月二十八日の「手帳8」や、八月二十四日にそれまでの事を振り返って書かれた「手帳9」にも、《異様な感じがした》に当たるような感想はない。ただ《奉公人といふと（中略）車夫や下男と同じやうなきやう遇で流れ込むで来るやうに思つた》（「手帳8」）のがそうでないと知って、非常に好感を持ったことが分かるだけである。『大津順吉』では、順吉と千代との生まれ・育ちの違いを強調しようとして、わざと《一寸異様な感じがした》という言い方にしたのであろう（(二) 解釈と鑑賞の試み②『大津順吉』「第二」(v)「第二」の(六)も参照されたい)。

また、七月二十八日の「手帳8」には、Cの家庭のことを聞いて、《Cは美しい家庭を持つた娘である、(中略)家が左官の親方であるのが何んとなく心持がよい、／モウ一年も話していよ〳〵自分の心が動かず、Cも自分を愛してくれるならば余は彼と約束しやう》とある。《左官の親方であるのが》なぜ《心持がよい》のかは、八月二十五日の「手帳9」の次の一節によって解ける。

《社会上の地位は何ゝである、人類の王はナザレの大工の子ではなかつたか、それに比するのでは勿論ないが左官の娘と結婚して何が悪いのだ》。

キリスト教徒だった時の志賀は、キリストが大工の子だったことに引っ掛けて、左官の娘と結婚することを誇る気持すらあり得たのである。志賀は、身分差・貧富の差を超えて結婚することに虚栄に近い誇りは持ったかも知れないが、身分差・貧富の差を厭う気持は、(九月以降になってCに幻滅し始めるまでは）全くなかったと見て良い。(注29)

この後『大津順吉』では、先に引いたように、箱根で散々結婚をためらった事になっているのだが、(注30)実際の「手帳8・9」には、そういう記述は殆どなく、八月五日には、《真面目な青年は(中略)彼等の家族と異つて階級について自由な考へを持つてゐる》から《maid と結婚する(中略)傾向が追々出て来るだらう》と、女中との結婚に対して肯定的な考えを書き、八月六日には、(『大津順吉』では触れられていないが)《自分は今、愛するCの顔が亡き母に何所か似てゐるやうに思はれて来た》と書き、八月十日、十一日、十四日と繰り返して、「Cに結婚を申し込もう」という決意を書いている。

ただ、唯一の例外として、帰京二日前の八月十八日の夕方から夜にかけての「手帳9」にのみ、結婚に対する不安が見られる。即ち、志賀は二子山に登って降りて来た後、夕暮れに山の麓から見た《荒涼たる》《景色の中に恋人を思ひ友を思ひ将来を思ひ、人の世を思》い、この《荒涼たる景色は（中略）人の世に似たる哉（中略）風は寒し、人の世は荒し》という感想を記し、さらに《恋は苦しいものである》とか、《余は（中略）意志は弱い》とか、自分は眠りから覚めて居ながら起き上がれない《最も不幸なるものである》とか、「Cとの知識の懸隔が大き過ぎるのは危険だから、結婚するなら知識を得させなければならない。が、Cが余と余の考えを尊敬して聞く気さえあれば、二人の結婚は幸福であるのだが…」とか、「独りで生きたい」「余等を終生苦しめるのは旧思想だ」「自分は自分ばかりを愛していて人を愛せないから苛々するのだ」等と、突然、暗い考えが書き並べられている。しかし、婚約後、八月二十四日にそれまでの事を最初から順に振り返って書いた「手帳9」の記述では、最初の内、慎重だったことは書かれているが、途中で結婚を止めようと考えた時期があった様子は一切ない。

この八月十八日の「手帳9」は、私の印象では、《人の世》の厳しさ、《旧思想》と戦うことの大変さ（例えば、身分違いの結婚に対して予想される反対・迫害・嘲笑。また、先に紹介したようなイプセン流文学者としての自分が世の中から受けるであろう攻撃）を主に考えていて、その時にCが自分にとって力強い味方になれるかどうかや、父や祖母との軋轢に自分が耐えられるかどうか、自分が断固、家を出て自活できるかどうか、などを不安に思ったのではないか、という気がする。しかし、これらは飽くまでも或る一夜の想念に過ぎず、その影響力が小さかったことは、この後、結婚に突き進んで行った事実が証明している。

なお、志賀はこの翌朝《午前六時》に《昨夕立つた二子山の麓に》（「手帳9」八月十九日の項）までわざわざ出掛けて、日の出の光景を見た。それは、昨夜の暗い想念を打ち消す為だったのではないだろうか。また、十九日のメモには、《今日風呂で風呂の湯をたゝいて見た、力を入れゝば入れる程其抵抗がひどく　そつとすればそつとする程抵抗が少ない》とあるが、これも、《人の世》・《旧思想》・家族との戦い方を念頭に置いて書いたものだったのではないかと思う。

話は前後するが、八月十四日の「手帳8」（そして八月二十四日の「手帳9」）には、ツルゲーネフの『片恋』の《（前略）こんな事は未だ幾らもある事だ、まだ〳〵之よりも嬉しい面白い事もあらう……と思つた。》という部分を引用して、感想が書かれていた。ところが、『大津順吉』「第二」の（八）にこれを使用する際には、そもそも二葉亭の翻訳には無く、従ってこの「手帳8・9」にも勿論無かった、《然し遂に来なかつた》という脅迫的な響きを持つ一句が最後に付け加えられ、順吉がこれを《運命の暗示》として強く受け止め、《これを進まずに避けるならば、それは（中略）臆病者の行《おこなひ》である。》と、脅迫観念的に受け取ったように書かれている。

「手帳8」（八月十四日）にも、多少これと似た、《此際結婚を迷ふのは思慮あるといふ》より《臆病なる心からのシリゴミと見られる》から《余は断然帰京してCに己が心を打明けやう》という一句は確かにある。しかし、こちらは脅迫されて躊躇しながら前に進むというニュアンスではなく、結婚したいという元々の考えに援軍を得て勇み立つというニュアンスである。

また、八月二十四日にそれまでの事を振り返って書いた「手帳9」の記述でも、『片恋』を読んで考えた事は、《今度の機会が二度とない機会かどうかはそれはワカラナイ（中略）然しこんな機会はいくらもあると思ふのはそれは誤りである、だから余は此よき機会に出来るだけ注意深く、此問題をとりあつかつて而して若しも、Cが余を愛してくれ尚《（なお）》解してくれたら、約束をしやう、今余がそれを避けるのは、思慮あるしかたといふより、憶病な重荷を背負ふ事を恐れる者の仕方であると思つた》というもので、少しも脅迫観念的ではなく、冷静に熟慮した上で、自分の希望通り、結婚に向かって一歩を進めようと判断した、というニュアンスになっているのである。[注31]

また、『大津順吉』「第二」の（八）では、八月二十日に箱根から帰京した時点での心境として、《若し千代に約束した人とか好きな人とかがあれば自分は一も二もなく念《おも》ひ断《き》つて了はうと思つた。私は千代にさういふ人があつてくれればいいと思ふ心さへあり得たと思ふ。若し千代に許婚があると云ふ事であつたら、私は失望しながら喜んだかも知れなかつた。》と書いてあり、これは明らかにまだ箱根にいた時の八月十四日の「手帳8」に基づくものである。

しかし、「手帳8」の方では先ず、《余は断然帰京してCに己が心を打明けやう（中略）而して若しいやだといつたらその理由を聞かしてもらう《ママ》はう、／余は左の理由の場合には断然彼を思ひ切る、》という前置きがあって、その後に『大津順吉』に引用された箇所が来るのだが、それも、《Cが前より恋してゐる男があつてそれと約束があるとか、或は心から余を愛しないとかの如き全然相入れざる理由ある時にはそれは余は苦痛を堪えて彼を思ひ切るであらう、》となっており、《苦痛を堪えて》思い切るとは言っても、「千代にさういふ人があつてくれればいい」とか「その方が喜ぶ」などとは何処にも書かれていないのである。

また、「手帳8」の方では、右に続けて、《然し世間を恐れる事或は親の意志等を恐れるよりして余が願を入れざる時には、[注32]余は言葉をつくしてそれの誤りなるをいふであらう、》とあり、Cが「愛していない」と言うなら思い切るが、身分違いを心配して断ろうとするなら、言葉を尽くして説得しよう、と言っているのである。そして、このメモの最後は、《若し彼が余の妻になる事を喜むでくれたら余はどんなに嬉しいだらう》と締め括られているのである。志賀は、このメモの全文に眼を通した筈であるにもかかわらず、敢えて、意味をすり替えて使っているのである。

『大津順吉』「第二」の（八）では、八月二十日に帰京後も《未だ私には堅い決心が出来てゐなかつた》として、《帳面に「若し此決心が一年、変らなかつたら」とか「結婚するにしても今のCには二三年間の学校教育が必要である」こんな事を書いてゐた。》とあるが、八月二十日から愛を告白する二十二日までの間や、それ以降の「手帳」には、これに該当する記述は全くない。「若し此決心が一年、変らなかつたら」に当たる記述は「手帳7・8」にあるが、それは恋愛を自覚し始めたばかりの頃の、七月七日と二十八日のものである。そして「手帳9」の「九月十五日（回想）」では、《八月二十日、――芦の湯より帰る、段々お前を深く思ふやうになつた、》となっている。こうして、愈々Cと婚約する八月二十二日がやって来る訳だが、『大津順吉』では、《私は何にしろ千代が私をどう思つてゐるかをはつきり知らずにこんな事を考へてゐても仕方がないといふ気がした》ため、《結婚の事は一言も云はずに千代がどう自分を思ふかを尋ねようといふつもりであつた》。そして《千代に許婚があると云ふ事であつたら、私は失望しながら喜んだかも知れなかつた。》と書かれている。

念のために確認して置くが、『大津順吉』では、順吉と千代が、用事などで短く言葉を交わす場面ならば、「第二」の（一）以降、殆どの章にあるし、「第二」の（六）で引用されている七月二十日の日記には、千代と話をして家族のことを聞いたという記述がある。しかし、それらはちょっとした雑談・立ち話以上のものとは考えにくく、長時間、二人っきりで、心を開いて話をしたことは、この愛の告白以前には一度もなかったと見て良い。順吉が、「千代は自分を好いてくれている」と判断しうる根拠も、僅かに一つしか挙げられておらず、それは（六）の七月十一日の日記の《彼も自分の傍で用をする事を好むやうである。》という一句である。が、これも順吉の主観的な印象に過ぎず、余り頼りにはならないだろう。こうした経緯を前提にすれば、帰京後も《堅い決心が出来てゐなかつた》り、《千代が私をどう思つてゐるかをはつきり知らずにこんな事を考へてゐても仕方がない》と順吉が思うことは、極めて当然であり、「振られた方が却ってすっきりする」と思う気持も理解できる。また、この程度の段階で一気に婚約まで進んでしまうこの後の展開は、全く無謀であり、不幸な結果に終わることが予感されるのである。

一方、現実の志賀は、七月十五日にCと友達になる約束をした時を含めて、手帳に記録があるものだけで三回は長話をしており、箱根に出発する前日・八月三日にはCの写真を貰って出発し、箱根で一度Cから手紙が来て、返事も出した（これらは『大津順吉』には出て来ないが）。結婚については、七月七日以来、繰り返し、しかも常に前向きに考えて来た。

また、志賀は、七月七日の「手帳7」の時点で既に、《Cも余を愛してゐるやうである》という感触を持って居り、《然しCは如何に余を愛するとも余を夫にする事は出来ぬとアキラメて居るらしい》と書いていた。七月十一日には、《彼の眼と余の眼は日に幾度会つて、口づけするかよ》と書いている。まさに「眼は口ほどにものを言う」である。また、『大津順吉』「第二」の（八）では、順吉が「千代を箱根に連れて行かないことになった」と告げた時、《千代は只笑つてゐた》事になっているが、実際は、箱根へ出発する時が近付くと、Cは《皆さんにゐなくなられるのが何むだか悲し》（「手帳8」八月二日の項）いと志賀に訴え、志賀は《Cの元気のないのは自分へ対してのものであらう》（即ち愛する志賀に会えなくなるからだろう）と解釈して喜んでいる。そして八月十一日には《余は断然Cと結婚しやう（中略）彼は多分余を恋しては居ないかも知れぬ、然し好きである筈だ》と書いている。だから、八月二十二日にCに結婚を申し込むことになっても、唐突な飛躍という感じは全く受けないのである。

こうした違いをよく頭に入れて、次に、婚約の際の『大津順吉』に描かれた順吉と、八月二十四日の「手帳9」に描かれた実際の志賀とを比較して見よう。

『大津順吉』では、先ず、順吉が《千代を部屋に呼んで、自分が愛してゐるといふ事を話した。然し決して熱烈な愛といふ程度のものではないといふ事をも話した。》とある。志賀の「手帳9」も、ここまではほぼ同じである。しかし、順吉が話らしい話をするために千代を部屋に呼んだのはこの日が初めてで[注33]、「友達」にもなっていないから、二人は主人側と雇人という身分的関係を変えることなく向かい合っている。即ち《私は縁側へよつた隅の机に背をつけてゐた》のに対して、《千代は次の四畳半から敷居を越した所にかしこまつて坐つてゐた》のである。『大津順吉』では、千代や妹が順吉にお茶や食事を告げに来る時に、千代は階段を登り切った所から膝を突いて、妹は隣の四畳半から手を突いて声を掛けている（「第二」の（一）と（五））。後で《村井さんのおかみさん》が階段を登りかけただけでも、順吉は《何だつて貴様は無遠慮に乃公《おれ》の部屋へ入らうとした》と激怒するのである。そうした身分関係を反映しているため、この場面でも千代は、辛うじて同じ部屋に入っていると言っても、敷居を僅かに越しただけで、女中としてかしこまった態度のままであり、縁側寄りの隅の机の前に座っている順吉とは、空間的にもかなり距離がある感じがする。愛は本来、両者が対等な立場でなければうまく行かないものであろう。二人が愛と結婚について語り合う状況を志賀がこの様に設定したのは、順吉の観念が空回りし、二人がちぐはぐなまま結婚に向かって事が進み、結局、破綻する結末を読者にはっきり予感させるためであろう。

それに対して、実際の志賀が話をするためにCを部屋に呼んだのは、この時が（少なく見ても）四回目で、毎回「友達」として対等の立場で長話をしていた。だからこの時も、本当は主人側と雇人という関係で向かい合っては居なかった筈だし、Cもかしこまっては居なかったであろう。もっとも、実際の志賀とCとの婚約も観念的で、最後は破綻した訳ではあるが、私は『大津順吉』の《千代は次の四畳半から敷居を越した所にかしこまつて坐つてゐた。》という設定は、全くのフィクションだろうと思う。

次に、《決して熱烈な愛といふ程度のものではないといふ事》についてだが、これは志賀の「手帳9」にも、確かにそう書いてある。が、『大津順吉』で「熱烈な愛ではない」というのは、煮え切らないプスプス燻《くすぶ》っているような「頭」中心の恋愛、本当に好き合っていると言えるのかどうかもはっきりしない恋愛、という事で、順吉が（九）で重見（武者小路実篤）に《ちつとも熱烈でないから（中略）不愉快で仕方がない》と言うように、順吉自身にとってもかなり不愉快な状況として捉えられている。

それに対して、八月十四日の「手帳8」（八月二十四日の「手帳9」はそれを書き写しながら少し変えただけなので、ここは十四日の方を挙げると）に志賀が書いているのは、《余がCに対する恋はCが姿容の美に全く魂を奪はれてゐるといふやうなものではない　即ち熱烈なる恋といふべきものではない　ジリ〳〵と根強くいとしく思ふやうな愛である、従つて余の心には充分の余裕のあるつもりである、二人の未来といふ事等に関して考へるだけの事は稍《や》や明確なる心を以つて出来る》ということで、志賀としては、冷静さを失っていないという、寧ろプラスの意味で使っていた言葉なのである。志賀はその事を百も承知の上で、『大津順吉』では、わざと通常の悪い意味にすり替えて使っているのである。(注34)

次に『大津順吉』の《私は結婚の事は一ト言も云はずに千代がどう自分を思ふかを尋ねようといふつもりであつた。私はまはりくどい、自分でもよく分らない事を切《しき》りにいつてゐる。それが、自分の思つてゐることはすつかり云はずに先方《むかう》の思つてゐることをすつかり聴かうといふ様なずるい態度であつた。その内に自分でもそれがみにくくて〳〵堪《かな》はなくなつてきた。》という一節についてである。

先に順吉は、箱根で千代との結婚について考えようとした時、《狭苦しい中で、どう〳〵廻りをしてゐるやうな》状態に陥ってしまった、とあったが、《どう〳〵廻り》とは、一つの中心点の周りをぐるぐる回り続けるだけで、何処へも進めない、脱出も出来ない不愉快な状態である。もちろん、この場合の中心点は「千代との結婚」である。順吉には千代との結婚への求心力となる千代への愛や、セックス・結婚への憧れと欲望も強くあるが、間違った相手と結婚しても一生離婚できないと考えているために、相手を選び間違えることへの恐怖心・警戒心（遠心力）も非常に強く、また千代は常識的には人から羨まれるような相手ではないだけに、結婚したくない気持も強かったのである。

箱根では順吉は、遠心力（結婚を躊躇させるもの）は《千代がそれ程美しくない事、及び千代の家《うち》が社会的に低い階級にあると云ふ事》だけであると無理に決め込み、それは間違った《虚栄心》だとすることと、『片恋』からの暗示とで、中心点＝千代との結婚へ向かって突き進むべきだと結論する。が、頭ではそう結論しても、帰京後もなお心は迷い続けている状態だったので、《千代が私をどう思つてゐるかをはつきり知》ることで、求心力か遠心力かどちらかを強めるような新たな材料を得て、均衡を破って、不愉快などっちつかずの状態を早く終わらせたい、と考えたのであろう。

　順吉がここで《結婚の事は一ト言も云は》ないようにしようと考えたのは、「千代との結婚」を恐れる気持から、必要以上に警戒し、話題にすらしないようにするつもりだった、ということであろう。そして、結婚とは切り離して、千代に順吉に対する恋愛感情が有るか無いかだけを言わせようとした。千代に許嫁があるかどうかも、結婚問題に触れるため、敢えて訊こうとはしなかった、ということであろう。

　しかし、その結果は、《私はまはりくどい、自分でもよく分らない事を切《しき》りにいつてゐる。それが、自分の思つてゐることはすつかり云はずに先方《むかう》の思つてゐることをすつかり聴かうといふ様なずるい態度であつた。その内に自分でもそれがみにくくて〳〵堪《かな》はなくなつてきた。》となる。《まはりくどい、自分でもよく分らない事》とは、具体的にはどんな事なのか、はっきり決めがたいが、大事なポイントは、これが箱根で体験した《どう〳〵廻り》の不愉快さの再現になっていることであろう。順吉と千代との会話が《どう〳〵廻り》になってしまう原因は、一番問題にすべき中心点、即ち結婚問題を、順吉は戦略的に避けようとし、千代は無理なことだと諦めているため触れようとしないことにあったのであろう。そしてそれを順吉は、ちょうど箱根で《どう〳〵廻り》の原因を自分の道徳的不純さに帰したように、自分が千代との結婚に及び腰である臆病さ、自分の本音は隠して相手にだけ本音を言わせようとする道徳的不純さ・卑怯さのせいだと考え、自己嫌悪に陥るのである。

　一方、志賀の実際はどうか？　八月二十四日の「手帳9」によれば、確かに志賀も、《結婚について一言もいはずにCが如何に自分を思つてゐるかをハッキリ聞いてそれから又考へるつもりであつた》と書いている。しかし、実際の志賀の方は、《Cが如何に自分を思つてゐるか》、つまり好きさ・愛の度合を正確に知りたいということを、自分としては当然の望みであり、それを単刀直入に聞いただけだ、としか思っておらず、自分を守るための汚らわしい駆け引きだとは少しも感じていなかったのである。だから、『大津順吉』の《私はまはりくどい、自分でもよく分らない事を切《しき》りにいつてゐる。》に該当する記述は、「手帳」には全くない。ただ、Cが《余を想つてゐる　想つたからとてどうもなるものではないと思つてゐる》と答えた時、志賀は、自分がCと結婚可能な立場にあり、《理屈の立場》即ち結婚すべきかどうかを理性的に判断する立場に立って、判断材料を得ようと愛の度合を尋ねているのに対して、《Cは如何に余を愛しても結婚する事などは全然不可能の事と思あきらめてゐるのだ》、それをその儘にして置いて、《お前は乃公を（中略）どの位まで愛してゐるといふ事を無理に聴くのは》残酷だ、と反省したようである。そこで志賀は、《結婚について一言もいはずに》いた《今までの余の態度は所謂慎重な態度であつた、ヅルイ態度であつた、自分の思つてる事をスッカリ云はずに向ふの思つてゐる事をスッカリ聞かうといふ態度であつた、》と、『大津順吉』と、文章的にはほぼ同じ事を書いているのだが、その後すぐに続けて《勿論それに悪意はなかつた、結婚といふやうな事を一度云ひ出して置いて、矢張り結婚はしないよといふのは、少なからず残酷な事であるから、結婚といふ事は全くいはぬ決心してゐたのだ》と、少しも恥じる様子はなく、『大津順吉』のように、《自分でもそれがみにくくて〳〵堪《かな》はなくなつてきた。》というような不快は全く感じていない。何故なら、実際の志賀は、愛するCを傷付けたくないがために、気を使っただけであり、順吉とは違って、この時、Cと結婚したくないなどという気持は持っていなかったからである。

『大津順吉』では、続いて、順吉が自分の醜さに耐え難くなった時に、千代が順吉を想いつつ諦めていると告白したため、順吉は《何も彼も露骨に訊いて了はうといふ気になつ》て、許嫁または恋人の有無を尋ね、次いで《若し乃公が結婚を申し込んだら貴様は承知するか？》と訊ね、それが実質的に結婚を申し込んだ事になっていたという風に話は展開し、よく考えた結果ではなく、潔癖な正義感からもののはずみでそうなっただけ、という印象を与える。そして、千代が身分を問題にした事に対しては、元々身分違いを気にしていただけに、順吉は《いつか興奮して》しまい、《母の不細工な金の指環》を千代の指に穿めてやり、接吻をしていると千代が気絶する。すると順吉は《いまはしい邪推》を起こして《冷かにな》るが、本当の気絶と分かり、千代は他の女中二人に助けられ、女中部屋に還って行った。《其後暫くは私は一種云ひ難い不快《いや》な心持に被はれてゐた。》と、この章は締め括られる。

とても大事なはずの婚約が、成り行きで軽はずみに結ばれ、その後の二人の口づけも何とも言えず無様で、折角、順吉が盛り上がった瞬間に千代の方は気絶するというちぐはぐさで、惨めな終わりを告げるように描かれている訳だが、これは事実通りではなく、志賀の意図的な歪曲であると私は思う。

八月二十四日の「手帳9」によれば、志賀が露骨に訊く気になって、許嫁の有無を尋ね、次いで《余が若しお前に結婚を申し込むだら承知してくれるか》と訊ね、それが実質的に結婚を申し込んだ事になっていたという展開は、『大津順吉』と同じである。が、例えば、『大津順吉』では（約束した人・愛している人は）「ありません」と答えた時《千代は真面目腐つた表情をしてゐた。》となっているが、「手帳」にはそういう描写はない。『大津順吉』では、《結婚を申し込んだら貴様は承知するか？》という順吉のプロポーズ同然の言葉に対しても、《千代は一寸驚いたやうな顔をして黙つて下を向いて了つた。》と反応が暗いし、この後も、千代が結婚を喜んでいる幸せそうな姿が描かれる事は一度もなく、その事も、「この二人が結婚して本当に幸福になれるのだろうか」と読者に疑いを抱かせるのである。しかし「手帳」では、同じ問いに対して《Cは驚いてゐた、（中略）彼は身分について[注35]何か云つてゐたが、余はそれは問題外であると打ち消して聞かなかつた、彼は考へるまでもなく喜むで余の云ふ事を承知した、／場合として云つた事は、そのまゝ事実となつて、余はCと其場で結婚の約束をして了つた、》と両者共に喜びに輝いている。

また、『大津順吉』には《只自家の人に相談して決められちやあ困るんだ》というせりふがあるが、「手帳9」にはない。これは、千代の両親に話が行くと、大津家の方で父・母・祖母の同意を取り付けない内に正式のプロポーズをしたことになってしまうことを恐れたからで、実際の志賀も言ったかもしれないが、『大津順吉』では、順吉の保身という醜い印象を強める。

また、『大津順吉』では、興奮した順吉が《母の不細工な金の指環》を千代の指に穿めてやることになっているが、「手帳9」では、単に《亡母のかたみの指環》としか書かれていない。志賀は、《不細工な》という形容詞一つで、二人の関係をひどく醜く感じさせるようにイメージを巧みに操作しているのである。

続く接吻の場面でも、『大津順吉』では《二ヶ月程前（中略）懐中時計を受け取る時に、私の指の先が千代の掌へ一寸さはつ》て、《案外堅いのに驚いた》と、折角のラブシーンに水を差すような興ざめな回想を、わざわざ書き込んでいる。しかし「手帳9」では、婚約の日のこととは別に、八月二十五日の所で、「婚約以前にCの肉体に触れたことが一回しかなく、それが懐中時計を受け取る時にCの掌に触れた時だった」とは書いてあるが、《案外堅いのに驚いた》というようなことは、何処にも書いてない。さらに、この接吻については、「手帳9」の八月二十二日のものと思われる婚約直後のメモに、《彼を抱きすくめ接吻した　暫く接吻した彼と我とは息をハヅマシた。》とあり、実際はかなり熱烈なキスで、Cの方も興奮し、積極的に応じたものと推定されるのに、『大津順吉』の方では、順吉の方が一方的にキスしただけで、千代はただじっとしていたような書き方にされている。

Cが気絶した件については、詳しい記録がないため、正確なことは分からないが、「手帳9」の先に引用した婚約直後のメモには、《彼は遂に目まひして倒れた、／余の心には雲が早かゝつた。》とあるので、多少の邪推は実際にしたのであろう。しかし、『大津順吉』の《汗で後れ毛の附いた首筋》という描写は、殊更に不潔感を与えるために志賀が入れたものであろうし、順吉の心が《妙に冷かになつ》て《少し離れた所から凝《ぢ》つとそれを見てゐた。》とか、千代が帰った後、《一種云ひ難い不快《いや》な心持に被はれてゐた。》とかいう順吉の心理は、実際の志賀とは異なるフィクションか、甚だしい誇張の可能性が高い。

「手帳9」の先に引用した婚約直後のメモは、《〇八月廿二日夜九時》と始まり、末尾に《(今。)》と記されている。これは夜九時に婚約し、Cが気絶した直後にこのメモを書いたことを意味するのだろう。ところが、「手帳9」の九月十五日（回想）では、《二十二日／夜、約束をする。C、気を失ふ、十二時過ぎ向ふへ行く、》となっている。これがもし正確であるならば、実際は、夜九時にCが気絶した後、水は志賀がこっそり汲んで来てやり、Cは間もなく回復し、書生にも他の女中にも知られることなく、その後もいろんな事を楽しく話し合いながら、十二時頃までCは志賀の部屋にいた後、一人でこっそり女中部屋に帰って行った、と推定できる。『大津順吉』のように、書生の岩井や他の女中に知られてしまったのなら、翌日には、志賀家の中で噂になりそうなものであるが、そうした形跡が全くないことからも、そう考えられる。(注36)

『大津順吉』の方で、岩井のことを、《顔色のよくない肥つた田舎から出たばかりの書生が狼狽した態《さま》で独りまごしてゐた。》と書いたのは、モデルが実際にそういう書生だったせいもあるのだろうが、順吉と千代の婚約の無様な印象を強めるためでもあろう（ラストの岩井のシーンの伏線という意味も勿論あるのだが）。千代の気絶を書生の岩井や他の女中に知られてしまうのは、みっともない感じを強めるための設定であろうし、女中が水を持ってこない内に、順吉が急いで《千代の指から》婚約を象徴する《指環をとつて》隠すことも、婚約を後ろ暗いことのように感じさせるためであろう。千代が《他の女中二人に助けられて女中部屋に還つて行つた。》という結末も、千代が、汚い女中部屋でみすぼらしい着物に煎餅蒲団で一緒に寝起きしている女中仲間の一人に過ぎない、というイメージを、改めて強調しようとするものではないか。

気絶事件の真相については、断定するには証拠が不十分だが、いずれにしても、実際の志賀が、気絶騒動でCに幻滅しなかったことは、はっきりしている。「手帳9」の、祖母と父が結婚に反対と聞いた後の八月二十五日の所には、《彼と抱き合つて一時間近くも話した》、《余は今Cと話して、こんな心配な時でも話しさえすれば心の開く思ひのするのは、性質に於て一生を共にするに適した人であると思ふ、／余は今何を迷ふ事があるのか、／I must wholly will the THING I will!!!／Cと断然一所にならう、》（《一所にならう》は「肉体的に」、即ちセックスの意）とあるのだし、その夜、志賀は遂にCと肉体的にも夫婦になり、《この後不真面目であるならば余は（中略）地獄に行くべき大罪人である、》と自らを戒め、改めて決意を固めているからである（しかし、『大津順吉』では、これらの「手帳」の記事は、採用されなかった）。

以上は、『大津順吉』で、志賀が二人の恋愛と婚約を、実際とは変えて、ひどく否定的に描こうと意図している事の証拠になろう。

ただし、誤解のないように付け加えて置くが、Cとの結婚が間違いであるからと言って、この小説の中の順吉の言動が、全部誤りだという事にはならない。例えば「第一」で描かれている順吉の肉体・無意識の発見・評価は正しい事である。また、志賀は、順吉が千代に惹かれたのは、キリスト教のせいで無意識・身体を抑圧していたために、抑圧を知らない無邪気（イノセント）な子供のような千代と白に特に魅力を感じたためだ、と解釈していたと推定でき、この意味では、千代に惹かれたことも、間違いではなかった筈である。ただ、それと、恋愛や結婚との区別が付かなかっただけなのである。

また、志賀（順吉）がC（千代）と結婚しようとしたことは、確かに考えが足りなかったが、それは、「父・母・祖母らの考えの方が志賀（順吉）より正しかった」事を意味する訳では全くなく、身分違いを理由に反対した彼等の考えは、志賀（順吉）以上に間違っていたと、志賀は執筆当時も考えているのである。また、父・母・祖母らが志賀（順吉）とC（千代）の真面目な考え・気持を少しも理解しようとせず、単に動物的な性欲に駆られたもの《痴情に狂つた猪武者》と見なして軽蔑し、平気で嘘をついて騙した事を、志賀は決して許さず、それに対する怒りは、『大津順吉』執筆時にも変わっていなかったのである。『大津順吉』は、この怒りの興奮で終わっているため、この怒りこそが全編を貫くテーマであるかのように思われ易いが（須藤松雄氏や中村光夫氏など）、何度も言うように、それは誤読である。

また、ラストが怒りの興奮で終わっている事から、実際には順吉は父に敗北したのに、志賀がそれに気付いていないと受け取るのも誤読である。敗北した本人が気付かぬはずもないし、また、志賀は、「第二」の（一）で出した籠の中の《あうむ》も、ラストの順吉も、どちらも閉じ込められて出られない鬱憤晴らしに《やけらしい様子》をしているだけだと考えており、首尾を照応させているからである。

それからもう一つ、誤解のないように付け加えるが、私が実際の志賀の事実と『大津順吉』での描かれ方のずれを指摘したのは、志賀が事実通りに書かなかったことを非難するためでは決してない。最初にも断った通り、私は、優れたフィクションである『大津順吉』を、志賀がどのような意図を持って書き、どこでどのような工夫を凝らしているかを明らかにする一助として、事実との比較を試みただけなのである。ただし、これまでの所では、『大津順吉』の順吉と千代との無様な恋愛の描き方がいかに優れているかを、私はまだ論じていない。それは、（二）解釈と鑑賞の試み②『大津順吉』「第二」の方に回そうと思うからである。

読者の中には、順吉と千代との恋愛が熱烈な純愛でないことや、順吉が父と闘って勝利しないことをこの作品の欠点と考え、低い評価を下す人もあるようだが、完璧なヒーロー・ヒロインを描いたかどうかで芸術作品の価値が決まるという考え方は、余りに幼稚すぎると私は思う。逆に私は、そうしたステレオタイプな純愛物語・英雄物語でない所にこそ、この作品の偉大さがあると考えるものである。

純愛物語・英雄物語は、小説・テレビドラマ・映画・漫画等々で、毎年、掃いて捨てる程作られ続けているが、そこには人間の真実についての新しい発見や深い洞察は、何もないのである。それに対して、『大津順吉』は、「頭」中心の無様な恋愛、無様な青春という、現実にはよくあるが、文学作品としては十分に描き尽くされて来なかったテーマを、見事に描き切った傑作だと私は思っている。

語り手かつ主人公の順吉は（そしてモデルとなった志賀直哉の実体験でも）、その恋愛そして青春が不完全燃焼であった御蔭で、その時の現在において、または後から振り返ってみて、しばしば冷めた意識で自分と相手を観察することが出来るし、千代や家族との、そして自分の中での違和感にも眼をつぶらない。だから『大津順吉』は、古今に稀な、正確な青春小説に、そして優れた心理小説になり得ているのである。

（二）解釈と鑑賞の試み

以下は、作品の流れに従って、全文の解釈と鑑賞を試みて行く。その為、先学諸氏の指摘と重複する場合が相当に多くなると思うが、御容赦願いたい。

①『大津順吉』「第一」

（i）序章（「第一」の（一）・（二））

『大津順吉』「第一」の（一）と（二）は、「第一」だけでなく『大津順吉』全体の序章と言って良い内容で、主人公を強く束縛していたキリスト教信仰の本質を簡単に説明したものである。

順吉の気分は全体に暗いが、それをユーモアを持って描いている。

念のために言い添えるが、『大津順吉』「第一」の（一）のうち、《然しそんな事も私の信仰を変へる迄には其頃の私としてかなり長い時日と動機となるべき色々な事件とが必要だつたのである。》という一節までが、全編のメイン・テーマを概括的に述べた部分であり、それに続く《子供から学校が嫌ひで》以下「第二」の（二）末尾までが、入信から明治三十九年秋のウィーラーのダンス・パーティーの前までの状況を概略述べた部分、（三）以降が小説の現在時という順序である。（二）末尾に出る「関子と真三」のモデル・未定稿22「（きさ子と真三）」が明治三十九年八月に執筆されたものであることからも、ここまでをウィーラーのダンス・パーティーの前置とした志賀の意図は明らかである。「第一」の（一）で《偏屈さが自分でも厭はしく》なり、《自由な人間になりたいと云ふ要求を時々感ずるやうになつた。》と書かれている事を、（四）のウィーラーのダンス・パーティー以前から（志賀ではなく）順吉がそう感じていた、という意味に誤解する読者があるようなので、老婆心ながら注意して置く。

さて、ここに書かれている通り、キリスト教徒だった時、志賀が一番困った問題（《教への最も不調和なもの》）は、性道徳（《姦淫罪の律《おきて》》）だった。

キリスト教が誕生する以前から、ユダヤ教徒は、紀元前十三世紀頃、モーセが神から直接与えられたという戒律（所謂「十戒」）の一つとして、姦通（＝姦淫）を禁じていた（「出エジプト記」第二十章）。ただし、それは実際の姦通を禁じたものに過ぎなかった。それに対してイエス・キリストは、《あなたがたも聞いているとおり、『姦淫するな』と命じられている。しかし、わたしは言っておく。みだらな思いで他人の妻を見る者はだれでも、既に心の中でその女を犯したのである。》（「マタイによる福音書」五章二十七、八節　日本聖書協会『新共同訳　新約聖書』による）と主張し、また、《不法な結婚でもないのに妻を離縁する者はだれでも、その女に姦通の罪を犯させることになる。》（「同」五章三十二節）と説いた。これを文字通りに受け取ると、『大津順吉』にあるように、《妻にする決心のつかない女》に恋愛感情または性欲を抱けば、それだけで、実際には何もしなくても姦通（＝姦淫）罪になってしまうということになる。そして、絶対離婚しないという覚悟がなければ、結婚できないことになる。信者でない人間から見れば馬鹿馬鹿しい話だが、志賀はこれを馬鹿正直に守ろうとしたのである。その証拠に、例えば

「手帳4」の末尾に志賀は、《希伯来書《ヘブライ》ニ淫ヲ避ケヨトアルガ、此教ヲ堅く守ッテ居ル人ハ、見惚レノ思ヒ出ノミヲ多クスルカモ知レヌガ神聖ニモ汚レタニモ、一生恋ト云フコトノ出来ヌ男ナリ、而シテカウ云フ男ニカギッテ神聖ナ恋ヲ夢ミテ居ルモノダ。一体其男トハ誰？・》（明治三十九年十月十三日）と書いている。勿論、「その男は自分だ」の意味である。また、明治四十年一月三十一日の日記に《自分は所謂恋をする事は出来ぬ》、同年七月十五日、Cとの恋愛初期の「手帳8」には、《余は女と全く交りなき生活を送つて来た（中略）余は遂に妻なく了るものならずやと屢〻思ひたりき》とある。『大津順吉』冒頭の一文《「自分の生涯にはもう到底恋と云ふやうな事は来はしない」かう云ふ事を思つては私はよく淋しい想ひをした時代があつた。》は、この「手帳8」に拠って書かれたものであろう。

恋愛が出来ないだけではない。売春婦を買うことは、勿論、罪であり、『内村鑑三先生の憶ひ出』で志賀が書いているように、当時は自慰行為もまた《キリスト教でいふ罪》と考えられていたため、性欲のはけ口となるものは一切無く、満十八歳でキリスト教徒になった志賀は、これにひどく苦しんだ。『濁つた頭』で言うように、《ナイフを腿へ突きたてようとした事も》《マッチを擦つて腿へのせた事も》、恐らくあったのであろう。(注37)『大津順吉』に言う《烈しく自身の肉体を呪ふやうになつた》ことも、《レイノルズの「天使の頭」(注38)》が《来世での理想だつた》のも実際で、明治三十五年八月十五日の未定稿1「人身発達の理想的想象《ママ》」で志賀は、《我脳の支配の下に在りながら最も不従順屢々吾人をして良心の許すはんいより逸せしむる》情欲を生じさせる首から下の《肉体は全く捨て頭部のみになる事》が自分の理想だ、と書いているのである。

また《ヴィーナスの石膏の首》の件も事実のようで、『濁つた頭』の草稿とされるものの始めに、《青山高樹町の石膏像を作る家へいつてヴィナス・ド・ミロの像を作つて貰はうと思つた》が、断られたため、《人間大の顔だけのヴィナスを買つて帰つて》《床の間へつるし》、『大津順吉』にある通り、接吻を繰り返す内、ヴィーナスの鼻が黒くなった為、《一緒に湯に入つてシャボンで洗つた》。《此事実》を《多少「彫像師」》（恐らく失われた志賀の未定稿であろう）に《入れた》、と出る。

内村鑑三が、《姦淫の大きな罪である事を本統に強く云ひ出したのはキリスト教が初めで》云々と説教したのも事実で、志賀の「手帳2」によれば、明治三十九年五月十三日のことらしい。そして、志賀がこの説教に対する疑問から、同年八月七日から九日にかけて書いた未定稿22「（きさ子と真三）」が、『大津順吉』に言う「関子と真三」なのである。

分かり切っているようなことを、わざわざしつこく確認したのは、明治四十年当時・作家以前の志賀直哉が、今の日本人なら笑ってしまうようなことで、本当にひどい苦しみを味わい、『大津順吉』に書かれたようなことを本気で考えたり実行したりしていたことを、確認したかったからである。

ただし、私は、志賀が愚かだったと言おうとするものでは決してない。一つにはこれが信仰というものだからであるし、一面では時代のせいでもあり、また志賀の若さ・純粋さから来る真剣さでもある。それは、決して馬鹿にすべきことではなく、いつの時代にも在る青春の姿と言えるものなのである。順吉は、完成された大人として設定されているのではない。だから、青年の未熟さがこの作品に描かれていることを非難するような一部の研究者の態度は、根本的に間違っているのである。

自伝的な小説の場合、作者は過去の自分自身を主人公として描くことになる。これは簡単なようで、実は自分自身をも周囲の人間をも客観的に正確に理解・認識できなければならず、なかなか難しいことなのである。

が、『大津順吉』を書いた時、志賀は幸いにして、既にキリスト教の信仰からは完全に脱していた。だから志賀にとって、キリスト教徒だった過去の自分に対して距離を置くことは容易であり、「第二」の、中でも（一）（二）では、自らが選んだユーモラスな、やや戯画的なトーンを以て主人公を描くことに成功している。この部分は順吉が否定し、そこから蟬蛻すべき性道徳の問題を扱っているので、こういうトーンが相応しかったのである。しかし、「第二」の内、Cとの結婚問題をめぐる騒動については、性道徳の問題ほど単純に解決できる問題ではないため、客観的に見ることには成功しているが、ユーモラスな扱い方が出来る部分は少なかった。『「好人物の夫婦」あとがき』で、《余りに直接な気分の露出する事を厭ひ、その頃読んだアナトール・フランスの「シルヴェストル・ボナールの罪」の持味である余裕ある気分を此作に持込みたいと思つたが、それは成功しなかつたやうだ。[注39]》と回想しているのは、主に「第二」の家族との衝突を描いた部分を指して言ったものであろうが、《成功しなかつた》と言うより、芸術家の正しい直感によって、控え目にしたのであろう（控え目になってはいるが、随所に複雑な味わいを持った笑いが散りばめられていて、効果を挙げている）。

序章（「第一」の（一）・（二））では、志賀は順吉を、「頭」をもって肉体を何とか制圧しようと試み、逆に肉体に翻弄されている哀しいピエロ・弱者と見なそうとしている。これは、明治三十九、四十年当時の実感通りではなく、執筆時の考えに基づいて意図的に誇張を加えたものであろう。ただし、志賀は順吉の弱さ・情けなさを繰り返し指摘することで、順吉を否定・軽蔑するのではなく、人間一般の免れがたい弱さの一例として、暖かくユーモラスに提示しようと目論見、その事に成功しているのである[注40]。

即ち「自分には恋は出来ないのか」と淋しい想いをする哀しいピエロとしての順吉から始まって、《仕事にも全《まる》で自信がなかつた》し、《生ぬるい基督信徒だつた》し、《子供から学校が嫌ひで、物に厭きッぽく》《信仰上の事にも実際怠惰者《なまけもの》》で《自分の信仰は（中略）U先生に預かつて居て貰ふやうな心持で居た》、《只々偉い思想家だと決めて、それを手頼《たよ》つて居た》という駄目尽くし。

また、「第一」の（二）の最初にある、順吉の志望が貿易業から伝道者→哲学者→純文学へと何度も変わったという記述も、事実その通りだったのではあるが、〈草稿〉にはなく〈完成形〉で追加されたもので、順吉の志望なるもののあやふやさを印象付けようとする意図であろう。《外国貿易で大金持にならう》という元々の志望の浅薄さを強調し、一時は伝道者を考えつつも、それを輝かしい未来としては考えられず、《「結局自分は伝道者になるやうな事になりさうだ」》という言い回しが表わしているように、周囲の環境に強いられてそうなってしまいそうだという心細い考えでしか無く、《聖いやうな淋しいやうな心持にな》る、と順吉の頼りなさが強調されているのである。(注41)

こうした自信のない、情けない大津順吉像が与えられているからこそ、《私は何よりも彼《か》によりも、先生の浅黒い、総て造作の大きい、何となく恐ろしいやうで親しみ易い其顔が好きだつたのである。》という理由付けが、すっきり納得できるのである。(注42)（ただし、〈完成形〉では、〈草稿〉では説明されていた入信の経緯が省略されたため、顔が気に入ったことが入信の決定的な動機であるかのような印象を与えるが、実際はそうではなかった筈で、これは志賀の意図的な誇張であろう。この問題については、本書の「『大津順吉』前後の志賀直哉」（一）志賀直哉にとってのキリスト教①入信を参照されたい。）

肉体と性欲を否定し、頭と道徳だけで生きようと頑張っているキリスト教徒が、結局は恋愛的に先生の強さと顔（一応、頭部ではあるが）に惚れ込んでいるという矛盾・自己分裂した在り方。しかし、悪いのは無理な道徳を遮二無二押し通そうとするキリスト教の方であって、肉体・性欲・無意識の声には、耳を傾けるのが正しい生き方である。だから、この一節を読んだ読者は、恐らくほっと安心し、にやっと笑みをもらす。今までのは建て前で不自然だったが、これは確かに自然な素直な本音だからだ。

順吉がU先生と結び付けているのは、超人を説いたニーチェ・『英雄崇拝論』のカーライル・交響曲「英雄」のベートーベンである。弱者であるからこそ順吉は、強者・男性的なるものに憧れ・惹かれる。これは、十代の少年少女が、年上の同性に自己の理想像を見出して、初恋のような感情を抱く心理である。U先生は、順吉の理想の自己像となり、彼の心の中で良心（超自我、そして道徳）の位置を占めていたのであろう。（これは志賀もそうだったのであろう。志賀は自我を貫徹する強者だと思っている研究者が多いようだが、実際の志賀は、鼻っ柱は確かに強いが、神経質で痩せっぽっちで疑り深く、大津順吉程ではないにせよ、かなり弱い所があったからこそ強いものを求めたのだと私は思っている。「或る旅行記」（五）でも志賀は、Cとの事件を振り返り、当時自分には文学上でも自信が無く、《外見のやうに勇敢では決してな》く、内村先生に対しても、《いつも其前に出ると、ろく〳〵話も出来なかつた》と回想していることに注意すべきである。（注43））

順吉の、頭に属する思想・道徳と、肉体に属する自然な感情・欲望との極端な乖離。それは、キリスト教に囚われていない人間には滑稽でユーモラスな光景である。だから、志賀はこの「首から上の頭部」と「首から下の肉体」の分裂をことさらに強調し、読者を笑わせる。その一つは、子供の頭だけが飛び回っているレイノルズの奇妙な写真銅版画であり、もう一つは、ヴィーナスの石膏の首である。（注44）

レイノルズの絵は、全くキリスト教的な理想を表わしている天国の「天使」であり、懸けてある場所も《鴨居で、部屋の中では一番天国に近い高い所を選んである。「天使の頭」の原作は油絵で色彩があるが、志賀が持っているのは写真銅版画だから色がない。この事も、官能性の否定に繋がるであろう。

こんなグロテスクなものを《来世での理想》とすることは、それだけでも読者の失笑を誘わずにはいないが、さらに駄目押しとして、志賀は、《未だ新米の信徒だつたから私は恐る〳〵小声で云つた。／「僕は首から上だけで復活して呉れないと困ると思ふんです》と書く。新米の信徒で自信のない順吉の気の弱さを強調しつつ、それでも彼にとっては《首から上だけで》なければ絶対に困る、それが余りに切実な問題だったため、勇気を奮い起こして、本当に困り切った情けない顔と声で、恐る恐る発言したのである。しかし、――

《誰も相手になつて呉れなかつた。》

見事な落ちで、また読者の笑いを誘う仕掛けになっているのである。(注45)

一方、ヴィーナスは、ギリシャ・ローマのエロチックな異教の女神である。だからキリスト教の天国からは遠く、順吉がキスできる《床の間》に懸けられている。しかし、キスは出来ても、このヴィーナスには乳房も下半身も無く、性欲の本当のはけ口にはなり得ない。キスをした所で、相手は冷たい石膏で、何の反応もない。このヴィーナスは、順吉の性欲と禁欲とのアンビヴァレントな葛藤と妥協の産物であり、哀れを誘う。

本来、《床の間》は、悟りに通じるような高い精神性を有する書画・陶磁器などを飾る場所であり、そこにヴィーナスの顔が掛けてあるということは、それ自体、滑稽である。

その上、この後のヴィーナスの鼻が薄黒くなり、風呂で洗うという展開は、噴飯ものである。こんなおかしな事を小説に書いた例は、世界の文学の長い歴史の中でも、他には無いだろう。しかも、ここには深い意味が込められているのである。

ヴィーナスの首は、いつまでも清潔に白いが、それは生命を持たない石膏だからである。それに対して、私の鼻と触れ合うヴィーナスの鼻が薄黒くなるのは、生きた肉体というものは、油や汗を出すからである。石膏の白は美しく、脂汗は汚く臭いかもしれない。しかし、石膏に生命は宿らない。順吉の性欲は、油や汗と同様、彼の肉体から生じるものである。キリスト教はそれを醜いと見る。しかし、性欲と油と汗を否定することは、結局、生命を否定することにしかならない。性欲と油と汗にまみれた肉体こそが、実は人間の真実であり、生きることの根っこなのである。だから、このエピソードには強い実感があり、人間の真実がそこにある事を、読者を不愉快にすることなく納得させてくれるのである（或いは志賀は、ポール・グセル編『ロダンの言葉』第二章の「自然にあって醜と考えられているものが、往々にして、美と称せられているものよりも豊かな性格を呈しています」「芸術家にとっては自然の一切が美しいのです」という言葉などからも励まされて、これを敢えて書いたのかもしれない。(注46)

この様に、この一節は、極めて正しい真実を語っているものなのだが、それを堅苦しいお説教としてではなく、まことにユーモラスに語ってくれている。もともとユーモアとは、人間の弱さや矛盾を指摘し、かつ優しくそれを肯定することである。例えば、セクシーな女性を見た途端、思わずペニスを勃起させてしまった男の漫画がユーモラスなのは、それが意識的・意志的に我慢しようとしてもコントロールできない不随意的・反射的な生理現象で、どんなに強がっている人間も免れ得ない弱点だからであり、かつその弱点を許せるからである。

ここでの主人公の行為は、《悶えるやうな堪へられない気分に》駆り立てられてする、つまり弱さ故の、一種の自慰的行為と言える。しかも、鼻は男性の性器を連想させる。ヴィーナスの鼻の汚れは、キリスト教的観点からすると、許しがたい自慰行為の穢れ・罪に当たるはずだ。罪は石鹼で消すことは出来ない。しかし、主人公はそれを、あっさりシャボンで洗い落としてしまう！　鼻歌交じりの気楽さで…。つまり、主人公は自分では知らない内に、キリスト教から一時《いつとき》解放され、性欲と油と汗にまみれた肉体を肯定しているのである。(注47)

このエピソードは、主人公がU先生から《姦淫は殺人と同程度に大きい罪悪である》と言われて、《此言葉から恐ろしく不愉快な響を受けた》直後に置かれているのだが、そこにも志賀の周到な（しかし恐らくは直感的な）計算があるのだろう。読者は、主人公と一緒に「恐ろしい大罪人」呼ばわりされたような厭な気持になって、U先生に反発しているからこそ、ここでその《不愉快な響》を、《シャボンですつかり洗》い落として貰ったような、救われた気持になれるのである。

（ここで《不愉快な響》という言葉を使っていることにも注目したい。「響」は振動で、すべての物質の奥まで浸透して、否応なしに共振させる。理屈を超えて、肉体の奥まで侵入して来るものなのである。後でも①（iii）「第一」の（四）や②（ⅰ）「第二」の（一）などで指摘するが、『大津順吉』において志賀は、声や音に現われる身体的なものを巧みに使っていることが多いのである。）

「関子と真三」のエピソードがこの次に置かれているのも、U先生に反発する読者の気持の残響にうまく波長を合わせるためであり、その《結婚しない相愛の男女の性交にも姦淫でない場合が幾らもあると云ふ考》が、「第二」で描かれる順吉と千代の性交を正当化する理論的背景となっているのである。

ここで試しに、《私は此言葉から恐ろしく不愉快な響を受けた。》という一文から、後のヴィーナスの挿話を全部飛ばして、直接《私は先生の言葉に反対して「関子と真三」と云ふ小説を其時書いた。》以下を繋げてみると、どうなるか？　論理的には、こちらの方が筋が通っていて、ヴィーナスの挿話は、順吉がU先生の言葉を《恐ろしく不愉快》に感じた理由を説明するための、やや脱線的な挿入であることが分かる筈である。しかし、ヴィーナスの挿話を抜いてしまうと、「関子と真三」は観念的な理屈に過ぎず、小説と言うより論文のようで、ここだけ読むと、順吉のU先生に対する反発も、「頭」だけのものに感じられる。実際にも、志賀自身、明治三十九年十月二十一日の「手帳5」に、《○今晩山内が来て、「真三きさ子」の小説を読むで見たが思想は大きなもので（比較的）別に悪いいと《（ママ）》も思はなかつたが、（中略）何んとなく、理屈臭くて、少しも美感を起さぬ》と自ら不満を感じていた。つまり、志賀は、順吉のU先生に対する反逆が、「真三きさ子」に現われているような「頭」だけの薄っぺらなものではないことを表わすために、ヴィーナスの挿話を間に挿み込むことで、順吉の肉体の現実を生々しく表現し、説得力を高めることに成功したのである。

なお、〈草稿〉では、この後に《ゴルキーに出て来る強い自由な男に自分は惹きつけられた。（中略）教えに接する前三四年間の自由な生々した生活を恋しく思ふ事が多くなつた》というメイン・テーマを表わす一節があったが、〈完成形〉では削除された。これは、読者の頭の中で、順吉が既にU先生の軛をはね除け、かなり《強い自由な男》になっているというイメージが付着してしまうことを嫌ったためであろう。

（ⅱ）「第一」の（三）

序章（「第一」の（一）・（二））は順吉の過去を簡単にまとめたものだったが、（三）からは、いよいよ小説の現在時に入る。現在時が年代的にいつに当たるのかは、ここには明記されていないが、『大津順吉』末尾に明治四十年八月三十日と出ることと、「第二」の（三）に、ウィーラーと会ったのは《前の年の秋》とあることから、「第一」の（三）は明治三十九年秋と分かる。モデルの事実から言えば、ダンス・パーティーは十月三十一日（水曜日）に開かれているので、ウィーラーからの電話はその二三日前、二十八日か九日と考えられる。(注48) 同年八月の未定稿22「（きさ子と真三）」から三ヶ月足らず後である。

「第一」の（三）（四）（五）は、キリスト教のせいで《女に縁のない生活》を強いられていた順吉が、初めて異性との接触（？）に近いものを持ち、ダンス・パーティーの経験を経て、自分の《偏屈さが自分でも厭はしく》なり、《もつと自由な人間になりたいと云ふ要求を》初めてはっきりと自覚的に感じるまでを描く部分である。そして、「第二」の千代によって、さらに深く女性と接触することになるという段取りである。

（三）では（一）（二）に引き続き、順吉をやや皮肉に、ユーモアを持って眺めている。

先ずモデルとの事実関係から確認して置こう。

《親しい友達》のモデルになっているのは、黒木三次で、稲ブリンクリーのパーティーの翌明治四十年六月二十八日の志賀日記に《夕方電話を黒木として不快になる、彼は真理を恐れるやう思ふ》とあり、同三十日の「手帳7」に、「真理を恐れるようになれば救われざる堕落の第一歩である。黒木は実業家になろうとしているから、その仕事の下らなさに目をつぶろうとするのだ。それでいて真理に反対する勇気もないので新渡戸稲造の所に喜んで行くのだ」という意味のことが書かれている。（三）の冒頭で順吉が《小さな手帳》に《書きとめて》いる《所感》

は、この「手帳7」の右の箇所に基づくものである。志賀は、明治四十年の出来事を、三十九年の全然関係のない所に移して使っているのである。(注49)

なお、黒木の堕落に腹を立てた明治四十年六月は、志賀の事実で言うと、ブリンクリーとの写真の遣り取り〈完成形〉では「第二」の（三））の翌月である。Cとの事件当時、志賀が真面目なクリスチャンだったことは、この事からも確認できる。

黒木のエピソードは、志賀が友人の信仰の生温《なまぬる》さに腹を立てた例として、他に適当なものがなかったため、特に使いたかったようで、Cとの事件最中《さなか》の明治四十年八月十日の「手帳8」にメモされた「秋」又は「冬」というCと自分を描く小説の構想にも、「青木三郎」という名前で既に登場しており、明治四十二年六月頃の「手帳13」に書かれた『大津順吉』の原形とも言える「濁水」という小説の構想メモにも、《(一)（中略）榊と二人演説を聞いてかへる所（中略）(二)何か書いてる所へ電話、〈欄外〉青木へ手紙を書く時にする〉アトボーットする、（中略）会話がうまくなるよ　男が足りないから考へる。（中略）(三)舞踏会、写真（中略）(四)滝との事、（外山先生のカン淫の話、）》などとある。(注50)〈草稿〉では、高等学校の校長（＝新渡戸稲造）の演説に腹を立てて帰ってすぐに、「佐々木」（＝黒木）に手紙を書こうとする所へ電話がかかってくる、という形で、その使い方は「濁水」のアイデアと殆ど同じである。輔仁会大会での乃木・新渡戸に対する不快との関連で、内村から新渡戸に鞍替えしようとした黒木に腹を立てるという風に結び付ける意図だったのであろう。〈完成形〉では、演説が無くなったため、友達（＝黒木）に手紙を出す程でもないという事で、手帳に書くだけにしたのだろう。

「濁水」・草稿「第三篇」・『大津順吉』いずれの場合も、このエピソードは、主人公が真面目なクリスチャンとして友人の信仰の堕落を攻撃しようとしている所へ女から電話がかかると、途端に態度が変わり、読者がニヤニヤする、という所に狙いがある。『大津順吉』では、《殊に》《不機嫌》だった順吉が、《小むづかしい顔》で偉そうなことを書いていたのに、《女の人から電話》と聞くと、たちまち《胸を躍らせながら電話口へ出》、《電話を断《き》つて二階の部屋へ帰つて来ると、もう私の気分は余程変つてゐた。》となり、《座蒲団を四つ折りにして、それを枕にして寝ころん》で、長々とウィーラーのことを回想し、本箱の抽斗《ひきだし》から雑誌を取り出し、口絵に載った女の写真を見詰める、という展開になっている。

しかし、志賀は、真面目なクリスチャンであることが良いことだと思っている訳ではないので、順吉が女性に心を惹かれることを批判させようとして、読者に笑わせているのではない。ここでも笑いは、人間の自然な姿を肯定する温かい笑い（＝ユーモア）である。

この章からはまた、キリスト教に代表される意識・思想・道徳とは異なる人間的自然に属するもの、即ち無意識・気分・感情、そして身体的なものに対して、志賀が特に読者の注意を向けさせようとしていることが見て取れる。志賀の文学で「気分」に極めて大きなウエートが置かれることは、以前から指摘されている事だが、実はこれは、志賀が意識・思想・道徳ばかりを重視するキリスト教に苦しみ、そこから逃れ出た結果、キリスト教が軽視して来た無意識的・身体的なものの大切さに目覚め、確信を持つようになって行ったもので、志賀文学の価値の中心を成す画期的な発見なのである（この志賀の「発見」の過程については、『『大津順吉』前後の志賀直哉』で説明する）。

例えば、右に挙げたものの中で言うと、《不機嫌》《小むづかしい顔》《胸を躍らせながら》《私の気分は余程変つてゐた》《座蒲団を四つ折りにして、それを枕にして寝ころん》だリラックスした姿勢、などがそれである。キリスト教は不機嫌に、女性に惹かれる自然な気持は、自然なリラックスした感情や身体的反応に結び付いて行くのである（注51）。

ウィーラーについての長い回想の中にも、同じ意味で注目に値する表現がある。例えば、《娘は何かしらいやに高慢な顔つきをしてゐるので、それが自然私をも娘にだけは高慢な顔つきにして了つて、遂に挨拶は互に仕舞まで仕ずに了つた。》という箇所。これは、〈草稿〉では、お絹が《自分の美を自覚したらしく、何所か傲慢な顔をしてゐる》ので自分は《口をきかなかつた》と書かれていた箇所であるが、〈完成形〉の方が、ウィーラーの顔つきが無意識のうちにそのまま順吉の顔つきに伝染してしまうという、身体から身体への直接的な反応になっている点に、志賀の改訂の意図があり、実際、成功していると私は思う。

それに続く所で、百人一首で順吉と並んだのを厭がったウィーラーが、《「私と更《かわ》つて頂戴」と兄の彼方《むかう》に身を差し入れて、無闇と兄の体を此方《こつち》へ押してよこした。》という表現も非常に身体的で、ウィーラーの、単に傲慢なだけでなく、惹かれるからこそ反発する思春期特有の、自分の意識と無意識をうまく調和させることが出来ない在り方が、活き活きと目に見えるように描き出されている。この後に、《娘とは其後色々な所で会つた》が、《いつでも両方で知らん顔をしてゐた。》とあるが、実は互いに相手に惹かれるものがあって、自意識過剰になっていたと推定できる。この後の方に、《不愛想に断つて置きながら、後暫く其事に就て私は色々な事を考へないでは居られなかつた。そしては仕舞に私はよく自己嫌悪に陥つた。》とあるのも、惹かれつつ惹かれまいとする葛藤のせいであろう。

ブリンクリーが志賀を好きだったことは、ダンスに何度も誘ったり、志賀の写真を欲しがったことから想像が付く。また、志賀の側も相当にブリンクリーが好きだったことは、種々の資料から分かっているのである。

やや脱線になるが、幾つか紹介すると、〈草稿〉によれば、七世市川八百蔵が土佐坊昌俊の芝居（「御所桜堀川夜討」）をやっている時（明治三十八年五月二十二日から）、志賀は歌舞伎座でブリンクリーをそれと気付かずに見て《美しい女だ》と思い、一週間くらい忘れられなかったと言う。その時は、前年の夏、箱根へ行く時、電車で向かい合ったお嬢さんだと思い込み、性質・趣味すべて立派な人だと想像の中で拵え上げていたが、一ヶ月後に人力車に乗ったブリンクリーを見掛けた時に初めて気が付いたと言う[注52]。

また、これは〈完成形〉にも出ているが、〈草稿〉(四)によると、志賀は妹の所に来た女性雑誌の口絵に、(明治三十八年九月五日の)日露戦争の講和を祝う宴会でブリンクリーが大和姫に扮した写真を見て、この雑誌をもう一冊買って来て、本箱の抽斗に隠し持っていた。好きでなければ、こんな事をするはずがない。

翌明治三十九年一月頃の「ノート1」には、《○高慢なる美しき女あり　余は、彼を憶はざるを得ざる時ありしかれども彼の前に跪く事は如何にしてもしたくなし、彼をして跪かしめたく思ふなり》とある。(注53)

同年六月十二日にブリンクリーからダンスの誘いの電話があった際の「手帳3」には、行きたくない理由として、《常から美しいと思つてゐる此娘が。人を迷さんと装ひこらしてゐる姿に多少心を奪はれはしまいかといふ恐れ》があるからだ、と書かれている。この「手帳3」によれば、この時ブリンクリーは《男が少なくて困まるから来てくれ》と言ったというから、この電話が『大津順吉』に言う《初めて娘と口をきいた》電話らしい。

そして、多分この直前に、《速夫》(モデルは高崎弓彦)から《「ウィーラーの所のダンスで男が足らないから君に来て呉れとさ」》と言われたのであろうが、〈草稿〉では、《「ダンスは閉口だ」／自分はダンスを少しも知らない上に、かういふ事には悪意を持つてゐたのだ。然し行つて見たい気がした。》と書かれていた。行ってみたい理由は書かれていないが、ブリンクリーの美しさに惹かれていたからであろう。

なお、〈草稿〉でも〈完成形〉でも、この時、「ダンスを習いたての下手な人の相手役にするつもりではないか」と、僻んだ考えを起こすことが書かれているが、これは〈完成形〉によれば、《速夫と其娘とが互に有頂天になつて居ると云ふ噂》を既に聞いていたからで、好きでもないのに自分を指名するのは良い意味の筈がない、という考えなのであろう。

同年十月二十何日かに、志賀はブリンクリーから電話でパーティーに招かれ、「たいがい出ます」と答えた。志賀が行く気になったのは、ブリンクリーが高崎弓彦に振られたことを知っていたことも大きな原因だったのではないかと私は思う（志賀は、そんなことは言っていないが…）。[注54] パーティーに行く前日の「手帳5」に、志賀ははっきり、《愛しては居る、而して同時に愛にとらはれて不自由になる事を大に恐るゝ者なり》と書いている。[注55]

そしてパーティーの当日・三十一日の「手帳5」では、「ウソをつかれながら、おこる事も憎む事も出来なかったことが不愉快だ」と言い、《彼は益々美しくなつた》と書いている。「おこる事も憎む事も出来なかった」のは好きだからだろう。

同年十二月十二日付けで有島壬生馬に宛てた手紙の中でも、志賀はこのパーティーのことを報告して、《此事は色々な人に話した、然し何時もウソをつかれたと云ふ事と、浮薄なものであつたといふ事と癪にさわつたといふ事だけで、女については何もいはない、況んや自分の心中の矛盾の事などはオクビにも出さない、而して自分自身でもそんな事を忘れて、そんな所へ接近しまいと思つてゐる》と書いている。志賀が誰にも言わなかった《心中の矛盾》とは、ブリンクリーに対する愛と軽蔑の葛藤を言うのであろう。

同年十二月二十二日の「手帳6」の《尊敬の伴はざる恋は、恋人をケガシ、己れも亦ケガサル。（自分）》も、稲ブリンクリーのことだろう。

翌明治四十年五月十八から二十五日の間に書かれた「手帳7」には、《三十六年十月三十一日（新富座にてお伽芝居を見る、）／三十九年五月五日（商業学校で英語会を見る）》と、ブリンクリーとの過去の出会いをメモし、また《〇写真送らねばならぬ人》として十二人の名前を記した中に、《10ブリンクリー》と記されている。

五月二十九日の「手帳7」では、《自分は自分の知つてゐる女の内では、I. Bが一番美しい人であると思つてゐるのだ、左うして全く愛してゐないワケではない　それも美しさだけにヒキ付けられてゐるので、其人間には全くヒキ付ケられてはゐないのだ　だから尊敬といふ念は殆どないといつてよい、始終、チヤームされまいと予防してゐるやうな躰度《マヽ》である、結局どうなるのだらう、／去るものは迂《うと》しと、近付く機会がない所から迂とくなつて、遂には忘れるやうな事になるのだらう、親しく接するやうな機会が若し出来たら、たしかに今のまゝの感情ではゐない》とある。

同年七月十三日頃の「手帳8」では、《余がCに対する心は恋でなくて何であらう》と書いた後、《余は仮令《たとい》恋する事あるとも、例へばI.Bの如く、徹頭徹尾結婚する事の出来ない女が世に多い事を知るものである、／即ち所謂貴族主義の栄華のみこれ願ふといふやうな女とは到底結婚の出来ない事をよく知るものである》と書いている。

以上の様に、志賀は相当に強くブリンクリーの美貌に心を惹かれながらも、好きになるべき相手ではないと考え、近付かないようにしていたのである。

私見によれば、志賀とブリンクリーは顔立ちがかなりよく似ている。顔立ちが似ている者同士は恋に落ちやすい。二人が惹かれ合ったのはその為もあろう(注56)。

しかし、先に（一）予備的考察②所謂「断層」問題でも述べた通り、『大津順吉』では、順吉のウィーラーに対する感情は、極めて淡いものに留め、恋愛の対象になったのは千代だけであるかのように描かれているのである。

(iii)「第一」の（四）

これは、ウィーラーのパーティーを描いた章で、出だしから重苦しいが、最後は明るさを取り戻して終わる。

実際の志賀直哉がこのパーティーに対して抱いた感想は、パーティーから帰宅直後の「手帳5」によれば、ひたすら不愉快であり、腹立ちであった。ブリンクリーに嘘をつかれたことに対する腹立ちと、自分が《人をあざむいて来た》こと（これは西洋人に日本文学を研究していると嘘をついたことを指すのであろう）に対する腹立ち、《浮薄な男女が浮薄な躰度を以つて、浮薄におどる》ダンスというものに対する腹立ち、そして、それにもかかわらず、ブリンクリーに心を惹かれ続けている自分に対する腹立ちであった。ただし、ブリンクリーについては、

《益々美しくなつた、（中略）以前彼は男を男とも思はない頗る剛《ママ》慢な女であつたが今は大変、変つた》という感想を書き残している。

〈草稿〉でも、パーティーに対する順吉の在り方は、体調の悪さを強調していること以外は、さほど変更されていなかった。それは、〈草稿〉では、（五）のパーティーに関しては、当時の自分の現実を、ほぼその儘再現するという方針で書かれているためである。

例えば、〈草稿〉（五）では、上流社交界というものをキリスト教的価値観から軽蔑していた当時の考えをそのまま踏襲している。

即ち、順吉は、玄関で出会った燕尾服で踊り靴の二人を見るや、《極く僅かな好意も甞つて持つた事のないかういふ人々が自分と一緒に招かれてゐやうとはマルデ思はなかつた自分は、其時来べからざる所へ来たといふやうな気がした。どんな事をしたつて踊りなんぞするものか、と思つた。》と、たちまち強烈な拒絶反応を示す。

また、ダンスについては、一面では《自分で自分の心のカタクナなのが堪えられない位にカタクナな心持になつてゐるのを、どうする事も出来なかつた。キリスト教に接する迄《ま》では自分はもつと遥《ママ》か社交的であつた。（中略）もつと快活だつた。気持が自由だつた。邪推深くなかつた。傲慢でなかつた。》と、反省しつつも、《自分が若しあの時にキリスト教徒にならなかつたら、其頃恐らく、ダンスなどを自慢にしてゐるやうな男だつたかも知れない。同時に其所にゐる人々と同じやうな事をしながら自ら少しも不思議に思はないやうな人間になつてゐたかも知れない。》と、上流社交界およびダンスへの軽蔑を露わにし、キリスト教徒になったことを《悔ゆるのではなかつた。》と、結局はキリスト教をも肯定する（信者だった当時は、実際そう思ったに違いない）。

ただし、〈草稿〉の順吉も、自分を全肯定している訳ではない。（五）の末尾では、パーティーの経験の総括が次のようになされている。

《其夜は今まで殆ど経験した事のない程に不愉快な晩であつた。不気嫌《ママ》な表情を隠しきれなかつた。（中略）ウソを云つた（中略）どの男も燕尾服かタキシードを着てゐる中に自分だけ毛バ立つた大学の制服を着てゐるミナリの見すぼらしさも決して無心ではゐられなかつた。それを耻かしく思ふまいと思ふ心が、自分の心をイヤに堅く、重たくした。（中略）ジョーヂの母に対しても或る程度の好意を見せたいと思ひながら、自分の気分はそれを許さなかつた。》

この様に、守るべき礼儀を守れなかったこと、嘘をついたこと、みすぼらしい服装を恥じる虚栄心に打ち克とうとして出来なかったことなど、反省すべき点を幾つも挙げている。翌日の（六）の所では〈完成形〉とほぼ同じ《余りに「開けない」自分自身に対する嫌悪の情が強く起つてゐた。》という言葉も出る。が、〈草稿〉の（五）は、様々な要素がごっちゃに出ていて、作品として何を目指しているのか、方向性が明確でない、と感じられる。事実というものは、本来様々な要素のごった煮なので、それをその儘再現してしまえば、必然的にこうなるのである。また、作者と主人公との間に距離感が足りないことも、失敗の原因となっている。

それに対して〈完成形〉では、志賀が順吉に対して距離を置き、キリスト教を否定するという作品全体の方向性をはずすことがないように、事実を取捨選択したり、改変したりした結果、印象がはるかに鮮明になっている。具体的には、先ず何よりも、上流社交界を軽蔑するキリスト教的価値観が、ほぼ消し去られていることが重要である。

例えば、玄関で出会った二人に対する先に引用したような〈草稿〉での拒絶反応は、〈完成形〉では削除される。順吉が二人を見た後《不快な気分に被はれ》ていることは同じだが、それは体調が悪いせいと、《二人共燕尾服で踊り靴を穿いてゐ》るのを見て、ウィーラーの言葉に反してダンスが行なわれることを知ったせいに過ぎない。〈草稿〉では、キリスト教的価値観が、順吉が周囲を上から見下す根拠となっていたが、〈完成形〉ではこれを消し去っただけでなく、逆に、順吉が周囲から見下されることの正当性を強調しようとしている。

例えば、西洋人と会話をするというエピソードだが、これは〈草稿〉では極めて短い。そして、嘘をついたことについては、《自分は娘の事をいつてゐるジョージの母の話が聴きたかつたのだ。一時は林檎の汁だけを吸つてゐたといふやうな事が、自分を妙な心持にさせたのである。》と弁解（?）のようなものが付けられていた。

また、〈草稿〉では、会話が続かなくて西洋人が行ってしまった後、さっき玄関で会った厭な奴が一部始終を見ていたことに気付いた順吉は、《何故自分一人こんな侮辱を受けるのか》と反発し、嘘をついた娘に対して改めて《心から腹を立て》ることになっていた。これは、パーティー直後の「手帳5」の《自分はおどりを知らなくても、西洋人と話が出来なくても、一生何んにも差し支えない日本人である》という啖呵と同じ心境である（が、これは負け惜しみで、本当は英語もダンスも出来ないことが恥ずかしくて口惜しいのである）。

ところが、〈完成形〉の方では、西洋人との会話の途中に、《余談になるが――》として、順吉の駄目人間振り・矛盾・滑稽をユーモラスに指摘する文章が大量に付け加えられているのである。曰く、――順吉は英語が出来ないくせに英文科に籍を置き、卒業後は田舎の中学の英語教員になろうと考えていたこと、――順吉は作家志望と言っても、自信に裏打ちは無く、子供が「大きくなったら陸軍大将になる」と言うのと大差なかったこと、（注57）――父からは、《偏屈で、高慢で、怒りッぽくて、泣虫で、独立の精神がなくて、怠惰者《なまけもの》で（中略）社会主義》と思われていること（ほぼ当たっているということであろう）、――父から「自活しろ」と言われると、臆病者が強い子供に意地悪をされる時のような心細い心地になること、――中学時代に散々なまけて来たくせに、自活の手段として中等教員になろうと《虫のいい》ことを考えているのだが、その癖、順吉は英語も国文も漢文も同程度に不得意であること、（注58）等である。そして、この余談の直後に、作者は西洋人に《何の文学を研究してゐるかと訊》かせる。順吉は正直に「英文科」と答えるには英会話が下手すぎて恥ずかしいので、つい「日本文学だ」と嘘をついてしまい、自己嫌悪に陥るのである。その後、話しかけても英語が分からないので、西洋人は諦めて行ってしまう。そこでも、《不機嫌な顔》をした順吉に対して、西洋人の方は《微笑しながら起つて行つた》と書き、悪いのは順吉の方であることを明確にしている。そして、順吉は、さっき玄関で会った男に今の場面を見られていたことに気が付くが、当然のことながら、〈草稿〉の時のように反発することもなく、ウィーラーに改めて腹を立てることもないのである。

また、ウィーラーの母が順吉にダンスの相手を決めさせる所は、〈草稿〉では、《「エ、？　お上手なんでせう？」／底に鋲が打つてないといふだけの頑丈な靴を穿いてゐる自分に空々しくこんな事をいつた。》と、ウィーラーの母を批判する書き方になっていたが、〈完成形〉では、《「ええ？　お上手なんでせう……」と笑ふ。／私は「底に鋲の打つてないだけの此靴を御覧下さい」と云ひ度かつた。然し第一にそんな事が軽く云へる程、開けた人間で私がなかつた上に、其時の気分が益々私をかたくなにして居たから返事を仕ずにゐた。》と、順吉が開けた人間でないことに主たる責任があるとし、キリスト教から離れて自由になるというメイン・テーマに繋げているのである。そして、順吉からダンスを断られてしまう遠藤さんの奥さんについても、〈完成形〉では《内気な、いい人であつた》という描写を付け加えて、罪滅ぼしをしている。

ダンスについても、〈草稿〉では頭から軽蔑していたのに対して、〈完成形〉では、《私の性質からも趣味からも、かういふ事は好きである筈だつた。》と正面から肯定し、《然し私には禁慾的な思想と、それから作られた第二の趣味と性質とがあつた。しかも、それらは本来の趣味や性質より私の意識でいやに明かなる点で、私は知らず〳〵、それへ義理立てをしないではゐられなかつた。》とし、やはりキリスト教から離れて自由になるというメイン・テーマに繋げている。(注59)

そして、パーティーにおける順吉には、《殊更な軽蔑の眼で、顔に血の気を上げて踊り廻つてゐる人々を見》させつつ、キリスト教を棄てた語り手としての現在の順吉には、《今の私は思想に義理立てをするやうなかういふ弱い心を恥ぢてゐる。》と言わしめている。志賀は、キリスト教徒だった時の順吉と棄教後の順吉では、価値の序列が一八〇度転倒して居ることを、この一文ではっきり指摘しているのである。即ち、キリスト教徒時代には、ダンスこそが軽蔑すべきもの・恥・弱さであり、順吉は強者として踊る人々を見下しているつもりだったのだが、棄教後は、思想に囚われることこそが軽蔑すべきこと・恥・弱さであり、今の順吉はかつての順吉をこそ見下しているのである。

〈草稿〉と〈完成形〉の違いで、もう一つ重要なのは、(ii)「第一」の(三)でも指摘して置いた身体的なものへの注目が、〈草稿〉の(五)にもあるにはあったが、〈完成形〉ではさらに重視され、見事な表現にもたらされていることである。

例えば、絹ウィーラーの最初の描写の中の《メランコリックな顔の表情と細々と如何にも疲れた様な弱々しい体の表情とが其処にゐる他の男や女の誇つたやうな一種緊張した心持で見得を張つて居る中に際立つて私に親しみの感じを起させた。》という所は、〈草稿〉とほぼ同じだが、「体にも表情がある」という捉え方は、志賀独自の、世界文学史上、画期的なものではないかと私は思う(注60)。

そもそも、順吉がここでウィーラーに《親しみの感じを起》こしたのは何故か？　志賀は、その原因は主として、二人の身体のコンディションであると、明らかに考えている。この直前の段落で、絵を見に行くが、立っていられなくてソファーに戻る順吉を描いているのは、その伏線である。また、《広間との界《さかひ》の大戸が両方に開かれた》ことで、正装した人々がダンスを心待ちにしている体の表情を、《誇つたやうな一種緊張した心持で見得を張つて居る》と、僅かな言葉で巧みにスケッチし、病み上がりのウィーラーのそれと対比しているのも、ダンスの雰囲気から疎外されている二つの病んだ身体が、だからこそ互いに引き合うドラマとして、志賀が二人の出会いを演出しようとしているからなのである。

順吉は、病気と、ウィーラーに嘘をつかれたことと、ダンスから一人だけ疎外されている苦痛とで、不快感を全身に表わしてしまう。その為、ウィーラーは順吉に近付きたいのに近付けない。その事を〈完成形〉では、《娘は時々私の方を見てゐた。けれども私が私の顔に表して居た表情が娘の近よる事をこばんでゐるらしかつた。》と表現している（〈草稿〉にはこれに該当する文章はない）。ここで、《私》が意識して拒んだと書かなかったことに注意すべきである。無意識の内に自然に浮かんで来る《表情》が拒んでいる。その事を《私》は「多分そうなんだろう」と推量しているだけである。自分のことではあるが、他人事のように《らしかつた》としか言えない。それが身体というものなのだ。(注61)

遠藤さんの奥さんにダンスを断る場面も同じである。《私は（中略）静かに慇懃に断つたつもりだつた。所が、気分と体から来る不快が私の声帯で裏切つて居たから何にもならなかつた》。私の意志に、《声帯》という肉体の一部が反逆するのである（〈草稿〉にも同趣旨の一文はあるが、《声帯》が《裏切》るという表現はなかった）。〈完成形〉では、この後も、声についての言及が屢々なされているが、言葉の意味という意識・思想的側面よりも、声の調子に現われる無意識的・身体的な気分・感情を志賀が重視していることに注目すべきである。

ダンスが進むにつれて、《私はいつか自身の不愉快な気分に中毒して了つて（中略）ソーファに腰掛けた儘、不愉快な凝結体にでもなつたやうな気持》になる。《不愉快な凝結体》とは、周囲の人々皆を嫌悪し、硬い殻に閉じこもって、身動きも出来ず、心を開く事も出来ない状態を言うのであろう。そして志賀は、まるで厭がらせのように、そういう順吉とは正反対に《愉快さうに、時々話しながら、時々笑ひながら、（中略）烈しく踊つて居る》人々の姿を描写して見せる。話す事も笑う事も出来ない硬直した順吉の身体と、自由な開かれた身体との意地悪い対比である（〈草稿〉には、これら二つの文章はない）。

やがて、ウィーラーはダンスの輪を抜け出し、頃合いを見計らって順吉に近付こうとするそぶりを見せる。《娘は時々此方を見た。私は踊の方ばかりを見てゐた。少時《しばらく》すると、娘は兎も角もと云ふやうに起ち上つた。其時私は凝ッと寧ろ一層堅くなつて前からの姿勢を保つてゐた》。立ち上がり方に《兎も角もと云ふ》ニュアンスを読み取る所も見事な捉え方である。そして志賀は、それを見ぬ振りをしながら実は見ていて、無意識に一層堅く身構えてしまう順吉の反応を、やはり《姿勢》によって、指摘するのである。

ここは〈草稿〉も大体同じであるが、次の一節は〈完成形〉で新たに追加されたものである。

《其場合若し私が少しでもくつろいだ姿勢に変れたら娘は必ず私の方へ寄つて来たに相違なかつた。娘は体で話しかけた、所が私の体はそれに答へる自由を失つてゐた。》

意識をも言葉をも超えて、体で話しかけるというこの見事な場面は、『大津順吉』「第一」のクライマックスと言って良いと私は思う。

順吉（直哉）は、キリスト教徒であった時、性欲を生み出す肉体というものを、無理にも軽蔑し抑圧しようと苦闘して来た。だから、彼がキリスト教の抑圧から自らを解放する為には、性欲と肉体を肯定し、身体の声なき声、無意識の言葉なき言葉を無視するのを止めて、それに耳を傾けなければならないのである。つまり、この小説において順吉が、娘が《体で話しかけた》声なき声を聞いたことは、キリスト教という病いからの快癒に向けた大きな一歩なのである。

こういう事がどうして可能になったのかと言うと、物語の論理としては（実際の志賀の場合は、もっと遥かに複雑であるが）、《「心」と「体」とが絶えず恋する者を探》す年齢であることに加えて、ウィーラーと順吉、両者の病気に因る所が大きいと考えられる。人は、健康な時には、肉体の声を無視して生きることも出来る。しかし、病気の時には、肉体の声に従うしかないのである。その意味で、病気はこの小説においては、今後もプラスの意味を持つであろう。この日は、ウィーラーは《永い病気》からの回復の途上だったし、順吉は、自分では気付いていなかったが、類似赤痢のために体調が悪かった。その事が、二人が互いの肉体の声を聞くことを可能にしたのである。

なお、後のことではあるが、志賀は、大正二年八月十五日に山手線の電車にはねられて重傷を負い、その事が、当時囚われていた人類を救う偉人・強者たらんとする思想を見直す切っ掛けとなった。作中でも、『城の崎にて』や『暗夜行路』末尾に、怪我や病気で肉体の声に耳を傾けるよう強いられた主人公が、悟りの心境に近付く例が見られる事を指摘して置く。

さて、順吉は強張《こわば》った防御の姿勢を変える事は出来なかったが、ウィーラーが思い切って順吉の隣に腰掛け、二人は話し始める。会話の内容は、たわいないものであるが、《話してゐる内に、私は段々に堅くなつて行つた結びツこぶがゆるめられるやうな快さを感じた》。

ここで注目したいのは、ウィーラーについて使われる《子供らしい》という形容詞が、〈草稿〉にはなく、〈完成形〉で新たに二つ挿入されたことである。即ち、ウィーラーは速夫を話題にして、《子供らしい悪意を見せ》る（〈草稿〉では《悪意》のみで、《子供らしい》という形容はなかった）。そして順吉は、《偏屈な、邪気のある不愉快な心理を散々にくぐつて来て私は今、意味もない子供らしい会話の相手になつて了つた。》とユーモラスに描かれている（〈草稿〉にはこの一文はない）。ついでに言うと、次の（五）にも、順吉が翌日《娘の美しい細々とした体や、子供らしい其つまらない言葉をてにをは一つ誤らずに憶ひ浮べては、長い〳〵痴考に耽つて居た。》というユーモラスな一節があり、ここでも《子供らしい》が繰り返されている（〈草稿〉にもこれと類似の一文はあったが、《子供らしい》という形容はなかった）。

子供は、無意識・気分・感情・身体的なものを肯定し、受け容れている自由な存在だ。《意味もない子供らしい会話の相手になつて了つた》とあるが、志賀および語り手としての順吉は、《意味》など無くても構わないのだと今は思いつつ、そう思い切れなかった過去の順吉を笑っているのである。キリスト教のために意識・思想・道徳でがんじがらめになった順吉にとって、《意味》の有無など気にとめない子供こそが、回復すべき自由の象徴なのである（もう一つ自由の象徴になっているのが動物で、これについては②（ii）「第二」の（二）で述べる。なお、「『大津順吉』前後の志賀直哉」の（二）の③「子供らしさと動物・自然の評価」も参照されたい）。

この様に、順吉の強張った身心が解きほぐされ始めると、小説もまたユーモアを取り戻す。《私は今、意味もない子供らしい会話の相手になつて了つた。》という箇所と、《「日本の踊は大好きです。然しかう云ふダンスなんか、見て不愉快です」》と、精一杯皮肉を言う所と、「順吉の話し相手になれる明光や礼吉も来るから」と騙されたことを当てこすって、明治座に誘われた時にすかさず、《知らない人の中に入るのはつまらないからいやだ、と重つ苦しい嫌味をいつた》所がそうなのだが、そこで微笑を誘うのは、いずれも順吉である。皮肉や嫌みを言える所まで、心が自由を取り戻し、軽くなっている事も、これらの会話の明るさ楽しさの一因ではあるのだが、その《皮肉を軽く云》えない事と、嫌味が《重つ苦しい》所に、順吉の心身の強張りがまだ残っており、それが主として作者と語り手が意図している「笑える事」なのである。なお、《私には皮肉を軽く云ふと云ふやうな芸当は迚《とて》も出来なかつた。》と《重つ苦しい嫌味をいつた。》は、どちらも〈草稿〉にはなく、〈完成形〉の方が、心身の強張りをそれだけ精緻に、かつユーモラスに、批評的に表現しようと工夫している事が指摘できる。

さて、（四）の末尾で順吉は、《凝結しきつた心持から多少自由になつ》て辞去するが、〈草稿〉の方では、先にも紹介した通り、末尾でパーティーの体験を総括し、《其夜は今まで殆ど経験した事のない程に不愉快な晩であつた。》云々と不愉快の棚卸しをしているのに対して、〈完成形〉では、あっさりと明るい終わり方に変えてある。これは、〈完成形〉では、順吉が身体を極端に強張らせてしまった体験を経て、最終的には身体の声に耳を傾け、子供の柔軟性を取り戻すことの大切さを感じ取っており、解決への大きな一歩が踏み出された一夜だったと、前向きに意味付けているためであろう。

もちろんこれは、小説における意味付けで、実際の志賀は、当時、そこまで深い認識を持ち得た筈はない。

(iv)「第一」の(五)

これは、パーティーの翌日を描いた章である。不快感から始まるが、最後は回復に向かう。

順吉は昨夜の体験を振り返り、《考へれば考へる程、私が通俗な言葉で云ふ「開けない男」である事が腹立たしくなつた。》(これは〈草稿〉もほぼ同じ)。《自分は何時の間にこんな男になつて了つたらうと云ふやうな事を考へた》(これは〈草稿〉にはなかった)。勿論これは、「こうなったのはキリスト教のせいだ」の意味である。

「開けない男」とは、体も心もオープンではない人間、《偏屈》な人間のことであろう。「開けた人」「さばけた人」になるためには、自分の弱点や恥も、こだわらずに率直に人前にさらせることが、特に重要である。昨夜の順吉には、それが出来なかった。自分の弱点や恥にこだわった。例えば、他の客は皆正装であるのに自分一人みすぼらしい格好であること、他の客はダンスが出来るのに自分一人だけ出来ないこと、西洋人と英会話が出来ないこと、体調の悪さ、といった弱点から劣等感を刺激され、自分の殻に閉じ籠もり、逆にダンスをする人々を軽蔑・無視することでプライドを守ろうとした。その結果、自分も不愉快になり、ウィーラーとその母、話しかけてくれた西洋人、ダンスの相手を引き受けてくれた奥さんらに対して、失礼な振る舞いをしてしまったのである。

もともと順吉は、U先生に強さを求めていた。明確には書かれていないが、恐らく順吉にとってキリスト教は、自分の弱点や恥をなくしてくれるもの、罪深い立派でない弱者たちとは異なる、道徳的に非の打ち所のない強者の道、に見えていたのであろう。

しかし、いざキリスト教徒になってみると、キリスト教の道徳は、外に表われた行動だけでなく、心の中で思っていることまでも縛る内面的なものであり、絶えず自分の内面がキリスト教徒に相応しいものかどうかをチェックしなければならない。その結果が、〈草稿〉の（三）に言う《罪々と絶えずオド〳〵する生活》であった(注62)。

　その一方でそれは、良きキリスト教徒でないと見なした人々を、内心、見下し、優越感に浸る生活でもあった。〈草稿〉の（五）に言うとおり、順吉（≒志賀）は、《キリスト教に接する迄《ま》では》《社交的で》《もつと快活》で《気持が自由》で、《傲慢でなかつた》のに、〈草稿〉の（三）に言うように、入信後は、U先生には《ハンブル》だが、《日本の現代の人々には傲慢な心を持つ》ようになっていたのである。

　だから、キリスト教から脱出するためには、先ず強さ・完璧さを志向することを止めなければならない。その意味でも、強者ではない子供や動物の在り方、それに病気が大事な役割を果たすのである（「『大津順吉』前後の志賀直哉」の（二）の③「子供らしさと動物・自然の評価」参照）。

　なお、志賀は、ブリンクリーのパーティーから六日後、明治三十九年十一月六日の「手帳5」に、《何んでもウント強クならねばならぬ、ウント自由ナ人間にならねばならぬ、思ヒ切ッテ怒ルコトの出来る、思ヒ切ッテ笑ふコトの出来る思ヒ切ッテ泣くコトの出来る、何んでも思ひ切つて、他のマヂリッ気ナシニ何んでも出来る人間にならねばならぬ》、と記している（《強ク》ならねばならぬとは言っているが、弱点がないという意味ではなく、「率直」と言うに近い意味である事は明らかだろう）。また、同年十二月十日付けの「手帳5」に、《自分は近頃理屈の為めの理屈、不平の為めの不平。気六ヶしい顔をしてる為めの気六ヶしい顔が嫌いになつた、（中略）自分は、少し考へが変つて来た、悪くいへば、ナン化したのかもしれぬが、進歩したのだ、自己の考へになつて来たのだ。大変自由になつた感がある》と書いている。詳しい経緯《いきさつ》は分からないが、ブリンクリー（ウィーラー）のパーティーは、志賀にとっても順吉にとっても、一つの大事な切っ掛けとはなったようである。

　しかし、人間は一日で生まれ変われるものではないから、順吉は、ウィーラーについての《長い〳〵痴考に耽つて》置きながら、《偏屈》にも（〈草稿〉には《――哀哉《ああ》、偏屈な心！――》はない）、ウィーラーに対して《前夜の不快を書いて送らう》と考え、さらに、手紙ではなく直《じか》に言うべく出掛ける。本当は、ウィーラーに会いたい気持がそうさせたのであろうが…（ここにもユーモアがある）。

しかし、道でウィーラーの母に会ったため、予定を変更して渋谷の友達を訪ねた順吉は、留守だったため、《其屋敷の裏の広い空地になつてゐる原》の《木の蔭になつた草の上に横になつて、暫くは深い溜息をついて居た。／澄み切つた空の高い〳〵所を白い雲が静かに動いてゐた。時々鳥が飛んで行つた。（中略）不知《いつか》眠つて（中略）私は幾らか軽い気分になつて（中略）帰つて来た。》となる。この休息・眠りは、類似赤痢の体で歩いた疲労を癒すためのものであるが、象徴的には、身体の声・身体の欲求に素直に従うことの必要性、そして、人間の身体が元来そこに繋がっている所の母なる大自然のリズムを受け容れることの必要性、子供または動物に還ることの必要性と快感、を暗示していよう（これは『城の崎にて』や『暗夜行路』の大山の場面等と同様の意味を持つものと言えるだろう）。(注63)

（Ⅴ）「第一」の（六）

順吉が類似赤痢だったことが判明し、祖母の看病を受ける章である。病気であるにもかかわらず、全体に心地よく、癒しの雰囲気が漂っている。

祖母の看病については、明治四十年七月八日付け有島壬生馬宛志賀書簡と一致するので、事実通りと見て良い。(注64)〈草稿〉（七）では、パーティーの翌日以降に順吉が類似赤痢と診断されたこと、その時点で《母は末の妹が病気だつたので》祖母が順吉の看病をしたことが書かれているだけで、末の妹の病気の種類も発病時期も曖昧になっていた。それを明確にしつつ簡略化するために、志賀は、〈完成形〉では、パーティーの翌日に妹と自分が同時に赤痢と判明したという形に一括したのであろう。

最初の方に、順吉の居る離れの説明があるが、これは後で必要になるため、ここで説明をして置いたのである。

病気はこのケースでもプラスの意味を持っている。人は、普段は一人で何でも出来るような傲慢な考えに囚われがちだが、病気になれば、誰でも他人の世話に身を委ねなくてはならない。それは、赤ん坊や子供の状態への一時的な回帰である。そしてそれが、強いふりをやめる事を可能にし、弱さも醜さも含めて、本当の欲望・身体性・ありのままの自分の現実を受け容れること、即ち本当の自由を可能にするのである。

また、志賀にとって祖母は、実質的には母であった。母は、赤ん坊の時から、弱さも醜さも含めた本当の欲望・身体性・ありのままの現実を受け容れてくれた人なのである。だから、キリスト教の歪みからの治療的な意味は、順吉が病気になることにも、祖母の看護を受けることにも、また《祖母の体の独特な香《にほひ》》から《幼年時代（中略）を突然に憶ひ起》すこと（〈草稿〉にはこの事は出て来ない）にも、そして、「第二」の（四）（五）などで、順吉が祖母に愛着を見せることにも、あると言えるのである。

順吉が祖母の香に反応したことを、《「犬だネ」》と友達が笑うが（「からかう」というニュアンスであろう。〈草稿〉にはこの事も出て来ない）、勿論、作者はユーモアを籠めているだけで、嘲笑っているのではない。後で詳しく述べるが、動物は子供以上に自然で伸びやかな身体性を有している。順吉が《此経験から色々な人の独特な香（中略）を中々多く自分が知つてゐる事に心づいた》ことも、身体に付随する香を蔑視せず、肯定できるようになったことで、キリスト教という病いからまた一歩前進したという事なのである。（注65）

（vi）「第一」の（七）

病後の回復期を描いた章である。全体にのんびりとした雰囲気が漂っている。

食欲が回復し、食辛坊になった順吉。これも自然な身体性の肯定であるからユーモラスなのであり、また一種の幼児回帰でもあろう。

病気になってからは、身体の声に忠実に従っているから、寝転がって《暢気な気分で本》を読んでいられる。下腹を温め続けているため、《皮が赤茶けた色に》変色したという部分も、身体的な醜さを、隠す事もなく有りの儘に肯定している所にユーモアがある。

そして、「第一」全体を締め括る最後の言葉《娘からは其後全く電話がかからなかつた。／そして其頃は私も竹葉とか大金とか風月とかをそれ程考へなくなつた。》は、絹ウィーラーの件が完全に終わったこと、主人公にとって絹は、風月等の料理と同程度の、一過性のものでしかなかったことを、暗に示したものと考えられる。〈草稿〉では、前に紹介したようなブリンクリーに対する志賀の本当の気持が詳しく説明されていたが、それをカットすることで、元々大して心を惹かれていなかったことにしたのである。

②『大津順吉』「第二」

「第二」でも、順吉が《もつと自由な人間》になろうとするというメイン・テーマは変わらないが、キリスト教を対決すべき相手と明確に定めていた「第一」とは違って、「第二」では、キリスト教の問題・性的な問題はなるべく表に出さないようにし、千代との結婚問題を中心に、個人の自由を妨害している封建的な家族（ひいては社会）という「境遇」との葛藤と「心」の問題が、サブ・テーマとして登場して来る。また、どの時代の青年も必ず経験する、自分は何者で何を為すべきなのかがはっきり摑めなかったり、自分の才能に自信が持てなかったりする事から来る焦燥感や、何が問題なのかも分からないまま閉塞感に苛立つといった状況も、よく捉えられている。

なお、主人公の順吉については、「第一」では自己を確立できていない頼りなさ・弱さが強調されることが多かったが、「第二」では、「第一」に比べて実際に強いという訳では決してないのだが、強気で積極的な順吉を意図的に打ち出そうとしている。これは、「第一」がキリスト教への囚われを強調するパートだったため、弱い順吉でなければならなかったのに対して、「第二」では、千代との結婚をめぐって家族と闘わせねばならないためである。

順吉の強気に読者が違和感を持たないようにさせる手段として、「第二」では、結婚問題で衝突するまでは、父の存在感をなるべく無くし、順吉との対立も無いようにしている（「第一」では、パーティーの所で、順吉が父に批判される無力な存在であることが、明確に示されていた）。同時に、順吉を大津家で唯一の大人の男、家長に準ずる存在として印象付けるようにしている。特に千代や妹のうやうやしい態度（例えば「第二」の（五）末尾で、妹が隣の部屋で手をついて「お兄様御飯」と言う等）と祖母・母に対する対等以上の態度が目立つ。これは、実際にもそういう面があったのだが、「第一」ではU先生など大津家以外の人たちとの関係を中心にし、女中や家族との力関係を隠す事で、感じさせないようにしていたのである。

（i）「第二」の（一）

兵隊たちとのトラブルを描いた章で、出だしは憂鬱だが、全体的には明るい楽しい章と言える。〈草稿〉には対応する部分がない。

時期ははっきりしないが、「第二」の（三）末尾で、ウィーラーについて、《前の年の秋見て以来、半年》と言っている所から、（三）を五月頃と推定すると、「第二」の（一）（二）も、四月下旬から五月に掛けて、と考えて良さそうである。（二）の《妹の植ゑた花壇の草花を根こぎにする。》という一文とも合う。

この章は、「第一」で弱者という印象だった順吉を、強気で積極的という印象に切り替えることを最重要目的とし、その為に兵隊たちに強い態度を取る順吉を描いたものと推察される。ただし、強い態度を取らせているだけで、実際に強いとは意味付けられていない。

また、強気な順吉を見せる前に、冒頭で、神経衰弱と何が原因ともつかない《焦々《いらいら》した気分》に苦しむ順吉を描くことで、「第二」に引き続き自己を確立できず、また「頭・心」と「体」の不調和に苦しんでいる順吉を見せている。これは、この作品の最後まで、根本的には変わらない。

この章に出て来る兵隊たちは、志賀家のすぐ北側にあった赤坂歩兵第一聯隊所属のものと思われ、恐らくは概ね事実通りと思われるが、このトラブルについて志賀は全く記録を残していないし、〈草稿〉にも出て来ない。〈草稿〉段階では、冒頭から順吉を、新渡戸・乃木を批判する強い存在として描いていて、弱者としてアイロニーとユーモアを以て描くという構想になっていなかった為、このエピソードを入れるべき場所がなかったのであろう。

この章ではまた、千代と小犬の「白」をちらっと出して、後で活躍させる伏線としている。

千代の初登場シーンで、千代の肌が《浅黒い》と紹介されていることは、「色白で大人しく従順」という古風なヒロイン像とは異なる少年的な元気さ・無邪気さを予感させる。が、その一方で、千代が《梯子段を登りきつた所に膝をついて、》部屋の外から《「お茶が入りました」》と知らせることは、現代では考えられない封建的身分関係と厳しい礼儀作法を偲ばせるもので、二人の結婚がいかに困難かを予兆するものともなっている。

さて、(二)の冒頭には、《春の末から初夏へかけて私は毎年少しづつ頭を悪くする》とあるが、〈草稿〉(十)では《気候が直ぐ気分に影響するのは》《五月の末から七月の初めまで》となっており、こちらの方が志賀の実際には近いようである。「頭を悪くする」は、神経衰弱のことで、当時はよくこの様に言っていた。が、或いは志賀は、順吉がキリスト教的な「頭」(心)と「体」の不調和に苦しんでいることを意識して、わざとこの様に書いたのかも知れない。

日記・手帳・書簡で見る限り、明治四十年に志賀が神経衰弱になった記録は、七月八日付けの有島壬生馬宛書簡に、《凡ソ一週間計り前から、何んだか云ふに云はれない不快に陥つて（中略）本当の源因がよくワカラズに随分苦むだ、（自分で自分をあざければ陽気のセイで神経衰弱の気味ともいへるかも知れないが）》と出るのと、八月二日の「手帳8」に出るだけである。従って、「第二」の（四）の《不機嫌》も、モデルは同じ七月初旬の分ということになる。《毎年》のことだとされているが、日記・手帳・書簡などで確認できるのは、この他では、明治三十五年春頃（『山荘雑話』）、明治四十三年四月二十一日（日記）、明治四十五年四月末から五月、七月、十二月（『廿代一面』と日記）、大正三年二月（座談会「よもやま話」など）、だけである。

志賀および順吉の神経衰弱は、周囲との不調和、不自由感、閉塞感、焦燥感を伴うもので、遺伝的体質（留女・直温にも脳病の既往歴がある）・家庭環境・石川啄木が『時代閉塞の現状』で指摘したような時代状況、また青年期には不可避の自己の不確立など、様々な原因が重なって生じたものと考えられる。『大津順吉』では、キリスト教及び性的抑圧とも関係があると考えられるが、『大津順吉』に描かれている苛々した気分や不機嫌には、本当は明治四十年当時のものだけでなく、『大津順吉』を執筆した四十四、五年当時のそれも、混ざっているように思われる。

例えば、明治四十五年の日記を見ると、五月十八日に《自分は神経衰弱にか丶つてゐる。》とあり、二十日に《「錦魚」を書かうと思ふ。》とあり、二十一、二十二日と執筆の記録がある。また、この頃の事を書いた『廿代一面』という自伝的小説の、ちょうど四十五年五月十九日に該当する所に、《頭が重く、身体がだるく、気分が苛々として、もう其処ら一帯、濁つた泥水で、自身はその中に浮び上つた錦魚のやうな気持がした。》とある。『廿代一面』の発表は、『大津順吉』より後ではあるが、『大津順吉』「第二」の（一）の《泥水に浮び上つた錦魚の心持》という表現を思い付いたのが、四十五年五月十九日頃だった事に、疑いの余地はない。

実際の志賀は、明治四十年には、まだまだ真面目なクリスチャンで、未熟ながら貪欲に内外の新しい文学を読み漁り、創作には見るべきものは無かったが、その分単純に、将来に大きな夢を持つことの出来た、比較的明るい時代だった。しかし、明治四十五年には、既に優れた短篇を幾つか発表できてはいたが、逆に大きくなりすぎた野心に結果が伴わず、欲求不満と、今後、具体的にどの方向に進むべきかがはっきりと判らぬ迷いに、苦しんでいた。四十五年三月末には、『エピキュラスの園』を読んで得た空想（後述）から、人類を救う大作家になろうとする誇大妄想的傾向が強まり、『廿代一面』には、志賀が、五月頃、夜になると興奮し、誇大妄想的に自分が非常に偉い人間のように思え、寝られなくなるが、昼間は不機嫌だった事が記されている。こうした四十五年の心境が、『大津順吉』のこの辺りにも、少しだけ混ざり込んでいるように、私には思える。

次にここで鳴き立てる隣家の鸚鵡だが、これは〈草稿〉では、（四）で、佐々木（＝〈完成形〉「第一」（三））の《真理を恐れ始めた》《友達》に手紙を書く所で、《ケタタマシク啼き立てるのが聴えた。聯隊が直ぐ傍で《おゝむ（ママ）》は号令の真似を始めた。》とごく簡単に出るだけだった。恐らくそれは、実際にあった事だったからその通りに書いただけだったのであろう（モデルの事実から言えば、黒木を不快に思ったのは三十九年秋ではなく、四十年の六月二十八日のことなので、その意味では、むしろ〈完成形〉の方が、季節感は合っている）。

しかし志賀は、〈完成形〉を書くに際して、この鸚鵡がいろんな意味で順吉の象徴として使える事に気付いた。と言うのは、籠に閉じ込められている鸚鵡は、キリスト教ほか様々な原因で閉塞状況に苛立つ順吉の象徴になる。また、鸚鵡は体の割に特に大きな「頭」が目立つ鳥である。その事が、「頭」ばかりで生きがちな順吉の戯画となりうる。そして、結局最後まで閉塞状況を打破できず、ただわめき立てることしか出来なかった明治四十年の志賀は、全体としてこの鸚鵡になぞらえることも出来るのである。こうしてこの鸚鵡は、順吉を象徴する戯画として、また『大津順吉』「第二」の最初と最後を結び付ける重要な伏線として、使用される事になったのである。

具体的に確認すると、先ず、閉塞状況に苛立つ順吉の象徴という意味では、順吉がまさに《泥水に浮び上つた錦魚の心持》で居た時に、鸚鵡が《けたたましく地声で鳴き立て始めた》としている点が、両者の分身的な類似を表わすものと言える。また、本来は空を自由に飛び回ることのできる鸚鵡が籠の中に閉じ込められて《わめき立てる》ことしか出来ないでいることと、《籠の針金を熱心に噛んでゐる》姿は、閉塞状況にある者の良き象徴となっている。特に、鸚鵡の堅い嘴・乾いた舌と鳥籠の針金の取り合わせは、潤いのない苛立たしい閉塞状況を見事に象徴しているし、針金を噛むことは、人間の爪噛み同様、ストレスを感じさせる。

次に、「頭」ばかりで生きがちな順吉の戯画という側面については、志賀は、《薄黒い円い舌を見せて羽ばたきをして、頭を振り立てながら、わめき立てる其やけらしい様子》や、《あうむは其時短い首を出来るだけ延ばして籠の針金を熱心に噛んでゐる》など、鸚鵡の頭部を主に、そして鮮明な印象を与えるように、巧みに描写していることが指摘できる。

また、感情的に大声を出して《けたたましく》《わめき立てる》という身体的なストレス発散を、《人間にもあんな真似が出来たら、こんな時には幾らかいいだらう》と順吉に羨ましがらせていること、そして、その後、勝手に屋敷内に入り込んだ兵隊たちに順吉が大声を出す様子を、《只がみ〳〵と丁度鸚鵡がけたたましい地声を出すかのやうにわめき立てたのである。》と鸚鵡に結び付けていること、そして順吉が大声を出した結果、《今迄の気分が大分直つ》たとしていること、これらすべてが、順吉が頭と体の調和を失っていることのユーモラスな戯画となっているのである。

なお、先にも①（ⅰ）序章で少し触れたように、志賀が、声の調子（けたたましい鸚鵡の地声・只がみ〳〵とわめき立てる順吉の大声）に現われる無意識的・身体的な気分・感情に敏感であり、それを巧みに使用していることは、注目に値する。「けたたましい声」・「がみがみ声」は、言わば頭だけから出ている声で、頭と体が調和し、落ち着いた気分の時に腹の底から出る深みのある声との違いを、志賀は意識しているのである。

その他、鸚鵡が《「前へ！　オイッ」とか「気を附け……」とか》《号令》を真似て叫ぶことが、いかにも偉そうでありながら、実際には何の力もなく、滑稽でしかないことが、後で順吉が兵隊たちに《「オイ降りないか」》とか《何しろ帰つて貰はう」》とか命令することが、いかにも偉そうでありながら、本人の頭の中で偉がっているだけで、実際には滑稽でしかないことのユーモラスな指摘になっている。

また、千代と順吉の会話で、《「今朝旦那様がお出かけ遊ばした後に士官の方が御出でになりました」》と聞かされ、《「何だつて？」》と順吉がにわかに緊張するのは、この家の真の支配者・権力者は父であり、「もしかしたら自分が知らない間に父が許可を与えていたのかもしれない」と順吉が不安に思ったからである。そして千代が、《「よく解らないから（中略）お留守ですと申し上げたんです」》と言うと、ほっと安心して、順吉が再び勢い付き、《「そんなら駄目ぢやないか》とまた偉そうに言うという展開も、順吉が地に足の着かない「虎の威を借る狐」「鳥無き里の蝙蝠」でしかないことを表わすためのものである。

最後に、この鸚鵡は、明治四十年の志賀の象徴ともなっている。「第二」の（十三）で、千代を奪い去られ、父に相手にされなかった順吉が、空箱を畳に叩き付ける時、《然しこんなやけらしい様子も余儀なくされてするのではない事を、其時の現在に於て、明かに知つてゐた。》《「こんなやけらしい様子も仕まいと思へば直ぐよせる、然しそれを圧へたつて偉くもない」》と二度も《やけらしい様子》を繰り返すことで、志賀は、順吉がどんなに怒りを爆発させようとも、結局は籠の中でわめき立てる鸚鵡でしかなく、家や社会に太刀打ちできなかったことを、はっきり指摘しようとしているのである。

念のために言えば、志賀は日露戦争当時から内村鑑三の影響で反戦平和主義者になっていたが、ここでは兵隊を悪とは見ていない。それは、このエピソードを、順吉が社会的悪と戦って、勝利した話にしたくなかったからであろう。《伍長も兵隊も皆善良な人々だつた。》とわざわざ断ったり、無邪気な小犬が兵隊たちにじゃれつくことや、《怒つた顔》の順吉とは対照的に、千代は《笑ひながら》話すこと、《小さい妹》が兄の大声に《驚いて還つて行つて了つた》ことなどを書き添えているのは、順吉の怒りが八つ当たり的な不当で場違いなものでしかないことをはっきりさせるためなのである。

（ii）「第二」の（二）

小犬の「白」を紹介し、かつ順吉が千代を意識し、好きになって行く切っ掛けを説明する章である。〈草稿〉には対応する部分がない。ユーモアに富んだ明るい楽しい章だが、末尾で電話取り継ぎを巡って、次章につながる暗い影がよぎる。

「白」のモデルとなった仔犬は、明治四十年一月十日の日記に《白犬来る　ドウカ達者に育てたいもの》とあり、生後間もなくに貰ったらしい。それが、同年七月五日の日記で《白犬死むでゐた　毒殺されたらしい》となる。〈草稿〉（十）で、「白」が死んだ際に、《一年にならない可愛らしい犬だつた。》とあるのは、恐らく事実通りなのであろう。

ここで、「白」の仔犬らしい《いたづら》振りが特に強調されているのは、先に「第一」の（四）の所で説明したように、子供と動物（仔犬は両方を兼ねる）が、順吉が目指すべき、意識・思想・道徳に囚われない自由な開かれた身体と心の象徴だからである。

「白」にあっては、人間の世界を支配する道徳・秩序・規則は意味をなさない。だから、順吉の父の強大な権力も形無しである。平気で父の大切にしている盆栽の土を掘る（するめの煮汁のせいというのが、また笑える）。また、長男で父に次ぐ権力を持つ順吉をも全く恐れない。箒で叩かれても直ぐ忘れる。

この、順吉に竹箒で追い掛けられた時の「白」の描写は、なかなか優れたものである。(注66)《仕舞に追ひつめられると、尻を丸くして地面へ腹ものども着けて了つて、目を細くして閉口しきつて小便をもらしてゐる。其癖二つ三つ撲つて許してやるともう直ぐ足へからまりついて来る》。犬の心と体の動きを実に良く観察し、閉口しきった体の表情として捉え、まことに簡潔に描写している。《小便をもらしてゐる》という所も良い。これは、人間なら恥ずかしいことだが、動物にとっては、恥でも何でもない。それをその儘受け容れることが、順吉および読者を癒やすのである。

志賀は、ここで《竹箒を振りあげて》「白」を追い掛ける順吉を出して置いて、直ぐ次の段落で、今度は千代が《竹箒を丁度私がやるやうな恰好に振り上げて飛び出して来た》姿を出す。これも、まことに見事な手腕だと私は思う。(注67)

これは、映画の方では graphic parallelism と呼ばれる技法(注68)で、複数の登場人物などの形・動作などを故意に類似させることで、両者が類似した性質を持っていたり、仲が良かったりすることなどを表わす手法なのである。志賀はここで、二人の動作も、そして追い掛ける対象も同じ「白」という graphic parallelism を使用することで、どんな意識・観念・言語も介在させることなく、順吉と千代の無意識的な共通性・相性の良さを、うむを言わさぬ説得力で、読者の脳裡に刷り込んでしまうのである（ただし、二人の間には、知的な側面などに大きな隔たりもあり、結局、結婚には至らないのであるが）。

この千代が飛び出して来るシーンは、別の意味でも映画的である。即ち、最初は先ず、《庭の方から尾を下げて》《一生懸命に逃げて来た》「白」だけが倉の陰から見えて来る。犬がしっぽを巻いて逃げるのは、しっぽに噛み付かれない用心なので、順吉も読者も、「白」の後からどんな恐い物が追い掛けて来るのかと思う。すると、それが千代なのである。この予想と結果の落差・意外性が、強い新鮮な印象を与える。

しかも、竹箒を振りあげて犬を追い掛けるということは、常識的には大人の女性らしくない振る舞いである。それをやったことで、千代は大人の女性と言うより、子供らしく無邪気であるという強烈な印象が、読者にも順吉にも与えられる事になるのである（明治四十年七月七日の「手帳7」にも、Cは《別に偉い女でもない　憐れな女でもない、何んとなく無邪気な所のある女だ》とある）。

もちろん、千代と言えども普段からこの様に振る舞っているのではない。現に千代の初登場シーンでは、千代は主人に対する厳しい礼儀作法をきちんと守っていたし、この後もそういうシーンが多く、ここは例外と言える。この時は、千代からは順吉の立っていた場所が死角になって見えなかった為に、ついやってしまったことなのである。が、だからこそ、普通なら隠す真実の姿が無邪気だという事になり、それだけに一層、印象的であり、また魅力的なのである。

（なお、その後の《千代は急に笑ひ出して後《うしろ》を向いて了つた。耳から首筋まで赤くして笑つてゐる。／「何かやられたのか？」／「…」彼方《むかう》を向いた儘で笑つてゐる。》という簡潔な描写は、《耳から首筋まで赤くして》《彼方《むかう》を向いた儘で笑》いが止まらず、順吉の質問にも答えられない程である若い娘らしい姿を、身体として鮮やかに捉えていて、印象的である。）

ところで、先に述べたgraphic parallelismは、同じ倉の陰から相次いで飛び出して来るという点で、「白」と千代との間にも成り立っている。この事によっても、「白」と千代が共に子供らしく無邪気であるという印象が、読者の無意識に刷り込まれる仕掛けになっているのである。

後の（七）で、「白」が行方不明になった際に、《私には此小犬が私と千代との間で何かの役をしてゐるやうな気がしてゐた》と書かれているが、志賀は、作品の終わり近くで連れ去られてしまう千代と、毒殺されてしまう「白」を、共に貴重な、そして失われやすいイノセンスの象徴とするために、「白」をなるべく千代と結び付けて読者に提示するように工夫しているのであろう。

ちなみに、後年の作だが、『矢島柳堂』ものの「鶺」（大正十五年一月発表）で、柳堂は鶺という鳥からいつも《十四五の美しい小娘》を連想すると言い、《今から十何年か前、京都に住んで居た頃、町家のさう云ふ小娘に対し、彼は或しくじりをした。（中略）／最初彼は自身のした事を甚く良心に咎め、弱つて居たが、年が経つに従ひ、それもそれ程には思はなくなつた。そして却つて、その小娘を美しい気持で色々憶ひ浮べるやうになつた。よく夢にも見たが、それは決して彼を不愉快にするやうなものではなかつた。そして何時とはなし彼の頭では、其小娘と鶺とが結びついて居た。／同じ女が今は既に三十歳だといふやうな事は、彼には考へられなかつた。》と書いている。これは、恐らく女中Cを主たるモデルとし、美化を施して書いたものであろう。志賀は動物と結び付くような無邪気な少女が好きなのである。

（iii）「第二」の（三）

（二）の末尾で、ウィーラーからの電話に対して、祖母と母が警戒の色を見せたことを伏線として、ウィーラーからの電話と写真のことが描かれる。電話が取り継がれなかった事に対する《不機嫌》が描かれ、ウィーラーに送る写真も《如何にも気六ヶしさうに、寧ろ陰気な顔に写つ》たものが選ばれるなど、全体に冴えない気分の章で、この気分は（四）以下へと繋がって行く。
時期は、末尾でウィーラーについて、《前の年の秋見て以来、半年》と言っている事と、続く（四）に《湿気の烈しい、うつたうしい気候》とある所から、梅雨入り前で、五六月頃と推定できる。モデルとなった稲ブリンクリーとの電話や写真の遣り取りも、明治四十年五月十二日から六月九日の間の出来事であった。

細かい詮索になるが、《「何だか余り度々なので止さうかと思ひましたが、昨日帰つて参りましたもんですから……」》という この章の最初の電話は、明治四十年五月二十九日の「手帳7」から、五月二十八日の電話の際のブリンクリーの言葉であることが判る。しかし、「手帳7」やこの前後の日記には、留守にかかった電話を取継がなかったのではないかと志賀が疑ったらしい痕跡は全くない。しかし、〈草稿〉で、電話不取継事件から想い出したとされる《横浜の女学校の教師をしてゐる廿五六の》女性と志賀が親しくなることを祖母が警戒した事件などは、全くのフィクションとは思えない。従って、電話についての事件も、あったと考えた方が自然であろう。

志賀家では、電話は母屋の茶の間のすぐそばにあったらしく（〈草稿〉（九）の電話シーンや未定稿134「茶の間（一幕劇）」による）、直哉は離れに自分の部屋があったため、電話が掛かって来ると、女中が呼びに行くことになっていたらしい。祖母や母の部屋は茶の間に隣り合っていた為（菊判『志賀直哉全集』第9巻・月報9（岩波書店、昭和四十九年三月と五十八年十二月）の志賀家間取図による）、二人が電話に出て取継がなかったり、女中が出た場合も取継がないように命令するということも、全く考えられないことではない。

また、志賀の日記・手帳によれば、明治四十年五月十二日の日記の《稲より電話か丶りしと》から同年六月八日日記《稲より写真来る》までの一ヶ月足らずの間に、五月十五日日記《ブリンクリーより写真来る》、五月二十八日日記《I. B. より電話》、六月七日日記《I. B 電話》と、合計五回も、志賀家の人々は、直哉とブリンクリーとの交際の事実を見せ付けられた訳である（この他に、家族は気付かなかった可能性が高いが、志賀の方からブリンクリーに手紙や葉書を送ったケースが五月二十六日、二十九日、六月九日にあるし、ブリンクリーに贈るために写真を二度も撮りに行っている）。現代とは違って、若い男女の交際は、不道徳として禁じられていた時代に、この頻度で付き合っていれば、直哉の祖母と義母が相当に心配し、警戒したとしても、何ら不思議はない。また、若き日の志賀が、若い女性とこれだけの頻度で交際した例は、実際、この一ヶ月間だけと言って良いのである。

従って、五月二十八日の電話の際に気付いたのではないかも知れないが、祖母と母がブリンクリーに対して警戒心を見せたことや、志賀の留守に電話があったことを伝えなかった例があったことは、事実と見ておいて良いと思う。

ただし、志賀が、前年、ブリンクリーのパーティーに出掛けた時に、志賀の家族が反対したという話は、『大津順吉』にも、志賀の日記や手帳にも出て来ないし、祖母や義母が、志賀の行動にストップを掛け、志賀が不自由な思いをしたという事例は知られていない。恐らく、祖母や義母には、志賀の自由を束縛するような力は全く無かったのだが、志賀としては、祖母には自分を心から信頼して欲しかったので、少しでも疑われ警戒され、電話の取り継ぎを一度でもしなかった事があったというだけでも、自分に対する大変な裏切り・敵対行為と感じられ、許せなかったのであろう。

次に、これも細かい事だが、先に述べたように、この章の最初に出て来るウィーラー（≒ブリンクリー）の電話は、実際は五月二十八日の電話である。しかし、志賀の日記によれば、稲ブリンクリーに渡す写真を撮りに写真屋に行ったのは五月十六日なので、写真を欲しいと言われた電話は、日記には書かれていないが、十六日より前の筈である。従って、この辺りは、事実をそのまま書いたものでは無く、恐らくは、《稲より電話かゝりしと》と日記にある五月十二日か十三日辺りに写真を欲しいと言われた時の電話と、五月二十八日の電話とを搗き混ぜて、一つの電話にしたのであろう。

また、この章の二度目の電話は、ウィーラーから写真を貰い、順吉が写真を送った後に掛かって来る事になっているが、そのモデルになった電話は、「手帳11」に記録されている次のような内容だったらしい。

《〇己が美を誇り切つて女が、自分写真（ママ）をくれていふ事には、／「本当に可笑しいんですよ、よござんすか」／「エ、」／「可笑しな顔に撮れちやつたんですよ」／「さうですか」／と男は平気でゐる、お前の顔が可笑しく写らうが美しく写らうが自分にとつてそれ程大した事ではないから「さうですか」といふより他にない、女はもどかしい、／「他の方に見せちやいけませんよ」／「ナゼ」／「だつて可笑しいんですもの」／「いゝぢやありませんか」／「いゝえいけません、貴方も、余ンまり度々見ちやいけませんよ」／「承知しました」／と男は真面目である。」》

このメモの次に六月二十三日付けのメモがあり、その次に、島崎藤村の『老嬢』（明治四十年一月刊）と二葉亭四迷の『其面影』（明治四十年八月刊）についてのメモがある事から、四十年のブリンクリーの電話をメモしたものと見て良い。

明治四十年のブリンクリーからの電話は、志賀の日記によれば、留守中に掛かったらしい五月十二日の《稲より電話かゝりしと》とある電話と、「手帳7」に内容がメモされた五月二十八日の電話、そして六月七日の電話だけであるから、「手帳11」の電話はこの六月七日の電話と見て良い。日記に拠れば、翌日六月八日に《稲より写真来る》とあるので、「手帳11」の電話がその予告兼言い訳だったと考えると、話の辻褄が合う（『大津順吉』では、予告ではなく、写真を送った後で電話を掛けた事に変えてある）。また、〈草稿〉（九）末尾で、順吉がウィーラーからの電話を切った後、ウィーラー宛に手紙を送ったが、返事は無く、自分からもそれっきり出さず、関係が途絶えたとされているが、実際の志賀も、日記によれば、六月七日の電話の翌々日に端書を出して居り、それが、記録に残っている二人の交渉の最後なので、この点でも辻褄が合うのである[注69]。

しかし、もしそうだとすると、『大津順吉』では、実際の事実とは、出来事の順序とニュアンスがかなり変えられていることになる。即ち、日記による実際の順序では、恐らく五月十二日か十三日頃、電話で写真を欲しいと言われた志賀は、比較的すぐに、望月という写真屋と、友人・細川の所で、五月十六日と十八日に写真を撮っている。そして、二十四日に細川から写真が届いたのを受けて、『大津順吉』の通りなら、多少迷った末、望月で撮った《可恐《こは》く写つた方》を送ったのが、日記の二十六日に《ブリンクリーへ手紙》とある分であろう。稲ブリンクリーはその間、五月十五日に兄ジャックの写真を送って来ただけのようである。そして、志賀の写真が届いたのを受けて、久しぶりに二十八日に電話を掛けて来たのであろう。それに対して翌二十九日の「手帳7」に志賀は、①（ⅱ）「第二」の（三）で述べたやうに、《○I.Bは自分の事を何んと思つてゐるのだらう、他の人にもあ、なのであらうか、（中略）若し自分を愛してゐるのなら如何いふ意味でどの位の程度でどういふ心持ちで居るのだらう、／自分は自分の知つてゐる女の内では、I. Bが一番美しい人であると思つてゐるのだ、左うして全く愛してゐないワケではない　それも美しさだけにヒキ付けられてゐるので、其人間には全くヒキ付ケられてはゐないのだ　だから尊敬といふ念は殆どないといつてよい、始終、チャームされまいと予防してゐるやうな躰度《ママ》である》などと書いていて、その美しさにはかなり心を惹かれていた事が明らかである。志賀は、日記によれば、この二十九日にブリンクリーに手紙を出したらしいが、残念ながらその内容は分からない。それから、一週間余り経って、六月七日に稲ブリンクリーが電話を掛けて来て、翌八日に、ようやく稲の写真が届き、それに対して、翌九日にすぐさま志賀は端書を出している。内容は分からないが、〈草稿〉（九）が事実通りならば、電話より手紙にして欲しいという内容で、それに対してブリンクリーは返事を寄越さず、二人の交際は終わりを迎えるのだから、ブリンクリーよりむしろ志賀の方が、どちらかと言えば熱心だったという印象である。

ところが、〈完成形〉では、先に絹ウィーラーから、取り継がれなかった分を含めて何度も電話があり、あなたの写真を欲しいという申し入れがあり、その翌日にはもう兄ジョージの写真が届けられ、さらにその翌日には、絹本人の写真が届く（実際は六月八日に届く）。つまり、絹ウィーラーは順吉に対して非常に積極的で、矢継ぎ早にラヴ・コールを送っていると見えるように、書かれているのである（実際は、五月には最初の電話と十五日に兄の写真を送ったのと二十八日の電話のみだった）。そして、以上の展開の後、初めて順吉が重い腰を上げ、写真を撮るが、《可恐く写つた方を選》び、《何も書かずに送》る。すると、間髪を入れずに《其晩》絹ウィーラーから電話が掛かって来て、自分の写真は特別扱いしてくれと言う。しかし、絹が《別人のやうに再び肥つて了つた》ために《美しくなく見え》、順吉はその写真を余り見ようともしない、という事になっているのである（実際は、電話より手紙を欲しいという手紙を送った可能性が高い）。

志賀は、〈草稿〉の段階では、〈完成形〉に比べると、もっと事実に近く書いていて、絹ウィーラーからの電話の直後に、《自分は此娘と話した後はいつも気分が変化した。》と、好きであることを示し、絹の写真が届いた際には、「手帳7」の五月二十九日の感想とほぼ同様に、《誰れに対しても自分にいふ位の事は云つてゐるのだらうと（中略）邪推》したり、《自分が娘にとつて、一人か、多勢——少なくも何人かの一人であるか》と気に病んだりし、また、ダンス・パーティーで見掛けた絹を取り巻く男たちを思い浮かべて、《浮薄らしいあの何人かの一人になるのは堪えられないと思つ》たりしていた。〈草稿〉では、〈完成形〉とは違って、ウィーラーのパーティーの際にも、順吉はダンスに対してあからさまに軽蔑的だったから、これでなくては一貫しないのである。しかし、これらは〈完成形〉ではすべて削除された。

また、この章でかなり重要なエピソードとして、ウィーラーに送る自分の写真について、写真屋で撮った《如何にも気六ヶしさうに、寧ろ陰気な顔に写つ》たものと、友達に撮って貰った《最も通俗な意味でいい顔に撮れてゐた》ものとで、どちらにするか迷った事が、〈草稿〉にも〈完成形〉にもあるのだが、〈草稿〉では、《浮薄らしい》ウィーラーの取り巻き連中の《一人になるのは堪えられないと思つ》た、その邪推と反感から、《少し陰気で、気六ヶしさうな》方を《反《かえ》つて》選んだというニュアンスになっている。恐らく、こちらが事実に近いのであろう（勿論、この反発の根底には、キリスト教的な価値観があるのだが…）。それを〈完成形〉では、「順吉がまだキリスト教と内村鑑三の価値観に囚われていた結果である」という意味に、はっきりなるように、邪推と反感を消去し、《ベートウヴェンやU先生の顔がいいと云ふ標準から》、《結局私は矢張り可恐く写つた方を選ばずにはゐられなかつた》という、〈草稿〉には無かった説明を付けたのである。

こうして志賀は、〈完成形〉で、順吉のウィーラーに対する感情が決して強いものではなかった事を強調し、さらにウィーラーを太らせる事で、ウィーラーへの順吉の感情を最終的に終わらせ、千代だけをヒロインとしてクローズ・アップできるように準備を整えた（千代は、「第二」では、毎章一回は顔を出すようにしてあり、この章でも一度出る）。そして、ウィーラーを言わばだしにして、この後、順吉の結婚問題に介入して来る「封建的な家族との対決」への伏線として、電話不取継事件を出し、また、ウィーラーに送る写真の選択に絡めて、キリスト教的・内村鑑三的な価値観への囚われからまだ脱却できていなかった事を示して置いたのである。

(iv)「第二」の（四）（五）

祖母との軋轢を扱った章で、（四）は終始不機嫌であるが、（五）の末尾で気分が直る。

不機嫌の原因は、〈草稿〉〈完成形〉共に、基本的には《気候》という順吉にはどうする事も出来ない閉塞状況とされ、これは「第二」の（一）冒頭から一貫した設定である。しかし、プラスアルファーの要因としては、順吉が目指している文学の仕事を祖母が理解してくれない苦しみがクローズ・アップされていて、それが、千代との結婚問題に対する家族の無理解の伏線となっているのである。

モデルとなった事実との外形的な異同を簡単に述べて置くと、先ず祖母との遣り取りは、日記によれば、（四）のモデルは七月五日午前の出来事で、（五）の方は翌六日午前のことである。それを〈草稿〉（十）では、日時は《五月の末から七月の初めまで》のいつか、〈完成形〉では《湿気の烈しい、うつたうしい》季節、と共にはっきり特定は出来ないが、共に或る一日の内に相次いで起こった事に変更している。ただし、特に（四）の祖母との遣り取りの内容（〈草稿〉（十）も〈完成形〉と殆ど同じ）は、概ね事実通りのように感じられる。

また、(七)に出る「白」の死体発見は、日記によれば、実際は七月五日午後のことだったのだが、〈草稿〉では、部屋に入って来た祖母を相手にしなかったエピソードと同じ日の夕方となっていて、その点ではおおよそ事実通りに描き(ただし死体発見のすぐ後に祖母を呼んで話すことに変更している)、〈完成形〉では、日時はいつかはっきりしないが、七月二十日以降、月末までの出来事のように描いている。これは、祖母との軋轢と「白」のことを時間の順序に従って一緒に書くと、どちらの印象も薄れてしまうので、別々にしたかった事と、千代を好きになったことを先に書いてから、イノセンスにおいて共通する千代の分身的な存在として「白」の死を描く方が、より効果的であることから、実際より後に回したのであろう。

また、〈草稿〉(十)には、五日午後に武者小路実篤に来て貰った事実が書かれていたが、〈完成形〉では削除された。紙数節約のためと、順吉一人に焦点を当てて、友人関係(そして家族も妹たちや弟)は殆ど全面的にカットしている作品の基調を、なるべく乱したくなかったからであろう。

また、〈草稿〉(十)には武田(武者小路)が「人間の価値」という論文のようなものの内容を話して聴かせたことが出ていたが、これは、実際には明治四十年五月二十六日の夜、武者小路が来て、《世のあらゆる悪は、人間が人間の価値を認めぬによつて起るといふ真理を発見した》と語ったこと(「手帳7」明治四十年五月二十七日)をここへ移して使おうとしたものである。武者小路はこれを演説「人間の価値」として六月四日に学習院で演説し(志賀も聴いて、明治四十年六月八日の有島壬生馬宛書簡で報告している)、『荒野』に収録している。『荒野』によってその内容を略記すると、「真心から為《な》す真の善と真の快楽・幸福が一致し、真の利己がそのまま人類の為になるように人間が創られている所に人間の価値はある。George Frederic Watts の The Happy Warrior(幸福なる戦士)のように、《自分の主義の為に戦ふて、功成らずに誰人にも認められずに死んだ勇士》の美しく清く安らかな、幸福な死に方が出来る所に人間の価値はある。地上に不幸な人が一人でも居る間は真の快楽・幸福を味わうことが出来ず、不幸な人の為を計る事によってのみ幸福になれる所に人間の価値はある。しかし世の人々は人間の価値を知らないために、幸福になれずにいるのだ。世の人々に人間の価値を知らせるためには、人間の価値を発揮して一歩も譲らず、遮るものを破って行くことが必要だ。そうすれば「神の国」をこの世に建設できる。」といった趣旨である。

これは、Cとの事件に臨む際の武者小路の考えであるだけでなく、武者小路の影響の強かった当時の志賀の考えでもあったから、事実に比較的忠実だった〈草稿〉の段階では入れようとしたが、この価値観はキリスト教的・観念的で、〈完成形〉での「第二」には合わなくなった事もあって、削除したのであろう。

《翌日、祖母と上の妹と私とで、明治座の堀江の人形芝居を見に行》った事は、日記で確認できる。ただし、祖母と話し合った翌々日の七月八日である。

次に、モデルとなった事実との内容的な異同としては、(四)(五)を通じて、電話取継問題と祖母との対立とが、順吉に対する無理解という意味で、関連している事を、〈草稿〉より強調した点が、〈完成形〉の一つの特徴である。

即ち、〈完成形〉では、(二)末尾に、ウィーラーの電話について、《祖母も母も押黙つてゐるのが何となく無心でないやうに感ぜられた。》という伏線が張られている(これは〈草稿〉にはなかった)。そして、続く(三)で、祖母が電話を取継がせなかったことを、千代の証言ではっきりさせた後、ウィーラーから届いた写真をわざと母と祖母に見せたことを記し(これらは〈草稿〉(九)にもある)、(四)の冒頭で《私は其頃祖母に対して何となく不快でならなかつた。《私【〈初出〉では《娘》だった】に対して或警戒でもしてゐるやうなのも私の気分を苛々させた。》(〈草稿〉にはこれに該当する記述が無い)と、電話取継問題が不快の一因であることを明確にして、祖母が順吉の御機嫌を取ろうとする話に移って行く。だから、(五)で祖母が入って来るなり順吉が、《「……若しお祖母さんに少しでも僕を監督しようといふやうな気があれば、それは大変な間違ひですからネ」》と話し始める時、こ

の《監督》は、主に「女性との交際を監督する」という意味に理解して間違いないのである。(注70)

それに対して、〈草稿〉の方では、そもそも順吉が、祖母を呼んで話をしようと思ふ直接の原因が、白の死について祖母が、《「誰れでも余ゝまり意地きたなしをすると白のやうになつて了ふ」》と言ったことに対する腹立ちとなっていた。だから、いざ祖母が部屋に入って来て、《「何んです？」／かういはれても自分にはハッキリとこれといつていふべき事もなかつた》となる。そして、一応「監督しようとするな」とは言っているが、すぐに順吉が目指している仕事の話になり、電話取継問題、ひいては結婚問題との関係は余り感じられないのである。

恐らく、〈草稿〉の方が事実に近いのであろうが、その分、焦点が定まらず、雑然とした散漫なものになっていた。その為、志賀は虚構の軸を一本通して、引き締めたのであろう。

次に（四）のみについて注目したいことを挙げて置く。

一つは、順吉に相手にされず、祖母が寂しく帰って行く所で、〈草稿〉では、《かういつて降りて行つた。／祖母が居なくなると直ぐ自分は独り散々泣いた。》となっていたのを、〈完成形〉では、《こんな事を云ひ〱静かに用心をしながら急な梯子段を降りて行つた。ドンと一番下の段を降りる音が暫くして聞えた。／其後で私は独り泣いた。》と変更している点である。

昔の日本の家では、一般に階段が今より急であったし、この離れの階段は、「第一」の（六）によれば、当時としても《恐ろしく嶮しい》ものだったようである。志賀の祖母・留女は天保七年（一八三六）生まれであるから、明治四十年（一九〇七）には満七十一歳。今より老けるのが早かった時代の七十一歳であるから、脚も相当に弱っている。だから、用心をしながらゆっくり〱降りなければならず、最後の一段を降りる時には、膝に弾力がない分、ドンという音がするのであろう。その間、順吉はじっと耳を澄ましながら、階段を降りる祖母の身体の動きを心の眼で追っている。そして、ドンという音と共に、涙が思わず涙腺から迸《ほとばし》ったのであろう。『大津順吉』では、

〈草稿〉段階より〈完成形〉の方が、身体的なものの捉え方が一段と細やかに、鋭く研ぎ澄まされ、それが作品の質を高めている。ここは、ちょっとした違いに過ぎないが、やはりそういう例として、敢えて指摘して置きたい。

（四）で注目したいことの二つ目は、右の描写の直ぐ後に出る、隣家の温室のガラス屋根に反射した夕日が順吉の部屋の天井に映って《ギラ〳〵と赤味を帯びたものが震へる》のが《気分の悪い時には一番いけない事》であるとか、「油煙がコロ〳〵と行列を作って転げ回る」のに腹を立てるとか、夜が更けてしーんとして、淋しさに襲われる時に、《ゴトッ、ゴトッと老人でもつぶやく〳〵やうな厚味のある音をチューブの中でスティームがたててくれる》のが不安な心持を慰めてくれる、という一節である。(注71)

これは、ストーリー的、論理的には無意味に近い一節なのであるが、気分的・神経的なものには、こういう赤い色やギラギラする光の強さや落ち着かない動きなどが、実際に影響する。特にこの場面では、気候から来る不機嫌や祖母に対する不満に加えて、泣いて頭痛がして、そのまま昼寝をして目覚めたばかりという、一番頭がもやもやしている時なので、一層、適切な感じがする。

また、志賀が、声の調子に現われるものに敏感で、それを巧みに使用していることは前に述べたが、《ゴトッ、ゴトッと老人でもつぶやく〳〵やうな厚味のある音》は、落ち着いた気分の時に腹の底から出る深みのある声と似ている為に、不安な心持を慰めてくれるのであろう。

次に（五）についてであるが、〈草稿〉では、先にも述べたように、肝心の祖母との対決が、《自分にはハッキリとこれといつていふべき事もな》く、やや取り留めのない遣り取りで終わってしまう感があった。これは、実際の志賀と祖母との話し合いがそうであったためらしい。

明治四十年七月八日の有島壬生馬宛書簡での説明によれば、《一週間計り前から、何んだか云ふに云はれない不快に陥つて（中略）本当の源因がよくワカラズに随分苦むだ、（中略）不平は祖母に対する不平なのだ、二日計りは一切此方から口をキカナイでプリ〳〵怒つて居た、》《色々考へて此不平は》ハウプトマンの『孤独生活（寂しき人々）』の《Johnといふ主人公のそれだなと、シツクリ胸にこたえた。》《祖母は僕を非常に（中略）愛しては呉れるが少しも解してはくれぬ（中略）僕の不平はこれだつたのだ》。《昨朝は（中略）あんまりクサ〳〵してやりきれなかつたからトウ〳〵二階に祖母を呼むで、不平のたけをブウブウ並べた、思ふ事をスツカリ云ふつもりだつたが、自分でも何むだか自分のいふ事がよく解からなかつた。（中略）静かに秩序を立《たて》て云つた所が迚も通じない所を、只「おバアさんは駄目だ〳〵」い《ママ》つた調子なので、凡そ一時間位何か云つてゐたが遂にいひたいと思つた事は少しも通じなかつた、（中略）がそれでも何か通じた或るものがあつたのだ、そんな無意味な事をしてゐる内にスツカリいゝ心持ちになつて了つた。（中略）遂に和睦といふ事になつた、祖母も何の事かワカラヌなりに喜むでゐる（中略）それから一所に裏の枇杷の実を取つ》た、となる。

　この壬生馬宛書簡及び〈草稿〉に比べると、〈完成形〉の（五）は、比較的整理されていて分かり易い。そして、余裕とユーモアがあって面白い（書簡もリアルで面白いが、〈草稿〉のこの場面は面白くない）。その原因の一つは、書簡及び〈草稿〉では、祖母の発言を相手にせず、殆ど取り上げていないのに対して、〈完成形〉では祖母の発言も取り上げ、すれ違いはすれ違いなりに、よく活かして使っている事である。

　例えば、〈完成形〉には、書簡及び〈草稿〉には無い次のような一節がある。

《祖母は極端に私を値打のないものにしてゐる。それが少し可笑しくも思はれた。
「そんな事を云つて、一体僕が何をしてゐるか、何を考へてゐるかがお祖母さんに解りますか？」
「ええ、解ります。毎朝寝坊をして、学校は休んでばかりゐるし、毎日お友達の所へ行くか集めるかして、やあ芝居だ寄席だと、そんな話ばかりしてゐる……」
「へえ。それが何です？」

「用と云つたら手紙一つ本統に書けもしない癖に……書けないのもいいが読めもしない癖に……」》祖母の見方・考え方の方向性は明確である。一方、順吉の目指す方向性も明確である。明確なもの同士が明確にすれ違っているから、対立の原因も、二人の人間像も、よく分かるのである。

その上、ここでの祖母の批判は半ば当たっている。そこにユーモラスな可笑しみがある。しかし、祖母の批判は半ばは見当違いである。順吉は遊びほうけているのではなく、小説家を目指して仲間といろいろと勉強中なのだし、朝寝坊も、深夜に小説を読んだり書いたりしているからである。手紙は書けないのではなく、古臭い儀礼的な手紙を書くことを無意味なことだと思っているだけなのである。それが理解できない祖母の古さを、順吉と読者は、一緒に余裕を持って笑える仕組みになっているのである。

順吉は最後に、《「どうせ理解は出来ないのだから、迷信的に信じておいでなさい」》と締め括っているが、祖母の発言を読めば、順吉を祖母が理解できないことは明らかであり、そうである以上、迷信的に信じて貰う以外に、愛する祖母を安心させる方法が無いと言うのも、決して好い加減な気休めではない。真心から出た祖母へのアドバイスなのである。祖母には理屈は解らないし、二人の会話は論理的・思想的な議論ではないが、順吉の愛情は直感的・無意識的に分かる。だから二人とも（そして読者も）気分良くなれるのである。最後に一緒に《明治座》に《忠臣蔵》を見に行くことになるのも、馬鹿馬鹿しいようだが、実に適切な、ほのぼのとした終わり方だ。壬生馬宛書簡に《実にだらしがない。然しそれでいゝのだらう、》と書いている通りだ。理屈で説明すると、祖母と気持を一つにする為には、一緒に劇場に出掛け、一つの芝居を一緒に楽しむ時間を持つことが効果的なのである。忠臣蔵を選んだのも適切で、仮に西洋の近代演劇だったら、祖母には理解できなかっただろう。

実は〈草稿〉にも、《理解しなくてい、から迷信的にでい、から信じてゐてくれ、ばい、のだ》という発言が最後の方にあったし、明治座に行くことも書いてあった。しかし、〈草稿〉では、話し合う時に、祖母の考えを表わす発言が殆どなく、順吉の主張ばかりが一方的に並べ立てられているために、順吉との対立の原因が最後まではっきりしない。しかも、《「何しろお祖母さんなんか駄目なんだから」》という、祖母を頭から否定する言葉が、最後に付け加えられる（壬生馬宛書簡によれば、実際の会話では頻りに使ったらしいが、〈完成形〉では一度も使っていない）。その為、〈草稿〉の方では、《信じてゐてくれゝばいゝのだ》も、相手を馬鹿にした傲慢な発言としか聞こえない。〈草稿〉は、最後も《祖母は何の事か解からなかつたらしい。それでも自分の気分は大変よくなつた。》と、自己中心的で、自分さえ良ければ良いと言わんばかりである（〈完成形〉ではちゃんと、《祖母も何となく愉快さうに見えた。》と付け加えている。僅かな差ではあるが、こうした僅かな違いが、傑作になるかどうかの決定的な分かれ目になる事が解らないような人とは、共に文学を論ずることは出来ない）。

また、〈草稿〉では、順吉が《自分の将来の仕事》は《富や名誉に換算されるものではない》、《実世間的の》《仕事》ではないというひどく抽象的な理屈（正論ではあるが）を振りかざして、それを理解しない祖母を頭ごなしに否定しようとしている所に、読者は反感すら感じる（既に成し遂げたなら威張っても良いが、実際には何も出来ていないからこそ、祖母は心配しているのだ）。それに対して、〈完成形〉では、《私だつていまに何か仕ますよ。》とか言っていない。「具体的に何が、いつまでに出来るかは分からないが、いつかは何かは出来そうな気がする」というのは、まだ思うような作品を書けていないけれど、夢と希望を抱いて頑張っている青年・順吉の発言として、より適切で、真情の籠もったものであり、共感できるものなのである。(注72)

一方、壬生馬宛書簡では、志賀は自分が主張した理屈は全く駄目なものだった、お祖母さんに解らなかったのは当然で、《自分でも何むだか自分のいふ事がよく解からなかつた》と認めて、自分の発言内容を具体的には何も書いていない。そして、理屈ではなく《何か通じた或るものがあつ》て、二人とも良い気持になったことを、感情というものはそういうものなのだと明確に自覚して書いている所が面白く、優れている。〈完成形〉では、二人の会

話をもっと筋道立てて構成しているが、最後は理屈を超越した所で、二人とも良い気分になる点は同じなのである。[注73]

なお、（五）で祖母が順吉に言おうとしていることは、「まっとうな社会人に早くなれ」ということで、「第一」の（四）で順吉を心細い心持にさせる父の言葉《大学を出たら必ず自活して呉れ》と、本質的な差はない。また、祖母の発言の中には、《「お前はお父さんが平常《ふだん》どんな事を云つとんなるか知らないから、そんな事を云ふんです」》とか、《お父さんや親類からはお祖母さんが甘やかしたから、あんなやくざになつたと云はれる》という言葉があり、祖母が順吉の父から聞かされた批判を踏まえて小言を言っていることは、明らかであろう。「第一」の（四）で《「いまに何かする」かう思つても、それが何時の事か少しも見当がつかなかつた。》と書かれてから、この半年余りの間に、順吉が小説家として自信をつけるような事が何か一つでもあったとは何処にも書いてないのに、志賀は何故、ここで順吉に《私だつていまに何か仕ますよ。》と妙に自信ありげに発言させるのだろうか？　しかも順吉は、これより後の「第二」の（十二）では、《仕事に対するその烈しい野心と、実際持ち得る自信とには何処か不均衡な所のあるのは自分でも感じてゐた（中略）其時の現在に於て、多少なり自信を持ち得るやうな仕事が出来てゐなかつた》と再び認めているのに。

私はこれを、矛盾とは考えない。青年の自信は、元来、不安定で、舞い上がったり簡単に落ち込んだりする。また、父親に対する時と祖母に対する時とでは、気分や言うことが変わってしまったとしても、不思議ではない。順吉は無力な祖母の前に出ると元気になり、強気になり、バラ色の未来に今にも手が届きそうな気分になる。ところが父の前に出ると、すぐに結果を出さない限り許して貰えないと感じ、自信もなくなるのであろう。

小説の都合から言うと、次の（六）からは、千代との結婚が焦点になって来る訳で、結婚を考えるためには、ましてや、家族の反対を押し切ってそれを実行するためには、自活できなければ話にならない。だから、モデルとなった志賀の事実には反していても、ここで《私だつていまに何か仕ますよ。》と自信満々の順吉を読者に見せて置かなければいけない。そういう都合もあったのであろう。

なお、壬生馬宛書簡によると、志賀は、この祖母との遣り取りから、結婚についての一つの《所感》を得たと言う。それは、《誰にも望めない愛情を持つた祖母にすら自分はこんな気になるのだがから《ママ》、仮令《たとえ》愛が有つても全く自分を解してくれない妻を持つたらどうだらう、一生一所に暮らす妻が、仕事を解さず金や名やを慕つて居て其上趣味が全く変つてゐてゞもしたら、どんな心持ちだらう――それが若し愛もない妻だつたら如何だらう――肉だけでツナガツてゐる妻だつたら如何だらう、イヤ、タマラン〳〵。（中略）それで所感は、「結婚は一ツの冒険なり」といふのさ、まツたくだよ、色々考へて見て、確かに左うだ。（七月七日午后九時半）》というものであった。

この文中の《一生一所に暮らす妻が、仕事を解さず金や名やを慕つて居て其上趣味が全く変つてゐてゞもしたら、どんな心持ちだらう》は、稲ブリンクリーを念頭に置いて書いたに違いない。そして志賀は、「手帳7」にも、《◎結婚は冒険なり、七月六日、／ツク〴〵左う思つた、／◎祖母は非常に余を愛してくれる　然し少しも余を解してくれない、イクラ愛されても解されないのは苦しい、七月六日》と書き、その後にすぐ続けて、七月七日に書いたのが、《○我C《ママ》を余は愛してゐる、》と始まり、《余は彼を妻としてもよい、》というメモなのである。

『大津順吉』では、特に説明はされていないが、実際の志賀は、祖母に理解して貰えない淋しさが引き金となって、ブリンクリーのような《貴族主義の栄華のみこれ願ふといふやうな女》（「手帳8」）ではなく、また、当時普通の、親が探して来る、志賀家と家柄と資産が釣り合うというだけのお金持ちのお嬢さんでもなく、女中のCとなら、《金や名》を求めるというのではなく、本当に愛情と理解で結ばれる結婚が出来るのではないか、と考え始めたのである。『大津順吉』で、祖母との遣り取りの直後に、順吉が千代への愛を自覚する章を持って来たのは、実はこういう裏の事情をも反映しているのである。

千代への愛情を自覚し始めた順吉を描く章であるが、迷いがあるため、気分は今一つすっきりしない。〈草稿〉には対応する部分がない。

（V）「第二」の（六）

以下ラストまで、千代との恋愛を語る章が続く。

志賀とCの恋愛の実際と順吉と千代の描かれ方との異同については、（一）予備的考察③『大津順吉』はどこまで事実に忠実か？　で、既に比較検討を終えているので、以下ではなるべく繰り返さないようにし、志賀が『大津順吉』で意図していた、キリスト教的正義感など「頭」中心の生き方に災いされて、誤った結婚に突っ走ってしまった順吉の無様な恋愛・無様な青春が、いかに見事に正確に描かれているかを中心に、鑑賞を試みたい。「③『大津順吉』はどこまで事実に忠実か？」では、「事実とは異なる」とか「無様」とか批判めいた言い方で（本当は批判ではないのだが）述べていた同じ事柄を、志賀の意図を見事に実現したものとして賞め賛える事になるので、面食らわれる方もあるかも知れないが、私の論旨においては少しも矛盾はないのである。

さて、この章では、初めて愛を自覚した後、急速に愛が昂進する過程を、日記を引用する形で辿っている。ただし志賀は、順吉が、千代を本当に好きなのかどうかすら確信が持てず、「頭」中心の、甚だ理屈っぽい観念的な思考に終始するよう、「手帳7・8」の記事を書き変えている。

順吉が愛を自覚する理由を志賀は、《不機嫌な時に千代と話をすると、それが直ぐ直る事がよくあつたので》気付いたとしているが、これは常識破りでユニークで、純愛物語でないからこそ可能になった、面白い捉え方だと思う。

こうした捉え方は、四十年当時の「手帳」には出て来ないが、一応、志賀の実体験に基づくもののようで、明治四十二年九月十七日以降に書いたと思しき「手帳13」〔手帳後より〕の、Cとのことを小説にするための覚書の中に、《〇不気嫌は直らなかつた。然《しかし》千代と話す場合だけ愉快な心持がある。》と記されている。

これはしかし、事実通りに書こうとしたものでは恐らくなく、半分は順吉の恋愛が決して熱烈なものにならないことを予告し、強調するために選んだ表現であろう。そして、残りの半分は、意識より無意識を重視する（順吉の、と言うよりは）作者の考えの表明でもあろう。「機嫌」は感情・無意識・体調に強く左右されるもので、「道徳」や「礼儀」から不機嫌になってはならないと意識していても、コントロールが難しいものである。その「機嫌」をバロメーターとして信頼することは、無意識的なもの・身体的なものを重視する志賀のユニークな作家的信念と言って良い。例えば、『暗夜行路』後篇第四の六の《何でも最初から好悪の感情で来るから困るんだ。好悪が直様此方では善悪の判断になる。それが事実大概当るのだ》という一節に見られるような好悪の感情に対する信頼も、これと根底を同じくする考え方なのである。これについては、「『大津順吉』前後の志賀直哉」の（二）の「②感情・無意識重視」で、やや詳しく論じたいと思うが、志賀はキリスト教からの離脱の過程で、こうしたものの見方を、信念を持って身につけて行ったのである。

「不機嫌」云々には、やや誇張があると思うが、恋愛というものは、必ずしもすぐに、意識ではっきりと、「これは恋愛だな」と分かるものではない。恋愛経験が少ない若者なら尚更である。だから、順吉のような青年が、「彼の事を考える時に苦しみ（愛で胸が締め付けられるような気持）を感ずる」とか、「三時間、顔を見ないと淋しさを感ずる」とかを自ら観察して、「これは恋ではないか」と意識し始めるという捉え方は、恋愛心理の捉え方として、極めて正確だと私は思う。

また、七月十一日・十五日の日記で、順吉が早くも結婚について考え始めているのは、普通の恋愛とは違っているが、順吉としては当然の事なのである。何故なら、順吉の場合は（そして当時の志賀も）、キリスト教の教えから、結婚するつもりのない相手に恋をしてはならないと考えていたし、結婚するからには必ず添い遂げねばならないと思っていた訳だから、少しでも好きになりかけると、この女性への自分の気持、そして二人の相性は、結婚にまで推し進めるべき程のものかどうかを急いで見極め、進むべきか退くべきかを直ちに決めなければならなかったからである。

七月十一日の日記では、自分に《愛を云ひ表すだけの勇気がない》ことを《悪い意味で》の《利口》さと批判し、それは《彼が美しい女でない事》《彼が自分と自分の仕事を解するやうな女でない》ことから、《結婚はしたくないと云ふ気が充分にあるからである》と説明している。これは、「第二」の（八）の、箱根で《要するに私は私の躊躇は千代がそれ程美しくない事、及び千代の家《うち》が社会的に低い階級にあると云ふ事などから来てゐると云ふ風に、寧ろそれは脅迫観念的にさう考へられた。私は私の虚栄心を殺す事が出来ればそれで此問題は片がつくのだと考へた。》という箇所への伏線である。

七月十五日の日記では、《自分はK. W. をも愛してゐるかも知れない。然しあの貴族主義な女とは徹頭徹尾結婚は出来ない》《自分は自分の仕事と撞着する結婚は断然出来ないと決めてゐる。K. W. とは此の最後の条件でどうしても相容れない。（中略）千代に於ては此点に少しの撞着もない》と、十一日に続いて再び《仕事》との撞着を問題にしている。現実的に結婚を考える以上、仕事との関係が問題になるのは当然であろう。順吉が大学卒業後、田舎の中学教師をしながら小説を書くつもりであることは、「第一」の（三）に書かれていた。それを踏まえて、贅沢な生活を求める（これを「貴族主義」と呼んでいるようだが）ウィーラーとはとても結婚できないが、貧乏に慣れている千代なら大丈夫ということなのである（しかし、仕事に関してもう一つ大切な「理解力」については、実際の志賀の場合は最後まで問題になり、二人が別れる大きな原因となった）。

また、七月十五日の日記の末尾には、《千代との関係が雇人と雇主の関係であるのが甚だ物足らない》とあるが、

『大津順吉』では、これは恋愛感情の表現の一つに留まっていて、順吉は婚約するまで、この点について何ら行動は起こしていない。

一方、実際の志賀は、「手帳8」によれば、「互いによく理解し合った上でなければ結婚したくない」という考えから、「雇主の子と雇人という対等でない関係では、いつまでたっても互いを理解し合うことは出来ない」が、実際にこの日Cに申し入れ、取り敢えず「友達」になる約束をしている。そして、その後、何度かCを部屋に呼んで長話をし、その上で婚約ということになった訳である。だから、実際の志賀は、婚約前にかなりよくお互いを知り合い、恋愛感情も強く、自然な流れで婚約し、肉体関係に進んだ訳である。しかし、順吉の方は、友達になることはなく、従って殆ど話らしい話もしないまま、観念的に「頭」の中だけで恋愛をし、婚約へと突き進むことになる。つまり、順吉の観念的な「頭」中心の恋愛を描く上で、友達にならなかった事は、とても大事なポイントなので、志賀はその事をはっきり意識して、故意に二人を友達にさせないことにしたのだ、と私は思う。

続いて二十日の日記では、最初の段落で、順吉が《雇人と云ふ者に対して今迄になかつた同情を持つやうになつた》こと、次の段落で、千代が家族に愛され、我が儘を言って育ったことを聞いて、《一寸異様な感じがした》ことが書かれている。これらは、十五日の日記で挙げた結婚の条件の一つである《自分が其人をよく知》ることを目指した結果という事なのであろう。が、千代が普通の家族の中で育ったことを、志賀の事実に反して（（一）予備的考察③『大津順吉』はどこまで事実に忠実か？　参照）《異様》と感じたことにしているのは、その前の順吉の雇人に対する「同情」なるものが、非常に観念的なものに過ぎないことを暴露する意図で書かれたものと思う。本当に千代も雇人も自分と全く同じ人間なのだと実感した上での「同情」なら、千代が家族に愛され、我が儘を言って育ったことも、当然のこと、微笑ましいことと感じる筈である。これは、順吉が、悪気は全くないが、キリスト教やら文学やらを頭の中で捏ね繰り回しているだけの、観念的で社会の現実にうとい青年であることを表わし、同時に、順吉と千代の生まれ・育ちが違い過ぎて、結婚してもうまくいかないことを暗示するためのものなのであろう。

念のために付け加えるが、志賀は別段、人道主義や社会主義の立場から、順吉を非難しようとしている訳ではない（むしろ非難すべきだという人もいるだろうが、志賀は（そして私も）、芸術としての文学は、人道主義や社会主義の宣伝の道具ではなく、もっと遙かに優れたものであると信じている）。志賀は何かの思想・観念（人道主義・社会主義も含めて）に囚われること自体の危険性を指摘しているだけである。そして、青年時代には、誰しも思想や観念に囚われやすいものなのである。

続いて、千代と湯殿の小窓越しによく目を合わせたことが描かれる。《神経質に日に幾度か手を洗ふ》順吉の癖は、キリスト教的な潔癖性と結び付いているものであろう。

目を合わせた時、《千代はいつでも怒つたやうな可恐《こは》い眼つきをして私の方を見てゐた。》とあるが、これは、明治四十二年の「手帳13」〔手帳後より〕に《湯殿で顔を見合はせる。》というメモがあるので、実体験に基づくものであろう。

『矢島柳堂』の「赤い帯」に、柳堂が、知り合いではないが、密かに「赤い帯」と呼んでいた《十四五の潑剌とした少女》と初めてすれ違った時に、少女が《一種子供らしい神経質から、こはい眼つきをして柳堂を凝つと睨んで行つた》、それが、《連れの女が頽廃し切つた感じの女だけに娘の新鮮さが一層よく思はれた。雑でいへば百日雛の美しさだつた。》と誉めて書いている例がある。千代の《怒つたやうな可恐《こは》い眼つき》も、怒っていることや嫌いであることを表わすのではなく、好きになっても結婚できない相手に惹かれる気持と戦っている内心の緊張を表わすものと見て良いだろう。

ただし、志賀は、初めてCへの愛を記した七月七日の「手帳7」で、《Cの眼はよく何かを語る、余は眼で余の心を彼に話して了つた、彼の眼も何か返事した。》と書いていたし、七月十一日には、《彼は余の傍で用をする事を好むやうである》《彼の眼と余の眼は日に幾度会つて、口づけするかよ》と書き、七月十五日には友達になっている。こうした点から考えると、実際のCも、《怒つたやうな可恐い眼つき》をした事は確かにあったであろうが、それは志賀が友達になってくれと頼んだ七月十五日以前だけで、それも決していつもではなく、七月七日、十一日の「手帳7」にあるように、愛情を感じさせるような目付きをすることの方が多かった、と推定して良いだろう。

なお、湯殿の《小窓を通して》目を見合せるという設定は、目を見合わせることは出来ても、二人が結ばれることを阻む家族・社会の封建性という強力な壁があることを象徴させているのであろう。

日記中心であるため、総じて観念的・抽象的なこの章の中で、最後の《怒つたやうな可恐い眼つき》は、唯一身体的で、鮮烈な印象を与える。それは、順吉の観念性を暗黙の内に浮き彫りにし、順吉に対する志賀の批評を代弁しているとも取れるであろう。

(vi)「第二」の（七）

犬殺しと白の死を語る恐ろしい章である。

先にも述べたように、白の死体発見は、実際は七月五日午後のことだったが、効果を考えて、七月二十日以降、月末までの出来事のように描いている。

犬殺しについては、志賀は記録を残していないが、『大津順吉』を信じるならば、白の死体発見より五日から七日ぐらい前のことで、六月二十八から三十日の間ぐらいの出来事だったと考えられる。〈草稿〉には描かれていないが、実際にあった事と見て良いだろう。

この犬殺しの描写は、身体的なものの捉え方が鋭く研ぎ澄まされており、まことに優れたものだと私は思う。

最初の《二階の部屋で本を読んでゐると、表の往来で不意にキャーン〳〵と烈しい犬の啼声がして、続いて棒か何かで肉体を直接《ぢか》に撲るバッタン〳〵と云ふ気持の悪い響が聞えて来た。全く受け身なむごたらしい犬の悲鳴と棒の音とが暫く入り乱れて（中略）仕舞にそれもたうとう止んで了つた。》という所は、順吉が直接目で見た場合より、音を聞いているだけであることで、却ってむごたらしさ・肉体的な痛みが、なまなましく伝わって来る。こういう場合には、視覚より聴覚的な描写の方が、痛みをなまなましく想像させるからであろう。『大津順吉』において、志賀は声や音に現われる身体的なものを巧みに使っていることが多いが、ここもその一つである。

しかし、さらに優れているのは、犬が殺されるのを見て強いショックを受けた、まだ小学校一年の男の子を描写した、次の部分である。

《前の家《うち》の末つ子で其春から小学校へ通ひ出した肥つた男の児が、開いた大きな洋傘《かうもり》を肩にかついで堅くなつて二三歩先の地面を見つめて急ぎ足で其方面から帰つて来た。顔色を変へてゐる。そして息をはずませながら、小声で、

「犬が殺された……犬が殺された」こんな独言を云ひながら、真直ぐに自分の家《うち》の門を入つて行つた。車をひいた羅宇屋煙管《きせる》の爺《ぢぢい》が、「坊つちやん〳〵」と声をかけたが子供は振り向きもせずに入つて行つて了つた。》

志賀は子供の身体に現われたショックを実によく見ている。肩にかついでいる傘は何のためか、その前に雨が降っていたのか、日傘代わりにさしていたのか、いずれにしても、恐怖で呆然として、傘の事など忘れている風である。体が《堅くなつて》いるのも《顔色》が青ざめているのも、恐怖感のため、自分が襲われたような気持になり、無意識に自分の身を守ろうとしているからである。こういう時、人間の体は、襲われて怪我をしても余り出血しないように、血管が収縮し（その為、顔が青くなる）、筋肉も堅くなるという防御反応が自動的に起こるのである。《二三歩先の地面を》じっと見据えているように見えるのは、実は何も眼に入らなくなり、ただ犬が殺された恐ろ

しい場面が目に焼き付いて離れない為である。《急ぎ足》は早く安全な家に逃げ込みたいから、羅宇屋に声を掛けられても耳に入らないのも、同じ理由からである。《息をはずませ》るのは《急ぎ足》のせいもあるが、恐怖感から、運動能力を高めるように呼吸が速く浅くなる防御反応のせいもあろう。「犬が殺された」と繰り返し独言を言うのも、犬が殺された事以外、何も考えられなくなっているからだが、それでも繰り返し言葉にして声に出すことで、意識化でき、多少は落ち着けるのである。実際には、二階から見ていた志賀には、この子の独言は、正確には聞き取れなかったであろうから、推測で書いたのだろう。

志賀（順吉）自身は目撃していないのに、目撃した少年の身体から、彼が目撃したものを読み取ってみせる。そして、読者もそれを生々しく読み取れるように言葉で描いてみせる。——これは、なかなか出来る事ではない。

この犬殺しと、それにショックを受けた子供のエピソードは、千代とも「白」とも、直接の関係は無い。しかし志賀は、この子供と殺された犬とによって、『大津順吉』のテーマの一つである自由な身体とイノセンスを象徴させ、それらが社会によって圧殺されてしまうことの恐ろしさを、予めここで読者に垣間見させるようにしたのであろう。

この直後に、心配になった順吉が「白」を呼ぶと、《頭も尻尾も低く下げて、転がるやうに滅茶苦茶に駈けて来た。そして無闇と胸へ飛びついた。》と、生きる喜びを全身で表わす「白」の姿が描かれているのだが、これも、殺された犬およびショックを受けた子供との間に強烈なコントラストを付けることで、自由な身体とイノセンスの価値を強調したものと考えられる。そして、この《頭も尻尾も低く下げて、転がるやうに》という描写も、全速力で走る時の犬の姿勢の特徴を、実に的確に、実に簡潔に写した見事なものである。

続いて門の所へ順吉が出て見ると、《労働者としては綺麗な顔立ちをした、シャツ一枚の若者がむしろをかけた小さい荷車を挽いて、急ぎ足で丁度前を通る所だつた。私は其興奮した赤くなつた顔を見ると、立派に「兇行者」

の表情があると思つた。》となる。

《労働者》という言葉は、当時は今より狭い意味で、下層の貧しい肉体労働者を指していた。夏の《シャツ一枚》の服装からはみ出した筋肉は、犬殺しに相応しい逞しさであったろうし、白いシャツと対照的に《興奮した赤くなつた顔》は、血を暗示する。

《綺麗な顔立ち》は、事実そうだったからそう書いたのではあろうが、犬殺しが《綺麗な顔立ち》の若者で、その残酷さにショックを受けた子供は、小学一年の《肥つた男の児》で、恐らく美少年ではない、という設定は、美しさが、実は「醜い」「不潔」「劣等」と見なしたものを容赦なく抹殺する悪魔的な暴力に繋がってしまうことをも、暗示し得ている（例えば、ナチスなどによる民族浄化（ethnic cleansing）や粛清（purge＝清めること）。優生学による断種政策。その他、醜い者・弱者・被差別者への迫害など。野犬狩りも、狂犬病予防という衛生上の目的で行なわれているのである）。

また、《綺麗な》若者の赤い顔に表れた《興奮》は、この若者が、実は殺害に本能的な快感を感じていることを暗示している。志賀がこの若者を、《「兇行者」》というかなり特殊な言葉で呼んだのは、「兇」という文字で、日本人の深層心理の中に潜んでいる血を流すことを嫌う神道的な「まがこと」「まがまがしい不吉な罪・穢れ」という感覚を呼び起こしたかったからであろう。『祖母の為に』の夢の中で、《「何か居るぞ！」（中略）「凶」――かう云つた見えない力が此家中を一ぱいに支配してゐる、こんな気がした。》と使われる「凶」に通じるものと思われる。(注74)

続いて章の後半では、「白」の行方不明、そして死体発見が描かれる。

死体発見は日記から七月五日午後と分かり、〈草稿〉を信ずるなら夕方ということになる。『大津順吉』によれば、行方不明になったのは、死体発見の二三日前であるから、七月二日か三日ということになる。志賀は二日と三日は、友人達と三浦半島の三崎に遊びに行っていたのだが、それは『大津順吉』には出て来ない。先にも述べたように、

『大津順吉』では、友人関係（そして家族も妹たちや弟）は殆ど全面的にカットし、順吉に焦点を絞っているからである。

《私が見に行つた時にはそれが物置の前に持ち出されてあつた。》と、死体になった「白」を単に《それ》と書いているのは、生きている時の暖かい柔らかな身体とは違って、冷たい固い死体は、物体に過ぎないと志賀が感じたからであろう。

続く死体の描写も見事で、《真白かつた毛が炭の粉《こな》で薄よごれて、前足は前の方へ、後足《あと》は後《うしろ》の方へ真直ぐに延ばしたまま腹をベッタリ地へつけて、妙に平つたくなつて死んでゐた。》と、命が通うことで綺麗だった体毛が、今は汚くなってしまっていること、柔らかかった体が死後はすっかり硬直して真っ直ぐになっていること、そして《妙に平つたくなつて》いることに着目している。生きている時には体毛がふっくらしていて、実際以上にまるまると太っているように見えていたものが、死ぬと体毛がぺちゃんこになるため、《妙に平つたくな》る。そうした身体の変化に注目することで、死んだという実感をよく捉えている。

また、一緒に飼われていた「赤」が、《平気らしい顔で、死骸の方は見向きも》しないとか、《腰を下して横腹の蚤を噛んでゐる》即ちナルチスティックに自分のことに没頭している、というのも、仲間の死の受け止め方が人間とは異なる犬の現実を、しっかりと見据えていて、リアルである。《腰を下して横腹の蚤を噛》むという動作・姿勢は、犬がよくすることではあるが、身体や姿勢に敏感な志賀らしい着目と言える。

この章の最後は、千代が「赤」に八つ当たり気味に、《「エイ、憎らしい！」と平手で強く其頭を撲つた。皆は笑つた。》というシーンで終わっているのだが、これは、千代の気質を、僅かに一筆で、巧みに捉えたものと言える。千代も「白」の死を悲しんではいるのだが、それが「泣く」という形にならず、腹を立てて「赤」を一発叩いておしまいなのである。一緒にいた者たちも、怒ったり悲しみをあらわにするというのではなく、《皆は笑つた。》と、千代の気質に調和したドライな終わり方になっている所も、千代の気質の印象を強めていて効果的である。「白」の死について、順吉の胸中を一切語らず、客観的なカメラに徹して、突き放した描写に終始した事も、効果を挙げている。

ここに描かれた千代の気質は、Cの気質をそのまま写し用いたものらしい。志賀は、「手帳8」の七月十七日の所に《Cは性分のスラリとした女である　サラ〳〵とした所がある》、七月二十八日の所に《延び〳〵とした性質の女である、／余は自分のネッツリした性分からCのサラリとした性質を甚《ひど》く好むのである》、「手帳9」の八月二十四日の所に、Cは《只サッパリした女である、此サッパリした性質がネッツリした性質の男の心を惹いたのは決して偶然の事ではあるまい》、八月二十五日の所に《Cと約束するにしては、Cの愛がまだ〳〵足らぬ（中略）事実、Cはそれ程余を愛してゐる義《ママ》ではない、愛してゐてもそれは彼の性質の如くアッサリと愛してゐるのだ》等と、繰り返し書いているからである。

それが後《のち》には、志賀家が大騒動になり、直哉も辛く苦しい日々を送っていたのに、小見川のCの家まで会いに行ってみると、《平和で（中略）如何にもダルで（中略）甚くそぐはない感じがし》て《気を滅入らして帰》（『過去』四）るようなことになり、《Cは呑気な女であつた。（中略）恋の悲劇の女主人公になるには余りに気楽な女であつた。》（「或る旅行記」五）と幻滅し、最後は別れてしまう大きな原因にもなったのであるが…。そして、その別れ話を切り出した時にも、Cはやはりあっさりしていて、《思たより平気な顔をして別れて帰つて行つた》らしいのだが…（「或る旅行記」による。なお、明治四十二年五月二十一、二十六～八日付けの志賀の有島壬生馬宛書簡でも、《思つた程悲しまなかつた》と報告しているが、『暗夜行路』草稿13の（十六）の回想では、別れ話をした《其時より暫くして、反つて弱つた。その弱り方は信行が「呑気者」といつていつもイヂメてゐた、その割りに甚しかつた》とある。）。

ところで、「白」の死体発見は、〈草稿〉（十）でも描かれているのであるが、それは、《上の妹》（モデルは英子《ふさこ》）が《「イヤだ」といふやうなワザとらしい表情》で《「白が死むでゐるの」と》順吉に告げるシーンから始まり、《由子》（モデルは淑子）と祖母が「白」を食辛坊と言ったことに順吉が腹を立て、後で離れの二階に祖母を呼んで話し合う、という展開になっている。そして、何と！　千代はその場にいなかったことになっていたのである。

恐らく、此方の方が現実に近いのであろう。（注75）が、そこから順吉の感情を逆撫でした妹たちと祖母を消し、順吉の感情さえも消し去り、居なかったであろうCを「白」と結び付けるために登場させ、「赤」を叩かせた〈完成形〉は、フィクションではあるが、焦点の鮮明さ・内容の豊かさで圧倒的に優れたものになっているのである。

(vii)「第二」の（八）

前半三分の一で箱根における順吉の考えを描き、後半は、愛の告白と婚約を描き、ストーリーの転回点となる重要な章である。結果的には婚約するが、終始迷いに満ち、不快感が強い。

志賀は順吉を、実際の自分より遥かに観念的な青年として巧みに造型している。そして、二人の婚約の経緯を無様でちぐはぐで惨めなものとする事で、順吉の観念性を容赦なく暴き出して見せるのである。が、既に（一）予備的考察③『大津順吉』はどこまで事実に忠実か？　で詳細に取り挙げているので、ここではなるべく重複を避け、別の観点からの指摘を中心にしたい。

正義という「観念」への囚われを脱するという志賀のサブ・テーマが、この章で一番はっきり現われているのは、《私は函根で考へた。が、それは狭苦しい中で、どう〳〵廻りをしてゐるやうな考へ方であつた。小さな帳面に千代の事をCとして、私は色々な事を書いてゐた。要するに私は私の躊躇は千代がそれ程美しくない事、及び千代の家《うち》が社会的に低い階級にあると云ふ事などから来てゐると云ふ風に、寧ろそれは脅迫観念的にさう考へられた。私は私の虚栄心を殺す事が出来ればそれで此問題は片がつくのだと考へた。》という一節である。人に自慢できる美人の妻を持ちたいとか、家柄を気にするような間違った《虚栄心》によって、身分差別という不正に僅かでも荷担してしまう事を厭う不潔恐怖症的な正義感と、《どう〳〵廻り》を続ける苦しさから、順吉は誤った結婚へ向かって突き進んでしまった、という作者の考えの中心点が、ここに示されているのである。

表現として特に巧みなのは、順吉が《小さな帳面に》恐らくは小さな字でコマコマと《色々な事を書いてゐた》と設定したことで、それが《狭苦しい中で、どう〳〵廻りをしてゐるやうな考へ方であつた》こととイメージ的に実によく照応し、いかにも脅迫観念や自己嫌悪に囚われそうな印象を醸し出している。また、《函根》という地名の「函」や、温泉地の狭苦しさ・単調な日々というイメージや、後で述べる《眼のただれた見すぼらしい貸本屋》というイメージも、同様の印象に繋がっている感じがする。

ところで、この箱根での想念は、七月十一日の日記での、自分に《愛を云ひ表すだけの勇気がない》のは《悪い意味で》《利口だから》だ、という考えと全く変わっていないと言って良い。つまり、この《どう〳〵廻り》は、実は最初に愛を自覚した時から、ずっと続いているのである。なぜ、そうなってしまうのかと言えば、その一番の理由は、順吉の千代への愛が、言わば「頭」の中に留まったまま、現実的には、この一ヶ月間、一歩も進展していないからである。そしてそれは、七月十一日以前も以後も、順吉と千代が、用事を離れ心を開いて仲良く話をしたことが、一度もないからである。順吉はただ黙って千代を眺め、千代の映像を「頭」の中で反芻していただけである。これでは結婚すべきかどうか、決心の付きよう筈がない。それなのに順吉は、決心が付かない理由を、身分差の問題にすり替え、「頭」で考えた正義の理屈によって、無理矢理「心」を決めようとするのである。

順吉は《二週間でも三週間でも千代を離れて考へる必要がある》と思ってわざと千代を連れて来なかったというが、これも本当は逆であるべきだったのだ。千代を連れて来て、なるべく多く一緒に話をすべきだったのである。

連れて来ないで一人で考えているから、ますます「頭」の中だけになり、《どう〳〵廻り》になってしまうのである。勿論、志賀は、それを百も承知の上で、わざとこのように設定しているのであるが…。

実際の志賀は、七月十一日の「手帳7」で箱根にCを連れて行くべきかどうかを考えた際、《連れて行けば、彼はホヾ解かる》し、《連れて行けば、彼を妻にする気になるか断然断念するかの決心が自分につくだらう》ことをメリットとして的確に挙げていた。志賀は順吉のように観念的ではないからである。もっとも、実際の志賀も、《永い間同じ部屋にゐれば（中略）愛情も益すだらうし、或る誘惑も力をかそうし、危険である》という理由で、キリスト教的な性の抑圧から、箱根にCを連れては行かなかったのだが、その代わり、箱根に行く前に、Cと友達になって、或る程度、時間を掛けて話し合っている。だから実際の志賀は、《脅迫観念》のせいではなく、自然に婚約できたのである（それもまた、「好き（like）」や「セックスをしたい」というレベルだった相手を、「一生を共にすべき相手」と思い込んだ「若気の過ち」ではあったのだが…）。

正義感から来た《脅迫観念》に加えて、もう一つ順吉に影響を与えたのが、たまたま読んだツルゲーネフの『片恋』の《こんな事（こんな恋）はこれから先にもまだ幾らでもある、もつと嬉しい事があると考へてゐた。然し遂に来なかつた》という意味の句で、順吉はこれを《運命の暗示》として強く受け止め、《これを進まずに避けるならば、それは（中略）臆病者の行《おこなひ》である。》と、脅迫的に受け取った。恋愛結婚が滅多に実現しない時代状況からすれば、無理からぬ所であろうが、本に強く影響されたというこの挿話は、やはり順吉の観念的なあり方を強調するために選ばれたものであろう。また、《眼のただれた見すぼらしい貸本屋》(注76)という描写は、この本屋が、温泉地の逗留客相手の、主にレベルの低い本を扱う貸本屋に過ぎないことに読者の注意を向けさせ、店主の《眼》が《ただれ》ているとする事で、この店の本の《暗示》は、言わば悪魔が呪われた運命へと騙し導こうとする罠のようなもので、信じるべきではないことを、暗示しようとしたものなのであろう。先の《脅迫観念》と言い、この《眼のただれた見すぼらしい貸本屋》と言い、この後の順吉と千代の婚約に、暗い不吉な影を投げ掛ける暗いイメージを、志賀は巧みに配置しているのである。

なお、順吉は、七月十一日の日記では《勇気》を問題にし、箱根では《虚栄心》に負けることと《臆病者》になることを恐れていた。(二)解釈と鑑賞の試み①(iv)「第一」の(五)で述べたように、順吉は「道徳的に非の打ち所のない強者の道」を求める傾向が強く、それがキリスト教に囚われたり、「頭」を偏重して心身のバランスを失う原因になって居た。結婚についても、順吉は同じ過ちを繰り返す事になるのである。

順吉は、箱根で「頭」の中での結論は出したが、当然、帰京後もまだ《堅い決心が出来て》おらず、《帳面に「若し此決心が一年、変らなかつたら」とか「結婚するにしても今のCには二三年間の学校教育が必要である」》とか煮え切らないことを書いている。千代という現実と直接ぶつかって話し合ってみない限り、順吉の観念的《どう〳〵廻り》が続くのは当たり前なのである。

そこで順吉もやっと重い腰を上げ、《千代が私をどう思つてゐるかをはつきり知らずにこんな事を考へてゐても仕方がない》と、分かり切ったことをやっと思い付く。しかし、まだ話もしない内から、《若し千代に約束した人とか好きな人とかがあれば自分は一も二もなく念《おも》ひ断《き》つて了はうと思つた。私は千代にさういふ人があつてくれればいいと思ふ心さへあり得たと思ふ。若し千代に許嫁があると云ふ事であつたら、私は失望しながら喜んだかも知れなかつた。》と、むしろ断られることを期待するのである。これは、「頭」中心の順吉には、結婚を巡って「頭」の中で《どう〳〵廻り》が続く苦しさに比べれば、たとい失恋しても、もう結婚のことを考えなくて済むようになることの方が、より魅力的に思えたからであろう。また、本当の所は、《結婚はしたくないと云ふ》気持の方が強かったからでもあろう。

こうして、ようやく愛の告白が始まる。が、それは愛の告白としては、世界文学史上にも希な、全く頭と心と体がばらばらの、そして二人の気持がちぐはぐな、まことに奇妙なしろものとして、見事に描かれている。

順吉は《愛してゐる》と告白はするものの、急いで《然し決して熱烈な愛といふ程度のものではない》と付け加える。確かにこれは嘘ではない。正確と言えばまことに正確だ。が、本来、感情の問題であるものを、そのように「頭」で正確に処理しようとすること自体が、アンバランスという印象を強烈に与える。

文章の技巧としては、

《愛してゐるといふ事を話した。》

《然し決して熱烈な愛といふ程度のものではないといふ事をも話した。》

という対句仕立てが、「愛している事」と「熱烈ではない事」とのちぐはぐさを際立たせる。

続く二つの文も対句仕立てである。

《私は縁側へよつた隅の机に背をつけてゐた。》

《千代は次の四畳半から敷居を越した所にかしこまつて坐つてゐた。》

対句が持っている二つのものを比較対照する作用が、順吉と千代が対照的な存在であること、そして二人を隔てている距離が意味するものを強調する。即ち、（隣家の庭に臨む）《縁側》と（階段に近い隣の四畳半との）《敷居》はこの部屋の両端にあり、二人はまるで、なるべく間を広く取ろうとするかのように離れて座っている。（注77）それは、順吉は主人であり、千代は女中であり、二人はその身分関係をその儘に向き合っているからなのである。二人はこれから対等に話し合おうとするのではなく、まるで御白州《しらす》で御奉行様と罪人が向かい合っているかのようである。

順吉が《机に背をつけてゐた》という設定は、志賀の身体的なものに対する鋭敏さを改めて感じさせる。心からの愛に突き動かされている若者は、もっと力の籠もった、動きやすい姿勢で、女性に向かって積極的に迫って行こうとするものである。それに対して、順吉が《机に背をつけ》ている事は、言ってみれば、それ以上は後ずさり出来ない「背水の陣」のようなものであろう。即ち、順吉は言わば敵（千代、そして結婚するかどうかという問題）を恐れ、逃げ腰になり、しかし、「これ以上、後ろに退《ひ》いては《臆病者》になるから」と諦め、いやいやながら事に当たろうと覚悟はしている。しかし、「むしろ千代に許嫁が居て、結婚の可能性がなくなってくれた方が良い」と内心思っている。そういう姿勢なのである。《机》は、順吉がいつも本を読み、考えた事を手帳にメモしたり、小説の草稿を書いている場所、つまりはこの文学志望の観念的な若者にとっての心の拠り所であり、順吉はその《机》にへばりついていることで、やっと安心できる。そこから進み出て、千代と対等の裸の人間として、心を開こうとはしないのである。

一方、千代の《かしこまつ》た姿勢は、女中という分際からは一歩たりとも踏み出すことは出来ないものと諦め切った姿勢である。

順吉は「千代との結婚」を恐れる気持から、必要以上に警戒し、結婚は話題にすらしないようにするつもりだった、が、その結果は、箱根で体験した《どう〳〵廻り》の不愉快さの再現となってしまう。そしてそれを順吉は、箱根の時と同様、自分が千代との結婚に及び腰である臆病さ、自分の本音は隠して相手にだけ本音を言わせようとする道徳的不純さのせいだと考え、自己嫌悪に陥るのである。

順吉が自分の醜さに耐えられなくなった事と、千代が順吉を想いつつ諦めていると告白した事から、順吉はようやく積極的になる。即ち、結婚の事も話題にし、許嫁または恋人の有無を尋ね、千代が「ありません」と答えると、《若し乃公が結婚を申し込んだら貴様は承知するか？》と尋ね、それが実質的に結婚を申し込んだ事になって、一応、婚約が成立したような形になる。

しかし、千代は拒否こそしなかったものの、積極的に喜んで結婚を受け入れた風にも見えない。千代は身分違いの結婚に不安を感じ、《「身分が……」》と言ったのである（そして、この不安は正しく、結婚は間違いだったのである）。ところが、順吉は元々身分違いを気にし、正義の味方でありたいと思っているだけに、それを《諾《き》かな》い。これを男らしく立派な行為と考えるのは、観念的な自称「正義の味方」だけだ。順吉は実は相手の言葉と今の気持を無視し、一方的に強引に、観念的に正しいと信じ込んだ結婚を押し付けようとしているだけなのである（ちなみに、「第二」の（二）にも、《興奮》した順吉が伍長の弁解を《諾かなかつた》ケースがあった。順吉の悪癖なのである）。順吉は《いつか興奮して》、《母の不細工な金の指環》を千代の指に穿めてやり、接吻するが、その行為は、二人の愛の高まりによって自然に行なわれるのではなく、順吉の独りよがりな興奮から押し付けられるだけなのである。

　志賀は、順吉のプロポーズに対して、千代が喜んだことを窺わせるような表現は一切して居ない。それどころか、千代の気が進まない事を暗示するような身体的な兆候を、いつもの鋭さで、繰り返し描いているのである。

　例えば、（許嫁も恋人も）「ありません」と答えた時も、《千代は真面目腐つた表情をしてゐた》し、《若し乃公が結婚を申し込んだら貴様は承知するか？》と尋ねられた時にも、《千代は一寸驚いたやうな顔をして黙つて下を向いて了つた》。そして身分違いへの懸念を言おうとした。指輪をされた時も喜びの反応はなく、接吻の時も、ただされるままにじっとしていただけのように描かれている。その総仕上げとして、志賀は千代を気絶させるのである。

　この夜、二人の心と体は、終始全くかみ合っていなかった。しかし、千代の体と心が、柔らかい温かい喜びの反応を示すことが出来なかったのも、遂には気絶という一種の拒絶反応にまで至ったのも、本当は千代が悪いのではないのだ。順吉が、千代が本当に心を開くことが出来るような環境を整えることなく（本当はもっと何週間もかけて、理解し合い、対等になる事が必要だったのだが）、千代の体と心の動きに全く鈍感に、自分の方の都合と独り決めの観念だけで、正義の味方のつもりで、強引に結婚へと突き進もうとしたことの、これは当然の報いなのである。

順吉の《興奮》は、千代が気絶すると、たちまち冷める。これは、一面から言えば正しい。自分の観念的な正義の《興奮》が全くの空回りで、千代に喜ばれていないことに遅まきながら気が付けば、そうなるのが当然だ。しかし、もし順吉が本当に千代を愛していたのなら、気絶した千代を《冷か》に《凝《ぢ》っと》眺めたりはせず、すぐに本気で心配し、介抱したであろう。

順吉は自分が悪いことに気付かず、千代の気絶を単に身を守るための意識的演技と邪推する。《邪推》とは、回転は速いが現実との接触が不十分で、空回りしている自己中心的な頭脳が生み出す妄想である。意識的で自己中心的な順吉は、他人の内にも自分と同じ、意識的・自己中心的な意図を見出しがちなのである。しかし、意識的演技でこそなかったが、接吻以上のことを千代の体が無意識に拒もうとしたことは、恐らく事実だろう。

この時、順吉の冷やかな目に映った千代を、志賀は《汗で後れ毛の附いた首筋を見せて》《畳に突伏してゐる。》と描写する。この（八）章は、観念的な順吉の想念を主に描いているため、これまで身体についての鮮やかな描写は少なかった。その中で、箱根での《眼のただれた見すぼらしい貸本屋》という描写と、接吻をする際の、《二ヶ月程前（中略）懐中時計を受け取る時に、私の指の先が千代の掌へ一寸さはつ》て《案外堅いのに驚いた》という回想と、ことが、優れた描写となっている。これらは三つ共に、順吉の観念的な理想主義を嘲笑し、幻滅させるもの、と言える。最初は「結婚せよという暗示だと受け取る順吉に対する」、二番目と三番目は、「女性の身体に対する順吉の期待に対する」嘲笑である。しかし、disillusionment（幻滅）は、現実認識としては、illusion（幻想）より正確なのである。主人公が間違っていても、読者には幻滅の真実が与えられる。或いはむしろ、順吉の観念の破れ目から現われるからこそ、これらの身体描写は、真実の優れた描写として、読者の心に刻み込まれるのだ、と言うべきかもしれない。こうした美しいとは言えない真実の身体性を、自然なものとして受け入れられないような理想主義なら、それは有害無益だというのが志賀の考えなのである。

この後の、《顔色のよくない肥つた田舎から出たばかりの書生が狼狽した態《さま》で独りまご〳〵してゐた。》という描写、そして、千代が一人では歩けず、他の女中二人に助けられて、女中部屋に還って行ったという描写も、美しい恋愛の夢をぶちこわす、不様で醜い現実描写である。そして、《其後暫くは私は一種云ひ難い不快《いや》な心持に被はれてゐた。》という順吉の幻滅を以て、この不様な婚約は、締め括られるのである。

(viii)「第二」の（九）

婚約に続く五日間、志賀の実際に即して言えば、八月二十三日から二十七日までを描く章である。婚約の発表と家族の反対が主な内容だが、出だしは（八）の気分を引きずり、冴えない。しかし、家族が反対したことで、順吉の行動に迷いがなくなり、ちょっと見には力強い印象を与える。ただし、肝心の千代との関係がかみ合っていないのだから、これは見掛けだけに過ぎない。また、章の最後では、母の同情を得て、明るい気分になって終わっている。が、これも長続きはしない。

「手帳13」明治四十二年六月二十六日頃の「濁水」の構想メモの中に《○彼の事件は最初《マヽ》めは彼対Cの問題だつた　次に彼対家族の問題になつた、最後には彼対当時尽力してくれた人の問題となつた。》とあるように、Cとの事件の中心が「志賀対C」の二者関係だったのは婚約発表までで、発表後は「志賀対父・母・祖母」の段階に移り、Cが連れ去られた後は、志賀を支援した武者小路・勘解由小路《かでのこうじ》資承・有島武郎・田村寛貞や、忠告した内村鑑三・徳冨蘆花ら、多数の人々が入れ替わり立ち替わり関わる段階になった。

『大津順吉』「第二」の（六）から（九）の始めまでは、「志賀対C」の二者関係だった段階が中心で、この段階については、事実にかなり手を加えて、実際より遙かに観念的な、すっきりしない恋愛にしており、順吉・千代の設定は、志賀・Cとは一致しない所が多い。作品のトーンも、「頭」中心である事から来る不調和と不快感が中心になっていた。

（九）の途中で婚約が発表されて以降は、「志賀対父・母・祖母」の段階に入るが、『大津順吉』はその途中で終わってしまい、「志賀対当時尽力してくれた人」の段階は、武者小路のことが少し出る以外は描かれない。「志賀対父・母・祖母」の段階の、小説に描かれた範囲内では、事実の大きな改変はなく、当時の実際の志賀と順吉のずれも、婚約以前に比べれば、比較的小さいように感じられる（手帳類の記述が、婚約以後の方が簡略なため、確実なことは言えないが）。

ただ、一つ注意して置きたいのは、順吉の家族に対する戦い方である。『大津順吉』では、千代との結婚を反対された順吉は、父・母・祖母に対して、恋愛結婚の正当性を、キリスト教と西洋の近代的人間観に基づいて、論理的に説明して説得しようと試みていない。しかしこれを、志賀が論理的・思想的な頭脳を持たないせいだと解してはならない。この書き方は、志賀が意図的に選んだものなのである。

（一）予備的考察③『大津順吉』はどこまで事実に忠実か？で述べて置いたように、事件当時の志賀は、キリスト教の信仰に基づき、互いをよく知り合ってする恋愛結婚が理想の結婚であること、身分・階級は人間の価値とは無関係であり、従って身分・階級が違うことを理由に結婚に反対するのは間違いであること、等をはっきり信念とし、意識していた。そして「或る旅行記」（五）によれば、事件当時の実際の志賀は、《彼自身のアッフェヤーを総て正義の為めといふ考へからばかり考へてゐ》て、《権利を主張し、理屈をいふ点では（中略）烈しかつた》し、祖母を理屈で説得しようとも試みていたらしい。八月二十八日の「手帳9」に《理屈で押しつめやうとするのは無益である》と書かれているのは、理屈で説得しようとして失敗した時のメモであり、恐らくは祖母に対しての事であろう。

しかし、この小説の中で、もし順吉にそうした正論を言わせたなら、『大津順吉』は文学ではなく、「議論」になってしまう。そして、恋愛結婚に関しては、順吉・千代・重見がいかなる問題もなく「正しい存在」で、父・祖母が単純明快に「間違った存在」になってしまうだろう。志賀が書きたかったものは、そういう単純明快な「議論」ではなく、順吉の（そして人間一般の）、特に青春期には起こりがちな、奥深い複雑な内面的な問題だった。従って、葛藤は、単純明快な「正しい存在」と「間違った存在」の間の「議論」という形で現われるのではなく、順吉自身の心の奥深くに隠れ潜んでいるものとして表現されなければならないのである。だから志賀は、順吉と千代との恋愛も、正しい純愛としては描かず、順吉が内面的に迷い悩みながらする、問題の多い、青春の錯誤として描いたのである。（注78）

例えば、「第二」の（九）の八月二十六日の所では、順吉は、祖母が「千代に暇をやる」と言った内容ではなく、《その云ひ方が如何にも憎々しかつた》ことに《かッと》なって、《烈しく祖母を罵》り、祖母も興奮して自殺しようとする。志賀はここを全く論理抜きの、感情のぶつかり合いとして見事に描いている。しかし、「手帳9」の九月十五日（回想）には、《二十六日、／午前祖母と激論する、》とあり、実際の志賀は、確かに感情的にもなったであろうが、「激論◎」の中には、「或る旅行記」に言うような論理的に《権利を主張し、理屈をいふ》議論も含まれていた筈なのである。

『大津順吉』で順吉に正論を言わせないように、いかに志賀が注意深く避けているかは、以後、必ずしも指摘はしないが、注意して読めば分かるはずである。

また、私は、順吉が実際には強くないこと、父に勝てないことを指摘する場合が今後あると思うが、そこには、順吉および『大津順吉』という小説の価値が、それ故に低下するという意味は、全く含んでいない。家族との対立においても、順吉は、頭から袋をかぶせられたような、籠の中のオウムのような閉塞状況に苛立ち苦しむのであるが、そうした状況を実に的確に描いている所にこそ、この作品の芸術的価値があると私は考えているのである。

(ア)八月二十三日(注79)

(九)章の冒頭は、婚約の翌朝で、千代が、《血の気のない顔をして他の女中と縁側にぴつたりと坐り込んで(中略)父の客で使つたナイフやフォークを磨いてゐる》姿から始まる。これは、千代が惨めな女中たちの一人に過ぎない事を、千代が一人ではなく、他の女中と働いていることと、縁側に這いつくばった姿勢と、西洋料理で客をもてなす金持を父に持つ順吉に対して、千代はその食器を磨く使用人に過ぎない事実などを通して、強調するためのものであろう。

《血の気のない顔をして》いて、《成るべく》順吉に《顔を見られないやうにしてゐ》る千代の身体からは、婚約の喜びは全く感じ取れない。

順吉が婚約を手紙で発表しようとしたことは、志賀の事実通りであり、早くもまだ箱根にいた八月十一日の「手帳8」で、Cが結婚を承知して家族に打ち明ける時には、《口では云ふまい、手紙に書いて見せやう、》と考え、《祖母はCを愛してゐる筈であるから多分不賛成は云ふまい、／母も多分不賛成は云ふまい、》と書いていた(祖母・母については、この予想は全く裏切られるのであるが…)。

午前中に志賀が《中二階で祖母へいふべき事を書いてゐる時》にCと会ったことは、「手帳9」九月十五日(回想)の八月二十三日の所で確認できる。が、Cの反応については記載がなく、知る術がない。

実際は違ったのだろうが、『大津順吉』では、婚約を自家のものに発表すると聞かされても、千代は《暫く当惑したやうな顔をしてゐたが、それについては何も云はなかつた。》と、やはり喜びは感じ取れない。

細かいことだが、この日は午後に木下利玄が訪ねて来て、夜は、米津政賢の所へ志賀が出掛けたことが、「手帳9」九月十五日(回想)から分かるが、『大津順吉』では、午後・夜ともに友達が来た為、婚約を発表できなかったことに変えてある。婚約発表を後回しにして友達の家に行くのは、小説の上では不自然と考えての改変であろう。その晩、順吉と千代が話す場面では、千代が、順吉の父が反対するとは全く考えず、《気楽な顔》をしていたことが書かれている。前述のように、「或る旅行記」（五）では、志賀がCに幻滅する原因の一つに《余りに気楽な女》だったことが挙げられ、『過去』の（四）でも、小見川のCの実家を訪問した時のCの気楽さに、強い違和感を感じたことが記されていること等から、ここは実際のCに基づく部分で、将来、千代との婚約解消を続編で描く場合の伏線にするつもりだったのかもしれない。（注80）

（イ）八月二十四日

その翌朝、順吉は奥の中二階に祖母を呼んで婚約を打ち明け、次いで祖母が母を呼んで説明し、《母から父に話すといふ事にし》たとある。

この時、順吉が使った《中二階》は、二十三日の所で《其処へ（中略）千代が登《あが》つて来た》、二十四日の所で《三人で其中二階を降りて来た》と書かれるように、他の部屋より、一段、高くなった場所である。『大津順吉』では特に説明はないが、志賀家は平屋建てで、この家中で一番高い中二階の部屋は、直哉の祖父が生前使用し、祖父の没後はその儘、空き部屋になっていたものである。二十三日の所で順吉が使った机が《唐木》（＝紫檀・黒檀・白檀などの高級木材）の机とある事からも分かるように、調度品も立派で、その意味で権威のある、そして父（その部屋も中二階になっていたのは偶然ではあるまい）と張り合う当時の志賀の気持に叶う部屋だったと言える（菊判全集・月報9の志賀家間取図参照）。

事件の際、志賀も父に直接は言わず、祖母と母に先ず打ち明けた事は、「手帳9」九月十五日（回想）や日記からも確認できる。また、後の（十二）に、《父は今度の事については絶対に自分と直接に会はうとはしない。》とあり、これも「手帳10」の十月二十三日夜に父宛てに書きかけた書簡に、《遂に父上は私に御面談を許されなかつた（中略）その事を私は非常に恨むでゐました、父上は卑怯だと恨みました。》とある事で、事実と裏付けられる。(注81)（十二）では続けて、《自分もその前年の夏の下らない事からの烈しい衝突を考へると出来る事なら父とは直接に会はずに問題を進めて行きたいと思つてゐた。》と言っているが、これは、婚約を母から伝えて貰った時には確かにそう思っていたのだろうが、千代が連れ去られた際の（十三）のように、父と面談しようとして拒否された時には、『大津順吉』でも怒っているのである。

なお、（十二）の《前年の夏の（中略）衝突》は、『大津順吉』の中では説明がないが、『暗夜行路』草稿2や13から、明治三十九年夏、志賀が大学の制服と外套を銀座の高級な洋服屋に頼んだ所、父から「贅沢だ、断れ」と怒られ、父に腕力を振るいそうになったことを指していると推定できる（志賀は「原『大津順吉』」の「第二篇」にこの事件を書くつもりだったので、敢えて説明を省略したのかも知れない）。直接会うと感情的になり、暴力沙汰にさえなりかねないという配慮から、父も志賀も、なるべく間に人を立てるようにしていたのであろう。「手帳10」の父宛書簡から、父が或る時点（多分、八月二十九日）から、間に直哉の叔父・直方を主に立てるようにしていたことが分かる。

祖母に婚約を打ち明ける際「これは相談ではなく報告だ」と言ったことは、「或る旅行記」『過去』にもあり、事実であろう。

また、《此高飛車な物言ひは私にとつては政略でもなんでもなかつた》とあるのは、「自分は正しいことを正々堂々と行っていて、家族からとやかく言われる筋合いはないのだから、《政略》というような卑しい駆け引きをする必要もないし、相談する必要もないので、ただ報告だけして置く」という気持なのであろう。しかし、『大津順吉』においては、この他に、順吉に「問答無用」という態度を取らせることが、議論を避ける上で好都合だった、という面もあったと思われる。同時に志賀は、《此高飛車な物言ひ》によって、順吉が本当は弱味があるからこそ思いっきり強そうに見せて、虚勢を張っているだけであることを暗示しようとしているのであろう。順吉が婚約を直接父に報告しなかったことも、彼の弱腰の現われと読んで良い。志賀も、この読み方を良しとするであろう。

婚約を発表した時点から、事件の中心は、「順吉対千代」から「順吉対父・母・祖母」の段階に移る。その結果、順吉は、これまでの煮え切らなかったトーンから、攻撃的・行動的なトーンに切り替わる。が、それは順吉の成長の結果ではない。順吉は未熟な青年のままであり、千代との愛情関係も不充分であるのに、千代と結婚することこそが正義だという意識に観念的に駆り立てられている。その為に、「頭」と「心」と「体」のバランスが悪く、正しいということに妙に囚われ過ぎたり、怒りなどの感情に囚われすぎたりする。また、父・母・祖母に弱味を見せまいと虚勢を張っているため、行動も発言も感情も過激になりがちである。それが一見強そうな、断固たる態度に見えているだけなのである。後で重見に告白しているように、本当は《ちつとも熱烈でないから、時々迷ふやうな心持が起》き、《不愉快で仕方がない》所を無理して突っ張っているだけ——それが志賀の創作意図なのである。

婚約を知らされた時の祖母が、「それ程不賛成でもなかつた」ことは、「手帳9」の八月二十五日の所に、《昨日話した時には祖母はそれ程不賛成でもなかつた》とある事から事実と確認できる。ただし、志賀を刺激しないように、取り敢えず何も言わずに置いた可能性が高い。

続いて『大津順吉』では、《其晩も私は一時間余り自分の部屋で千代と話した。》と、話しただけのように書いている。以後も、順吉が千代に性的欲望を抱いたという記述は全く出て来ない。しかし、実際の志賀は、「手帳9」の八月二十五日の所に、《Cとの交りは多少肉慾的になつた、》《彼と抱き合つて一時間近くも話した》《肉交の実を行ふ勇気がなくて、人のない所で抱き合つてウットリする》と書き、さらに前年「(きさ子と真三)」に書いたように、愛し合っていれば、結婚する前にセックスをしても罪にはならないという信念から、《Cと断然一所にならう》

（セックスしようの意であろう）とも書いていた。つまり志賀は、順吉の恋愛を、自分自身のものよりもっと観念的な、「頭」中心のものと印象づけるために、敢えてこうした描き方を選んでいるのである。

（ウ）八月二十五日

翌朝になると、祖母が「大津家に嘗てないことだから」と結婚に反対を表明する。常識的に考えて、これは裏で順吉の父母とも話し合った上での結論を伝えたものであろう。父は直接、順吉と衝突する事を避けようとしていたし、母は義理の関係なので、祖母が矢面に立って説得する事に、裏の話し合いで決まったのであろう。事実、（九）（十）章では、これ以後、祖母が一貫して説得役・悪役になっているのである。

祖母が言った《嘗てない事》は、小説では「女中との結婚だから」という意味に取れるが、八月二十五日の「手帳9」によれば、志賀の時にはもっと範囲が広く、家柄が士族ではなく《平民の娘》だから、という事だった。

祖母が「加藤さんの二番目のお娘でもと思っていた」と言うのは、当時としては普通の封建的・儒教的発想であるが、個人の「自由」を求める順吉にとって、それは耐え難い事であったし、また、「（オ）八月二十七日」の所に出て来るように、祖母が順吉を《殆ど無意識的に自身の想ひ通りにしようとする》息苦しさに耐えないという意味でも、生理的に反発したであろう。しかし、志賀は順吉に、それを言葉で論理的に説明することは許さない。「大事な事だから」と繰り返す祖母に対して、順吉は《「大事な事だから僕は祖母《おばあ》さんのやうな人には迚も任して置けないんですよ」》と言う。この言葉は、もし論理的に取るなら、「祖母より信頼できる人になら任しても良い」という意味にもなってしまう。が、順吉はそこまで考えずに、感情に駆られて憎しみを叩きつけている。《祖母《おばあ》さんのやうな人には》という言い方に籠められた憎しみと軽蔑が効果的である。

また、《そのまま祖母を措いて部屋を出て了》うという当てつけがましい行動は、一見、強そうにも見えるが、むしろ感情に駆られた、子供っぽい、ヒステリックなものと見るべきである。ここでも志賀は、順吉に「問答無用」という態度を取らせることで、順吉に正論を言わせないようにしつつ、未熟であるが故の苛立ちを的確に描いているのである。

その日、順吉が三浦半島にいる重見（武者小路）に《直ぐ帰つてくれ》と手紙を送ったのは、モデルの事実としては、『過去』にあるように、誰も味方になってくれず、孤独だったためと、「或る旅行記」にあるように、当時の志賀にとって、武者小路こそが《正義を具体化したもの》、何が正義かを志賀のために教えてくれる人だったからである。が、『大津順吉』においては、重見は単に味方をしてくれる親切な友達という程度に留め、正義についても語らせないようにしている。

なお、重見を登場させたことは、順吉・重見ら新しい考えを持った日本の若者たちと、父・母・祖母ら旧世代との対決という構図を、『大津順吉』の、予定されていた続編で使う準備のつもりがあったと思われる。『大津順吉』の中では、（十二）章後半の《私共》について語られる部分に、新旧世代の対決という構図が見られる。

続く《其晩私は千代と事実で夫婦になつた。私は初めて女の体を識つた。》は、キリスト教と性の関係を大きな問題として取り上げて来たこの作品の流れから言えば、本来もっと詳しく、大々的に取り上げても良さそうな出来事である。恐らく志賀は、二人の初めてのセックスから、肉体と快楽を故意に捨象したのであろう。その事によって、このセックスが、観念的な順吉にとっては、「正しい結婚に反対する者とは断固戦う」という決意表明・既成事実化の手続きに過ぎず、また自分で自分の退路を断ち、結婚への決意を強めるための行為に過ぎなかったかのように、描いたのであろう。《女の体を識つた》は、定型的な表現に過ぎないとも言えるが、志賀は順吉が、肉の快楽としてではなく、文字通り「頭」で知識として知っただけのような印象を与えようとしているのであろう。

このセックスの直後に、重見に《もう帰つてくれなくていい》と手紙を送ったのは、『過去』によれば、《千代と口約束以上の関係になつた》からには、結婚は（キリスト教の教義から）《もう決定的な事になつた》と考えたためだが、『大津順吉』では説明がなく、分かりにくい。
また、志賀は『過去』で、この夜のセックスは、八月二十五日に祖母が《口約束だけなら断つて少しも差支へないと云つた》（『過去』（二））から、わざと口約束以上の関係にしたという訳ではなかったと、はっきり断っている。従って、実際の志賀には、「セックスをすることで、婚約を取り消し不可能にする」というような戦術的な意図はなく、性欲と愛情の高まりによって、自然にそうなっただけだったのだろう。
また、実際の志賀は、セックスの後、《この後不真面目であるならば余は（中略）地獄に行くべき大罪人である。》と「手帳9」に書いているのだが、『大津順吉』の「第二」では、キリスト教的な要素はなるべく出さないという方針から、採らなかったのであろう。(注82)
なお、武者小路に出した手紙は、『大津順吉』では二本とも二十五日になっているが、「手帳9」九月十五日（回想）によれば、事実は一本目は二十四日、二本目が二十五日だったらしい。二十四日は、家族が反対し始める前の日だが、父の反対を予想して、武者小路を援軍に招こうと、手紙を送ったのであろう。小説の方では、《お祖母さんとお母さんは大概いいと》いう予想に反して、祖母に反対されたため、慌てて手紙を送り、さらに同じ日の内に、千代と肉体関係を生じたため、必要が無くなったとしてもう一通送ったことにしている訳だが、志賀は、その方が緊迫感と順吉の浮き足立った感じが出て良いという判断で、こうしたのであろう。

(エ) 八月二十六日

翌朝、順吉は祖母から《父が「そんな事は決して許さん」といつてゐる事を》聞かされた事になっているが、「手帳9」九月十五日（回想）では、前日の二十五日の所に《母、父へ話す、父は洋行させやうと思つてゐたから

いけない　ともかくCを還へせといふ》とあり、こちらが事実であろう。（九）の末尾に、父が《「大学を卒業したら二三年も洋行をさせて、帰つた所で、相当の家《うち》から嫁を貰ふ事にしてあるのだし、今度のやうな事は決して許さん」かう云つてゐる》とあるのは、実際は二十五日に母から聞いた事と思われる。

祖母の言葉《「今どうして千代に暇をやらうかと考へてゐる所だ」》は、「手帳9」九月十五日（回想）と日記の二十六日の項に一致する。ただし、実際は前日の父の《ともかくCを還へせ》という指示を受けた発言の筈である。

順吉は祖母の《云ひ方》の《憎々し》さに現われた祖母の感情を感じ取り、自らも《かッとして了》い、《「若しそんなことをすれば、僕は祖母さんを捨てる許《ばか》りです」》と言い放ち、祖母を《烈しく（中略）罵つた》。すると《祖母もすつかり興奮して了》い、《烈しい剣幕で覚悟があると》言って、刀簞笥のある倉の方へ行こうとしたため、順吉と母が止めに入る。これは「手帳」にはないが、一応、事実と見て置く。

明治時代とは言え、《刀や短刀》を持ち出そうとする所は、歌舞伎を地で行くアナクロニズムである。だから、順吉にはそれを《芝居気だと》思うだけのゆとりがある。が、同時に、祖母は《それをはつきりと意識してゐないから、場合によつては興奮からズル〱とたわいもなく本統の境へのめり込み兼ねないと云ふ気がその時、とつさに或感じとして私に感ぜられた。》と言う。このシーンは文学的に優れた箇所である。

半分は《芝居気》で、半分は《本統》になりかかっている祖母の二重の心理と、自身《かッと》なっていながらも、同時に、冷静に祖母を観察し、一刻を争う緊迫した場面の中で、《とつさ》の《或感じとして》、言わばテレパシー的に祖母の心の動きを感じとっている順吉の二重の心理との重奏的な描写は、まことに鋭いものであり、後の（十三）で鉄亜鈴を投げつける時の分裂した順吉の心理描写の先駆ともなっている。また、特に《とつさに》という言葉は、平凡ではあるが、緊迫した時間の流れを感じさせる絶妙な表現になっていると私は思う。

また、『大津順吉』では、自由になりたいのになれない青年期の閉塞状況を描くことがテーマである。その為、主人公・順吉の感情は、すっきりとした強い喜びにも、強い悲しみにも、激しい怒りにも、激しい恋にも成り切らないで、常に不完全燃焼に終わることが、小説の方向性として要請されている。この場面では、順吉が珍しく激しい怒りに囚われ掛かるのだが、それを上回る祖母の危険な興奮状態を見て取って、慌てて冷静さを取り戻すという展開になる。これも、この小説の中では、必要なバランスなのである。

今の日本人には、千代との結婚のためになら、祖母を平気で捨てるという方が、好ましく感じられるかも知れないが、志賀と祖母・留女との絆は、普通では考えられない程強いものだった。だから、『大津順吉』には出て来ないが、実際の志賀は、この日の「手帳9」に、「祖母は世界に唯一人の自分を愛してくれた人であり、母も大切な人だから、決して怨んだり憎んだりしないでくれ」とCに頼むメモを書いている。また「手帳9」九月十五日（回想）によれば、志賀は《祖母とお前と両立しない場合如何にすべきか》とCに相談した所、《Cは自分を捨て丶もよい》と答えたと記し、《心非常に弱かりき》と自己批判をしている。志賀がCのために家を出るという決意をこの年の十月二十三日に最終的に断念したのも、祖母の重病と祖母に泣き付かれた為であった。志賀が、かっとなって、「祖母を捨てる」と言ったのも、一時の感情的な放言に過ぎなかったのである。

この日の記事は、《其晩も私は部屋で千代と十二時過ぎまで話した。》と締め括られているが、これも順吉の観念性を表わすためのもので、「手帳9」九月十五日（回想）には《此夜肉》とあり、実際はセックスもしているのである。

（オ）八月二十七日

翌朝早く、重見から帰ったという電話があり、順吉は《急いで》出掛けて行く。(注83)《嬉しい興奮で何も彼も打ち明けた。》とあるが、千代との婚約が嬉しくて興奮しているのではない。重見が帰って来てくれた事が嬉しくて興奮しているのである。だから、《ちつとも熱烈でないから、時々迷ふやうな心持が起るんで不愉快で仕方がないんだ》となる。

《ちつとも熱烈でない》云々は、『大津順吉』に描かれた順吉の言葉としては寧ろ当然であろう。また、先にも述べたが、『大津順吉』では、自由になりたいのになれない青年期の閉塞状況を描くことがテーマである。その意味では、千代との恋愛が《ちつとも熱烈でない》不完全燃焼に終わる事は、この小説にとって、是非、必要な設定なのである。

しかし、「手帳9」九月十五日（回想）のこの日の所には、武者小路が《熱烈でないから意味ありと》言ったことが記録されており、実際の志賀自身もこの言葉をこの時使ったことが分かる。これは、（一）予備的考察③『大津順吉』はどこまで事実に忠実か？　で述べたように、実際の志賀とCも、本当は「好き（like）」のレベルを余り出ていなかったのに、恋愛経験が無いため、「一生を共にすべき相手」と誤解して結婚に突き進んでしまった為、いざ周囲の強い反対に直面してみると、大きな犠牲を払う程、強い愛情ではなかったことに改めて気付かされたからであろう。祖母の反対を受けた八月二十五日の「手帳9」で志賀が、《余の迷ひはCの心から出てくるものである、Cと約束するにしては、Cの愛がまだ〳〵足らぬ、Cの愛が足らねばこそ自分の愛もそれ程強くはないのだ、》《時期として未だ約束すべき時ではなかつたかも知れぬ、（中略）一先づ破約してもよい、》と考えているのがその証拠である。

『大津順吉』に話を戻すと、順吉は、「対父・母・祖母」の段階に入ってからは、虚勢とは言え、確かに《自家の者には少しも弱い態度を見せずに来た》と言える。それが、やっとここで重見（および読者）に対して、また自分自身に対して《熱烈でない》という真実を認めた訳である。《熱烈でない》は、（八）で順吉が千代に愛を告白した際にも言っていたことであり、二人の関係は、その後も少しも進展していなかったことが、ここで確認できる。

それに対して、重見は「前後を考える余裕がある方が本統に偉い」と答えるが、これも、「手帳9」の九月十五日（回想）から事実通りと確認できる。一時の恋愛感情から極端な行動に出る男女は昔から数多いが、理性的・思想的に、人間および社会のあるべき姿、《自分の行くべき道を自覚しながら進》むのが、近代的な若者のあるべき姿だという事であろう。正論ではあるが、これを順吉の口からは言わせない事で、『大津順吉』の文学性は確保されているのである。

『大津順吉』だけからでは良く分からないが、武者小路が志賀を一生懸命に応援し、《或時は殆ど自分の事のやうに没頭した》（「或る旅行記」）のは、「これは志賀一人の問題ではない、日本の青年たち皆が恋愛結婚を出来るようにするための突破口であり、日本を近代化するための戦いだ」と思っていたからである。武者小路が志賀に、「君一人の問題にあらず」（「手帳9」九月十五日（回想））と言ったのは、その意味なのだが、『大津順吉』では、正義対悪の問題にしないために省いているのである。

さて、重見のせりふの次に、《私は（中略）却つて千代に対して弱い音《ね》を吹いたのを非常に気にしてゐた時だつた。》とあるが、これは、『大津順吉』では、この章の二十三日夜の発言《お父さんが何か屹度云ひなさるよ」》しか考えられず、気にする程の弱音とも思えない。しかし、実際の志賀が気にしていたのは、「手帳9」の九月十五日（回想）の二十六日の所にある《祖母とお前と両立しない場合如何にすべきか》とCに相談した事であり、続く二十七日の所に《夕方帰つてCに前夜の弱い言取り消す、》（日記も大体同じ）とある事が、その証拠となる。これらの事実を『大津順吉』に書かなかったのは、祖母の重要性を事実通りに書いてしまうと、千代との婚約を貫こうとして戦っている観念的な青年というイメージと、合わなくなるからであろう。が、それらをカットした為に、ここは分かりにくくなってしまっている。

重見の所から帰宅すると、千代が、祖母と母から順吉の部屋に入る事を禁じられ、《兎に角一《い》つたんは宿に下つてくれと申し渡された》と泣く。二十七日の日記・「手帳9」九月十五日（回想）共に、「祖母が部屋に入る事を禁じた」とのみ記していて、母も同意見だった事と、「宿に下がってくれ」と言われたことは書かれていない。しかし、《Cを還へせ》という父の命令が既に出ている以上、この日、祖母と母からそういう話が出ても不自然ではない。

《宿に下》るとは、奉公人が親元または就職を斡旋した身元保証人・周旋業者の所へ帰ることだが、ここは親元と取って良いだろう。身元保証人だとすれば、後に出る村井の所になるのであろう。

当時の常識的な道徳観からすれば、恋愛関係にある千代と順吉を一所の家に置いておくだけでも、二人の関係を認めた事になり、大津家全体が極めてふしだらな家であると世間の非難を浴びることは避けられない。従って、《Cを還へせ》も「順吉の部屋に入るな」も、当時としては社会の良識に従った当然の処置である。しかし、順吉と千代は、この後もこの命令を無視し続ける。

この年の六月には、同じ東京で、若き日の谷崎潤一郎が、小間使いとの恋愛を理由に、書生をしていた家から追い出されている。奉公人同士がプラトニックな恋をしただけでも、ふしだらとして解雇される時代だから、千代も直ちに馘首《くび》にして追い出したい所なのだが、順吉が肉体関係まで持ってしまったことは大津家の落ち度・監督不行届なので、《兎に角一《い》つたんは》と、正式に妻として迎え入れる可能性を残し、「馘首《くび》ではなく自宅待機」にしたのは、当時としては、一応、筋の通った扱いと言えるだろう。

この時、千代が、《もうなるべく家を空けないやうにして呉れと》言ったとあるが、これは、「手帳9」九月十五日（回想）によると、八月二十七日に志賀が、三浦半島から戻った武者小路に会いに行き、さらに木下利玄の所に行って、夕方まで帰らなかった上に、翌二十八日にも志賀が武者小路と散歩に出たため、その夜、Cが《前日》つまり二十七日に《非常《（ママ）》心細かつたからなるべく家を外にすな》と言ったという事らしい。しかし、二十八日を描く

（十）では、千代の子供っぽい呑気な所に焦点を合わせているので、この発言は、千代が泣いた二十七日の場面の方に移したのであろう。

以下は、母との会話で、「手帳9」九月十五日（回想）では、《夜母と話す　母同情す》（日記もほぼ同じ）となっているが、『大津順吉』では、千代が家から追い出されそうな情勢になって来たことに対して、順吉が《直ぐ母を呼び、《興奮から息をはずませながらいつた》となっていて、順吉の危機感と興奮が、息をはずませるという生理的な現象を使って、よく表わされている。恐らく実際にもこの通りだったのであろう。

『大津順吉』では、祖母が（十）の翌二十八日に寝込んだ事になっているが、実際は二十七日からだったため、祖母はこの話し合いに参加しなかったのであろう。

この時、順吉が、《家庭の問題でもありませうが》と言っているのは、当時は、結婚は個人の問題である以上に家の問題であったからで、一応、相手の言い分も認めようという姿勢である。しかし、それに続けて、家《以上に私自身の問題ですからネ》と言ったのは、結婚問題の主導権を自分の手に取り戻し、確保しようがためである。

また、順吉は、《私も一切陰廻りな事は仕ませんから、自家でも一切それはよして貰はないと困ります》と言うが、この発言の狙いは、順吉に黙って（これが《陰廻りな事》の意味）、父の独断で事を処理しないという約束を取り付けることであり、より具体的には、《私の承諾なしには決して千代を宿に下げないと云ふ約束》をさせる事だった。

「或る旅行記」によれば、事件当時の志賀は、正義は自分たちの側にあるのだから、その正義を汚すことがないようにしよう、《あくまで勇者の態度》を取り、《何一つ影にまわつて事を行》なうまい、《何一つ人に物を隠》すまい、としていたと言う。しかし、客観的に見ると、「陰廻り」つまり相手に隠れて何かをすることが容易なのは父・母・祖母であり、そういう事をやりたくてもその手段を殆ど持っていないのが、直哉とCであった。その圧倒的な不利を解消し、相手の得意手を封じることで、五分五分に持ち込もうと言うのが、《陰廻りな事》をするなという発言の本当の目的で、これはやはり戦略的な駆け引きの一つと言うべきであろう（勿論、「だからいけない」という意味ではない）。

この《陰廻り》という言葉を順吉は、この後さらに（十一）と（十二）でも繰り返して使っている。そして、順吉の激怒は、《私の承諾なしには決して千代を宿に下げない》という母の約束が破られた事、また、自分達の恋愛が家族から尊重されず、《軽蔑》（十一・十二・十三）され、プライドを傷付けられたことに専らかかっている。それは、心情的には理解も同情も出来る事だが、「約束したのに破った」とか「軽蔑した」とか言って騒ぎ回るのは、子供っぽい態度、或いは未熟な若者の態度とも言える。大人なら、本当は父とも最初から直接に会って、結婚のこと、自分の今後の身の振り方について、理性的・現実的に冷静に話し合うべきだろう。もっとも、志賀も、『大津順吉』執筆当時には、その事は或る程度分かっていたと思う。ただ、『大津順吉』という未熟な青年を描く小説の都合上、順吉にそうした大人の態度を取らせることは逆効果であることが分かっていたから、そうしなかっただけであろう。(注84)

さて、順吉は、母から《約束》を取り付けることに成功する。これも事実だったことは、「手帳9」九月十五日（回想）の八月二十九日の所で、今井の妻（『大津順吉』の村井の妻のモデル）がCを迎えに来た時、志賀が《以前より母と堅き約束あれば、吾等に無断にさる事は決してあるべからず》とCに言っていることから分かる。

この約束は、母との間だけの約束ではないと考えられる。先に述べたように、婚約を発表した八月二十四日から二十五、六日と、父と直哉とは直接話そうとはせず、祖母や母を間に立てた間接的な遣り取りに終始していた。従って、母とのこの約束が、後ではっきり取り消されない限りは、父も了承したものと順吉（そして志賀）が見なしたのは、無理からぬ所である。しかし、実際には、父はこれを約束とは認めず、無視し、母もこの約束を守ろうとはしなかったため、結果的に順吉（そして志賀）が騙された形になった訳である。

母が、この日《約束して了つたものは添はねばならぬ》と、順吉に同情的な発言をしたのは（ただし、これは父の意向とは無関係に、個人的な意見として言っただけであろうが）、同じ女性として千代の辛い立場を他人事とは思えなかったための、感情に流された発言であろう。だから、問わず語りに自分の辛い体験を話し、泣き出したのであろう。

母の話は千代とは無関係だったが、祖母との葛藤の話は、順吉にも同様の経験があったため《惹き入れられ》、母と共に《涙を流》す。そして、母を苦しめた祖母を心から憎く思う。ここでの祖母への憎しみには、もちろん、二十六日に祖母と烈しく衝突した時の怒りの余波と、今日また千代が順吉の部屋に入るなとか、宿に下がってくれとか言われたことに対する怒りが混じっているのである。

母と感情的に一体感を持った事で、順吉は《大変いい気分になつた》。しかし、母の感情は現実を動かす力とはならなかった。感情は人間の真実を表わす面と、簡単に変わってしまい、頼りにならない面と、両面を持っているからである。

順吉が「祖母を心から憎く思った」事も一時の感情に過ぎず、実際はもっと複雑である。その事を説明するために、語り手としての順吉＝志賀は、祖母との愛憎の葛藤を（　）に入れて語っている。その中の《我の強い祖母は（中略）私を殆ど無意識的に自身の想ひ通りにしようとする、私は又殆ど無意識的にさうなるまいとする、そして反つて祖母を自分の想ひ通りにしようとする》という関係は、『大津順吉』の《もつと自由な人間になりたい》というメイン・テーマとも繋がっている。そして、肉親という、まさに血と肉で繋がった身体的な関係は、頭の理屈・意識だけでは処理しきれない、無意識的な牽引と愛憎両面の感情が働いてしまう複雑なものであることを、正しく指摘したものとなっているのである。

順吉は、母と話して大変いい気分になり、母が父をうまく説得してくれることに期待を抱く。そして《いくらお父さんだからつて他人にさう勝手に定《き》められちやあたまりませんよ」笑ひながら私がこんな事を云ふ時分には、もう母も笑へた。》（《母も笑へた》は、泣いていた母も、の意）と、父をダシにして二人一緒に笑うこと＝感情的に一体化することで、母は父とは違って、順吉と考えを共有する味方であるという印象を以て、この章は久しぶりに明るく閉じられる事になる。しかし、母への期待は、後で全く裏切られる事になるのである。（注85）

なお、順吉の《将来の事を（中略）勝手に定《き》められちやあたまりません》という発言と、《洋行》や《相当の家から嫁を貰ふ》ことより、千代との恋愛結婚の方を取るという価値観は、（失敗には終わるが）心の自由を求めるというメイン・テーマに繋がるものである。

（ix）「第二」の（十）

八月二十八日と、二十九日の昼間の出来事を描く章である。

二十八日は、（九）末尾の明るい気分を引き継いで、千代の子供らしい呑気な一面がユーモラスに描かれる。

二十九日は、主に重見の「不幸な祖母《おばあ》さん」の引用で、やはり明るくユーモラスな気分がある。

これは、（十一）からラストまで続く嵐の前に、言わば明るい晴れ間を見せることで、コントラストとしての効果を挙げようとしたものであろう。

（ア）八月二十八日

翌朝、重見が来て、千代と引き合わせてから、午後、重見と芝公園から銀座を一緒に散歩する。これは、日記と「手帳9」九月十五日（回想）の八月二十八日から事実と確認できる。重見が途々《みち》《なるべく早く帰らないか》と二三度言ったとあるのは、『大津順吉』では、前日、千代が《もうなるべく家を空けないやうにして呉れと》順吉に頼んだことを受けた形になっている。が、「手帳9」九月十五日（回想）の八月二十八日では、散歩の際に武者小路が《なるべく家に居よとい》ったことは事実だが、それは武者小路独自に考えて忠告しただけで、Cが《なるべく家を外にすなと》言ったのは、その夜のことになっており、こちらが事実らしい。

重見に紹介する場面で、《話もな》く、手持ち無沙汰そうな千代を描いているのは、重見・順吉とは知識・教養も違い、思想・芸術への関心もなく、結婚してもうまく行きそうにないことを、暗に指摘しているのであろう。しかし、千代が《少し横坐りになつて》いたのは、年齢が近く、自分達の味方である事から、重見には気を許している事を表わしたものと思われる。

《此日、祖母は朝から眼まひがすると云つて居間で寝てゐた》とあるが、これは「手帳9」九月十五日（回想）では、前日八月二十七日の所に《此日より祖母ねる》（日記も二十七日の最初に《祖母ねる》）と書かれている。二十六日に志賀が祖母を捨てると言ったことが応えて、その翌日から寝込んだのであろうが、二十七日は書くべきことが多過ぎるので、二十八日に回したのであろう。

ここで順吉が、《陰廻り》の一つとしての《手段の病気》かと邪推するのは、二十六日の衝突以来、祖母を敵視している感情の余波である。が、邪推は志賀の癖でもあろう。《脳の弱い祖母》とあるのは、『実母の手紙』・『暗夜行路』草稿1・「或る旅行記」などに出るように、留女は直哉が四、五歳の頃（?）に二年程、脳病になった事があるからである。なお、父・直温も留女からの遺伝か、脳病のため満三十七歳で文部省を休職して、暫くぶらぶらしていた時期がある。

この夜、千代と話した内容が二つ紹介されている。その内、貧乏についての会話は八月二十八日の「手帳9」に出ており、事実通りである。が、肩揚げについての話は、箱根に居た時の八月十日の「手帳8」に出ており、実際に聞いたのは箱根に行く前だった筈である。

貧乏についての会話では、二人はこれから夫婦として苦労を共にしようという時なのだから、「貧乏はいやか?」と問われれば、普通なら嘘でも「いいえ」と答えそうなものだが、そこをあけすけに「ええ、いやですよ」と答え、「いい着物が着たい」と言って憚らない千代に、志賀は、良くも悪くも子供らしい単純率直さを見て居るのであろう(ただし、「手帳9」では、この会話を《彼はたしかに善人である》という手放しに肯定的な感想で締め括っていたのに比べると、『大津順吉』では、やや評価を引き下げている)。

肩揚げの話では、「肩揚げを取る」ことは、女子なら結婚適齢期を意味するのに、千代に「未だ中々とらンないよ」と言わせる事で(歯医者に言ったのは、どれ位前のことか分からないが)、千代の良い意味での子供らしさをユーモラスに描いたのであろう。

こうした千代(そしてC)の、無邪気な子供のような一面は、順吉(そして志賀)の心を惹き付けた大きな長所であった。しかし、家族に結婚を反対されている危機的な状況の中でのこれらの発言は、余りに幼く、余りに呑気であり、互いを支え合って人生の苦労を共にする相手にはなりえないことを感じさせる。

先にも述べたように、実際の志賀は、この後、家族と戦っている自分に比べて、Cが余りに《呑気》《余りに気楽な女》だった事に幻滅した(「或る旅行記」・『過去』)。志賀は、これらの会話によって、千代の長所である子供らしさが、同時に二人の結婚を困難にするものでもあることを暗示しようとしたのであろう。

この日の最後に、重見をしきりに頼りにする千代に触れているのも、千代の子供っぽい頼りなさを表わすためであろう。

この日も、「手帳9」九月十五日(回想)には、《夜Cと話し肉》とあるが、やはり採っていない。理由は、二人の関係を観念的なものにして置くためと、この章の場合は、子供っぽい千代のイメージを損ねたくないせいもあろう。

（イ）八月二十九日（日中）

翌朝、順吉がパリの友人に、手紙を途中まで書くのは、（十三）末尾をこの友人宛の手紙で締め括るための伏線である。この友人のモデルは、言うまでもなく、有島壬生馬である。

鎌倉から上京して来た《四つ上の叔父》のモデルは志賀直方で、この頃、片瀬（現・藤沢市内）に住んでいた。「手帳9」九月十五日（回想）の八月二十九日の所に《直方氏上京、午前話す》とある。

叔父のせりふに《電報で出て来た》とあり、（十二）から、順吉の父が《今日会社で村井に》話した言葉をそばで聞いていた事が分かるので、父が相談のために呼んだと推定して良いであろう。直哉の父・直温が直哉と直接話さず、恐らくこの日以降、間に直方を立てるようにしていたことは、「手帳10」の十月二十三日夜に父宛てに書きかけた書簡から分かる。

《鎌倉の方も段々人が減つて来》たは、避暑客が減って来たの意味である。紅茶を飲むことは、この時代としてはハイカラかつ贅沢で、大津家が金持であることを暗示している。（注86）

母（叔父は「お姉《あね》さん」と呼んでいるが、勿論、「義姉」の意味である）が居る茶の間では話さず、座敷に移るのは、当時は大事な話は床の間付きの座敷でするものだったからでもあり、また順吉の父母の考えを代弁するのではなく、独自の立場で話をするため、母や祖母に聞かれたくなかったということでもあろう。（注87）

《傍に散らばして置いた巻煙草の函を二つばかりかたびらの袂に入れると、煙草盆を自分で下げて、先に立つて大きなからだをゆすりながら縁側を座敷の方へ行つた。》という描写は、特に重要な意味がある訳でもなく、類型的な外面描写に過ぎないと言えばそれまでであるが、季節感もあり、映画のワンシーンが目に浮かぶような巧みな文章である。

『大津順吉』では、主な登場人物の一人一人について、その身体的な特徴が目に見えるようなシーンが、バランス良く、大体一度ずつぐらい設けられている。U先生は顔（「第一」の（一））、ウィーラーはダンス・パーティーの時（「第一」の（四））、祖母は階段を降りる時（「第二」の（四））、千代は竹箒を振り上げるシーン（「第二」の（二））等がある。例外は父と母で、父は後で述べるように、わざと出さないことで象徴的に巨大な存在感を与えているのであろうし、母の場合は、外面描写はないが、「第二」の（九）で順吉と一緒に泣き、笑う場面に存在感があった。叔父は、祖母や母以上に軽い、順吉の内面と殆ど関わる所がない役柄だからこそ、存在感を与えるために、類型的ながら印象的な外面描写を敢えてここで入れて置いたのであろう（創作においては、こうしたバランスもまた等閑に付すわけにはいかないのである）。

なおついでながら、千代との婚約が問題になる「第二」の（九）から（十三）の間で、志賀は、この事件に関わった人々に、それぞれ一回ずつ、多少印象的な登場シーンを割り振るように工夫しているようである。即ち、祖母（九）・母（九）・千代（十）・叔父（十）・重見（十）・村井の妻（十一）・父（十三）・岩井（十三）である。「中央公論」から与えられた限られた紙数の中で、こうした人物の出し入れをバランス良く行なうということは、志賀の作家的手腕を考える上で、無視すべきではないと思うので、敢えて指摘して置く。

叔父は《廃嫡されても何でもかまはんといふ決心があるなら、それでやつて見るさ》と言うが、「廃嫡」されると遺産相続権を失うので、志賀家のような大金持の跡取りだった直哉にとっては、重大な損失になる訳で、叔父の言葉は強い脅しとも取れる。しかし、志賀が平気であったことは、既に述べた通り、「手帳9」九月十五日（回想）や注（26）に引用した『祖母の為に』から分かる。

この叔父の言葉の後に、「中央公論」の〈初出〉では、叔父が千代を変な奴だ、コケティッシュだ、と評し（「手帳9」九月十五日（回想）で言われている《Cに対》する《無礼な事》の中身であろう）、順吉が腹を立てたことが書かれていたが、大正六年、初めて単行本（『大津順吉』）に収録した際に削除された。家族みんなの無理解を強調する意味で書いたのだろうが、コケティッシュという発言が唐突で分かりにくく、千代のイメージを悪くするだけなので、削除したのであろう。

午後になると、重見から手紙と小説（?）「不幸な祖母《おばあ》さん」が届く。が、この日は祖母に読んで聞かせる機会はなかった。

「不幸な祖母《おばあ》さん」は、「手帳9」九月十五日（回想）によると二十九日に届き、Cが連れ去られた翌日三十日に読んで聞かせたことが確認できる。手紙は二十八日の志賀との散歩の後に書かれたものであろう。

この手紙および「不幸な祖母《おばあ》さん」は所在が確認できないが、明治四十年八月の有島壬生馬宛志賀書簡の断簡に、《僕は前日武者からよこした同封の手紙を読むで聞かしてやつた》とあり、パリの壬生馬に送ったようである。『大津順吉』執筆時には記憶を辿って再現したのか、或いは壬生馬に頼んで返して貰ったものを写したのか、確認はできない。

『大津順吉』でははっきりしないが、二十六日に「祖母を捨てる」と志賀が発言した事から、祖母は翌二十七日からショックで床に就き、寝たり起きたりの状態が続き、二十八、九日には殆ど志賀と口をきこうとせず、その事で志賀は辛い思いをしていたらしい。「或る旅行記」に、八月三十日に《マルデ二日口を利かなかつた祖母を庭へ連れ出して》志賀が武者小路の手紙を読んで聞かせた、とあり、(注88)「不幸な祖母《おばあ》さん」の文中にも、《『見捨てる』と云はれた》《祖母さんが不平に思ひ、彼に口をきかず（中略）苦しめるのは無理はない》とある。多分、祖母が口をきかなくなったせいなのであろう、志賀は「手帳9」の八月二十八日の所で、《祖母は結婚をいなむより承知しなければ捨てるといつた事を怒つてゐる居る《ママ》のか》と口をきかない理由を推し量ろうとしていた。

『大津順吉』で、《私の其時に此位適切な手紙はなかつた》と言うのは、右のような事情の他に、先に述べたように、父母が直接、順吉と衝突する事を避けたため、祖母が八月二十五日以降、順吉の敵役になっていた事、そして、事件当時の志賀が、自分達の方が正しいという《理屈に捕らはれて、何所までもガン古だつた》（「或る旅行記」）ため、祖母と和解の糸口を摑むことが出来なくなっていたのを、武者小路の手紙によって、祖母に同情でき、態度を改め、和解できたためであるらしい。

「不幸な祖母《おばあ》さん」という文章の最大の特徴は、正面から正義を振りかざして理屈で祖母を屈服させようとするのではなく、取り敢えずどっちが正しいかという理屈は脇に置いておいて、先ずは祖母の心情を肯定し、理解を示す（《祖母さんになつて見玉へ》《無理はない》という風に）。その上で、祖母にも《祖母さん思ひの》順吉が《どんなにつらいか》、また、千代は《全く他人の意思によつて自分の身が定まるのであるから不安でもあるし、つらくもある》という心情を理解して貰う、言わば心情主義の方針で書かれていることである。だから「或る旅行記」では、この「不幸な祖母《おばあ》さん」のことを、《武者は興奮した力ある、細かい筆で皆の心に同情し分けて祖母の心に同情した（中略）手紙を彼によこし》たと評しているのである。

「手帳9」の八月二十八日の所には、《理屈で押しつめやうとするのは無益である、》《女はその夫或はその子を愛してゐても解する事の出来ぬものである、故に只信用さへすれば二人共に幸福である、自家の祖母は余を愛する、然し少しも解してはくれない、解してくれないのはまだい丶として信用してくれない、／これが総てを不幸にしてゐる、》というメモがあるが、恐らく前者は、この日、武者小路と語り合った時に忠告された事で、武者小路は志賀と別れて帰宅した後、この同じ発想から、「不幸な祖母《おばあ》さん」を書いたのに違いない。後の方のメモも、武者小路との会話の内容と、多かれ少なかれ、繫がっているように推量される。

志賀は、「不幸な祖母《おばあ》さん」を文字通りの意味に、素直に理解したようで、「或る旅行記」によれば（明治四十年八月の有島壬生馬宛の書簡の断簡、「手帳9」九月十五日（回想）も大同小異）、八月三十日にこれを祖母に読み聞かせた際には、《涙で眼が見えないばかりか泣いて〳〵声が出なくなつた》。しかし《意味は通じなくても心持は通じてる》と思った。《祖母も声を上げて泣いた。》と言う。そして、八月三十日の日記には、《祖母と和す、事定まれりと喜ぶ》と和解したことが記されている。(注89)

ただし、三十一日に祖母はトイレで倒れ、「或る旅行記」によれば、《一時は死ぬかと（中略）医者にも思はせる程に》なり、志賀は《苦のクライマックス》（「手帳9」九月十五日（回想））《悲苦の頂点に達す》（日記）る。その後、祖母は持ち直したが、結婚については、「或る旅行記」によれば、《絶えず左へつき右へつきし》、反対に回ったり賛成に回ったりと、揺れ続けたようである。

私は「不幸な祖母《おばあ》さん」を、一般読者にとって感動的なものとは思わない。志賀も、個人的な思い入れを抜きにすれば、『大津順吉』執筆時には、特に優れた文章とも思っていなかったのではないか。

それでも、この長ったらしく、しちくどい文章を、志賀が長々と載せたのは、祖母を悪と切り捨てるのではなく、祖母の心情に寄り添った捉え方を作中で示したかったが、語り手の順吉に直接それをさせるのは難しかったことと、順吉と重見が単純に正義を振りかざして父・母・祖母と戦ったように見られることを避けるために、「不幸な祖母《おばあ》さん」が役に立つこと、が理由だったのではないかと私は思う。

中でも、《ありふれた小説風にゆくと、それは祖母さんが一番憎まれ役だ》という一文は、もともと武者小路・志賀のどちらが書いたものなのか確かめられないが、志賀はこれを、単純に善悪を対立させるだけの非芸術的な《ありふれた小説》に対する批判という意味を込めて、使っているのだろう。

（x）「第二」の（十一）

（十）と同じ八月二十九日だが、夜に入って、千代が連れ去られる章である。ここからラストまでは、一気に展開が激しくなり、順吉の怒りが急速に高まることになる。

「手帳9」九月十五日（回想）の八月二十九日の所から、今井（村井）の妻が来た時、志賀が《以前より母と堅き約束あれば、吾等に無断にさる事は決してあるべからず》とCに言ったこと、《兄の来り会はんとするなればとの理由にて》Cが連れ去られたこと、《其後》志賀が《怒つてカゲへまわつて何かするものあらば打撃を与ふべしと》言い、《心では》女中の《咲かせいのわざと思》っていたことなど、小説に書かれていることの大筋は事実であることが確認できる。

今井とその妻については、詳しいことは分からない。「手帳9」九月十五日（回想）の八月三十日に《Cはまだ本所にゐた》と出るので、今井の家は本所にあったと見て良いだろう。

なお、『大津順吉』では、千代が連れ去られた所で終わってしまうので、これで結婚が不可能になったかのような印象を受けるが、実際は、この後二ヶ月近くに渡って延々と揉め続けるのである。

《私の為にこんな騒ぎが起つたと思ふと、つらくて、つらくて……》という千代のせりふは、自分のことは二の次にして、敵に回っている人々に対しても済まなく思う健気で善良な心を印象付け、千代を騙し、連れ去る者たちの「不当さ」を強調する意図であろう。

千代がこの章で《順吉様》と呼び掛けていることには、不思議な感じを受けるが、「手帳9」九月十五日（回想）の八月三十日の所に、Cが武者小路に電話で《「直哉様は何とかいつてゐらつしやいましたか」》と訊いたことが出ているので、実際にも女中が御主人様に対するような丁寧な言葉遣いをしていたのであろう。

志賀が、声の調子に現われる無意識的・身体的な気分・感情に敏感であり、それを巧みに使用していることは、何度も指摘したが、村井の妻の登場以降の描写もまた、簡単ながら、声と身体性に重点を置いた巧みなものである。

例えば、ひどく不安がっている千代は、《おど〳〵した調子で、／「順吉様、村井さんのおかみさんが（中略）」といつて息をはずませ》《驚きから赤い顔をして私の眼を見つめて居る》と描写され、さらに「千代!」と呼ばれると、「村井さんですよ」と、助けを求めるように《膝頭で寄つて来》る。そして《「あんなに怒つてゐる……」》と《泣きさうな顔をしておど〳〵した。》となる。

一方、村井の妻は、最初の内は姿は見えず、聞こえて来る声の調子から怒っていることが分かるという描写で、最初は離れの外かららしく、《「千代! 千代!」硝子《がらす》窓の下から角《かど》のある声で呼んでゐる。》とあり、次いで建物の中に入って来て、《「千代! 千代!」かういふとげ〳〵しい声が梯子《はしご》段の直ぐ下からして来る。》となる。耳からの情報だけで想像させられる事で、村井の妻が恐ろしい大きな存在に感じられる。そして茶の間では、《座につくと、其女も興奮から眼の色をかへたまま、／「(中略) わけが解りやしない」と一寸流し眼で私の方を見た。》と、眼の描写とせりふで、この女のふてぶてしい、押しの強い感じをうまく表わしている。

また、順吉は、不安がっている千代には叱るやうな言い方をして、落ち着かせようとし、村井の妻や女中達には、脅しつけようとして大きい声を出すが、それらは内心では不安に駆られ、苛立っている為である事がよく分かる。その事は、千代が着更をしている間、《暗い縁側を》落ち着きなく《往き来してゐ》る順吉の体の表情によっても示されている。

順吉が村井の妻の出現をどう解釈していたのかは、はっきりしない所もあるが、千代に《乃公が承知しなければ決して下げない約束がしてあるんぢやないか》となだめている事から、順吉は、この女が力尽くで千代を連れ去ろうと、喧嘩腰でやって来た、と受け止めつつ、父が指示した筈はないと思い込んでいたので、父の会社の《下役》

に過ぎない村井夫妻独自の考えで来たと想像し、腹を立てたと理解できる。なお、「手帳9」九月十五日（回想）には、《C再び来り、顔色をかへて、今井来り連れ行くなるべしと》とある。「連れて行くために来たに違いない」というCの発言を、志賀は敢えて使わない事で、この場面の緊迫感・不安感を高めたのであろう。

順吉は、この女が以前は「お千代さん」と呼んでいた千代を呼び捨てにしたことと、《下女が主人の部屋で話し込んでるつて法がありますか》と発言したことに腹を立てる。順吉が婚約した以上、千代に対しても順吉の妻同様の敬意が払われるべきなのに、《下女》としか認めようとしないことに腹を立てたのである。

ここでも、またこの後も、順吉の怒りの原因は、一つは《失礼》《軽蔑》《侮辱》であり、もう一つは《陰廻り》に対するものである。順吉と千代の恋愛が失礼な取り扱いを受けたのは、当時の日本では、身分違いの男女関係は、道に外れた罪という感覚が強かったことと、加えて、一般に色恋沙汰は性的なものであり、従って下等なもの（みだら・いたずら）と軽蔑する風潮が強かった事が背景にある。だから、村井の妻は千代を不埒な女・罪深い女と見て怒り、呼び捨てにするのだし、逆に、順吉の父は、《千代には何の過失もないが、せがれが不埒をしたに就て》と、順吉を罪人扱いするのである（勿論、本心では千代も罪人視しているだろう（注90））。

それに対して、語り手としての順吉が、《吾々が真面目に正面から行《おこな》つてゐる此出来事》という書き方をするのは、若い男女が愛し合うことは、真面目な厳粛な事であり、だから正々堂々と行なっているのだ、という西洋流の考えに立っているからであるが、こうした考えは当時はなかなか受け容れられなかった。従って、敬意を以て扱われるべきことが、実際には敬意を欠いた扱いを受ける所から、順吉は《失礼》《軽蔑》《侮辱》を感じ、激怒することになるのである。しかし、志賀は、順吉に《「生意気云ふな」》といった感情的な言葉を大声で言わせるだけで、自分の考えをきちんと論理的に主張することは、許さない。読者にどちらが正しいかを問題にさせないためである。

順吉は、女中の松も飯炊き女のせいも、村井の妻の世話で勤めていたので、二人のどちらかが千代と順吉のことを告げ口したために、この女が千代を世話した責任もあって、事件に介入しようとやって来たのではないかと疑い、《此方《こっち》が正面から仕てる事に、若し陰廻りをして手段的な事でもする奴があつたら（中略）決して許さないぞ》と、女中部屋に聞こえるように大声で言う（《陰廻り》を使うのはこれが二回目である（注91））。

順吉が、《会つても口をきく事さへない村井といふ下役の男や其妻などが自分達の或運命に一ト言でも何かいふさへが甚しい侮辱に思はれて気持が悪くてならない所に、女中迄が、と思ふと取り返しのつかない軽蔑を受けてゐると》感じるのは、完全に身分差別的で（千代も女中なのに）、自己矛盾ではあるが、身分秩序が厳然とあったこの時代に、身分の低いものが、敢えて順吉のような主人側の人間の意志に反する振る舞いをするのは、自分を余程軽んじているからだと感じるのは当然である。

しかし、そこに祖母が起きて来て、《千代は用が済めば直ぐ帰つて来るんです》と言い（注92）、母も《明日《あした》は用の済み次第、屹度直ぐ還して下さいよ》と言う。これらは、この前に村井の妻が言った《急用でこれの兄が（中略）来て宅で待つとりますから、急いでゐる》という説明を、「本当」と前提した発言であった。もともと順吉は、村井の妻の言葉を信用していなかったのだが、祖母と母の発言を聞いた為に迷い出す。

順吉は（十二）で、この祖母と母の発言を思い出して腹を立てているが、二人が共犯で意図的に嘘をついたのか、父と村井の妻にこの二人も騙されたのかは、『大津順吉』の範囲内ではもとより、残された資料からも、はっきりとは分からない。「手帳9」九月十五日（回想）のCが連れ去られた所には、《母余を偽る》と明記されているが、判断の根拠は書かれていないし、「祖母も偽った」としたのは、『大津順吉』だけである。祖母の発言は、村井の妻の言葉を真に受けただけとも取れるし、母の言葉は要請であって、村井に無視されただけとも取れる。

ともかく順吉は、二人の発言を聞いて、自分の邪推だったかも知れないと迷い出し、母との約束をもう一度念のために皆の前で繰り返しただけで、千代を渡してしまうのである。『大津順吉』では、青年期の閉塞状況を描く都合から、主人公・順吉の感情は、基本的に不完全燃焼に終わることを、繰り返し述べて来たが、ここでも、一旦は《女中迄が》と《烈しく腹を立て》つつも、《証拠も何もない事を（中略）どうしていいか解ら》ず、さらに、祖母と母の言葉から、《若しかしたら、自分が余り気が早過ぎたかしら》と迷い、尻すぼみになってしまうのである。ただし、この怒りは、後のさらに烈しい怒りの爆発に、繋がって行くものではあるが…。

いよいよ千代が台所口を出る時の、順吉の、《「あしたは兄さんと一緒に帰つて来い。いいか」》という励ますような最後の言葉に、千代が《何かしら不安な眼差しで（中略）私の顔を見上げて首肯《うなづ》いた。》という描写は、大人達の悪知恵を見破れない憐れな犠牲《いけにえ》としての千代を、強く印象に刻み付ける（千代が二度と再びこの家に帰って来れないことは、作中では明らかにされていないが、当時の日本を知る読者には、充分想像が付く事なのである）。土間に立って居る千代が順吉の《顔を見上げ》るという位置関係も、救いを求める弱者として、千代を印象付ける。「白」の死に続いて、大人の現実社会が、本来尊重されるべきイノセンスを圧殺するものであることを、このシーンははっきり示しているのである。

なお、村井の妻と千代が、《台所口》から出て行った事は、千代が「大津家の長男の夫人」としてではなく、「女中」として扱われている事を示しているのであろう。

（xi）「第二」の（十二）

同じく八月二十九日の夜で、千代が連れ去られた後、父に騙されたことを知り、怒りが烈しく高まる章である。《私は其儘、物置の屋根に作つてある物干場へ登つて、又その櫓の上へ乗つた。》とあり、菊判全集・月報9の志賀家間取図から、《物置》が母屋の台所口から比較的近い所にあったことは確認できる。（注93）しかし私は、『大津順吉』における二度の物干場のシーンについては、事実通りではないと考えている。

この点をはっきりさせるために、先ず、「手帳9」九月十五日（回想）（以下（回想）と略記する）と『大津順吉』から、この八月二十九日の夜の出来事の推移を、出来る限り正確に再現するよう試みてみよう。

（回想）には、今井が来た時刻、Cを連れ帰った時刻の記録がないが、『大津順吉』「第二」の（十一）では、村井（今井）の妻が来たのは《九時頃》となっている。これを概ね信用することにして、Cが志賀家を出たのは、大雑把に言って、十時頃と見ておこう。

『大津順吉』では、千代が家を出た直後に順吉が物干場に登った事になっているが、これを支持する資料は一つもなく、（回想）では壬生馬に手紙を書いた後に登っただけのように書かれている。断定はできないが、私は、この時には登らなかった可能性が高いと考える。

と言うのは、『大津順吉』では、一回目の物干場で、順吉が《あしたでも兄を寄越すやうにしろ》と言えば良かったのに、と今更ながら気が付くことになっている。これは、「手帳9」の八月二十九日の所に、《〇今余は何故Cを帰す事を許したらう（中略）今は帰されぬ用あらば来よと云ひ得るではないか》と書かれていることと一致する。(注94)しかし、「手帳9」を真っ暗な物干場に持って行ってその場で書くとは考えられない。(注95)また、《〇今》と始まっているこの文面は、Cが出掛けて間もなくに書かれたことを意味している。これらの点から、実際はCが出掛けたすぐ後には物干場に登らず、一旦自室に戻って「手帳9」に右の一項を書き記した筈だと私は推理するのである。

もちろん、先に物干場に登り、そこで考えついたことを、自室に戻ってから「手帳9」に書いたという可能性も考えられなくはないのだが、その場合も、『大津順吉』の描かれ方とは異なり、物干場に居た時間はごく短い筈である。そうでなければ、《〇今余は何故Cを帰す事を許したらう》という書き方にはなり得ないからである。

仮にこの夜の出来事が、『大津順吉』に描かれている通りに起こったと仮定しよう。すると、志賀はCが出掛けた直後に物干場に登り、そこで《あしたでも兄を寄越すやうにしろ》と言えば良かったと思い付き、次いで叔父が帰って来たので呼び止めて一緒に自室に入って話し（そこに「手帳9」はあったが、書く暇はないはずだ）、父に対して激怒し、叔父と台所口まで一緒に行って、もう一度物干場に登ってまた自室に戻って「手帳9」を開いたとしても、そこに《〇今余は何故Cを帰す事を許したらう》と書く筈がない。もう《今》ではないからである。それに、もしこの順序だったなら、「手帳9」には、父に対する憤りもぶちまけられてしかるべきであろうし、二度目に物干場に登って考えたことも書かれそうなものである。しかし「手帳9」には、八月二十九日の記述は、先に引用した一項目しかなく、その次にある《〇武者とは如何にして友となつたか》以下は三十日に書かれたものと推定できる。これらの事実から、この夜の出来事は、『大津順吉』に描かれているのと全く同じではなく、少なくとも一回目の物干場のシーンは、事実通りではないと断定できる。

恐らく志賀は、Cが出掛けた直後に自室に戻り、「手帳9」に《〇今》以下の一項を書いた後は、「手帳9」を閉じ、ぼんやり考え事か何かをしていたのであろう。そこに叔父が《小門を開ける》音が聞こえたので、急いで叔父を呼び止めに行った。菊判全集・月報9の志賀家間取図によれば、《小門》と志賀の居た離れの二階はすぐそばだから、離れの雨戸が閉まっていても、《錘のついたくさり》がたてる《けたたましい音》は充分聞こえ、階段を急いで降りて外に出れば、目の前が台所口なのである。そして、自室で叔父と話した後は、激怒の余り、「手帳9」に何かを書く気にもならず、父に会いに行って戻って来た後は、有島壬生馬宛の手紙に詳しく事実を書いて、怒りをぶちまけることに熱中していたため、「手帳9」には、この夜の出来事の続きを書かずに寝てしまったのだと推理したい。

さて、この夜の出来事の再現に戻ると、叔父・直方の帰宅は、（回想）に《夜、直方氏木村より帰る　話して父の意にて今井来るときく　大いに怒る、》とあり、事実と確認できる。ただし、帰宅時刻の記載はない。しかし、『大津順吉』「第二」の（十二）で、叔父が《「未だ起きてたのか？」》と意外そうに順吉に言っている所から、十一時をかなり回っていたと見たい。叔父は久しぶりに妻の実家を訪ねて、岳父と酒でも酌み交わしながら話し込んで、遅くなったのであろう。

『大津順吉』では、叔父と話した後、再度物干場に順吉が登ったのが《十二時頃》となっている。しかし、（回想）には、この時も、物干場に登ったとは書かれていない。

（回想）では、叔父と話した後すぐ、《十二時過ぎ父に起きよといふ、いやだといふ、》とある。一方、『大津順吉』「第二」の（十三）では、二度目の物干場から自室に戻っても寝られず、父と話をしようとしたのが、《もう一時近かつた》とある。時刻は少し違うが、大差はない（『大津順吉』では、物干場のシーンを二回挿入した関係で、少し遅らせたということも考えられなくはない）。

『大津順吉』では、父に拒否された後、鉄亜鈴を投げ付け、手紙を書いて、その擱筆が《三十日午前三時半》となる。（回想）では、《余は四時まで眠れず有島へ手紙を書く、独り物ほしへ乗る。――空間。――フ、ンと笑ふ、――》となっていて、物干場へは、壬生馬に手紙を書き終えた後に初めて乗ったように書かれている。後で思い出し、末尾に付け加えたということも全く考えられないことではないが、その可能性は低いと思われる。この《四時まで眠れず有島へ手紙を書く》という書き方から、手紙を三時半に書き終えた後、興奮を鎮め、頭を冷やす目的で物干場に登り、四時に戻って来て眠りに就いたという想像も可能であろう。日記は簡略だが、《翌朝四時まで苦悶》とあり、就寝時間は一致している。

なお、（回想）の《――空間。》は、『大津順吉』で二度目に物干場に登った時、《今更に千代と自分との空間的な距離を感じた》という場面に対応する事実のメモであろう。そして《――フ、ンと笑ふ、》は、『大津順吉』で、鉄亜鈴を投げ付けた後、岩井の様子を思い浮かべて笑う場面に対応する事実のメモであろう。が、これらについては後で取り上げる。

右の検討から、『大津順吉』で物干場に登る二度のシーンについては、本当は手紙を書き終えた後のことを、フィクションも交えつつ、前の方で二回に分けて書いた可能性が高いと私は考える。

なお、ついでながら、『大津順吉』を読んでいると、（十一）から末尾までは、非常に密度の高い、緊迫した時間が切れ目無く続いているように感じられる。が、事実は、村井の妻が登場してから、順吉が手紙を書き終わるまでに、六時間ぐらいが経過しているのであって、それをその通りに書けば、かなり散漫なものになる所を、志賀が巧みに筆を省き、時間を気付かれないように圧縮して描いた結果、密度の高いものになっているのである。これは、どんな作家のどんな小説にも言えることではあるが、改めて注意を喚起して置きたい。

さて、志賀が事実を改変して、千代が家を出た直後に順吉を物干場へ登らせたとすれば、それは、順吉をすぐに自室に戻らせるよりも効果的な書き方だと私は思う。物干場へ登ったことで、順吉の、千代が行ったであろう方向を少しでも見ていたい（実際には見えないことは分かっているのだが）、また、父に支配されている家から少しでも解放されたい（自室でも、室内では解放感が得られない。しかも雨戸が閉めてある）、そして、興奮を鎮めたい、という気持が現わされるからである。また、「明日、兄を寄越すように言えば良かった」と気付くのが、カッカしていた頭を、物干場に登ることで冷やす事が出来た御蔭とすることも、自然で良いと思う。

特に、順吉が、《遠く見える灯《ひ》を見ながら、あの女に連れられて不安な心持をしながら急ぎ足で行く千代の姿を想ひ浮べ》るシーンは、（恐らくフィクションであろうが）巧みである。物干場で闇に包まれている順吉の状況と、《遠く見える灯》との対照で逆に強められる暗い夜のイメージ、そして、（十一）末尾に描かれた千代の別れ際の《不安な眼差し》が、《不安な心持をしながら》という所で、映像として、自ずから順吉にも読者にも思い浮かんで来ること、また、村井の妻の言いなりにならざるを得ず、急《せ》かされる千代の辛さ、《急ぎ足》というものの落ち着きの無さ、唯一の頼りである順吉から、一歩一歩、遠ざかって行く心細さ、等が、千代が感じているであろう、そして順吉自身も想像の中で同様に感じているであろう不安と淋しさを、読者に体感させるからである。

順吉の考えは、《あした兄といふ男に会つたら（中略）先方《むかう》の方だけはどうか型をつけられるだらう》と、千代の家族から結婚への同意が得られるというプラスの方向へ向かう（実際の志賀は、これを自室で考えたのであろう）。これは、自分の中に不安があるから、無意識の内にそれを打ち消そうとする為である。もちろん順吉は、別れ際に言った《あしたは兄さんと一緒に帰つて来い。》という自分の言葉が、その通り実行されると、この時点では思っているのである。

そこに《錘《おもり》のついたくさりで閉めてある小門を開けるけたたましい音がした》。これは、「第一」の（六）で、《谷中の寺のだつた表の門を入ると、直ぐ左に小さな石の門があつて、それを入つた右が母屋の台所で、左の突き当りがやくざ普請の二階建ての離れ家の玄関になつてゐる。》とあったその《小さな石の門》から叔父が入って来たのである。恐らく、夜遅くなると、母屋の他の入り口は、用心のため鍵を締めることになっていたのであろう。(注96)

視覚的な情報の乏しい闇のシーンで、しかも物思いに耽っている時には、大きな音が、場面を切り替える切っ掛けとして実に効果的である。《けたたましい音》は、不安を掻き立てる音なので、順吉が叔父に相談することで安心したいと思う気持に、読者を共感させる効果もある。

《夕方から其春結婚した細君の実家へ行つてゐた四つ上の叔父》とあるが、モデルの直方は、この年四月十八日に木村峯と結婚式を挙げ、直哉も出席している。峯の実家は、直哉の祖母・留女の実家に当たり、峯の父・木村重堅は、直哉の父・直温と慶應義塾で同窓だった。重堅は相馬家の若様の御養育係を務めており、東京赤坂福吉町（現・港区赤坂二・六丁目）に住んでいた。志賀家からは数百メートルしか離れていない場所である。叔父はそこから歩いて帰って来たのであろう。

順吉は離れの部屋に叔父を呼び入れる。そして、叔父から村井の妻が来たのは父の差し金だったことを聞かされ、さらに《お父さんは貴様の事を痴情に狂つた猪武者だと云つとんなるんだぜ。約束に一々責任なんぞ持ちなるものか》と言われて、その余りにもひどい、人を踏み付けにしたやり口に、《怒りから体が震へて来》る。作者はここで、読者にも、順吉と同じ怒りを、体が震える程に体感させようとしているのである。(注97)

順吉は《「よし！　此方《こっち》が何処までも真正面から話をしてゐるのに皆《みんな》が陰廻りをする気なら此方も考を変へるからネ」》と言う（《陰廻り》を使うのはこれが三回目で、《正面から》正々堂々と振る舞っている自分たちと対照させるのは、前回に続いて二度目である）。この《此方も考を変へるからネ》は、正々堂々と戦うという方針を捨てて、汚い手口でも何でも滅茶苦茶にやってやる、という事であり、「もうどうなってもかまわない、悪いのは陰廻りする父や他の家族たちなのだから」という報復的で無責任な気分（やけ）になり掛けていることを示している。しかし、《此方も考を変へるからネ》と言ってみた所で、実際には、千代を連れ去られてしまった順吉はお手上げで、打つ手が何もない筈である。つまりこの言葉は、強がりに過ぎない。また、順吉が勝利するためには、冷静になることこそが重要で、感情的になり、やけになることは、敗北に通じる道でしかないのである。志賀は、こうした事すべてを承知の上で、未熟な青年がこういう場合に陥る感情の正確な表現として、このように記述しているのである。

しかし、叔父になだめられて、順吉は再び物干場に登る（恐らくフィクションであろう）。《体が震へて来》る程の激しい怒りは感じたが、なだめられたことと物干場に登ったことで、一旦は静められ、後でさらに激しい爆発となる、という緩急の付け方は、なかなか効果的だと思う。

夜の物干場では、周囲がよく見えないため、室内では決して感じ得ないような、広漠たる空の広がり、この世界の巨大さが強く感じられる。その事が、以下の場面では、非常に良く利用されている事を注意して置きたい。

先ず、夜の静寂《しじま》を縫って、《汽車の笛とか電車のレールをきしる音などが未だ聞えて来》る。夜行列車は、東海道本線などで、明治中期から走っていた。電車の運転は、明治三十七年八月から甲武鉄道（お茶の水――八王子間。明治三十九年十月から国有化され、現在はJR中央本線）で始まっていた。志賀家は麻布三河台町（現在の港区六本木四丁目辺り）にあり、中央本線からも東海道本線からも約二キロの距離で、両方の音が聞こえたのであろう。(注98)

まだ飛行機などがなく、地球が今より巨大に感じられていた時代には、鉄道は、今、自分が居る場所と、遙かに遠い世界を繋ぐものとして感じられており、その響きは、世界の巨大な広がりを感じさせたであろう。その世界の広大さが、千代が連れ去られたのは父の差し金だったと知ったことと相俟って、順吉に無力感を与え、もう取り返しが付かないことのように、《千代はもう決して再び帰つて来る事はない》という《感傷的な気分》に誘ったのであろう（ただし、これは『大津順吉』の中での話で、実際の志賀は、翌日以降、Cとの婚約を果たすために、次々と手を打ち、なお一ヶ月半にわたって戦い続けているので、この時、本当に《感傷的な気分》になったかどうかは、疑う余地がある）。

鉄道の響きはまた、当時、両国橋駅（現・両国駅）から総武鉄道（現・総武線）に乗り（または既に国有化されていた元日本鉄道の海岸線（現・常磐線）に上野駅から乗り）、成田線に乗り換えれば、千代（そしてC）の実家近くの佐原駅まで行けることをも、当然、脳裏に呼び起こすものであった。(注99)だから順吉は、《若しかしたら千代は今晩の内に佐原の方の郷里へ送りかへされたかも知れない》と思うのである。

そして、東京から佐原方面はほぼ真東に当たるからであろう、順吉は《こんなことを思ひながら時々稲光りのする東の遠い空を見》る。(注100)この遠い《稲光り》は、光だけ見えて、音は聞こえないものだろう。それは嵐の前触れという程、力強いものではなく、線香花火のような、順吉の一旦燃え上がった怒りの火の余燼のようなものとして感じられる。そして、この《稲光り》の音も聞こえぬ遠さに、順吉は《今更に千代と自分との空間的な距離を感じた》のである（これは恐らく事実で、（回想）に書かれた《――空間。》がそのメモと考えられる。ただし、稲光りを見た時刻は、もっと後と考えられる）。

この時、順吉が感じたのは、直接には、鉄道を使えば埋められる実際の空間的距離である。が、それは、二人の間に立ちふさがる巨大な何か、真っ暗な夜空が表わしている、言わば抗いがたい天の意志のようなものを、読者にとっては象徴していると言って良いであろう。

志賀は、ここで段落を変えることなく、絶対に順吉に会おうとしない父について語り出す。これは、千代との間に立ちふさがる巨大なもの、天の意志のようなものと、順吉を絶対に寄せ付けず、千代との間に立ちふさがっている父とを、イメージ的に重ね合わせるためであろう。ただし、その効果は、ここではまだそれ程、大きくはないが、次の（十三）章で、その効き目が現われて来るのである。

この《父は》以下と、続く二つの段落は、物干場で順吉が考えた事として提示されている筈なのだが、内容が抽象的であるため、考えられている場所の実感は消失している。

その事と歩調を合わせて、順吉は、ここでは父に対する怒りを見せない。むしろ冷静に理性的に、《痴情に狂つた猪武者のする事位に軽蔑されてゐる位なら、どんな衝突をしても、直接に会つて、もう少しは解つて貰はなければ、と思》うだけである（これは次の（十三）章の伏線にもなっている）。そして、言わばその代わりに、父の周りにいるその他の家族たちの方に怒りの矛先を向け換える。

先ず、叔父に対しては、父が《今日会社で村井に（中略）千代には暇を取つて貰ひたい》と話したことや、父が順吉を《痴情に狂つた猪武者》と言っていて、約束を守る気がないことを知っていながら、この日の昼間、順吉にそれを教えず、夕方から外出してしまった不親切に対して。そして祖母に対しては、村井の妻の言葉が信頼できるものであるかのように順吉をなだめ、騙したことに対して。母に対しては、村井の妻に千代を《屹度直ぐ還して下さいよ》と言ったことが、心にもない嘘だったと見て。

順吉は、父も含めて、こうした《自家の者のやり方が余りに此方を軽蔑したやり方である》(十三)と感じた。そこで、次の段落では、彼等が何故、その様な態度を取ったのかを説明し、彼等全員に対する怒りを持続させたまま、(十三)へとなだれ込む訳である。

この作者の意図は良いし、効果も挙げている。が、叔父・祖母・母の具体的な言動から離れて、《これらの人々(順吉の家族たちの筈だが、途中から順吉の仲間の家族たちも含めて言っているようである)が順吉らの仕事に対して無理解であることを抽象的に語ったこの長い段落は、唐突であり、幾つもの飛躍がある。

例えば、順吉の仕事に対する家族の無理解については、『大津順吉』では僅かに「第一」の(四)と「第二」の(五)で、父と祖母に関してごく簡単に触れているだけだし、順吉(志賀)の友人たちの仕事に至っては、一度も触れたことがないからである。(注101)

また、例えば、《私共は絶えず、何かしら白惚強い事を云はずにはゐられなかつた。》とあるが、『大津順吉』には、これに該当するようなことは何も書かれていない。志賀は恐らく、「暴矢」(のち「望野」)を始めた明治四十一年夏以降、そして「白樺」創刊以降の自分たちを念頭に置いて《私共》と言っているのであろう。例えば明治四十二年七月の「手帳13」の「濁水」に関連するメモの中には、《○今の青年は自信があつて自惚れるのではない、已惚れて自信を得やうとしてゐる、已惚れてゐると、いつかエラクなれると思つてゐる》とあるからである。

また、後年の作ではあるが、『蝕まれた友情』で、「白樺」(文中では「水楢」)の同人たちについて、有島生馬に対して、次のように言っている所がある。《皆に共通したものは芸術に対する強い熱情だつた。これで皆は結ばれてゐた。さういふ意味で僕は「水楢」は、芸術に対する熱情の運動といふ方があたつてゐると思ふ。芸術に対し、謙虚な気持を持ち、望みだけは大きく、全心を傾けて、それに邁進しようとした。此気分は、時に子供染みて見えた場合もあつたと思ふが、僕達は口だけで云つてゐたのではなく、云つてるだけの努力は、今思へば、仕てゐた。

然し、君にそれが子供らしく映つたのは仕方ない事だつた。明ら様に軽蔑を示しはしなかつたが、君が一緒になれない様子はよく分つてゐた》。

『大津順吉』執筆時点で既にかなりの成果を挙げていた「白樺」同人を念頭に置いているからこそ、順吉（志賀）は、《皆は私共のいふ事が、いつまでたつても価値のない空想であつて、それが実際の人生では仕舞迄、何の役にも立たぬものと決め込まずにはゐられなかつたであらう。》《其時の現在に於て、多少なり自信を持ち得るやうな仕事が出来てゐなかつた》《然し其処で吾々も止《とど》つてはゐられなかつた》という言い方で、「今ではもう自信を持ち得るやうな仕事が出来ている、そして自分達の言う事が実際の人生でも価値があり、役立つことが証明済みである」、と匂わせる事が出来たのである。しかし、『大津順吉』だけを読む限りでは、読者はなぜ順吉がこのように自信を持っているのか、（順吉＝志賀として読まない限りは）全く理解できない。志賀にとっては根拠のある自信であっても、『大津順吉』の順吉の口から言われると、根拠のない誇大妄想としか受け取れないのである。

飛躍という点ではまた、これまで一貫して順吉の視点から《私》という一人称単数形で語って来たのに、何故ここに来て急に主語が《私共》と複数形になってしまうのか、普通の読者には理解できない所であろう。

私は、この最後の点については、単に「望野」や「白樺」の同人を念頭に置いたためだけでなく、『大津順吉』執筆開始の少し前、明治四十五年三月三十日頃に、志賀がアナトール・フランスの『エピキュラスの園』を読んで抱いた「空想」が影響したせいもあるのではないかと考えている。その「空想」とは、『暗夜行路』草稿13や『閑人妄語』等で説明されているもので、「人類は、将来、地球が冷え切ってしまう以前に、地球から他の星に移住するか、太陽に代わるものを生み出す所まで進化しなければ絶滅する。男たちの仕事への執着はそこから起こる。自分たち若い芸術家たちが、古いものを攻撃し、新しいものを生み出そうともがいているのも、生き延びようとする人類の意志に突き動かされている為だ。」というものである。この「空想」は、志賀を強く興奮させ、『大津順吉』

発表後間もなく、最初は主人公名も大津順吉として書き始められた自伝的長編小説・所謂「時任謙作」（『暗夜行路』草稿13もその草稿）の根幹をなす思想となって行く。それまでは《私》だった主語が、この一段落だけ突然《私共》になるのも、新しいものを生み出そうとする青年たちの世代に共通する衝動に注目することで、人類の意志の存在を指摘しようとした所謂「時任謙作」の構想の先駆けなのであろう。

　単なる《空想》に見えるものに実は価値があると主張するのも、『エピキュラスの園』を読んで抱いた「空想」（志賀は幾つもの文章の中で、繰り返しこれを「空想」と呼んでいる）が念頭にあるからだし、[注102]《止《とゞま》ることなき若者について、それから先を考へようと全くしなかつたのが、それ等の人々が私共との関係で、彼等自身を或意味で不幸にした一つの原因なのだと思ふ。これは然し殆ど避けられない事とも思ふ。》と、若者の進化する力を強調し、進化する時代から取り残されて行く大人たちの無理解を避けられない事としているのも、この「空想」に基づく考えなのである。

　『エピキュラスの園』を読んで以降の志賀は、父や大人たちの世代は人類の進歩を妨害する者たちで、自分たち若者は、その妨害を乗り越え、人類進歩を推し進める仕事をしなければならないと考えていた。その考えが、明治四十年のCをめぐる父・祖母との対立をも、あたかもそれが人類進歩をめぐる対決であったかのように、作者に感じさせ、他の所では現われていないが、父に対して激怒するこの（十二）と次の（十三）では、父への怒りの感情が誘い水になって、そういうニュアンスが無意識に現われたのであろう。しかし、こうした事は、『大津順吉』においては全く説明されておらず、読者に分かる筈もないのである。

　この段落は、この様にいろいろ問題のあるものではあるが、しかし、ここに指摘した問題、即ちこの段落が唐突であり、飛躍があり、読者が置いてきぼりにされてしまう等々のことは、志賀自身も原稿を読み返してみて、気付かなかったとは思えない。つまりこれは、半ば意図的に採用された一つのテクニックなのではないかと私は思うのである。

これまで『大津順吉』では、登場人物としての順吉が興奮することはあっても、語り手としての順吉が興奮することはなかった。ところが、この段落では、語り手としての順吉が、突然、家族への怒りのために興奮し、脱線し、直接読者に向けてぶった演説のようになっている。その内容もやや独り合点でうわずっていて、順吉にはよく分かっているが、読者には説明不足で十分には分からない。それでも構わないといった風に、早口に言いたいことだけを一方的にまくし立てた感がある。そこに、冷静であるべき語り手の興奮が感じ取れる。その事が、最終（十三）章の順吉の興奮・急烈な怒りに、読者を心情的に同化させる伏線として機能しているように思う。

この段落はまた、『大津順吉』の内容が、順吉一個人の一恋愛、一家族内の対立という小さな問題に止まらず、《私共》《止ることなき若者》たち全体に関わることであるというように大風呂敷を広げ、また、《私共》の《空想》《自惚》《仕事に対するその烈しい野心》が、近い将来、《実際の人生で》大きな結果をもたらすと予告している為に、誇大妄想的な興奮へと読者をも引き込む。そしてその事が、後で説明する最終（十三）章における順吉の巨人化の伏線となっていると私は考えるのである。

さらに、ここでの語り手の演説は、感情的な所もあるが、一応、理性的に、順吉の周りの大人たちと、順吉ら若者たちとの対立の原因を、公平に整理・分析し、説明しようとしたものである。こうした説明は、ここより前に入れれば先取り的になり、理屈になってしまい、作品の効果が台無しになるし、これより後の部分、部屋で急烈な怒りに囚われる場面か、パリの友達宛の手紙の中に入れようとしても、いずれも激しい感情をぶちまける所なので、水と油になってしまう。だから、入れるとしたら、此処しか無かった。そして、これを此処に入れた事で、この後は、感情的なものだけに集中できるようになり、素晴らしい効果を挙げられたのである。

なお、私は、自惚や誇大妄想を決して軽蔑してはいない。それらは、青年にとっては自然なことであり、また時には必要でさえあるものだと考えている。そして、志賀は、この小説の、この時の順吉に、誇大妄想が必要だと知っていたから、この様な書き方を選んだのだと思う。何故なら、この小説の中で順吉は、キリスト教の道徳によって心身を抑圧され、終始余り元気が無く、幸福そうには見えない。しかも、順吉はここでは、千代との結婚を家族中に反対され、軽蔑され、千代も連れ去られ、最低最悪の状況にまで追い詰められているのである。だから、この（十二）では、順吉の大言壮語が、そうした不当な抑圧をはね除け、自己を真に肯定できるようになるための第一歩として、必要だったのだし、（十三）章もその方向で書かれていると私は考えるのである。

ただし、志賀は、千代との事件当時の順吉を、真に偉大な存在だと言っている訳では決してない。《私共は絶えず、何かしら自惚《うぬぼれ》強い事を云はずにはゐられなかつた。然し仕事に対するその烈しい野心と、実際持ち得る自信とには何処か不均衡な所のあるのは自分でも感じてゐたのである。（中略）その事が私共の自惚をいふのに幅のない声きり出させなかつたのである。如何にも甲《かん》走つた声であつた。そして此きい〳〵声でいふ自惚は実際その仲間以外には通用しなかつた。》と認めているのだから。しかし志賀は、「自惚は悪いもので有害だ」と言っているのでもないことは、この段落全体をよく読めば明らかである。

なお、ここで、自信が無いために強がる無理が、《幅のない声》《甲《かん》走つた声》《きい〳〵声》になると説明している所は、志賀が声の調子に現われる無意識的・身体的なものを巧みに使用した例の一つとして、注意を促しておきたい。(注103)

（xii）「第二」の（十三）

父と話し合おうとして拒絶され、鉄亜鈴を投げつけ、友人に手紙を書くという最終章で、烈しい怒りに満ちたまま終わる。文学的にも優れた章である。

順吉は腹立たしくて寝られそうにもなかったため、《どんな衝突をしても、直接に会つて、もう少しは解つて貰はなければ》という（十二）での考えに従って、父を起こそうとする。

この時、自室の《縁側を往き来》していることが、じっとしていられない苛立ちの身体的な表出となっているし（十一）にも同様の事例があった）、その自室の《雨戸》が閉められていることが、息苦しい閉塞感を強めるのに効果を挙げている。

いかにカッカしていたかは、《もう一時近》いという、普通なら諦めるであろう非常識な時刻にもかかわらず、敢えて《台所口を叩いて》（もう寝入っていてなかなか起きて来なかったであろうものを、しつこく叩き続けたのであろう）《女中に其処を開けさせて》父の寝室に行った事に、はっきり現われている。

しかし、父は、今は深夜であり、会社は一番忙しい時で、明日も朝早く外出しなければならない、という理由で、相手にしなかった。

志賀が書いているように、父・直温は、総武鉄道会社の専務取締で、この時は、前年に公布された鉄道国有法により、九月一日に総武鉄道が国有化される直前だった。とは言え、これは所詮口実で、もし息子を愛する気持があったなら、少しばかりの時間を割くことを厭う筈はない。要するに、息子の言い分に耳を傾けるだけの愛情は、持ち合わせていなかったということであろう。

全く相手にされなかったことで、順吉は《そんなら聞いて頂かなくてよござんす」》と捨て台詞を残して帰って来るが、《それが自身にすら「何をするか知れませんよ」とでも云つてるやうに聴えた。》とあるのは、「自分がどんなひどいことをやって、どんな結果になってもかまわない、その責任はすべて父や他の家族にあるのだから」という報復的で無責任な気分（やけ）になっていたということである。

そして順吉は、部屋へ帰るとますます興奮し、歩き回り、《此時程の急烈な怒りと云ふものを殆ど経験した事がなかつた。》という程の怒りに囚われる。この怒りの心理が、『大津順吉』の最大の見せ場と言っていい部分となっている。

その特徴は、順吉の心理が、烈しい怒りに囚われている自分と、そういう自分を極めて冷静に観察している自分とに、はっきり二つに分裂している点にある。即ち、《埃及《エジプト》煙草の百本入りの空箱を（中略）力まかせに畳へ叩きつけて見た》りしながらも、同時に《こんなやけらしい様子も余儀なくされてするのではない事を、其時の現在に於て、明かに知つてゐた。若し側《そば》に人がゐたら私はヴァニィティーからもそんな事は出来ないと知つてゐた。それでも（中略）それを努力して圧《おさ》へる必要もあるまい。こんな事が其時の現在で私の頭に浮んでゐた。》ということ。そして、《あれ程の怒りの中にあんな止《と》められない可笑しさを感じた事》、即ち、鉄亜鈴を投げ付けた時、下で寝ている岩井の様子を思い浮かべて笑ってしまったこと、である（これは本作中、最高のユーモアと言える）。

私の考えでは、これは、心理学で言う「解離（dissociation）」という状態に近いものではないかと思う（注104）。「解離」とは、意識・記憶・自己同一性・環境認識の統合が失われた状態（アメリカ精神医学協会『ＤＳＭⅣ―精神障害の分類と診断の手引き』）を言い、軽いものでは、病的ではない、ごく日常的な「ぼうっとしている状態や空想や白昼夢に耽っている状態」から、非日常的・一時的な「何かに取り憑かれているかのような状態、人が変わったように荒れ狂っている状態（怒り発作）、狂乱状態」「夢遊病」、さらには、現実感が無くなる「離人症性障害」、つらい記憶が思い出せなくなる「解離性健忘」、人格が分裂する「解離性同一性障害（多重人格）」などの病的な状態まで、様々なレベルがあるとされる。その発症のメカニズムとしては、通常、乳幼児期には、誰でも意識・感情・行動が不安定に大きく揺れ動くが、成長するに従って、意識によってコントロールする力が増し、普段は安定した意識・記憶・自己同一性・環境認識の統合状態が続くようになる。それが、幼少期の心的外傷などが原因となって、この統合が妨げられると、病的な「解離」が生じる、と考えられている。

『大津順吉』末尾の状態は、病的ではないが、「人が変わったように荒れ狂っている状態（怒り発作）」と冷静な自分との一時的な「解離」であろう。

志賀の文学には、「解離」に関連性のある心理がよく登場し、それが彼の文学の素晴らしさ・オリジナリティーの大きな要素の一つとなっているように私は思うので、脱線になるが、幾つか例を挙げてみよう。

例えば、『濁つた頭』の（七）には、頭が変になって、《自分自身の存在すら、あるか、ないか、分らなくな》るという「離人症」的な症状や、《妄想が恰も現実の出来事のやうにはつきりとして頭の中を通つて行》く「夢幻症(onirisme)」または「譫妄《せんもう》(delirium)」と呼ばれる症状が描かれ、（八）では自分がお夏を錐《きり》で殺したらしいのだが、それが現実なのか夢なのかが分からないという、やはり「離人症」的な症状が描かれている。（注105）

『剃刀』では、風邪による高熱で意識が朦朧としていた事と、烈しい「怒り発作」による「解離」的な心理のもとでの衝動的な殺人が描かれる。そしてその草稿「小説人間の行為〔A〕」に、《精神病者でなくてもかういふ行為はする、少なくも自分にはその素質があるやうに思つた。》という《自分》は、志賀直哉自身と重なると見て間違い有るまい。

『范の犯罪』では、妻と従兄の関係によって強いストレスを受け続けた主人公が、心身の疲労で朦朧とした状態で、自分でも故意か過失か分からないという「離人症」的な殺人を犯す心理がリアルに描かれている。

『大津順吉』と同じ月に発表された『クローディアスの日記』の終わりの方に、隣で魘《うな》されている《兄の夢の中でその咽を絞めてゐる》自分をまざまざと想像してしまう事が出て来るが、これも、悪しきもう一人の自分が勝手に兄の首を絞めているという多重人格的な「解離」状態と言える。（注106）

また通常の夢、さらには悪夢に襲われているような状態も、一時的な「解離」と言えるならば、恐ろしいもののけの夢を描いた『祖母の為に』も、「解離」の心理と関係すると言える。

夢遊病的なものとしては、『不幸なる恋の話』に、ヒステリーの女性が夢遊病的に、夜、部屋に入って来るという事件が描かれているし、『城の崎にて』のラストも、《足の踏む感覚も視覚を離れて、如何にも不確だつた。只頭だけが勝手に働く。》と夢遊病的である。少年が法界節の女に魅せられて、《何処までも従いて行つ》てしまう『真鶴』も夢遊病的である。

『暗夜行路』後篇第四の九に出る、動き出した汽車に飛び乗ろうとした直子を謙作が発作的に突落とし、どうしてか《自分でも分らない》というエピソードや、電車内で倚りかかって来た飢餓状態の少年工を、自分の気持ちに反して反射的に肩で突返し、《後でどうしてそんな事をしたか、不思議に思ふ》という『灰色の月』も、意識的な心理と無意識的な行動の「解離」を描いている。

こうした作品を書くのは、志賀自身に、比較的「解離」しやすい心理傾向があった為だと私は思う。例えば『黒犬』では、多重人格的な心理が実にリアルに描かれるが、『創作余談』によれば、志賀はモデルとなった麻布老婆殺し事件が迷宮入りした後、自分が実は夢遊病者で、知らない内に老婆を絞め殺したのではないか（つまり人を殺しておきながら忘れている「解離性健忘」なのではないか）という《変な空想にとらへられ》たことが実際にあり、『黒犬』は、それを主人公の空想に置き換えることで成立したものなのである。(注107)

『S君との雑談』によれば、志賀は「小学校の卒業成績は、勉強では3番ぐらいだったが、教場でじっとしていられないために品行点が最低の六点だった。」と言い、「旅行も船は歩き回れるから大丈夫だが、汽車は歩き回れないために長い旅行は嫌いだ。」と言っている。これは所謂「注意欠陥／多動性障害（ＡＤＨＤ）」と考えられるが、Ｆ・Ｗ・パトナムの『解離』（みすず書房）Ｐ51～52、306～307によれば、近年の研究では、この症例は、幼少期に何らかの意味で虐待を受けた児童に多く見られるものであり、また、「ＡＤＨＤ」と診断される児童の中には、実は解離性障害患者であるケースがあると言う。

志賀の場合、満二歳の頃、生母から引き離され祖父母に育てられたこと、満十二歳で母に死なれたこと、父との不和が長く続いたことが、心的外傷となった可能性が高い。また、祖母には甘やかされたようだが、時には羊羹を欲しがった直哉に祖母が癇癪を起こし、切ってない羊羹を口に押し込むようなこともあり（『暗夜行路』草稿1）、祖母の養育態度が適切だったかどうか、疑わしい所もある。

祖母・留女は脳病で二年程、父・直温も脳病で二三年、ぶらぶらしていた時期があったことも、直哉に遺伝したかも知れない。（注108） 直哉自身も、満十九歳の春から神経衰弱になり、学校を休んでいた時期がある（『山荘雑話』『美術雑談（注109）』）。

志賀に限らず、小説家は一般に、「解離」の心理に親和性がある筈である。小説家は、普段の自分とはかけ離れた空想や白昼夢の世界に没頭し、まるでそれが現実であるかのように感じることが出来る。また、一人の主人公だけでなく、同時に複数の違った個性の登場人物にそれぞれ深く感情移入し、彼等を対話させたりすることもできる。これは、一種の人格分裂の状態と言えるだろう。有名な小説家の殆どが、幼少時代に不幸または不健全な家庭環境で育って、多かれ少なかれ病的な所を持っている事も、こうした事情に因るのであろう。

話を『大津順吉』に戻す。

烈しい怒りに囚われた順吉は、埃及煙草の空箱では軽すぎたため、《九磅《ポンド》》（＝約4kg）の鉄亜鈴を戸棚から出して、《出来るだけの力で》床に叩きつける訳だが、4kgだと片手で肩より上まで持ち上げるのは、かなり大変な位の重さである。その鉄亜鈴が畳にバウンドして、《六畳の座敷を斜めに一間余りはずんで、部屋の隅の机》まで飛んで行ったというのであるから、相当の力である。《かなり厚い根太板》が《真ン中から折れ》たというのも無理はない。《其時に鉄亜鈴が机の上のランプとは五寸と離れない所へ飛んで行つた（注110）》にもかかわらず、《それを見ながらヒヤリとも何とも仕なかつた》というのは、順吉も言う通り、やはり《平常の心持では》ない「解離」的な状態だったからだろう。石油ランプは、ホヤも石油を入れる油壺もガラス製であるから、灯を点《とも》している石油ランプに鉄亜鈴がぶつかれば、油壺が割れて石油が辺りに飛び散り、引火する危険性は極めて高い。机の後ろは障子だったし、木造の日本家屋では、あっという間に炎が燃え広がり、今日のような消火器はもとより、水すら手近にはなかった（千代が気絶した時に飲ます水にも困った）この離れでは、消火は殆ど不可能だったであろう。順吉が子供の時から《ランプには非常に用心深くしつけられて来》たというのも、当時としては当然の事なのである。そうしたランプの恐ろしさがよく〳〵分かっていたにもかかわらず、順吉が《ヒヤリとも何とも仕なかつた》のは、「火事になろうがどうなろうがかまわない、その責任はすべて父や他の家族にあるのだから」という極めて報復的・破壊的・攻撃的な感情に囚われていたためでもあろう。それは、怒りに囚われた一種の視野狭窄であり、結果の重大性をきちんと考慮する事が出来なくなっていたためとも言える。

ここで順吉は、《戸棚の段に肘をつけて興奮から起る体の芯の震へをおさへるやうにして凝《ぢ》つとうつ伏しにな》るが、これは、自分をコントロールし切れず、身体が勝手にとんでもないことを始めそうな危惧を感じたからであろう。その瞬間に、順吉の《頭に不図《ふと》、下に寝てゐる岩井の様子が浮んで来た。鼻の低い顔色の悪い、然し肥つた、如何にも田舎者らしい新しく来た書生が、真夜中寝てゐる直ぐ上の天井に今のえらい音を聞いて闇の中にムックリ起き上つた様子を想ひ浮べて了ふと、私には堪へられない可笑しさがこみ上げて来て独りクスリ〳〵笑はずにはゐられなかつた。》となる。これが概ね事実であることは、「手帳13」の「濁水」のメモの中に《サンダウのダンベルを夕、キツケル　下の石井を思ひ笑ふ。》とあることと、先述の（回想）に、《独り物ほしへ乗る。――空間。――フ、ンと笑ふ、》と出る《フ、ンと笑ふ》が石井の事と推定できること、そして、明治四十年一月十日の志賀日記に《サンダウの運動を初める》とあること、などからほぼ確かめられる。（注111）

ただし、私の想像では、（回想）に書かれている順序の通り、実際の志賀は、父との面談を拒絶された直後に、怒りの余り鉄亜鈴を叩き付けたが、その時は石井の事は思い浮かべず、その後、有島壬生馬宛の手紙に長々と事件の経緯を書き列ねて怒りをぶちまけた後、まだ寝られそうもなかったので、物干場に登り、Cの家との《空間》的距離を感じたり、怒りを反芻したりしている内に、ふと石井のことを思い浮かべて《フ、ンと笑》ったのではないかと思う。しかし、文学的な表現としては、志賀が選んだ書き方の方が遙かに優れている。

この岩井（╟石井）のイメージは、思いがけない時に《不図（中略）浮んで来た》事からも、明らかに無意識に由来するものであり、従って多義的な現象で、その意味を一つに限定して解釈すべきではないと思う。そこで私は、以下の四つの意味を、可能性として考えて見たい。

その第一は、無意識からの警告という意味である。鉄亜鈴を叩き付けるという極めて危険な行為に対しては、普段なら意識が危険を感じ、ブレーキを掛ける筈なのに、それが余りに烈しい怒りのために、ブレーキが掛からなかった。ランプの方へ鉄亜鈴が飛んだ事に対しても、ヒヤリともしなかった。その事に対する反応として、岩井の映像を無意識が警告として送って来たのではないか、ということである。この場合、岩井の意味は、先ず第一に、何も悪いことはしていないのに、順吉（╟志賀）の怒りのとばっちりを受けて迷惑を蒙った犠牲者ということである。こういう被害者を出さないようにせよということである。

また、鉄亜鈴は、もともと父に対する怒りの持って行き場が無くて、床に叩き付けたものである。つまり、本当は父に投げ付けるべきものだったのである。だから、岩井の姿が浮かんで来たのは、父とは似ても似つかぬ相手に当たり散らしていることの無意味さを、無意識が指摘したものとも解釈できる。いずれにしても、この解釈では、順吉が笑ったのは、自分のした行為を無意味だったと感じて自らを笑ったことになる。これらは、『大津順吉』でそうなっているように、鉄亜鈴を投げ付けた直後に岩井の映像が思い浮かんだ場合に、より適合する解釈だが、後で物干場で石井の映像が浮かんで来たとした場合も、警告が遅れて届いたというだけで、解釈を変える必要はない。

解釈の第二は、自尊心の回復ということである。順吉が烈しく怒っているのは、父によって非道にも千代を連れ去られ、面談も拒否され、踏み付けにされた自尊心の痛みがあるからである。その自尊心の傷口を塞ごうとする無意識の欲望によって、惨めで情けない弱者としての岩井の映像が浮かんで来て、それに父に対する敗者としての惨めな自分の一面を投影し、それを笑うことで、心理的には、自分の真実を半ばは受け容れつつ、半ばは敗北の痛みを乗り超え、強者になったような気持になれるようにした、という解釈である。この解釈では、順吉が笑ったのは、自分を弱者と感じてストレスを感じていたのが、一転して自分を強者と感じられたための笑いということになる。

解釈の第三は、第二の解釈の読者に対する意味ということになるが、この岩井の映像には、読者に対して、順吉の強者としてのイメージをどんどんエスカレートさせて行くような機能が備わっているということである。即ち、この時、順吉は、二階から一階の岩井を透視しているかのような位置関係にあるため、順吉は、言わば二階建ての家と同じ背丈の巨人と化したかのような印象が生じる。それに対して岩井は、全く情けない、惨めな弱者としてイメージされているので、順吉の強者としてのイメージが対照によって強められるのである。

人は誰でも、高い所に登ると自分の価値が増大したように感じるものである。『大津順吉』の中で順吉は、家族の中で一人だけ二階に住んで居る。そして、祖母と言い合う時にも、祖母を二階に呼び付けている。兵隊が自分より高い、《三階になつてゐる土蔵の屋根》の上に登らうとすると突然怒り出す。婚約を発表する時には「中二階」の祖父の部屋に陣取り、千代が連れ去られた後には「物干場」に登り、それが誇大妄想的な語り手の演説に繋がって行った。こうしたイメージ的な伏線があって、この鉄亜鈴のシーンで、順吉が巨人化したような印象が作り出されているのである。

さらに、その順吉に父のイメージが結び付く。即ち、父は順吉に《絶対に（中略）会はうとはしない》し、読者の前にも『大津順吉』を通じて一回も姿を見せない。その為に、見えない父が、いつの間にか、順吉の前に立ちふさがる絶対的な、巨大なものであるかのように錯覚されて来る。そこに、先に（十二）の物干場で感じた千代との間の《空間的な距離》と暗い夜空が結び付いて、父こそが千代と順吉の間に立ちふさがっている暗い巨大な天の意志そのもののように感じられて来る。その事が、逆に、父から《痴情に狂つた猪武者》と呼ばれた順吉をも、巨大な猪のような力・エネルギーを以て天に挑みかかる巨人のように感じさせる。すると、重さ4kgの鉄亜鈴を叩き付けて根太板をへし折った順吉の所行も、例えばダガン神殿を一人で倒壊させたと言うイスラエルの伝説的英雄・サムソンのような、何やら怪力の巨人めいた存在として、読者に感受されることになるのである。

こうした現象は決して偶然ではない。『大津順吉』という小説のメイン・テーマが、もともと、キリスト教によって抑え付けられ小さく縮こまっていた順吉が、次第に自分を取り戻し、自由な強い人間になるという方向性を持っている事と、志賀が高い所に登った時に自分の価値が増大したように感じられる感覚を好む所から、こういう展開が生まれて来るのである。(注112)

先程（十二）の所で、私は、誇大妄想は青年にとって、時には必要なものだと述べて置いた。『大津順吉』の中で、順吉は概ね、キリスト教によって自然な欲望を禁止され、自らを狭い道徳の中に閉じ込めて苦しむ、自信のない弱者として描かれていた。それが、有りの儘の自分を肯定できるようになるためには、そうした過去を打ち消すために、一旦は自分の価値を実際以上に高く評価する誇大妄想に陥ることも、元気付けのための必要悪として許されるべきだ、ということなのである。

同様の意味で、順吉がここで烈しい怒りに囚われることもまた、精神衛生上の必要悪と言える。心理学者W・ジェイムズは、《怒りほどいやおうなく抑制を破壊するものはない》（桝田啓三郎訳・岩波文庫『宗教的経験の諸相』下巻・第十一～十三講「聖徳」P17）と言っているが、普段、セルフ・コントロールが強すぎるタイプの人間は、理性や道徳によって、無意識からのサインである感情を抑えつけてしまい、意識と無意識のバランスが失われやすい。だから、烈しい怒りに囚われた時に、初めて自分を全面的に解き放つことができるのである。志賀の場合も、若い頃は真面目なキリスト教徒であり、棄教後も潔癖で完全主義的傾向が終生強かっただけに、烈しい怒り・癇癪のエネルギーが、自らをきつく縛り上げていたセルフ・コントロールを破壊し、そこから解放してくれる救いとなる場合が多かったようである。『剃刀』『濁つた頭』『祖母の為に』『クローディアスの日記』『范の犯罪』『黒犬』など、主人公が閉塞感・嫌悪感に追い詰められ、衝動的に殺人に至る話が志賀に多く、またそれらが悉く傑作となっているのは、その為である。

「解離」の心理が志賀文学によく出て来るのも、志賀がセルフ・コントロールが強過ぎ、「解離」という形でしか、外傷的な無意識が意識化され得ない事が、原因の一つなのであろう。

『大津順吉』のラストの激しい怒りも、抑圧され続けた無意識的なものの爆発であり、これによって、順吉がキリスト教や家族・社会との葛藤から直ちに解放される訳ではもとよりないが、順吉（および作者・読者）に不完全ながらカタルシスをもたらし、それがやがては自らの課題の意識化・洞察、そして解決へと繋がるものと思われるのである。

以上、三つの解釈のいずれにおいても、順吉（志賀）のイメージは（あくまでもイメージ上だけだが）強者であり、岩井（石井）のイメージは弱者であった。しかし、二階建ての家の二階に順吉、一階に岩井が居るというイメージは、二階建ての離れ全体を一人の人間の象徴と見るならば、順吉が頭に血が上った興奮した意識、岩井は半分眠ったような無意識を象徴するものとも解釈できる。その意味では、意識はもっと落ち着きを取り戻し、無意識はもっと活発にして、この両者をバランス良く統合することこそが、この時（明治四十年にも四十五年にも）、志賀にとって重要な課題であり、それを果たすことで志賀は人格的に成長し、心身の調和・安定を獲得できる筈だったのではないか、とも私は考える。これが第四の解釈である。(注113)しかし、現実には志賀は、四十五年に『エピキュラスの園』を読んで抱いた「空想」に興奮し、『大津順吉』以降、若者の欲望を過剰に肯定し、強者の道を突き進もうとしてバランスを失った。それが所謂「時任謙作」の挫折となって、二年後に現われるのではないか、と私は思うのである。

話を戻そう。『大津順吉』のラストは、パリにいた友達（＝有島壬生馬）への手紙で締め括られる。志賀の明治四十二年五月二十一～二十八日付けの壬生馬宛書簡に、《一昨秋の僕の手紙（長いの一つしか記憶してゐないが）一寸見たいと思ふ。なくならぬやうな方法で送つてくれゝばありがたい。[注114]》とあるのが、この手紙のことだと考えられるが、残念ながら、手紙の実物は、今の所見つかっていない。

ラストをこの手紙で締め括ったのは、一つには、先に述べた強者への方向性と関係がある。何故なら、日本では《変則な発育をとげた子供以上には見えな》かった順吉が、芸術の都パリに画家の親友を持っているという事実が提示されると、にわかに順吉が、人類進歩の最先端に繋がる重要な存在に見えて来て、順吉の父などより順吉の方が、遙かに大きな存在である、という印象が生まれるからである。

実はこの友人のことは、（十）の八月二十九日の所でもちらっと出てはいたのだが、そこでは《巴里にゐる友人》としか書かれておらず、手紙の内容が書かれていないので、さほど重要な存在とは思えなかった。それが、ここで《巴里にゐる絵かきの友達》と言い換えられただけで、ぐんと重みを増す。また、手紙の内容からも、順吉がこの友人と対等に交際を持っていて、しかもこの偉い（らしい）画家が、順吉の考えを全面的に支持している事が感じられるので、これが強力な援護射撃となる訳である。

最後を手紙で締め括った事の、もう一つの重要な目的は、順吉の興奮・怒りから読者に客観的な距離を取らせず、心情的に一体化させたまま終わらせる事だったと私は思う。手紙は直接読み手に訴えかけるものなので、読者に感情が伝わりやすい。しかもこの手紙は、元々怒りをぶちまけるために書いているもので、非常に感情的なものである。その為に、読者に不完全ながらカタルシスをもたらすのである。

手紙の具体的な内容は殆ど書かれていないが、それは『大津順吉』の婚約以降の内容と重なっていると想像できるし、《興奮から切れ〴〵な文章で書い》て、それが《レターペーパーの裏表に九枚》にもなったという所などから、相手のやり口・出方を説明しては、「……これでも僕は怒っては悪いか？」、「……これでも僕は怒っては悪いか？」と、叩き付けるように畳み掛けている手紙の雰囲気は、十分想像できる。巻紙に筆で書く場合よりも、レターペーパーにインクで書く方が遙かに字は小さく、字数は多くなるから、これは相当に長い手紙になった筈であり、その至る所に怒りが渦巻いていたであろう。

また、手紙の終わりの方では、《廃嫡するとも此事は許さぬ》と順吉に冷酷な父の姿勢と、《廃嫡は家のカキン》（家禁？　家訓で禁じられているの意であろう）と、理由は古くさいが順吉びいきの祖母の立場を紹介しつつ、《こんな人達とは共に暮せない》と二人一緒に切り捨ててしまうことで、順吉の怒りの激しさを表わしている。しかも、その舌の根も乾かぬうちに、《僕には君と重見と千代とがゐる。実を云ふと、もう一人、祖母がゐると加へたいのだ。》と矛盾したことを言わせる事で、祖母を巡る感情の葛藤の激しさを示しているのである。

なお、手紙の終わりに、《「明治四十年八月三十日午前三時半」》と、日付だけでなく、時刻まで正確に書いているのは、自分の中で、決定的な、後戻り出来ない、言わば一つの「切断」があったという実感に基づくものであろう。例えば、谷崎潤一郎の『痴人の愛』（二十）で、譲治がナオミを追い出した時に、時計を出して時刻を確かめるのと同じ心理と思われる。

ただし、この「切断」は、取り敢えずは象徴的なもので、何かが実際に解決されたという訳では決してない。志賀は、『大津順吉』末尾の時点で、順吉をヒーローにするつもりは無かったからである。志賀は、Cとの事件は敗北であり、もともと間違いだった事をはっきり意識していたし、順吉が鉄亜鈴を叩き付ける行為も、根太板を一枚折っただけで、何の意味もないこと、それはそもそも「戦い」などではなく、順吉自身、《こんなやけらしい様子も仕まいと思へば直ぐよせる》と自覚していて、籠の中の鸚鵡が《羽ばたきをして、頭を振り立てながら、わめき立てる其やけらしい様子》(「第二」の(二))と全く同じであったこと、《如何にも愚な乱れ方》であったことを、はっきり読者に断っているのである。

しかし、同時に志賀は、《「明治四十年八月三十日午前三時半」／と入れて、ペンを擱いた。》という手紙の擱筆を、『大津順吉』の結びとした。これは、この二つが順吉(志賀)によって同時に書き終えられたかのように、そして読者もその瞬間に立ち会ったかのように錯覚させる事を意図したものであろう(もちろん、実際には、手紙の擱筆から、『大津順吉』の完成までには、五年の歳月が流れているのである)。それは、順吉の興奮・怒りに読者を一体化させたまま終わらせるための戦略であり、その結果として読者は、順吉が解決できずに終わった様々の問題を、自分自身の課題として、「頭」にではなく「心」・「無意識」に、感情として、体験として、深く刻み込まれる事になるのである。これは、順吉が父に勝利して千代と結婚するといった凡庸な書き方より、遙かに文学的に効果のある結末だと私は思う。

以上で全文の解釈と鑑賞を終える。

志賀が、順吉の「頭」中心の無様な恋愛、無様な青春を、いかに見事に描いたかを、力の及ぶ限り説明したつもりである。

また、志賀の芸術的達成の本質が、無意識的なものと身体的なものとイノセンスの価値を発見し、それらを見事に表現しうる巧みなテクニックを案出し、駆使した点にある事も、以上の考察で証明されたと思う。

注

（1）志賀は、『大洞台にて』（昭和二十三年九月二十五日「読売ウイークリー」）で、『和解』を書く時に、トルストイの『少年時代』に似た場面があって気がさした、と回想している。これは実際には、『幼年時代』の14章「別れ」の事と思われ、『和解』以前に少なくとも『幼年時代』を読んだことは、確実と言って良いだろう。また、「手帳10」の「手帳後より」に洋書の名前を列記した12番目に《Tolstoi 少年時代 1.18》とあり、これは、明治四十一年の一月十八日にこの本を発注したというメモらしい。当時はまだ、この三部作の邦訳が無く、例えば Thomas Y. Growell（1899）の英訳では、題名が“Childhood”“Boyhood”“Youth”となっているから、この《少年時代》が“Childhood”のつもりか“Boyhood”のつもりかは、決めにくい。知りうる情報は、今の所これだけなので、志賀がトルストイの自伝的三部作の内、何冊を読破したかも、その時期も確定できないが、少なくとも、『大津順吉』執筆以前にその存在を知っていた事は、間違いない。

なお、トルストイの『幼年時代』『少年時代』『青年時代』は、自伝的側面も強いが、本当は二歳の時に亡くした母の死の時期が十歳の時に変えられ、九歳の時に亡くしたはずの父が、長生きして『青年時代』で再婚したりと、トルストイの実際とは大きく改変されている所もある。私見によれば、志賀は『大津順吉』を正確に事実通りに書こうと意図していた訳ではなく、この事も、トルストイ等、西洋文学の先例に励まされた可能性もあるが、証明は出来ない。

（2）『大津順吉』の原形とも言える小説「濁水」の時には、《第四十一／明治四十一年正月より六月、／四十二／六より――十二月、／四十三／チョー兵ケンサで来る、心臓不規則／四十何／浅草にゐる、／といふ風に姿を見せなくなってからの事を時を示す為めに章をふやす。》という構想が「手帳13」にあり、相当な長編にし、かつ志賀が明治四十三年六月二十五日に受けた徴兵検査より後の時代まで扱うものにしようという考えがあったようである。

（3）その後の事は、本題から外れるので、ここに記す。

六月十日以降、何度か往き来があった後、日記によれば七月十三日に《午后伊吾来る、伊吾の小説を見る、／自分のを読む。》とある。「小説　二十五歳まで」は、七月五日から二百三枚目に取り掛かって、二百四十三枚で中断され、その後、里見は両親と札幌の武郎を訪ね、七月二十五日、札幌からの志賀宛の葉書に《例の仕事はちつとも出来ない》と書いている事や、この札幌滞在を描いた『手紙』（「白樺」大正元年十二月）からも、暫くは続ける意志を持ち続けたようだが、結局、出来なかったようである。

一方、志賀は、この年の十一月に尾道に行き、所謂「時任謙作」を、大津順吉を主人公として書き始めるのだが、それは、三月十六日に里見が語り、志賀が賛同した《家を出て、自叙伝を作》ることを志賀がやろうとしたのだと言って間違いない。

志賀は、十一月二十一日付け里見宛書簡で、《今少し長い物を書きかけてゐる。それは二ヶ月前から今までの事だ。君に対する不快が始めに出て来る。》と書き送る。それに対する十一月二十七日夜付けの返信で、里見は《今夜から君と僕とのこれまでの関係を書き初めやうと思つて居る。》と書き送り、ここでも競作のようになるのである。

（4）所謂「時任謙作」の主人公名の変遷については、生井知子『白樺派の作家たち』（和泉書院）所収「原『暗夜行路』論」参照。『大津順吉』に先立って、主に明治四十五年二〜四月に書かれたらしい自伝的長編小説の未定稿「或る旅行記」は、志賀の実名で書かれているが、これも最終的には仮名に直して、「原『大津順吉』」連作に入れることを考えていた可能性がある。

（5）「ノート10」の〔ノート後より〕には、《○或る日の事部屋で考へる事を書く、コンデルのオームの事（下略）》という『大津順吉』「第二」冒頭部の構想メモがあり、その直後に《○陸前石の巻住吉町に生れた》以下の覚書がある事から、『大津順吉』完成後、間もなくに書かれたものと推定できる。なお、全集では、「コンデル」が、「マンデル」となっているが、汚く書いてあるために、「コ」が「マ」に見えるのであろう。志賀直三の『阿呆伝』によって、志賀家の隣に住んでいた英国人の建築家コンデルの家で鸚鵡を飼っていたことが分かる。

（6）須藤松雄氏は、『志賀直哉の文学』（桜楓社）で、『大津順吉の過去に』を『大津順吉』「第一」のみの題とし、「第二」は大津順吉の現在だと解釈しているが、賛成できない。志賀は作品の篇・章・節などは、一般に「前篇」「後篇」や数字で表わし、題名を付けることはないことと、「第二」が大津順吉（志賀直哉）の現在とは言えないことが理由である。なお、『矢島柳堂』は、虚構を交えた私小説的連作で、各篇に題名が付いているが、それは各篇の独立性が高く、ストーリー的時間的に連続していないためで、『大津順吉』の「第一」「第二」とは同列には論じられない。

（7）「「白樺」座談会」で志賀は、一〇五枚で一〇〇円だったと発言している。枚数は記憶違いと思われるが、一枚一円という約束だったから、少なめに記憶していたのかもしれない。

（8）志賀は、明治四十一年八月の未定稿67「今度の小説に就いて」で、《あゝいふダラシノナイ書き方がしてあると、気の向いた時に推稿が出来る、我々には最初から完全なもので、それをだん〳〵延ばして行く事は出来ない、（中略）それよりも、何んでもいゝからグン〳〵延して置いて、扨て仕舞いにそれの悪い所を直し、イラヌ所はキリ離し仕《（ママ）》して行く方が、稍々完全に近い延びたものが出来ると思ふ。》と書いている。草稿「第三篇」なども、そうした考えで、最初の叩き台というつもりで、ザッと書き流したものなのであろう。

（9）ただし、須藤氏自身は、後年の著書『志賀直哉—その自然の展開—』（明治書院）で『志賀直哉の文学』での見解を撤回し、《女中との恋愛事件という爆発によって、最強の生命力、自我へ飛躍する順吉の姿を造型したのが「第二」である》から短期間に変化することを批判したのは《筋違いの見方だった》とした。しかし、これもまた別の意味で誤っている。理由は、以下の論を読んで頂ければ自ずから分かると思う。

（10）志賀は晩年、今村太平との対談「秋日閑談」（『志賀直哉との対話』（筑摩書房）所収）の末尾で、《それがね。一部と二部に分かれてんだ。あれも一部と二部とに分れてんだけどね。》と、「『大津順吉』の二部構成は『シルヴェストル・ボナールの罪』を真似たものである」とも、「偶然の一致である」とも、どちらにも取れるような発言をしている。しかし、両作品を比べてみると、内容は全く異なり、同じ二部構成と言っても、意味が全く違うので、この面での影響関係は無いとするのが妥当であろう。

（11）これは、直接には「或る旅行記」を指すが、数ヶ月後に『大津順吉』を書く時も同じ考えだったと見て良い。

（12）『大津順吉』でははっきりしないが、志賀直哉の心身の不調和は、根本的には、満二歳で父母から引き離され、祖父母に育てられたこと、満十二歳で母を亡くしたこと、そして父との不和、即ち「父なるもの」「母なるもの」との関係の歪みに原因がある。内村鑑三やキリスト教に惹かれた事自体も、理想の「父なるもの」「母なるもの」をそれらに求めたものと言える。志賀がキリスト教を棄てた事も、正義のために戦う文学を棄てた事も、また、意識に対して無意識を、頭に対して身体を再評価するようになったことも、心身の不調和を解決するためであり、深い所では、「父なるもの」「母なるもの」との関係の歪みを治すためだったと私は考える。『大津順吉』で取り上げられている正義に関わる内村鑑三・キリスト教・父は「父なるもの」、愛に関わる絹ウィーラー・千代・祖母は「母なるもの」と関連しており、それ故に作中に登場しているのである。

(13) 志賀は、明治四十年八月五日の「手帳8」に、「日本では儒教の影響で男女交際が出来ないため、恋愛結婚が出来ないので、階級について自由な考えを持つ青年が、女中と結婚するケースが今後は増えるだろう」と書いていた。『大津順吉』で言う「境遇」は、恋愛や恋愛結婚を妨げる儒教道徳や家制度、身分・階級の壁などを指すのであろう。

(14) 例えば、明治四十年七月十一日の「手帳7」には、Cを《抱きすくめて接吻》したいとか、箱根にCを連れて行くと《肉慾》の《誘惑》に負けそうで《危険》だ、と書いているのに、『大津順吉』「第二」の(八)では、箱根に千代を連れて行かないのは《千代を離れて考へる必要がある》からだとしか書いていない。他にも「手帳8」の八月十一日、「手帳9」の八月二十五、六日に《肉慾》への言及があるが、小説には使っていない。

(15) Cが勤め始めた時期ははっきりしないが、志賀が好きになるのにそう長い時間が掛かったとは考えにくい。『過去』では、Cに対する愛を自覚してから打ち明けるまで、幾月か掛かったとしているが、「或る旅行記」によれば、凡そ二ヶ月間誰にも打ち明けず独り苦しみ、或る日Cに友達になってくれと言ったとする。Cに友達になってくれと言ったのが七月十五日であることは日記から分かるから、Cを好きになったのは、五月前半辺りという計算になる。また、〈草稿〉で、明治四十年春に当たる(四)に、千代を《近頃来た》女中として出しているのも、大体事実通りなのではないかと考えられる。いずれにせよ、明治三十九年十月末の稲ブリンクリーのダンス・パーティーや、類似赤痢の時期までは遡らないと見て、間違いないだろう。

(16) 『大津順吉』関連草稿や「手帳13」の「濁水」梗概(四)では「滝」とされている。「まき」については注(55)参照

(17) 「手帳13」の「濁水」のためのメモに、「本郷パラダイス」とあるのがこれであろう。

(18) 学校名は阿川弘之氏の『志賀直哉』(岩波書店)による。
入学の時期は確認できないが、『過去』に「一年半か二年で卒業できる簡単な学校だった」とあり、一年半で出たのが四十二年三月末だと仮定すると、四十年十月一日から入学した可能性が考えられるが、一年半と言ってもさほど厳密ではなかったであろうから、確定は出来ない。明治四十一年一月十三日の日記に《Cへ手紙と、十円だけ送る》とあり、「或る旅行記」に、「月三十円貰っていた小遣いから毎月十円ずつCに送っていた」とある事から、遅くとも

この一月には入学していたことが分かる。

「手帳9」によれば、志賀は九月九日に父からCを捨てるか家を捨てるかと迫られ、家を出る事にし、九月十四日に年上の友人・岩倉道倶に結婚を反対された時点までは、直ぐにもCと一戸を構え、《午前中三時間》ずつ自らCを教育しようと考えていた。が、その翌九月十五日の「手帳9」には、《○手紙の紙と封袋——一円、／手帳——十冊七十銭、／万年いんき——五十銭、／ノート　十冊　一円、／雑記帳——十冊　五十銭、／筆、／手習の手本、》と書かれていて、これは分量から見て、学校入学を前提にした文房具購入のメモであろうし、「或る旅行記」に《彼は封袋を沢山友達に書いて貰らつて置いて、それを送つてCからの便りを始終受取つてゐたが》と出る《封袋》もここに挙がっている。従って、志賀はこの日から、取り敢えずどこかの女学校の寄宿舎にCを入れることを考え始めていたと見て良いだろう。

志賀日記によれば、九月二十四日に住む家を探しに八王子に行っており、「或る旅行記」から、そこにCと住む考えだった事が分かるが、それは必ずしも直ちに同棲するということではなく、取り敢えずは自分一人で住み、最終的には一緒に住もうというつもりだった可能性が高いと私は思う。

当時の民法では、男は三十歳未満では父母の同意なしには結婚できなかった。そこで、父が認めない同棲を強行して、父との関係を修復不可能なものにするよりも、一、二年は、志賀は家を出て一人で創作に励んで作家としての実績を作り、Cには学歴と教養を付け、一、二年経ったら、二人で父の前に出て、変わらない決意を示して許可を得よう、という考えに次第に変わって行ったのであろう。

しかし、「手帳10」の十月二十三日夜に父宛てに書きかけた書簡によると、その《半月程以前》（十月八日頃か？）祖母の病状が《先づ案ずる迄でゞないといふめあてのついた時に》、愈々家を出ようとした所、祖母が掌を合わせて頼むと泣き、無理に進むなら覚悟があるとまで言った為、志賀は祖母の死期を早めることを恐れて、思い止まる。そして十月二十四日の日記によれば、この日、父へ《二三年或は三四年考へる時を乞ふ手紙を出》し、家を出ること自体取りやめにし、取り敢えず事件は一旦収束されるのである。

(19)　明治四十二年七月七日有島壬生馬宛志賀書簡で、《彼女との事は九十月中にハツキリキメ》ると書いていること、志賀が初めて娼婦を買ったのが明治四十二年九月二十日であること（明治四十三年九月十九日の日記による）、「或る旅行記」で《Cとの関係のある間丁度丸二年間遂に彼は一度も左ういふ場所【細江注・売春窟】に足を入れなかつた》と言っていること、『暗夜行路』草稿13の（十六）に《その秋スヰスに永くホテルの研究にいつてゐた山上といふ信行の旧い年上の友が向ふから帰つて来て、其話を公然に向ふの家と話し合つて、つけた。其秋が信行の女遊びを始めた秋なのであつた。》とあること、から推定した。

(20) 志賀が「濁水」のためのメモの中で、《○青年は半丁先を向ふへ行く女学生の袴のヒルガへる其形それだけを根底にして此女を愛する事さへある。／ある時代の青年は女といふ己れと異つたSex全体に対して恋をしてゐるのだ。》（「手帳13」）と書いているのは、恋愛経験が無かった事が、Cとの事件の一因だったと志賀も考えていたことを示唆している。

(21) この「青木」は、青木（のち三浦）直介である。

(22) 志賀が家族の反対をはね除けてCと結婚しようと闘っていた明治四十年九月十五日の「手帳9」に、《○武者の書いたものに、／吾人は世の良心とならねばならぬとある、／世の良心は非常に適切な言葉である、》というメモがあることは、「或る旅行記」の回想を裏付けるものと言えよう。

(23) 内村鑑三の『如何にして大文学を得ん乎』（明治二十八年）「品性の修養」の項には、《正義を有の儘に実行すること》《輿論と称する呶々の叫に耳を傾けざること》《富を求めざること》《爵位を軽んずること》が《大文学者の特性として最も貴重なるものなり》とある。ただし、恐らく志賀は、内村鑑三からの直接の影響で自己の文学観を形成したという訳ではなく、若者らしい正義感に、社会全体が道徳を極めて重視していた時代の影響が加わった結果、そうなったのであろう。

(24) これはJames Hunekerがイプセンやゴーリキーなどを論じた著書「Iconoclasts」を念頭に置いたもので、「手帳1」に三十九年《四月中に上げる》予定の本として名前が挙がっている。

(25) 新全集第22巻の「補遺」に収録された新資料で、《此頃内村先生の所へ行くのをヤメてゐる。》とある。

(26) 『祖母の為に』では、父は《廃嫡してやるから勝手に出て行け》と言ったとし、また、《叔父の一人が、／「……それりや、お前のやうに自家の財産を何とも思はないのは気持もいいさ。》云々と言ったとされている。

(27) 〈草稿〉の（八）には、田舎の中学教師になる計画について、《田舎へ一人行くといふ事にも色々な楽しい清げなイリュージョンがあつた。》と書かれているが、これは、当時、熱心なキリスト教徒であった志賀が、物欲で堕落した都会に対して、人間ではなく神が支配する清潔・清貧の田園という（国木田独歩などにも見られる）キリスト教的なイメージに影響されていたことの現われであると思われる。しかし、〈完成形〉では、キリスト教色を薄める都合もあって、この部分は削除された。

(28)《低い生活》《高き女》は、有名なワーズワースの詩句 "Plain living and high thinking" (Written in London, September 1802) を直接或いは間接に踏まえているのかもしれない。

(29) 志賀は、Cの事件の翌明治四十一年四月十七〜二十一日付けで有島壬生馬に宛てた手紙の二十日の所で、武者小路の結婚話について、《武者の兄さんの奥さんは毛利公爵の娘さんださうで武者の細君になるかも知れない人は、川越の元は、セリアキウドの娘さんだといふのは、非常に快よい感じがしないか。それで兄さんも別に不賛成がなく、叔父さんは寧ろ乗気であるといふ、何んとなく痛快だ、若しこれがうまく成立すれば、これからの社会、望む社会にい、辻占だ。》と書き送っている。Cに幻滅した後も、志賀は、身分・階級差のない世界を作る為に、自分達が率先して模範を示したいと思っていたのである。

(30) 志賀の日記から、八月四日に箱根に出発し、二十日に帰京したことが確認できる。箱根にCを連れて行くかどうかは、「手帳7」によれば、七月十一日の段階で、既に考え、迷っていたことが分かる。『大津順吉』では、祖母が《千代を連れて行きたい》と言ったことになっているが、これは事実とも虚構とも確認できない。七月十一日の「手帳7」に、《連れて行くものはCかさきかを自分で決しやう》とあるので、最終的には志賀が決めたのであろう。Cにしなかったのは、「手帳7」によれば、性的牽引に抵抗できなくなる危険を考えたためらしい。

(31)『片恋』のアーシャは小間使いタチヤナの私生児であり、その事がNにもアーシャにも結婚をためらわせ、不幸なすれ違いの原因になる。『大津順吉』は、『片恋』の半面である「Nとアーシャは思い切って結婚すべきだった」というメッセージだけを取り上げているが、実は『片恋』の残りの半面は、「女中との恋愛は不幸を招く」であり、『大津順吉』を執筆した時の志賀は、そうしたアンビヴァレンツをも、心の奥底で受け止めていたかも知れない。

なお、『片恋』は、『濁つた頭』で宿の女中が持って来てくれるが、本が汚れ切っていて如何にも汚いので、見る気がしなかったとされる。志賀は『片恋』に悪い印象を持っていたのであろう。

（32）全集では、「手帳8」のこの箇所が、「余が願を入れたる時には」となっているが、「入れざる時」でなければ前後の意味が通じない。汚く書いてあるために、「ざ」が「た」に見えるのであろう。

（33）『大津順吉』「第二」の（三）で、ウィーラーの電話のことを千代に問い質した際と、（八）で順吉が千代に「函根に連れて行かないことになった」と告げた時は、自室で話した事になっているが、いずれも心が通い合うような仲の良い会話とは言えない。

（34）「手帳9」の九月十五日（回想）に、八月《二十七日、／朝武者帰る、早速行く、熱烈でないから意味ありといふ、余一人の問題にあらずといふ》とある。これが『大津順吉』「第二」の（九）で、「熱烈でない」という順吉の言葉に対して、「前後を考える余裕がある方が本統に偉い」と重見が答える会話の元であるが、もともと志賀も武者小路と同じ考えだったのである。

（35）全集では、この箇所が「自分について」となっているが、「身分」でなければ前後の意味が通じない。『大津順吉』の該当箇所（「第二」の（八））でも、千代は《「身分が…」といふやうな事もいつた。》となっている。恐らく、汚く書いてあるために「身」が「自」に見えるのであろう。

（36）『大津順吉』では岩井となっているが、モデルは石井である。明治四十一年八月二十九日発行の「望野」第六号に掲載されたかと思われる未定稿67「今度の小説に就いて」に《炭焼の事は、下の石井に教へてもらつた》と出る他、『鵠沼行』にも《石井》の名で出る。しかし、『大津順吉』での岩井関係の描写が事実通りかどうかは、確認できない。

（37）マッチの件は、里見弴の『君と私』（二十六）に、志賀から聞いた話として出ているので、恐らく事実であろう。

（38）これは、Joshua Reynolds の一七八六、七年の油絵“Angel's Heads”を銅版画にしたものらしい。

（39）「手帳13」の中の〔手帳後より〕の「〇日記」によると、志賀は、アナトール・フランスの『シルヴェストル・ボナールの罪』を明治四十二年二月二十二日に読了している。そして、同年六月の『大津順吉』の前身に当たる「濁水」のためのメモの中で、既に《〇余裕ある躰度でコセツカヌやうに書かねばならぬ、》と書いていた。

（40）順吉を弱者として提示するという方針は、〈草稿〉の時にも、（四）の絹ウィーラーからの最初の電話の所など、一部には見られる。しかし、〈草稿〉は、輔仁会大会で乃木・新渡戸を軽蔑する順吉像から始まって居り、比較的強い、自信を持った人物という印象が強かった。弱者としてユーモラスに描くことは、〈完成形〉で初めて意識的に実行されたと言って良い。

(41) これら順吉の信仰の好い加減さ・浅薄さは、『大津順吉』という小説の都合から、故意に設定されたもので、実際の志賀はそうではなく、形式的ではなく深く内面的にキリスト教を受け容れようと努力するかなり真面目なキリスト教徒だった（『大津順吉』の記述をそのまま志賀の事実と受け止める研究者もあるようだが、志賀の手帳類を見れば、そうでない事は明らかだ）。志賀はキリスト教の性道徳には困惑したが、キリスト教の他の側面には、大いに魅了されていた、と私は思っている。『大津順吉』では、キリスト教の問題は、作品の都合でひどく単純化されている（それはこの作品の欠点とは言えないと思うが）。実際には、日本の近代の芸術とその人間観は、半ばはキリスト教と西洋近代の芸術によって培われたものである。志賀も例外ではなく、彼がキリスト教を棄てたのも、人間的自然としての肉体と無意識を発見したのも、西洋近代の文学と美術の影響であり、半ばはキリスト教に抗した結果であるが、半ばはキリスト教の御蔭と言わねばならないのである。

(42) 長与善郎が明治四十四年四月九日の日記で、内村鑑三のことを、《志賀が日本一の美男子と称したるは全く偽言に非ず》と書いている事から、志賀が内村を美男子と思っていたことは間違いない。

(43) 後にも例えば大正三年の「独語」（『濠端の住まひ』草稿）で、《〇自分は智でも情でも意でも弱い、／〇それのどれも強くしなければならぬ、／〇自分は腕力さえ力強くなりたい。》と書いている。

(44) 〈草稿〉には、ヴィーナスの件はなかった。

(45) なお、この後の《医科大学へ行つて居る人が云つた。／「毎日学校でアルコール漬の人間を見て居ると、此肉体が其儘復活するとは考へられないからナ」》は、かなり衝撃的な発言である。キリスト教の観念に被われた眼には見えない死肉・物質・動物としての、生々しい、《アルコール漬の》人体の科学的真実を（天国へ行く際には切り捨てるべきものとしてではあるが）指摘しているからである。この時点の順吉にはその意味は分からなかったが、これは無神論に通ずる肉体観であり、『大津順吉』執筆時の志賀は、こうした生々しい、或る意味ではおぞましい肉体の自然を、正面から肯定する立場に立っていた筈なのである。

(46) 『大津順吉』を執筆した明治四十五年の志賀日記には、ロダンへの言及が幾つかあり、ロダンのものの見方をお手本にしようとしたり、作品そのものから刺戟を得たらしい例もある。即ち、二月三日《〇物を出来るだけ立体に見なければ駄目である、「厚味から見てかゝる、」自分がそれを只ながめて写してゐるやうなユー長な事ではいけない。鋭くて力のある感能を養つてそれの受ける印象を正しく、明らかに再現しなければいけない》。（これはポール・グゼル編『芸術』第三章「肉づけ」に出る有名なロダンの言葉（と言うより、コンスタンという一介の職人から教えられた言葉）を踏まえたものであろう）。二月九日《ロダンの「ゴロツキ」を面白く思ふ》。（「白樺」同人がロダンに送った浮世絵三十点の返礼として送られて来た三つのブロンズ像の一つ「巴里ゴロツキの首」（一八八五）のこと）。二月十四日《○ロダンは彼のいふ秘密の「物を前と後に見る事」を明らかになした第一人者である》。（二月十六～二十五日、ロダンの彫刻やルノワールを中心として赤坂溜池三会堂で「白樺」主催の「第四回美術展覧会」を開催。志賀は連日会場に詰める）。三月十九日《ロダンへ送る【浮世】絵をえらぶ》。三月二十九日《午后武者の所へ行く。ロダンの「影」をもつて来る》。（送られて来た三つのブロンズ像の一つ「ある小さき影」（一八八五）のこと）。五月二十七日《ロダンの「ゴロツキの首」を又自家にもつて来た》。七月十一日、《有島へよる、ロダンを訪問した与謝野夫婦の手紙の事で柳　武者も来てゐる》。

(47)　精神分析学の教える所によると、人間は誰しも、二歳から四歳ぐらいの時に、肛門愛期と呼ばれる、大便に愛着を持つ時期を経過する。この大便への愛着を否定する際に、正反対の極端な清潔への欲望を持つことで、不潔なものへの愛着を打ち消そうとする人間が、潔癖症や極端に清潔好きな人間になるのだが、実は清潔好きな人は、断えず不潔なものに注意を向けることで、密かに不潔なものへの欲望を満たしているのである。志賀直哉に潔癖症的な所がある事については、本書「「志賀直哉『黒犬』に見る多重人格・催眠・暗示、そして志賀の人格の分裂」で論じておいたので参照されたい。志賀は、このヴィーナスの鼻の汚れのような不潔なものや、不快な感情などを巧みに使いこなす。これも、潔癖症と無関係ではないのである。

(48)　「第二」の（四）に、ウィーラーを見て、《二三日前自分の部屋で見た雑誌の口絵とは殆ど同一人と信ずる事が出来なかつた。》と言っていることから推定した。絹の母が《五六日前》に娘が《ダンスでもやつて見ようか》と言い出したのでパーティーを開いたと言っている事から、電話の時期は、早くても五六日前ということになる。

(49)　ついでながら、ウィーラーが名前を挙げた《明光》のモデルは松平春光、《佐藤礼吉》のモデルは加藤泰吉で、いずれも志賀の友人である。

(50)「濁水」での「青木」は黒木、「滝」は女中まき、「外山先生」は内村鑑三がモデルである。
(51)なお、〈草稿〉(四)では、佐々木に書くべき事を考える時にも座布団を枕にしていたが、〈完成形〉では、ウィーラーのことを考える時のみにした。この事からも、完成稿を書く時に、志賀が身体・姿勢の使い方に、いかに注意を払っていたかが分かるのである。
(52)「ノート1」《○次に女だが、》以下(補巻5P343〜344)は、その事を三十八年十二月頃に想い出してメモしようとしたが、途中で放棄したものであろう。
(53)これは、一月九日に書かれた未定稿14「お竹と利次郎(梗概)」のお竹と芳の助の関係に、使われている。
(54)〈草稿〉に、《此方の奥様にもうお子さんがお出来になつたんですつてネ」かういつて娘は多少悪意のある笑顔をした。自分は速夫が此娘と互に有頂天になつてゐるといふ噂を聴くと直ぐ、他の人と――其人は彼の前の恋人であつた。――結婚したので其時一寸妙な感じがした。》という一節がある。思うに高崎弓彦は、《前の恋人》を妊娠させたか、或いは単に肉体関係を持ってしまったかで、慌てて結婚したのではないか？　ブリンクリーはその事を遠回しに諷しているのであろう。なお、志賀は、『大津順吉』〈初出〉では〈草稿〉と同様《奥様にもうお児さんが》となっていたものを、後に《奥様にもお児さんが》に改めた。友人の私事を暴くことを避けようとしたのであろう。
(55)この「手帳5」によれば、志賀は当時、他にもブリンクリーと同じ程度に愛している女が居て、ブリンクリーに会う前日にその女に会いに行く事で、両方の愛を言わば減殺しようとしたと言う。普通の家の娘を愛していて会いに行くということは、当時の社会状況および志賀の状況から言って考えにくい。従って私は、この女は当時志賀が好きだった女義太夫の竹本朝重で、それを寄席に聞きに行ったことをこの様に言ったのではないかと思う。
その証拠としては、明治三十九年十月二十日の「手帳5」に、朝重について《小供らしき働作あり(中略)彼は快活なり　十二三の小供の如くに快活なり(中略)彼は道徳律の窮屈なものを嫌ふ、よくいへば自由人なり、従つて、多少Wildな所あれども、自然に発達せる女なるべし》とあること、同年十一月六日頃の「手帳5」の、執筆済み・途中・予定の作品名を並べた最後に《○牧と朝重》とあって、この「牧」は〈草稿〉(七)に使われた女中まきと推定でき、志賀にとってまきと朝重には共通する所があったと見て良いこと、そして同年十二月二十八日の「手帳6」に、《若し朝重を自分の妻にしたらどうだらう？》という空想を書き留め、続いて〈草稿〉(七)に使われる女中まきとのエピソードをMのこととして書いて、《朝重を恋するなどゝは勿論云へぬが少なからず好きな事は事実だ》、朝重を《見て居る内に何んだかM女の当時に甚だ似たるやう感ぜられる》と書いていることが挙げられる。志賀が愛したCも子供のように無邪気で快活な少女だったらしい事を考えると、まきと朝重も似たタイプで、相当に好きだったらしく感じられる。

志賀は後年、『娘義太夫のこと』で、朝重は《型にはまらず、奔放で美しくもあつた。》と回想しているし、草稿「第三篇」執筆中にも、六月十一と十三日の日記に、寄席に朝重を聞きに行ったことが出ているのである。

ついでながら、明治三十六年末からの豊竹昇之助（当時数えの十四歳）への志賀の熱中も、昇之助がまだ日本髪にも結わず、《髪はヒッツメて結むで、三寸ばかりに後ろにたらした頭をしてゐ》（未定稿137「マリイ・マグダレーン」。『蝕まれた友情』も同様）て、美少年的な「子供らしさ」があった為ではないか。「報知新聞」明治三十四年九月二十二日の昇菊・昇之助姉妹の挿絵を見ると、上京当時の十二歳の昇之助は、男の子のような散切り頭で男装だった。志賀が昇之助を見たのは、その二年後からではあるが、「マリイ・マグダレーン」によれば、初めて見てから二年の間に、昇之助が《カナリ大きくなつて了ひ》《髪も立派に銀杏返しに結ふやうにな》ると、志賀は《もう先程の執着もなくな》った。これも「子供らしさ」が失われた為であろう。

(56)　ブリンクリーの写真については、新全集第16巻月報21を参照されたい。

(57)　明治四十二年五月二十一、二十六～八日付けの志賀の有島壬生馬宛書簡に、《いまに偉い事をして見せる〳〵と思ひながら何もしない男をイブセンがよく書くとかいふが僕も其類かも知れぬ。（中略）小供の時分陸軍大将にキットなれるとキメてゐたのと余りチガワヌ心持が今もある。》と出る。Cの事件から二年近く経っても、この状態だったのである。

(58)　尾崎一雄との対談「小説について」（『志賀直哉対話集』所収）で、《国語、漢文、英語、歴史など》《文学に関係のあるものは皆出来ないし、嫌いだった》と発言しており、事実と判る。

(59)　《第二の趣味と性質》という発想のもとになったと思われるものが、「ノート1」の明治三十八年十二月の所にある。それは、「生まれつきのものである天性と、後天的に作られた性質とが合わさったものが品性で、天性は変化しないが、作られた性質は変化する。よき天性を持つ者は天性に従うのがよい」という論で、これは『内村鑑三全集』第二巻「天才と品性」に書かれている考えを内村鑑三から聞いて、それに基づいて考えたものかも知れない。

(60)『城の崎にて』の鼠の《動作の表情》、そして蜂・蠑螈のいずれも傑出した描写は、こうした捉え方の延長線上に現われたものなのである。

(61)脱線になるが、『大津順吉』は、素晴らしい視覚的なシーンに富む小説であるし、志賀の文学全体にも、そういう傾向が強い。しかし、これは決して、単に視覚的・美術的センスの問題ではないと私は思う。身体の意味を発見した志賀が、身体を活かして使おうとした結果（もちろん、身体の内部感覚は、視覚的でない仕方で、活かして使っているのであるが）、視覚的なシーンが非常に研ぎ澄まされた見事なものになったのだと思う。この問題については、『『大津順吉』前後の志賀直哉」の（二）の④「シーンを描く力――写真的無意識」で、やや詳しく論じたので、参照されたい。

(62)明治三十七年五月十五日の日記に、《近頃自分は人の前に出て物言ふこと益々出来ざるやうなれり／虚栄心強くなれり／小心よく〳〵となれり》とある。これが、残っている限りでは、自分を「開けない男」と志賀が感じた最初の記録である。

(63)細かい事だが、〈草稿〉(六)では、この《渋谷の友達》は《佐々木》となっており、モデルは黒木三次と推定できる。明治四十年五月十八日執筆の未定稿30「友待つ間」は、《青山の黒木》を訪ねた所、留守だった為、その向かうの原の中に生えている樫の木の根方で帰宅を待つ暇潰しに書いたものであることが、文中に書かれていて、『大津順吉』の《屋敷の裏の広い空地になつてゐる原》の《木の蔭になつた草の上に横にな》るという描写と一致している。しかし、稲ブリンクリーのダンス・パーティーの翌日に、志賀が黒木を訪ねて留守だったという事実があったかどうかは、確かめられない。〈草稿〉では、佐々木を信仰上の問題で批判するために会いに行った事になっているが、ブリンクリーのパーティーの時期は、志賀が黒木を不快に思い始める時期より半年以上前なので、この設定はフィクションである。〈草稿〉では、ブリンクリーの母と会って気が変わり、赤十字社の方に向かい、渋谷の佐々木を訪ねることになっている。志賀家は麻布三河台町二十七番地、ブリンクリーの家は麻布広尾町三番地にあるので、順吉の道順は、志賀家から西の方に歩いて行き、ブリンクリーの《家の二三町手前》で母親に出会い、《其儘道を右へ折れて》渋谷の日本赤十字社本社病院の方面に向かう道を歩く内に気が変わって、赤坂区青山南町六の一一六の黒木為楨陸軍大将（三次はその長男）の家へ行く、というコースと見て良い。ただし、『大津順吉』には、大津家やウィーラーの家が何処にあるかは明記されていない。

（64）　明治三十九年十一月二十一日付け有島壬生馬宛志賀書簡に、「最初、一番下の妹が赤痢にかかり、義母にうつった後、直哉にうつり、軽かったが類似赤痢ということになった。間もなく良くなったが、乱暴したため、三四日以前からぶり返した。しかし、今はもう治った。」とある。また、明治三十九年十月二十四日夜付けの志賀宛武者小路書簡（『武者小路実篤全集』第18巻所収）に《五日間籠城おおせつかつたとは御気の毒な話》とある。この二つから、十月二十四日、或いはその前日辺りに、一番下の妹・隆子が赤痢になって、家族も五日間は外出禁止になったが、直哉はうつったと気付かず、三十一日のブリンクリーのパーティーに出たと推定できる。パーティー直後、同じ日に志賀が不快感をぶちまけている「手帳5」の記述には、病気を思わせる言葉はないが、まだ全く気付いていなかったためであろう。

（65）　「手帳13」の「濁水」のためのメモの中に、《○Cその人、独特の香を想ひ起す。》というものがある。また、『白い線』に、『大津順吉』のこの部分を挙げつつ、幼い時から祖父母と一緒に寝ていたから、《私は母の体臭は覚えてゐない。》と書かれている。

（66）　志賀とCをモデルとする未定稿32「小説緑河岸」に、「白」が泥足で部屋を汚した事が出るので、そうした事実が実際にあったと推定して良いだろう。

（67）　菊判『志賀直哉全集』第9巻・月報9（岩波書店、昭和四十九年三月と五十八年十二月）の志賀家間取図で言うと、この時、順吉（直哉）は、表の門を入って直ぐ左の石の門から入り、風呂場の横から中庭に入って、縁側から居間に入るつもりで、風呂場の辺りまで来た時に、倉の角を回って白が犬小屋を目指して順吉の方に走って来て、その後を追って千代が飛び出して来たらしい。

なお、未定稿32「小説緑河岸」に、Cに当たるお関が、《日和下駄を目茶〳〵にされ》たが、《「でも可愛のよ、私がハタキで撲《ぶ》たうとすると、それにふざける気なんですもの」》と言う所があるので、似よりの事実はあったと推定して良いだろう。

（68）　今泉容子『映画の文法』（彩流社）P76以下参照。

(69)「手帳11」の電話の記録は、「手帳7」五月二十九日の電話の記録に比べて、極めて冷淡になっている。これは、六月七日の電話や八日の写真の印象が実際に良くなかっただけでなく、志賀が急速にCへの愛情を募らせて行った影響もあるのであろう。

(70)『創作余談』で《事実の記録》とされている『祖母の為に』によれば、明治三十九年一月に祖父が亡くなってから、祖母は志賀の《朝寝坊をよくぐづ〳〵云》い、《同じ調子で色々な事に干渉する》ようになり、その為、志賀はよく祖母と喧嘩をしたと言う。それは、『或る朝』を見ても分かるように、年の割に大人に成り切れない直哉の甘えと反抗と、祖母の過保護・過干渉から生じた面が、少なからずあったと思われる。しかし、『大津順吉』では、天保年間に生まれた祖母が、キリスト教や最新の近代文学を学んでいる順吉の考え・価値観を理解できない点を、主に取り上げようとしている。

(71)細かいことだが、「ノート9」の（吉原物語）関係のメモの中に、《○銅壺がゴトッ――ゴトッといふ》とある。志賀はこの種の音が好きだったのであろう。

(72)『祖母の為に』では、Cの事件で病床に就いた祖母が床を離れてから、「いまに私も何か仕ますからネ」と励ましたが、祖母は肯きながら、その「何か」が解らないと云うような顔をしているので、志賀が腹を立てる事もあった、と書かれている。「いまに何か仕ます」は、何度も口にされた言葉だったのであろう。

(73)「或る旅行記」に、Cが連れ去られた翌日に、志賀が武者小路の「不幸な祖母さん」を祖母に読んで聞かせる場面がある。そこに、志賀が泣いてしまって《読みは読むだが祖母には解からなかつた。》《其時分彼等の頭に直ぐ浮ぶ考へで、意味は通じなくても心持は通じてるといふ考へから、それだけで彼は手紙を見せなかつた。祖母も声を上げて泣いた。》という所がある。《意味》《理屈》は通じなくても《心持》は通じる、意識的なものより無意識的なものが大切という信念を志賀が持っていることに、再度、注意を促したい。

(74)「兇行者」という言葉は、『暗夜行路』草稿13の（廿一）に入る直前にも使用例がある。が、そこでは殺人者というのと大差ない語感になっている。

(75)ただし、日記によれば、白の死体は七月五日午後に発見され、志賀が祖母を呼んで話し合ったのは七月六日午前であるのを、〈草稿〉では、一日にまとめている。逆に〈完成形〉では、全く別の日にしている。

(76) この貸本屋の主人の描写が事実通りかフィクションかは、残念ながら確認する術がない。

(77) 菊判全集・月報9の志賀家間取図と『大津順吉』を比較すると、間取りは事実通りに書いているようである。事実で言うと、この離れの二階は、東西が四間、南北が二間半の長方形で、西寄りの六畳、東寄りの四畳半の連続する二部屋と、その二部屋に接して西と南にあるL字型の縁側とからなる。六畳の方は、西隣のコンデル家の庭を見下ろす側にも縁側があり、南の道路を見下ろす側にも縁側がある。間取図では分からないが、『大津順吉』の描写から受ける印象では、西のコンデル家側の縁側と六畳の部屋の境目の障子戸に背中を接するようにして、洋式のデスクが置いてあるようである。コンデル家の温室のスティームの油煙が縁側に来て、障子を閉め忘れると机の上にまでやって来るという「第二」の（四）の描写と、ラストで鉄亜鈴がデスクと障子の隙間に落ちることからそう考えられる。階段は四畳半の部屋の北側にある。私の推定通りなら、机に背をつけた順吉と四畳半から敷居を越した所に居る千代との距離は、最大で三メートル余りにもなる。

(78) 『大津順吉』では、理屈っぽい「関子と真三」を優れた作品とは評価していない。また、「第二」の（五）の順吉と祖母との議論も、〈草稿〉（十）では、《自分の将来の仕事》は《富や名誉に換算されるものではない》、《実世間的の》《仕事》ではないといった正論を言わせていたが、〈完成形〉では削除した。武者小路についても、作中で理屈を言わせないようにし、「不幸な祖母さん」という正義を振り回していない文章だけを採用している。
明治四十二年六月二十六日頃の「手帳13」に、「濁水」のためのメモとして、既に《○議論をナマで出さぬやう注意すべし／事件をJustifyするやうな説明は避くべし》とあることの意味を、充分噛みしめるべきである。

(79) 作中では《翌朝》としか書かれていないが、末尾の八月三十日午前三時半から逆算できる。以下の（イ）～（オ）も同様。

(80) 七月十七日の「手帳8」によれば、Cは明治二十三年十二月二十五日生まれで、事件当時は、満十七歳にもなっていない。小学校にしか行かず、この年齢では、《余りに気楽な女》であるのも、やむを得ない所であろう。

(81) 『暗夜行路』草稿2にも、《此事件では父はどんな事をしても直接彼と口をきかなかつた。（中略）朝早く出て、夜は晩く帰つて、彼と顔を見合はす事も避けてゐた。》とある。

(82) 志賀が、『大津順吉』「第二」では、個人の自由を妨害している封建的な家族（ひいては社会）との葛藤をサブ・テーマとし、キリスト教の問題は、なるべく「第一」だけに集中させようとしている事については、（一）予備的考察②所謂「断層」問題で述べて置いた。

（83）実際の志賀は、この日の午後、武者小路と一緒に木下利玄をも訪問しているが、友人関係のことはなるべくカットし、順吉に焦点を絞る方針から、小説では省略されている。

（84）ただし、『大津順吉』と同月に発表された『クローディアスの日記』にも、クローディアスがハムレットに対して《事をもつと真正面《まとも》から行つて呉れねば困る。露骨な裏廻り程醜い物はない。》と思う一節があるから、「陰廻り・裏廻り」は、志賀の潔癖過ぎる性癖と、誰かが自分に対して悪意を抱き、密かに攻撃してくるのではないかと邪推する被害妄想的傾向に根差しているものと考えられる。

（85）『大津順吉』では、母の裏切りは、余りはっきりとは描かれていない。これは、広く世間に公表するものの中に、母の悪口を書きたくなかったせいもあろう。志賀は「手帳9」九月十五日（回想）の八月二十九日の所には《母余を偽る》と明記しているし、三十日の所では、母が直哉の前では今井の妻にCの荷物は渡せないと言ったと言いながら、後で直哉に無断でCの荷物を送ってしまったことや、Cの父やCに宛てた母の手紙が、二人の結婚を認めるような内容では全くなかったことを挙げて、《母はCをどこまでも嫁と見るの心なきは明らかなり　罪人のあつかい方なり》と書いているのである。

（86）紅茶は当時すべて輸入品で、高価だった。植民地だった台湾製の紅茶が国内で発売されるのは大正末年、日本人が普通に紅茶を飲むようになったのは第二次大戦後である。

（87）菊判全集・月報9の志賀家間取図で「居間」とされているのが、ここで言う「茶の間」らしい。だとすると、その東隣が母の部屋、北隣が祖母の部屋で、どちらとも襖を隔てているだけだったようである。ここで言う「座敷」はどこかはっきりしないが、「中の間」だとすると、母の部屋の隣だが、壁で仕切られているので、そこで話をしても声は聞こえなかったのであろう。或いは、かなり離れた所にある二十畳敷きの「大広間」まで行ったのかも知れない。

（88）「手帳9」九月十五日（回想）では、三十日に《午后ねて居る祖母に》読んで聞かせたとあるが、寝ていたのを庭に連れ出して読んで聞かせたのであろうか？

（89）志賀は、事件当時、「不幸な祖母《おばあ》さん」を素朴に素直に武者小路の気持ちを流露させただけのものと受け取ったようだが、本当はこれは、志賀が祖母に読み聞かせることを前提に、説得のために効果を計算しながら作り上げた底意のある戦略的な文章である。理屈を振りかざして正面突破を試みるのは逆効果だから、懐柔策を採って、先ずは頑なになっている祖母の気持をやわらげるために、祖母に同情するようなことを書いてから、祖母が折れれば皆が幸せになれることを納得させよう、という作戦だったのである。題名の「不幸な祖母《おばあ》さん」自体も、表向きは「お祖母さん、あなたが一番、可哀想だ」と同情し味方するように見せ掛けながら、実は、「あなたは自分で勝手に不幸を作り出している愚かな祖母さんですよ」という意味だったのである。

『大津順吉』では、《重見はそれを祖母に読んでやれといふつもりで書いてくれた事はわかつてゐたが、其日は其機会がなかつた。》と書いているが、「或る旅行記」によれば、実際の志賀は、《なんの為めにこれを書いたかは御存じの事と思ひます》という武者小路の添書きの意味が、すぐには分からず、《暫くして、それを祖母に読むで聞かせろといふ意味》だと悟ったと言う。つまり、武者小路が最初から志賀ではなく祖母に聞かせるつもりで戦略的に書いていることに、全く気付かず、武者小路が本心から《祖母さんを一番不幸な方と思》って書いているのだと思っていたのである。

(90)『大津順吉』には出て来ないが、「手帳9」九月十五日（回想）の八月三十日の所で志賀は、母はCを罪人あつかいしていると書き、また、母からCの父に宛てた手紙に《こんな事になつたのは皆己れの不行届から》とあることを不快だと書いている。母の「監督不行届」という以上、二人のやったことは、監督して防ぐべき「不行跡」だったことになるからである。

(91)「手帳9」九月十五日（回想）には、《Cは兄の来り会はんとするなればとの理由にて連れ帰る、其後余怒つてカゲへまわつて何かするものあらば打撃を与ふべしといふ　心では咲かせいのわざと思へばなり》と、はっきり《其後》と書かれているので、《カゲへまわつて何かするものあらば打撃を与ふべし》と言ったのは、実際には、今井の妻がCを連れて行った後だったと考えられる。

自分も認めて置きながら、Cが連れて行かれた後になって怒るというのは、論理的にはおかしいのだが、事件当時の実際の志賀は、今井の妻の言う事は信用していなかったのに、母と祖母が今井の妻を支持したため、つい弱気になり、Cを渡してしまったのであろう。そして、Cが行ってしまってから、そういう自分に腹が立ち、八つ当たり気味に、《カゲへまわつて何かするものあらば打撃を与ふべし》と大声を出したのであろう。しかし、小説では、この後（十二）で、直吉が叔父から本当のことを教えられて激怒する場面があるので、女中への怒りは（十二）に廻すより、村井の妻に対する最初の怒りのすぐ後に置いた方が効果的なので、そうしたのであろう。

(92)『大津順吉』では分からないが、菊判全集・月報9の志賀家間取図によれば、「茶の間（居間）」の北隣が祖母の部屋である。祖母が起きて来たのは、すぐ隣の部屋で話を聞いていたからであろう。

(93)「第二」の（七）に、この物置の屋根に作ってある物干場から千代が降りて来る場面があった。また、その章で、「白」の死体が発見されるのも、この物置である。「第二」の（一）にも、兵隊たちが物置の軒下にかけてあった梯子を取り下ろす場面がある。

(94)「用あらば明日来よ」の「明日」が抜けているのであろう。

(95)阿部泰山全集第一巻『萬年暦』によれば、この夜は三日月である。

(96)表の門は、「第一」の（六）と「第二」の（七）に出ている門番が開けてくれたのであろう。

(97)「或る旅行記」では、八月二十九日に届いた筈の武者小路の手紙（「不幸な祖母さん」）の文中に既に《痴情に狂つた猪武者といはれる志賀も気の毒である》という一節がある（『大津順吉』の「不幸な祖母さん」にはない）。手紙の実物が見付かっていないため、この言葉が元の手紙にあったかどうか確認できないが、もしあったとすれば、父がこの様に言っていることを、実際の志賀は八月二十六か七日頃に知り、二十七か八日に武者小路と会った際に話した為、二十九日の武者小路の「不幸な祖母さん」に出て来た、それを『大津順吉』では、《急烈な怒り》の原因の一つに追加しようと考えて、二十九日の夜に初めて叔父から聞かされたことに事実を改変した、という事になる。

(98)「旅の図書館」所蔵の「汽車汽船旅行案内」（明治四十年三月発行、三十九年六月改正時刻表）によれば、当時東京市内を走っていた電車の最も遅い時刻の終電は、二十二時二十四分お茶の水発・二十二時五十四分中野着のものである。四十年八月当時の時刻表は確認できなかったが、この資料からすると、（十二）で言う《電車のレールをきしる音》は、実際には汽車のものだったのを志賀が電車の音と誤解した、と考えられる。

(99)「手帳9」九月十五日（回想）によれば、実際には、Cは三十日には本所にいて、九月二日頃、銚子を経て小見川に帰されたらしい。

(100) 先に、《星の多い晩だつたが、割に蒸暑かつた》とあったことを併せ考えると、この夜は、東京の上空は晴れていたが、千葉方面には雨雲があって、稲光が見えたのであろう。

(101) 『大津順吉』で描かれている明治四十年に、志賀もその友人達も、「仕事」と呼べる程の作品が一つも書けていなかった事は、(十二)でも認めている。しかし、志賀の父は、志賀が『大津順吉』を書いていた明治四十五年の時点でも、志賀の仕事の価値を全く認めなかった。そこで志賀は、《自分の仕事でも金になるといふ事を見れば父はもつと自分の仕事に寛大になつてくれるだらうといふ気があつ》て(『暗夜行路』草稿2、また対談「『白樺』派とその時代」でも同様の発言をしている)、初めて商業誌「中央公論」からの依頼に応えて、『大津順吉』を書いたのである。そうした事情も、(十二)で《皆は私共のいふ事が、(中略)価値のない空想》だと思っているという不満をぶちまける動機になっていた。しかし、志賀の父の考えは、『大津順吉』が「中央公論」に掲載されても、全く変わらなかった。

(102) この「空想」と所謂「時任謙作」については、生井知子『白樺派の作家たち』(和泉書院)所収「原『暗夜行路』論」参照。

(103) 『暗夜行路』草稿2にも、非凡な仕事を成し遂げたいと焦る主人公について、《彼の下腹には少しも力が入つてゐなかつた。血眼になつて、浮足立つて、甲走つた声を出して、然しそれは何にもならなかつた。》という描写がある。

(104) F・W・パトナムの『解離』(邦訳・みすず書房)P117～119に紹介されているパトナム自身の解離体験でも、一方でパニックになりながら、《同時に自分自身の行動を距離を置いて冷静に批評家的に眺めてい》た事が報告されている。

(105) パトナム『多重人格性障害』(岩崎学術出版社)P29～30参照。
なお、『或る男、其姉の死』(四十)で、兄が姉の痣を忘れていたというエピソードも解離性健忘と関連しよう。ただし、私見によれば、この姉の《桃色の柔かさうな耳》にある《青味を帯びた(中略)痣》《に触れて見たい不思議な慾望》は、志賀が満三歳ぐらいの時、母・銀の性器、実際には恐らく肛門(幼児には女性性器というものの認識はないだろうから)に悪戯をしようとした記憶(『暗夜行路』草稿1・27)の変形であり、その近親相姦的な意味合い故に抑圧され、忘れられたと考えられる。志賀はこの姉を母なるもの(生母・銀、義母・浩、祖母・留女)と密かに同一視しており、姉の死因が《悪阻から変化した余病》（三十七）とされていることと、姉が死んだ時（三十九）に夫が泣かなかったことは銀がモデルであり、（三十九）に出る「蒲団を汚したくないから汚い蒲団に変えてくれ」という姉の発言は、その元になった志賀の明治四十五年一月十三日の夢では、銀・浩・留女のいずれともつかないような人物の発言であったこと、が証拠として挙げられる。

(106) 志賀は、『「クローディアスの日記」に就いて』の中で、《あの小説のクローディアスは心理からいへば全く自分自身です。終りの方の或る部分は「ハムレット」の狂言には全くない事で、私の心理の経験を持つていつてつけたのです。》と告白している。これは恐らく、隣で魘《うな》されている《兄の夢の中でその咽を絞めてゐる》自分をまざまざと想像してしまう部分を指しているのであろう。だとすれば、明治三十九年八月下旬に父と熊沢鉱山に行った時かも知れない。

(107) 本書「志賀直哉『黒犬』に見る多重人格・催眠・暗示、そして志賀の人格の分裂」参照。

(108) 未定稿102（「僕は今晩酒を飲みつゝ」と始まるもの）に、《僕の家は気違ひすぢなのだ、》という一節がある。この書きかけの作品は、純然たるフィクションにするつもりだった可能性が高いが、《気違ひすぢ》という設定に関しては、志賀家の遺伝を念頭に置いたものかもしれない。

(109) 『暗夜行路』草稿7によれば、志賀は十四歳ぐらいから一時的な失語症の発作を繰り返し経験していたらしい。未定稿104「深淵を凝視する人」に失語症が出るのは、自己の体験に根差していると思われる。

(110) 私は、《(其後二年程して》と始まる（　）内の、《其時に鉄亜鈴が机の上のランプとは五寸と離れない所へ飛んで行つた》という二回目の鉄亜鈴の描写を読む時、ランプのそばへ飛んで行く鉄亜鈴をじっと見ていながら、ひやりともしない私（細江）自身を映像的・感覚的に想像して見る。その時の私自身の感じでは、鉄亜鈴はスローモーション的に飛んで行き、視覚的には物の細部まではっきり見えているのに、見ている物事が夢の中の出来事のように遠く感じるという、まさに「解離」的・夢遊病的な状態だと感じるのである。

(111) Eugen Sandow（一八六七〜一九二五）が解剖学に基づくボディビルディングを開発し、一八九一年に片手で一二二kg強のバーベルを頭上へさし上げて世界一の力持ちと称され、世界各地を回ってこのトレーニングの普及に努めた結果、ボディビルディングは世界的なブームを呼んだ。日本でも、古くは「雑録　サンダウの体力養成法に就いて」

（講道館の雑誌「国士」第1巻第1号、明治三十一年）などで紹介され、明治三十三年には、『サンダウ体力養成法』という本が、嘉納治五郎の造士会から刊行され、以後版を重ね、明治四十年六月十九日には、「国民新聞」が「新式体操療法　サンダウ医者となる」という記事（五面）で、《「サンドウ《ママ》の鉄亜鈴」と云へば我国に於て如何なる片田舎に迄でも喧伝せられ盛んに試みられたもので（中略）皆がお昵みの名である》と報じる程に有名になっていた。

　なお、「手帳13」の《下の石井を思ひ笑ふ。》というメモは、明治四十二年六月中旬に書かれているので、『大津順吉』で《其後二年程して畳がへの時見たら》と言われているその畳替えの時に、《根太板が（中略）折れてゐ》るのを見て思い出し、メモしたものかも知れない。

（112）これらは、生井知子「志賀直哉と父」（『白樺派の作家たち』）で、ハバードの『スカイ・ジャッカー』を引いて述べられている事とも繋がるものと思う。

（113）私は、ここに挙げた四つの解釈の内、一つだけが正しいのではなく、四つすべてが同時に岩井のイメージの中に含まれ得ると考えている。それは、優れた文学作品における言葉やイメージは、表面的な意味の他に、複数の無意識的な意味を同時に含むものだ、と私は考えているからである。この点については、拙著『谷崎潤一郎―深層のレトリック』（和泉書院）第二編第一部第五章「『春琴抄』―多元解釈および「深層のレトリック」分析の試み―」の「（一）始めに―本章の方法および目的について―」P657～659を参照されたい。

（114）この手紙をこの時、取り戻そうとしたのは、「濁水」の執筆を計画していたからである。

【付記】本稿は、「名作鑑賞『大津順吉』――再評価のために」と題して「甲南国文」54号（平成十九年三月）に掲載したものに、今回、加筆・修正を施し、改題したものである。

作家論的補説『大津順吉』前後の志賀直哉
――『大津順吉』のテーマの生成過程

本稿は、志賀文学の優れた特質をなすものが、何時頃、どのようにして形成され、『大津順吉』に流れ込んだかを、概観しようとするものである。

もとより、非常に複雑微妙な事柄を、無理矢理、簡単に整理しようと言うのであるから、不完全なものになることは、予め覚悟の上である。それでも、大雑把にでも整理する事で、初めて見えて来るものがあるというのが、私の見通しである。

既に前稿「志賀直哉『大津順吉』論」の(二)解釈と鑑賞の試み①『大津順吉』「第一」(ii)「第一」の(三)などで述べたように、志賀が優れた作家となり得たのは、「志賀が、意識・思想・道徳ばかりを重視するキリスト教に苦しみ、そこから逃れ出た結果、キリスト教が軽視して来た無意識的なもの・身体的なものの大切さに目覚め、確信を持つようになって行った」からである、と私は考えている。

そこで、先ずはキリスト教への入信と棄教の経緯から、検討を始めたい。

（一）志賀直哉にとってのキリスト教——潔癖症・新しい道徳と思想・強い父

①入信

志賀は、草稿「第三篇」『大津順吉』『濁つた頭』で、自分のキリスト教信仰の好い加減さを頻りに強調している。しかし、これらは小説としての構想から来ている部分もあり、例えば、武者小路実篤の『或る男』（九十）からは、日露戦争当時、志賀が最後の審判を《七分か八分》信じていたことが確認できる。棄教直後の志賀の未定稿63「アイドールとしての芸術（所感）」（明治四十一年末）でも、《自分は嘗つて、キリスト教的キリストを、所謂キリスト信者的信仰を以つて、信仰した時代がある》と述べており、志賀自身、自分の信仰を（内村は別格として）普通の信者とは大差ないものと認識していたことは、間違いない。比較的事実通りと思われる未定稿129「或る旅行記」でも、Cとの事件当時、志賀は《考へとしても行為からいつてもカナリ堅いキリスト信者であつた》、《キリスト信者だつた彼は来世といふもの（マヽ）信じて同時に此世で犯す罪悪といふものを非常に恐れてゐた。特に殺人罪に等しいと教えられた姦淫罪に対しては其誘惑が一番強かつたゞけに恐れをなしてゐた。》《一度肉交した以上、その女に対して、全責任を負はねばならぬといふのが、（中略）動かし難い真理となつてゐた考へであつた。》などと書かれている。「手帳」等の資料からも、志賀がかなり真面目なキリスト教徒であったことは、確認できる。そうでなければ、性欲の問題であれ程苦しむこともなかったはずである。

『大津順吉』では、あたかも内村の顔に惚れ込んだためにキリスト教徒になったかの如くに書かれているが、これも事実ではない。草稿「第三篇」と『自転車』によると、志賀がキリスト教に深く心を惹かれるようになった最初は、内村と出会う以前で、自家の書生・末永馨に誘われ、種田牧師の説教を聞いた時なのである。

その原因となったのは、二年前、自転車の買い換えの際に、結果的に萩原という自転車屋を騙した形になって、「ペテンにかけられた」と言われたことだった。志賀は、《ペテンの行為を憎むといふより》《ペテンといふ言葉に対する嫌悪の情》が《それから何年も消えなかつた。（中略）不図、この言葉を想ひ出すと、陽が陰るやうに気持が暗くなつた。》（『自転車』）と回想している。これは、志賀自身、《私は良心に頬被りをしてゐたのだ。》（同）と解釈している通り、「自分が行なった行為はペテンではなかった」と考えたい自己欺瞞的な欲望から、すり替えが行なわれ、ペテンという言葉を、不当に貼り付けられた不潔なレッテル――それ自体が自分を汚す「きたないもの」であるかのように思いなした結果であろう。志賀がもし、罪や不潔なものに、比較的寛容な人間だったら、却って自己欺瞞に陥ることなく、ペテンと言われた時に、すぐ謝罪に行ったかもしれない。しかし、志賀は、精神的・肉体的不潔さを、徹底的に拒否せずには居られない潔癖症の人間だった。（注1）その為、心からペテンではなかったとも思えず、かと言ってペテンという汚点を認めてしまうことも出来ないまま、何年もの間、心の重荷になっていたのである。

それが、種田牧師の説教を聞いている内に、《それまでペテンにかけられたといふのは、萩原の誤解だといふ風にことさらに考へてゐたのに、不思議な位、その事が私を苦しめ》（『自転車』）るようになった。これは、自分の罪から目をそらすことを止め、有りの儘に直視できるようになった結果である。そして、草稿「第三篇」（二）によれば、「厳格な父なるエホバに対して、柔らかな愛情を持つ母なるキリストによって罪をわびて貰わねばならぬ」という牧師の説教を聞いた時、《息がつまるやうな興奮》に襲われ、前に進み出て《悔改め》をし、《嘗つて経験しなかつた喜びを感じ》たと言う。（注2）恐らく志賀の入信は、キリスト教が志賀の潔癖症を充分満足させる程、潔癖症的であること、しかも同時にそれが、罪という心の穢れ（ペテンのレッテル等）を完全に拭い消し、真っ白に戻してくれる力を持った道徳思想であることを、重要な要因としてなされたに違いないのである。

ちなみに、「或る旅行記」に、友人の青木（＝三浦直介）が、「十六になってからニキビがひどくなり、自分の顔の醜さにひどく苦しみ、心がいじけ、キリスト教と出会った時、漸く救われた」と志賀に語った際、（普通なら、許し難い軽薄な話だと考えそうだが）志賀は手淫に苦しんだ自分の昔と思い比べて、その話を厳粛に受け止めた事が書かれている。青木の回想に志賀が共感したのは、志賀にとってのキリスト教もまた、自分の醜さ・不潔さから救い出してくれるものだったからであろう。

もちろん、入信の原因は、この「ペテン」事件だけではあるまい。志賀は数え年十九歳の明治三十四年（一九〇一年）にキリスト教に入信したと推定されるが、隅谷三喜男氏の『日本の社会思想』（東京大学出版会）によれば、この年は、（一つには、二十世紀の初めの年ということで、「大挙伝道」が行なわれたせいもあるが）日本の都市部で中産階級の知識人・学生の教会入会者数が急増し始めた年にちょうど当たっている。例えば、この年一高に入学した田辺元氏は、『キリスト教の弁証』（筑摩書房、昭和二十三年）の序文で、《信ずるにせよ信ぜざるにせよ、キリスト教はこの時代の一高青年にとつて、退引ならぬ問題であつた》と回想している。一高生・藤村操が人生に悩んで哲学的自殺を遂げ、「煩悶青年」が一つの社会現象にまでなり、大きな注目を集めたのが明治三十六年(注3)。綱島梁川の「予が見神の実験」が、賛否共に多大の反響を呼んだのが明治三十八年である。これらは、日本の近代化によって、儒教・神道・仏教への信頼が揺らぎ始め、若者達がそれに代わる新たな宗教や道徳思想を求め始めた結果であり、志賀もまたその一人だった事は、『わが生活信条』に《家庭で与へられた思想は、純粋に儒教的なものだつた。》とある事、『内村鑑三先生の憶ひ出』に《何か私にも精神的な欲求があり（中略）説教を聴きに行つた》とある事から想像できる。

志賀は、種田牧師に出会って間もなくに、やはり末永に誘われて内村鑑三に出会うや、忽ち心を惹かれ、弟子となる。その際には、内村が志賀と似て極めて潔癖症的である所や、『内村鑑三先生の憶ひ出』で《初めて》《本統の教へをきいた》と回想しているような真摯な信仰の態度と厳格な道徳性、それに『大津順吉』でニーチェ・カーライル・ベートーヴェンを連想させると描かれたような英雄的・戦闘的・男性的な顔立ち・性格・言動が、大きく作用したと考えられる。父とうまく行っていなかった志賀には、男らしい強い父性的な人間への願望があった事も、内村に惹かれる一因となったであろう。また、異性に恋する以前に多くの人が経験する、理想的な同性への思春期特有の恋着とも、無関係ではなかっただろう。

志賀は、『内村鑑三先生の憶ひ出』の中で、自分は《生来の怠けもので》、キリスト教徒時代、《聖書の研究でもさつぱり勉強しなかつた》。《その当時でも先生のよき弟子だと自ら思つた事はなかつた。》《教の事は余り身につけ》なかった等々と述べている。私見によれば、これは、『内村鑑三先生の憶ひ出』『大津順吉』共に、棄教後、本当の自分独自のものを確立しようと自他に厳しい吟味の眼を向けるようになった志賀の目から過去を振り返ったせいでもあると思う。しかし、志賀が自力でキリスト教の教えを深く研究しようとしなかったことは、恐らく事実であり、しかしその原因は、単なる怠惰ではなく、根本的には、内村個人への崇拝の現われだったのではないか、と私は思う。何故なら、もし内村の言葉・思想を《鵜呑み》（『内村鑑三先生の憶ひ出』）にせず、聖書を熟読し、キリスト教関係の文献によって研究し、自力で信仰を作り上げようとするならば、それはプロテスタントとしては正しい道であるかもしれないが、内村を偶像化し崇拝したい志賀の欲望とは、相容れなかった筈だからである。内村の言葉・思想を吟味・検討せず、有難い御神託のようにそのまま《鵜呑み》にすることこそが、「内村崇拝」を純粋に貫く所以だったのである。『内村鑑三先生の憶ひ出』で、《内村先生から云へば》という条件付きで、《寧ろよからぬ弟子の一人に過ぎなかつた。》と書いたのは、内村を敬愛し、心の支えにするという意味では、《よき弟子》だったとも言い得る事を仄めかしたものであろう。

『大津順吉』での書き方を見ても、U先生との関係を説明した二つの段落の内、最初の段落で、先ず《私は信仰上の事にも実際怠惰者《なまけもの》であつた。私は自分の信仰は（中略）U先生に預かつて居て貰ふやうな心持で居た。》とした後、U先生は《同じ弱い人間に倚つて信仰を保つて居る位危険な事はない。》と警告したが、その癖、《我の強い（中略）先生は少しでも自分と異つた信仰を持つやうになつた弟子は只出入りする事さへ快く感じなかつた。それは（中略）誰でも感じないわけには行かなかつた》。《まして私は（中略）殆ど得意のなかつた頃で、先生の考を批評する気もなかつたし、只々偉い思想家だと決めて、それを手頼つて居た》とする。そして、段落を替えて、一段落まるまる使って、《私は何よりも彼《か》によりも、先生の（中略）其顔が好きだつたのである。（中略）先生は日本第一のいい顔をした人だと私は独り決め込んで居た。》と、内村への愛着・崇拝を告白して、説明を終えているのである。この書き方からも、志賀が恐らく無意識に、内村先生に愛され続ける為には《異つた信仰を持つ》事を避ける方が得策である事を感じ取り、独自の信仰を深めるより、内村信者になる方を選んでいた事が想像できるのである。

草稿「第三篇」によれば、順吉（≒志賀）は、内村の《書いた本は総てそろへてゐた》が、その癖それを《左う多くは読まうとはしなかつた》（注4）。それでいて、人にはよく貸してやり、返さない人が居ると、また買って揃えた、と言う。これも、ファン心理として見れば、良く理解できる事である。志賀は内村に直接話しかけられたかったのであり、不特定多数に向けられた難しい文章を読みたいとは余り思わなかった。しかし、読まなくても、全部揃えて持つことで、内村先生と自分がしっかり繋がっているという気分になれたのである。また、内村先生のファンをもっと増やしたかった。だから、積極的に人に貸して読ませようとしたのである。

内村崇拝は、志賀自身のキリスト教信仰のすべてでは決してないと私は思うが、こういう側面があったことも、また事実であり、それは褒めた事とも言えないが、青春の心理としては、充分に理解できるものなのである。

②棄教

志賀が、主に、潔癖症と、新しい道徳・思想を求める事と、強い父性的な人間への願望から、キリスト教を信じたという私の考えが正しいならば、志賀のキリスト教からの離脱の仕方にも、当然、これらの要素が大きく関わっているはずである。事実、私の見るところでは、志賀は主に、性欲を我慢できない自分を不潔な存在とされることに、潔癖症ゆえに耐え切れなくなった事と、キリスト教より西洋近代文学の新しい道徳思想に惹かれた事と、エリクソンの所謂「自我同一性《エゴ・アイデンティティ》」を確立すべき時期になって、父なる内村から独立したくなった事から、キリスト教を棄てたのである。

先ず潔癖症だが、キリスト教徒になった時から志賀は、結婚を前提としない女性への性的欲望も自慰行為も（また買春も）罪と見なすことを求められ、それが最大の問題となっていた。これに関しては、本書「志賀直哉『大津順吉』論」（二）解釈と鑑賞の試み①『大津順吉』「第一」（ⅰ）序章（「第一」の（一）・（二））で言及したので繰り返さない。

志賀は数年に及ぶ煩悶の末に、遂にそうした汚らしい自己イメージに耐えられなくなり、そういう風に自分を汚く思わせるキリスト教の道徳自体を疑い、拒否したくなった。それが、志賀の棄教の大きな原因だった事は、棄教の翌年の「手帳13」のメモに、《性慾（中略）を呪ふ宗教（中略）性慾を（中略）尊敬しないもの危険なり》とあることが、一つの証拠となろう。

志賀自身が、内村に対する最初の反抗[注5]だったと考えているものは、『大津順吉』や『濁つた頭』で取り上げられているように、明治三十九年五月十三日に、内村が「姦淫は殺人と同程度に大きい罪悪である」と説いたことに反発し、八月に、「結婚という形式ではなく、愛の有無が姦淫かどうかを決するのだ」と主張する小説・未定稿22

「（きさ子と真三）」を書いたことであった。この反抗が、内村が常に否定していた「文学」の形で行なわれたことも、志賀が宗教から文学へ移行し、自立する予兆として注意すべきである。

また、明治三十九年十二月二十四日の「手帳6」には、愛に基づくセックスを肯定した次のような感想が記されている。

《○ We wanted something to love, we had found what we wanted, and we loved it.　Gorki.

実にシムプルナ（ママ）ものだ、しかも動かせない真理だ、

人あつて青年に、

「貴方はなぜあの女と関係なぞなさつたんですか」

青年は次の如く答へるより外はない、

「私は何ものかを要求して来た、何か或るものを恋ひせずには居られなくなつた、其時私は自分が要求してるものに接したのです、其所で直ぐ私はそれを愛したまでです、」

少しの偽りもない答である、これでも青年を非難するものがあらうか、》

草稿「第三篇」（三）に言う《ゴルキーに出て来る強い自由な男に》《惹きつけられ》《教えに接する前三四年間の自由な生々した生活を恋しく思》った事例の一つと言って良い。しかし、キリスト教を全体として否定するまでには、まだまだ距離があった。

この翌年に、女中Cとの恋愛結婚を目指したのも、正式な結婚以前にCと肉体関係を持ったのも、志賀自身としては、キリスト教の道徳思想に基づく正しい行為のつもりであった。

しかし、四十年九月以降Cに幻滅した後では、一度でもセックスをした以上は、結婚を取り止めれば姦淫罪になってしまうというキリスト教道徳に苦しみ始める。また、「或る旅行記」によれば、Cによってセックスを体験し

た結果、《性慾の圧迫》が著しく強さを増し、自慰行為も買春も（C以外の女性を愛することも）すべて罪とされる状況に苦しめられた。

『内村鑑三先生の憶ひ出』によれば、恐らくは明治四十年のクリスマスの日、[注6]内村の所へ向かう電車の中で志賀は、光が当たって埃が見える側に座っている人々が埃を吸い込むまいと気にしているのに対して、埃が見えない側に座っている人たちは平気でいることに気付き、《キリスト教でいふ罪》（『内村鑑三先生の憶ひ出』では自慰行為を指しているが、『濁つた頭』では性に関わる罪一般を指す）《に対する意識もこんなものだ》と感じた。しかし、『濁つた頭』を信じるならば、感話の際には、《矢張り意気地がなかつたので（中略）ほこりの満ちた電車にゐるから不可いのだ。見えたらそんな場所からは直ぐ出て仕舞はなければならぬ筈である。こんな風に仕舞を誤魔化し》てしまったと言う。この時点では、まだ勇気が足りなかったが、志賀がキリスト教を悪しき潔癖症と感じた事で、翌年の棄教が可能になった事を裏付ける事実と言える。

志賀は、結局、翌四十一年の冬に内村を訪ね、正式にお別れの挨拶をしたらしい。[注7]しかし、志賀はキリスト教的な性道徳の影響から、なお暫くは脱する事が出来なかったようで、明治四十二年の六月頃、「手帳13」に、《性慾は生活々動のSourceだ、美術のSourceかも知れぬ、（中略）強い〳〵性慾を持ち、それを尊敬すべきである、これを呪ふ宗教／力の弱い性慾を持ち、これを尊敬しないもの危険なり、》と書いた後、同年九月にCとの別れ話がまとまり、それまでCに義理立てして娼婦買いをせずにいたのを解禁しようと、同年同月二十日に初めて洲崎で娼婦を買うのである（翌明治四十三年九月十九日の日記の回想による）。しかも、この時でさえ、「或る旅行記」によれば、行く道ではかなり抵抗感があったようで、この体験は『暗夜行路』前篇第一の十一に使われ、またこの時の不潔感は、恐らく『剃刀』執筆にも影響したと私は考えている。

以後は次第に女遊びに慣れるが、性欲の問題は、その後もしばしば志賀の文学の重要なテーマとなり続けるのである。

では、内村の父性的な厳しさ・力強さに惹かれてキリスト教徒になった事は、志賀のキリスト教からの離脱の仕方に、どのような形で影響しているだろうか？

これは、思春期から青年期にかけて、誰にも起こることなのだが、一時期は憧れの偶像を見出し、崇拝したり模倣したりする事で満足できていた青年に、やがては、真に自分独自のものを摑むのでなければ満足できなくなる時（エリクソンの所謂「自我同一性」を確立すべき時期）がやって来る。志賀が『内村鑑三先生の憶ひ出』で、棄教の理由を、《私の先生に対する尊敬の念に変りはなかつたが、私には私なりに小さいながら一人歩きの道が開きかけてゐた時で、先生の所を去る気になつたのだ》と述べている《一人歩きの道》が、この「自我同一性」に当たると考えられるのである。

この《一人歩きの道》は、言うまでもなく文学のことである。そして、文学は、キリスト教に代わる新しい道徳思想を志賀に提供するものでもあったのである（ただしこれは、「志賀が、道徳や思想を教える道具として小説を書いた」ということではない）。

『書き初めた頃』『稲村雑談』などによると、志賀は大体明治三十七年頃から小説家になろうと考えていたが、暫くは創作の方では模作・習作のレベルを出なかった。つまり、まだ《一人歩き》が出来る状態ではなかった。

「ノート」等からも、その頃の志賀が、西洋の近代文学を熱心に勉強していた事が窺える。志賀は、草稿「第三篇」（三）で、《其頃自分はゴルキーを少しづゝ読むだ。ゴルキーに出て来る強い自由な男に自分は惹きつけられた。（中略）自分は自分の教えに接する前三四年間の自由な生々した生活を恋しく思ふ事が多くなつた。（中略）罪々と絶えずオド〳〵する生活に堪え難くなつた。》と、ゴーリキーが、内村から離れる最初の切っ掛けの一つになった、と意味付けており、確かにそういう側面もあったようである。

ゴーリキーとの出会いについて、簡単にその経緯を辿って置くと、先ず、残っている最初の確実な記録は、明治三十八年九月二十四日のゴーリキーの『降魔』の翻訳（未定稿7）で、「ノート1」には十一、二月に丸善にゴーリキーの作品を注文した記録があり、年末には里見弴にもゴーリキーを読むように勧めたらしい（里見の『君と私』による。）

「ノート1」の明治三十八年十二月と推定できる部分には、《余は、余の国を去らざるべからず、国を出で、、余はかんそうせる露国に趣かん、ゴルキーの食客たるを得ば、快事ならざるべからず、》とあり、ゴーリキーへの熱中が知られる。

三十九年一月九日執筆の未定稿14「お竹と利次郎（梗概）」の作中には、イプセンの『ノラ』、アンデルセン、ズーデルマンの『フラウ・ゾルゲ』、ゴーリキーの『フォマ・ゴルディエフ』『マカール・チュードラ』の名が出ており、これらの作家の影響が確かめられる。その粗筋を見ると、主人公のお竹は、生まれ付いての《Lover of Freedom》で、小学校すら束縛されることを嫌って行かなかった、という設定になっている。また、義太夫の太夫となったお竹は、不遇の天才・三好太夫と出会って、《自分の語り口の師匠早の助の摸ホーに過ぎざりしを自覚し》、《師の恩は忘れず、されど私は、独立すべく自覚せり》と言って遂に独立する。これは、師・内村からの志賀の独立を先取りしたものと言えるだろう。この作品からも、志賀が西洋近代文学から、自由主義・個人主義的な思想・道徳を受容したことが、よく分かる。

同年三月末か四月初旬頃の「手帳1」には、《○作家は、己が特別なる性癖及び感情を一般にあらずとなし、書かざるはよからず　自信なり、「そんな事があるもんか」といはれたら、証人は己れだといふ事の出来るやうに正直にそれを写せば如何なる特別なりとも差し支えない。》と書き、個性を何より重視する個人主義的な芸術観が示されている。

同年四月三十日には、「手帳2」に、《僕はイブセンやハウプトマンを読むで自分に忠実ならん事を志してゐるだから（中略）自分のしたい事は何んでもしやうと思つてゐる（自己の発展に必要な事ならそれがお婆さんの嫌ふ事でも）》とあり、五月十九日の「手帳2」には、《明らかに傾向を持つた（中略）主張のある、独特な体《（ママ）》の作家になつて見せる、》とある。新しい思想的・道徳的な《主張のある》作家たらんとしていたのであろう。

六月五日以降八日以前の「手帳3」には、《自分はどうしても独創的な文体を初めたい、日本の文学をキメたい、支那及び西洋の感化《キハン》を、文章の上に於ては、脱したい、》とある。ナショナリズムではあるが、やはり自由主義・個人主義的な「独立」志向である。

八月五日の「手帳4」には、竹本相玉の《太十の光秀を聞いて余は、イブセンのブラント或、ヂョン　ガブリエル、ボークマンはこんな男ではあるまいかと思つた、彼は当時の道徳に反抗した（遂に敗れはしたが）偉人である、（中略）自己を侵害した春長から独立せんとしたのである、》とある。

この様に道徳・文学両面にわたって古いものに反抗し、新しい独自のものを打ち立てようと強く求めつつあった時期だったからこそ、この年の五月十三日に内村が「姦淫は殺人と同程度に大きい罪悪である」と説いた時に直ちに反発し、八月に「（きさ子と真三）」を書き上げ、これが志賀にとって《初めての出来上つた小説》（『大津順吉』）、つまり《一人歩きの道》への最初の一歩となったのである。

しかし、「（きさ子と真三）」は、決して傑作ではなかった。志賀自身、十月二十一日の「手帳5」で、《いくら理屈を書いても、それを書きつゝ美化して理屈臭いといふ臭味を去らねば本当であるまい、此小説は其臭味で満々てゐる、》と反省している通り、道徳や思想と呼ばれているような大雑把なもの・理屈は、正しく摑んでいても、それを書いただけでは芸術作品にはならない事を、この時既に志賀は感じ取っていたのである。

このすぐ後に、稲ブリンクリーのダンス・パーティーがあり、それが志賀の次なる精神的発展、そして棄教への大きな切っ掛けとなったのであるが、ここから後の事は、主に次章、(二) 硬直した思想からの解放の過程①道徳否定・性欲重視で扱う事にして、ここでは端折《はしょ》る。

明治四十一年一月十四日には《初めて小説が書けたといふやうな気がした。》(『創作余談』) という所謂「非小説、祖母」が書け、同年七月からは、武者小路実篤らと回覧雑誌「暴矢」(のち「望野」) を始め、そこに『網走まで』『濁った頭』等の草稿を掲載した。この頃、志賀は自分が真に自分独自のものを摑み、作家となるための準備が整いつつあることを感じていたであろう。

同年十月二十八日付け有島壬生馬宛書簡では、《七月の廿五日頃から毎土曜、ボヤ〳〵会の、望野といふカイラン雑誌を作つてゐるのだ、》と報告したすぐ後に、《此頃内村先生の所へ行くのをヤメてゐる。ヤメつきりによすといふ気にもなれない　随分長く御世話になつたのだから非常にすまんやうな気もするし、又毎日曜行くとするとそれも、何処か済まんやうな気がするし、少し弱つてゐる。》と書かれている。

先に引いた『内村鑑三先生の憶ひ出』の中の《私なりに小さいながら一人歩きの道が開きかけてゐた》とは、具体的にはこの「望野」の事であり、志賀は自分自身が強い人間＝自立した独創的な作家に向かって一歩を踏み出した時、キリスト教を棄て、内村と訣別したのである。

こうして志賀は、キリスト教を棄てた。しかし志賀は、その時、逆説的にではあるが、キリスト教から幾つか重要なものを手に入れたと私は考える。その最大のものは、キリスト教が抑圧し、清く正しくコントロールしようとしていた無意識的なものや身体的なものの大切さに目覚めた事であろう。さらに、志賀が、自他を問わず、人間の無意識・欲望を赤裸々に見据える力を、あのように鋭く研ぎ澄まして行けたのは、実は、人間の行いだけでなく、単に考えただけのこと、また無意識の奥底にまでも、そこに罪や欺瞞や不純なものが隠れていないか検査せずには居られないキリスト教の習慣が、無意識に対して志賀を、さらに敏感にしてくれた御蔭ではないか、と私は考えるのである。

また、志賀が棄教後、抑圧・排除される物、無意識の欲望や偽・悪・醜、性、殺人・犯罪などに、積極的な関心を向け、画期的な作品を次々に産み出せた事も、志賀が潔癖症であるため、不潔なものをクローズ・アップし、注視してしまう性癖が一つの原因ではあるが、キリスト教の清潔志向に対する反動によってそれが加速され、大きな成果に繋がった面もあるように思う。

そのような意味で、キリスト教は、志賀にとって決して無駄な回り道ではなかった、と私は考えるのである。

（二）硬直した思想からの解放の過程

棄教後の志賀の変化の過程を、以下、便宜的に、「①道徳否定・性欲重視」、「②感情・無意識重視」、「③子供らしさと動物・自然の評価」、「④シーンを描く力――写真的無意識」、の四つの視点で整理し、それぞれ通時的に、変化の現われを列挙して行こうと思う。もちろん実際には、それらは互いに関連し合い、絡み合って居るので、分けることには無理もある事を、お断りして置く。

①道徳否定・性欲重視

前章で述べたように、志賀の入信の動機の一つは、キリスト教の道徳に惹かれた事であり、逆に棄教の理由も、自分を不潔な存在とするキリスト教の性道徳に耐え切れなくなった事と、西洋近代文学の新しい道徳思想に惹かれた事が大きな要因である。以下、分かりやすくするため、一年ごとに【明治〇〇年】という小見出しを立てて、説明する。

【明治三十九年】

先に（一）の「②棄教」の所で紹介した三十九年一月九日執筆の未定稿14「お竹と利次郎（梗概）」の主人公・お竹は、生まれ付いての《Lover of Freedom》とされていて、恐らくはゴーリキーやイプセンの影響であろうが、道徳から自由な女性への憧れが、既に見られる（ちなみに、この小説は、竹本広勝・木下利玄をモデルにしたものであった）。

八月五日の「手帳4」には、竹本相玉の《太十の光秀を聞いて余は、イブセンのブラント或、ヂョン　ガブリエル、ボークマンはこんな男ではあるまいかと思つた、彼は当時の道徳に反抗した（遂に敗れはしたが）偉人である、》とある。

この月には、キリスト教の性道徳に疑問を投げ掛けた「（きさ子と真三）」も書かれた。

十月二十日の「手帳5」では、娘義太夫の竹本朝重について、《彼は道徳律の窮屈なものを嫌ふ、よくいへば自由人なり、従つて、多少Wildな所あれども、自然に発達せる女なるべし、》と道徳から自由な女性を高く評価している。

【明治四十年】

明治四十年には、三月二十二日付け壬生馬宛書簡で、《所謂道徳で自己を強いるのはいやだ、善い事をする習慣をつけて善人にならうといふのはイヤシイ考へではあるまいか、》と発言している。が、Cとの事件の際には、祖母に、「私のしようという仕事は今の誤った社会に反対して、正しくしようというのが目的であるのに、もし自家の反対に負けるようなら、社会を相手に勝てるはずはなく、私の仕事の立場が無くなってしまう」と説明した

（「或る旅行記」）ように、「新しい」とは言え、「道徳・思想を主張する文学」を目指す点に変化はなく、キリスト教を棄てる気持もまだ無かった。

里見弴の『君と私』（十四）によれば、里見が書いた若い後家の情欲を写したもの（『お庄』）に対して九月頃、志賀は、《性慾と、性慾に打ち克つだけのものとの間の争闘が写されてゐない点を》《手ひどく非難し》たと言う。やはり、道徳を重視していたのである。

そして、クリスマス会では、先に引いた通り、電車内の埃に譬えて、キリスト教を批判しようとしたものの、踏み切れずに誤魔化してしまった。

【明治四十一年】

それが、Cとの事件を経た明治四十一年一月二日の未定稿35「小説苔の床」になると、銅山の鉱業所で監督をしている山口という人物の意見という形で、《現在の人間、即ち私《わし》共が完全だとは思はない、然し本来の人間。最初の人間。アダムとイブでもよい、あの二人は完全な人間だつた。その完全な人間が何故不完全に化けたらう。其所に道徳といふものが出来たからだ。よく人は人間が不完全だから道徳を以つてそれを拘束するといふが。御覧なさい、アダムもイブも、何も知らぬ完全な人間でしたよ、罪といふ事を知らぬ、美しい純粋、まぢりつけなし、生《き》の人間だつた。それに神様が何んといつた、「此リンゴを食つてはならん」これが道徳の初まりで、これが出来たからこそ、初めて其所に罪悪といふ事が生じ、折角完全に出来上がつた人間が不完全に趣く》と、キリスト教が性を原罪としたことを強く批判する所まで、踏み込むようになっている。

ただし、内村に見せるものでないからこそ、ここまで書けたということもあろうし、また、作中には性欲から起こる売買春・姦通・その結果生まれた赤子を父親が殺すこと、なども描かれていて、性に対して否定的な西洋の自然主義文学の模倣という側面も大きかったと推定できる。

座談会「作家の態度」で志賀は、《初めは作り方を知らないからね、モーパッサンならモーパッサンを読んで、形から入っていくと非常に書きいい。モーパッサンなんかの場合は、人が寄って、夜、一室で話をしている間に、誰かがこういう話をし出したという、書き出しだね。ああいう書き出しで持っていくと、非常にやりいいので、そういうこともやってた。》と発言している。「小説苔の床」も、語り手の《自分》が銅山の鉱業所を訪問した際、夜、事務室で監督の山口の道徳論を聞かされ、その後、部屋に入って来た書記の永井から、坑夫の間で起こった姦通事件を聞かされるという形式で、志賀の言うモーパッサンを真似た作品の一つであることは明白である。

山口の道徳論も思想的で、「道徳・思想を主張する文学」を目指している点でも変化はない。

同じ明治四十一年一月の二十九日から三十一日に掛けては、西鶴の『好色一代男』を全部と、『好色一代女』を半分読んでいる（日記による）。これは、明治三十七年六月三日に購入したと日記に出ているものだが、『中野好夫君にした話』によれば、《内村先生の影響で（中略）読むのは不可《いけな》いといふやうな気がして》《紐で縛つて押入れに入れたまま読まなかつた》ものを、三年半後に引っ張り出して来て読む気になったのは、性欲を肯定しようとする気持が内に萌して居たからこそである。

四月の「ノート4」には、「好悪と善悪」と題した演説の草稿がある。内容は、

《物の善悪を計る物尺は幾種もあらう、然し其内で最も頼り得るものは、それに対する己が好悪の感情である。といつても、今日吾々が持つてゐる感情で毎時も正確にそ（ママ）を計れるとは自分もいふ勇気がない。此感情をもつと研かねばいけない。研がきやうによつては好悪の感情が物の善悪を計る最もよき物尺になるだらう、宗教の戒律よりも、倫理学よりも、法律よりも、道徳よりも何よりも正確なる物尺となり得るものは好悪の感情である、古来エライ人は皆偶像破クワイ者である、此偶像とは何か？　其時代の善悪観念をいつたものではあるまいか。／ソクラ

テースが出て希リシヤの善悪カン念をヒックリかへした。／キリストが此世に来て、同様の事をして行つた。／シャカも孔子も左うである、／これらの人は、理屈のと（ママ）いふヌカミソによつて漬けられた沢庵のやうな善と悪とを投げ捨て丶、真白な新らしい善悪を置いていつてくれた。》というもので、既成道徳を「偶像破壊」すべきであると明確に主張している点と、《宗教の戒律》《倫理学》《法律》《道徳》《理屈》より、自分の《好悪の感情》の方が《物の善悪を計る最もよき物尺になる》と、「感情」を非常に高く評価している点（これは次節②で扱う「感情・無意識重視」の現われである）に注目すべきである。

八月二十九日には、未定稿43「小説ダイナマイト」が書かれているが、そのスタイルは、旧友三人が集まった時、一人が信州土産として、炭焼の村で起こった事件を話して聞かせるというもので、先の「小説苔の床」と同様、明らかにモーパッサンの模倣である。話の内容も、門吉という男が性欲に駆られて人妻お力を強姦し、さらにその夫である順三をお力と一緒に絞殺するという暗い救いのないものであるし、その門吉について、《三十代といへば、自然が吾々に植へ付けてくれた種を続けんとする力が、肉の中に充ち〳〵てゐる時ではないでせうか、》という性欲を種族保存の本能とする一節がある。これらは西洋の自然主義文学の性欲観の影響と言って良い。

恐らくこの年の八月下旬と推定できる壬生馬宛書簡の下書き（注8）があるが、そこに《僕の考への傾向は、余程変つて来た。》として、

《若い心でなくては出来ない事がある、若い心は何か仕なくてはゐられない性質のものだらう、い丶事が出来なければ悪い事でもやりたい時だ、／其時代の心を浪費するのは、勿体ない話だ、其時代を、悪くさとつた顔をして、爺ムサク暮らすのは悪い考へだ。／どうかすると、宗教は、若い者にシサイラシイ面をさせる、（中略）／武者の考へも、ドン〳〵変つて行く、一体道学者臭い所のある男だが、（中略）近頃善よりは美、真よりも美（中略）又、自分は個人主義より利己主義だなど、いつてゐる（中略）然しそれでも、読むで行く内に、所謂道徳といふ、ニホ

ヒが、プンと鼻へ来る事がチョイ〳〵ある。今がウツリギワなのだらう。》とある。宗教や道徳などには囚われず、性欲を含めて《若い心》の赴くままに生きようという気持に志賀が成りつつあることが分かる。

十月十八日には、『濁つた頭』の梗概「二三日前に想ひついた小説の筋」が「望野」のために執筆されている。尾崎一雄との対談「小説について」(『志賀直哉対話集』所収。「芸術よもやま話」の題で、昭和三十年五月十七、二十四日にNHKでラジオ放送されたもの)では、人が集まって話すというモーパッサンの形式に学んだものとして、尾崎一雄が『襖』『濁つた頭』の名を挙げ、志賀も肯《うべな》っているが、それは完成形での話で、この「二三日前に想ひついた小説の筋」では、逃げて来た男が山の宿にいる所から始まっていて、形式が違う。話の中身は、完成形とほぼ同じ優れたもので、志賀の独創である。

この「小説の筋」では、主人公が《「キサ子と真三」》を書いている所と、性体験のない若い男が、若い未亡人の従姉の誘惑に打ち克てず、二人で逃げるが段々荒んで行くという経緯、錐で女を殺したと思い込み、山に逃げる途中で《僕との関係に於ける内村先生のやうな人》の幻想を見ることなどから、キリスト教の性道徳に対する批判を重要なモチーフとして書かれたものであると言える。

と同時に注目すべき事は、この梗概末尾で、《夢と現実とが、ゴッチャ〳〵になる所が書きたい》事の中心・《精しく書》きたい部分で、《其動機》(=そうなる原因)《はあとから附けたのだ。》と言っている事である。つまり、「新しい道徳・思想の主張」にポイントがあるのではなく、志賀の関心は、この時既に、人間の異常心理、心の奥底にあるもの(=無意識)へと向かい始めていたのである(この側面については、次節「②感情・無意識重視」で取り上げる)。

その十日後の十月二十八日付け壬生馬宛書簡には、《此頃内村先生の所へ行くのをヤメてゐる。》とあり、恐らく年末までに内村に挨拶に行って正式に棄教し、同時にキリスト教の道徳からも、次第に離れて行ったと思われる。

また、十二月頃には、イプセンの話から、里見弴と議論をし、「社会問題・政治問題の解決の為に書かれた小説は、芸術を手段に使う事であり、真の芸術から見れば一段下がったものだ」と志賀が言ったことが、里見の「文芸の岐路（所感）」（明治四十一年十二月十二日「麦」5号、のち『雑記帖』所収）や『君と私』（二十）から判り、キリスト教だけでなく、イプセンであれゴーリキーであれ、「道徳・思想を主張する文学」を否定する志賀の考えは、ほぼ固まっていたと見て良いだろう。(注9)

十二月二十二日には、『真鶴』の草稿である未定稿108「（小説）清兵衛（梗概）」も執筆したらしい。原稿末尾には《（四二、十二月廿二日。）於湯河原。》とあり、全集では四十二年としているが、志賀が明治四十一年の年末を湯河原で過ごした事は確認できるが、四十二年については確認できないので、志賀の誤記と見て置く（他にも、未定稿で《四二》《於湯ヶ原等と志賀が附記したものがあるが、すべて四十一年として扱う）。数え年十二歳の少年の、大人の女性への、自覚しない淡い恋心を描こうとしたもので、大人の性欲が目覚める以前の無意識の性欲と恋情を肯定的に捉えようとしたものであろう。

【明治四十二年】

翌四十二年四月十三日、既にキリスト教を棄てていた志賀は、もはや姦淫罪を恐れることなく、Cに別れ話を切り出した。(注10)

六月頃になると、道徳否定と性欲重視の傾向は、非常に強さを増した観がある。「手帳13」の「濁水」のメモを見ると、例えば、

《○彼は聖者のなりそこねであると思つてゐる。彼の人類に対する人生カンには、moralless が必要である、（個人としては無理想なり　彼にとつとつ《ママ》て道徳は「他人の物」である。》

とある。

《聖者とは、キリスト教の道徳を完全に守る聖人君子の謂いであろう。そして、ここで言う《moralless》=《無理想》は、「無道徳主義（フランス語 amoralisme、ドイツ語 Amoralismus）」の二つの定義の内、四十一年四月の「好悪と善悪」の、固定化し腐敗した善悪の観念を超越するという意味のものから、さらに過激な、原理的にあらゆる道徳の価値を認めないというものに向かって、一歩を進めた観がある。しかし、決してペシミスティックな自暴自棄的なものではなく、この時点では、むしろ明るい解放的なニュアンスが優勢であるようだ。

「濁水」の他のメモ・《一疋の蟻が自分の行為に対して責任を以つてやつてゐたら滑稽だらう、われ〳〵はどこまで自然律を超越する事が出来るか、随分破つたつもりでゐても、ヤハリ大きな律のサしサワル内でやつてゐるのだ。勝手にふるまへ。》も、人間は大自然から見れば蟻同様にちっぽけな存在で、遺伝や本能など、自然法則に翻弄されるほかないのだから、《自分の行為に対して責任を》持つ事が出来るという道徳の大前提自体が幻想であり、道徳など無視して自由に欲望のままに振る舞えば良いのではないか、と無道徳主義を説いたものである。恐らく志賀は、「自然」というものを基本的に信頼していた。だから、自己の内なる自然の欲望に従っている限りは、悪=反自然に陥ることはないと思っていたのであろう。

また、「濁水」の他のメモ・《其性慾問題は凡人は道徳によつてシバレ《ママ》て行くべきだ、／聖人はシバル人だ、彼は凡人にはなつてゐられない。》は、道徳で縛ろうとする聖人と、縛られる凡人と、道徳を超越する言わば「超人」のような存在とを対立的に捉え、志賀自身は超人たらんとするもので、所謂「時任謙作」（生井知子著『白樺派の作家たち』（和泉書院）の呼び方を採用して、以下では「原『暗夜行路』」と表記する）に繋がる危険な方向性の先駆けとして注目される。

ただし、これらはC以外の女性の肉体を知らなかった時のものであり、西洋の自然主義的な思潮の影響を受け、抽象的な観念の世界でキリスト教を裏返したもの、と私には思える。また、「濁水」のメモについては、取り敢えず、この小説の中ではこういう考え方・方向性で行こうということであって、必ずしも志賀自身の強固な信念となっていない考えがメモされている可能性も、考えなければならないだろう。

そうした留保を付けつつ、「濁水」のメモで、道徳否定・性欲重視の傾向を示したものを列挙してみると、次のようになる。

《〇メチニコフの人は自然の生活をせよ、／〇犬になれ。／〇自分の五才ノ時——　七才の時の事——／自分に責任ありと思はず。(注11)／〇ある点、動物に退化せよ。》

《〇YS(注12)の言葉として、／性慾は生活々動のSourceだ、美術のSourceかも知れぬ、（中略）強い〳〵性慾を持ち、それを尊敬すべきである、これを呪ふ宗教／力の弱い性慾を持ち、これを尊敬しないもの危険なり、／"Enfan(ママ) d'Adam"(注13)》

《彼の考は手淫の前と後とマルデ変る。／即ち前は考へではない性慾そのもの（中略）後の考へこれ又、性慾の力以外にある人の考へに過ぎない。》

《犬になれ　自然に生活せよ——ワルデンの生活の弁護。(注14)》

《(性慾をイヤシメた宗教は皆アヤマレリ。性慾を敬せよ)》

《〇自分の親しむで了つた思想に義理を立て丶あきかけた眼をねむる。／内村先生と高山。》

《〇自然といふ神は性慾によつて結婚すべき時を吾々に示してゐる、(注15)》

等である。

七月七日付け壬生馬宛書簡では、《今の吾々の生活の不自然な事に関する君の考へ》と《殆ど全く同じ意味の事をツイ三四日前此所で英夫君と話し合つた》。《吾々はどうしてかうだん〳〵字に書かれた道徳から遠ざかつて行くのだらう。一種の哀情も感じないではないがそれ以上快く感じてゐる。》と道徳否定の方向性は明らかである。[注16]九月にはCとの別れ話がまとまり、先述の通り、九月二十日から娼婦買いを始める。これには、キリスト教の性道徳を否定するための儀式のような要素もあったのであろう。

十月には、吉原角海老楼のお職女郎・桝谷峯（大巻）のもとに通い始める（『暗夜行路』草稿13）。実際に性体験を積むことで、志賀はこれ以降長い年月を費やして、性欲に対する両極端、即ち礼賛する態度と、その力を恐れる態度との間で揺れ動きながらも、次第に中庸を得た穏当な見方が出来るようになって行ったと考えられる。しかし、本稿で取り扱う範囲内では、性欲を恐ろしい暗い力と感じているケースの方が、ずっと多いと言える。

例えば、この年十二月七日の未定稿88「小説恐しき種子」は、「二本榎の五人殺し」（明治四十二年十一月二十二日未明に起こった事件）を性欲による殺人事件として話の枕に置き、性欲を恐ろしいものとして描いた作品のための長い梗概である。そのストーリーは、「韓国へ単身赴任中の男・耕吉の妻・豊子が、男の元同僚と姦通した事を夫に知られて発狂し、夫が帰国して退院させるが、「狂気は遺伝する」と医者からセックスを禁じられ、しかも夫の《道徳的観念は、売女に接する事を許さなかつた》ため、二人共に手淫に耽る事から、夫は《神経衰弱に陥入》り、妻は《色情狂》になる。その果てに、夫は自暴自棄になってセックスに応じるが、その後で、妻が我が子を殺害していたことを知って発狂し、数ヶ月後に死亡。妻はこの一回のセックスで妊娠した子を難産した際に出血多量で死亡し、恐ろしい遺伝子を宿した赤子だけが生き残った。」というものである。直接キリスト教は出さないつもりだったようだが、性欲と性道徳が悲劇を生むという全く西洋的自然主義の作品である。しかし、自然主義の影響はこれが最後で、翌年からは、安定的に、独創的な作品が、次々に生み出されるようになる。

【明治四十三年、及びそれ以降】

翌四十三年は、四月から「白樺」が創刊されるが、その直後の四月二十二日の日記に、《武者は道徳の為めなら命を捨てられると思ふがそれ以外のものでは命を捨てられぬと云ふ。道徳といふ意味は広い事かも知れぬが、自分の考へにすれば、道徳といふ名をつける以上は、純個人的のものではあるまい。他人にもあてはまる、自分は自分に唯一の道徳といふ意味以外は道徳といふものを信ずる事は出来ない。》と書いている。この道徳観は、前年六月頃の「濁水」のメモに、《彼にとつとつ《ママ》て道徳は「他人の物」である。》とあったのとほぼ同じと見て良い。が、「濁水」の段階では、かなり過激な無道徳主義の印象があったのに対して、この日記の記述はより穏当で、「道徳は万人に同じように当てはまらねばならないのに対して、志賀としては、善し悪しは一人一人が、その時その場の自分の感覚・感情に拠って個人的に決めるものとしてしか考えられない」という意味で言っていると思われる。これは、一つには、志賀が実地に性体験を積んだことで、性欲の過大評価を脱し、より穏当な考えに変わった結果であろう。

この年六月に発表された『剃刀』が、性をめぐるエディプス的葛藤や不潔感に関連しつつも、性や道徳を直接問題にするのではなく、人間の心の深い真実を追究している所に、志賀の進境を見て良いと思う(注17)。

前引四月二十二日の日記以後、志賀のノート・日記・創作等に「道徳」という言葉が記されることは、殆ど無くなる。ただし、性に対する関心は、『暗夜行路』完結まで持続し、繰り返し創作のテーマ又はモチーフとなるのである。

以上から見て、志賀にとって「道徳」が重要だったのは、大体、棄教前後、明治三十九〜四十二年頃であり、以後は志賀の作家的成熟に伴い、既成「道徳」のような大雑把なものの見方にはもはや興味を持たなくなり、より精密で深いものの見方をしようとするようになって行った、と概括して大過ないと思われる。

しかし志賀は、明治四十五年三月末に『エピキュラスの園』を読んで、「人類は、将来、地球が冷え切ってしまう以前に、地球から他の星に移住するか、太陽に代わるものを生み出す所まで進化しなければ絶滅する。男たちの仕事への執着はそこから起こる。自分たち若い芸術家たちが、古いものを攻撃し、新しいものを生み出そうともがいているのも、生き延びようとする人類の意志に突き動かされている為だ。」という「空想」（以下、仮に「人類的空想」と呼んで置く）を抱き、それに基づいた新しい独自の思想・価値観・道徳観を作り上げ、それを自伝的な長編小説「原『暗夜行路』」で表現しようと試みるようになる。

その結果、例えば、大正元年十一月、「原『暗夜行路』」を書き始めた際の「ノート11」に、《どうしても徹底した超人にならうとする、凡人がくつついてゐる、凡人を殺して超人になるんだ、（それが彼の自殺になつた。）》というメモがあるように、凡人の道徳を無視する超人への願望が現われて来る。

また、「ノート12」の大正二年四月以降十月までに書かれたと思われる部分の比較的前の方には、《次の時代は常に何かの意味で前の時代に勝れねばならぬ、その発達を止めやうとする考へはあらゆる罪悪の最も悪いものである。泥棒などはこれに比ぶれば軽いものだ。》《○実生活で人々の守らうとする法則【道徳・法律・規則の意味であろう】は三文文学のやうに空虚で俗悪なものである、（中略）それが反つて人生の生命ある仕事を空なものだと思つてゐる、》《○父でも殺してい、と考へる事を書いてい、》といったメモが並んでいて、道徳も法律も無視して良い、父殺しや《泥棒などは》人類の発展を邪魔する罪悪に《比ぶれば軽いものだ》から許される、といった過激な思想が見られる。『児を盗む話』の発想も、元はここにあるらしい（ただし、『児を盗む話』が実際に書かれた時には、既に考えは変わっていたと思われる）。

そして、翌大正二年十一月九日から余り時を経ずして書かれたと推定できる『暗夜行路』草稿6には、次のような興味深い回想が書かれている。(注18)

《道徳から自由になりたいといふ望みから、それが本統の生活であると思ふ点から、女との関係でも慾望のまゝに勝手な事をする。甞ては下等な行ひとしてゐたやうな事を敢てする。而してそれが或る満足を自分に与へる。所が自分は何故か急に不愉快な淋しい心持になる。気落ちを感ずる。此気持は確かに穴だらけな人間としては悪い心の状態に入る。自分は自分の慾望に従つて自由に行つた。然し本統の自由と云ふ物が与へねばならぬ筈の延び〴〵とした気あがりを少しも感じられなくなる。自分は立派な事を考へずに下らぬ事を考へる。何故だらう？　自分は肉慾につくといふ事はめしを食ふ事、或は物を考へる事と同列に位させられる行為と考へてゐる。所がそれは只考へであつて実際はどうしても左う感じられない。自分は所謂古い道徳的気分に捕らはれてゐるのだらうか？　左うは思はない。矢張り内容がどうしても悪いのだと思ふ。》

詳しい説明は省略するが、志賀はこの様にして、この「人類的空想」、及びそれに基づく思想・価値観・道徳観に無理がある事を感じるようになり、大正三年七月十日、夏目漱石を訪ね、人生観の変化を理由に「朝日新聞」連載小説の執筆を辞退し、「原『暗夜行路』」は最終的に放棄されるのである。

その、ちょうど執筆辞退の頃、大正三年六月三日頃から使われ始めた「手帳14」に書かれたメモの中で、志賀は、《自分は今まで道徳とか理想とかに捕はれる事を恐れた、左うして出来るだけ本能的にしかも、大きなものに一言にいへば理想的な偉人にならうと思つてゐた。理想主義から出た本能主義だつた。ある制限された理想を持つてゐる自由主義だつた。元々からして矛盾であつた。（中略）あらゆる本能を活かすといふモットーも悪いものをい、もの、に上（ママ）に被ひかぶせるやうにさす時に害が大きい。自分は此害を受けた。》と自分を振り返っている。

志賀は、古い道徳は乗り越えたが、それは最終的な解決ではなかったのである。

（本稿では、これ以降の志賀と道徳の問題については、省略する。）

②感情・無意識重視

次に、理知より感情、意識より無意識を高く評価するように志賀がなって行く過程を概観する。

明治三十八年頃までは、特記すべき事例はなく、ゴーリキー・イプセンなど西洋の近代文学を熱心に読んだ三十九年以降に、ようやく関連する記述が現われる。

【明治三十九年】

そのほぼ最初のものは、この年六月九日か十日頃の《○人生の最高目的は、明確な智を得る事であらうか　確かな大きな智を得れば一般の幸福は大に増大するに違いない、然しこれを個人にいへば、智は吾人を益々コセツカセ、自由をさまたる（ママ）、之れに反して、大なる人格は、自由である、》（「手帳3」）というもので、理知的なものの価値を否定している。

同年十二月十二日の「手帳5」の小説《万霊塔》（注19）執筆のためのメモを見ると、《○理屈ぬきで》《○何事も云つた事を解釈せぬ事、要するに主かん的の文句はぬかねばならぬ、》《○場所も明指（ママ）せず人物の容貌なども性格だけ書いて、読者に想像させる事、》《○総て心持（感じ）を主とする事、》《カスカナ（ママ）、しかも心の奥の奥に囁く恋、言葉には互に一言もあらはさぬ恋、それとはしかと、互に自覚せぬ、刺激なき若き男女の恋と、前の景色とをシックリ調和させるのが目的である、随分六かしいが、出来れば実にエライものだ、》とあり、志賀がこの時既に、《理屈》、明確な意味付け（《解釈》《主かん的の文句》）、《言葉に（中略）あらは》すこと、《自覚》などの価値を否定し、《心持（感じ）》《心の奥の奥》といった無意識的なものを描くことこそが、優れた文学の仕事だと考えるようになっていたことが判るのである。ただし、この時点では、いわゆる眼高手低で、実際にそういう作品を書くことは、まだ出来なかった。

【明治四十年】

四十年六月十三日の「手帳7」には、《○女が非常にいぢめられて、仕舞に、ホトンド無意識に男を殺す、／殺してから其手についた血を見て、自分が怪我でもしたのかしらと正気にかへるが、殺した事は知らぬ　其内に記憶が起つて来て、ハット思ふ拍子に気が違ふ／これは夢で見た大塚さんの奥さんの芝居である、三段の変化が一寸面白いではないか。》とある。(注20)

これは、志賀が《無意識》という言葉を使ったという点でも、無意識というものにはっきりと注目したという点でも、ほぼ最初の例であろう。無意識の殺人は、『剃刀』『濁つた頭』『范の犯罪』『黒犬』などに繋がるモチーフとして注目に値する。

続いて十日後の六月二十三日の「手帳7」に、《○人間は夢現の時が最も賢いと思つた、――賢い事がある、――三昧に入るといふのはこんなものではあるまいか、／第一人格がボーッとして、第二人格が考へるのを音無しくカン察してゐる時である、中々エライ事を考へる、――エライ事といふより、ハッキリしてゐる時一寸思ひ着かぬやうな事を精細に考へてゐる、／然しこれは面白い何にかに書いて置かうと、ハット目をサマスと、もう第一人格の支配が烈しくなつて第二人格がアワテ、逃げるから何んだかマルデ解からなくなる、此場合は漸々に正気にならねばならぬのだ、》とあり、通常の意識を《第一人格》、無意識を《第二人格》として、《第二人格》の方が《賢い事がある》とする。意識より無意識をより高く評価する見方は、この時点で、既に定まったと言えそうである。

なお、本書の「志賀直哉『黒犬』に見る多重人格・催眠・暗示、そして志賀の人格の分裂」で述べて置いたが、この手帳の記述は、志賀が多重人格のような異常心理に関心を持ち、心理学的な知識を何処からか入手していた事を示している。

八月八日の「手帳8」には、《〇八月八日柳へやつた端書に、》として、次のように書かれている。

《僕は此休暇にも例年の通り計画して計画はまるでハヅレタ、然し僕は其間に計画しては迚も得られない或る物を得た、人生もそんなものではあるまいか、大なるもの真なるものは最初より計画して得られるものではなく、反つて計画通り行かなかつた時に得られるものではあるまいか、人は計画通り行かなかつた時に失望する。然しこれを長い眼で見れば其失敗の間に得たものは最初計画して望むだものより遥か以上のものである事がある、其所に人生の希望があるのである、》

志賀は、意識的に人生をコントロールしようとすることが、人生の内容を意識的に選んだものだけにし、貧しくしてしまうことをここで述べている訳で、《計画》＝意識的なものより、《計画通り行かなかつた時に得られるもの》＝無意識的なものの中にこそ《大なるもの真なるもの》がある、と無意識を高く評価しているのである。(注21)

その二日後、八月十日の「手帳8」には、《「秋」又は「冬」》という志賀（作中では野嶋）とC（作中では千代）を中心とした小説の構想メモの（四）章の所で、野嶋の小説論として、《小説は味ふべきもので読むものではない知るべきものではなく感ずべきものだ、》《哲学はwill　know で詩は wholly　will　know である》と書いている（《wholly will know》「真から知ろうとすること」については、四十一年四月三十日の所で説明する）。これは、文学の本質は、思想的・理知的・意識的な内容ではなく、無意識的なものにあることを説いたものと考えられる。

また、同じメモの（五）章の所には、《彼は来た、（中略）計画論。経験と観察論をやつて帰る、》というメモがあり、これは、野嶋の口から、《計画論》即ち先に引いた八月八日の「手帳8」の計画についての意見や、《経験と観察論》、恐らく《wholly will know》と同様のことを語らせる構想だったと推定できる。

この年は、この後、女中Cとの結婚問題が起こり、大騒動になるのだが、Cが連れ去られた翌八月三十日に、志賀が武者小路の「不幸な祖母《おばあ》さん」を留女に読んで聞かせる際、志賀が泣いてしまって、《読みは読むだが祖母には解からなかつた。》という所に、《其時分彼等の頭に直ぐ浮ぶ考へで、意味は通じなくても心持は通じてるといふ考へから、それだけで彼は手紙を見せなかつた。祖母も声を上げて泣いた。》という所が「或る旅行記」にある。この《意味は通じなくても心持は通じてるといふ考へ》は、《意味》というような理知的・意識的な内容はどうでもよく、《心持》という無意識的なものが通じさえすれば良いということで、それが《其時分彼等の頭に直ぐ浮ぶ考へ》だったという所が興味深い。

【明治四十一年、及びそれ以降】

四十一年一月十四日の日記には、《朝から昨日のお婆さんとの喧嘩を書いて、（非小説、祖母）と題した、》とあり、『創作余談』に言うように、これが、《初めて小説が書けたといふやうな気がした》《処女作》となった。

原稿が残っていないので実態は分からないが、大正七年の完成形『或る朝』で見る限り、単にフィクションとしての「小説」でないというだけでなく、普通、「小説」的な内容と思われている思想的・理知的・意識的な内容は殆ど無く、一見単なるスケッチに近い。それが、《非小説》とした理由だと私は思う。

しかし、『或る朝』では、喧嘩になり、一旦怒った祖母が、自分の言うことを素直に聞くと《急に可笑しくなり、その後、《何だか泣きたいやうな気持が起つて来》て涙が《ポロ〳〵頬へ落ち》、涙が止まると《胸のすが〳〵しさを感じた。》という信太郎（＝直哉）の感情（＝無意識的なもの）の流れが、何の意味付けも解釈も説明も無しに、だからこそ読者の無意識にまでストレートに響く強度で、見事に描き出されている。また、《でんぐり返しを》する幼い弟・信三の子供らしい身体が、やはり特段の意味付けも無く、説明的な描写も無しに、視覚的なシーンとして、僅かな筆で活き活きとスケッチされている。

対談「小説について」で志賀は、《短い、あんな作品で、書く要領が分ったというのはおかしいけれど、それまでは無駄を書いて仕様がなかったんだね。非常に細かいこと迄書いてね、その癖がなかなか直らなかった。そのために、書いていて纏まらなかった。途中で皆駄目になってしまった。人間の動作なんかもいろいろと細かく書いてしまってね。》と言っているが、これは、説明的な書き方になってしまっていた事を言うのであろう。

「非小説、祖母」の段階では、もっと下手だったと思うが、思想的・理知的・意識的な内容を切り捨てることで、無意識的なものを研ぎ出すという自分の文学の方向性を、志賀が掴み始めた最初の作品だったに違いない。

また、志賀は、『書き初めた頃』で、《最初はモーパッサンやチェホフなどの短篇を頭に置いて、その形から入つて行くやり方で書いたが、段々それが厭になり、自分独特の形を持ちたいやうな気持から従来の小説の形からなるべく離れたいといふ要求が強くなつて来た。／さういふ所からも、僕のものは一層私小説的にもなつたと思ふ。》と言っている。これも、意識的な意味付けに従って計画的・合理的に作って行く所謂本格的フィクションの書き方から、実人生の偶然性、意味として整理し得ないような無意識的な深さを重視する所から、実際の体験・見聞に基づく作品が多くなったもので、そうした傾向が最初に現れたものが、「非小説、祖母」だったと見て良いだろう。(注22)

ただし、この年八月の「小説ダイナマイト」や四十二年末の「小説恐しき種子」のように、自然主義の影響が色濃い未定稿も、まだ書かれるし、本格的なフィクションとして優れた作品も、次々に書かれて行くのである。

四十一年三月十九日の「手帳10」には、《吾人はイヤダと思ふ感情に従つて差し支えない場合がいくらもある、感情は正直である、否、感情を正直に正当に養ふやうすべきである、（中略）吾人は正直に感じ、正当にその感情をカイボーする事をせねばならぬ、その能力は文学者、殊に作家たらんとする者にとつて大切なものである》と、感情重視の作家観を打ち出している。

四月の「ノート4」には、「①道徳否定・性欲重視」で触れた演説の草稿「好悪と善悪」があって、《感情をもつと研かねばいけない。》《研がきやうによつては好悪の感情が物の善悪を計る最もよき物尺になる》と述べられている。これも感情重視の例である。

四月三十日の「手帳12」には、内村邸での演説の草稿として、イプセンの言葉 "Nor thanks nor threats afflicts the man who wholly wille《ママ》 the thing he wills." を引いて、真から欲する（wholly wills）事を論じた後、真から知る事に就いて、《吾々は、（中略）例へば、雪といふ物の白いものだとよく知つてゐるのに改めて「雪といふものは白いものだナア」と思ふ事がある、（中略）雪の白いといふ事は兼て知つてはゐたが其時初めてそれをを《ママ》真ゝに知つたのだらうと思ひます、》《所謂学者の（中略）知り方は、皆、「馬の顔は長いモンダ」とキメゐる《ママ》ので真ゝから長いと知るといふ方の知り方ではないかも知れません、》《詩人といふ職は、学者とチガッテ、真ゝから感じ真ゝから知らねば出来ぬ仕事だらうと思ひます、》と述べている。これは、前年八月十日の所で挙げた「手帳8」の《哲学は will know で詩は wholly will know である》というのと同じ事で、will know は単に知識として知ろうとすること、即ち理知的・意識的・表面的・抽象的な知識への欲望であるのに対して、wholly will know は真から知ろうとすること、体験的・具体的に感情・無意識にまで浸透するような知り方で知ろうとすることを言うのである。

八月十四日には、『網走まで』の草稿を執筆している。一年半後の完成形に比べても、ヒロインと対照させるつもりで書き込んだ青森に帰る夫婦の描写が、完成形でカットされる以外は、それ程大きな違いはない。シーン中心で、特に赤子と男の子の描写は優れている。

ヒロインの外見・服装・言葉遣い・話の内容から、良家に生まれて高い教育を受けたであろう女性が、夫のために貧苦に苦しめられていることを語り手が想像する所までは、普通の構想であるが、父親の大酒が原因という病気の男の子が（これは自然主義的であるが）、父なる運命の呪いのように見えて来る所が独創的で非凡である（『佐々木の場合』のお嬢さんも同様の例である）。

志賀に於ける「父なる運命の呪い」は、父に対する欲求不満から来る攻撃性を、外界に投影した被害妄想的なものと解釈できる。『網走まで』では、ヒロインに対する志賀の愛着と、その夫や男の子に対するエディプス的な敵意が無意識に働いている為に、ヒロインは、悪しき父とその分身たる男の子によって迫害されている、という風に感じられる。そういう無意識のニュアンスが、この小説を傑作にしているのだと私は思う。

志賀は、ヒロインの夫か息子になりたいという欲望を抱いていたのであろう。完成形ではカットされたが、草稿には、《白状すれば自分は此憐れな女の人に対して、いふにいはれぬ親しさを感じてゐたのである。》《あの子の父のゐる間自分は此女の人を訪う事はないと思ふ。》という一節があった。という事は、《あの子の父》が居なくなれば、網走まで会いに行っても良い、という位に好きだったのである。

『網走まで』は、武者小路が《その時から志賀のかくものはものになりだした。》（『或る男』百十三）と言う通り、確かに初めて完成に近付いた作品だったと言える。しかし、四十一、二年の草稿・未定稿類を全体として見ると、まだまだ玉石混淆であって、これ一作でもって、志賀が完全に自分の小説の書き方を確立したという訳ではなかった。

八月二十九日には、「①道徳否定・性欲重視」でも挙げた未定稿「小説ダイナマイト」が書かれ、その中に、心の弱いお力が門吉の言いなりになってしまうことを、《メスメリズム》や《睡眠《マヽ》術》に譬えた所がある。これは、自然主義的に人間の無力を強調した面が強いが、無意識や異常心理への関心の現われでもある。

十月十八日には、『濁つた頭』の梗概「二三日前に想ひついた小説の筋」が書かれている。「①道徳否定・性欲重視」の所で述べたように、明らかに人間の異常心理・無意識的なものへの関心を中心とした作品であった。

十月三十一日には『孤児』の草稿「小説離縁」を書いている。ヒロインの敏子は、幼い時から伯母夫婦に育てられたため、自分の感情を強く抑え込んでしまうようになった女で、それが離縁された後、置いて来た赤ん坊の夢を見て、初めて号泣する。完成形では、ややニュアンスが違うが、草稿では、語り手の従兄は、《其時何んだか、ジーンと響くものに頭の先から、足の爪先まで通られたやうな心持がした。》《あゝ敏子は遂に泣いた。／私も泣いた。》と、敏子が感情を解き放つことが出来たことに、感動している。傑出したものではないが、感情を抑え込む事は病的であるという感情重視の考えがよく分かる作品である。

十一月十三日には、《大学の心理学の実験の為めに行はれた》（武者小路実篤『或る男』百十六）催眠術を、志賀は木下利玄・武者小路と本郷の中央会堂に見に行った。人間の異常心理・無意識的なものへの関心の現われと見て良い（注23）。

十二月十日に書かれた未定稿54「物の観方」では、一週間ほど前、大学の統計学の授業中に発狂した学生が、講壇に馳上がって演説をやりだした事件を、法科の友人S氏（三条）が喜劇として語ったのに対して、志賀は最初悲劇だとばかり感じた事を反省して、次のように書いている。

《悲劇だ〳〵と思ひながらも、先生が青い顔をしてゐる、其胸倉《ママ》つた学生が、オネスティー is the をやつてる光景などを考へると何となく可笑しいやうな気もする。ツマリ此事件にはたしかに滑稽な一面があつたに相違ない。S氏は、此一面だけを見て他を見なかつたのだ、然るに自分は、自分の頭の中で多少形式的になつた同情に照らして「ア、悲惨だ」と思つたら、実際は感じてゐたその滑稽な一面を可笑しく思ふ事を罪のやうな気がして、無理に悲惨だ〳〵の一方にのみ自分の見方を向けたのである、此点で自分の見方は正直でなかつた。（中略）

此態度は、マダ到らぬ態度であつたと其日S氏に別れてから思つた。

吾々の感情は、いつも自由にして置いてやるのがいゝ、或る先入した観念を持つて、圧えつけやうとするから、そんな事になるのだ、自然にして置いてやるのが一番いゝのだ。（中略）

総て作でもしやうといふ人は、感情（此詞が当るかどうか知らぬが）をそれこそ、鏡のやうに、明らかに自由にして置かねばならぬ、先入的の観念を作つて置いて、見るもの〳〵その観念に直ぐ当てはめて了ふのはよくない事だ。月並の小主観とは此事だらう、
それこそ、カク念無想《（ママ）》の（注24）鏡に見る事物聞く事物を正しく写して見て。それから、それを自分の持つてる考へで批評して書くならいゝが、初めつから、ある型を作つて、千差万別の出来事を、型へハメて見るのは、悪い見方だと思ふ。》

これは、この年三月十九日の「手帳10」や四月の草稿「好悪と善悪」をさらに推し進めたものと言える。志賀が自分の心の微かな動きをも鋭く観察していること、作家たるものは、先入観や道徳的なものから感情を完全に自由にして置かなければならないと、非常な厳密さで自らに戒めていることには、驚きを禁じ得ない。

十二月十七日には、未定稿56「作する時の目的」で、《吾々は、忠実に自己の要求に従つて書くべきである、》《学説と批評に頭を下げてゐては、いけない。》と、理論的なものに囚われず、自己内心の欲求に従うべきだと説いている。

十二月二十四日付けの壬生馬宛書簡には、将来自分が《マウパツサン　ハウプトマン位になつても大してありがたくはない。／或る離す事の出来ぬもの、（実は何んだかよくわからぬが）をシツカリ握つてゐれば、あとは行きあたりバツタリに生活して行つて結局何かになる、》という言葉が出る。西洋の自然主義文学の影響を脱したこと、文学の本質が感情や無意識にあることを確信するようになったことが判る。一月に所謂「非小説、祖母」が書け、以後『網走まで』『速夫の妹』『濁つた頭』『孤児』『真鶴』などの草稿や梗概を書けて、自分のオリジナルな文学的個性にかなり自信を持てるようになって来たことも、「モーパッサン・ハウプトマン位になっても」という強気の発言を生んだのであろう。しかし、実力はまだ充分でなかったことは、言うまでもない。

この書簡ではまた、岩元禎を、《十五年程前に、自分でヒイたかケーベルさんにヒイてもらつたか知らないが一

本直線をヒイて。以来コツ〳〵其上を進むでゐる人》と評し、《岩元さんのやうな意志の強い人は、折角心の中に起つて来る要求を、モチツブシ（ママ）て了ふ事が多いと思ふ。総ての新らしいものは、要求によつて生ずるとすれば、起つて来る要求を先づモミつぶしてばかりゐる人には、進歩のないのは当りまへの事だ。（中略）直ぐ学説を立てる独立【独乙《ドイツ》の誤記】のやり方より、総てを自由にして、自分に起つて来る要求に応じて直ぐ動き出す事の出来るやうな仏のやう（ママ）方を学ぶべきである。》と言っている。(注25)

岩元式・ドイツ式のやり方が、意識・意志を重視するのに対して、志賀は、《心の中に起つて来る要求》＝無意識こそが、新しいもの・進歩・発展を生み出すと確信しているのである。

十二月二十九日の未定稿89「偶感　第二」の「2　暗の先に光」では、《ダークサイドに聾者盲者となるのもよくない／ダークサイド、それが総てゞあると思ふのも、誤りである（やうに思ふ。）（ホト、ギス派と、自然派）／自分は自分の書くものから考へて、より多くダークサイドを見てゐると思つた。而して今日の自分には、闇を通して其先のものを見るだけの力がない。然しその先に必ず光りがあるだらうといふやうな気はする。／此意味で自分は、今後も、ダークなサイドに眼を閉ぢないつもりである。寧ろ凝視するつもりである。》とある。

これは、明治三十九年九月三十日の内村鑑三の教え――《善に就いては何所までも智者であれ、それに反して、悪に就いては出来るだけ無智なれ、》（「手帳4」）を否定的に乗り超えたものと言える。文学は、道徳や理知という大雑把なものからは排除されてしまうものをこそ凝視しなければならない。排除されるものはダークサイドに属するものだけではないのだが（例えば子供のように、明るくても無価値として無視される場合もある）、ダークサイドの方が意識から抑圧され、無意識に留まりやすいが故に、ダークサイドを、ただし単に悪という観念的なレッテルを貼ることなく、人間の真実の現われとして凝視することが大切なのである。

自然主義の影響が強かった時の志賀は、《ダークサイド》を見ると言っても、性欲を人間が克服すべきなのに出来ない獣性と見る西洋の紋切り型の思考から脱しきれず、その影響は四十二年末の未定稿「小説恐しき種子」まで続くが、四十三年以降は、それも払拭され、優れた作品を産み出せるようになるのである。
『大津順吉』前後のもので、性欲・感情・無意識的な深い心の動きなどを鋭く捉えた作品としては、明治四十三年の『網走まで』『剃刀』、四十四年の『濁つた頭』『クローディアスの日記』、四十五年の『祖母の為に』、大正二年の『范の犯罪』等が挙げられる。

これ以降の小説以外のもので、「感情・無意識重視」に関連する発言をついでに挙げて置く。

明治四十四年一月十日の日記に、《自分は総て物のDetailを解するけれどWholeを解する力は至つて弱い、／小説家としてはLifeのDetailを書いてゐればいゝと自分は思つてゐるがホールが解からないと考へると一寸不快でもある。ケレドモ、自分にはホールは解かるものではないといふ考へもある。／Detailは真理であるがホールは誤ビヨオを多く含むと思ふ。／又かうも思ふ、今からホールが解かる、或はホールに或る概念を易く作り得るやうになる事は結局自己の進歩を止まらせはしまいかと。／兎も角今はLifeのDetailを正確に見得る事を望む。》とある。ここで言うDetailは「瑣末なこと・枝葉末節」という意味ではない。志賀が発見した、無意識と深く結び付いた芸術的細部である。それこそが芸術を構成するものである。それに対してWholeは、「全体像」というよりも、「全体を大雑把に概括し、要約した概念的なもの」、主義や思想に近い。だから《Detailは真理であるがホールは誤ビヨオを多く含む》と言い、《ホールに或る概念を易く作り得るやうになる事は結局自己の進歩を止まらせはしまいか》と言っているのである。

同年四月二十二日の日記の《芸術上一番大切な事は正直になるといふ事だと考へた。書く時には正直にそれを見るといふ事が、それが一番大切だと思つた。》というのも、未定稿54「物の観方」と同様の趣旨であろう。

恐らく同じ年の秋頃の「ノート8」には、《明治四十一年の秋から翌年の秋までに書いたもの》を集めた単行本を出版する計画に関連して、（注26）《書かれた物には今の所謂何々主義といふやうな立場から見て其余りに統一のないのを不快に思ふ人があるかも知れぬ　然し今踏み出したバカリの自分は所謂主義といふ名によつて、持得る興味にまで制限をしたくない。》と書かれていて、思想・主義に縛られてはならないという考えが表明されている。

しかし、志賀は、明治四十五年三月末以降、大正三年六月頃までの間、アナトール・フランスの『エピキュラスの園』に刺激されて、人類が滅亡を免れようとする意志が、自分たち若者を人類進歩に向かって突き動かしている原動力ではないかという空想をし、それを自分の思想の中心に据えた。これは、無意識重視と一見矛盾するように見える。が、実は、志賀がこの思想に強く惹かれた原因の半ばは、この思想が、人類の歴史を動かす最も根本的な、そして誰も気付いていない「無意識」（注27）の動機を、人類史上初めて発見し、かつ科学的に解明したものだ、と思ったからなのである。志賀は、無意識の重要性・人間に対する強い影響力を信じていたからこそ、この空想に強い説得力があると感じたのである。しかし、この思想には、人類進歩のためという口実を付けられる場合には、どこまでも自分の欲望を肯定できてしまうという危さがあり、実はそれが、この思想の魅力の残り半分を占めていた。その為に、志賀は結局この思想を、自己欺瞞的なものと見極め、捨て去る事になるのである。

なお、志賀は、この思想に囚われようとしていた時にも、《「感情から生まれた思想か、左もなければ考察から生れた思想がその人の感情となるまではそれは其人の思想ではない」》（明治四十五年三月二十九日）と日記に記し、翌三十日の『エピキュラスの園』への書入れでも、《此世界が人類に不適当になり初めるといふ、ある瞬間が来る筈である。その瞬間まで人類は努力発展しなければならないのではないだらうか。その瞬間には人類は人類の最大なる能力を持つて、（中略）此世界を見捨て他の星に移住する事が出来るのではないだらうか。》という考えを展開しつつも、《（但し自分の感情にまで来た考へといふ程の考へではないのである）》と自ら注記した。そして、大正二年六月六日の草稿「「君と私と」の私に」でも、これは《此一年ばかり前から漸く感情までピッタリと来た考へなのだ。》と書いている。

そして、この「人類的空想」を捨て去った後にも、大正三年十月三十一日の「手帳14」で、ノルウェーの作家クヌート・ハムスンについて、《思想、主張が充分にあらはれてゐて、しかも全体芸術的である。／自分は此こん然たる両立が大家としての一つの要素であると思つた。》と新たな思想を求めつつ、十一月二日の〔欄外〕への書き込みに、《「考へ」は感情を離れて作られたものは全然無価値である。》とやはり感情が第一であることを自らに念押ししている。また、大正六年の父との和解の際にも、母から《どうか眼をつぶつて一ト言お詫して下さい。》と言われた際、《感情が其所まで行つて居ないで、只眼をつぶつてお詫する事は僕には出来ません。》と拒否し、しかし自然な感情の流れで和解するという風に、これは後年まで一貫して変わらない信念となるのである。

③子供らしさと動物・自然の評価

志賀の子供らしさへの高い評価は、キリスト教徒時代に始まる。ただし、その場合の「子供」のニュアンスは、後年のものと差があることに注意して置く必要がある。

【明治三十九年】

例えば、九月三十日の「手帳4」に内村の話を写した中に、《羅馬書の愚なれはInocent《（ママ）》なれにて無邪気なれ子供の如くあれの意なり（中略）悪に精しき人は決して悪に克てざるなり。悪に最も強き者は、小供の如き無智なものである、》とある。これは、志賀の考えと言うより、内村の考えであり、しかも内村独自の考えと言うより、キリスト教の世界では、「マルコによる福音書」十章十四節の《神の国はこのような者たちのものである。（中略）子供のように神の国を受け入れる人でなければ、決してそこに入ることはできない。》（日本聖書協会『新共同訳 新約聖書』による）というイエスの言葉以来、連綿と続いて来ているものである。

キリスト教世界には、性欲＝原罪という発想から、性欲を免れているイノセントな存在としての子供の（天使と同一視されるようなセンチメンタルな）イメージが強くあり、志賀も、最初はそういう意味での子供像を受け容れていたと推定できる。

そういうものに近い例としては、この年の四月二日に、志賀が書いた『菜の花と小娘』の草稿「花ちゃん」があある。これは、三十七年五月五日に《あんでるぜん張りに》書いた作文を書き直したもので、基本的にキリスト教的な子供観・自然観に拠ったものであるため、この小娘は、後年の志賀が描く子供像のような本当の子供と言うより、西洋式の童話のステレオタイプという感じしかしない。また、後年の志賀は、動物を人間よりも理想的な存在と見る傾向が強く、従って、動植物を擬人化するような事（志賀から見れば、折角の生物の美しさを損なう行為）は滅多にしない（人間の苦悩を仮託した『小品五つ』の『宿かりの死』『嵐の日』『山の木と大鋸』と、動物に輪廻転生するという『転生』の中の《お伽噺》がやや近い程度）。『シートン動物記』も、《小説になつてゐるのが厭だ。》と『幼い頃』で言っている程である。ところが、ここでは菜の花が人間同様に口をきくばかりでなく、カエルを厭がるお姫さま振りを見せ、山の自然の中より人里で暮らすことを喜ぶ。要するに西洋の模倣に過ぎない。

しかし、明治三十九年十月二十日の「手帳5」で、娘義太夫の竹本朝重について、《彼は美しき女にて、小供らしき動作あり（中略）彼は快活なり　十二三の小供の如くに快活なり、（中略）彼は道徳律の窮屈なものを嫌ふ、よくいへば自由人なり、従つて、多少Wildな所あれども、自然に発達せる女なるべし、》と書いた時には、志賀は、キリスト教的な人工的・文化的な《道徳律》から脱した自由な「自然」性を朝重に見ている。これは、ゴーリキーに触発されたものと推定できるが、志賀の中に本来あったものが自覚され、信念にまで高まって行く、その初期段階と言える。

【明治四十年】

明治四十年四月十八日の日記には、叔父の結婚式に出た感想として、《今の宴会とは、酒を飲む不真面目な者の宴会で真面目な酒を飲まむ《（ママ）》ものは席をフサグ以上何の事もない、妙なものである、○○○は下卑た男である、自分はあんな男に雷同して騒ぐ事はどうしても出来ぬだけにはなつてる、有がたい、雛妓も人間で子供で無邪気である可愛ゆいものだと思つた、自然にのびた所があつて、心に濁りはないと見た、コレを一つ書かうと思つた、》とある。

宴会と飲酒に対する批判は、まだ全くキリスト教的で、草稿「第三篇」（五）の《自分が若しあの時にキリスト教徒にならなかつたら、其頃恐らく、ダンスなどを自慢にしてゐるやうな男だつたかも知れない。》という発想に近い。しかし、後半の《雛妓》に関する部分は、雛妓《おしやく》も芸者も不道徳として否定するキリスト教に対するささやかな反抗と言える。ただし、雛妓は大体、今の中学生ぐらいの年齢の者で、所謂「水揚げ」前の処女であるから、ここでの《子供》は、キリスト教的な性以前というニュアンスが強いと見て良いだろう。

六月十三日の「手帳7」には、《○自分は下等な人間である、／異性とか肉慾とか生殖とかいふ問題を考へると連想や、悪い習慣から直ぐ下等な考へを頭に浮べる、（中略）自分は無心にならねばいかん、もつと単純に、子供のやうに快活に、毒のない人間にならねばならぬ、／暫く自分は、恋、異性、肉慾、生殖、等の問題を考へないで見やう、而して、聖い愛と同情と憐れなるもの、事を考へるやう習慣を付けやう。》とある。まだキリスト教的で、性欲否定の考えが強く、性以前の《子供》に憧れている。

七月には、女中Cについて、《無邪気な所のある女》（「手帳7」七月七日）、《延び〳〵とした性質の女》《自然に育つた女》（「手帳8」七月二十八日）という批評が記されていて、Cの自然な子供らしさを高く評価している事が分かる（Cについては、『大津順吉』に関連して、本書「志賀直哉『大津順吉』論」で既に詳しく検討しているので、ここではこれだけに留める）。

なお、この年は一月十日の日記に《白犬来る　ドウカ達者に育てたいもの》とある。これが『大津順吉』に出る白犬なのだが、動物に対する志賀の関心の高まりを示す事実と言える。

【明治四十一年】

日記の一月四日に《犬の子をもらう》、五日に《犬は鷲と命名、今日は殆ど一日犬と遊ぶ》とある。前年、毒殺された白犬の代わりである。

一月十四日には、所謂「非小説、祖母」が書かれている。『或る朝』で見る限り、一旦《あまのじやく》に、言わば有邪気《ゆうじやき》になった直哉が、素直になれるまでの感情の推移を描き、ラストの無邪気な子供たちのシーンで、有邪気に対する無邪気の素晴らしさを再度強調する構想と考えられる。「非小説、祖母」の段階でも、『或る朝』にあるように、西郷隆盛の銅像の真似をしたりする十歳の弟・直三がスケッチされていた可能性は、充分考えられる。そしてそれは、全く志賀的な子供像、特に美しくも、道徳的でもない、非キリスト教的な子供像になっていた可能性が高い。

四月十九日には、復活祭にレバノン教会（注28）で内村が行なった演説の、《人間の中で誰がエライといへば小供だ、小供の心を失はない人だ、ナゼかといへば小供はアリノマ、だ、少しも作つてゐない　思つたまゝを行ふ》。「同様に文章も、少しも作っていないものが良い」（「ノート4」）という所を、とても面白く感じたと、日記および「ノート4」に志賀が書いている。この内村の考え方は、志賀の子供観に近いものである。『幼い頃』によれば、《内村鑑三先生が「小公子」の主人公のセドリックが作りもので、あんな子供は実際にはゐないといはれた》と言うが、だとすれば、内村の子供観は、余りキリスト教に毒されていなかったのであろう。

八月十四日には、「望野」に『網走まで』の草稿を執筆している。「②感情・無意識重視」で述べたように、赤子の描写が優れていることと、健康な子供を理想の人間像とする志賀が、不気味な病的な子供によって、呪われたものを表現している事が特に注目される。

九月五日には『速夫の妹』の草稿を執筆している。子供時代の志賀自身・高崎弓彦・お蔦さんの、子供らしい自意識的でない自由な仕草が、特に意味付けもせずに、なかなか良くスケッチされている。また、特にヒロインについて、汚い事や格好の悪い事が効果的に使われているのは、志賀の潔癖症の裏返しであろう。例えば、草稿の（五）の、ボールが当たってお鶴さんにたんこぶが出来たことや、（六）で、二郎兵衛の婆さんが嚙んだ米を、お鶴さんの擦りむいた右目の下になすり付けてあったことや、（九）の襟垢のこと、（十一）の夢で見た汚い目の潰れたお鶴さんなどである（完成形では（九）に月経が加わって、お鶴さんの身体というものを、より現実的に感じさせる）。

そして、作品末尾近くの、《お鶴さんも一人前の女になつて了つたと、ハカナイやうな感じを持つた。若し悲しいあの破産がなかつたら、お鶴さんはマダ〳〵小供でゐた人だらうにと考へた。》という一節では、大人になる事より、子供で居ることの方を良しとする志賀の価値観が、初めてはっきりと表わされている。

十月三十一日には、『孤児』の草稿「小説離縁」が書かれている。これについては、既に「②感情・無意識重視」で取り上げたが、幼い時に父母を失って伯母夫婦に育てられたため、子供の時から感情を強く抑え込むようになり、女にしては冷やかな印象を与えるため、姑に嫌われ、離縁されるという悲劇を描いている。自由に感情を表す子供らしさの大切さを、裏から表現した作品と言える。

十一月十七日から年末にかけては、後に『子供四題』としてまとめられる子供のスケッチが書かれている。

十一月二十八日には未定稿52「小供の美」が書かれている。「小供の美」では、《子供の美を解するとは、自分の子供を可愛がるといふ事とは全く別なもので》《子供の美は寧ろ自然の美に似てゐる、》と説いた後、電車の中で見た七つ位の女の子が、乗って来た女学生のためにすぐに脇を空けて座らせてあげながら、《顔に、何等いゝ事をしたといふ心持の表はれてゐないのを見て、エライものだと考へた。》事が書かれ、《これから先に本論があるのだ「三四郎」の美ね子などが材料になつてゐる。聞きたい人は、耳へ聴かしてあげます、》と、《本論》を書かずに終わっている。従って、以下は飽くまで私の想像だが、志賀は、自意識的技巧的で自我の強い、西洋的近代女性としての美禰子に対して、全く意識せずに自然に親切に振る舞う子供の素晴らしさを言おうとしたのであろう。

十二月二十二日には、『真鶴』の元になった未定稿108「小説清兵衛（梗概）」も執筆したらしい（「①道徳否定・性欲重視」でも取り上げたので略す）。

この様に明治四十一年は、志賀の子供への関心が非常に高まり、子供をモチーフとした草稿が沢山書かれた年である。そしてそれらが、四十三年以降に、優れた作品に磨き上げられ（四十五年から大正三年にも子供の登場する優れた作品が幾つか加わり）、『暗夜行路』以前の志賀の仕事のかなりの部分を占める事になるのである。

志賀が、自分に子供が出来る以前（大正五年以前）《子供を書く事が好きだつた》ことは、『創作余談』の『子供三題』の項に出るし、児童文芸選書『日曜日　文芸童話』（小学館、昭和二十三年刊）の前書『子供の読者に』でも、《私は子供といきものを割りに多く書いてゐる、しかし、それは子供に読んでもらふために書いたものではなく、自分が書きたくて書いたものである。》と言っている。

この、子供（そして《いきもの》）を好んで描く事は、志賀の描写力とも、文学的理想とも、非常に密接な関わりのある事だと私は考えている。何故なら、子供（そして動物）の身体は、大人のような常識・礼儀作法・道徳・恥などの規範・価値観に縛られず、心のままに自由な動き方をする。そこに、観察力のある大人から見ると、新鮮な無意識・自然性が現われるのである。志賀は子供、動物、それに大人についても、そうした瞬間を捉えることで、見事な作品を作り上げる事が出来たのであり、その最初の切っ掛けは、子供を観察する事だったに違いないのである。

私は、本書「志賀直哉『大津順吉』論」の（二）解釈と鑑賞の試み①『大津順吉』「第一」（iv）「第二」の（五）で、志賀がキリスト教から脱出するためには、先ず強さ・完璧さを志向することを止めなければならず、その意味でも、強者ではない子供や動物の在り方が大事な役割を果たす、と述べて置いた。「強者」たらんとした志賀は、規範・価値観に縛られ、心と身体の自由を失った。だからこそ、そこから脱しようとした時、規範・価値に縛られない子供に、自然に心を惹かれるようになったに違いないのである。

しかし、先走って言って置くと、大正四年以降になると、子供への賛美・言及は次第に見られなくなり、旧稿に手を入れたもの（『鵠沼行』『或る朝』『菜の花と小娘』『真鶴』『赤西蛎太』）を除けば、子供や子供っぽい人間を描いた作品を発表することは、無くなる（例外は『流行感冒』の女中・石と『矢島柳堂』の「赤い帯」「鶺」の少女ぐらいか。『小僧の神様』は子供を描いたとは言えない）。それは、人間の子供には、既に大人の萌芽があって、自意識も欲望も備わっているからであろう。大正三年以降の志賀は、そういうものさえ持たない動物などの自然に憧れるようになり、創作の中でも、次第に動物や自然の風景などが描かれるようになって行ったのである。

【明治四十二年】

話を元に戻す。明治四十二年は、子供への言及は非常に少ない。二月十九日の「手帳13」に《子供に起つたNatural Curiosity を殺してはならぬ》とある以外では、未定稿83「恐しい遊戯」で二人の子供を死なせた島崎藤村を非難している程度である。

その原因としては、この年、四月十三日に志賀はCに別れ話をし、五月頃から、Cとの事件を元にして、性欲を重要なテーマとした「濁水」というかなり長い小説（『大津順吉』の前身）を書こうとしていた。また、九月には、Cとの別れ話がまとまり、九月二十日から女遊びを始め、十月には吉原角海老楼のお職女郎・桝谷峯（大巻）のもとに通い始めた。その為、この年は、『剃刀』『彼と六つ上の女』の草稿や、十二月七日の未定稿88「小説恐しき種子」など、性欲への関心が中心になり、子供への関心は、その分、薄れたのであろう。

【明治四十三年】

子供に関係のあるものとしては、四月に『網走まで』、七月に『孤児』、十月に『速夫の妹』が、それぞれ「白樺」に掲載される。内容については、既に書いたので略す。

五月の「白樺」に、『第七義の望』として、《十三四を、頭に、七八歳位までの男子と女の子を凡そ百人位を、引き連れて、（中略）示威運動をや》りたいと書いている。これも、子供というものの価値を高く評価することと関係があるのだろう。

八月の「白樺」の『新作短篇小説批評』で、「三田文学」の吉江孤雁の『松林』について、《自然を描き出す豊かな筆に感服した。椋鳥の群を見ると殆ど同じ距離から人間の群を見て書いてゐるのも面白い。》とあるのは、志賀の自然志向の早い現われの一つである。恐らく志賀は、高原の鉄道建設の工夫同士の殺人シーンを、遙か遠くから望遠レンズで、感情も意味付けも抜きに、ただ見ているような描き方に、自分の方法に近いものを感じたのであろう。が、『松林』の自然観は、ツルゲーネフらの自然観と同様、大自然からすれば、人間など虫けら同然であるというペシミスティックなもので、志賀の自然観とは、本当はニュアンスを異にする。

八月二十三日の「ノート6」の詩「新ちゃんと深川へ行く女」には、電車に乗り合わせた女について、《あどけない口を堅く結むで、／五つ六つの子供のやうに、／大変真面目な顔をしてゐる。／『い丶なァー』》とあり、志賀が女性に子供らしさを求めていることが分かる。

【明治四十四年】

明治四十四年には、二月の「白樺」に『イヅク川』を載せている。これは、夢の中の風景ではあるが、美しい自然・《如何にも平和な景色》から《受けた美しい感じが頭に漾つてゐ》たという小品で、子供ではなく自然そのものが、調和した或る理想を表わし、それが「癒し」に繋がっている、この時期としては珍しい例である。

三月の「白樺」の「編輯室にて」には、町で出会った子供たちをスケッチした文章が三つあり、子供に対する高い評価が窺える。

四月の「白樺」に掲載した『濁つた頭』では、津田が《基督教に接する迄は私は精神的にも肉体的にも延び〳〵とした子供でした。》と言う。志賀自身が、不自然なキリスト教に毒され、今は入信以前の自然な子供に還ろうとしている事を反映した言葉であろう。

五月二十七日の日記には、

《○雀のクチバシを拭ふのにリズムがある。小鳥の声に実に sweet なシメリ気のあるのがある。鳶の舞は舞の舞と同じである。

○自然の美の方面を段々と深く理解して行くのが芸術の使命である。

○かうもいへる、芸術心（人間）を以つて、段々自然を美しく見て行くのも使命である。

○だから、普通の人の見るに止まる自然を再現した所でそれは芸術にはならない。

○自然を深く〳〵理解しなければいけない。

○然し人間は段々に自然を忘れて、芸術だけの芸術を作らうとする。
○その時に自然に帰れと叫ぶ人が出て来る。
○自然といふ事を忘れてゐる芸術は、芸術の堕落である。》

と動物・自然を極めて重視した芸術観が語られている。

先に述べた通り、動物は子供以上に自然そのものであり、志賀が動物に子供以上に理想的なものを見るようになるのは、自然な事である。しかし、子供でさえ、大人の欲望と苦悩から遠い分、小説の主人公にはなりにくい。まして動物はそうである。従って、実際の作品に、子供以外の自然が大きな意味を持って描かれるようになるのは、基本的には大正六年以降であり、その場合も、小品文か、主人公が見た情景という形に限られているのである。

十月の「白樺」の『襖』では、蘆の湯の旅館に着いた《翌朝、隣で唄の稽古が始まると僕の妹は直ぐ縁側へ出て、後手《うしろで》に欄干に倚りかかつて、背をすりながら静かに横あるきをして隣を覗きに行つた。／一トくさり済むと隣の細君は、／「おはひり遊ばせ」と声を掛けた。妹は頸を胸へつけるやうにして、子供に特有な真面目腐つた顔をして黙つて居る。》という辺りが、本筋には余り関係はないが、実に良く子供の仕草を見、正確に描き出している。

ヒロインである「鈴」は、旅館の隣室に居た弁護士一家の子守で、《十六位》ではあるが、まだ子供で、《如何にも無邪気》で《世慣れない、善良な》《暢気な若い田舎娘》で、素朴である余りに、《僕》を好きということを《露骨》に表わし、《所謂みだらな考があつて、したのではな》いが、夜中に襖を開けた事から、《僕》に二度と会えなくされ、《すつかり萎れて了》（注29）う。それを、一人だけ感じの悪い弁護士夫婦の五十二三の母親を除いて、弁護士夫婦も、《僕》の祖父も温かい眼で見ていて、祖父が聞かせてくれた白隠禅師の逸話が、凡人の世界を超越した悠々たる境地を垣間見せてくれる、というものである。小品ではあるが、志賀の、大正六年以降の方向性を早くも先取りしたような作品と言える。

十一月四日の武者小路実篤宛葉書には、《「芳子」を見ながら所々で随分笑つた。（中略）十二歳の小供の話を聞く時のやうな気がした。（中略）ホメてゐるのだ。》とあり、やはり子供に対する評価が見られる。

【明治四十五年・大正元年】

二月の『母の死と新しい母』（および同じ頃執筆された『母の死と足袋の記憶』）と『憶ひ出した事』は、志賀自身の子供時代の回想である。『母の死と新しい母』では、母が危篤になった時、《汐の干く時と一緒に逝くものだ》と聞いて、今は誰も居ない母の部屋へ《馳けて行つて独りで寝ころんで泣いた。》という《寝ころんで》という所が、子供の行動として実感がある。《棺を〆る金槌の音は私の心に堪へられない痛さだつた。／坑に棺を入れる時にはもうお終だと思つた。ガタン〱と赤土の塊を投込むのが又胸に響いた。》という辺り、釘を打つ《金槌の音》を《痛》いと感じる所や、《赤土の塊を投込む》音が《胸に響》くという生理的・身体的な描写が見事である。

また、母を亡くして《毎日泣いて居た》のに、新しく母になる人の写真が、《亡くなつた母より遙かに美しかつた》ため、《百日過ぎない内にもう新しい母を心から待ち焦れるやうになつて居た。》という現金さも、子供の心理としてリアルである。

新しい母が来た朝、顔を洗う時に《手で湊が何となくかめなかつた》ことや、母の母から託されたハンカチを渡して《「ありがたう」》と言われて、《縁側を片足で二度づつ跳ぶ馳け方をし》た所など、当時満十二歳だった志賀の「新しい母」への感情が、初恋同様のものであったことを、そうとは書かずして、よく表わしている。

『憶ひ出した事』の方では、相馬事件で未決檻に入れられていた祖父が、七十五日目に帰って来た時、満十歳の直哉が祖父の前に出て行けずに《次の間の暗い襖の蔭に小さくなつて独り坐つて居》て、呼ばれても出て行かず、《遂に見出されて、手を惹いて無理に祖父の前に連れ出され》ると、《其所で（中略）たうとう大きな声で泣きだして了つた。》という所が、子供の心理として自然である。

この後、志賀は、明治四十五年三月末に『エピキュラスの園』を読んで以降、大正三年六月頃まで、前述のように、人類が滅亡を免れようとする無意識の意志を仮想した「人類的空想」に囚われ、人類の進歩への欲望と、それに繋がる個人の成長願望を何より重視するようになる。それでも、大正三年まで子供を取り上げ続けるのは、子供もやがては大人になり、人類進歩の一翼を担うものだからであろう。

例えば、『閑人妄語』で志賀は、《人類の意志の》現われとして《飛行機の無制限な発達》を賛美した時代には、《滅茶苦茶に興奮する事がよくあつたが、どうかすると急に深い谷へ逆落としに落とされた程に不安焦慮を感じる事がよく有つ》て、《私はそれに堪へ兼ね、東洋の古美術に親しむ事、自然に親しむ事、動植物に接近し親しむ事などで、少しづつそれを調整して行くうち、いつか、前の考へから離れ、段々にその丁度反対の所に到達し、漸く心の落ちつきを得る事が出来た。》と述べているのだが、その際に《自然》と《動植物》に《接近し親しむ事》で《調整し》たとは言っているが、子供に《接近し親しむ事》で、とは言っていない。

また、『子供三題』についての『創作余談』で、《前には子供を書く事が好きだつたが、自分に子供が出来ると却つて書かなくなつた。》と、子供が出来た大正五年頃から余り子供を書きたいと思わなくなった事を告白しているのだが、本当は子供が出来たからではなく、大正三年の松江時代以降、人間的な欲望に対して急速に否定的になって行った結果であろう。

明治四十五年に戻ると、志賀は（大正元年）八月四日に《山羊の仔を五円で買つて来た》。そして《捨て犬》を《一疋》《拾つて飼ふ事に》した。これらは動物への志向の現われである。

九月の『大津順吉』では、『エピキュラスの園』の影響は、「第二」の（十二）（十三）にだけ現われている。そして、子供の無邪気さを持つ千代と子犬の「白」が、意識・思想・道徳に囚われない自由な開かれた身体と心の象徴として登場する事については、本書「志賀直哉『大津順吉』論」で確認した通りである。

十一月には、まだ子供だった志賀の弟妹たちを描いた『鵠沼行』が書かれるが、この時の草稿は残っていない。大正六年十月の完成形で見る限り、志賀はどうやら、幼い昌子の自己主張の強さを高く評価し、そこに焦点を当てて、書こうとしているようである。例えば、「昌子が迷子になるから博覧会行きが止めになる」と聞いた時の《昌ァちゃん迷児にならないわ》の繰り返し。順吉が川を渡してやろうと《抱き上げると昌子は（中略）無闇と反りかへつておりようとし》、歩いて渉ることを許されると、《嬉しさうに皆の真似をして、（中略）へその出るまで着物をまくつた。》という辺り。波打際で波に足を洗わせて遊んだ時、倒れないように順吉に《後《うしろ》から持たれるのを厭がつて、（中略）独りでその足許を見て立つて居たが》り、満十一歳の姉の淑子に、《独りでそんな事をして、倒れたら大変よ。波にさらはれてよ》と言われると、《怒つたやうな眼をして淑子を見かへして居た》姿。そして、《まくり上げてゐる着物を着せ直してやつた》時、《丸くふくれた小さな腹には所々に砂がこびりついて居た。さうして（中略）磯臭いにほひがして居た。》という印象的な描写があり、末尾でも、帰りの汽車の中で、《昌子は他愛なく眠入つて居た。》（初出）と、昌子一人に焦点を当てて締め括っていた。もっとも、後で、《昌子も禄子もたわいなく眠入つて居た。》に改められるのだが…。

恐らく、志賀は、幼くても自立しようとし、姉たちと同じようにしようとする姿に、成長し進歩し、生き延びようとする人類の象徴を見ようとしたのであろう。その意味で、ここには既に、『エピキュラスの園』の影響が現われているのである。

【大正二年】

大正二年には、一月一日に、『清兵衛と瓢箪』が発表されている。この小説でも、子供の意味は、それまでの「意識・思想・道徳に囚われない自由な開かれた身体と心の象徴」というものとは大きく異なり、隠れた芸術的天才児という設定になっている。そして、一篇の趣意は、志賀の父に代表されるような、人類の進歩に繋がる芸術や天才を全く理解できない俗物ども（『清兵衛と瓢箪』の中では清兵衛の父・教師・馬琴・桃中軒雲右衛門など）を嘲笑することにあるのである。

だから、清兵衛は十二歳と設定されているのに、これまでの志賀の小説のように子供らしくは描かれない。清兵衛は、《学校から帰つて来ると他の子供とも遊ばずに、一人よく町へ瓢箪を見に出かけ》、それが、いかにも天才にふさわしい凝り症ということになるのである。

清兵衛が《古瓢には余り興味を持たなかつた。》としたのも、人類を進歩させる天才は、新しいものにしか興味を持たないという事なのであろう。また、清兵衛が《修身の時間》に瓢箪を磨いて叱られ、叱った教員が《武士道》好きなのも、《修身》や《武士道》のような古臭い道徳を乗り越えるのが天才の仕事だからという事であろう。

一〜二月に執筆されたらしい『暗夜行路』草稿13（＝「原『暗夜行路』」草稿）の（四）の仔山羊のシーンに、順吉が《総ての人間と離れた所で未だ自分には動物がある》と思う所がある。動物に対する強い志向は、大正三年の松江時代以降に現われるものなので、これはその先駆けとして注目したい。(注30)

ただし、この仔山羊は、『暗夜行路』前篇第一の十二では、成長すると共に臭くなり、気が荒くなり、やたらに突っかかるようになってしまう。それは、謙作が、近頃会う女毎に惹き付けられる自分の欲望に気付き（前篇第一の七）、初めて洲崎遊廓へ行き、お栄とのセックスを期待するようになる（前篇第一の十一）事と並行的な現象として、青年のエディプス的で攻撃的な性という自然の危険な力を、見事に象徴しているのである。しかし、『暗夜行路』の完成形では、最終的には、謙作が大山で見た、高い所を悠々舞つてゐる鳶の姿やその他の生物たちの姿が、人間には無い自然の美しい調和した姿として、謙作を一種の悟りへと導く事になるのである。

九月の『出来事』も、子供を描いているが、これは一見、以前の子供像と同じように見える。例えば、最初の方で電車に飛び込んで来る《白い蝶》は、《小さいゴムマリをはずますやうに独り気軽に、嬉しさうに、又無闇とせつかちに飛び廻》り、《唯はしやぎ独りふざけて居》て、《眼まぐるしいへうきん者》と呼ばれ、《私の重苦しい頭をいくらか軽くして呉れた》点から、「意識・思想・道徳に囚われない自由な開かれた身体と心の象徴」としての子供に近いと言って良い。また、この作品のラストで、事件の後、電車が再び動き出した時に、《無邪気なへうきん者》は居なくなっていた、と結ばれている事からも、この《白い蝶》は、子供や動物に代表される自然な命そのものの象徴であり、子供の命を助けるために、予め自然が電車に乗り込ませた幸運を運ぶ使者という風にも考えられる。ただし、そうした蝶の在り方は、日本の伝統的な自然観から来たものではなく、西洋から輸入されたフェアリー的なものと感じられる。それは、『エピキュラスの園』に触発された志賀の「人類的空想」が、自然より人間を上位に置く、本質的に西洋的なものだった事に起因するのであろう。

事故に遭った子供も、清兵衛のような天才ではなく、志賀の描く他の子供たちと同様、特に優れた所もなく、《頭の大きな汗もだらけな》《醜い顔》の普通の子供である。子供の母親も、《色の黒い醜い女》で、《大きな乳房》が《だらしなく垂れ下つ》ている普通の母親に過ぎない。

志賀は、「人類的空想」に囚われていた時期に、なぜこういうものを書いたのか。それは、もともと志賀の空想は、人類が滅亡＝死を避け、生き延びることを最大の目標とするものだったからであろう。そこに、志賀が実際に体験した事故の際、電車に乗り合わせた全員が、子供の命が助かったことを喜び合った事実（これは『出来事』についての『創作余談』や草稿「いのち」で確認できる）を結び付け、《誰れの心の底にも美しいもの》（草稿「いのち」）、即ち死を避け生き延びようとする人類的な善い意志が潜んでいる、というつもりで書いたものであろう。

子供が助かったと知った時の《私》の喜びを《主我的》としつつ、それが《却つて愉快に思へた。》というのも、旧来の道徳から来る意識ではなく、他人の死を見るのを苦痛に思い、避けようとする個人的エゴイズムに従っていながら、それが人類共通の願望、人類に普遍的な善・利益にも自ずから適っていた事実を、個人的なエゴイズムがその儘、人類的な地球脱出の欲望と調和する事の証拠と見て、《愉快に思へた。》という事であろう。

作品の冒頭近くで、「暑さ」という地球の環境に乗客全員が圧倒されている状況が丹念に描かれ、《人間が暑さだけをかう真正面《まとも》に受けて、それで弱り切つて居る、いかにも腑甲斐ない事だ》と《私》が考えるのに対して、ラストでは、《暑さにめげて半睡の状態に居た乗客は皆生き〳〵した顔附きに変つて居た。》となるのも、やがて地球が冷え切ってしまっても、それを乗り超えるであろう人間の力の素晴らしさを暗示したものなのであろう。

冒頭近くで、《私》が人間の腑甲斐なさを考えた直後に、例の《白い蝶》が飛び込んで来て、《私の重苦しい頭をいくらか軽くして呉れた》事から考えると、《白い蝶》は、人類がやがては蝶のように自由に空を飛べる飛行機を発達させ、宇宙に脱出して生き延びることを、予め示したものとも取れなくはない。

ところで、志賀は従来、大抵小中学生ぐらいの子供を描いていたのに対して、この子は（作中でははっきりしないが）、草稿「いのち」によれば《三つばかり》である。だから、事故の後、小便を漏らし、その《似指《ちんぽこ》》は《五分瓢》（約一・五センチの瓢簞）程しかない。そして、母親が駆けつけると、おっぱいを飲み、《大きな乳房に口も鼻も埋めてすつかり大人しくなつて了》うのである。

この事から考えると、志賀はこの子供に、従来のような自由で自然な開かれた心身を象徴させて居るのではなく、人類が生き延びようとする種族保存の本能の対象となる「子孫」を象徴させているのであろう。だから、乗り合わせた人々がこぞって、その命が失われないようにと願うのである。

志賀が、「人類的空想」に囚われた時、「男は仕事、女は産むこと」（『暗夜行路』草稿13＝「原『暗夜行路』」草稿）と考えたことは有名である。(注31) 子孫を残さなければ人類は滅亡するという事は、最初から志賀の脳裡に強く刻まれていたのである。

志賀は、『エピキュラスの園』に出会う以前、明治四十四年一月二十六日の日記に、既に《ミダラでない強い性慾を持ちたい。（中略）四五十才までは左うでありたい。／い丶子孫はそれでなければ出来はしない。》と書き、四十五年五月三十一日には、《自分はよく自分の子供を欲しく思ふ事がある。それを生むべき女が賢い女なら私生児の子供でも欲しい。男の子が欲しい。》と書いている。(注32) これは、自分の分身としての《い丶子孫》を遺すことで、自分を死滅から救い出したいという願望からである。それが『出来事』に出たと見るべきであろう。

『出来事』で、もう一つ注目すべき事は、身体的なものの見事な描写である。

例えば、電気局の若者が、小便を掛けられていたと知って、《「マ。此餓鬼は呆れたぜ」》と《子供を抱き寄せるやうにして顎で其頭をゴツン、ゴツンと撲つた。》という所。また、事故を聞いて飛んで来た母親が、《子供を受取ると直ぐ、／「馬鹿！」と其顔を烈しく睨みつけて、いきなり平手で続け様に其頭を撲つた。（中略）子供をぐいと抱き締めると二三度強くゆすぶつて、又、「馬鹿！」と云つた。》という所。また、電車が動き出し、若者が《小便に濡れたシャツを脱》いで体を拭くと、《しまつた肉附きの（中略）筋肉が気持よく動く。（中略）私と視線が会》い、《「往生々々」と（中略）笑つた。（中略）善良な気持のいい、生き〳〵とした顔つきになつて居た。》という辺り。これらは、特に『大津順吉』に豊富に見られた身体表現重視の姿勢が、継続されたものと言える。が、この作でかなり重要な役割を果たしている若者の力強い筋肉質の肉体を好意的に描いているのは、やはり人類が生き延びるためには強さが大切だというこの時期の志賀の価値観の現われと言える。

【大正三年】

大正三年には、四月に『児を盗む話』を発表している。これは、第二の『濁つた頭』といった趣の作品である。ここでも子供は中心的な位置を占めている。そして、二人の女の子は、いずれも見事に描写されてはいる。しかし、この子たちは、自由な身心の象徴として主人公を癒やすことはない。彼等は、弱い主人公の満たされない性的欲望の悲しいはけ口に過ぎず、また、主人公が《弱々しい顧慮》に《打ち克》ちたいという強者への志向を満たすための道具に過ぎないのである。この事は、志賀の中で、子供という理想が、かつてのような力を持ち得なくなった事を表わしている。

主人公の満たされない性欲を暗示するものとしては、家を借りる時、若い女中を希望すると、口入宿の婆さんにジロリと見られ、断られるというエピソードがある。(注33)また、悪夢の中で、《十二三の女の児》が俯いた時、《さん俵《だら》ぼつちを被《かぶ》つたやうな荒いこは張つた毛（中略）の間から》見える《気味の悪い赤さをした下脣》は性器であり、主人公が少女に性欲を向けていることが示される。自分の鼻に魘されるのも、鼻が男根象徴だからである。

主人公は、芝居小屋で見た、良家の《六つばかりの美しい女の児》に《恋する初めのやうな》気持になり、(注34)《自分のものにしたいと云ふ慾望》を抱く。そして、《若い女を愛して、（中略）無理にも結婚する》事が許されるように、《純粋に愛情から来る慾望》からなら、《他人の児を盗む》事も許されると考え、その子の代わりに、按摩の家の《五つばかりの女の児》を盗み、破滅するのである。

『児を盗む話』で、もう一つ注目すべき事は、その冒頭近くに、尾道の《市全体と海と島とを一と眼に見渡せる山の中腹》の貸家から見下ろした景色が細かく描写され、《私》が《延び〳〵した心持で》《さういふ景色を見》た事、《東京とは全く異つた生活が私を喜ば》せ、《落ちついた気分にな》れた事を言っている所である。(注35)他にも、屋島で見た、《塩浜》で《塩を煮る湯気が小屋の屋根から太い棒を立てたやうに穏かな空へ白く立ち昇つてゐる。一里余りもそれが点々として続いて見える》景色に《私の心も流石に慰められた》事や、そこの宿屋から瀬戸内海を見渡す景色の良い事が描かれている。この様に、自然の風景それ自体が主人公の心を癒やすという事は、これ以前の志賀の作品には無かった事なのである。

四十四年までは、志賀は主に子供を理想の象徴としていたし、四十五年に「人類的空想」に囚われてからは、先に引いた『閑人妄語』にあったように、人類が地球を捨てて生き延びられるようにすることを自分の仕事の意味としていた為、自然を人間以上のものと見ることを止めていた。従って、『児を盗む話』に自然の風景が描き込まれた事は、「人類的空想」の終焉を予兆する出来事と言って良い。事実、この年七月十日に、「原『暗夜行路』」は、最終的に挫折するのである。

この挫折は、自然より人間を上位に置く西洋的な自然観から、人間より自然を上位に置く東洋的な自然観への方向転換を直ちに齎したようである。大正三年六月十九日の「独語」（『濠端の住まひ』草稿・関連資料）で、志賀は、次のように書いているからである。

《○雄雞が一羽に雌雞が五羽ゐる。（中略）雄は雌を少しも苦めやうとしない。餌がまかれた時には雄は必ず雌を呼ぶ。自分が食はうとした場合にも雌がワキから首を出すとよして了ふ。それから木の枝などに止まつてゐる餌を見ると飛上つて雌の為めにそれを落としてやる。（中略）まして他の動物が若し彼等をおそはんとするやうな場合には雄は自分だけ全責任を負つてその保護をする、（中略）自分は毎日これらの雞の様子を見るに雄雌の関係が、如何にも道徳的なのに感服する。

（中略）しかもそれが純粋に本能である事を驚嘆せずにはゐられない。

これを見る時に、自分は努力で作られる道徳的の行為とその美しさに非常に差のある事を感ずる。仮りに自分が此雄雞のやうであらうとすれば自分は非常な努力をしなければ左うあつてゐられない。で、よし出来たにしろ、それは遙に醜いものであると思ふ、自分には自己批評が起る、道徳的満足を感ずる、実際自分には此雄雞のやうに自己批評もなく、道徳的満足もなしには到底そんな態度をとつてゐる事は出来ない。

此所で又自分はディレンマに陥る、自分は理想家である。或る理想に到達せん事をいつも希ひ願つてゐる、しかもその理想は理想を意識に絶えず味はう事は非常にイヤに思はれるのである　自分は意識せず理想通りのものになろうと思つてゐる、無意識でしてゐる事が理想通りでありたいと考へてゐる、何等、努力もなしに理想通りな事をして、しかも自分ではそれを知らずにゐたいと思つてゐる、これは正しく撞着である、然し自分はこれが何所かで一致する点があると信じる、》

これ以降、志賀の文学において、生物と自然が大きな意味を持つようになって行くのだが、詳細は割愛する。

④シーンを描く力――写真的無意識

以上の①②③は、いずれも、志賀が『大津順吉』を書けるようになるために必要な準備だったと私は思う。

しかし、『大津順吉』で、私が最も優れていると思う所は、身体的なものを、それぞれの人物の心理・無意識・個性などの expression（現われ・表情・表現）として見出し、それを意味として言葉で説明し平板化するのではなく、シーンという映像的な形で、読者に直感的に洞察させる力である。こういう能力を志賀は、いつ、どのようにして身に付けたのであろうか？

私が思うには、観劇体験が、その一つに挙げられる。

志賀は、明治三十五年十一月の歌舞伎座で、五代目菊五郎の「弁天小僧」を観た頃から歌舞伎に熱中し始め、《最初の頃は一つ芝居を二度も三度も見ないと気が済ま》（『稲村雑談』）ないという位で、三十六年春には、神戸・大阪・京都の芝居を見たいばっかりに、学校の修学旅行と別行動を取って、仲間と出掛け、中でも京都で観た「馬盥」の団蔵に感心したと『歌舞伎放談』で回想している。この七世市川団蔵の光秀は、陰性で執念の反逆児の型を作り出したものとして、今日も高く評価されているもので、早くから志賀が見巧者になっていたことが分かる。(注36)以後も日記中に、歌舞伎・新派・新劇、また落語（これにも演技が伴う）を観た記録がしばしば見出され、俳優の演技を通じて、身体的な表現を見る目が磨かれたことは想像に難くない。

志賀の観劇の記録は、殆どが劇場名のみか、題名ぐらいしか書かれていないが、四十四年一月九日の日記には、珍しく詳しい感想がある。それは、《璃カクといふ老人の清玄を面白く思つた。他の人のを見た事がないから此役者が此役でどれだけ成功してゐるかはよくワカラないが、兎も角上手にやつてゐた。／此役者のする形が――例へば、からむ所でも、ツ、ツーと桜姫にくつついて行く所或は、突き飛ばされて不様にヘタバツタやうな形をする事などが執念深い、或は、所謂奇麗事の感情でない此狂言といふものによく合つてゐて大変に面白く感じた。／桜姫も面白く出来る役であるが役者がウマクない為めかつまらぬ役になつてゐた。》というもので、志賀が役者の身体によって表わされるものを、如何に注視していたかがはっきり分かる点で、貴重な記録である。

《璃カク》は四世嵐璃珏（一八五三〜一九一八）で、志賀は余程感心したと見えて、後年の『歌舞伎放談』でも、団蔵の「馬盥」などと並べて、璃珏の《新富座で見た清玄》を《何十年経つても忘れずにはつきり残つてゐる》ものの一つに挙げているのである。(注37)

また、同じ年の五月一日（日記による）に観た「河庄」について、『「クローディアスの日記」に就いて』の中に、次のような一節がある。

《新富座で見た鴈治郎の「河庄」で、先づ梅玉の粉屋の孫右衛門が侍の真似をして出て来ますが、此役者のからだつきでも調子でもが如何にも実ていな人物になつてゐて、日頃からかういふ場所へは一歩も足を踏み入れた事がないといふやうな感じを与へるのです。小春を相手に開けない調子で何かいつてゐるのを見てゐる内に私は何といふ事なし不図、此男は来た目的を忘れて、丁度初心な若者が初めてかういふ所へ来た時のやうに何か淡い恋するやうな心持を起しやしないかしらと心配（心配も大袈裟だが）した事があります。段四郎の時はちつともそんな気がしませんでしたが、梅玉だと本統にそんな気がしました。》

この梅玉は、二世中村梅玉（一八四一〜一九二一）で、名優として知られている。ここでも志賀が、《からだつき》から、《実てい》で《日頃からかういふ場所へは一歩も足を踏み入れた事がない》人物像を読み取っている事が注目される。こうした眼力が、この一年後の、『大津順吉』における身体の捉え方に繋がっていることは、疑問の余地が無いだろう。

もう一つ、重要と考えられるのは絵画である。『美術雑談』や『幼い頃』によれば、志賀は、明治三十年秋から学習院で同級になった林三郎が、丸善から毎年パリのサロンの図録を買っていたため、それをよく見せて貰い(注38)、後には自分でもパリのサロンや英国のロイヤル・アカデミーの図録を買うなど、かなり早くから西洋の絵画に接していた。その後、キリスト教徒になってからは、キリスト教関連の絵画に興味を持ち、明治三十五年頃からは、岩元禎からギリシャ・ローマの彫刻やルネサンスの絵について、いろ〳〵話をきいたり写真を見せてもらったりし、その頃から西洋の美術に興味をはっきりもち出し、又、幾らか判っても来たと言う。そして岩元の従兄弟に当たる藤島武二の家にも時々遊びに行って絵を見せてもらったりした。

また、浮世絵も二度目の中学六年（明治三十五年九月〜三十六年八月）の時から好きになり、歌麿・北斎・豊国・国貞・湖龍斎などを集めたと『書き初めた頃』に出ている。(注39)

三十八年十二月にはロダンを知り、四十年の日記には、シャヴァンヌ、ベックリン、ホフマン、トルワルドセン、セガンティーニ、ホイッスラー、シュトゥック、クリンゲルなどの名が次々に登場し、四十二年には、五月の壬生馬宛書簡で、《昨今は読む本は根つから買はずに絵ばかりとりよせてゐる。》と書き、志賀の部屋にセザンヌの「林檎」の原色版や、ロダンの「キス」・「永遠の偶像」（写真版であろう）などが飾ってある事を報告している。

そして、四十三年五月の「白樺」に掲載された志賀・児島喜久雄・里見弴による『コスモス画会合評』(注40)では、志賀は田中良の絵「屠獣場」について、《これはいやだつた。少しも生々して居ない。特に馬を引いて行く若者の顔つきや姿勢がいかにも空々しく、作つてあると云ふ気がした。写真のシャッターが一秒の何十分の一と云ふ短い瞬間を捕へる様に画家もさう云ふ瞬間を捕へる練習をしなければならぬと思ふ。又画家でなければ感じられない形の（色のもあるかも知れぬ）瞬間と云ふものもあらうと思ふ。》と評している。ここでも志賀は、《顔つきや姿勢》の《空々し》さを鋭敏に感じ取り、《馬を引いて行く若者の》《画家でなければ感じられない形の》優れた《或る一瞬間が旨く捕へられて居ない》と、身体の捉え方を批判しているのである。『「白樺」と西洋美術』では、志賀たちが西洋の近代絵画に本格的に開眼したのは、壬生馬の帰国（四十三年二月二十四日）後だとしているが、壬生馬の帰国後間もなくのこの時点で、既にこれだけの絵画への理解力と鑑賞力を示している。それは壬生馬の力と言うより、三十五、六年頃からの観劇と浮世絵、ついで西洋美術の鑑賞体験によって培われたものであろう。

先にも述べたが、志賀の文学は、視覚的なシーンを極めて重要な要素とする所に特徴がある。《初めて小説が書けたといふやうな気がした。》（『創作余談』）と志賀が重く意味付けている所謂「非小説、祖母」も、志賀が初めてシーンを中心に書いたものだったと推定できる。

しかし、シーンを中心にするということは、決して単に「場面が目に浮かぶように、何でも視覚的に細かく描写する」ということではなかった。それは、対談「小説について」で、志賀が、「「非小説、祖母」までは、人間の動作なんかも非常に細かいことまで書いてしまう為に、纏まらなかった」と言っている事からも、明らかである。

志賀がシーン、特に人間の身体をシーンとして描くことを重要な手法として発見したのは、志賀が、芸術は「意識」という言語的なものではなく、「無意識」という非言語的なものをこそ表現しなければならないものであることを確信した結果である。その事は、本稿の「（二）硬直した思想からの解放の過程②感情・無意識重視」が、或る程度まで証明する所であろう。

志賀は、言語に翻訳しようとすれば損なわれてしまう「無意識」を、その儘に表現する方法を模索する中で、身体をシーンとして捉えるという方法を編み出し、それを中心として作品を構成するようになったのである。

その意味で注目したいのは、『「白樺」と西洋美術』で、志賀が、若い頃、《短篇小説を書く場合、よくロートレックの画集を身辺に置いて、疲れた時などそれを開いて見た。筆が渋つて書き続けられないやうな時にはいい刺激になつた。（中略）若い頃には端的に創作の刺激になつた。私は外国文学の影響も受けたが、同じ程度に外国の近代絵画からも影響を受けた。》と回想していることである。そして事実また、『大津順吉』執筆中の明治四十五年六月十七日の日記に、《ロートレークの本を借りてくる。／「十枚書く」》と出て来ることである。

志賀はなぜ、他の誰でもなく、ロートレックから刺激を受けたのか。それは、ロートレックの絵画が、写真の影響を強く受けていたからだと私は考える。

写真は、西洋の画家たちに、様々な形で、それぞれに違った意味で影響を与えた。その事は、種々の美術関係の書物に紹介されている（例えば、オットー・シュテルツァー著『写真と芸術――接触・影響・成果』（フィルムアート社）など）。ロートレックも、ロートレックが影響を受けたドガも、自ら写真を撮り、写真から積極的に学んだ人達であった。

ベンヤミンは、『写真小史』（晶文社ベンヤミン著作集2所収、P74）で、次のように指摘している。《カメラに語りかける自然は、眼に語りかける自然とは違う。その違いは、とりわけ、人間の意識に浸透された空間の代りに、無意識に浸透された空間が現出するところにある。（中略）こういう視覚的無意識は、写真をつうじてようやく知

られるのだ――ちょうど、情動的無意識が、精神分析をつうじて知られるように。》

人間の眼は、人間の意識にとって意味のあるもの以外は、殆ど見ようとしない。ところが写真は、すべてを機械的に写し取る。その為、写真には、人間が普段意識するものとしないものとが、同等の扱いで写し出される。ロートレックは、西洋の伝統的な見方では見落とされて来た無意識的なものを、先輩ドガから学び取り、自らも積極的にそれを取り上げようとした。その事を志賀は敏感に感じ取り、鼓舞されたのだと思う。

フェルミジエ著『ロートレック――その作品と生涯』（美術公論社、P56）によれば、

《ロートレックがモデルにポーズをとらせることを好まなかった原因はまず、ポーズの時間が退屈だったからだが、さらに肖像に求めるあの無造作と自然の印象をポーズでは保ち得ないからでもあった。

ロートレックのモデルたちは常に、あるがままの姿でとらえられているようだ。たとえばモデルは戸口の間にいたり、歩行中だったり、タバコに火をつけようとしていたり、《医師ブールジェ》（アルビ）のように手袋をはめる時だったりする。あるいは《ジャルダン・ド・パリのドラポルト氏》（一八九三年、コペンハーゲン、ニー・カルルスベルグ・グリプトテック）のように何をするでもなく、幸福そうに笑いかけている場合もある。トゥールーズ美術館の《フランソワ・ゴージ》の肖像にみられるように、一八八八年に入りロートレックの技術はまさに完璧の域に達する。まったく無造作に、間髪を入れずにとらえた一瞬の現実感が目を打つ。いきなり扉が開き、モデルがふり向こうとする余裕すらない、といった印象を我々はうける。》

この他、「ムーラン街（検診）Rue des Moulins : L'Inspection médicale」（一八九四）、「デ・ムーラン街の客間にて（Au salon de la rue des Moulins）」（一八九四〜五）、「化粧（La Toilette）」（一八九六）などもそうである。これらは、見られている事を意識していない瞬間の、無防備な、放心した、その人物の本当の姿・無意識が現われているような瞬間を、盗み撮り写真のように捉えている。それは同時に、古典主義的な美意識で人物を美化・理想

化することを止め、ありのままの真実の人間を見据えるということでもある。そうした点が、志賀がシーンを描く時の刺激になり、『大津順吉』などで、身体の表情を捉えた優れた表現をする上で、ヒントにもなったのだと思う。

ロートレックについては、明治四十五年四月の第五回「白樺」主催美術展覧会で、色石版を展示した事が、『京都通信』に出ている（目録によれば、娼婦をテーマにした石版画集『Elles』十一葉である）が、これ以前に志賀がロートレックの作品に出会ったかどうかは確認できない。しかし、『コスモス画会合評』で既に《写真のシャッターが一秒の何十分の一と云ふ短い瞬間を捕へる様に画家もさう云ふ瞬間を捕へる練習をしなければならぬ》と言っている所から見ると、写真が西洋絵画に与えた影響については、四十三年以前から或る程度知っていた可能性が高いと思う。

前述のように、志賀は三十八年十二月からロダンに注目していたのだが、リルケの『ロダン』第一部（岩波文庫版P48）には、次のような一節がある。

《ロダンはモデルが誰にも見られていないと思うときにする目だたぬ動きをすばやく取り集めたならば、われわれが平生緊張した活発な注意力で見ることに慣れていないばかりに、想像のつかなかったような表現の強さを含むことが可能だろうと思った。そこで彼はモデルから目を離さず、紙の方は彼の熟練したすばやい手にまかせたまま、これまでかつて見られたことがなく、つねに見すごされて来た無数の姿態を素描した。その結果、そこから奔出する表現の力は途方もないものとなった。》

また、グセルの『ロダンの言葉』（古川達雄訳・角川文庫）第一章「芸術における写実主義」には、ロダンがいつも大勢の男女のモデルを雇い、裸でアトリエ内を自由に歩き回ったり休んだりさせ、それを観察しながら、気に入ったポーズを見付けると直ちに粘土に取っていた事が書かれている。そうする事で、ロダンは、《身体のあらゆる部分に表われる感情表現を判読し得るようになった。／一般には、顔が唯一の心の鏡であると考えられている。

（中略）事実は凡そ身体の筋肉にして内的変化を表明せぬものはないのである》、と。

志賀が早くからロダンに惹かれていたのも、ロダンの捉えた身体・姿勢に無意識的なものが豊かに現われている事を、志賀が鋭敏に感じ取っていたからではないかと私は思うのである。

志賀の視覚的描写が非常にヴィヴィッドであるのは、志賀の目が良いからだとか、小説に使おうと思って注意深く観察したり、メモを取ったりしているからだ、と考える向きもあるようだが（例えば今村太平氏の『志賀直哉との対話』所収「志賀直哉の文学——記録《ドキュメンタリー》芸術の先駆としての——」）、意識して観察すると、意識的な意味のあるものしか見えない。現に、今村氏との「秋日閑談」でも、志賀は、「最初はメモを取ったりしたが、小説にならなかった」と言っている。志賀が見ようとしているものは、本来目には見えない無意識であって、それが目に見えるものに現われた瞬間を、捕まえられるかどうかが勝負なのである。

その事を志賀は、『中村真一郎君の疑問に就いて』で、《一体物を見る時、これを材料にしようと思つて見ると却つて余計なものが見えてよくない。行動する時、殆ど無意識に見てゐて頭に残つてゐた事だけを書く場合が僕は多い。これは材料になると思つて、その事件を経験しつつ、よく見ようとすると、そのわざとらしさが気になつて、却つて書きにくくなる。》とはっきり書いている。志賀が、《殆ど無意識に見てゐて頭に残つてゐた事だけを書く》ようにしているのは、そうしてこそ、意識的な意味付けを排し、重要な無意識だけを含んだシーンが捉えられることを知っているからである。

志賀はまた、小説を書く上で《一番大切な事は、書かうとする事を自分でハッキリ頭に浮べる事だ。》（『私はかう思ふ』）という事をよく言っている。しかし、それも、決して意識の問題ではない。重要な無意識が現われているシーンをハッキリ頭に浮べるのでなければ、何の意味もないのである。

例えば、今村氏との「秋日閑談」で、志賀は、舟橋聖一の『雪夫人絵図』の中の、《自分のおやじだか何かの妾の女と》、東横線の隣の《プラットホーム》から線路を挟んで話をするシーンについて、《大きい声でそんな話したら》具合が悪いはずなのに、そういう風に書くのは、その場面を《すっかり頭に浮べないで書いてる》からだ、と指摘する。また、沢野久雄の新聞小説で、《神宮前か何かで》《自動車で自分だけ下りて女の人と話してること》を書いてるが、わきに運転手がいる所で平気でそんな話をさせるのも、その場面を頭に浮かべずに書いている例として挙げている。

これは、一見、糞リアリズムの立場に立った瑣末な揚げ足取り、「細かい事にももっと気を付けろ」と言っているだけのように思われるかも知れないが、そうではない。ここに挙げられている例では、作者は、「この場面で二人にこの話をさせて置けば、話の運びとして都合が良い」という自分の意識・都合からしか物事を見ていないのである。先程述べたように、人間の注意は、人間の意識にとって意味のあるもの以外には、なかなか向かない。だから、志賀のような優れた読者から見れば、おかしな事でも、自分の意識に囚われている作者は、気付かずに書いてしまう。そんな書き方をしていたら、小説には作者の意識が現われるだけで、登場人物の無意識など現われようはずがないのである。

「頭にはっきり浮べる」という事は、作者が意識的に、場面を細部まで決めて行くという事ではない。最初から細部まで出来上がったものとして、そのシーンが、自分の無意識の世界から、頭に浮かんで来るということなのである。だから志賀は、今村氏との「秋日閑談」でも、その時には無かったことで、《あり得ることが》《まるであったように》浮かんでくれば、それを書く、と言っている。意識的には事実（リアル）でなくても、無意識的なリアリティー（心理的必然性）の方を取るのである。

『暗夜行路』後篇第四の十九の、大山から見た夜明けの光景など、実際には、太陽が地平線から出る以前に相当に明るくなってしまうため、大山の影がくっきり見えるなどという事は、事実としてはあり得ない事だが、イメージとしては非常なリアリティーを持つ、優れた表現となっているのである。

また、志賀の私小説的な作品を、実体験を忠実に再現したものと見ることも、全くの間違いである（『大津順吉』については、本書「志賀直哉『大津順吉』論」で或る程度その事を指摘した）。普通、人は実体験であれ、空想であれ、その時の現在においては、意識的な意味しか見ない。しかし、後から振り返って見ると、そこに無意識が含まれていることが見える場合がある。それを書けば、優れた小説になりうるのである。小説を書いてやろうと思ってする意識的空想は、実体験よりもさらに意識的で、無内容なものになりがちである。だから志賀は、安易に空想に頼ろうとしなかったのである。

志賀を尊敬していた映画監督・小津安二郎について、ドナルド・リチーは、『小津安二郎の美学』（社会思想社・現代教養文庫）「第一章　脚本」で、次のように書いている。《小津の扱う人物は、ストーリーを実演したり、プロットを進めるという仕事を持たないので、矛盾したり、非論理的でありえた――そしていつも自分に忠実でありえたのである》。そして、リチーは、この点で小津は、志賀直哉らと信念を同じくする芸術家なのだと評している。私も同感である。

リチーに拠れば、小津は、脚本を書く前に配役を決め、俳優に合わせて書いて行った。映画も小説も、作者が意識的構想・ストーリーに合わせて人物を動かそうとすると、無意識を描けなくなる危険性がある。私小説的方法とは、モデルとなった人間（自分を含めて）を、言わば《ストーリーを実演したり、プロットを進めるという仕事を》持たない俳優として用い、《矛盾したり、非論理的で（中略）いつも自分に忠実であり》うるように、即ち自然で無意識でありうるようにする方法なのである。

以上、大雑把な概観ではあったが、志賀文学の優れた特質をなすものが、キリスト教からの離脱の過程で、次第に獲得され、研ぎ澄まされ、『大津順吉』に現われたことを、ほぼ証明し得たと思う。

注

（1）志賀の潔癖症は、《人一倍潔癖な方》（『祖父』二十四）だった祖母の遺伝および影響による所が大きかったようである。なお、潔癖症は、自分の心身の清潔度に異様に強く注意を払うという意味で、ナルチシズムと密接な関係がある。そして、潔癖症とナルチシズムは、志賀の文学の本質的な特徴なのである。志賀の潔癖症については、本書の「志賀直哉『黒犬』に見る多重人格・催眠・暗示、そして志賀の人格の分裂」を参照されたい。

（2）志賀より少し早く内村の弟子になった小山内薫も、短篇小説『否定』（のち『父の否定』と改題）の中で、自分はキリストに「叱って許す」父、「悪い事をした者が甘えて行ける」父を求めて、キリスト教徒になったのだ、と解釈している。失敗を許さない結果重視の武士道的な厳格主義とは異なる、キリスト教の精神主義的な許しの精神に、小山内も志賀も惹かれたようである。

（3）煩悶青年については、E・H・キンモンス『立身出世の社会史』（玉川大学出版部）などが参考になる。ただし、志賀直哉は天野貞祐との対談「内村鑑三その他」で、藤村操について、「僕達はああいう考え方とは遠かった」と発言している。

（4）内村鑑三の著書で、志賀の手帳や日記に名前が出るものは、『求安録』『後世への最大遺物』『基督信徒の慰』である。これらも全文を読んだかどうかは分からない。また逆に、読んだ本すべてが、残された手帳や日記に登場するという保証もない。

（5）日付は、この事が、「手帳2」の五月十九日付けの記事の後に、《○姦淫に就いて、前の日曜に先生はいはれた、》云々と出ている事と、内村の所に行くのは日曜であることから推定した。

（6）年代は、『内村鑑三先生の憶ひ出』で、このクリスマス会（『濁つた頭』では正月とするが、採らない）が内村が（四十年十一月に）柏木に転居した後のものであると明記されている事と、四十一年十月二十八日付け壬生馬宛書簡（全集22巻収録の新資料）に《此頃内村先生の所へ行くのをヤメてゐる。》とある事、四十一年末の未定稿63「アイドールとしての芸術（所感）」に、キリスト教の《信仰が、スッカリくづれて了つた。》とある事、から四十一年のクリスマスではないと推定した。

（7）なお、志賀は結婚前のCとの肉交は神の認めるものと信じていたが、明治四十年九月二十三日に内村と話し合った際、賛成はして貰えなかった。しかし、「或る旅行記」によれば、納得しない志賀に「困ったなアー」と溜息をつく内村に、志賀は《其時程先生を優しく親しく感じた事は甞つてなかつた》と書いている。この時の内村の反対が棄教の原因となった訳ではないことを、ここで念のために確認して置く。事実、志賀は四十年十一月十三日に五十日ぶり位で内村を訪ね、《非常に快かつた。》と日記に記し、四十一年五月十日までは、内村訪問の記録が日記に残っている。

（8）全集では、明治四十二年の所に「月日不詳」として収録しているが、手紙の中に、電車の中で《「若さの潮を利用せずに老ひた人の後悔はどうだらう」》と鼻紙に書いた事が出て来るのが、「手帳12」の四十一年五月二十四日以降十月十五日以前の所に《○Flood of Youth を利用せずに老いた人の後悔は想像する事が出来る、／吾々は、肉体の若さを浪費しないやうに又利用する事を忘れてはならぬ、》とある事と一致するので、四十一年と推定できる。

また、《芦の湯へ行つてゐた祖母の一行が》帰京するとあるのと、《麦ワラ帽子》を買おうとしたが、《もう、末だからい、のがない。》とある事から、八月下旬と推定した。

（9）思想否定は、「手帳15」の大正十一年十月二十二日夜の《芸術に思想をもるといふ事はいけない》云々や、昭和六年八月七日付け小林多喜二宛書簡など、生涯を通じて変わらない志賀の信念となっている。

（10）里見弴の『君と私』（十五）によれば、里見は四十二年の正月に、湯河原で志賀に、年上の女中との肉体関係を告白しようとして、果たさなかった。その頃の事として、里見は、《私たちは性慾を自然のよき贈物《おくりもの》として感謝し、交媾を劣《いやし》まなかつた。たゞ愛の伴はない肉交だけは殆ど宗教的に「姦淫」と見て、堅く許さなかつた。二人は性慾の問題が出るごとに、まるで誓ふやうな言葉でこの点を明言し合つた。他に考へやうはなかつた。》と書いている。ただし、これは明治四十年のCとの事件当時の考えとしては肯けるが、四十二年の正月にもそうだったかどうか。里見はともかく、志賀は、この年九月から遊廓に通い出す訳だから、正月の時点でも、既にかなり考えが変わりつつあったと見て良いだろう。

（11）全集では《思はす。》となっているが、志賀が「思はず」のつもりであったことは、同じく「濁水」のメモの後の方に、《○彼は自分の少時を考へ。当時の肉慾的衝動に対して自身責任があるとは考へられなかつた。遺伝である。(メチニコフの説になる)》とある事から明らかである。

なお、《五才ノ時》は、『暗夜行路』草稿1や27に出る、母と一緒に寝ていて床にもぐって引き上げられた体験のことであろう。

また、《七才の時》は、志賀が六七歳の頃、同年輩の女の子を《お母さんにして》《情欲的な関係で》遊んだという『暗夜行路』草稿1に出ている体験であろう。

Élie Mētchnikoff(一八四五〜一九一六)は、ロシア生れの動物学者・医学者で、ノーベル生理学・医学賞受賞。志賀は英訳の"The nature of man : studies in optimistic philosophy" London : W. Heinemann, 1903(邦訳『人性論』が明治四十三年に出ている)の第一編第五章第二節に、五才以下の小児にも性欲があること、手淫は自然なことであることを説いた部分を読んだか、柳宗悦から聞いたかしたのであろう。

(12) 「濁水」のメモの後の方に、《○彼は(中略)根気のない男だつた。(とY、S評す)》という例がある事から、《Y―S》は「濁水」の登場人物名のイニシャルと推定できる。

(13) 志賀は、壬生馬宛の四十二年一月十一日付けの手紙で、武郎から教えられたホイットマンの"Enfans d'Adam"(アダムの子ら)を正月に読んだと報告している。『草の葉』の「アダムの子ら」の章には、男根の歌とか交合の歌といった、当時としては性を大胆に肯定した表現が出て来る。

(14) ワルデンはH. D. Thoreauの"Walden"であろう。前年の未定稿55「沼津の沙鷗に与ふ」(明治四十一年十二月十六日)では、《トローのワルデン生活なども。反動として見た場合少なからぬ意味があるけれども、理想的の生活とはいはれない。》としていた。

(15) 言うまでもないことだが、《自然といふ神》は、キリスト教の神ではなく、「自然は神以上に絶対的な存在である」という考えに立つものである。

(16) この壬生馬宛書簡によれば、志賀は「濁水」を長編小説として書き上げ、単行本として出版し、年内或いは翌年、パリに行くつもりだったらしい。

(17) 私の『剃刀』の解釈については、本書の「志賀直哉『黒犬』に見る多重人格・催眠・暗示、そして志賀の人格の分裂」を参照されたい。

(18) 草稿6の執筆時期は、草稿6に出る《穴だらけな人間》、《自分が二つになる》分裂の苦しみ、《自分だけの世界》を作る必要がある、という内容に対応するメモが、「ノート12」の、大正二年十一月二日のメモより後で、尾道を発つ十一月十五日よりは以前と推定できる場所に、この順序で三つ並べて書かれている所から判断した。
尾道を発つ前と推定するのは、《自分の世界》を作る必要があるというメモの直後に、《玉突にて、》として、方言の会話が記録されているからである。玉突は、十一月二日以降だと、城崎で十一月五日と六日、尾道では、九日にやった記録が日記にあるので、草稿6に対応するメモは、十一月二日から九日の間に書かれたのではないかと思う。それらをまとめて草稿6が書かれた時期は、特定はできないが、余り時を隔てていないと想像できる。

(19) 志賀の『木下利玄』に、《想は私のものであつたが、手に合はず、精しく話して、それを木下が書いた。》と説明がある。

(20) 大塚さんの奥さんは、志賀が東京帝大で美学の授業を取った大塚保治の妻・大塚楠緒子であろうが、芝居の内容は、志賀の夢で、楠緒子とは無関係のようである。

(21) 明治四十一年十二月二十三日に、湯河原で書かれた未定稿57「弱意の利」でも、同じ事を言っている。

(22) なお、《私小説的》と言っても、志賀の場合は実際の体験・見聞に基づくというだけで、《あったことを、その儘、丹念に書く》(インタヴュー『大洞台にて』)だけの単純なものでない事は言うまでもあるまい。

(23) 「木下利玄日記」によれば、開会・閉会の辞を述べたのは福来友吉で、恐らくは彼が中心になって開催されたのであろう。福来は催眠研究の第一人者で、志賀も、明治三十九年九月から福来の「実験心理学」を履修しようと考えたことが、「手帳4」から知られる。
催眠術については、本書の「志賀直哉『黒犬』に見る多重人格・催眠・暗示、そして志賀の人格の分裂」も参照されたい。

(24) 正しくは「廓然無聖《かくねんむしょう》」。大空のからりと晴れ上がったような大悟(=空《くう》)の境地においては、凡人と聖人の区別もないということ。梁の武帝が達磨大師と会した折、「何をか聖諦第一とするや」という帝の問いに、達磨が「廓然無聖なり」と答えた故事から禅宗の公案となった。志賀は禅に詳しい叔父・直方からこの言葉を教えられたのであろう。

（25）この独仏の比較は、未定稿56「作する時の目的」欄外の書き込みによれば、Otto Grantoff の意見らしい（全集後記による）。

なお、明治四十四年三月二十三日の日記で志賀は、《武者は内村先生のやうにならなければ仕合はせである。あゝいふ道は直ぐ行きづまる道だと思ふ、（中略）内村先生は十何年間といふもの足ぶみをしてゐるのではないだらうか。》と言っている。これも、道徳に囚われて進歩が止まってしまうことを、志賀が絶えず警戒し続けていた事の証拠と言える。

武者小路に対しては、四十四年二月十一日の日記でも、『お目出たき人』を一方では《中々面白い所がある。》《中々突つこむだ、気持のいゝ所もある。》としつつ、《考へ方が理窟つぽ》く、《其理窟が時々子供らしい（中略）の が滑稽の感を起させる、》と評している。

（26）「白樺」四十四年八月号「編輯室にて」に、《志賀はこの秋単行本を出します。》とあるので、当時、出版の計画があった事が分かる。

（27）志賀自身は、『エピキュラスの園』から得た空想を説明した『暗夜行路』草稿2の（一）・草稿13の（十八）・『閑人妄語』のいずれにおいても、《本能》や《人類》の《意志》という言葉を使っていて、「無意識」という言葉は使っていないが、志賀が《人類》の《意志》や《本能》を、その影響下にある個々人にとって無意識的なものであると想定している事は、明らかである。

（28）内村邸があった角筈の地の、米人宣教師ツルー夫人が作った「衛生園」の隣接地に、明治三十七年四月二十三日に作られたプレスビテリアン派の教会。

（29）余談ながら、『襖』で「鈴」がよく似ていたとされている六代目菊五郎を襲名する前の丑之助が出た東京座の芝居は、明治三十六年一月の「明治侠客今長兵衛」で、丑之助の役は、玉屋女中おはる後奥州粂女房おはる、などであった。

（30）この言葉は、大正三年の『暗夜行路』草稿20の（廿）の仔山羊のシーンにはなく、『暗夜行路』の完成形（前篇第一の三）の仔山羊のシーンにもない。

（31）ただし、これは元々はトルストイの考えで、志賀は明治四十年十月二十三日に邦訳『男女観』（金港堂書籍）を読んで、「手帳10」に《○男女の分業／男は人類幸福の増加の為め働き、女子は人類の持続の為めに働く、》と書き留めていた。また、「手帳13」明治四十二年六月頃の「濁水」の構想メモの中に《(男女観再読)》とあるのも、トルストイの『男女観』の事であろう。

(32)《私生児》でも善いとする所には、この時期の志賀の、世間的な「道徳」を無視する姿勢が現われている。

(33)これは『暗夜行路』草稿4によれば、大正元年十一月十一日の志賀の実体験である。

(34)初出では、尾道に来る二月程前に東京で好きになった二人の大人の女性の時と比較して、より純粋・透明ないい感じで、絶えず頭についている点ではより強い、と書かれていた。

(35)志賀は『暗夜行路』草稿4で、大正元年十一月にここを借りる際、《珍らしい、い、景色のやうにも思ひながら、これから毎日見なければならないかと思ふと苦のやうな気もしなくない。》と書いていた。それから一年余りの間に、自然というものに対する気持に変化があったのであろう。

(36)『近代歌舞伎年表　京都篇』（八木書店）によれば、志賀が観たのは、京都歌舞伎座でこの年四月二日から二十四日まで上演された「時三升桔梗旗挙《ときにみますききようのはたあげ》」全幕通しと「世話情浮名横櫛《よはなさけうきなのよこぐし》」中幕（於富内の場）、大喜利「都おどり」である。

(37)この芝居に対する代表的な劇評を参考までに挙げて置く。
関根黙庵は、雑誌「歌舞伎」の劇評で、この演技を全く評価しなかった。

しかし、「演芸画報」四十四年二月号に載った徳田秋声の「劇評　新富座の二幕」によれば、このころ新富座は、歌舞伎座・明治座・本郷座に比べてひどく衰微していたが、にもかかわらず秋声は、《とにかく新春の呼物の一つとなつてゐる「清玄」を見やうと》久しぶりに新富座に足を運んだと言う。それだけ評判になっていたということである。そして、秋声は、《この罪のない老優《ひと》の仕草が、時々見物の笑で落を取る》事もあった事を報告しつつ、《璃珏の「清玄」は今の人の目には滑稽に感ぜられるやうな処もあつたが、幕が閉ぢた後まで厭な心持のするほど舞台が陰気であつた。これにユーモアを持たせると法界式になるのであるが、此の狂言にはそんな余裕も情味もなかつた、徹頭徹尾肉に肉薄する一点張でそれが極端に単純に言《いひ》現されてゐる。目ばかりぎろ〳〵した此老優《このひと》の顔は、大分人間離《はなれ》がしてゐた。背《せな》の屈《かが》んだのが、清玄を老婆のやうに見せて、感興を殺ぐこと夥しかつたが、要所々々の為《す》ることも白《せりふ》もテキパキしてゐて、小型ながらに、力があつた。》と比較的好意的に評価していた。

(38)『美術雑談』によれば、志賀はこの年、第二回白馬会展（明治三十年十月二十八日から十二月五日まで）に出品された黒田清輝の「智・情・感」も観ている。

(39) ただし、『新年随想』によれば、有島壬生馬から歌麿の絵葉書を貰ったのが浮世絵の美しさを知った最初で、《高等科になつた初の頃から、僕の浮世絵熱は却々高》かったとされている。明治三十七年三月一日付けで壬生馬が歌麿の絵葉書を直哉に送ったものがあり（日本近代文学館編『志賀直哉宛書簡集　白樺の時代』（岩波書店）所収）、文面に《この人通称は北川勇助鳥山名燕の門に学びたりとありたり》と歌麿についての説明を書いている所から見て、志賀が歌麿について、まだよく知らなかった時と思われる（《名燕》は《石燕》の誤り）。時期も志賀が高等科一年になってほぼ半年後であるから、この頃が、おおよそ浮世絵熱の始まった時期と見て置く方が無難だろう。

(40) 鍵岡正謹氏の『山脇信徳　日本のモネと呼ばれた男』（高知新聞社）によれば、コスモス画会とは、近藤浩（のちの近藤浩一路）・長谷川昇・田中良・山下（のち池部）鈞・田辺至（田辺元の弟で、のち美校教授）・山脇信徳ら、この年三月に東京美術学校を卒業した同期生が結成したものである。志賀のこの年四月四日の日記に、《めし前三会堂のコスモス会を見る　田中良に会つて話した。》と出るから、この時に『コスモス画会合評』を行なったのであろう。だとすれば、壬生馬の帰国から約四十日しか経っていない事になる。

【付記】本稿は、平成十九年夏に書き下ろし、今回、初めて発表するものである。

なお、志賀直哉の文章の引用は、岩波書店版の新版『志賀直哉全集』（全22巻と補巻6巻　平成十～十四年）に拠り、「手帳」や未定稿の番号なども、同全集に従っている。

第二部　特殊研究

近代文学に見る虚構の絵画——近代以前との比較を中心に

（一）はじめに

近代文学と絵画の関係としては、相互のテーマの交流、文学における視覚的描写法に絵画が与えた影響、実在の名画への言及、挿絵など、重要な問題が幾つも考えられるが、本稿では、編集部より与えられたテーマに従い、作品の中に虚構の絵画を登場させたケースについて、近代以前との比較を中心に、考察する事とする。(注1) ただし、近代以前の用例については、虚実の区別が曖昧な場合が多いので、虚構性にはこだわらない事にした。

また、短詩形文学では、絵の説明に言葉を費やせないため、絵に重要な意味を帯びさせた例は殆どない。(注2) 従って、考察の対象は、自ずから物語・小説類と戯曲の一部に限られる。

（二）近代以前

①人物画

文学作品中に使われる絵の種類として、恐らく最も多いのは、近代以前であれ近代であれ、広い意味での人物画のようである。仏画や花鳥画・山水画より人物画が多くなるのは、文学は人間関係を主題とする場合が多いからであろう。

人物画の主な使用例を、先ず近代以前について見て行くと、やはり男女の愛欲絡みのものが多数を占めるようである。

上代・中古は、恐らく絵が描かれる事自体少なかったのであろう、絵が重要な意味を持つ作例は少ない。『万葉集』四三二七「わが妻も絵に描きとらむ暇もが旅行く我は見つつ偲はむ」・『大和物語』六十の五条の御・『源氏物語』「桐壺」楊貴妃の絵・同「絵合」など。それでも、『古今集』仮名序に、《絵に描ける女を見て徒に心を動かすが如し》とある事から、絵に恋をするという話柄は既にあったと思われる。その作品化は、中世から見られ始め（御伽草子『貴船の本地』『厳島の縁起』・『太平記』十八「春宮還御事付一宮御息所事」など）、浮世絵が手に入り易くなった近世には、浮世草子『御伽百物語』四「絵の婦人《をんな》に契《ちぎる》」（注3）・平賀源内『根無草』・浄瑠璃『本朝廿四孝』四（注4）・山東京伝『復讐奇談安積沼』・石川鴻斎『夜窓鬼談』上「画美人」（注5）などがある。

②名画の魔術的な力

近代以前について、肖像画に次いで使用例の目立つのは、優れた画家やその名画が魔術的な力を発揮するという話である。特に多いのは、描かれた生き物が絵から抜け出すというもので、『古今著聞集』十一「画図」十六の一～二・浅井了意『伽婢子』八「屏風の絵の人形躍歌《をどりうたふ》」・近松門左衛門『傾城反魂香』・『祇園祭礼信仰記』・上田秋成『雨月物語』「夢応の鯉魚」・山東京伝『昔話《がたり》稲妻表紙』・四世鶴屋南北『阿国御前化粧鏡《すがたみ》』・山東京伝『浮牡丹全伝』・曲亭馬琴『南総里見八犬伝』九など、特に近世に目立つ。

これは、対象をそっくりそのままに写す事が、対象の生命・魂を抜き取る事になるという感覚に基づくものであろう。従って、そのような力を発揮する画家は、写実に優れた画家（具体的には巨勢金岡・藤原信実・狩野元信など）と設定されるのが常である。

以上のような、近代以前の絵画の使用例全体を、近代のそれと比較した場合、一貫して言える事は、絵画に対して芸術としての独立性や尊厳が殆ど認められておらず、モデルをそっくりに写しえたものが優れた絵だという程度の素朴な絵画観に基づいているという事である。かなりの教養人であったはずの文学者でも、作中で絵に言及する際、何が描かれているかは語るが、絵としての技巧や芸術的価値などは全く無視するのが常である。例えば『源氏物語』の「絵合」のように、絵を比較する場合でさえ、絵画的価値や画家の技量・画風などではなく、描かれた物語の方の価値を議論している（「帚木」には、絵の技術への言及が、抽象的ながらあるが）。これは、近代の例えば有島武郎が、西洋の後期印象派あたりまでの画法をよく理解し、『生れ出づる悩み』で、光の効果やタッチなどにまで説明を及ぼしている事と比較すると、大変な相違である。

絵画に対するこうした無理解に伴い、画家に対しても、実物そっくりに写す魔術的な職人芸に対する畏怖はあっても、近代におけるような、独創性によって文化を進歩させる偉大な芸術家という見方は、まだ全く見られないのである。

（三）近代（明治・大正期）

近代に入ると、西洋の影響を受けて、作中に登場する絵と画家は、西洋近代の精神を体現した油絵と洋画家が中心になって来る。ただし、その傾向が明らかになるのは、大体明治二十八年頃からのようである。（注6）これは、西洋絵画が東京の読書階級に認知されるまでにそれだけ時間がかかったという事でもあるが、（注7）フェノロサの講演「美術真説」（明治十五年）・工部美術学校の廃止（明治十六年）以降、続いていた洋画排斥時代が終わり、黒田清輝の白馬会と東京美術学校洋画部が明治二十九年にスタートする事と、ほぼ並行する現象でもあろう。

①人物画

近代文学においても、使われる絵の種類としては、人物画が多数を占める事に変化はない。そして、初期には、また通俗小説類ではかなり後まで、その用法も近代以前と大差なく、モデルの写し・身代わりに過ぎなかった。例えば、宇田川文海の『勤王佐幕巷説二葉松《きんのうさばくこうせつふたばのまつ》』（明治十六～十七年）では、藩主の側室を選ぶために、藩士たちに娘の姿絵を差し出させる（近松門左衛門の『天智天皇』と類似）が、選ばれた娘には他に恋人が居たため、親が娘を逃がし、娘の恋人と娘の絵とで、祝言を挙げさせる。小杉天外の『はやり唄』（明治三十五年）では、洋画家の夫の絵が、愛人の芸者をモデルにしたものと噂に聞いた妻が、その女の絵を切り裂き、これが家庭崩壊の始まりとなる。菊池幽芳の『乳姉妹』（明治三十六年）では、乳姉妹に身分をすり替えられていた侯爵令嬢が、亡き母の肖像画に対面した事で、真実を悟りかける（浮世草子『御前義経記』の用法と類似）、といった風であった。

しかし、日本文学史上に新紀元を画した幸田露伴の『風流仏』（明治二十二年）や森鷗外の『うたかたの記』（明治二十三年）では、絵画の意味づけ方も、さすがに新しくなっている。

そもそも『風流仏』は、テーマからして、芸術と恋愛の賛美という全く西洋的なものであった。珠運の修行には、《鼻高き唐人めに下目で見られし鬱憤の幾分を晴らすべし》という反西洋的な動機も与えられてはいるが、恋人お辰の裸像を、芸術によって聖なる菩薩像へ高めるという構想は、西洋の影響なしにはあり得なかったであろう。珠運が仏師の尊ぶべき所以を述べる際、ミケランジェロを引き合いに出している事も、西洋の影響を窺わせる。お辰が実は子爵の令嬢だったという『乳姉妹』同様の設定は、一見古く見えるが、これも露伴自ら《古風作者の書そうな話し》と知った上で、芸術家は華族と肩を並べうる優れた存在なのだという、当時としては画期的な主張を展開するために、敢えて行った事であろう。

西洋の影響は、森鷗外の『うたかたの記』の場合には、更に明白である。取り分け、巨勢が《わがあらむ限の力をこめて、此花売の娘の姿を無窮に伝へむと思ひた》つ所は、芸術は現実を高め、永遠化するものであるという西洋的な芸術観の、日本文学における最初の現われと言ってよいだろう。

この二作品から後、絵は次第に現実世界より高次のものと見なされるようになる（例えば露伴の直接の影響を受けた樋口一葉の『うもれ木』（明治二十五年）など）。そして、それに伴って、殊に肖像画は、異性への愛を、芸術という高次の永遠世界へ高めるものとして用いられる事が多くなる。

例としては、川上眉山『賤機』（明治二十六年）・江見水蔭『伽羅絵姿』（明治二十七年）『画師の恋』（明治三十三年）・徳田秋声『雲のゆくへ』（明治三十三年）（六十五）の画家小柳翠美が愛する妻を描いた絵・広津柳浪『絵師の恋』（明治三十九年）・谷崎潤一郎『金と銀』（大正七年）・佐藤春夫『F・O・U』（大正十五年）などを挙げる事が出来よう。

近代以前にはこのような用例はなく、逆に、絵の中の美女に恋して、そのモデルやそっくりの女性と現実に結婚するという話が、近代以前には多く、近代には殆どないという事実は、絵の中の世界と現世との比重が逆転した事を示すものと言えるだろう。

②絵の魔力

近代においても、肖像画に次いで使用例の目立つのは、近代以前同様、優れた画家や絵が魔術的な力を発揮するというタイプの話である。これは、特に日露戦後から大正期に多いようである。主な例を挙げると、幸田露伴『風

流仏』（明治二十二年）・夏目漱石『一夜』（明治三十八年）『草枕』（明治三十九年）『三四郎』（明治四十一年）・谷崎潤一郎『刺青』（明治四十三年）・岡本綺堂『修禅寺物語』（明治四十四年）・芥川龍之介『地獄変』『邪宗門』（大正七年）(注8)・小川未明『赤い蠟燭と人魚』（大正十年）・幸田露伴『観画談』（大正十四年）・佐藤春夫『神々の戯れ』（昭和二～三年）・堀辰雄『窓』（昭和五年）・宇野浩二『枯木のある風景』（昭和八年）などがある。

絵の魔力と言えば、近代以前には、リアルに描かれた動物などが絵から抜け出すという話が大部分であったが、近代にはその種の話は殆どない。逆に近代には、絵の中に入ろうとしたり、封じ込めようとしたりする話（夏目漱石『幻影の盾』『一夜』『草枕』『三四郎』芥川龍之介『地獄変』幸田露伴『観画談』江戸川乱歩『押絵と旅する男』宇野浩二『枯木のある風景』(注9)など）が目立つようになる。しかも、絵のリアルさは、別段強調されない事が多い。これも、近代以前は、絵を現実の写し以上のものとして見る事が殆どなかったのに対して、近代になると、西洋の影響で、画中の世界を現実世界から独立した、そしてしばしばより高次の別世界と見るようになって来たためと思われる。

そうした絵画観から派生したものとして、絵が現実に対して優位な立場から、超自然的な影響力を及ぼすという話柄も、当然、現われて来る。ゴーゴリ作二葉亭四迷訳『肖像画』（明治三十年）の呪われた絵の話・夏目漱石『永日小品』「モナリサ」（明治四十二年）・谷崎潤一郎『刺青』（明治四十三年）の女の過去と未来の絵及び女郎蜘蛛の刺青・絵に込められた先祖の思いが子孫に伝わるという夢野久作『ドグラ・マグラ』(注10)（昭和十年）や横溝正史『孔雀屏風』（昭和十五年）・石川淳『裸婦変相』（昭和三十四年）の絵馬の呪い、などは、その例に数えられよう。

虚構の絵ではないが、岡本かの子の『女体開顕』（昭和十五年）のユーディットの絵、三島由紀夫『仮面の告白』（昭和二十四年）の「聖セバスチャンの殉教」も、絵が主人公たちの運命に介入して来る例と言える。

ところで、絵画がそれ自体で自己完結した理想の別世界となった時、絵を見る者は、絵の中の世界に憧れつつ、自分は決して絵の中の世界を手に入れる事が出来ないという事実に突き当たる事になる。

このような疎外に対しては、当然、絵画の世界を無理にも自分のものにしようとする、近代以前には余りなかったタイプの話が生まれて来る事になる。虚構の絵というテーマからは外れるが、例を挙げるなら、谷崎潤一郎『金色の死』（大正三年）・『創造』（大正四年）・佐藤春夫『美しい町』（大正八年）・江戸川乱歩『パノラマ島綺譚』（大正十五年）などがそれに当たろう。(注11)

絵画の持つこうした疎外的性格に対して、特にユニークな反応を示したのは、夏目漱石である。即ち、漱石は、現世的な美と快楽と女性に対して、憧れと恐怖の入り混じったアンビヴァレントな感情を持っていたので、魅力的な美女に対しては、永遠不動の絵の世界に封じ込めてしまうか、或いは絵として傍観的に眺める事で、誘惑を避け、安心を得ようとする傾向を、『一夜』『草枕』『三四郎』などで示しているのである（詳しくは、本書「文学作品中の絵画――夏目漱石を中心に」参照）。

③天才画家を描くもの

芸術及び芸術家への尊敬が高まった結果、特に大正時代を中心に、天才的な画家を描く作品も増加する。この種の作品にも、虚構の絵が出ない場合が多いが、例を挙げて置くと、石川啄木『鳥影《てうえい》』（明治四十一年）・森鷗外『花子』（明治四十三年）・岡本綺堂『修禅寺物語』（明治四十四年）・有島武郎『生れ出づる悩み』（大正七年）・谷崎潤一郎『金と銀』（大正七年）・芥川龍之介『地獄変』（大正七年）・『沼地』（大正八年）・長与善郎『青銅の基督』（大正十二年）・佐藤春夫『F・O・U』（大正十五年）・武者小路実篤『愛慾』（大正十五年）・宇野浩二『枯木のある風景』（昭和八年）『北斎絵巻』（昭和十七年）『水すまし』（昭和十八年）・三好十郎『炎の人』（昭和二十六年）などがある。

関連する事項として、これも虚構の絵ではないが、武者小路実篤の『友情』（大正八年）などのように、尊敬する芸術家の肖像を部屋に飾ったりする例がある。

④寓意画

西洋の絵画には、アレゴリーの伝統が強くあったが、日本には古来そのような伝統はなく、近代においては、日本画で横山大観の「無我」（明治三十年）「迷児」（明治三十五年）など、油絵で黒田清輝に若干の試みがあったが、西洋でも寓意的な絵画が衰退したせいもあって、遂に根付く事はなかった。従って、文学作品中においても、当然その用例は稀であるが、菊池幽芳の『乳姉妹』後編（十三）には、獄中の女性を描いた『罪』という寓意画が、悪事を働いている君江を、心理的に追いつめる事が出る。この他、メッセージ性を重視した社会的・左翼的な文脈において、若干の使用例が見られる。

例えば、文学作品ではないが、外山正一が講演「日本絵画の将来」（明治二十三年）で説いた人事的思想画は、ヴィクトリア朝的な人道主義的社会主義のメッセージを絵画で表現しようとするものであった。

それに対して、マルクス主義に立つ野間宏の『暗い絵』（昭和二十一年）では、半ば虚構化されたブリューゲルの絵に、封建制とその重圧に喘ぐ民衆との寓意を読み込み、抵抗の支えにしようとしている。

一方、花田清輝の『室町小説集』「画人伝」（昭和四十六年）は、実在の作者不明の肖像画「足利義教像」から忠阿弥なる虚構の画家を作り出し、彼の絵を批評する振りをしながら、唯物史観によって、下克上などの時代精神を読み取るという趣向である。（注12）

安部公房の『三つの寓話』のうち「魔法のチョーク」（昭和二十五年）には、寓意画は登場しないが、物語自体が絵についての寓話となっている。即ち、アルゴン君が壁にチョークで描く絵は、願望の投影に過ぎないのに、それを食べて、部屋の中に自閉しようとした画家は、最後に自分自身が壁の絵となり、世界をつくりかえるのは芸術ではなく、実践である事に気づくというものである。

開高健の『裸の王様』（昭和三十二年）は、北川民次らの創造主義美術教育運動の立場から、大人の型にはめるだけの児童画を批判したものである。作中で一人の少年が、アンデルセンの『裸の王様』の話を描いた絵が、結果的に一編の主題を寓意する事になっている。

⑤象徴的な使用法

寓意画ではないが、やはり西洋の影響を受けたと推定される絵の使用法に、登場人物の本質や運命を絵によって示すという象徴的な使用法がある。

例えば、森鷗外の『うたかたの記』で、ローレライの絵の構想は、マリーが王を水死させる事を予示する。木下尚江の『火の柱』（明治三十七年）で、主人公の書斎の壁間に「モーゼ火中に神と語る」の絵が掛かっている事は、主人公が日本のモーゼである事を表わす。夏目漱石の『三四郎』で、人魚の絵は、美禰子が危険な誘惑者である事を表わす、など。

（四）西洋的芸術観との葛藤

以上のように、近代の日本の作家たちが、西洋の芸術観の強い影響を受けている事は、絵の用い方からも、明らかに見て取れる。

しかし、西洋の芸術観は、もともとイデア論とキリスト教を背景とするものである。例えば、トマス・アクィナスによって集大成された中世の美学によれば、万物の美は、造物主たる神の美の反映であり、神の永遠の美に通じている。また、人間の肉体は、それ自体、神の似姿であり、一旦は滅びても、最後の審判の際には、三十才の時の姿で復活するはずの大切なものであった。中世にあっては、それでも女性美など性的なものや、現世的快楽は否定的に捉えられていたが、ルネッサンス以降になると、それも肯定されるようになる。西洋で芸術家が高い尊敬を勝ち得て来たのは、彼等が神的なものを宗教画で直接に表現しただけでなく、彼等が表現する地上の美と真実が、神や永遠なるものに通じており、美や芸術自体が魂を高め、救済するものとして考えられて来たからなのである。(注13)

それに対して仏教では、美しい肉体も景色も、本来、仮のものであって、それに執着する事は、成仏の妨げとしか考えられない。芸術が仏や浄土を美しく表現する事はあっても、その美は現世即ち穢土とは切れたものである。だから日本では、中世以降、仏教的禅的悟りに繋がるもの・脱俗的なもの（西行・世阿弥・宗祇・雪舟・利休・芭蕉・文人的なものなど）には相応の尊敬が払われたが、現世的な美と快楽を描く絵画（例えば浮世絵）や文学（例えば近世小説）は、下等なものと見られる傾向が強かったのである。

また日本では、絵画においても文学においても、西洋のような徹底したリアリズムや細密描写は発達しなかったが、その主な原因も、仏教に培われた感性が、現実世界の堅固さ・不動性を認めず、リアリティーや個性に執着する事を醜いと感じた所にあると思われる。(注14)

例えば院政期に、それまでの引目鉤鼻とは異なる写実的な面貌描法を藤原隆信・常盤光長らが創始した際に、九条兼実が嫌悪感を示した事は有名な話である（『玉葉』承安三年九月九日記事）。また、（二）「近代以前」で述べた一般素人の絵画観とは逆に、専門画家たちの側には、現実をリアルに写すものは芸術ではないという考え方が強かった事は、例えば近世中期、曾我蕭白が、「絵を求むるならば我が所へ、図を求むるならば主水（写生を得意とした円山応挙）に行け」、と言ったというエピソードなどからも窺い知れる。西洋的な画法を積極的に採り入れようとした江戸後期の洋風画家たちや明治初期の高橋由一なども、西洋絵画を美しいものとしてより、むしろ実用的なものとして、高く評価していたのである（佐竹曙山『画法綱領』司馬江漢『西洋画談』高橋由一『高橋由一履歴』）。

明治に入っても、例えば写真に対しては、魂を取られるとして気味悪がり、映画に対しても、谷崎潤一郎（『人面疽』大正七年）などは、同様な不気味さを感じ取っていた。また、実物通りの写真や肖像画は醜いと考えられたので、当時は修正を施すのが一般的だった（島崎藤村『老嬢』明治三十六年）。

この点に関連して興味深いのは、尾崎紅葉の『多情多恨』（明治二十九年）である。その後編（五）の二で、鷲見柳之助が死んだ妻お類の写真を基に油絵を描かせるが、葉山はこれを嫌い、お種は幽霊と見誤り、女中たちは絵を怖がって近寄らない。(注15) ここには、本来、死ねば儚く消え去るべき仮の肉体を、余りにリアルに描き、永遠化しようとする西洋的な執着に対する違和感が、はっきり現われているのである。

このように、キリスト教とは異質の伝統に立つ日本の作家たちにとって、西洋の芸術観は、魅力的ではあっても、完全に受け入れる事には無理があり、そこに生じる葛藤は、我が国の近代文学史に、様々な形で現われているように思われる。

例えば、『風流仏』以下の例でも、絵画の美が、主人公にとって真の救済になっているケースは殆どない。『風流仏』にした所で、現実にお辰と結ばれない限り、珠運は救われなかったのである。これは、西洋的な信念を持ちきれないためであろう。

有島武郎はキリスト教を捨てた後、生のエネルギーを神の代わりに信仰しようとし、『生れ出づる悩み』（大正七年）ではそれを特に、主人公が《色具ヲドツシリ付ケテ（中略）地上カラ空ヘモレアガツテヰルヤウニ描イテ見タイ》という「山」に象徴させ、芸術と生のエネルギーの一体化による救済を夢見ていた。しかし、『生れ出づる悩み』は、それがまだ夢である所で終わり、有島自身は、間もなく自殺してしまう。

やはり自殺した芥川龍之介も、地獄を描いて地獄に堕ちる無神論的芸術家は描けても、『邪宗門』の麻利信乃法師は描けなかった。[注16] 憂鬱な『沼地』の絵は、そのような作者の心象風景と言えよう。それでも、『沼地』にはまだ芸術への信仰があるが、自然主義的な正宗白鳥の『妖怪画』（明治四十年）には、それさえも見られない。[注17]

江戸川乱歩の『押絵と旅する男』（昭和四年）では、画中の人となった主人公が、老化という地上の現実を免れえない事に苦しむが、これも永遠の世界を信じえない事の、一つの現われと言えるだろう。

若き日の堀辰雄が書いた『窓』（昭和五年）は、絵が天上の世界に開かれた「窓」のように見え、超自然的な光のもとで、絵の中に死んだ画家の顔がくっきり浮かび出るという、極めてキリスト教的・芸術至上主義的な作品であったが、その堀も後には日本回帰せざるを得なかった。

谷崎の場合も、『金と銀』（大正七年）では、西洋的なイデア論の積極的な受容に努めていたが、『鮫人』（大正九年）では、主人公の友人の画家に山水画を選ばせ、東洋回帰の願望を示している。しかし、それにも拘わらず、主人公には最後まで西洋的な芸術観に固執させ、洋画家として一貫させている。これは、現世的な欲望を否定する山水画的な芸術観にまで回帰する事は、近代文学の放棄に等しいからであろう。

そのためか、近代文学では、山水画に重要な意味を与えている例は殆どなく、幸田露伴が『観画談』で、山水画に導かれて無欲の境地に達する人物を描いているのが、稀な例外と言える。

（五）昭和期以降

昭和期については、いまだ充分な調査は行いえていないのだが、写実的な絵画は利用し尽くされ、また時代遅れにもなり、小説中の絵の使用は減少する傾向があるように感じられる。
例えば、異性への愛を芸術に昇華するというストーリーは、昭和に入ると、加藤武雄の『絵姿』（昭和四年）のような通俗小説に用いられる程、一般常識化し、『風流仏』から約四十年で、芸術的生命をほぼ失ってしまう。かと言って、キュビスム以後の現代絵画は作中に用いにくく、稲垣足穂『弥勒』（昭和二十一年）・山川方夫『画廊にて』（昭和三十四年）・大庭みな子『構図のない絵』（昭和四十三年）などに例はあるが、小道具的なものにとどまっている。

有馬頼義の『絵を売る話』（昭和二十七年）は、現代絵画は、素人目には優れた絵とそうでない絵が判別できず、権威者の発言を鵜呑みにするしかなくなった状況を利用して、美術評論家が、夭折の天才画家をでっち上げるという話である。通俗小説ながら、現代絵画をめぐる状況を利用した作例として挙げて置く。

私小説系の作品には、昭和に入っても絵を用いた例があるが、当然、虚構の絵画ではない。そして、絵の芸術性ではなく、作者の知人である画家（素人の場合もある）やモデルの人柄や、絵の成立をめぐるエピソードに主眼を置くのが常である。これはやはり、私小説が、芸術作品の自己完結性を信じないという、西洋の芸術観とは本質的に異なった立脚地を持つためであろう。例としては、上林暁『スケッチ・ブック』『清福』（昭和二十二年）『美人画幻想』（昭和三十四年）『女流画家』（昭和三十六年）・滝井孝作『裸婦』（昭和二十五年）・藤枝静男『一枚の油絵』（昭和五十年）などがある。

また、絵画の中の世界を現実より高次の世界と見る見方自体、西洋においても日本においても、次第に支配力を失いつつあるように思う。

例えば、沖野岩三郎の『絵に禱る』（昭和八年）では、盗み癖のある少女が美術によって心を浄めたいと願い、努力精進の末、帝展に入選するが、その絵は古今の名画の巧みな盗作だったという落ちがついている。通俗小説ながら、大正期に顕著だった芸術信仰の終焉を感じさせる。

また、吉田健一の『絵空ごと』（昭和四十六年）では、泰西名画の肉筆による複製画を集めている男が登場して、贋ものと本物についての議論がなされるが、それは決して本物の方を良しとする単純なものではなく、作品の最後は、集めた複製画を飾るに相応しい一軒の洋館を建てる所で終わっている。これは、「複製技術の時代における芸術作品」（ベンヤミン、ヴァレリー）の問題が、ポップ・アートを産み出すまでに至った時代の反映とも見られるであろう。

日本の近代文学を支配して来た西洋の芸術観そのものが、既に終焉を迎えようとしているのである。

注

（1）本稿は、本書の「文学作品中の絵画――夏目漱石を中心に」と一部重複しつつ相補い合う関係にあるので、併せて参照される事を希望する。

（2）絵を見て作られた我が国の屛風歌や中国の題画詩も、作中に絵を登場させたものとは言い難い。

（3）衝立に描かれた菱川師宣の姿絵の女と結婚する話。小泉八雲“Shadowings.”（明治三十三年）に採録されている。なお、菱川の名は、江島其蹟『傾城禁短気』四・二、山東京伝『復讐奇談安積沼』にも使われる。

（4）『本朝廿四孝』は、露伴の『風流仏』で、珠運がお辰の面影を彫ろうと思い付くきっかけに用いられている。

（5）刊行は明治二十二年。渋沢龍彦の『画美人』（昭和五十八年）は、これに基づいたもの。

（6）明治初期の絵の使用例を、油絵系＝（洋）・日本画系＝（日）として例示して置く。

明治十五年桜田百衛『西の洋《うみ》血潮の暴風《さあらし》』（洋）・明治十六～七年宇田川文海『勤王佐幕巷説二葉松《きんのうさばくこうせつふたばのまつ》』（日）・明治二十二年江見水蔭『旅画師』（洋）・幸田露伴『風流仏』（日）・明治二十三年森鷗外『うたかたの記』（洋）・明治二十四年江見水蔭『画師』（日）・広津柳浪訳『絵姿』（日）・明治二十五年樋口一葉『うもれ木』（日）・明治二十六年川上眉山『賤機』（日）・明治二十六年江見水蔭『画師の妻』（洋）・明治二十六～七年渡部乙羽『女画師』（日）・明治二十七

年江見水蔭『伽羅絵姿』（洋）・遅塚麗水『画師』（日）・前田曙山『男やもめ』（日）・明治二十八年馬場孤蝶訳アメリカ小説『かたみの絵姿』（洋）・ヒンデルマン原作小金井喜美子訳『名誉夫人』（洋）・明治二十九年尾崎紅葉『多情多恨』（洋）・明治三十年ゴーゴリ作二葉亭四迷訳『肖像画』（洋）・明治三十二年泉鏡花『通夜物語』（日）・明治三十三年江見水蔭『恋』「画師の恋」（洋）・徳田秋声『雲のゆくへ』（洋）・馬場孤蝶『絵すがた』（洋）・明治三十五年小杉天外『はやり唄』（洋）・明治三十六年菊池幽芳『乳姉妹』（洋）・明治三十七年島崎藤村『水彩画家』（洋）・以下略

（7）　東京の知識階級には比較的早く受け入れられたはずである。地方人については、寺田寅彦の『簑田先生』などの回想や、夏目漱石の『三四郎』が参考になる。森口多里の『明治大正の洋画』によれば、《一般の青年男女の間に洋画の趣味が広く普及したのは、おそらく明治三十六七年頃から》である。

（8）　本書「芥川龍之介『地獄変』論」も参照されたい。

（9）　実在の絵に基づくものではあるが、かなり虚構化されており、画家が画中に入る怪談的要素を有する作と解した。

（10）　作中に出る唐代の画家・呉青秀は、地獄変相図で名高い呉道玄を念頭に置いたものと思われる。

（11）　潤一郎や乱歩の作品の祖となったのは、ポーの『アルンハイムの地所』『ランダーの別荘』などである。

（12）　忠阿弥の絵とされているもののうち、「赤松子図」は雪村の「呂洞賓図」、「松に鷹図」も雪村の同題の作、「鵜図」は宮本武蔵の「鵜図」を念頭に置いたものであろう。

（13）　西洋でも、十九世紀中頃の写実主義の画家たちは、宗教画・神話画・歴史画を捨て、同時代のありふれた風景・風俗を描いたし、ボードレールが『現代生活の画家』（一八六三年）で、コンスタンタン・ギースを論じつつ、都市の風俗や服装の流行など、「うつろいやすいもの」に価値を認める「現代性」の理論を打ち出した。続く印象派の時代には、写真の影響もあって、対象を永遠の相においてではなく、瞬間的に捉えるようになった。例えばモネの「ルーアン大聖堂」（一八九四年）では、大聖堂の向かいに部屋を借り、十四枚のキャンバスを並べて、朝から夕方まで、それぞれの時間と天候の推移による色調の変化を十四枚の絵にまとめるという試みを行った。
　同じ頃、ドイツで、ホルツとシュラーフが、共作による散文スケッチ『パパ・ハムレット』（一八八九年）、戯曲『ゼーリケ一家』（一八九〇年）で、秒進スタイル（Sekundenstil）と呼ばれる徹底自然主義を試みた。これらは、宗教的な永遠の時間の衰退を現わすものと言える。

（14）岡倉天心の『日本美術史』「総叙」や「東洋美術における自然」に、同種の考え方が見受けられる。

（15）ただし、紅葉自身は、やがて日本画は滅びるだろう（『新あぶら柄杓』）と言っていた程で、油絵を嫌った訳ではない。

（16）これは仏画のはずだが、作中の印象では、むしろイタリア・ルネッサンス期の洋画のように感じられる。

（17）西洋においても、近代化とともにキリスト教信仰は衰退し、そこから自然主義などの諸思潮が生まれた事は明白だが、本稿の範囲内で扱える問題ではないので、割愛する。

【付記】本稿は、平成九年十一月一日に、東京大学（本郷）山上会館で開催された東京大学国語国文学会主催シンポジウム「絵画と文学」のパネラーとして発表した「近代文学と絵画」が基になっており、「近代文学に見る虚構の絵画——近代以前との比較を中心に」と題して「国文学　解釈と鑑賞」（平成十年八月号）に発表し、今回、僅かに手を入れたものである。

文学作品中の絵画――夏目漱石を中心に

(一) 序　論

文学と絵画は、そこに表現されるものも、表現の方法も、本来、全く異なるものだ。絵画は言葉を全く用いず、ただ視覚的な映像だけで成り立っている。一方、文学は、絵画とは逆に、言葉だけで成り立つ芸術であって、文学が視覚的な映像を直接読者に与えるという事は出来ない。文学が視覚的な映像を作りだそうとすれば、言葉で読者に働きかけ、読者に想像力を働かせてもらって、具体的なイメージを頭に思い浮かべて貰うという様な、間接的な読者頼みの方法しかあり得ない。

しかし、文学にとって、視覚的イメージは、必須のものという訳ではない。多くの詩や小説では、様々な人間、そして大小様々な出来事、そして言葉の音と意味が複雑に絡み合って織りなす世界が本質をなすので、視覚的イメージは補助的なものに過ぎない。またその視覚的イメージも、具体的な細部が全部完全に見えたりするのは寧ろ邪魔であって、必要なポイント・部分だけがイメージとして、抽象的・断片的に浮かんで来て、後はぼやけている方がいい。従って、読者に想像させた方が、例えば画家に挿絵を描いて貰うよりも、はるかに効果的なのだ。読者のイマジネーションというものは、必要な部分だけをクローズアップしたイメージとか、現実を美化したイメージとか、或いは現実にはないもののイメージでも、自由自在に作り出す事が出来るからだ。その為、文学は現実を美化したり、イメージを象徴的なものとして用いることに優れているのだ。小説を映画化したり、舞台化したりして、目に見えるようにしたものが、例外なしに原作とは全く別の作品になり、そして、殆どの場合、下らない作品になってしまうのは、一つにはこの為である。

私が専門とする谷崎潤一郎という作家は、昭和になって俄に長足の進歩を遂げて、優れた小説を立て続けに生み出しているのだが、その時、谷崎が発見した事の一つは、文学において大切なのは読者の想像力を掻き立てる事だという事、そして、実ははっきり見えない事こそが、想像力を掻き立てるのだという事だったと思われる（『饒舌録』『正宗白鳥氏の批評を読んで』『陰翳礼讃』など）。

この様に、文学と絵画は、本来全く性質を異にするものなのだが、しかし、芸術の先進国である西洋においても、古来、絵画と文学を大差ないものと見る見方が一般的だった。

これは、建築や音楽などとは違って、絵画と文学は、ともに現実の世界を視覚的に描写する――それが絵画や文学の主たる目的ではないのだが、現実の世界を描写したり、現実に似せたものを作り出すという共通点があったためである。

この事はまた、文学と絵画が相互に影響を及ぼし合う事を可能にした特質でもあった。だから、二十世紀に入って、ピカソらのキュビスムなどが登場して、絵画が現実の世界を描写しなくなると、絵画と文学の関係は、疎遠になって行く（これについては、後でまた触れることにする）。

絵画と文学を同一視するこうした伝統的な見方を打ち破り、文学と絵画の差異を明確にする上で大きな役割を果たしたのは、一七六六年に出版されたレッシングの『ラオコーン』だった。これを読んだゲーテは、後に『詩と真実』（第八章）の中で感謝の言葉を捧げて、《従来長いあひだ誤解されてゐた「詩は絵画のごとく」といふ考へがたちまち取り除かれ、造形美術と言語美術との区別が明かになり、（中略）造形美術家は美によつてのみ満足する外部的感覚に向つて作用し、言語芸術家は醜いものとも調和し得る想像力に訴へるものである》ことが《電光に照らされたやうに吾々の前に明かになつた。》（小牧健夫訳、岩波文庫）と、述べている程である。そして西洋では、レッシング以降も、絵画・文学・芸術の本質がますます原理的に追求され、ジャンルの純粋化が推し進められ、文学では、純粋詩・純粋小説なども提唱される程になった。高村光太郎が、《私は自分の彫刻を護るために（中略）純粋であらしめるため、（中略）文学から独立せしめるために、詩を書くのである。》（『自分と詩との関係』）と述べたのも、そうした西洋的な考え方に導かれた結果だった。

日本で近代文学がスタートした明治時代は、レッシング以後だから、絵画と文学を同一視するような粗雑な見方は、西洋では既に時代遅れになっていて、坪内逍遙の『小説神髄』（松月堂、明治十八〜十九年刊）巻頭「小説総論」でも、文学は、目で見る事の出来ない人間の内面を描き出す所にこそ、その強みがあるのだと強調されている。しかし、日本人が西洋の文学と出会った時に、驚かされた事の中には、逍遙が強調したような内面性という事もあったが、実は西洋文学の持つ視覚的な描写力から受けた衝撃も、相当に大きいものだったようである。例えば田山花袋が『近代の小説』の中で語っているように、言文一致の運動が起こった背景には、西洋の細密な視覚的描写への憧れがあり、二葉亭四迷の『あひゞき』（「国民之友」明治二十一年七〜八月）が、独歩や藤村らに衝撃を与えたのも、そうした理由に因る所が大きかったと思われる。

明治以前の日本文学には、西洋文学のように、視覚的な細密描写を言葉で行うという伝統は、なかったと言って良いだろう。それは恐らく、日本人の基本的な感覚が、この世のものはすべて、はかなく消え失せるものに過ぎないという所（いわゆる無常観）にあるためで、西洋人のように、この世界は神様が作ったもので、悪魔に魅入られた物以外は、どんな物でもすべて永遠性を帯びるという様な感覚が日本人にはないから、個々の物の具体的・偶然的な細部に意味を認めないのであろう。（木の家に住んで来た日本人と、石造りの家に住んで来た西洋人の感覚の相違もあるだろうが。）

それから、もう一つには、日本には平安時代以来、絵巻物の絵を見ながら、侍女に本文を朗読させて物語を楽しむという伝統があって、それが御伽草子を経て、江戸時代には、挿絵中心の草双紙になって行った――その様に、言葉で描写しきれない部分は、挿絵的なものに頼る文学享受の伝統も、恐らく関係があるだろう。

これについては、坪内逍遥が、『小説神髄』下巻「叙事法」で、《我が国の小説の如きは、従来細密なる挿絵をもて其形容を描きいだして、記文の足らざるをば補ふゆゑ、作者もおのづから之《こ》れに安んじ、景色形容を叙する事を間々怠る者尠《すくな》からねど、是れ甚だしき誤りなり。》と批判していることが、証拠となる。

とにかく、明治以降、文学を近代化しようとする動きの中には、視覚重視という事が、強くあった。

例えば、徳冨蘆花の『自然と人生』（民友社、明治三十三年刊）は、巻末に「風景画家コロオ」という評伝を収めていて、そこでコローは刻々と変化して行く自然の日光と大気を写し出したと紹介している。蘆花は、コローの真似をしたのであろう、『自然と人生』の中の「自然に対する五分時」という章では、例えば夜明けの富士山が、刻々変化して行く姿を言葉で写生しようというような試みを行っている（「一、此頃の富士の曙」）。この『自然と人生』も、多くの作家たちに衝撃を与えた事で知られているのである。

この他にも、例えば正岡子規が、洋画家の中村不折らの影響を受けて写生を唱え、それが近代の俳句及び短歌の主流になったり、写生文を生み出したりしたとか、島崎藤村がラスキンの『近世画家論』や水彩画家の三宅克己の影響を受けつつ、『千曲川のスケッチ』（「中学世界」明治四十四〜大正元年）を書いたり、と、日本の近代文学は、西洋の絵画や文学の視覚的描写から、大きな影響を受けて来たという事実がある。

これは一つには、視覚というものが客観的であり、科学的理性と結びつきやすいという事もあるが、個々人の具体的な現実の細部に意味を認める西洋の個人主義の受容に因る所も大きいと思われる。そしてその事は、当然、西洋の個人主義の背景となっている神の問題ともかかわっていると考えられる。国木田独歩における小民の感覚などは、その一例と言えよう。

文学における視覚的描写の問題は、この様に大変重要であるが、この問題は余りに大きく、かつ絵画から離れてしまう嫌いがあるので、ここらで一旦打ち切り、以下では、文学作品の中に絵画が具体的に登場するケースに焦点を絞って考察してみたいと思う。

（二）文学作品中の絵画

絵画というものは、本来、色や形、タッチや構図などによって、直接、観る者の眼に訴えかけて来るものである。ところが、絵画を文学作品の中に登場させる場合には、その絵を直接読者に見せることは出来ない。絵の色も形も、言葉で描写し、間接的に、読者の頭の中にイメージとして想像させる事しか出来ないのだ。だから、小説の中に絵を持ち出すのは、余り賢明な選択ではないと言えるし、実際、そう屢々行われる事でもないようだ。

言葉だけで美しいイメージを作り出す事は、優れた文学者なら不可能ではないが、それを現実でも空想でもなく、絵の中の世界と設定するのは、余程特殊な効果を狙っている場合だけであろう。そして、その効果というのは、色や形のように、文学の中に持ち込むことが不可能なものではなく、何か別の、言葉に置き換えても効果を失わないような絵画の特徴であるはずであろう。では、その特徴とは一体何なのか。

結論から先に言うと、それには「別世界性」「理想性」それに「永遠性」という三種類が考えられる。「別世界性」とは、絵画が額縁（や表装）の中で自己完結していて、そこに、現実の世界とは別のもう一つの世界が広がっているように見えるという性質のことである。「理想性」とは、絵の中の世界は、現実の世界よりも美しく、理想的な美を実現したものであるという意味である。そして「永遠性」とは、絵の中の世界では、永遠に時間が止まっており、絵画自体も、半永久的な寿命を持っているということである。前もって言って置くならば、これら三つの性質は、いずれも宗教的なもの・現世を超える超越的な価値と関わっていて、それを表現したいが為に、絵画が持ち出される例が多いのではないか、というのが私の考えなのである。

参考のために、絵画が重要な意味を持って登場する近代の代表的な文学作品の例を集め、【別表1】に分類してみた。

【別表1】分類の試み――文学作品中の絵の機能

①永遠の世界の象徴

谷崎潤一郎の『少年』『金と銀』など。

写真でもいい訳だが、かつては白黒だったのと、リアル過ぎて美化されないという難点がある。写真の例としては、谷崎に『春琴抄』があり、古ぼけて朦朧とした写真とする事で、美的効果を高めている。

谷崎には、彫刻（『法成寺物語』『永遠の偶像』『肉塊』）や映画（『肉塊』『青塚氏の話』）等を永遠の世界の象徴とする例も多い。

②絵の中に入ってしまう話

本当に入ってしまう訳ではないが、幸田露伴の『観画談』。厳密には絵ではないが、夏目漱石の『幻影の盾』、江戸川乱歩の『押絵と旅する男』など。
安部公房の『魔法のチョーク』、鏡を抜けるルイス・キャロルの『鏡の国のアリス』なども類話と言える。

③ピグマリオニズム（絵の中の理想の美女に命を与えて妻にする話）

ホフマンの『G町のジェズイット教会』（画家ベルトルトが天上の女性の幻を見て、優れた絵を描き、後にそれが現実の王女であった事を知って結婚するが、絵が描けなくなって、殺してしまう）、ゴーティエの『金羊毛』など。夏目漱石の『一夜』にもモチーフとしてはある。

絵ではないが、仏像を活かす幸田露伴の『風流仏』、人形愛の江戸川乱歩『人でなしの恋』、また、ゴーティエの『ポンペイの幻』（ポンペイの遺跡から発掘された、美しい女の胸と腹の形を遺した溶岩を博物館で見た青年が、熱烈な恋の力で祈り、その女“Arria Marcella”を何千年の時を超えて現代に蘇らせるという話）などもある。古典に『銘作左小刀』（京人形）がある。

④絵画の理想を現実のものにしようとする話

谷崎潤一郎の『金色の死』『創造』、佐藤春夫の『美しい町』、江戸川乱歩の『パノラマ島綺譚』、ポーの『庭園』『アルンハイムの地所』『ランダーの別荘』など。

⑤名画が魔術的な力を発揮する話

芥川龍之介の『地獄変』（『邪宗門』）、堀辰雄の『窓』、ポーの『楕円形の肖像』、ワイルドの『ドリアン・グレイの肖像画』など。

やや異なるが、芥川龍之介の『秋山図』も、絵を巡る一種の怪談ではある。谷崎潤一郎の『刺青』は、絵としての刺青が魔術的な力を発揮する話。

影像の例としては、メリメの『イールのヴィーナス』、芥川龍之介の『黒衣聖母』。

古典では、『古今著聞集』巻第十一「画図」第十六、近松門左衛門の『天智天皇』四段目（金岡が絵の力で船を引き戻す）、『傾城反魂香（吃又）』（狩野元信が、血で描いた虎に救われる。又平が手水鉢に描いた自画像が、裏まで透る。又平の描いた大津絵の精が活躍する）、『祇園祭礼信仰記（金閣寺）』（雪舟の孫・雪姫が桜の花びらで描いた鼠が縄を食いちぎって助ける）、上田秋成の『雨月物語』「夢応の鯉魚」（描いた魚が紙を抜け出す）など。

⑥重要なモチーフを提示するもの

森鷗外『うたかたの記』のローレライの絵、夏目漱石『草枕』のミレーの「オフィーリア」、堀辰雄『ルーベンスの偽画』、折口信夫『死者の書』（冷泉為恭《ためちか》「阿弥陀来迎図」）、太宰治『俗天使』のミケランジェロの「最後の審判」、岡本かの子『女体開顕』のユーディットの絵、三島由紀夫『仮面の告白』のグイド・レーニ「聖セバスチャンの殉教」、野間宏『暗い絵』のブリューゲルの絵、吉行淳之介『砂の上の植物群』と同題のクレーの絵、ドストエフスキーの『白痴』におけるホルバインの「死せるキリスト」など。

詩の方では、高村光太郎の詩「失はれたるモナ・リザ」「地上のモナ・リザ」。また、絵ではないが「雨にうたるるカテドラル」など。

⑦天才画家を描くもの

谷崎潤一郎『金と銀』、芥川龍之介『地獄変』『沼地』、有島武郎『生まれ出る悩み』（木田金次郎）、佐藤春夫

『F・O・U』、宇野浩二『枯木のある風景』（小出楢重）、『水すまし』（長谷川利行）、三好十郎『炎の人』（ゴッホ）、武者小路実篤の詩「レンブラント」、バルザック『知られざる傑作』、ゾラ『制作』、ウィーダ『フランダースの犬』など。

古典では『宇治拾遺物語』・『十訓抄』の絵仏師・良秀の話。

画家ではないが、それに準ずるものとしては、森鷗外『花子』（ロダン）、幸田露伴『五重塔』、岡本綺堂『修善寺物語』、長与善郎『青銅の基督』。高村光太郎の詩「車中のロダン」「後庭のロダン」など。

⑧小説家が自己を仮託する時に、カモフラージュの為に画家を以てしたもの

島崎藤村『水彩画家』、永井荷風『花瓶』、谷崎潤一郎『鮫人』、武者小路実篤『愛欲』、志賀直哉『矢島柳堂』、太宰治『人間失格』ほか多数。

肛門性愛の強い作家は、絵画に惹かれる場合がある。夏目漱石・有島武郎・武者小路実篤など。谷崎潤一郎の『柳湯の事件』は、肛門性愛と油絵との関連をはっきり示す一例と言える。

全部で八つに分類しているが、このうちの①から⑥までは、今述べた別世界性・理想性・永遠性に多かれ少なかれ関連している。また、⑦にも、画家を宗教的な存在、或いは現世を超える超越的な価値と関わる存在としている例が多いように思う。

順番に簡単な説明を加えて置くと、まず、①**「永遠の世界の象徴」**の所に挙げた谷崎潤一郎の『少年』には、ヒロインの光子の肖像画が登場する。この油絵の中の光子は、洋服を着ているので、まるで西洋人のように、或いは天使のように見える。しかもその肖像画は、立入禁止になっている西洋館の中に隠されており、不思議な蛇の彫刻

によって守られている。その為に光子は、日本の現実を越えた西洋という別世界に属する聖なる存在、もしくは魔物である事が暗示される、という仕組みになっている。

次に、同じく谷崎の『金と銀』だが、この作品では、油絵の画家である青野という男が主人公になっている。彼は、栄子という不良少女の内に、永遠の美を感じ取り、栄子をモデルにして素晴らしい油絵を描く。その後、青野は、ライヴァルの画家に頭を強く殴られて、白痴同然になってしまうが、青野の魂は天に昇って行って、そこで美の国の女王に会う。女王は青野に、「お前がモデルにしていたあの不良少女は、美の国の女王の粗悪な似姿だったのだ」と教える、という話だ。

谷崎の場合は、その文学の根底に、女性を女神のように崇拝するという宗教的な姿勢がある。また、祖父がギリシャ正教を信じていた為に、谷崎は幼い時に「聖母マリア」の絵を見て強い印象を受け、その事が、後年、女性を女神のように崇拝する一因になったのではないかと、谷崎自身、『幼少時代』で回想しているぐらいだから、この様に宗教的な絵の用い方になったのであろう。

次に分類の②**「絵の中に入ってしまう話」**③**「ピグマリオニズム」**④**「絵画の理想を現実のものにしようとする話」**だが、これらはいずれも絵画に表された別世界・理想世界・永遠世界に対する憧れから生ずる行為を描くものと言える。これらが、絵の世界を現実に自分のものにしようとする工夫であるのは、偶然ではない。何故なら、絵の中の世界は美しく、理想的で、永遠かも知れないが、人はそれを眺める事が出来るだけで、決してその中に入る事は出来ないし、絵の中の美人を自分のものにする事も出来ない。絵画は本来この様に、観る者を誘惑しつつ拒むというアンビヴァレントな性質を持っている。そこからこれらの行為が誘い出されると考えられる。

次の分類の⑤**「名画が魔術的な力を発揮する話」**は、絵画自身が聖なるもの・或いは悪魔的なものとして、魔力を発揮する怪異譚である。怪異譚の本質は、日常普通の秩序が失われる所にある。この場合、絵の中の世界は本来、現実の世界とは完全に切れた別世界であるはずなのに、その別世界性があやふやになって、絵が現実に対して魔術的に介入して来る所に、怪談性が生まれる。

先程見た分類の②③④も、絵と現実との境界線を越えようとする話だから、必然的に怪談性を含んでいる。ただ、②から④までは、人間の側から絵の方に越境しようとする話であり、⑤は、絵の方から人間の側に越境するという違いがある。

分類の⑥**「重要なモチーフを提示するもの」**は、個々の作品によって、絵の重要性や意味に差があるので、一概には言いにくいのだが、どちらかと言えば、あらがいがたい運命的な力を暗示している場合が多いように思う。そして、その場合の運命は、やはり現実世界・人間の世界を超えた所にある神聖な超越的な力だと考えられる。

分類の⑦**「天才画家を描くもの」**は、天才芸術家への憧れが強かった大正時代に多く見られる。絵画に現世を超える超越的な偉大な価値を見出す所から、それを生み出す芸術家をも偉大な人物として崇拝するというものである。

森鷗外の『花子』は、画家ではないが、彫刻家ロダンを一種の神として描いたものとして注目に値する（本書「森鷗外『花子』論」参照）。例えば、《日光の下に種々の植物が華さくやうに（中略）作品が（中略）此人の手の下に、自然のやうに生長して行くのである。》という描写は、万物を成長させる太陽とロダンを重ね合わせたものである。ロダンは彫刻家で、粘土を捏ねて人間を造り出すので、土から人間を作り出した創世記の神のイメージとも重ね合わされて居るようである（芥川龍之介の『地獄変』については、本書「芥川龍之介『地獄変』論」参照）。

分類の⑧**「小説家が自己を仮託する時に、カモフラージュの為に画家を以てしたもの」**は、単なるカモフラージュなので、余り重要ではないが、数が多いので、少しだけ例を挙げて置いた。カモフラージュなら、別に音楽家であっても構わないはずだが、音楽は抽象芸術である為か、西洋でも日本でも、画家（特に洋画家）に自己を仮託する例が、圧倒的に多いようである。

【別表1】に挙げたのは、明治以降の主な例だけだが、江戸時代以前については、本書「近代文学に見る虚構の絵画」で簡単ながら紹介し、私見を述べて置いた。結論だけ繰り返すと、江戸時代以前には、近代のもののように、重要な意味を込めて絵を登場させた文学作品の例は、極めて少ないし、絵画の芸術性やそれを生み出す芸術家に対する関心や尊敬の念は、明治以降の方が格段に高い。これは、明治以降の日本が、西洋近代のキリスト教を背景とする芸術観を受け容れた結果であると思われる。

古代ギリシャ以来、西洋では、美を永遠なるもの・絶対者としての神と結びつけて受け止める伝統があった。しかし、神道でも仏教でも、美しい肉体や景色も、本来、仮のものであって、それに執着することは、良いこととは考えられなかった。日本にも仏教と結びついた絵画がなかった訳ではないが（例えば阿弥陀来迎図・釈迦涅槃図・地獄変相図・達磨図・頂相 etc.）、絵の美しさがそれ自体で人を救済するという考えはなかったように思われる。その為、日本には、現世の美や快楽を表現する絵画や文学はあったけれど、それらが宗教と結びついて、永遠性や絶対性を表現することは殆どなかった。

日本で真に宗教と繫がっていた芸術ジャンルは、山水画とお能ぐらいのものであろう。この二つのジャンルが、特に尊敬の念を以て扱われて来たのも、その為であろう。西洋人は、ルネッサンス以来、芸術や芸術家に対して極めて高い尊敬を払って来たのに対して、日本人が芸術家に対して、伝統的に極めて低い評価しか与えて来なかったのは、日本の芸術の殆どが宗教と結び付かなかった事が、理由の一つになっていると思う。

それが、明治以降になると、西洋の影響で、キリスト教的な永遠の生命への憧れが高まり、それにつれて、死を超える永遠的な価値を追求する西洋的な芸術が新たに目指されるようになった。その結果、芸術に対する社会的評価も、芸術家自身の自己評価も、以前に比べれば、格段に高くなって行ったと考えられる。

明治以降になって、急に文学への絵の登場が増えるのも、西洋の影響を受けて、初めて文学と絵画が、共に宗教的な別世界性・理想性・永遠性を表現しようとするようになったからだろう。近代の小説に登場する画家が、圧倒的に洋画家で、日本画家は稀であるという事実、また、画家に準ずるものにも、幸田露伴の『風流仏』『五重塔』・長与善郎の『青銅の基督』等、宗教絡みの例が多い事も、この事と関連している。

興味深いことに、日本の伝統絵画の中では、山水画だけが、古くから独自の宗教性を認められていたのだが、近代の日本文学では逆に、山水画が重要な意味を持って登場する例は、極めて稀になった。

分類の⑧に挙げて置いた谷崎潤一郎の『鮫人』（大正八年一〜十月）という小説には、東洋的な芸術観を信奉し、油絵を捨てて、山水画に転向しようとしている南という画家と、西洋的な芸術観に拠って立とうとする服部という画家が、東洋と西洋の芸術と宗教の関係について語りあう場面がある。その要点は、結局、山水画の宗教性は、欲望を否定ないしは制限し、俗世間から離脱しようとするものであるのに対して、西洋の芸術家は、欲望を肯定しつつ、美によって宗教的にも救済されるという事だった。そして、谷崎を含めて、近代の日本の芸術に於いては、山水画の様な欲望否定の方向性は、原則として受け容れられなかったのである。

例外的な作品として、分類の②に挙げて置いた幸田露伴の『観画談』（「改造」大正十四年七月）を見てみよう。この小説の主人公は、苦学して四年遅れでようやく東京大学の学生となるが、神経衰弱のような病気に罹り、療養のために旅に出る。彼は、たまたま泊まった寺で、《仇十州《（ママ）》》（仇英、号・十洲。明の四大家の一人）に《肖《に》た画風の》一枚の山水画と出会う。見ると、その中に描かれている《船頭の老夫《じいさん》》は、《何とも云へない無邪気な》様子で、《寒山か拾得の叔父さんにでも当る者に無学文盲の此男があつたのでは有るまいかと思はれた》程だった。絵の中の船頭は、今にも舟を出そうとしながら、《乗らないか》と《人を呼んでゐる》。主人公は、《今行くよーッと思はず返辞をしやうとした》。絵に引き込まれて、絵の中の船に乗りそうになった程に、心を惹き付けられたのだ。その後、主人公の神経衰弱は治ったが、大学には戻らず、《山間水涯に姓名を埋めて、平凡人となり了》せたらしい、というのが話の結末だ。

主人公が中退してしまった東京大学は、立身出世の欲望を象徴するものであり、それに対して山水画は、無欲な悟りの境地を表わす。主人公の神経衰弱が治ったのも、山水画に導かれて、無欲の境地に達し得たからだ。この小説の最初の方に、主人公は真面目で、漢詩は作ったが、《小説稗史などを読むことは罪悪の如く考へて居》た、と書かれている。この事は、近代の小説の方向性と、山水画の方向性が、相容れぬものであることを、暗に物語っていたと言えるであろう。

（三）漱石の場合

そこで、次に、近代の作家の中でも、最も山水画を好んでいながら、小説の中では山水画ではなく主に油絵を登場させていた作家・夏目漱石を取り上げ、その絵画との関係を、やや突っ込んで考えて見たい。

『思ひ出す事など』（二十四）によれば、漱石は、子供の時から絵を見るのが好きで、特に彩色南画を好み、或る時（明治十九年か二十年頃）、一枚の南画に理想郷を見て、《何《ど》うか生涯に一遍で好《い》いから斯《こ》んな所に住んで見たい》と友人に語った程だった。一方、英国留学中には、よく美術館に通って、西洋の絵画をも愛好し、帰国後は、自ら筆を執って、水彩画や油絵を試みたり、晩年には特に南画を多数描いた。

その様に、油絵・山水画を問わず、絵が好きな漱石は、特に「前期」と私が考えている時期の作品（『三四郎』『永日小品』あたりまで）では、しばしば絵画をヒロインと結び付けている。しかし、結び付けられるのは、殆どが油絵（またはそれに近いもの）だった。それは、油絵は写実的かつ色彩が派手であり、現世的・欲望肯定的な印象が強いからであろう。

参考のため、【別表2】に、漱石の作品に登場する絵画的なもので主立ったものを纏めてみた。

【別表2】夏目漱石の小説と絵画

［注］　作中の絵（鏡・色）に比較的重要な意味があるものには◎か○を、また反・絵画的なものには×を付した。
★は、漱石が熱心に絵を描いた時期。
前期と後期の境目は、〰〰線で示した。

★漱石は明治三十六年の秋頃から三十八年二月頃まで、水彩画や書に熱中した。

・『**吾輩は猫である**』M38／1〜39／8
苦沙弥の水彩画。

○『**倫敦塔**』M38／1
作中に絵は出ないが、ドラローシュの油絵の中に入ったとも、絵の外でジェーン・グレーに出会ったとも言える作。

・『**カーライル博物館**』M38／1

◎『**幻影の盾**』M38／4
盾＝鏡⇒永遠の絵の世界に入る。

○『**琴のそら音**』M38／6
鏡に死んだ細君の姿が現れる。

◎『**一夜**』M38／9
　歌麿の描いた美人を活かしたい。（厳嶋）神社の絵馬から美人が抜け出す。女が絵になる。
○『**薤露行**』M38／11
　鏡＝絵に写った世界だけを見つめ続けるシャロットの女。
・『**趣味の遺伝**』M39／1
×『**坊っちゃん**』M39／4
　画学の野だいこ。ターナー島の岩の上にラファエルのマドンナ。しかし「マドンナ」と呼ばれる女は悪役。
◎『**草枕**』M39／9
　主人公が画工。ミレーの「オフィーリア」。那美さんに憐れが現われれば絵になる。
・『**二百十日**』M39／10
×『**野分**』M40／1
　中野＝色彩派。
×『**虞美人草**』M40／6～10
　小野＝色彩派。甲野欽吾の亡き父の肖像画。
×『**坑夫**』M41／1～4
　「平面国」として絵が否定的に扱われる。
・『**文鳥**』M41／6
・『**夢十夜**』M41／7～8

◎**『三四郎』**M41／9～12
グルーズの絵の voluptuous な表情が美禰子と同じ。マーメイドの絵を三四郎と美禰子が見る。美禰子の油絵。

・**『永日小品』**M42／1～3
× 「**モナリサ**」女性の謎を描いたダ・ヴィンチのモナ・リザの色摺版を買うが、気味が悪いので売り払う。
○ 「**懸物**」先祖伝来の王若水（元代の画家・王淵）の絵を半月に一度ぐらい眺めて世の中を忘れた気持になっていた老人が、亡妻のためにこの絵を売って、墓石を建てる。

《前期》（ここまで色彩的）→

《後期》（ここから非色彩的）←

○**『それから』**M42／6～10
三千代の写真。三千代＝古版の浮世絵。青と赤。青木繁の「わだつみのいろこの宮」。

・**『門』**M43／3～6
酒井抱一の屏風を売り払う。

★この頃、津田青楓を相手に南画風の水彩画などを描いた。

・**『彼岸過迄』**M45／1～4
「須永の話」（九）千代子は市蔵が描いた画を大切に持っている。
（二十九）作は一筆描きの朝顔↔自分の腹は何故こうしつこい油絵のように複雑なのだろう。
「松本の話」（二）須永は、美人の写真をただ写真として見る。
・**『行人』**T1／12～T2／11
「塵労」（二）お直のジョコンダに似た怪しい微笑。（十三）三沢の絵の狂女＝オフィーリア。
★大正二年夏頃から油画を始めたが、ものにならなかった。
・**『こゝろ』**T3／4～8
★大正三年八月一日『こゝろ』脱稿後、書画の世界に更に没入。
・**『道草』**T4／6～9
★大正五年五月二十日から、午前中に『明暗』の一回分を執筆。午後は書画や漢詩の制作に宛てる。
・**『明暗』**T5／5～12
（百七十六）津田と清子との出会い＝絵。

結論から言うと、漱石の場合の大きな特徴は、作中に登場する絵に、女性を描いたもの、そして油絵（的なもの）が多く、それが、好きだけど嫌い、近付きたいけど恐ろしいといった、女性に対するアンビヴァレントな欲望との関連に於いて登場して来る事、そして、時期としては『三四郎』辺りまでに多く、『それから』以降には少ない事である。

例えば、先に挙げた谷崎潤一郎の場合、絵が永遠の世界として憧れの対象になるのは、彼が先ず現世的な美と快楽と女性を肯定しているからである。それを追い求める余り、もっと完全な女性と美と快楽を求めるようになった結果が、絵や永遠世界への憧れになる。だから、谷崎にとっての永遠は、キリスト教的な永遠とも別の、快楽主義的な永遠だと言えるだろう。ところが、漱石の場合は、現世的な美と快楽、そして特に女性に対して、そもそもアンビヴァレントな感情を持っていて、それが、絵に対する彼の一風変わったこだわりを生み出したと思われるのである。そこで、漱石における絵の問題に入る前に、その前提として、漱石の欲望のアンビヴァレンツについて、簡単に見ておきたい。

漱石は、幼少時代に里子にやられ、次いで養子にやられ、養父母が離婚したために実家に戻され、そこでも余り愛して貰えないという風に、家庭と愛情に恵まれなかった為、その心には、癒すことの出来ない深い傷を負わされていた。恐らくその為であろう、漱石は人間不信と女性不信を抱きやすかった。

例えば、『こゝろ』の先生は、私は《人間全体を信用しない》し、自分《自身さへ信用してゐない》（「先生と私」十四）と言い、《平生はみんな善人なんです（中略）それが、いざといふ間際に、急に悪人に変るんだから恐ろしいのです。》（二十八）と語る。そして、下宿の奥さんとお嬢さんをも、策略家ではないかと疑っていた。

初期のエッセイ『人生』の中でも、漱石は、《良心は不断の主権者にあらず》《不測の変外界に起り、思ひがけぬ心は心の底より出で来る（中略）、海嘯と震災は、啻《ただ》に三陸と濃尾に起るのみにあらず、亦自家三寸の丹田中にあり、険呑なる哉》と語っていた（注1）。

つまり漱石は、人間を信じられない所から、もし利害が対立したら、相手からひどい目に遭わされるのではないか、また自分自身も、一度、欲望に取り憑かれてしまえば、良心のコントロールを失って、恐ろしい罪を犯してしまうのではないかという恐怖感を、強く抱いていたらしいのである。

中でも女性に対しては、強い誘惑を感じるだけに、不信感や恐怖感も強かったようである。女性に対するアンビヴァレンツは、漱石の殆どの作品の中に現われている。一方で女性への憧れも描かれているが、女性に対する不信や恐怖は、例えば女の悪口が書かれる例（『吾輩は猫である』）、作中に登場する女が悪い女とされる例（『坊っちゃん』『野分』『虞美人草』『坑夫』）、恋愛を否定する例（『一夜』『三四郎』『こゝろ』）、男が女に裏切られる例（『三四郎』『明暗』）、女が原因で男が不幸になる例（『薤露行』『それから』『門』『彼岸過迄』『行人』『こゝろ』）など、様々な形で表現されているのである。

実生活に於いても、例えば、大正五年一月、死ぬ一年前の漱石が、腕の痛みを直す為に温泉に出掛けた際、看護婦を連れて行くように勧められたのを断って、《自分ではこの爺さんにまちがいはないとは思うが、しかし人間にははずみというやつがあって、いつどんなことをしないものでもないから》（夏目鏡子『漱石の思ひ出』）と言って、一人で出掛けたと言う。看護婦と性的な関係に陥る事を恐れたのである。『門』で宗助と御米が結ばれてしまうのも、恋愛ではなく、こうしたはずみの所為とされている。

この様な欲望に対する恐怖は、漱石の場合は、欲望を実現しようとして動くもの一切に対する恐怖にまで発展する。それは、豚の鼻が御馳走に向かって延びて行くというイメージで表わされたり（『三四郎』（一）。『夢十夜』「第十夜」の豚もこれに関連する）、汽車や電車で象徴されたりしている。

例えば『草枕』の画工は、二十世紀の《文明は個人に自由を与へて虎の如く猛からしめたる後、之を檻穽の内に投げ込ん》だもので、《二十世紀の文明を代表する》《汽車の猛烈に、見界《みさかい》なく（中略）走る様を見る度に（中略）あぶない、あぶない。気を付けねばあぶないと思ふ。》（十三）と言う。つまり、二十世紀の文明は、個人の欲望という恐ろしいものを解き放ってしまった危険な文明であり、汽車は、多くの人々の欲望を乗せて走り、走り出すと猛烈なスピードで直進し、ブレーキを掛ける事が難しい所から、危険な欲望の象徴と感受されているのである。

『三四郎』の中でも、「汽車の女」は（そして汽車に投身して轢死する女も）危険な女の象徴で、美禰子の危険性も、彼女が「汽車の女」を想起させる事によって暗示される（二）・（八）。美禰子が飛行機で飛びたがるのも、これに関連している）。

また、三四郎は、大学の学者は、《電車に取り巻かれながら、太平の空気を、通天に呼吸して憚《はばか》らない。》（四）と考え、憧れるが、漱石は野々宮さんに、学者の頭の中は《電車より余程烈しく働いてゐるかも知れない。》（二）と言わせる事で、学問の世界も、業績を挙げたいという欲望に駆られた激しい競争の場に過ぎない事を指摘している。

『行人』の一郎も、激しい焦りに取り付かれていて、その原因を、徒歩から俥、馬車、汽車、自動車、航空船、飛行機と、どこまでも速度と便利を追求して行って、満足を知らない人類の不安に求めている（「塵労」三十一〜三十三）。

『それから』の最終章で、代助が狂気に陥って行くのが、電車の中での出来事なのも、決して偶然ではない。汽車ほど激しい動きでなくても、例えば『三四郎』（六）の運動会の場面で、競争する男たちを見た三四郎は、《どうして、あ、無分別に走《か》ける気になれたものだらう》と思うが、美禰子とよし子が熱心に見ているのを見ると、自分も無分別に駆けてみたくなる。漱石は、競争して勝とうとする男の欲望に、女によく思われたい欲望を見て、それを「無分別」、つまり、やがては狂気に至る危険なものと評するのである。

また、『虞美人草』の甲野欽吾は、《凡ての反吐は動くから吐くのだよ。俗界万斛の反吐皆動の一字より来《きた》る》（一）と言い、宗近糸子に対して、《動くと変ります。動いてはいけない》《恋をすると変ります》《嫁に行くと変ります》（十三）と言う。すべて動き・変化というものは欲望の現われであり、恋愛も、それが欲望である以上は危険なものだ、というのが漱石の考えなのである。

この様に欲望を恐れ、動くものを嫌った漱石が、動かない絵の世界に心を惹かれるのは、当然であろう。漱石は、死ぬ一年前の木曜会で、雪舟の山水画を絶賛し、あのように調子の高い崇高な絵は西洋にはないと言い、《雪舟の絵にはムービングがないね。（中略）全体、動くといふことは下品なものだ。動くより凝つとしてゐる方が品がよい。だから文学や音楽は動かない絵より下品なものだ。》とまで言い切っていた。(注2)『草枕』の画工も、《動と名のつくものは必ず卑しい》（三）と言っていた。

漱石の作品の中では、女がじっと立っている姿が印象深く描かれる事が多いのだが（明治三十六年の英詩"I looked at her as she looked at me：…"・『趣味の遺伝』・『草枕』の那美さん・『三四郎』の美禰子・広田先生の夢の女・『永日小品』の「心」など）、これも動くものへの恐れの裏返しと考えられる。恐らく漱石には、動かないという事は、欲望に動かされない事、そして心変わりして男を裏切る事のない貞節の象徴として、感じ取られていたのであろう。

しかし、漱石の小説によく絵が登場するのは、絵の中の人物がじっと動かずにいるという事だけが理由ではない。もう一つ忘れてならないことは、絵にはもともと、観る者を誘惑しつつ拒むというアンビヴァレントな性質があるという事だ。例えば、美女の絵は、漱石を誘惑し、魅惑したであろう。しかし、同時に絵は、その美女を永久に手の届かぬ絵の世界に封印することで、一切の危険から漱石を護り、安心させてもくれたに違いないのである。その様にして、絵は、アンビヴァレントな漱石の欲望をうまく表現し、また満たす事が出来たのだ。漱石の作品の中で、絵が重要な位置を占める事になった最大の理由は、このアンビヴァレンツにあったと私は考える。

絵のアンビヴァレンツからは、世界を、例えば女を、ただ絵として、奇麗な色として眺めるという傍観の問題が派生し、これもまた、『一夜』『草枕』『三四郎』『それから』などの作中で重要な要素となる。(注3)

漱石は、恐らく次のように考えたのであろう。女は、或いは世界は、自分のものにしようなどという欲望を起こさずに、ただ綺麗な絵としてだけ眺めておけばいい。そうすれば、悪しき欲望に我を忘れて、恐ろしい罪を犯すこともない、と。しかし、その一方で漱石は、絵の中の女を何とか現実の世界に生き返らせ、自分のものにしたいという欲望もまた、抑えることは出来なかったのだ。この二つの傾向は、漱石の心の中に、常に潜在し、葛藤しつつ、作品によって、どちらか一方が強く現われるという風であった。だから、例えば『一夜』では、絵の中の美人を現実の世界に活き返らせたいというモチーフと、逆に、作中のヒロインがそのまま絵になって見せるというモチーフが、同時に出て来るのである。

　こうした葛藤が最もよく現われている作品は『三四郎』なので、ここで、やや詳しく見て置こう。三四郎は最初、美禰子を単に《綺麗な色彩》（二）として、言わば絵として見ていた。が、美禰子から誘惑的な目付きで見られた途端、美禰子に囚われる。次いで三四郎は、東大病院で、《長い廊下の果《はずれ》》の《透明な空気の画布《カンヴァス》の中に》（三）、美禰子が立っていることに気付くが、二人は《廊下の何処かで擦れ違はねばならぬ運命を以て》近付かざるを得ない。この事は、女が《画布》から外に出る事が、三四郎を傷つけることを予告したものである。（四）で広田先生の引っ越しを手伝った際、美禰子と三四郎は、《画帖》の中の《人魚《マーメイド》》の絵を一緒に見る。これは危険な誘惑者としての美禰子の本質を示したものである。（十）で三四郎は、原口さんの画室で油絵のモデルになっている美禰子を見るが、そこで漱石は、《静なものに封じ込められた美禰子は全く動かない。団扇を翳して立つた姿其儘が既に画である。》《彼の目に映じた女の姿勢は、自然の経過を、尤も美しい刹那に、捕虜《とりこ》にして動けなくした様である。変らない所に、永い慰謝がある。然るに原口さんが突然首を捩《ひね》つて、女に何《ど》うかしましたかと聞いた。其時三四郎は、少し恐ろしくなつた位である。移り易い美さを、移さずに据ゑて置く手段が、もう尽きたと画家から注意された様に聞えたからである。》と書いている。帰り道で美禰子は、あの絵が三四郎との最初の出会いを記念するものであった事を告白するが、その直後に、迎えに来た立派な婚約者を、三四郎に引き合わせる事になる。（十一）で広田先生は、夢の中で、二十年前に出会った時の儘の姿で、森の中で自分を待ってくれていた女に、《あなたは画だ》と言った事を三四郎に語る。ここでは、心変わりしない女が、絵に譬えられている。しかし広田先生自身は、母が姦通して生まれた子であることを知って以来、女性を信じられなくなり、独身を守っていることを仄めかす。（十三）で、美禰子の結婚後、原口さんは、美禰子の絵を「森の女」と題して展覧会に出すが、与次郎に感想を聞かれた三四郎は、《題が悪い》と答え、「迷羊《ストレイシープ》」と呟く。「森の女」は広田先生の夢の中の女にこそ相応しい題で、心変わりして三四郎を裏切った美禰子は'stray sheep'即ち正道を踏み外した女、罪を犯した女だからである。美禰子自身も、（十二）で眉に手をかざす絵の中のポーズを取って、《我が罪は常に我が前にあり》と言う事で、「森の女」の絵が、結果的に自らの罪を永遠化するものとなってしまった事を認め、三四郎に謝罪したのである。この様に『三四郎』は、漱石が絵というものを最もうまく利用し、女性へのアンビヴァレンツを表現する事に成功した代表例と言うことが出来るだろう。

こうして見ると、漱石が自作の小説の中に、山水画ではなく、主に油絵を使った理由も理解できる。つまり山水画は、現世的な欲望、特に女性への欲望とは正反対の、《ムービングがない》世界であるため、欲望を捨て切って、女性から逃げ出し得た時に住むべき一つの理想郷として、漱石の憧れの対象になっていた。しかし実際には、漱石は女性への欲望を捨て切れなかった。その結果、彼の小説のテーマは女性に対するアンビヴァレンツとなり、それは、欲望を肯定しつつ封印する油絵（またはそれに近いもの）によって、主に表現されるしかなかったのである。

例えば『それから』で、三千代を油絵に譬えなかったのは、三千代が油絵に相応しい程には積極的な誘惑者ではないからで、浮世絵の、しかも《古版の》淡い色彩のものが、ちょうど相応しいと考えたのであろう。しかしそれでも、三千代は代助を発狂へと導く事になってしまうのである。『彼岸過迄』「須永の話」（二十九）には、小間使いの「作」を、日本画の《一筆がきの朝貌》に譬えて、それに対して千代子へのアンビヴァレンツに悩む《自分の腹は何故斯う執濃い油絵の様に複雑なのだらう》と須永が考える場面がある。が、須永は小間使いの「作」と結婚しようとはしないのである。

以下、【別表2】に挙げた、まだ触れていない作品の中で、漱石のアンビヴァレンツと、絵・鏡・色などとが、どの様に結び付いているかを、ごく簡単に見て置く。

『倫敦塔』には絵は出て来ないが、漱石が自ら、ドラローシュの絵によって想像を掻き立てられた事を附記している。恐らく、漱石がかつて禁じられた恋愛感情（一つとは限らない）を抱き、今は亡くなった（または会うことの出来ない）美しい女性へのアンビヴァレンツを潜めた作品で、それがドラローシュの絵の中の美しい人妻・女王ジェーン・グレーのイメージと結び付いたのであろう。ジェーン・グレー（のような女性）が実際に倫敦塔に現われるのは、言わば漱石の妄執によって、デラローシュの画中から引き出された形と言える。また、処刑場・牢獄としての倫敦塔の歴史には、漱石の罪悪感、および、それとは裏腹の、自分は不当に苦しめられて来たという怨念・憤りが、深い所で結び付き、はけ口を見出しているのであろう。

『幻影の盾』では、盾の鏡の上に、永遠の春の世界が幻影として言わば絵として浮かび、絵の中の世界に入るように、そこにウィリアムが入り込み、死んだ恋人クララとキスをする。そこに、真に理想の女性と結ばれたいが、現実の世界では結ばれ得ないという漱石のアンビヴァレンツが示されているのである。

『薤露行』には、高殿の上に閉じこもって、現実の世界を直接には見ず、鏡に映してのみ見る事を許されているシャロットの女が出て来るのだが、この鏡は、現実の世界を絵としてだけ眺め、傍観者としてだけ生きる為の装置と言える。しかし或る日、彼女は鏡に写った騎士ランスロットを見て、思わず窓から現実のランスロットを見てしまう。その途端に鏡は砕け、彼女は《シャロットの女を殺すものはランスロット。ランスロットを殺すものはシャロットの女。》と叫んで倒れる。つまりこれは、恋する事の危険、現実の世界に対して欲望を抱く事の恐ろしさを表した寓話と言える。『薤露行』には、王妃ギニヴィアとランスロットの不倫の恋と、ランスロットに対する処女エレーンの清純な恋も出て来るが、それらすべてが当事者の死や破滅によって終わる所に、漱石のアンビヴァレンツが塗り込められているのである。

『薤露行』の最後は、恋に死んだエレーンの美しい亡骸が、舟で運ばれるシーンだが、その亡骸が美しいのは、あらゆる肉の不浄、苦しみ、憂い、恨み、憤りなど《世に忌はしきもの》の影も残していないから、即ち一切の欲望から解き放たれたからだとされている。成仏した死骸を美しいとする考えは、『草枕』の那美さんの絵に対しても、『虞美人草』の藤尾の死に顔に対しても繰り返され、漱石の欲望離脱願望の強さ、死後の世界への憧れを示している。

『草枕』では、画工が、世界を絵として眺める事で、利害を離れ、煩悩から解き放たれるという「非人情」論を展開するが、これは、カント、シラー、ショーペンハウアーらが重視した美の“disinterestedness”の考え方に示唆されたものであろう。“disinterestedness”（ドイツ語では“Interesselosigkeit”）は一般に無関心性と訳されているが、“interest”はむしろ利害であって、美は利害関心から解き放たれた所にあるという意味である。例えばショーペンハウアーは、『意志と表象としての世界』第3巻第38節で、絶えず欲望に苛まれている人間が、心の平安を得られるのは、美しい自然や過去の思い出を、利害関心から解き放たれて見る時だと述べている。『草枕』で用いられている「非人情」という言葉は、この“disinterestedness”にほぼ対応するものと思われる（『三四郎』においても、「囚われてはいけない」という形で、同じ思想が繰り返されている）。『草枕』では、その非人情に近い世界として、能が考えられて居り、「高砂」の老夫婦（松の精）を《うつくしい活人画》（二）、即ち絵がそのまま現実になったものと言い、それに似た《茶店の婆さん》を高く評価している。しかしこの事は、逆に西洋的な近代小説の世界では、もっと生臭い、漱石にとってアンビヴァレントな欲望が主題とならざるを得ないことを暗示しているのであろう。

事実、『草枕』の那美さんは、積極的に画工を誘惑しようとする、余りに危険な女であったので、ただ絵のように眺めているというだけでは不充分で、最後にうまく隙をついて絵の中に封じ込め、動けなくしてしまう事で、漸く画工が勝利するということになっている。そして、那美さんを絵に封じ込めるという事には、那美さんの欲望の動きを止める事で、那美さん自身も欲望から解き放ち、成仏させるという意味が込められているのである（しかし、那美さんは簡単には絵にならず、（四）で画工に絵の中に入れと言われて、《窮屈な世界》と拒否するのは、その事を読者に確認・強調したものである）。

画工の胸中に成就された絵には、赤い《鏡が池》の《深山椿》が描かれているが、これは那美さんが、元は言わば山中の《妖女》（十）で、男を破滅させる危険な女であった事を示す為である。しかし、成就した絵の中の那美さんは、那美さん自身が希望した通り、《身を投げて（中略）やす〳〵と往生して浮いて居る》（九）。そして、その顔に浮かんだ《「憐れ」》（十三）が、彼女が自らの毒性を克服して成仏した事を示しているのである。なお、ミレー《の精神は余と同じ所に存するか疑はしい。ミレーはミレー、余は余》（七）とあるように、漱石はミレーの「オフィーリア」が自分の理想の世界を実現したものだと考えていた訳ではない。油絵は、やはり理想の境地たり得ないのである。

『草枕』は絵に対して完全に肯定的な作品だが、もともとアンビヴァレントな欲望を絵に託している漱石は、時として、油絵に対して、また色に対して、はっきりと敵意や嫌悪を示す場合がある。

例えば『坑夫』では、有名な人間無性格論に関連して、「人間はどんどん心変わりするのが当たり前なのに、心変わりしてはいけないなどと思っていると、立体世界を逃げて、平面国へでも行かなければならない。」という言い方がされている所がある。この「平面国」は、絵と同様の意味であり、奇麗だが嘘の世界として、否定的に扱われている。しかし、ここでも絵は、そこでなら「心変わり」しなくて済む、欲望を止められる世界として、考えられているのである。

また『虞美人草』などでは、派手な色を、人間の欲望を刺激するものの象徴として、悪い意味で使っている。例えば、作中に登場する明治四十年の東京勧業博覧会については、《狗は香を恋《した》ひ、人は色に趁《はし》る。》《凡ての人は色の博覧会に集まる。》（十一）と、色に惹かれる人間を犬と同一視している。また、悪玉の藤尾は、青と赤の中間の、曖昧かつ派手な紫色で象徴され、《紫の女》（二）と呼ばれている。それに対して、善玉で大人しい小夜子は、女郎花の花の黄色（二）（九）で表される。そして、道義を忘れ、小夜子を捨てて、欲望に走る小野清三は、《色を見て世を暮らす男》《色相世界に住する男》（四）と評されるのである。（注4）

また、小野にとって、博士号を取って藤尾と結婚する未来は、《美くしい画》であり、小野《の理想は此画の中の人物となるにある。》（四）と書かれていて、絵が、悪しき欲望をそそる色の集合体という悪い意味で用いられている。

また、ハムレットをイメージした哲学青年の甲野欽吾は、現世の欲望の世界を全面的に否定する思いを、赤青黄紫の色を吸い尽くした《真黒な化石になりたい。》（一）という言葉で表現したり、日記に《生死《しやうじ》因縁無了期、色相世界現狂癡》（四）と記したりする事になっている。

しかしまた、同じ『虞美人草』の中にも、小夜子の美しさを画に譬える所（九）があったり、（『ハムレット』の影響であろうが、）甲野欽吾の亡き父の肖像画が大切に扱われたりと、絵に対するアンビヴァレンツが作中の矛盾として現われている。

『野分』では、金持ちの子で作家志望の中野輝一という人物が否定的に描かれているが、中野は女性の着物の色について、《「あの色を竹藪の傍《そば》へ持つて行くと非常にあざやかに見える。あれは、かう云ふ透明な秋の日に照らして見ないと引き立たないんだ」》（二）と評する程、色彩に敏感な人物であり、自作の小説にも、女が赤い花を見つめていると、何故か花の色が白く変わってしまうという様な場面を書きたがる色彩派なのである（二）。彼は又、青年にとって最も深刻な煩悶は恋であると語るのだが（三）、漱石はこれを嘲笑している。漱石は色を愛し、恋にうつつを抜かす中野より、反享楽主義的で《カラー、センス》（四）がないと評される高柳周作と、道学者的な白井道也（道也は「道徳」を、白井の「白」は、彼の反色彩的なあり方を象徴するものであろう）を、高く評価しているのである。

『坊つちやん』で、他ならぬ絵の先生が「野だいこ」と呼ばれて軽蔑されるのも、教頭への軽蔑が「赤シャツ」という言葉に集約されるのも、赤シャツの読む「帝国文学」が《真赤な雑誌》（五）とされるのも、こうした色を否定する文脈の中での事である。漱石には、現実世界の危険性を、火事や血のイメージに繋がる赤い色から感じ取る傾向があった事も、「赤」を嫌う一因だった。『それから』の代助が、火宅を思わせる暑い夏の日に、赤い色に取り付かれるようにして発狂へ追い込まれて行くのは、その典型である。

それに対して、漱石は青や緑系統の寒色に、欲望を鎮める力を感じたようで、例えば『それから』の代助は、《宇宙の刺激に堪えなくなつた頭を、出来るならば、蒼い色の付いた、深い水の中に沈めたい》（十）と思うし、漱石自身、自らの書斎を明治二十九年十一月から、青い虚空に漂うという意味で、「漾虚碧堂」と号していた。

以上の様に、色に対して、また絵に対して、アンビヴァレントな揺れを見せている漱石ではあるが、『三四郎』『永日小品』までの前期の作品では、絵も色彩も、豊かに作中に用いられていると言って、間違いない。(注5) そしてそれは、前期の漱石が、なお女性に対する憧れを強く抱き、小説の中に自らの欲望を満たしてくれるような美しい夢の世界を構築しようとしていた為であると思われる。

ところが、「後期」（『それから』以降）に入ると、突然、絵は重要性を失い、色彩の感じも急速に失われて行く。

私は、この変化の理由は一つではないと考えているが、漱石が年齢と共に、次第に女性への憧れを失って行った事、現世に対する欲望を失い、遂には死に憧れるまでに厭世的になって行った事が、大きな要因として挙げられる。これにはまた、胃の不調や体力の低下も大いに関連しているであろう。

また、漱石が自らの心の病（人間不信・女性不信など）の原因を何としても突き止め、根本的に解決したいと願った結果、漱石にとって小説が欲望を満たす場所ではなくなり、自らの心を解剖する事で、心の病の原因を追究して行く場所に変わって行った事も、大きな理由であろう。

例えば『それから』は、漱石の抱える問題を、主として現代日本・現代文明全般の問題として解釈しようと試みた作品であり、逆にそれを、主に漱石個人の生育環境の問題として解釈しようとしたのが、『彼岸過迄』の「須永の話」から『行人』『こゝろ』『道草』への流れであり、より普遍的一般的な性の力の問題として解釈しようとしたのが『門』『明暗』であると、大雑把には言えるであろう。

とにかく、後期の漱石にとって、小説はもはや心を癒す美しい夢の世界ではなくなり、小説を書く合間に漢詩を作り、山水画を描くことが、漱石の心の慰めになったのである。

近代の小説と油絵が持っていた西洋的な欲望肯定の宗教性と、山水画の持っていた東洋的な欲望否定の宗教性は、この様にして、漱石の中でも遂に一つに溶け合う事はなかったのである。

注

（1）『坑夫』の無性格論も、この延長線上に出て来るものである。

（2）松浦嘉一「漱石先生の詞」（「漱石全集」月報第14号、昭和四年四月）。雪舟の水墨画を西洋絵画より崇高としたのも、西洋絵画の志向する永遠性が現世的欲望の延長線上にあるのに対して、水墨画は、現世的なものを否定するからであろう。

（3）『彼岸過迄』「松本の話」（二）で、須永が美人の写真をただ写真として見るというエピソードも、これに関連するものである。

（4）「色相」の本来の意味は、現象の世界・見かけの世界という事だが、漱石は色彩の世界という意味と掛けて用いているようである。

（5）例えば江藤淳氏は、『決定版　夏目漱石』第一部・第五章「漱石の深淵」で、『漾虚集』では黒が支配的であるとされたが、それは古色蒼然たる文体から受ける印象のせいで、実際には様々な原色が豊かに用いられているのである。

【付記】　本稿は、平成九年十一月一日に、東京大学（本郷）山上会館で開催された東京大学国語国文学会主催シンポジウム「絵画と文学」のパネラーとして発表した「近代文学と絵画」が基になっており、「近代文学と絵画―西洋的宗教性の浸透―」と題して「甲南国文」45号（平成十年三月）に掲載したものに、今回、加筆・修正を施し、改題したものである。

南木芳太郎と谷崎潤一郎——山村舞を中心に

この度、大阪市史編纂所が、雑誌「上方」の主宰者として著名な故・南木芳太郎氏（写真1）の日記（以下「南木日記」と仮称する）を入手され、私も、谷崎潤一郎と南木芳太郎との関係を調査するためということで、特に許可を得て、閲覧させて頂いた。その調査結果をここに報告させて頂く（なお、本稿では、敬称はすべて略させて頂きます）。

結論から言うと、二人が知り合ったのは、恐らく昭和十年からであり、接点はほぼ山村舞に限られており、交流はほぼ昭和十六年頃で終わっていることが、「南木日記」の残されている部分、および現在知られる南木宛谷崎書簡などから、推量できる（新資料が出て来れば、多少の修正はあり得るが）（注1）。谷崎が「上方」に寄稿したのが、昭和十一年五月号の『上方舞大会について』、昭和十四年二月号の『えびらくさんのこと』、同年五月号（「上方」第百号）の『偶感』の三回だけで、しかもその内二回が山村舞関係であったこととも、この調査結果は辻褄が合う。

そこで、話の順序として、谷崎が山村舞に関心を抱くまでの経緯を先ずは簡単に振り返り、その後、両者の交流の実際を、年を追って紹介して行くことにする。

写真1　南木芳太郎氏
（南木紅子氏所蔵）

（一）谷崎潤一郎が山村舞に関心を抱くまで

谷崎は東京の日本橋に生まれ育った江戸っ子であるが、大正三年頃から著しく西洋崇拝的になった。しかし、大正十二年に関東大震災に遭って、関西に難を避けている間に日本回帰（または古典回帰）と呼ばれるような心境の変化を来たし、昭和三年頃から、近代以前の日本の良き伝統を活かした傑作（『蓼喰ふ蟲』『吉野葛』『盲目物語』『蘆刈』『春琴抄』、また『陰翳礼讃』『文章読本』など）を次々と発表して行くのである。（注2）

この谷崎の日本回帰、及び、その後の創作力の充実には、関西の風土・文楽人形・松子等々との出会いが大きな影響を及ぼしたと思われるが、谷崎が地唄に心を惹かれ、昭和二年六月から菊原琴治検校に就いて地唄を習ったこともまた、重要な要因の一つとして数えるべきだと私は考えている。谷崎は、松阪青渓著『菊原撿校生ひ立の記』（琴友会、昭和十八年四月）に寄せた『序』で、《音楽に対する私の耳を開けて下すつた撿校の恩は、無限に大きい。（中略）それが、私の文学上の仕事にも多分の影響を及ぼしてゐることは言を俟たない。（中略）私は自分が関西に移つてから以後、最も深い精神的感化を与へて下すつた方は撿校であると思つてゐる。》と書いているからである。（注3）

また、随筆『雪』（昭和二十三年）で谷崎が、《凡そ日本固有の音楽といふものは（中略）婬靡で低調なものが多く、人の心を高い所へ引き上げるやうな幽玄なものや冥想的なものは殆ど絶無に近いのであるが、「残月」はその中にあつて珍しくも高揚の精神に満ちてゐる。（中略）殊に菊原検校のを聞いた時は、地唄といふものをまだよく知らない頃であつたので、その驚きは大きかつた。》《ほんたうに自分の魂を「心の故郷」へつれて行つてくれるものは、矢張「雪」や「残月」のやうな自分の国の古典音楽に限るのである。》と述べていることにも注意すべきである。

『雪』冒頭で述べられているように、谷崎の時代には、東京で生まれ育った者が地唄・地唄舞に接する機会は殆どなかったため、谷崎が地唄・地唄舞を知ったのは、明治四十五年、初めて京阪を訪れた際、祇園の御茶屋でのことであった。しかし、この時のことを書いた『朱雀日記』の「祇園」には、地唄自体への感想としては、《一中節か平家琵琶に近い渋味を伝へて》いるという一句があるだけで、京舞についてのみ、《嫌味な仕草や、気障な手振がなくて、情趣溢るゝばかり（中略）さながら「左小刀の人形」が動き出したやうに神韻漂渺として、（中略）甘い想像の国に誘うて行く。》と、高い評価を示していた。

それでも、これが下地となったか、谷崎は関東大震災で関西に居を移すと、地唄の「雪」を一度聞いて見たくて、《花見小路の家の二階で然るべき老妓に唄はせた》（『雪』）。この事は、『蓼喰ふ蟲』（昭和三〜四年）（その九）でも、主人公の要《かなめ》が《ひとゝせ上方見物に来て祇園の茶屋で》《五十を越えた老妓》の唄、《舞妓の舞ひ》で「雪」を見た、という形で使用されている。『上海交遊記』（大正十五年）（3）「文芸消寒会」に、数行ながら地唄への言及があるので、「雪」を聞いたのは、遅くとも上海旅行の前、即ち大正十四年中と推定できる。(注4) 菊原検校の娘・菊原初子の『地歌ひとすじ』（ブレーンセンター　なにわ塾叢書2）P161によれば、谷崎は京都の祇園で地唄を聞いて、習いたいと松阪青渓に言ったというから、この時、聞いた「雪」が、大きな切っ掛けとなったのであろう。

丁度この頃、谷崎は、雑誌「女性」に『痴人の愛』などを掲載したことから、編集者の松阪青渓と親しくなっていたのだが、偶然にも松阪が菊原検校と旧知の間柄であったため、二人の仲立ちをすることになったのである。

日本回帰に際して地唄が果たした役割の重要さは、その谷崎の作中での使われ方にも明らかに見て取れ、例えば日本回帰を決定づけた作品『蓼喰ふ蟲』では、要が文楽人形とヒロイン・お久に日本の永遠女性の面影を見出した後、お久の地唄「雪」を聴く内に、子供の頃によく「雪」を唄っていた隣の福《ふう》ちゃんのほの白い顔を偶然に見た体験を思い出し、それがフェミニズムの最初の萌芽だったことに気付き、日本回帰が確かなものになって行く。『吉

写真２　二代目えびらくさん
（山村楽正氏所蔵）

野葛』（昭和六年）では、主人公・津村が唯一記憶し、追い求めている母のイメージは、地唄「狐噲《こんかい》」を琴で弾く《上品な町方の女房》の姿とされており、津村は尋ね当てた母の実家で、母の形見の琴に巡り会う。『盲目物語』（昭和六年）の弥市は、地唄の草創期の三味線弾きとして設定され、後の『聞書抄』（昭和十一年）の順慶も、琵琶法師ではあるが、弥市に近い。『蘆刈』（昭和七年）では、お遊さんが琴のお浚いに出て、「熊野《ゆや》」を弾いた時に、慎之助はお遊さんを見そめるし、再婚したお遊さんが、巨椋池の別荘で月見をしながら琴・三味線・胡弓を奏で、女中に舞（流派は不明だが明らかに地唄舞）を舞わせているのを、零落した慎之助父子が、毎年十五夜に透き見をする。『春琴抄』（昭和八年）は、春琴・佐助がともに地唄の名手となる話である。春琴はまた、四歳の頃から舞を習い、失明したため断念したものの、後年《自分のほんたうの天分は舞にあつた》と言っていた。『細雪』（昭和十八～二十三年）では、妙子が山村舞を習い、上巻（十五）で「萬歳」、中巻（三）と（二十八）で「雪」、下巻（十）で「袖香炉」を舞う。『夢の浮橋』（昭和三十四年）でも、生母・継母ともに生田流の琴が得意だったことになっている、といった具合である。

　地唄舞は、以上の例からも分かるように、地唄に比べれば遥かに軽い役割しか果たしていない[注5]が、それは作品上のことで、実生活では、既に『朱雀日記』の時から高く評価していた位だから、当然、地唄と同時並行的に、関心を深めて行ったものと推測される。事実、『えびらくさんのこと』によると、谷崎は《昭和二三年ごろ》、《人に紹介されて、天下茶屋の貞本さんのお宅の十日会に行》って、貞本夫人の山村舞「雪」と二代目山村らく（通称・えびらくさん。写真2は、昭和十一年からえびらくさんの内弟子になられた山村楽正さんが提供して下さった貴重な御写真である。）の「萬歳」を見た。(注6)そして、それはまだ、上方の舞や地唄に馴染んでいなかった頃だったにもかかわらず、谷崎はえびらくさんの《舞や人柄にたつた一ぺんで大変にい丶感じを受けたので、それから後、上方の舞と云へばいつも此の人を念頭に浮べ、大阪では一番といふよりは、殆んど唯一の人なのではないかと、誰にきくでもなくひとりぎめにしてゐた。》と言う。このえびらくさんが、『細雪』中巻（二）で《鷺さくさん》と呼ばれ、《大阪に「山村」を名告る舞の家筋が二三軒ある中で最も純粋な昔の型を伝へてゐると云はれてゐた人》と紹介される人物なのである。

また、貞本邸の十日会は、『細雪』中巻（二）に、《鷺さくさん》の所へ《習ひに来る弟子達は、くろうとでもしろうとでも、近頃だん〳〵上方の舞が東京の踊に圧倒されて行く傾向のあるのを慨き、此のま丶では衰微してしまふ郷土芸術の伝統を世に顕はしたいと云ふ考から、山村舞に異常な憧れを寄せてゐる人々が多く、特に熱心な支持者達は郷土会と云ふものを組織し、神杉と云ふ弁護士の未亡人の家に集つて月に一回お浚ひをする例になつてゐた》と説明される《神杉》邸の《郷土会》のモデルなのである。この当時、山村舞の名手としては、えびらくさんの他には、山村若・佐藤えん（後の神崎恵舞《えん》）ぐらいしかおらず、山村舞の真の姿を伝える人としては、えびらくさんが唯一最高の人とされていた。その為、先ず貞本夫妻が、山村舞の保存・振興のためにえびらくさんの後援者となり、自宅に置き舞台まで用意して、定期的に舞の会を催し、後には南木芳太郎、そして最後には谷崎潤一郎も、有力な後援者の一人になって行くのである。

ただし、谷崎が、『細雪』に描かれているような、えびらくさん及び十日会との関係を持つのは、昭和十年になってからのことである。

谷崎は、昭和四年夏からは、知人・妹尾君子の斡旋で、岡本梅ノ谷の自宅に毎週一回、山村若を招いて（地は菊原検校で）、妹尾君子に娘の鮎子、それにまだ根津夫人だった松子と、その妹の重子・信子も加わって、山村舞の稽古を始めた（高木治江『谷崎家の思い出』構想社）。『えびらくさんのこと』によれば、この稽古は、もともと鮎子が山村舞を習いたいと言い出し、谷崎はえびらくさんに就かせたいと思ったが、当時は地下鉄がまだなく、えびらくの住む天下茶屋は、行くにせよ来て貰うにせよ大変なため断念して、山村若になったようである。谷崎は、自分は習わなかったものの、上機嫌でいつも付ききっきりで稽古を見ていたと言う。(注7)

山村若は、初代山村友五郎の養女・山村登久の孫で、明治二年生まれ。幼い時から祖母・登久、次いで二代目山村友五郎を師とし、若くして頭角を現わし、長く南地五花街の芸妓を教え、あしべ踊りの振付けを担当した他、関西歌舞伎・文楽の所作事なども振付け、山村流中興の祖と讃えられた名手である。

しかし、昭和五年に入ると、山村若（この年、数えの六十二歳）の体調の悪化に、根津商店の経営が傾きつつあったことも加わって、この催しは、間もなく取り止めになったらしい。

（二）交流が始まるまで

谷崎は、このように地唄・地唄舞に強く心を惹かれて行ったのであるが、社会の趨勢として言えば、地唄・地唄舞は次第々々に衰退へと向かいつつあるものであった。

地唄についてはさて置くとして、地唄舞、中でも山村舞は、文化年間（一八〇一～一七）に初代山村友五郎が創始し、明治初年までが全盛時代で、山村れん（明治十四年死去）・二代目山村友五郎（明治二十八年死去）の死後、次第に衰退したと言われる（小寺融吉『片山春子と山村らく』「演芸画報」昭和十三年十一月号）。

南木芳太郎も、『上方舞の話』（「大阪朝日新聞」昭和十一年三月二十六日）で、《明治の三十年ころ山村流は大阪の地を風靡したものですが（中略）次第に顧みられなくなつて衰へました》と語り、『山村舞雑話』（「日本舞踊」

昭和十四年十一月号）でも、《大阪では明治時代も中期頃までは一般家庭では必ず山村舞が習得されてゐた、琴は生田流、三味線は法師に就て地唄を学んだものだ》と書いている。それが、大正七年一月号「新小説」の坪内逍遥の『我現時の六大舞踊派』では、山村舞を《他の諸流の、或ひは競争し得ざるべき一種の貴い伝統を継承してゐる流儀》《世界にユーニーク（無類）な地位を占め得る》と高く評価しつつ、《私は、此大阪特有の名物の次第に衰滅に瀕しつヽあるのを大阪の為に惜み、日本舞踊の為に惜む。》と書くまでになった。

そうなった原因として、南木芳太郎は、『上方舞の話』『山村舞雑話』などで、名手・二代目山村友五郎の死後、男子の良い後継者に恵まれなかったこと、近代化が進むに連れてテンポの早いものが求められるようになったこと、東京・名古屋などの派手で説明的な舞踊が入って来て歓迎されたこと、そもそも山村舞は誤魔化しが効かず、長年にわたる修行が必要なこと、姿勢正しく上品にゆったりと舞わねばならず、動きも表現も厳しく抑制される点、自由気儘を喜ぶ時流に合わないこと、などを挙げて居る。妥当な説であろう。

逍遥が《衰滅》を危惧した時は、ちょうど山村舞の名手・山村らく（同名の人が居たため、歌舞伎の市川鰕十郎の妻であることに因んで、「鰕《えび》らく」と呼ばれた。初代友五郎の門人かうの弟子）が、大正五年八月に八十二歳で亡くなった直後であった。その後、大正十一年に、鰕十郎・鰕らく夫妻の孫で、幼い時から祖母の薫陶を受けた名手・二代目えびらくの襲名披露舞踊会が華やかに行われ、歌舞伎の鰕十郎、市川右団次、中村雀右衛門、福助、尾上多見蔵も出演して舞った（小寺融吉『日本近世舞踊史』雄山閣、昭和六年刊）。これは、初代鰕らくが歌舞伎の方の舞踊の振付もしており、歌舞伎界に弟子が多かったせいらしい（「上方」昭和十四年二月号『山村らく師匠追慕座談会』）。しかし、二代目えびらくさんは、昔からの山村舞の型を崩すことを嫌う余り、祖母が務めていた南地演舞場とあしべ踊の師匠への就任も断ってしまった。これは当時、南地で藤間や若柳流が全盛だったせいである。また、えびらくさんは、他の流派を習ってその癖がついてしまっている芸妓より、初めて習い始める素人の方が純粋の山村舞が身に付くので、町方の娘を教える方を好んだ（同）。しかし、素人では、芸に一生を捧げることは難しく、こうした事も、舞の純粋さ・芸術性を保つことには貢献したが、その一方で、弟子の数を減らし、流派としての衰微を招く原因にもなったようである。

南木芳太郎は、山村舞及びえびらくさんの良き理解者であり、純粋な山村舞を何とかして保護・育成しようと心を砕いた人である。だから、『上方舞の話』では、《私は今日ひどく衰微してゐるとはいへこんな磨きのかゝつた芸の存在を一般に知つて頂きたく、また上品なものですから一般家庭に普及することをお勧めしたい》と呼びかけ(注8)、『山村舞雑話』でも、《女性的に出来上つてゐる点に於ては東都を通じて山村舞に超す芸術はないと信ずる。》《この優美な女性的要素は日本固有の婦人美を象徴するものとして讃美し、一面大阪郷土芸術として飽までもその保存と奨励とを講じたい》と書いている(注9)。また、「南木日記」からも、十日会の貞本夫人や、えびらく・佐藤えんとの親しい協力関係は、明らかに窺い知られるのである。

南木芳太郎による具体的な宣伝活動としては、雑誌「上方」の昭和六年一月・創刊第一号誌上で、既に貞本邸での無料の「山村舞鑑賞会」を企画し、参加者を募る広告を出している。また、同年一月二十三日には、ラジオで講演『上方情調と山村舞』を放送している（「南木日記」による）。

やや遅れて谷崎の方も、『私の見た大阪及び大阪人』連載第一回（「中央公論」昭和七年二月号）で、次のように書いている。

《近頃江戸の音曲が関西を風靡して、生田流の琴曲や地唄など、地元の芸術を習はうとする者が少いのはどう云ふ訳か。（中略）舞踊についても、山村や井上流の「舞ひ」がすたれて、藤間や花柳の「踊り」に圧倒されて行くのは甚だ慨かはしい。敢て郷土芸術など、云ふやかましい問題を持ち出すまでもなく、関西人と関東人とは、生理的に、体質的に、越えがたい差異のあることを思つて、特に大阪方の一考を煩はしたい所以である。》

同じ考えを抱いていたこの二人が、やがて出会うのは必然だったと言えよう。

しかし、「上方」昭和七年三月号には、上田芝有の『谷崎氏の『大阪及び大阪人』を読む』が掲載され、南木芳太郎は『編輯者より』で、《上田氏が文壇の大家谷崎氏の「大阪及大阪人」に就て一矢を酬ふてゐるのは痛快です。》と書いている。もっとも実際は、上田氏も谷崎の正しさを大筋では認めつつ、二三、揚げ足取りめいた訂正を施しているだけで、地唄・山村舞については全く触れてもいない。(注10) 私には、南木芳太郎はこの頃、谷崎をよく知らないまま（『私の見た大阪及び大阪人』もちゃんとは読まないまま）余所者視し、反感を持っていたのではないかという気がする。南木芳太郎は、何時頃からか、「上方」を谷崎に毎号送っていたことが、後述する谷崎書簡によって知られるのだが、この編輯後記からすると、それもまだ始めてはいなかったように思えるのである。

（三）出会いから『細雪』の舞の会まで（昭和十〜十三年）

南木芳太郎は、この昭和七年頃から、上方舞を知らしめるために、大きな公演を打つことを考え始めていたらしい。しかし、その企画が実現するまでには、三年の歳月が必要だった。即ち、昭和十年三月十日に、南木芳太郎率いる上方郷土研究会の主催で、「上方」五十号記念第一回上方舞大会が北陽演舞場で開催されたのである。その事を伝えた翌日の「大阪朝日新聞」五面記事は、『古雅な香を満喫／大家連をすつかり網羅して／昔を今の上方舞大会』という見出しに、山村舞の名手たちを結集することで、廃れ行く《古雅》な舞の《昔を今》になすよしもがなという会の趣旨を伝え、記事本文も、《時代の流れとともに忘れられてゆく典雅な上方舞の持つよさを再検討し、更に復興の生命を吹きこまうといふ「上方舞大会」》云々と始まり、末尾には、《研究会の代表者南木芳太郎氏》の《「この企ては三年来のことで今日やつと願ひがかなひました、上方舞の復興に力を入れてをられた坪内逍遥博士も御存命なら恐らく見えたでせうに……」》という言葉が引かれている。

この上方舞大会は、谷崎と南木芳太郎との、確認可能な最初の接点ともなった。(注11) 谷崎がこの会を見に行ったことは、前掲「朝日新聞」記事に、《会場には谷崎潤一郎氏や武田五一博士らの顔も見え》とあることからも確認できるし、翌年の第二回大会の時に、谷崎が「上方」に『上方舞大会について』を寄稿し、第一回の時と比較していることからも分かる。ただし谷崎は、第一回の時は（大家ばかり集めたせいで）、出演者に《お年寄が多すぎ》、第二回の方が面白かったと書いているのだが。

恐らく南木芳太郎は、山村舞の将来のために、谷崎にこの大会の招待状か案内状を送ったのであろう。何故なら、次に紹介する谷崎の書簡から、南木芳太郎が谷崎に「上方」を、この大会以前から毎月送っていたことが分かるし、(注12) 谷崎は、この舞の会から二十日後の三月三十日に開かれた「上方」五十号記念祝賀会の発起人にも名を連ねているからである。(注13)

南木芳太郎は谷崎に、この日の舞の感想も書いて貰おうとしたようで、この会から十日後の三月二十日付けで、谷崎の次のような返信が残されている（芦屋市谷崎潤一郎記念館所蔵。以下、本稿で引用する谷崎書簡はすべて谷崎全集未収録のものである）。

《拝復　毎々雑誌を御送被下私も何かそのうちに書かして頂度存て居りました際ですから御希望に添度いのでありますが唯目下新聞執筆中にてその上過日来風邪のため仕事がおくれ毎日督促を受けてゐる有様につき次ぎの号の締切まで御待ち願へますまいか、その時分に又何ぞ可然題材を御考へ下されば結構と存じますが、猶又さう云ふ原稿はいつも筆記者をよこして頂き口授することにいたして居ります（それを清書して貰つて眼を通し加筆いたします）から御ふくみ願度適当な記者がゐなければ創元社の和田君(注14)でも頼みませう　右乍延引御返事まで　二十日　谷崎潤一郎　南木芳太郎様　侍曹》

『聞書抄』を執筆中であったため（かつ実際書き悩んでいたため）、断りはしたものの、谷崎は、南木芳太郎の舞踊を見る目は高く買っていたようである。だから、たまたまこの頃、松子の妹・信子（『細雪』の妙子のモデル）が山村舞を習いたいと言い出した際にも、『えびらくさんのこと』によれば、谷崎は《えびらくさんはもう初めから駄目とあきらめて、誰かを世話して下さるやうに南木さんに手紙を》出して、指示を仰ぐ。そして南木芳太郎が、《「習ふなら外にはありませぬ」と云つて（中略）矢張此の人を推挙して来られたのには、内心自分の眼が高かつたのに一寸私も得意を感じた》と、師匠に褒められた弟子のような感想を洩らしているのである。[注15]

この「習ふなら外にはありませぬ」という返事に接して、谷崎が書いた昭和十年九月十六日付けの書簡が保存されているので、次に引こう（谷崎記念館所蔵）。

《御返事拝見、舞の御師匠さんのことにつきいろ〳〵御配慮下さいまして有難う存じます　おらくさんならよく承知いたして居りますし舞もあれなら実に結構と存じます、たゞ数年前に引退されもはや弟子は取らぬとの噂を聞き、入門するのは容易の事でなからうと存じ遠慮いたして居りました、しかし打明けたところ来て頂くとしたら月謝が余程高くつきはしないでせうか　又当方より通ふとしたら幾らぐらゐで済むでせうか、これが先決問題でありますので、乍勝手御伺ひ申上ます　その上にてもし入門さて（ママ）頂くことにきまりましたら、改めて紹介して頂きます
九月十六日　谷崎潤一郎　南木芳太郎様》

谷崎は決して金を出し惜しみする人ではなく、むしろ浪費家なのだが、この頃は『私の貧乏物語』（昭和十年）という文章を発表している位で、懐具合が良くなかったのである。

そのせいかどうか、この話が本格的に動き出すのは翌年からで、「南木日記」から抜粋すると、昭和十一年一月三十日に《谷崎潤一郎氏より来信、山村舞の件依頼あり》、二月一日《朝十時谷崎氏より電話あり》、二月二十八日《谷崎氏電話、山村のお稽古来月三日より願う》、三月二日《貞本邸にて山村らく女に面会して明日谷崎氏同道する

事を約す。》、三月三日《二時前谷崎氏より電話あり、阪急に只今着。これより地下鉄にて難波まで出向くとの事。早速難波駅に至り同氏及夫人と妹女に逢ひ、タクシーにて畳屋町三ツ寺筋北入高田方山村らく女を訪問して紹介し、弟子入を済す。》となる。そして四月二十五日には、《貞本邸十日会に行く。谷崎氏妹連れにて来るに逢ふ。江戸土産・流川・葵の上・忘れ唱歌　共に純なる山村舞を観る》という記事も見出せる。《妹》はもちろん信子のことである。(注16)

えびらくさんの方も、谷崎程の大家から認められ、依頼を受けたことは嬉しかったらしく、舞踊研究家・小寺融吉の『山村流の系譜』(「上方」昭和十四年二月号)によれば、昭和十二年に上京して小寺融吉宅に一泊した時、えびらくさんは、《谷崎さんが贔負にして下さつて嬉しい》と洩らしていたと言う。しかし、この舞の稽古は、後で紹介する昭和十三年一月五日の谷崎書簡にあるように、信子が大阪まで通うのが億劫なために、つい怠りがちになり、やがて立ち消えになってしまったらしい。

昭和十一年三月二十六日には、前年に引き続き、第二回の上方舞大会が開催され、谷崎が「上方」五月号に、その感想『上方舞大会について』を寄せた。その中で、《上方の舞と云ふものは、男の仕舞に対する女の舞》と言い、能と関係付けているのはさすがと思う。小寺融吉がえびらくさんから聞いた話として『山村流の系譜』に録する所によれば、山村舞の初代山村友五郎は、《能が好きで観世の能役者に教へを》受け、それを《女性向きに作りあけ《ママ》たのが山村の舞で、その縁に依り流儀の扇は観世水に花の丸になつてゐるのだといふ》からである。(注17)

また、谷崎は、《関東の踊は》《歌舞伎との関係があまり濃すぎ》《菊五郎や三津五郎の所作の美しさ》と比べると、《芸者の演技などは(中略)見てゐられない》。ところが、上方舞も地唄も、《歌舞伎と云ふもの、影響から独立してゐる。それが非常な長所であります。》と述べている。小寺融吉の『をどり通』(四六書院)の「新しいをどり」によれば、《所作事は歌舞伎から出てゐるから、女の踊は実は男の女形の踊である。女形の踊は、男を女に見せようとする苦心が至る所にあるから、ほんとの女が踊る場合、反つて邪魔になることが多い。だから女形が踊つてこそ色気のあるところが、ほんとの女が踊つては少しも色気のないことがある。これはその女の芸が下手だからではない。振付が、さう見せるのである。》と言う。谷崎の直感の鋭さには、驚きを禁じ得ない。

『上方舞大会について』で、谷崎はまた、《上方の舞と云ふものは（中略）何処までも、金屏風と燭台とに囲まれたお座敷の芸術ではなかつたのでせうか。》《今度の大会のやうな催し》は、《次善の方法として》支持するが、《何卒あれ以上の広い舞台や会場へ持つて行かないやうに願ひたい》と書いている。これは、南木芳太郎も『山村舞雑話』で、《山村舞はいづれにしても舞台芸術ではない、要は座敷舞として尊重したい》と述べている。谷崎は、この頃、歌舞伎についても、永井荷風・市川左団次・嶋中雄作との座談会『新春懇談会』（「中央公論」昭和十一年二月号）で、芝居小屋が段々大きくなることを批判していたが、共に正論と思う。

この年・昭和十一年には、南木芳太郎への信頼と親しみの現われであろう、谷崎の著書に入れる写真・挿絵についての相談も、南木芳太郎に持ち掛けるようになる。「南木日記」六月八日には、《創元社和田氏より電話。谷崎氏の著書中へ入れる写真（信田の狐）の依頼、早速探して置く。》、九日《創元社へ寄り谷崎氏依頼の妖怪、信田の森の図のある吉川観方氏著の本を和田君に貸す。》、昭和十二年五月二十八日《創元社和田君、明治の風俗（『春琴抄』挿画）依頼》、六月四日《創元社和田君より電話、梅玉の春琴写真送ることを約す（注18）》、五日《春琴抄写真創元社和田有司君へ送る》といった具合である。これらは、『蓼喰ふ蟲』『盲目物語』『吉野葛』『武州公秘話』『春琴抄』『聞書抄』の豪華本を、「潤一郎六部集」として創元社から出すという、昭和十一年に立てられた企画の『吉野葛』と『春琴抄』にそれぞれ使用する為だったと思われる。もっとも、南木芳太郎の提供したものは結局、使用されず、『春琴抄』については、六部集自体、出ずに終わったのだが。

昭和十二年には、右の他には、特記すべきことは知られていない。

しかし、昭和十三年に入ると、信子が再び山村舞の稽古を再開することになった。一月五日付けの谷崎の手紙を紹介する（谷崎記念館所蔵）。

《明けまして御めでたう存じます、いつも御無沙汰してをりますが御健勝の段大慶に存じます　さて突然ながらいつぞや山村のお師匠さんに御紹介を頂きました私妻の妹のことでありますが其後暫くおけいこを休んでをりましたが又此頃習ひたいと申てをります、実は大阪まで通ひますのが億劫なためについ怠けてしまつたのですが乍勝手御師匠さんの方から拙宅まで出向いて頂くわけには行かないでせうか、さうすれば今年九つになる娘なども、模様に依つては習はせたいとも思つてをります、で、もし出稽古をして下さると云ふことであれば、今度の家はまだ御存知もないことですから一度小生大阪までお迎へに上り御案内申して夕飯でも差上度と存じますので、まことに恐縮ながら御都合をきいて頂きたいのです（おらくさんの住所を失念致しましたので又々あなたに御願する次第です）日取はなるべく十日過ぎ、できれば十五日前後に願度と存じます　御忙しいところを何とも相すみませんが御返事御待申上ます　五日　潤一郎　南木芳太郎様　侍史》

なお、《九つになる娘》は、恵美子（『細雪』の悦子）である。

これを受けた動きを「南木日記」から拾うと、一月十七日《山村おらくさんの宅へ行き、谷崎氏より依頼の件打ち合せする。》、十八日《住吉村反高林谷崎潤一郎氏へ速達で返事を出す。》、二十一日《創元社和田氏に会ひ、谷崎氏の返事を糺して貰ふ事を依頼》となる。

二月一日には、谷崎の南木宛書簡がある（谷崎記念館所蔵）。

《拝啓　先般は御返事難有存じました　さて、月が改まりましたから、近日お師匠さんに来て頂きたいと存じますが来る六日は如何でせうか、同日御都合よろしければ、午後五時に阪神梅田終点にてお待ち願度、そこまで妹がお迎に出まして宅まで御案内申します、（ちやうど大阪に用事もあつて出かけるのですからその辺御心配なく願ひます、貴下がわざ〳〵御同道下さつては恐縮に存ます）尚その日は単にお打合せするだけの事にして粗末ながら晩の御飯を差上るつもりにしてをります　乍御手数右先方様へ御尋ねの上御返事御願申ます　二月一日　谷崎生　南木様　侍史》

「南木日記」には、二月二日《谷崎潤一郎氏より来翰、早速おらく師匠へ通知。六日午後五時、阪神（梅田）迄行つて貰ふやう留守宅へ伝言し置く。（中略）谷崎（中略）へハガキ出す。》と出る。

『えびらくさんのこと』には、《前には来てくれなかつたお師匠さんが、病身の上に、もうその時は大分年を取つてをられたのに、毎月十日づゝも阪神間まで出稽古に来ることを承知されたのは、仲に立つて下さつた南木さんの顔もあつたのだらうが、一つには、山村舞の正しい伝統が日に〳〵世間から忘れられて行き、時勢に取り残されて行きさうな形勢を見て、多少心境の変化を来たしてをられたのではなかつたゞらうか。（中略）今迄のやうな引つ込み思案では駄目と悟つて、積極的に弟子を取らうと云ふ考になつてをられたのであらうか、お師匠さんとしては、随分よく勉強して来て下さつた。殊に去年は、暫く中止になつてゐた十日会を、住吉の今の私の宅で五月に催すことになり、それへ義妹が「雪」を出すと云ふので、晩春から初夏へかけての暑い日ざかりに、毎日せつせと通つて来られた。今にして思へば、あの会の前後の無理が、いくらかお師匠さんの寿命をちゞめたやうな気がしてならない。あの当時にも、とき〴〵持病の腎臓病が悪くなられて、稽古を休まれたり、むくんだ青い顔をして、出て来られたりしたことがあつた。「自分の体は舞で保つてゐるのだ、毎日弟子たちに稽古をつけるのが運動になつて、どうにか達者でゐられるのだ」と、いつも御当人が云つてをられるのを聞く度に、腎臓病には体を動かすのが一番よくないことなのだから、どうだかなあと、私は内心さう思ひ〳〵したが、あのあとで持病が再発して、とう〳〵秋にあゝ云ふことになられてしまつた。病床でも舞のことばかり譫言に云つてをられたと云ふから、御当人としては芸に倒れるのは本懐で、悲壮な覚悟をしてをられたのかも知れないが、まことに傷ましいことであつた。》とある。

これはしかし、死なれた後の感慨で、二月二十五日付けの南木宛書簡（東京都近代文学博物館「館報駒場野」昭和五十九年三月号所載）には、次のようにある。

《拝啓　其後山村御師匠さんのおけいこつゞけてをりますが、実は困つてゐることがあります。と申すのは始終無断で欠席されるので、今月に這入つてからも、けいこした日より待ちぼけに終つた日の方が多い位であります。勿論御老体にて遠方より御越し下さることですから、御都合で休まれることは、たとひ幾日さう云ふ日がつゞきませうとも構ひませぬが、無断で休まれては此方は皆が外出等を差控へ手をあけて待てゐますので、甚だ迷惑であるばかりか、これでは幼い娘などはぢきイヤ気がさし長つゞきしまいと存じます、実は来月からお弟子も二三人ふやすつもりでをりましたが此の状態では紹介もできませぬ。双方に電話がないので困りますが、電報速達便等にて欠席の日は御通知を頂くやう話して頂けますまいか。（時間もなるべく正確に願度）尚、月謝の外に車賃等はいかゞ致すべきや　月末につき此の点も御伺ひ申上ます。お手数ながら御返事願ます。度々うるさく相すみませぬ　二月廿五日　谷崎生　南木様》

「南木日記」には、二月二十六日に《谷崎潤一郎氏へ返事。》、三月九日《十時頃、山村らく女来る。谷崎氏へ通ふてゐる話、隔日稽古にして貰ひたいといふ依頼状を頼まれる。》とある。

こうしていよいよ、『細雪』中巻（三）で、この年六月五日のこととして描かれる谷崎邸での十日会の舞の会を迎えることになるのである。『細雪』には出て来ないが、実はこの会には、南木芳太郎もまた出席していたのである。五月十五日（日曜）の「南木日記」を見ると、【予記　午後三時より魚崎谷崎邸にて山村会の催。】とあって、《四時半頃、阪神にて甲子園下車。乗換（中略）一端《（マヽ）》御影まで乗越し後戻りして魚崎の谷崎氏邸に至る。数番相済み雪より観る。江戸土産・茶音頭・数番にて閉会、午後六時半。八時頃、谷崎氏夫妻[注19]・瀬尾氏・山村師匠等と共に神戸支那料理を御馳走になる筈が、途中胃ケイレン起り失礼して帰阪す。十時。》と書かれている。これまで、この舞の会の実際の日取りは、五月とまでしか分かっていなかったのだが、この日記の御蔭ではっきりした。また、この日撮影された信子・えびらくさんらの記念写真（写真3）には、確かに南木芳太郎も写っていたのだが、素人写真らしく、ピントがぼけ、また、南木芳太郎の頭が切れてしまっているせいもあって、これまでは誰なのか不明のままになっていたのである。

この日記からはまた、『細雪』で、《作こう》の「江戸みやげ」の後、妙子の「雪」、《里勇》の「茶音頭」となっている順番が、実際は「雪」「江戸土産」「茶音頭」の順だったことも、分かる。（注20）

なお、『細雪』にも「南木日記」にも記述がないが、この日、谷崎はえびらくさんに「鉄輪」を舞って貰った。『えびらくさんのこと』ではこの事を、《五月の会の時しんどうがつてゐるお師匠さんに、心なしのやうではあつたが、無理に所望して「鉄輪」と云ふ大物を舞つて貰つたのは、今考へればい丶ことをしておいたとも思ふ。あの時は後で「ひどい」と云つて恨まれたけれども、何しろ私は、前にも云ふやうに、ずつと前に「萬歳」を一度と、その後の機会に「桶取り」を一度と、たつた二度しか、ほんたうに舞はれたのを見てゐなかつたので、その「鉄輪」が三度目で、而も見をさめになつたのであるが、あれを見てゐなかつたら、どんなにか物足りなかつたであらう。》と回想している。

写真3　谷崎家での山村舞の会後の記念写真。
前列・左から信子・二代目えびらくさん。後列に潤一郎・恵美子・松子夫人・南木芳太郎氏。（芦屋市谷崎潤一郎記念館所蔵）

（四）えびらくさんの死まで（昭和十三〜四年）

この会から一月半後の七月五日に阪神大水害が発生し、これが『細雪』では、中巻の山場となった。南木芳太郎は大阪に住んでいたため、災害の現場には立ち会わなかったが、七月九日の「南木日記」には、《省線にて住吉迄行く。途中芦屋水害の為め電車乗換へ（被害甚だし）、住吉駅又土砂構内を埋めて惨状（但し四日経過故大方片付き居れり）。岸本邸土砂庭園に山の如く積み上げられてゐた。其他の邸宅もひどく荒らされてゐた。》とあり、当時の状況を偲ぶよすがとなる。

また、『細雪』では、日中戦争関連の記述が余り出て来ないが、この頃の「南木日記」には、七月十日《午後八時より今四小学校に於て防空訓練に関する講話あり。明夜より防空実習に入る。》とあって、以後、十四日まで、《模擬火災防火練習》《灯火管制》などの記事が連日登場することを、ついでに指摘して置く。（注21）

『細雪』では、舞の会の話の直ぐ後に阪神大水害の話が続いた後、中巻（十二）で、えびらくさんの死が語られる。前掲『山村らく師匠追慕座談会』によれば、えびらくさんは、この年七月三十日に、弟子の小島のお嬢さんに名取りの免状を許す式を自宅で挙げた後、八月一日から病床に就いたのである。

「南木日記」から記事を拾うと、八月九日《山村らく女、阪南病院に入院せるよし危篤との事、貞本氏の話。》、十日《谷崎氏より山村らく女の病院を聴きに来る。》、十四日《午前十一時過ぎ、阪南病院に山村師匠の病気見舞に行く。重病である。頭にきてゐるので意識の明瞭を欠くが、心臓が割に強いので一寸保つやうである。》

そして十八日、えびらくさんは、遂に帰らぬ人となった。小寺融吉が、『山村流の系譜』で、えびらくさんが逝かれた後も、《山村の舞と称するものは、まだ〳〵行はれる。然しそれは昔の山村とは別のものである。》と言い切った程に、山村舞にとっては、大きな痛手であった。

『えびらくさんのこと』によれば、えびらくさんは《還暦の祝には是非南の演舞場を借りて花々しい催しをするのだと云つて楽しみにしてをられたし、そのうちに機会を見て、東京へも進出したいやうに云つてをられた。》とのことだが、それもすべて水の泡となった。

八月十九日の「南木日記」には、《午後五時過ぎ、山村らく女（久保田けい）の死亡につき自宅へ悔に行く（昨十八日午後二時死去）。それより安部《（ママ）》野斎場へ行き、六時の処遅れて七時前葬儀を済す。谷崎氏も会葬せり。》とある。

『細雪』中巻（十二）では、「鷺さく（≒えびらく）さんの入院は、弟子の一人から八月に入って間もなくに妙子（≒信子）に葉書で報せがあり、妙子が見舞いに行ってみると、鷺さくは近所の病院に入院していたが、その病室は西日の当たる暑そうな部屋で、弟子の一人に看病されながら淋しそうに寝て居た。妙子が挨拶しても分からないらしかった。弟子の人の話では、大概は昏睡状態で、時々譫言を洩らすのが舞のことばかり。医者もとても今度は駄目と言っている。」（細江による要約）と描かれる。山村楽正さんに伺った所、「この弟子は楽正さんで、付き添いは楽正さん一人だけだった。病室はベッドではなく畳で、西日の当たる部屋だった。畳がすっかり変色して赤茶けていた。灯りは裸電球だった。谷崎本人が見舞いに来たとは思えないが、病室の描写は正確です。」とのことだった。

また、『細雪』では、「鷺さくさんが亡くなってすぐに、妙子と幸子（≒松子）が鷺さくさんの家までお悔みに行ってみると、九山村《くやまむら》と言われた家柄の人とも思われぬ侘びしい長屋のような家だった。」（細江による要約）と描かれるが、楽正さんによれば、「平屋で屋根が隣と繋がってはいたが、長屋ではない。部屋は、玄関の二畳の他は、三畳と六畳の二部屋しかなかった。稽古は富田屋でしていた。」とのことだった。

葬儀には、『細雪』では、幸子と妙子が出席したと書かれているが、「南木日記」によれば、実際は谷崎本人が参列したのである。

南木芳太郎は、「上方」昭和十四年二月号を「郷土芸術追悼号」として、主にえびらくさんの追悼に当て、谷崎も『えびらくさんのこと』を寄稿して故人を偲んだ。

南木芳太郎はまた、この年二月二十一日に、山村らく門下十日会主催・上方郷土研究会後援「山村らく師匠追善山村流舞の会」を高麗橋三越八階ホールで開いて手向けとした。

「南木日記」からは、『細雪』にある通り、信子がこの舞の会のために下稽古をしたらしいことが分かる。即ち、一月十九日《谷崎潤一郎氏より原稿「えびらくさんのこと」到着。》、二十一日《谷崎潤一郎氏より封緘葉書にて返事、下稽古の師匠依頼の件、早速貞本氏を訪ひ相談する。》、二十五日《谷崎松子女へ山村舞師匠の事をいつてやる。》、二月三日《谷崎氏より山村舞師匠民子女依頼に来る。》、七日《貞本氏来宅、谷崎氏へ周旋の峯子女の事を返事される。住吉区田辺本町五丁目五九　山村楽三。》、八日《谷崎氏へ速達にて山村楽三の返事しらす》、十四日《貞本邸に行き谷崎氏の妹さんの名前を聞く。》(注22)、十九日（これは「上方」昭和十四年三月号所載『萍水日記』の方が詳しいのでそちらに拠ると）《午後三時より貞本邸にて山村舞追善の大さらへあり魚崎より谷崎潤一郎氏も態々家族連れにて来邸十二時過ぎまでかゝる》、そして『萍水日記』の二十一日舞の会当日の日記には、演目と演者の名前がすべて出ており、『細雪』中巻（二十七）（二十八）にある通り、信子が「雪」を舞ったことが確認できる（ただし、板倉と啓ぼんの件などはフィクションである）。

谷崎は『えびらくさんのこと』で、えびらくさんが《いかにも古い大阪の人らしい床しい人柄であつたこと、鰕十郎の血を伝へてゐると云ふだけに、昔の俳優を思ひ出させるやうな、長い、ゆとりのある顔をしてゐたこと、あれでなか〳〵座談がうまく、毒舌家でもあつたこと、お世辞が下手で、めつたに人を褒めなかつたこと、人真似をするのが非常に上手で、就中南木さんの真似は、その表情、話しぶり等、真に迫つてゐたことなど、書き出せばいろ〳〵あるのだが、故人のことをもつとよく知つてゐる方々が大勢をられるのだから私は此のくらゐにさせて頂きたい。》と書いている。

私が山村楽正さんに伺った所では、楽正さんは「南木芳太郎さんも知っている。鼻の下にちょび髭をはやして口を尖らせたような顔で、それをえびらくさんがよく真似した。南木さんと会った時に普通に挨拶するのでは面白くないと言って、えびらくさんが振付けをして、いきなり両手で四角い箱のようなものを胸の前で描くような手付きをして、それからちょっと手踊りのように右手を挙げ、左手を挙げ、その後、初めて「こんにちは」と言うことにして、実際にやっていた。」というお話だった。

この話を伺って、私は、えびらくさんは芸術家らしい両面性を持った人だったのではないかという気がした。頭が良く、理想が高く、自他に厳しく、しかし、子供のような所もある。右のエピソードは、その茶目っ気たっぷりな一面を覗かせていて、まことに興味深い。(注23)

松子の『谷崎と地唄舞』(『蘆辺の夢』中央公論社)には、南木芳太郎が《失われてゆく日本の良きものへの愛着を強く持たれるのに谷崎も共鳴、先ず地唄舞を東京へ進出させなければ復興は望み難いと、計画を立てて実行に移そうとした時には第二次大戦へ突入》して駄目になった、と書かれている。が、大戦より、えびらくさんの死の影響の方が、実は大きかったのではないか。芸と人柄の両面で、えびらくさん程、魅力的な人が他に居なかった為に、山村舞に対する谷崎の気持も、次第に冷めて行ったのではなかったかと、私は想像するのである。

（五）南木芳太郎の死まで（昭和十四～二十年）

しかし、谷崎と南木芳太郎の交流は、えびらくさんの死で、直ちに終わった訳ではない。昭和十四年五月の「上方」第百号を記念して、谷崎は『偶感』を寄稿し、東京に郷土雑誌がなく、《江戸の旧い習慣とか伝統とかいふものがだん〳〵分らなくなつてしまふ》ことを嘆き、それに引き換え、《雑誌「上方」を持ち、南木さんと云ふ人を持つ大阪人は甚だ幸福だ》と褒め称えている。

また、五月十二日に開かれた「上方」百号記念祝賀会には、谷崎も発起人に名を列ね、昼の部（舞の会）のみではあるが、出席もした（「上方」102号の「上方百号記念祝賀会記録」に拠る）。

同年七月の「上方」水無瀬神宮号には、谷崎の『蘆刈』冒頭の水無瀬神宮の部分が、《（以上は谷崎さんの著書「芦刈」より了解を得て転載した）》という断りを付して掲載された。

十一月二十七日の「南木日記」には、《新町演舞場へ行く。三曲一番と雪（山村菊子）を観る。谷崎潤一郎氏と同席す。》と出る。

その三日前、十一月二十四日の日記には、《上田君電話して来る、廿九日午後吉田屋にて「新興婦人」座談会を開くにつけ、司会とメンバを斡旋してくれとかけて来た。》とある。この座談会は、掲載誌が婦人雑誌であるため、原則として女性だけで行なうことになっていたようで、南木芳太郎はそのメンバーの一人に谷崎の夫人・松子を選んだ。

十一月二十九日の日記には、《午後一時前、吉田屋へ行く、「大毎新興婦人」座談会に司会の役を努む《ママ》。出席者生田花朝・乾御代子・谷崎松子・入江幸女・菊原初子・貞本てい・南木静の七人に、吉田屋女将木村うの・木村よし・木村喜左衛門・大毎側より山口副部長・上田長太郎と事業部員後藤外一人。午後五時終会》とある。この座談会は、実質的には「東京日日新聞」が発行していた日本婦人連盟の雑誌「新興婦人」昭和十五年一月号に、『歳暮迎春に偲ぶ上方情緒座談会』と題して掲載された。

　上方の歳暮迎春の伝統行事がテーマの座談会であるが、松子の発言の一つに、《主人がこちらへ住んだ上は、すべてこちらの習慣に従つた方がいゝと申しますので、さきほどの味噌雑煮をはじめ何から何までこちらのしきたり通りですからあらためて新しい習慣を楽しみ、新しい正月が出来るわけで御座いまして、お蔭でお正月をすることがはじめから嬉しいので御座います。それと今一つ楽しみは二日に、主人の揮毫をはじめ家中のものがみんな揃つて書初めをすることにいたしておりますがこの二日の書初を楽しみにしております。》とあるのが、当時の谷崎の生活の一端を垣間見るようで、興味深い。[注24]

　なお、谷崎は、『私の見た大阪及び大阪人』（連載第二回、「中央公論」昭和七年三月号）で、《関西には（中略）生活の定式《ぢやうしき》と云ふものが今も一と通りは保存されてゐる。》《私の知つてゐる或る旧家では、その家を本家と仰ぐ分家が二十軒もあると云ふ。そして正月の元日には、その二十軒の分家どもが本家に集まつて大広間へズラリと居並ぶ。本家の主人はそのとき上席に就いて年頭の賀辞を受け、順々に彼等へ盃を廻す。又正月の十五日には本家の女房と分家の女房どもの間に同じやうな儀式が行はれる。そのとき分家の女房達は本家の奥様から頂いた黒七子の紋附きに黒繻子の丸帯を締める。》《若し正月九日の宝恵籠のやうな催しを廃止したならば、大阪市民の暦の面はどのくらゐ淋しくなることであらう。殊に私は、あの年末の餅搗きの行事を此の上もなくなつかしく思ふ。大勢の芸者があの賑やかな三味線につれて地唄の十二《じゆうに》月《つき》を唄ひながら餅を搗くと云ふ光景は、いかばかり年の暮れの気分をそゝることだらう。あゝ云ふものを持つてゐる大阪に、久保田万太郎君のやうな文人がゐないと云ふのは、返す〴〵も惜しいことである。》と、大阪に歳暮迎春の伝統行事が残っていることを羨ましがっていた。

南木芳太郎は、この座談会で、谷崎が触れている新町・吉田屋の餅搗きの行事について、真っ先に木村夫妻に話を振っている。或いは松子を呼んだのも、『私の見た大阪及び大阪人』を読んで、潤一郎の代役を期待してのことだったかも知れない。

昭和十五年七月に入ると、信子が山村舞の稽古を再開したくなったらしい。関連する記事を「南木日記」から拾うと、七月二十四日《谷崎氏より電話にて山村舞師匠紹介、伝法家《（ママ）》行くからとの事。廿六日を打合して置き伝法家へその旨、電話で依頼して置く。[注25]》、二十五日《谷崎氏より電話あり、明日廿六日都合悪しい《（ママ）》との事。》、二十六日《朝十一時、北陽伝法家へ行き山村舞の稽古を観る。菊原氏と山村たか女[注26]を引合せる。谷崎氏の事を依頼して置く。》、二十七日《谷崎氏へ速達にて伝法家明廿八日都合よい旨、通知す。》、九月二十七日《午前十時半、北陽伝法家へ行く。上方会の相談、一時見合せる事を勧めて置く。谷崎潤一郎氏夫婦妹女の稽古（山村舞）、初めに師匠に紹介する。》、十二月五日《谷崎潤一郎氏より電話にて伝法家の「上方会」の事、聴きに来る。》、十一日《六時半北陽伝法家に至り「上方会」第八回を観る。黒髪・忘れ唱歌・ぐち・八千代獅子・紅葉狩・十二月、谷崎氏妹二りを連れて同座す。》

「南木日記」に、谷崎が山村舞関連で顔を出すのは、これが最後である。恵美子さんによれば、えびらくさんの死後、信子が舞を習っていたという記憶はないとのことなので、余り長続きはしなかったのであろう。

昭和十六年四月の「南木日記」には、別の意味で興味深い記事が見える。四月十七日《創元社和田氏落語の事で電話あり。（中略）松鶴へ電話して、五月五日午後八時星ヶ岡茶寮婚礼の席にて一席を依頼す。》、二十一日《創元社和田氏より電話、谷崎氏の婚礼五月七日に変更との事。早速松鶴の宅へ電話して都合をきく。承諾の事を再び和田氏へ返事する。》。

この婚礼は、『細雪』末尾で予告されている重子（＝雪子）と渡辺明（＝御牧実）の婚礼の筈であるが、これは

『細雪』にもある通り、東京の帝国ホテルで四月二十九日に執り行なわれた。松子の長男・渡辺清治氏によると、「星ヶ岡茶寮ではやっていない。帝国ホテルの他に、神戸オリエンタル・ホテルでもう一度、披露宴をやって、そこに笑福亭松鶴《しょかく》さんに来て貰った。」とのことであるが、その時期は確定できなかった。

谷崎は、東京時代から、落語を聞くことも嫌いではなかったようだが、関西移住後、昭和六年頃からは、法善寺境内の「花月」などの寄席を覗くようになったようである（谷崎の『大阪の芸人』に拠る）。昭和十年六月十日「サンデー毎日」夏季特別号に掲載した『身辺雑事』(注27)では、「これからは現代もので、阪神地方の有閑階級を書きたい。用語などは落語でも研究し、家庭でも使っている。」と言っており、『細雪』の準備も兼ねていたようである。恵美子さんによれば、潤一郎はミス・ワカナの漫才のファンでもあった。落語では、初代桂春団治・五代目笑福亭松鶴・二代目桂春団治を高く評価して居り、戦後になってからではあるが、自宅に松鶴を招いて一席演じて貰ったこともあった(注28)。従って、重子の披露宴に松鶴を呼んだのは、谷崎の発案と思われる。

その仲介を南木芳太郎に依頼したのは、南木芳太郎が、かねてから大阪落語の保存・振興にも努力していたからである。例えば、昭和六年一月二十日の「南木日記」には、次のような記事（発表場所等未詳）が貼付されている。

《その後に聴く／浪華情緒の愛護／大阪言葉や古い行事　大阪の郷土史跡研究会　南木芳太郎氏

古い船場の言葉「ごりよんさん」あれは大阪独特の言葉ですがいまではみんな「おくさん」に変つてしまひました「奥さん」は東京言葉で、はじめは官員さんの夫人の呼名でした、しかしまだ大阪落語に純粋な大阪言葉が辛うじて残つてゐませう、春団治、染丸、松鶴、枝鶴といつた人たちの高座で喋るのがそれです、せめてこれらの落語家に保存を依頼したいものです、（以下略）》

これも、谷崎と南木芳太郎が、期せずして共に伝統文化を大切にしていた事例の一つとして、記憶にとどめて置きたいと思う。

二人の交流は、確認できた限りでは、これが最後となった。昭和十七、八年の日記が欠けているため、確かなことは言えないが、昭和十六年十二月八日には太平洋戦争が始まっており、翌十七年四月には、谷崎は熱海に別荘を購入し、そこで『細雪』の執筆に専念したため、恐らく昭和十七年以降の両者の交流は、あったとしても、ごく僅かであったろう。

南木芳太郎は、この後も山村舞のために尽力し、昭和十七年五月二十五日発行の「上方」百三十七号には、かつて谷崎邸に舞を教えに通ったあの山村若の『山村流宗家三世襲名推薦と墓前報告祭』という一文を、《推薦者一同代表》として書いている。山村舞の保存・振興のためには、《中心となるべき統率者》が必要だということで、三月二十七日に襲名の墓前報告祭を行なったことの報告である。しかし、折角の企ても、山村若改め舞扇斎吾斗が、それから僅かに七ヶ月後の十月二十六日に、享年七十四歳で亡くなったため、所期の成果を上げることなく終わってしまった。

翌昭和十八年十二月二十八日には、山村舞の保護・振興に尽くした貞本ていも亡くなった（「上方」終刊号「訃報」欄に拠る）。

そして、昭和十九年四月二十五日には、雑誌「上方」も、戦局の悪化によって、第百五十一号を以て終刊せざるを得なかった。

しかし、それでも、この後の「南木日記」には、武智鉄二が京都の片山博道・東京の吉田幸三郎と語らって始めた古典芸能の名人たちの芸を観照する断絃会の第一回（五月一日・能狂言）と第二回（六月四日・京舞）を見に、京都観世能楽堂まで出向いたことが、記録されている（注29）。恰も古典芸能保護育成を巡るバトンが、南木芳太郎から武智鉄二に手渡されたかのようである。なお、この頃谷崎は、前述のように熱海にあって、軍によって発表を禁止された『細雪』の執筆を秘かに続けていたため、これらの会には参加していないが、敗戦後、京都に転居した昭和二

十一、二年には、断絃会の「古靫太夫を聴く会」や「富崎春昇演奏会」に出席することになるのである。昭和二十年十月二十一日、南木芳太郎は亡くなった。享年六十四歳であった。

注

(1) ただし、これまでに発見された「南木日記」は、大正三、七、十年、昭和六〜九、十一〜十六、十九年の分のみであり、この内、ほぼ完全に一年間の日記が残っているのは、昭和八、十一、十三〜十五年だけである。この他に、雑誌「上方」巻末に「南木日記」が掲載された例が若干あるが、とても埋め合わせにはならない。また、谷崎側の日記・書簡なども、不備が多い。従って、以下の報告も、完璧は期しがたいことを予めお断りして置く。

(2) 日本回帰についての詳細は、拙著『谷崎潤一郎——深層のレトリック』(和泉書院) 第一編・第二部・第一章「谷崎潤一郎・変貌の論理」を参照されたい。

(3) 拙稿「谷崎潤一郎関連資料・松阪青渓著『菊原撿校生ひ立の記』紹介」(「甲南国文」平成九年三月)、拙著『谷崎潤一郎——深層のレトリック』第一編・第三部・第一章「谷崎潤一郎と詩歌」も参照されたい。

(4) 『京羽二重』(昭和三十八年) で谷崎は、奥山はつ子の「黒髪」は絶品であるとし、はつ子が谷崎との出会いを、《四十年前》(即ち大正十二年頃) の舞妓時代から、と言ったことを書いているので、祇園には、関西移住後、間もなくからよく行っていたのであろう。

(5) 舞踊は視覚的かつ動的なものであるため、文章では表現しにくく、特に視覚を抑制し、聴覚的なものを主体にしていた日本回帰の時代の谷崎の作品とは、合わなかったのであろう。

(6) この時の紹介者については、松阪青渓あたりが有力で、南木芳太郎も間接的には関わっていたかも知れないと私は考えているが、残念ながら資料がなく、確定しがたい。

(7) 大阪では昭和八年五月に梅田・心斎橋間、同十年十月に難波まで地下鉄が開通した。

(8) この文章は、後出・第二回上方舞大会の日に、宣伝と啓蒙を意図して「大阪朝日新聞」に掲載されたものである。

(9) この文章は、日中戦争下に書かれているため、当時の国粋主義的風潮の影響が、多少感じられる。

(10)『私の見た大阪及び大阪人』は、二月号から四月号まで三回に分けて発表されているが、第一回の《順序として先づ悪口の方から始めて見よう。》(なお、これは初出にはあるが、のちに削除された一文である)とある悪口の部分を読んで、反発したのであろう。もっとも、先に私が引いた地唄・山村舞についての谷崎の意見は、悪口の後、二月号末尾に出て来るのだが、反発が先に立って、頭に入らなかったのかもしれない。連載を最後まで読み終えた上でなら、感想もまた変わったのではないだろうか。

(11) この上方舞大会の直前に、島津保次郎監督が谷崎の『春琴抄』を映画化するについて、セット及び風俗考証を依頼された小村雪岱が、大阪の商家を見に来た時の事を、『大阪の商家』(初出「大阪毎日新聞」昭和十年二月二十一日、高見澤木版社『日本橋檜物町』所収)という文章に書いていて、その中に次のような一節がある。

《大阪へ着いて早速谷崎氏の紹介で地唄の師匠菊原検校にお会ひし、矢部BK放送部長の紹介で「上方」の南木芳太郎氏にお目にかゝつた。大阪のこととなるとまるで何一つ知識のないわたくしに対して、南木氏は痒いところへ手のとゞくように何くれと説明して、その上にいろ〳〵と参考書画を見せていたゞいたので、わたくしはここで大阪並びに大阪商家といふものに対して十二分の予備知識を授かり、仕事の上でおほいに助かつた。》

この文章には、谷崎潤一郎と南木芳太郎が相次いで登場する。しかし、谷崎は菊原検校を紹介しただけで、南木氏を雪岱に紹介したのは、矢部BK放送部長となっている。この事から、谷崎と南木氏は、この時点ではまだ親しくなっていなかったと推定できる。

なお、初対面の小村雪岱に対する《痒いところへ手のとゞくよう》な対応振りからは、南木氏の人柄が偲ばれる。

(12) 南木芳太郎は、『蘆刈』(昭和七年)『春琴抄』(昭和八年)などを読んで、谷崎に対する見方を変えたのかも知れない。谷崎と親しかった松阪青渓は、南木芳太郎とも旧知の間柄だったので、或いはこの人が最初の仲立ちとなったのかも知れない。

(13)「上方」52号「上方舞踊号」所載「上方五十号記念祝賀会記録」による。ただし、「来会者御芳名」に名前がないので、実際には行かなかったらしい。

(14)《和田君》は、創元社の編集担当者・和田有司《ありつか》である。小林茂の『恩人・谷崎先生』(六興出版『谷崎潤一郎文庫』月報3)によれば、谷崎が創元社に多くの著書を任せたのは、和田氏を強く信頼していたからでもあると言われる位の仲だった。

(15)『えびらくさんのこと』では、昭和十四年の《さきおと、し》即ち昭和十一年のこととするが、記憶違いであろう。なお、「上方」100号によると、昭和十年九月十日には、大阪歌舞伎座で上演中の「春琴抄」の上方郷土研究会による観劇会も行なわれた。両者の接近の一つの現われと見て良いだろう

(16)なお、えびらくさんの弟子だった山村楽正さんにお尋ねした所、昭和十一年以降の十日会に、南木芳太郎と谷崎が揃って来ているのを見たことがあるとのことだった。

(17)ちなみに京舞井上流は、山村舞よりさらに能に近く、男性的である。山村舞は、先に引いた坪内逍遥『我現時の六大舞踊派』の有名な評言の通り、《女文字のやまと仮名》や、大坂の浮世絵師・月岡雪鼎の《美人画》に喩えるのが適切な芸風である。

(18)昭和十年九月十日の上方郷土研究会による「春琴抄」観劇会の際の写真であろうか。中村梅玉は、この時、春琴を演じていた。

(19)《瀬尾》は、谷崎と親しかった妹尾（健太郎）の誤記である。

(20)《作こう》《里勇》等、『細雪』のモデル問題の詳細については、拙著『谷崎潤一郎――深層のレトリック』附録「モデル問題ノート」を参照されたい。

(21)『細雪』と戦争との関係については、拙著『谷崎潤一郎――深層のレトリック』第一編・第三部・第二章「谷崎潤一郎と戦争」も参照されたい。

(22)これは、プログラムに出演者の名前を書く必要からであろう。
なお、この追善の舞の会のために、信子に下稽古を付けたらしい《峯子女》《山村楽三》は、山村楽道さんによると、えびらくさんの妹か妹分の方で、結婚されていて別に住んで居られたが、身の回りの世話をしに来られていた、との事である。《楽三》は「らくぞう」と読むのではないか、との事であった。

(23)山村楽正さんの『舞わせてもらいます』（ブレーンセンター　なにわ塾叢書80）P42に、えびらくさんから「楽《らく》正《しょう》」という名前を貰った時、《名前の下に『かい』付けたらいかんで」》、「楽《らく》しょうかい」になるから、と釘を刺された思い出が語られており、《ものすごいユーモアがあるお師匠さんでね。怒りはるときは、天と地ほど違うほど怖い

んですけど。》と仰っている。

なお、同書P43に、えびらくさんが、自宅の他に、三味線だけで舞はしない《艶千代さんというミナミの芸妓さん（中略）の方のお宅の二階を借り》て《稽古場》にしていたという話が出ていて、これは『細雪』中巻（二）に、《鷺さくさん》（≒えびらくさん）の稽古場は《島の内の畳屋町の狭い路次を這入つた芸者屋の二階にあつた》と書かれているもののモデルである。

また、『細雪』中巻（三）に出る《宗右衛門町から出てゐる》《二十三四歳の芸者》《里勇》のモデルは、私が観世恵美子さん（谷崎松子夫人の娘）に伺った所では、えびらくさんの付き人としてよく反高林に来ていた大和屋の芸妓・里繁さん（山村楽栄）がモデルであるとの事だが、『舞わせてもらいます』P43によれば、この方はその後、東京に移られ、坂東三津繁になられたと言う。

(24) 谷崎が《努めて東京風を避けて大阪風に同化しようとした》ことは、『雪後庵夜話』の他、松子の『源氏余香』（『倚松庵の夢』）などにも語られている。習字については、松子の『夏から秋へ』（『倚松庵の夢』）によれば、反高林時代に、潤一郎は、松子とその妹が書道を習っていたのに刺激されてか、光悦に凝り出したと言う。また、昭和十八年、『細雪』の原稿が発表できなくなってからは、近衛流や光悦流の書を手本として、習字の稽古に励んだ（松子『谷崎の書』（『蘆辺の夢』））と言う。

(25) 伝法家《でんぽうや》は、大阪の北陽（北新地）にあり、そこの女将で山村舞の名手・佐藤えんは、初代えびらくの門下・佐藤くにの娘で、藤間・花柳・西川流も併せ学び、昭和十年、七代目板東三津五郎らの勧めにより、初代神崎流家元・神崎恵舞を名乗って、独立した。昭和十四年二月には「上方会」を組織して後援者を募り、伝法家を会場として、上方舞の保存と復活に精進していた。この門下から出た名手・小幸（のち西川流）のことは、南木芳太郎も『山村舞雑話』で将来を嘱望し、谷崎も『京羽二重』で言及している。

(26) この方は、明治二十九（一八九六）年生まれで、山村春の教えを受け、大正四年から山村たかを名乗った新町家山村流の代表者で、昭和五十六（一九八一）年に亡くなられた。人間国宝にもなられた方である。

(27) これは全集未収録の逸文である。拙稿「谷崎潤一郎全集逸文紹介3」（『甲南女子大学　研究紀要』平成四年三月）参照。

(28) 谷崎は「新文学」（昭和二十三年一月号）の志賀直哉との『対談』で、「前の桂春団治は名人だった」と言い、松鶴を自宅に呼んだことも語っている。昭和二十八年三月、二代目桂春団治の死に際しては、『春団治のことその他』で追悼し、《大阪落語》の《最後の巨人》と讃えている。

(29) 戦中・戦後に古典芸能を守った断絃会の活動については、権藤芳一氏の『武智鉄二資料集成』第五〜七、及び第十九、三十七回（「上方芸能」104〜106、120、146号）を参照されたい。この頃、武智鉄二は、能楽師片山博道・桜間道雄らを徴用から守るために、父・武智正次郎の造船所人事課に就職させたという事であるが、事実、昭和十九年五月二十九日の「南木日記」には、《武智造船所人事課片山寿雄氏より、南陵講談依頼の手紙来る。》という記事が見出される。なお、《寿雄《としお》》は片山博道の本名である。

【付記】 本稿は、「大阪の歴史」64号（大阪市史編纂所、平成十六年八月）に掲載し、今回、僅かながら、筆を加えた。

美内すずえ「ガラスの仮面」小論

（一）愛に恵まれなかったための心の歪み

①美内氏と母

美内氏は、雑誌「月刊ガラスの仮面」第2号（二〇〇一年七月）のインタビュー「私のまんが人生」第2回で、もし《ご自分で、マヤちゃんと重なるな、という部分はありますか？》と問われて、《マヤちゃんの演劇と同じで、もし漫画を描いてなかったら、私は何もない子だったと思う》と答えている。また第5回（二〇〇一年十月）では、《すごく平凡な女の子なんだけど、その芸事をやるときだけは天才性を発揮する、というキャラクターにしたかったんです。（中略）私ももし漫画を描いてなかったら、すごく平凡で、何で生まれてきたかよくわからない、という感じで人生を過ごしたかもしれない（中略）。だからこそ、そういう子を描いてみたいなと思いました。》と語っている。

また、同インタビュー第2回の《美内先生のお母さんとマヤちゃんのお母さんも重なるところがありますか？》という問いには、《重なる、重なる。でも》うちの母は《あんなにひねくれてないし、あんなに落ち込んでない。》と答えている。が、雑誌「季刊コミッカーズ」二〇〇一年冬号（別冊美術手帖二〇〇一年二月号）のインタヴュー

「美内すずえの『ガラスの仮面』の構成術」ではさらに詳しく、《実は、これは私がマンガに熱中していた時に、私の母親が言ったセリフをそのまま言っているんです。（中略）うちの母親は床屋をやっていたので、凄く忙しかったのね。子供をほとんど構わなかった。（中略）母は否定的な言葉が多かったのね。何もできないとか、愚図だとか、そういった言葉が凄く多くて。そういうことを言われながら育つと、そういうもんだと思っちゃうのね。でも、そのうち私は（中略）これじゃいけない（中略）。早く母親から自立しないと、自分という人間が成長しないと思った。だから、高校卒業と同時に東京に出て来たんだけど、それが良い経験になった。でも、だからと言って、母を憎んでいるわけじゃなくて……。》と語っている。

美内氏は、今は「母を憎んでいるわけじゃない」と断っているが、「ガラスの仮面」の物語の始まりにおいて、母から《ツラはよくないし何のとりえもない子だよ（中略）我が子ながらあいそがつきるよ》（1巻P11）と罵られていたマヤが、物語の終わりで、日本で一二を争う天才女優になるというストーリーの構成から見ても、美内氏が、「自分にも取り柄がある事を何とかして証明したい」という強い思いを心の底に抱き続けていた事は、否定できないだろう。美内氏がマヤを天才にせずには居られないのも、それ位にしなければ、自分が心に受けた傷を癒せないからに違いない。（注1）

実は、美内氏の他の漫画にも、幼少時代に受けた心の傷に由来すると思われるモチーフは、しばしば見出せる。その事を説明するために、先ずはメラニー・クラインの精神分析学説の内、関連する部分を簡単に紹介して置きたい。

②メラニー・クラインの精神分析学説

クラインによると、母と子の分離が早過ぎたり、母と子の愛情・信頼関係が不充分であった場合には、乳幼児

（また、その心理を残したまま大人になった者）は不満を感じ、「空虚感」に苛まれる。そこで、外界にある良いものを飽く事なく貪り取り入れる事で、自分の空虚を満たし、「万能感」を得ようとして、攻撃的な態度に出る。これがクラインの言う所の「greed（強欲）」である。「空虚感」と「強欲」は、他者に良いものを譲り与える事や、他者を愛する事も難しくしてしまう。

また、このような乳児は、自分に与えられない乳房（母）、ひいては他人の所有に帰しているすべて良いものに対して、クラインの所謂《いわゆる》「envy（羨望）」を向け、それを破壊しようとする（乳児は単に心の中でイメージを傷付けるだけだが、成長するにつれて、実際に傷付けようとするようにもなる）。また、愛の価値そのものをも否定しようとする場合もある。また、乳房（母）や父に依存しなければならない自分の弱さを否認し、ひいては一般に他者への依存を否認し、自分は強くて誰にも依存する必要がないという「万能感」にしがみつこうとする。その為、父母や他人から受けた恩に対しても「感謝」する事が難しくなる。

「万能感」は、もともと乳児の抱く幻想に過ぎないので、普通は、成長と共に、人は自分が万能ではなく、限界・弱さを持つことを悟り、自分が母や他者に育てられたり、助けられたりして来た恩に「感謝」できるようになる。また、「羨望」から敵意を向け傷付けた相手（母など）に対しては「罪悪感」を抱き、心の中で、または実際に、クラインの所謂「reparation（償い・修復）」を行なわなければならない。この「償い」は、憎しみで傷つけても、取り返しが付かないのではなく、自分の愛の力で「修復」できるという自信、また、自分の愛は憎しみに打ち勝つ事が出来るという自信を与える点でも重要である。

右の様な過程を経て、健全な自己愛に移行する際には、「良い母親イメージ」が心の中に確立されていて、母がいなくても、いる時と同じくらい安心できるようになっている事が大切とされるが、母子関係に問題があった場合には、それが困難になってしまう。（注2）

先にも少し触れたが、美内氏の漫画では、デビュー作以来、愛に恵まれない悲しみやその為に生じた心の歪みから、孤児的な存在が復讐的な攻撃をするか、愛情などによって癒やされるか、本人が心の歪みに気付き、復讐的な攻撃性を克服する、というストーリーのものが非常に多く、これは、美内氏自身が幼少時代に受けた心の傷に由来するものと思われるのである。

例えば一九六七年十月、十六歳でのデビュー第一作「山の月とこだぬきと」、続く一九六八年三月の第二作「雪だるまのみていた話」で美内氏は既に孤児の悲しみを描いていたし、以後も主人公が孤児（「ビクトリアの遺書」・「ひばり鳴く朝」・「青いトンネル」・「アマランスの女王」・「炎のマリア」・「エリーゼの微笑」・「すばらしき遺産」・「ふりむいた風」・「人形の墓」・「忍者屋敷に春がきた」・「金色の闇が見ている」など）ないしは孤児的であるケースが多い。中でも、「ポーリュシカ・ポーレ」の人気俳優アイザック・シュラーノフ、「黒ねこのタンゴ」の小山美、「クリスマスの私」の美英子は、「ガラスの仮面」の亜弓の先駆と言える。また、「炎のマリア」（「別冊マーガレット」一九七二年六月号）のジェーンは、孤児でスリの手伝いをさせられる生い立ちが、月影千草とよく似ている。

また、周囲の人間からひどい仕打ちを受け、心が傷ついた者の復讐の恐ろしさは、「13月の悲劇」「金色の闇が見ている」「魔女メディア」「黒百合の系図」「妖鬼妃伝」などに、愛を失うまいとする嫉妬の恐ろしさは「人形の墓」「白い影法師」などに、他人の幸福に対する「羨望」の恐ろしさは「みどりの仮面」「燃える虹」「孔雀色のカナリア」「泥棒シンデレラ」などに描かれている。（注3）

また、醜い「強欲」を乗り超えるというテーマを強く打ち出した作品としては、我執を棄てる「赤い女神」の女神の最期、物質的欲望の空しさを悟る「アマランスの女王」「すばらしき遺産」などがある。

復讐心を乗り超えるというテーマは「水色のマリー」「燃える虹」「王女アレキサンドラ」、そして「はるかなる風と光」の、ナポレオンがフランス兵学校時代に散々馬鹿にされ、友達も居なかったが、自分で運を切り開いたという辺り、などに見られる。

「月刊ガラスの仮面」第3号（二〇〇一年八月）で、「「ガラスの仮面」以外で先生が気に入ってらっしゃる作品は？」と訊かれて美内氏は、「燃える虹」と「13月の悲劇」を挙げているが、この二つがいずれも愛または物質的に恵まれなかった者の「羨望」と復讐を描いているのは偶然ではあるまい。

「ガラスの仮面」においても、美内氏が、こうした心の歪みを大きなテーマとしている事は、主要な登場人物たち全員が（北島マヤ・姫川亜弓・月影千草・速水英介・真澄、それに「紅天女」の阿古夜と一真さえもが）不幸な生い立ちを持つという設定にされている事からも、明らかと言える。

さらに、美内氏が、「ガラスの仮面」のストーリーを動かす最も重要な対立の一つとして、「紅天女」の上演権をめぐる二大陣営、即ち芸術性を守ろうとする月影千草VS醜い所有欲に取り憑かれている速水英介・真澄・小野寺の対立を設定し、その対立を惹き起こした根本原因を、英介の不幸な生い立ちに帰している事実も、証拠として挙げられる。

そして、「ガラスの仮面」のもう一つの重要な対立、「紅天女」をめぐるマヤVS亜弓の対立もまた、不幸な生い立ちにもかかわらず歪んでいないマヤが、歪んでいる亜弓に優っているという価値観を表わすためのものと、私には思われる。

そこで、次に速水英介・真澄・姫川亜弓について、それぞれがどういう生い立ちから、どういう歪みを持つようになった人物として設定されているかを、先ず確認して置こう。

③速水英介

「ガラスの仮面」34巻での説明によると、英介は岡山県の旧家の妾の子として生まれたため、正妻である義母やその子たちとの摩擦に苦しめられ、遂に十四歳の時、裸一貫で家を飛び出し、その後も様々な苦労を嘗《な》めながらどん底から這い上がって来た。美内氏は、英介の、人を信じず、お金と勝利だけを求め、誰にも「感謝」せず「償い」もせず、「罪悪感」すら殆ど感じない非人間的な冷酷さが、愛されなかったために生じた「空虚感」を埋めようとする「強欲」と、自分より幸せな人々に対する「羨望」と、自分は誰の愛も必要としない強者だと思い込もうとする「万能感」への執着に由来するものである事を、明らかに感じ取っているのである。

その英介が、唯一、月影千草の「紅天女」に恋をし、どんな悪辣な手段を使ってでも自分のものにしようとしたのは、自分が失った「良い母親イメージ」を「紅天女」に見出したせいであろう。が、その為に、英介は恋のライバル尾崎一蓮を追い詰め、遂に自殺させてしまう。それでもなお、英介は千草および「紅天女」を手に入れる事を諦めず、今は真澄に後を継がせ、千草やマヤばかりでなく、情け容赦のない経営手法で、多くの人々を苦しめ続けているのである。つまり、美内氏は、不幸な生い立ちが惹き起こした英介の心の歪みを、「ガラスの仮面」における諸悪の根源と設定しているのである。（注4）

しかし、マヤはこの悪の根源たる英介に良い影響を及ぼす（後述するように、「ガラスの仮面」では、マヤが心の歪んだ人々を次々と癒やして行く事が、一つの大きな魅力となっている）。英介はマヤと話すと機嫌が良くなり、楽しげに笑う（35巻P155～163など）。41巻P73では、英介はマヤを批評しようとした途端に、思わずククと笑い出してしまう。そして、亜弓は《並々ならぬ努力家》で《〃自分〃というものを強くもっとる》が、マヤは《〃自分〃というものをもっとらん　もしあるとすれば芝居に対する情熱だけだ…（中略）およそ芝居以外に欲というものをもっとらん》、そして《天才》だ、と認める。（注5）英介は現段階ではまだ本当に変わったとは言えないが、マヤの影響を受けて、良い方向に向かいつつあるようだ。37巻で自動車の転落事故で視聴覚障害者の小屋に寝た切りになった英介を月影千草が助けたり、39巻P143で、真澄が英介をおんぶして運んだりするのは、その前兆であろう。美内氏は、最終的には英介を改心させ、千草・真澄らとも和解させ、「ガラスの仮面」の世界に完全な調和と平和をもたらすつもりなのであろう。

④速水真澄

速水英介の代理人として悪の中心をなす速水真澄は、一面では英介の分身であるが、むしろどちらかと言えば、英介によって心を傷付けられ、歪んでしまった被害者という側面が強い（「真澄」という名前は、本来は心が綺麗に澄んでいる事を表わすものであろう）。

34巻での説明によれば、真澄は二歳の時、父を事故で失ったが、母に可愛がられて健全に育っていた。しかし、小学校一年の時、（太平洋戦争の際、南方で熱病に罹って、子供を作れない体になり、結婚もしていなかった）英介が、真澄の才能に目を付け、自分の後継者にするために、家政婦だった真澄の母・文《あや》と形だけの結婚をし、真澄には父親らしい愛情を少しも見せる事なく、真澄の野球の楽しみも奪い、お金以外の価値を認めない結果至上主義の、人間不信に満ちた歪んだ教育を施した。（注6）さらに、真澄が十歳の時、英介が誘拐犯人からの身代金の要求をはねつけ、真澄を見殺しにした為、真澄は「もう誰を愛そうとも思わない…　誰から愛されようとも思わない…　きのうまでのぼくはあの海の中で死んだんだ…」と思うようになる。また、真澄が中学二年の時、家が火事になった際に、英介が文《あや》に「紅天女」のコレクションを取りに行くよう命じ、この時の怪我がもとで文《あや》は亡くなる。その為、真澄は、「英介の期待通りの人間（＝冷血非情のエゴイスト）になって、いつか「紅天女」も英介が築き上げたものも、すべて奪って見せよう」と、復讐を決意した。以来、遊ぶ事もなく、友人も作らず、仕事の成功こそが正義だと信じて生きて来たのだと言う。

しかし、この「復讐のため」という説明は、必ずしも当たっていないように私は思う。33巻P114に、真澄がマヤに「悲しみよりは怒りの方がまだましだ」と言うシーンがあるが、精神分析学によれば、悲しむ事は健全だが、悲しんでいないと偽る事は極めて危険で、心の病の原因になる。父に見殺しにされた事と母の死に対して、真澄は悲しむという弱さを否認し、「自分は悲しくない。自分は、誰からも愛される必要がなく、誰も愛する必要がない強者だからだ」という「万能感」を選んでしまったのだ。それは、英介以上に強くなりたいという動機からであろうが、この時以来、真澄は本来の暖かい心を封印し、英介と同じく病的に人格の歪んだ冷血漢になろうとし、偽りの自分を生きて来たのである。

英介そして真澄が、ライバル会社など、自分の敵や、得にならない相手に対して、ことさら冷酷無惨に振る舞うのは、それによって「万能感」と「強欲」を満たす為だけではない。それは、一つには、自分が子供の頃に望んだ父母の「愛」や人々との「優しい触れ合い」や誰かに「感謝」できる喜びが、自分には得られなかったことと、その為に生じた「余りにも大きな悲しみ」を、すべて無かったことにし、「自分は強いから、愛・優しさ・触れ合い・感謝などといった無価値なものは、平気で踏みにじることが出来る。」という強がり・自己欺瞞を続ける為、自分自身と他人に対してそれを証明する為である。そしてまた、今述べた事とは全く矛盾するが、愛・優しさ・触れ合い・感謝を与えてくれなかった世界に対して復讐する為でもある。

しかし、真澄自身、この様に病的で自己欺瞞的な生き方を楽しむ事は出来ないため、心から笑う事のない日々を送っていた。34巻P38で、鷹宮紫織が真澄のアルバムに笑っている写真がないことに驚くように、真澄が何をしても心から楽しむことが難しいのは、その為である。

その真澄に立ち直りの切っ掛けを与えるのが、またしてもマヤなのである。マヤの無邪気さに触れた時だけ、真澄は子供のように楽しげに笑う事が出来る（2巻のP98～100など。9巻P153では、「真澄さまがあんなに楽しそうに笑うのははじめてだな」と部下達が言う）。また、（亜弓ではなく）マヤの演劇への無私の愛・激しい情熱に触れて、真澄は羨ましく感じ、自分の生き方が間違っていた事、怒り・憎しみというネガティヴな情熱、そしてお金やビジネスの上での勝利によっては、心の「空虚」は決して埋められない事に気付くのである（34巻P102以下でかなりはっきりと説明されている）。そして、本来持っていた健全な心と人を愛する力を取り戻し、「紫のバラの人」としてマヤを応援するようになる（3巻P44以降）。それは、自らが勝者たらんとする「万能感」を彼が捨てたいと望んでいる事の証である。そのマヤへの応援が、言葉だけでなく、しばしば高額の金銭的援助の形を取るのは、これが、自らの「羨望」と「強欲」によって傷付けて来た様々なものを「修復」し、罪を打ち消すための、象徴的な「償い」の行為だからである。

「紫のバラの人」としての真澄は、月影千草のように、マヤの演技の欠点を指摘する事はなく、無条件でいつも「良かった」と褒め、「感謝」する。月影千草が父親的な厳しい指導者を演じるのに対して、「紫のバラの人」は、マヤの「良い母親イメージ」を演じているのである。これは、マヤが真澄の内に、失われていた「良い母親イメージ」を復活させたからこそ可能になった事であり（13巻P34で水城秘書が「あなたの中で眠っていた優しさが目覚めつつある」と言い、28巻P60で真澄が迷子の子供を肩車してお母さんを捜してあげるのも、その現われである）、今度はそれが、マヤのために、失われた「良い母親イメージ」の代役を果たす事になるのである。

真澄は、まだ完全には病的な歪みを脱していないが、28巻でマヤをプラネタリウムやお祭に誘い、素直だった子供時代の自分に立ち返った事は、回復への大きな一歩と言える。

また、真澄が子供の頃、プラネタリウムを見ると、自分がどんなにちっぽけな存在かを思い知らされ、悩みや悲しみが小さなものに思え心が軽くなった（28巻P47～48）と言っている事は、「万能感」にしがみつくのではなく、自分の弱さ・小ささを受け容れる方が、本当の意味で心を救えることを示したものと言える。

なお、このプラネタリウムにはまた、後で「紅天女」の所で、宇宙と人間との一体性を説くための伏線という意味合いもある。

姫川亜弓は、マヤと共に芸術としての演劇を共に追い求めて行く良きライバルであり、正義感が強く、また非常な努力家で、いろんな意味で立派な人である。が、実は亜弓にもまた、幼少時代に起因する心の歪みがあるのである。

⑤姫川亜弓

亜弓の生い立ちは、20巻P152以下で詳しく語られている。それによれば、映画監督と大女優の娘として、あらゆる点で恵まれているように見える亜弓は、実は孤児のように淋しい幼少時代を送っているのである。(注7)

父も母も仕事中心主義で、忙しいため、亜弓はいつもオルゴールの「トロイメライ」を子守歌がわりにしていた。そして、ばあやに「がまんしましょうね」「ききわけのいい子になりましょうね」と言われて育った。この様に、父母の愛を充分実感できずに育った為、亜弓は父母の愛に対する欲求不満・「空虚感」に苛まれつつ、それを我慢し、力づくで乗り超えようとして、自分は強くて良い子で、誰にも（ママにもパパにも）依存する必要がないという「万能感」を得ようとしたと考えられる。この事は、亜弓が我慢強い努力家、自分を完璧にコントロールしようとする完璧主義者になる原因となったであろう。

亜弓は最初、「綺麗」と褒められる事で満足できた。が、ちびっこコンテストで、親の七光りで不当に一位にされた事や、小学校や劇団オンディーヌでも、「有名人の子だから依怙贔屓されている」と言われた事から、実力で勝つ事に異常なまでに執着するようになる。そこには、意識はされていないが、幼い時に父母に構って貰えなかった事に対する復讐の要素も含まれていると思われる。亜弓は父母に恨みがあるから、父母の御蔭で少しでも得《とく》をすることに「感謝」できず、むしろ自分の「万能感」が不当に傷付けられた（実力より低く見られた）と強く感じてしまう。その為、父母の助けは不要である事を証明し、自分の力だけで全てのライバルに勝つ事、さらには母・歌子にも勝つ事で、初めて亜弓は母から味わわされた「空虚感」（淋しさ・無力感）を打ち消すことができ、自分に誇り（「万能感」）を持てるようになるのである。（注8）その為、亜弓は異様なまでに猛烈に努力し、学業でもお稽古事（日本舞踊・バレエ・ピアノ・書道）でも、常に一位を勝ち取った。常に一位であろうとするのは、それだけ「万能感」の維持に固執しているからであり、また、自分よりも幸福な他人の勝利を「羨望」し、もぎ取り、誰にも渡すまいとする「強欲」の現われなのである（健全な人間なら、一位になれなくても、充分満足できるはずである）。亜弓は戦う時、いつも正々堂々と対等の条件で戦って勝とうとするが、それは一つには、そうしないと、自分の中にある醜い「羨望」と「強欲」を美化・正当化できないからである。

亜弓が女優を目指そうと最初にはっきり決意したのは、小学三年生の頃、劇団オンディーヌの児童科研究発表会で主役を演じて大成功を収めた後、「紅天女」を演じれば日本一の女優になれると聞いて、母・歌子を越える女優になりたいと思った時（20巻P174）からであるが、その前に五歳でちびっこコンテストに出て落ち込んだ後、ばあやに「大きくなったらお母さまよりずっと美しくおなりですよ」と言われて大喜びする亜弓が描かれていた（20巻P159）。亜弓の演劇への情熱は、元々、自分に与えられない「乳房＝母」（自分より美しく強い、そして自分を余り構ってくれない女優の母）を「羨望」から破壊してやりたいと思う無意識の攻撃衝動の昇華されたもので、その憎らしい母に勝って、母に依存する子供としての自分を否認し、「万能感」を完成したいという「強欲」から来ていたのである。

母に勝ちたいという亜弓の思いは、「ガラスの仮面」第1巻P153で既に、記者会見での亜弓の宣言「わたしは母のような女優にはなりません　いくら母とはいえ役者としてはライバル　わたしは母をしのぐ女優になるつもりです！」によって、読者に知らされていた。この記者会見と、マヤが女優になることを母に反対され、家出して劇団つきかげに入るのは、ほぼ同時である。それは、二人の「紅天女」候補の門出《かどで》を、シンメトリックに対比・対照させようとする美内氏の構想によるものである。

この二人には、母との関係に問題があるという点で、共通点がある（これは、後述するように、二人が実の母からは離れ、言わば月影千草を母とする双子の姉妹になって、「紅天女」の跡目争いを演じる都合からでもある）。しかしマヤの場合は、演劇をやりたいから家を出ただけで、母を憎んでいた訳ではなかった。一方、亜弓は、《ライバル》という名のもとに、母を打ち負かし、勝利する事をはっきり目標として明言しているのである。また、亜弓とマヤが対決する時には、亜弓は強く勝ちたいと思うが、マヤは勝敗にこだわらない事が、しばしば描かれている。その分、亜弓は心の奥底で、深く病んでいるのである。

亜弓は、はた目には、容姿・学業成績・運動神経・稽古事など多くの点で、マヤより優れた所があるが、亜弓は演技者としての才能でマヤに劣っている事に気付くと、みじめな「空虚感」（不安・自信喪失）と「羨望」に取り憑かれ、「自分が自信のない子供のように思えて」マヤを嫉妬する（33巻P23）(注9)。そして、38～39巻では、遂にマヤを見殺しにしようとまでする。これは、一見、立派な大人に見える亜弓の心が、その根底においては、幼い時の「空虚感」と、それを克服するための間違った「万能感」から脱し得ていない為に起こることなのである。本当は、弱さを含めたありのままの自分、一位になれない自分を、亜弓は受け容れる必要があるのだが、それが彼女には出来ない。

亜弓は「ふたりの王女」で、誰も愛さず信じず、すべてのライバルを欺き殺害してでも女王になろうとする妄執の人オリゲルドを演じた時、生まれて初めて役に成り切れたと感じる（27巻P165）が、それは偶然でも何でもない。事実、彼女の心の奥底には、常にそういう傷付き歪んだ心が潜んでいたからであるに過ぎなかった。恐らく、オリゲルドの亜弓がアルディスのマヤを殺そうとする場面は、38～39巻で、亜弓がマヤを殺そうとする事の伏線としての意味も持つのであろう。(注10) そして、オリゲルドとは対照的に、女王の地位に少しも執着する事なく、どんな不幸にも損なわれる事のないアルディスのイノセンスと愛こそは、マヤの本質なのである。その事を、この配役を提案した月影千草（と作者・美内氏）は、はっきり知っていたのである。

亜弓の本質を表わすもう一つの当たり役は、「カーミラの肖像」の吸血鬼（16〜17巻）であるが、これは、母の愛に飢えているため乳の代わりに血を飲み、しかも幾ら飲んでも満たされる事がない赤子としての亜弓を象徴するのであろう。

亜弓は愛の人ではない。速水英介が月影千草以外誰も愛さず、真澄もマヤに出会うまで、「もう誰も愛さない」と心に決めていたように、亜弓もまた、母をライバルと見、これまで誰にも恋をしたことがなく、本当の友達も一人も居ない（41巻P130）。マヤは子供好きだが、亜弓には、子供を可愛がるシーンもない。英介・真澄・亜弓の三人が人を愛することが難しいのは、親の愛が不足していたため、自分に満足できず、自分の「空虚感」を埋めるだけで精一杯だからであろう。

亜弓の完璧主義も、実は敗北・ミスに対する恐怖の現われである。まだ単行本化されていない一九九四年九月「花とゆめ」21巻19号（連載第339回）に、亜弓と写真家ハミルの次のような会話がある。
ハミル「優等生のいい子なんだね」「きみはいったいいつ誰に自分の本心を明かすの？」「悲しいときに悲しいと泣ける相手はいないの…？」「有名な映画監督のパパや大女優のママの娘として　子供の頃からいつもききわけのいい優等生でいなくちゃならなかったの？」「子供の頃からきみはいつもひとりぼっちで　それをがまんすることに慣れてしまったの…？」「きみみたいに甘えるのがヘタな女の子ははじめてだ」「きみはいつもいい子すぎる　ハメをはずしたところをみたことがない」
亜弓「ほんとうはわたし、人前で泣くのも初めてなの…！」

亜弓は自分の弱さを許すことが出来ず、いつも「優等生のいい子」になろうと強迫的に身構えている。亜弓は幼い時から、「空虚感」を克服するために、周囲の大人に誉められる良い子・強者になりたくて、無邪気な健全な子供の心を伸び伸びと発達させる事をせず、淋しい子供から一足飛びに背伸びをして、父母を必要としない大人に早くなろうとしてしまったのである。20巻P153の絵で、美内氏が、小さい時の亜弓を大人顔に描いているのは、その事を暗示する為であろう。亜弓は勉強と稽古事と芝居ばかりしていて、遊ぶ姿が描かれない（英介の養子になってからの真澄の少年時代・青年時代と同じである）。そして、早くから芝居や映画の子役で、大人顔負けの演技力を発揮した。しかし、亜弓の演技の才能がマヤに劣る原因も、実は亜弓が子供らしさを、周囲の大人に評価されない弱さとして、早くから捨て去ってしまった事にあるのだろう（例えば、25巻P74には、「おしくらまんじゅうなんて久しぶりだったわ　小学校のとき冬の校庭でなんどかやらされたけど…（中略）学校の授業で」と言う亜弓に、「やらされた？（中略）ひええ…！　あたしなんか今でも麗や劇団の仲間達とやるわよ！」と言うマヤが対比されている）。マヤが自分の「無意識」（作中では「本能」と呼ばれているもの）から湧き起こる気持や発想に素直に従うことで、大人の常識を超え、型を破り、独創性を発揮する天才なのに対して、亜弓の方は、早くから大人の価値観・考え方を身につけてしまい、意識と意志中心、頭中心、理屈と道徳中心に生きているため、優れた先生たちの教えは忠実に守り、技術的には完璧に演じられるが、子供の自由な発想を失っているために独創性がないのである。「文芸春秋」一九九七年十月号のインタヴューで、美内氏が、亜弓は表現力はあるが、《役柄の本質的なもの、核にある部分まではわからない。頭の中で、こうかなと思っているものを表現するだけ》と評しているのは、この意味であろう（この「頭の中で、」は、もとより悪い意味で言われているのである）。

また、亜弓は演じる時、常に人の目を意識しているが、マヤは役に成り切ってしまうので、観客を余り意識しない（35巻P118で月影千草が、その危険性も指摘しているが）。先程引いた速水英介の亜弓評にも、「亜弓は〝自分〟

というものを強く持っているのに対して、マヤは〝自分〟というものを持っていない。芝居以外に欲というものを持っていない。」とあった。が、亜弓の〝自分〟の中には、人から良く見られたい、一番だと評価されたい、勝ちたいという、芝居以外の不純な欲望が強く含まれているのである。この事が、教科書通りの常識的な演技を超えられない大きな原因となっているのであろう。(注11)

35巻P41に、「あたしこんな梅の木の精になれるんですね　それを考えたらワクワクしちゃって」というマヤに対して、亜弓が「どうしてそんなに楽しそうに出来るの!?　まるでままごとでもするみたいに…!」とショックを受ける場面があるが、マヤは好きだから楽しいから演劇をし、その演技は遊び（ままごと）の延長線上にあるから、内発的に、自由な独自の創意工夫が出来るのである。ところが、亜弓はまるで小学校のお勉強のように、優れた先生たちの教えを忠実に守り、完璧に演じられたこと・一番になれたことに満足する。例えば13巻で、マヤが型破りな演技で《従来にない驚くべき新鮮さと演劇的魅力と感動をもたらし》た事を理由に、アカデミー芸術祭助演女優賞を受賞した際、亜弓はマヤに、《もしあなたがわたし以上に〝完璧なヘレン〟を演《や》ったのなら（中略）わたしの負けになる》（P15）が、そうではなかった、と敗北を認めなかった。しかし、3巻P160で、既に月影千草が指摘している。《亜弓さんは（中略）完璧な美登利を演じるでしょう（中略）それが天才の才能の限界です》。そして、マヤには《あたらしいタイプの美登利を努力してつくり出すこと》を勧め、それは《完璧な美登利を演じるより（中略）はるかに苦しくむずかしいことです》と言う。その言葉通り、以後のマヤは、独創的な演技を創り出す創造的天才の道を、一貫して歩み続けて行くのである。

19巻P10で、マヤは亜弓の一人芝居「ジュリエット」の稽古に、一流の指導陣がつけられていることをテレビで知り、自分との差に愕然とするが、18巻P148で月影千草が「自分の演技を伸ばすことができるのは自分自身だけです。自分に必要なものは自分でつかみとりなさい　それがこれからのあなたの課題です」と言っている通り、亜弓は教えられたことを完璧にやってみせる秀才にしかなれないが、マヤは自分で考えなければならないからこそ、オリジナルな発見が出来る。また、先生のお手本の型にはまることなく、独創性・個性を充分伸ばす事が出来るのである。月影千草がマヤに正解を教え込むのではなく、特に第8章「華やかな迷路」以降はマヤを突き放し、自分で答えを探させるようにしているのは、美内氏の深い考えから出た構想なのである。

（二）心の歪みを超えた者たち

次に、「ガラスの仮面」で、「不幸にもかかわらず心の歪みを超える」という美内氏の理想を体現していると思われる月影千草と北島マヤについて、簡単に確認してみよう。

①月影千草

月影千草は孤児で、七歳までスリの親方のもとで手伝いをさせられていた（8巻・38巻）[注12]。つまり、愛を知らず、他人を「羨望」し、良いものを奪い取る「強欲」しかないエゴイズムの世界からスタートしたのである。

その千草を立ち直らせたのが、千草を引き取り、父母代わりとなって女優へと育てた尾崎一蓮の愛情であった[注13]。以後、千草にとって生きる事の目標は、エゴイズムの対極にある「感謝」・恩返しの行為、即ち一蓮の為に演じる事となったのである（一蓮はこの意味で、マヤにとっての「紫のバラの人」に近い）。

しかし、千草は（恐らく二十歳ぐらい年上の）妻子ある一蓮に、女として愛されたいという欲望に苦しまなければならなかった。そして、「紅天女」のための火の演技での求愛を一蓮に無視され、最終的に諦めた時、つまりエゴを完全に捨てた時に、千草は「紅天女」の舞台の上で、《神の声をきいたような気がし》、《宇宙》《天地一切の万物》と自分は《同じ魂　同じ生命の海に生きるものである》と感じた。それは、個人のエゴだけでなく、地球は人類のものだという人類的エゴをも超える悟りだった（ここには美内氏独自の宗教観があるが、これについては後述する）。この時に、千草は初めて本当に、一蓮だけでなく万人のための演技者となり、だからこそ、初めて一蓮から《わたしの魂の表現者》と認められたのであろう。

その後、一蓮は速水英介に追い詰められて自殺したが、千草は英介に復讐しようとはせず、後を追って死のうとした。が、源造に諌《いさ》められ、「紅天女」を演じる事で、一蓮の魂を甦らせる事を生き甲斐とするようになった。だが、舞台照明の落下事故で、千草は女優生命を断たれる。（注14）以来二十年以上にわたって、千草は「紅天女」の復活に執念を燃やし続けているのだが、それはエゴではない。一蓮のためであり、また「紅天女」が万人のためになるものだからである。千草が心臓発作で倒れた時、夢の中で一蓮に出会い、《紅天女に永遠の生命を与えてくれ》と頼まれて、心ならずも生き延びる（33巻P135）のは、この事を表わす為であろう。

②北島マヤ

それでは、「ガラスの仮面」の世界で、日本の演劇作品の中でも最高の価値を持つものと讃えられている「紅天女」に、美内氏はどのような理想と価値観を託したのか？　そしてまた、美内氏および月影千草は、なぜ北島マヤを「紅天女」の後継者に選んだのか？

「サンデー毎日」一九九七年九月二十八日号のインタヴューによると、美内氏は連載開始当時、「紅天女」という題と、主人公が紅梅の木の精である事以外、この芝居の中身はまだ考えていなかった。が、一蓮が千草にしか「紅天女」を演じさせなかったという設定のモデルは、1巻P120に名前が出て来る通り、木下順二が山本安英にしか『夕鶴』を演じさせなかったという事実であった。美内氏は、『スピーチバルーン・パレード』（河出書房新社、一九八八年刊）所収インタヴューで、《何度観てもすごいなと思うのは「夕鶴」ですね。私の原点。》とまで言い切っている位なので、連載開始当初から、「紅天女」で『夕鶴』と極めて近い価値観を表わすつもりで居た事は間違いないだろう。

『夕鶴』は、知的障害を持つ子供のような「よひょう」と鶴のおつうと村の子供たちが、純粋で清らかな心を持って、幸せに暮らしていたのに、物質的欲望に汚れた悪い心を持った大人たちのために、「よひょう」が誘惑され、遂におつうが飛び去ってしまうという話である。従って、美内氏の価値観の中心に、子供のイノセンスを高く評価し、大人の浅ましい物質的欲望を憎む考えがある事は明らかで、この事は、「ガラスの仮面」においても、また氏の著書『宇宙神霊記』や他の漫画作品からも、確認できるのである。従って、「紅天女」を演ずべき北島マヤに対して、美内氏が他の何よりも強く求めた資質は、イノセンスだったに違いないのである。

先に見た通り、美内氏は幼少時代、母から《何もできないとか、愚図だとか、》否定的な言葉を投げ付けられる事が多く、その事がトラウマになり、美内氏のイノセンスは多かれ少なかれ損なわれたと思われるのだが、美内氏はマヤに、自分の母よりひどい母を与え、それでも少しも傷付くことのないイノセンスをマヤに与えている。例えばマヤは、演劇をすることに反対され、家出する際にも、「ごめんね母さん」（1巻P157）と心の中で謝っているし、母が連れ戻しに来た時にも、「ごめん母さん、あたしお芝居やりたいの！」（1巻P176）と謝る。9巻で母が行方不明になったと知った時には、悲しみの余り、マヤの芸歴で唯一度、舞台で母のことを考えて涙をこぼしてしまうし（P33）、その後、何日も東京中を歩き回って母を捜す。16巻で母の死を知った時には大きなショックを受ける。そして、乙部のりえから母の死は真澄のせいだと聞かされ（P47）、罠にはまってしまう。そして、以後も長く、母のことで真澄を恨み、疑い続ける。この様に、マヤには母を恨んだり憎んだりする心は、かけらもない事になっている。そうする事で、美内氏は、マヤと一緒に自分も母を心から愛し、マヤが持っているような完全なイノセンスを取り戻し、「ガラスの仮面」という漫画の中で、自分の心の問題を、最終的に解決しようとしたのであろう。

実際、マヤのイノセンスは、「ガラスの仮面」の中でも際立っており、読者が笑ってしまう場面の殆どは、マヤのイノセンスが原因である（ごく稀に、月影千草に滑稽な顔をさせて笑わせる所があるが、亜弓が笑いを誘う例は極めて少ない）。読者が感動する場面も、イノセントであるマヤ（或いは彼女が演じているイノセントな登場人物）が辛い目に遭わされつつ、最後までイノセンスを失わず、試練を乗り越える事、そして心ある人々にその事が賞賛される事が、感動の原因なのである。

マヤと亜弓は、同い年で顔も姉妹のようによく似ている（例えば33巻P181「紅天女」の里へ向かうことになったマヤと亜弓のツー・ショット）が、一目で分かる違いは、マヤは子供っぽく、亜弓は大人っぽいキャラクターとして設定されていることである。例えば、マヤの背が一五六cm（28巻P101）と低くて、真澄から（黒沼龍三からも）「おチビちゃん」と子供扱いされるのに対して、(注15)亜弓は背が高い。マヤには前髪があるが、亜弓には前髪がない。マヤの髪の毛はほぼ真っ直ぐで、舞台以外ではリボンなど髪飾りも殆ど使わず、イヤリング・首飾り・指輪も付けず、ハンドバックetc.も持たず、安そうなカジュアルな、大人の女を感じさせない格好をしている事が多いのに対して、亜弓は髪に強くカールを掛け、殆どの場合髪飾りを付けており、高そうな服装や装身具で隙《すき》なく決めていることが多い。

マヤは亜弓と違って美人ではないという設定になっているが、実際には、亜弓以外の他の女性登場人物に比べれば、マヤは常に美人に描かれていると言って良い。また、マヤは女優であるにもかかわらず、化粧や髪型や衣装などを工夫して、もっと美人になろうと努力することは一切ない。この事からも明らかなように、美内氏は、マヤが亜弓のような美人になれば良いとは、少しも思っていない。亜弓よりもむしろマヤの方が、本当の意味で美しく、魅力的だというのが美内氏の考えであろう。マヤを好きになる男性は、速水真澄を始めとして何人も登場するのに、亜弓を好きになる男性は殆ど登場しないことも、美内氏の本音を表わすものである。

亜弓は美人だと言っても、その美貌や服装は、実際には、自分の弱味は見せられないという恐怖感から来る自己防衛の意味合いが強い。亜弓がいつもきちんと着飾り、ツンと澄ました硬い態度・表情を崩さないのは、一分の付け入る隙も無く完璧に作られた防壁であって、他人の目を内心恐れつつ、その事を隠し、他人を寄せつけないようにするものと言える。例えば「紅天女」のふるさとに来た35巻P66～67で、亜弓が寝る時にも服をきちんと折り畳んで寝、荷物もいつもきちんと整理整頓しているのも、そうした性格の現われである（一方、マヤの荷物がぐしゃぐしゃであるのは、自由な子供らしい心を表わす）。また、25巻で、「ふたりの王女」の演技のために、月影先生に冷凍庫内に閉じ込められた時、亜弓がP65で寒さで倒れ、マヤが肩を貸して外に連れ出すと、P67で亜弓は赤面して、パッと体を離す。そして、P73で赤面しながらマヤに、《さっきはごめんなさい　だらしないとこみせちゃって》と弁解する。僅かな弱さも、恥ずかしく感じてしまうのである。

その為、亜弓は、人前で（社交的な微笑は見せるが）心から思いっきり笑ったり、涙を流して泣いたりすることは、決してない。が、一方マヤは、子供のように無警戒に他人の善意を信じるタイプであり、あけっぴろげで喜怒哀楽の感情を隠さずに表わすし、平気で馬鹿でかい声を出したり（5巻P122以下、6巻P145、179～181、7巻P84、17巻巻末、23巻P95、30巻P27以下、37巻P73）、旺盛な食欲を隠さない無邪気さで、いつも読者を笑わせてくれるのである（5巻P124・7巻P84・15巻P116など。25巻P75では、マヤがチョコレートパフェ二つを《大盛！》と注文するので、隣りにいた亜弓は赤面してしまう）。15巻P82で里美茂が《きみといると　ぼくはあったかい気持ちになれる…　いつも自然でいられるし　気どらなくていい…　地のままの自分でいられるんだ　青春スターの里美茂なんかじゃなくてね…》と言うのも、マヤが自然で、気どらず、地のままだからである。

また、マヤは亜弓とは対照的に、勉強が苦手で、運動神経も鈍く、ドジな失敗も多いが、これもイノセンスの現われと言える。幼い子供は、勉強もスポーツも苦手で、大人に比べればドジに決まっているのだから（13巻Ｐ11のアカデミー芸術祭助演女優賞を受賞した際のインタヴューで、マヤは、賞は小学校の《皆勤賞》以来、と答えて笑わせてくれる）。

周囲の人間がマヤを子供として見るケースも多く、2巻Ｐ157で、桜小路がマヤに対して《なんか親鳥の気分だな》と言うのは、マヤは小鳥＝子供だということであるし、9巻ではＰ44で青木麗がマヤを《無茶な子》《この子》と呼び、Ｐ127で真澄がマヤを《無茶な子だ…（中略）いままであんな少女に出会ったことがない…》と言う（17巻Ｐ155・Ｐ158でも《なんて無茶な子だ》と言われる）。12巻Ｐ184では、アカデミー芸術祭当日、青木麗が《ちゃんとハンカチもった？》《ティッシュは？》電車は《日比谷で乗りかえだからね》と母親が子供の面倒を見るようにマヤの世話を焼く。15巻Ｐ81では里美茂が、「昔まだ子供の頃に、いつも自分の後を追い掛けて来て、車にはねられて死んだ近所のちっちゃな女の子とマヤが似ている。《ひたむきなところ…　一生懸命なところ…　素直なところ…》が」、と言う。

マヤは悩みがあって一人になりたい時に、ブランコに乗ることがよくある（2巻Ｐ169・9巻Ｐ168〜170・11巻Ｐ73・17巻Ｐ97〜100・23巻Ｐ169〜170・42巻Ｐ19〜20）が、これも無意識的には「揺りかご」の代わりで、子供に帰る事で、傷付いた心を癒やし、新たなエネルギーを得るのであろう。マヤがセリフを覚える事に集中したり（1巻Ｐ71〜72、6巻Ｐ142など）、自分の考えを追うことに集中している時（8巻Ｐ156、23巻Ｐ171など）に、指を口に当てるのも、「指しゃぶり」に似ており、子供に帰る現象と言える。

亜弓には子供を可愛がるシーンがなく、子供好きとは到底思えないが、マヤは子供好きで、また子供に好かれる（7巻Ｐ61〜77幼稚園での「白雪姫」の一人芝居、17巻Ｐ125〜131の保育園、22巻Ｐ38〜55「真夏の夜の夢」のパック）。これは、マヤ自身が子供に近いからでもある。月影千草が初めてマヤの才能を発見した時が、マヤが公園で子供たちに映画の場面を演じて見せている時だった（1巻P18～19）のは、決して偶然ではない。

マヤは子供と触れ合うことや子供の発想にたち帰ることで、演技の切っ掛けを摑むことも多い。例えば7巻P117～125で、「嵐が丘」のキャサリンの役作りに悩むマヤは、川原で会った淋しい鍵っ子の少年カズちゃんと何年ぶりかで無邪気に遊び、別れを厭がって泣きじゃくるカズちゃんを見て、キャサリンとヒースクリフが、友達も居ない遊び道具もない淋しい荒野の一軒家で、お互い以外に独りぼっちの淋しさを慰めるものが何もなかったから、そして、《素朴で自分の感情に正直で　だからこそわがままで激しい》のだ、と悟る。そして、《キャサリンになれる》、と自信を得る。

また、スキャンダルで芸能界を追放され、演技に自信を失ったマヤは、遊園地に遊びに行き、そこで出会った子供を保育園に送り届けた事が切っ掛けで、その保育園で働き始め、園児たちの前でお芝居をする喜びを取り戻す（17巻P121～130）。続く18巻では、一つ星学園に戻ったものの、演劇部への入部を断られると、マヤは子供たちと「あてものごっこ」をしてパントマイムの練習にした（P9～12）。そして、学園祭で体育倉庫を借りて、「女海賊ビアンカ」の一人芝居をするが、それは《小さいとき　よくがらくたの山をいろんなものに見たてて遊んだ》（P16）遊びから発想したものであり、続く「通り雨」（注16）もママゴト遊びのような芝居で、学校の生徒が二人手伝ってくれただけだったが、共に大成功を収めるのである。

また、「ふたりの王女」のオーディション第2次審査では、レストランでマスターが開店前の店を隅々までチェックして回る、その演技を邪魔せずに、自由な想像力で見る者に感動を与える演技をするという課題を聞いて、マヤは思わず《おもしろそう……！　こういうのだったら、いくらでも演《や》れるわ！》（23巻P82）と言い、七通りもの違った演技をやって見せるのだが、それは隠れん坊を土台にしたものだったり、マスターの動作をそっくり真似し、折角綺麗に整えたものを台無しにして歩くという悪戯心に溢れたものだったり、ロボットの演技だったりと、子供の遊びの延長線上にあるものが多かった。

「ふたりの王女」の役作りでも、24巻P60で、マヤは赤ん坊の笑顔を見て、「アルディスの天使のようなほほえみは苦しみをしらないせい…?」と役作りのヒントを得る。

マヤはまた、舞台の上でも、子供や子供のように明るい無邪気な少女の役が得意である（「おんな河」の子守たず（6巻）・「天の輝き」の伯爵令嬢田沼沙都子（13～16巻）・「白いジャングル」の未央（15巻）・「真夏の夜の夢」のパック（21～22巻）・「ふたりの王女」のアルディス（24～27巻））。また、無心でひたむきなイノセントな存在が、不当に辛い目に遭わされるという物語を演じて、観客と読者を感動させる事も多い（「国一番の花嫁」の道化役ビビ（1巻）、「若草物語」のベス（2～3巻）、「たけくらべ」の美登利（3～4巻）、「白い青春譜」の左足麻痺の少女（5～6巻）、「嵐が丘」のキャサリン（7～8巻）、「夢宴桜」の千絵（9巻）、「奇跡の人」のヘレン（9～12巻）、「夜叉姫物語」のトキ（17巻）、「ふたりの王女」のアルディス、「忘れられた荒野」の狼少女（28～33巻）。そして「紅天女」の阿古夜（34巻～）もそうである）。この場合には、不当な迫害にもかかわらず、損なわれることのないイノセンスの素晴らしさが、感動を呼ぶのである。

マヤが多くの登場人物たちから好かれ、心の歪んだ英介や真澄、またマヤに「羨望」を向けた脇役の小人物たちなどにさえ常に良い影響を及ぼすのも、攻撃されても損なわれないマヤのイノセンスのせいである。

特に読者を感動させるのは、マヤが他人に何をされても、決して「羨望」「強欲」「万能感」「空虚感」や復讐心・恨みなどの悪しき・ネガティヴな感情に囚われない事、不機嫌にさえならず、いつも前向きに考え、希望に向かって朗らかに努力を続けて行くことである。

マヤは、「ガラスの仮面」の最初の方の巻では、その独創的な才能を理解されず（或いは、まだ知られていないため）に馬鹿にされる事があったが、それに対して少しも腹を立てることがなく、綺麗な心のままで居られる（これは、マヤ自身が、自分を天才だと思わないせいでもある）。またマヤは、脇役の小悪人たちなどから、「羨望」などによって、ひどい目に遭わされる事・苦境に立たされる事がしばしばあった（「ジーナと5つの青いつぼ」（5巻）「おんな河」「夢宴桜」の時。また第8章「華やかな迷路」では嫌がらせのオンパレードだった。「忘れられた荒野」では、黒沼に対する嫌がらせの巻き添えを食った）。が、マヤはいつも相手を憎むことなく（泣いた例は7巻P79～81にあるが）、無心でその試練に立ち向かい、ただただ舞台を守ること・良い演技をすることだけを考えて、献身的な努力をし、また咄嗟の機転で舞台の危機を乗り越えようとする。エゴを忘れ、なりふり構わないその姿に、周りの仲間たちも気を取り直して一緒に頑張る気持になるし、読者も感動してマヤを応援するのだ。劇団つきかげの青木麗たちから誤解され、絶交された時も、泣きはするが、恨むことは無い（15巻P149～150）。だから、後で誤解が解けて、麗たちに迎えられる時（17巻P174）に、イノセンスが正しく再評価された事から感動が生まれる。乙部のりえの陰謀によって芸能界を追放された時（16巻）でさえも、マヤは乙部に復讐しようとは思わない。復讐は亜弓にこそ相応しいことであり、だから（読者の溜飲を下げるために）、亜弓がマヤに代わって、勝手に復讐をするのである（17巻）。唯一の例外として、マヤは速水真澄と小野寺のことを憎んでいたが、それは、彼らがマヤだけでなく、月影千草や劇団つきかげの仲間全体に対して悪辣な陰謀を企んでいると思っている事と、真澄に関しては、母を死に追いやった犯人だと思っているせいである。

また、マヤは、9巻P37で月影千草から言われた言葉《舞台は自分ひとりのものじゃないのよ（中略）どんな端役であってもあなたは舞台という城をささえる石垣の石のひとつなのです》を深く理解しており、成功した時も、決して「万能感」に取り憑かれず、傲慢になることがなく、いつも謙虚で「感謝」を忘れない。例えば、マヤは、「たけくらべ」の美登利の怒りを表現できないために、何回も月影先生にひっぱたかれた後、先生に心から御礼を言いに来る（3巻P121）。敵視していた真澄に対しても、マヤは17巻P175では、「夜叉姫物語」にトキ役で出演させて貰ったことに、心から御礼を言い、頭を下げる。この様に素直に「感謝」できることも、マヤの心に歪みがないからなのである。マヤの周囲に、月影千草・劇団つきかげの仲間たち・真澄・亜弓・一角獣の人たちなど、助けてくれたり応援してくれたりする人々が次々に現われるのも、こうしたマヤの心柄ゆえであり、少しも不自然な感じがしない。

そうした汚れのないマヤの心が、周囲の人間の汚れた心を清めるケースも珍しくない（7巻P45中学の演劇部長、14巻P165～166吉川、P168～185巴《ともえ》万里、20巻P35高校の演劇部長と部員達、23巻P163～164「ふたりの王女」オーディションのライバル達）。それを芝居自体のストーリーとしたのが「ふたりの王女」で、愛に満ちたアルディス（マヤ）の無垢な心が、最後にオリゲルド（亜弓）の心をさえも一瞬清め、オリゲルドはアルディスを殺すのをやめ、牢獄から国外への脱出を許すのである（注17）（ただしこの芝居は、オリゲルドが、誰も愛さず信じない生き方を貫き徹す決意を新たにする所で終わる）。

「ガラスの仮面」は、一見、なんの取り柄もないみそっかすだったマヤが、日本一の女優に成り上がるという、ありふれたサクセス・ストーリーそのもののようにも見える。しかし、実はマヤが目指しているものは、通常のサクセス・ストーリーのような、勝利・名声・人気・社会的地位・お金など、大人が「羨望」し、常識的に価値と見なす、そして英介・真澄・亜弓などが目指していたもの、ではない。読者が感動するのも、マヤが勝利して「強者」になるからではなく、逆にそうした「強欲」の対象にマヤが全く無関心で「羨望」を感じず、演劇に対する無私の情熱を誰よりも豊かに持っている事に対してなのである。

マヤは、アカデミー芸術祭助演女優賞を受賞したために、自分の意志とは無関係に、金儲け主義で人気取りのTV・映画業界に、一時期は入る事になるが、その悪影響を受ける事なく、《スター》は《あたしの求めてるものと》《なんだかちがうような気がする》《あたしお芝居が（中略）ただ好きなだけ…！》《いつかきっと演技がうまくな

って（中略）「紅天女」を演《や》りたい》《あたしが求めてるものはそれだけ…！》（15巻P116～117）と思う。(注18)

マヤは、大好きだった演劇をやれるだけで、十分に満足できる。楽しいから芝居をし、芝居を何より大切に思うから一生懸命になるだけなのである。だから、亜弓と違ってマヤには、勝つことへの執着がない事が、しばしば強調して描かれている。例えば、マヤはライバルの舞台をも楽しみ、心から拍手を送る。これは「強欲」が無いため、「羨望」も無いからである（4巻P175、180で一角獣に拍手、27巻P172～173でオリゲルドの亜弓に拍手）。また、30巻P69で円城寺まどかの稽古を見て、稽古場を奪われた恨みも感じず、《あたしやっぱりお芝居が好き》と思う。37巻P96で、亜弓は、《あの子は（中略）ライバルのはずのわたしの演技さえニコニコしながらみていたわ》《なぜああも無邪気になれるの？》《あの子は本当に芝居が好きなのよ　だから（中略）のめりこんで自分を忘れるんだわ》と思う。一見、勝利に執着しているように見える例も、実は劇団つきかげの存続のためであったり、芝居を良いものにするためであったり、「紅天女」という素晴らしいお芝居を演じてみたいためであったりと、本当の理由は別にあるのである。例えば、2巻P166以下でマヤが雨に打たれて熱を出すのも、月影先生が「若草物語」のクライマックスだ（P160）と言う大事なシーンを台無しにしない為なのである。

マヤは亜弓とは違って、負ける事も恐れては居ない。「忘れられた荒野」で受賞できなければ、「紅天女」を諦めなければならないという瀬戸際でも、マヤは《もしだめだったとしても（中略）いままでやってきたことは無駄じゃない。（中略）あたしお芝居が好き…！　もし結果がどうなっても　あたしは女優として生きつづけたい…！》（33巻P170～171）と思うのである。

美内氏は、「PUTAO《プータオ》」（一九九九年五月号）のインタヴューで、《99％まで無理でも1％の可能性があればあたしはその1％に賭け》（21巻P108）たいというマヤのセリフが大好き、と語っているが、これも「勝利への飽くなき執念」というような事では全くなくて、逆に「勝てそう」「負けそう」といった予想に心を乱されることなく、ただ無心で最後まで力を抜かず、一〇〇パーセント自分の力を出し切って、悔いの無いように一生懸命やりたいということであるはずだ。例えば、6巻で「白い青春譜」の通行人程度の役のために、一生懸命練習をする事、32巻P126～127で、台風の日に、たった一人の観客（真澄）のために、しかも停電になっても、舞台が止まった瞬間の姿勢のまま、再開をじっと待ち続ける事なども引っくるめて、美内氏は言われているのであろう。

美内氏が、マヤの演技が賞賛を浴びた直後に、いつもわざとマヤのドジぶりを描き、笑いを取るようにしているのも、また、マヤが自分を天才だと思う事が決してないように描いているのも、マヤが仕事・結果・勝利至上主義のサクセス・ヒーローになってしまわないように、そして読者の「万能感」をなるべく刺激しないようにする為であろう。

もちろんマヤも、芝居が好きになった最初は、《ぶきっちょでみっともない》自分を忘れられ、ヒロインになった気持になれるからだった（1巻P18）訳で、演劇は幸せになりたいという自分の願望を満たす場に過ぎなかった。しかし、マヤの中で演劇への《情熱の火の鳥が目をさました》（1巻P71）のは、自分よりも惨めな、国一番のブスでバカで笑われ者のビビに成り切ろうと、徹夜で練習した時なのである。以後もマヤは、ヒロインのお姫様など、常識的な意味での良い役に就きたがる事はなく、しばしば端役や惨めな人物の役を与えられ、嫌がる事なくその役に成り切るのである。

マヤの演技の最大の特徴は、どんな役であれ、〝自分〟を消し去って、その役に完全に成り切れる所と、その為の努力や演技に注がれる激しい情熱にある。だが、これも、勝ちたいとか、人に褒められたいといったエゴとは無関係であり（前引・速水英介の批評「マヤは〝自分〟というものを持っていない」はこの意味）、美内氏の考えとしては、イノセンスと深い繋がりのある事なのである。

美内氏の『宇宙神霊記』P28以下には、《夢のなかでは、うそいつわりのない本当の自分（中略）よけいな思惑や型にはまった常識にとらわれることなく、飾りのない自分（中略）自由な「素」の状態になれる》と述べられている。(注19) マヤが考えてではなく、「本能」で演技をする事がしばしば強調されるのも、勝ちたい、褒められたい、うまくやりたいといった「よけいな思惑や型にはまった常識」が無くなった無意識の状態こそが、純粋なもの＝イノセントな状態だという考えからであろう。

美内氏はまた、『宇宙神霊記』で、漫画家としての自分の体験から、《損得を考えず、好きなことに夢中になって、ひとつのことを突きつめていくこと》で《魂が磨かれ》（P96）、《戦争や災害、経済優先の社会、むやみな競争とは無縁の《純粋な存在》（P50）に（つまりはイノセントに）なれると言う。また、漫画を描く為に《完璧に精神を集中させ》《雑念がなくな》ると、《「壁一枚を超える」》＝《自我の忘却状態》になり、登場人物たちが独りでに動き出し、語り出すようになる（P97～98）と言い、誰でも真の自分に目覚めれば、超能力が現われる（P46・239）と語っている。(注20) こうした自分の体験に根差しているが故に、美内氏は、マヤが《自我の忘却状態》になり、登場人物に完全に成り切ってしまう作品の見せ場を、実に迫真的に、感動的に描くことが出来るのである。

「（一）愛に恵まれなかったための心の歪み」の「美内氏と母」で、私は《美内氏がマヤを天才にせずには居られないのも、それ位にしなければ、自分が心に受けた傷を癒せないからに違いない》と書いた。が、天才にしなければ心の傷を癒せないというのは、クラインの言う「強欲」と「万能感」への依存がまだ美内氏に残っているせいであり、それでは真の解決は望めない。だから美内氏は、マヤを、天才であるにもかかわらず自分を天才だと思う事もなく、成功はするが成功したいとは思わない、「強欲」も「羨望」も「万能感」も持たない、理想のヒロインに仕立てたのである。

（三）愛に恵まれなかった者たちの神話

「ガラスの仮面」が、幼少期に愛に恵まれなかった為に生じた美内氏自身の心の歪みを、いかに超えるかを中心的なテーマとして書かれている事は、前章まででほぼ確認できたと思う。この章では、「ガラスの仮面」に含まれているエディプス（またはエレクトラ）・コンプレックス、ファミリー・ロマンス、英雄神話、メロドラマなどの物語類型が、やはりそうした美内氏の心理と関係していることを、見て行く事にする。

①エディプス・コンプレックス、エレクトラ・コンプレックス

フロイトが発見した、父を追放し、母と結婚したいと思うエディプス・コンプレックスと、その女性版で、母を追放し、父と結婚したいと思うエレクトラ・コンプレックスは、誰しも幼い時に、多かれ少なかれ経験するものだが、成人する頃にはほぼ解決されているのが普通である。しかし、「ガラスの仮面」の主要な登場人物には、このコンプレックスが成人後も強く残っており、それがストーリーの重要な要素の一つとなっている。これは、美内氏自身が、幼少期に愛に恵まれなかった為にエレクトラ・コンプレックスがあり、それが「ガラスの仮面」の登場人物たちにも現われているのであろう。

例えば速水英介は、あれだけエネルギッシュな人間でありながら、（戦争中の病気のせいとはされているが）子供を作る（＝大人の男としての）能力が無く、真澄の母と結婚はしたものの、それは形式的なものに過ぎなかった。そして、生涯で唯一度、月影千草に対してだけ、異常な妄執を抱いた。これは、英介が自分の母と結婚したいという欲望に取り憑かれていた為に、他の女性には魅力を感じず、月影千草にだけは、理想の母の面影を見たために、

異常な執着を見せたのではないかと考えられる。英介の母は妾だったから、英介の幼少期には、恐らく母と二人っきりで暮らして居り、そのせいもあるのだろう。

速水真澄も、父を早く亡くして母一人に育てられた為、母に固着しやすい環境だった。しかも、養父となった英介は、真澄にも妻にも全く愛情らしいものを見せず、真澄は中学時代に母を失ったのだから、母に強く固着していたと見て良い。恐らくその為に、真澄は仕事柄、芸能界の魅力的な女性たちに接する機会が無数にあったにもかかわらず、マヤに出会うまで、誰とも結婚したいと思った事が無かったのであろう。

姫川亜弓の場合も、父とは仲良くしているのに、母をはっきりとライバル視している点、そして恋愛経験がないという点に、エレクトラ・コンプレックスが感じられる。

月影千草の場合は、もっとはっきりしていて、生涯に唯一度だけ、（恐らく二十歳ぐらい年上の）父親同然の既婚者・尾崎一蓮に報われない恋をする。そして、妻子に去られた後の一蓮と、唯一度だけ肉体的に結ばれるが、その直後に一蓮は自殺する。そして千草は生涯独身を守る。一蓮の自殺は、表面上は、速水英介に追い詰められた為という事になっているが、父と娘の近親相姦の罰を象徴しているようにも受け取れるのである。

北島マヤの場合も、月影千草と良く似ている（これは、故意に類似させて、尾崎一蓮と月影千草が味わえなかった結婚の幸福を、代わりにマヤと真澄が味わうようにするつもりなのではないかと私は思うのだが）。マヤは父の顔を知らず、母からは愛されず、「紫のバラの人」が、初めて出会った優しい父親的な存在で、やがて「紫のバラの人」への父親願望的な想いと、速水真澄への想いが重なり合い、真澄への恋となる。真澄はマヤより十一歳も年上なので（35巻P79）、真澄への恋にも父親願望が含まれていることは、疑いない。（注21）

ところが、真澄がマヤを芸能界に売り込む手段の一つとして、マヤの母・春の所在を誰にも秘密にし、春を監禁同様にした結果、春はマヤに会いに行こうとして事故に遭って死に、その事を知ったマヤは、真澄を母殺しの犯人のように憎み、真澄も「おれが殺した！」（16巻P25）と強い罪悪感に苦しむ。つまり、マヤの母は、死んだ後で二人の結婚を邪魔し続けるのである。真澄はその後、英介から見合いを命じられたのを切っ掛けに、28巻で初めてマヤを強引にデートに誘い、「愛している」と告白しようとするのだが、まさにその瞬間に、月影千草の失踪を知らせる電話があり（これも、もう一人の母＝月影千草の邪魔と言える）、マヤが「もし先生があたしの母さんみたいなことになったら　あたし一生あなたを許さないから！」（P73）と叫んだ事から、真澄は、マヤの自分に対する憎しみは決して消えることは無いと諦め、鷹宮紫織との見合いを受け容れ、婚約してしまう。そして、今度は鷹宮紫織（マヤからすると、「父」＝真澄の「妻」に準ずる「母」的ライバル）が、マヤと真澄の間を隔てる大きな障害物となってしまうのである。

すべては偶然と言えば偶然なのだが、例えばシェークスピアの『ハムレット』で、ハムレットが父殺しに対する復讐をなかなか実行できないのは、父を殺して母と結婚することが、彼自身の欲望で、自分も犯人と同罪だったからだという説がある。マヤと真澄の間で、「母殺し」がこの様に大きな障害物となるのも、「母を殺して父と結婚すること」が、美内氏自身の隠された欲望で、それをマヤに投影している為ではないか、と私は思うのである。

②ファミリー・ロマンスとカイン・コンプレックス

ファミリー・ロマンス（家族小説）とは、フロイトの造語で、恵まれない自分の境遇に満足できない子供が、現実の両親を否認し、「自分は、今は不当に虐げられているが、本当はもっと素晴らしい両親から生まれた子供だったんだ（そして、いつか自分は、本当の両親に見付け出して貰えるんだ）」と空想することで心を慰める、願望空想の一種である。アンデルセンの「醜いアヒルの子」やシンデレラ、継子いじめの話も、この一種と言える。そして、この空想は、ユングの所謂「カイン・コンプレックス」、即ち自分より父母に愛されている他の兄弟姉妹に対する子供の嫉妬・憎しみと結び付きやすいものなのである。

美内氏は、『有名人ふしぎ会見録』（学習研究社、一九九二年刊）の横尾忠則氏との対談で、《わたしは、本当にものごころがつきはじめたころからずっと、そのうち自分の背中には羽根《はね》が生えだして、天国に帰るべき人間なんだと、思いつづけていました》と語っている。つまり美内氏は、幼い頃、親の愛に満足できず、自分はこの家には仮に居るだけで、本当は天国の神様の子供だというファミリー・ロマンスで自らを慰めていたのである。(注22)

しかし、美内氏は、もっと大きな愛を要求して両親を否認する自らのファミリー・ロマンス的な傾向を、極力払拭したいと望んでおられるのであろう。「ガラスの仮面」では、この側面は極力抑え込まれていて、マヤは母を否認するどころか、終始、大切にしている事になっている。マヤが演劇の道に入るのも、ただ好きだからであって、恵まれない今の境遇から抜け出したいからではない事にしてある。

それでも、マヤが月影千草によって、母が認めようとしなかった素晴らしい才能を見出されるという才能発見の物語は、実は本当の両親に見付け出して貰えるというファミリー・ロマンスの一ヴァリエーションなのである。(注23)しかし、美内氏はここでも、マヤが両親を否認したことになる事を恐れ、月影先生が養女にしたという感じにならないように、マヤは横浜から東京の劇団つきかげまで、徹夜で歩いて行く事にし、劇団つきかげには既に四人の寄宿生が居て、月影先生もマヤを特別扱いにはしないという風に設定している。さらに、劇団つきかげは5巻で潰れ、月影先生もマヤに独りで自分の道を切り開かせるように突き放す事にして、ファミリー・ロマンスとしての性格を薄めているのである。

しかしながら、「ガラスの仮面」のストーリーの中で最も重要な枠組みとなっているのは、マヤと亜弓のどちらが「紅天女」になるかという競争であり、実はこれもまた、その根本にあるのは、二人が言わば双子の姉妹で（事実、年齢《とし》も同じ、顔もよく似ていて、実力も拮抗している。亜弓が姉で長女タイプ、マヤが妹で末っ子タイプであろう)、どちらが偉大な母・月影千草の真の跡継ぎ、つまり母の才能を受け継いだ本当の天才かというファミリー・ロマンスの変形バージョンであり、かつどちらが母に愛されるかというカイン・コンプレックス的な姉妹の争いなのである。その為もあって、亜弓は言わば贋物の母・歌子から徐々に離れ、13巻P17で月影千草から「紅天女」候補と指名された後は、時々、指導や助言を受けるようになり、35巻以降は、マヤと二人一緒に、「紅天女」のための指導を受けるようになるのである。

亜弓とマヤが本格的に共演した唯一の芝居「ふたりの王女」は、オリゲルド・アルディス姉妹の内、どちらが王位を継承するのかという「ガラスの仮面」全体のテーマを、劇中劇の形で再確認したものと言える。この二人の王女の内、ファミリー・ロマンス的(かつカイン・コンプレックス的)なのはオリゲルドであった。オリゲルドは、王妃だった母が、謀反と不貞の濡れ衣を着せられて処刑され、第一王女でありながら王の子であることも疑われ、牢獄で育てられた為、現在の恵まれない境遇を不当なものとし、どんな悪辣な手段を弄してでも王位を奪い取ろうという妄執に囚われ、遂に父王と腹違いの王子を暗殺し、腹違いの王女アルディスを牢獄に幽閉して、王位に就くのである。

その結果、今度はアルディスが、かつてのオリゲルドと同様に、不当にも母を殺され、牢獄に幽閉される番になった。ところが、アルディスはオリゲルドとは違って、誰を恨むこともなく、王位回復を夢見ることもなく、番兵ともお友達になって、幸せに暮らしていた。さらに、自分を殺しに来たオリゲルドを心から憐れみ、甘んじて殺されようとする。どんな不幸も、アルディスの心を歪めることは出来なかった。アルディスは女王になることはなかったが、本当に女王に相応しいのはアルディスの方である事は、誰の目にも明らかなのである。

オリゲルドの役は、当初、マヤの方が相応しいと考えられていた。それは、マヤが貧しい家に生まれ育って、そこから這い上がって来た人間であるのに対して、亜弓は映画監督と大女優の間に生まれ、何不自由なく王女のように育った人だからである。しかし、精神的には、マヤは無欲で怨念も持っていないため、アルディスの優しさ・素直さにこそ相応しく、孤児のように淋しい幼少時代を送って心が傷付いている亜弓の方こそが、オリゲルドに相応しい事が、この芝居によって示されたのである。

「ふたりの王女」でマヤが見せた、微笑みながら剣を渡してオリゲルドに背を向ける演技や、オリゲルドを憐れむ聖母マリアのような表情は、マヤがファミリー・ロマンスやカイン・コンプレックスをも乗り超えられる優れた人間、即ち「紅天女」により相応しい女優である事を予め示すためのものであり、恐らくは、「紅天女」で一真に甘んじて殺される時の演技に繋がるものなのであろう。

なお、美内氏は、この芝居では、亜弓の心の奥底にあるファミリー・ロマンス的（かつカイン・コンプレックス的）な怨念と勝利への激しい執着心を、わざと暴露して見せている。しかし、美内氏は亜弓に、自らの悪しき欲望を抑えようとする人並み以上の自制心と道徳性と、演劇を尊敬し、大切にする強い気持を与えている。そして、亜弓もまた優れた女優と設定し、他の人が気がつかないようなマヤの演技の素晴らしさを、いつも直ぐさま正当に理解し、高く評価し、応援する人として設定している。その様にすることで、美内氏は、マヤと亜弓の競争を、本質的にはファミリー・ロマンス的（かつカイン・コンプレックス的）な姉妹の争いと設定しつつ、マヤと亜弓が、実の母をも否定せず、また「紅天女」を目指す競争を醜い争いにすることなく、共に進歩・成長できるようにと、工夫されているのである。

③英雄神話・メロドラマ・イニシエーションと結末予想

「ガラスの仮面」は、物語類型として見ると、英雄神話・メロドラマ・加入儀礼《イニシエーション》との構造的な類似が認められるのだが、これらもまた、幼少期に愛に恵まれなかった人たちへの救済の神話となりうるものであり、だから美内氏の心を捉えたのだと考えられる。

先ず、**英雄神話**についてだが、古代文明（古代ギリシャ・ローマ・ケルト・日本など）の神話の英雄たちの生涯は、互いに似通っていて、王と王妃の息子であるにもかかわらず、殺されそうになり、養父母に育てられ、成人すると、王・巨人・怪獣などを倒し、最後は王女と結婚して王となる事が多い（オットー・ランク『英雄誕生の神話』（人文書院）・ロバート・ラグラン『文化英雄——伝承・神話・劇』（太陽社）、ジョゼフ・キャンベル『千の顔をもつ英雄』（人文書院）等による）。こうして見ると、英雄神話とは、父母に愛されなかった子供の物語であり、愛されなかった事で生じた劣等感を、その後の大活躍によって補償し、打ち消す神話とも言える。また、見方を変えれば、英雄とは、父母に愛されないという大きな苦しみを乗り越えることで、英雄になりうる特別の能力を与えられた人間、とも言えるのである。

「ガラスの仮面」を英雄神話と比較してみると、月影千草・速水英介・真澄・北島マヤ・姫川亜弓のいずれもが、凡人ではなく、特別の才能や力を持って活躍する存在であり、幼少期には父母に言わば殺されかけ、養父母に育てられ、様々な試練を乗り越えて来た（言わば王・巨人・怪獣などを倒して来た）という「英雄」に似た設定が含まれていることに気付く。

月影千草は、実父母が不明で、親代わりのスリの親方夫妻からひどい虐待を受け（言わば殺されかけ）、尾崎一蓮を養父として成長し、幾つもの試練を乗り越え、大女優（演劇界の「女王」）となった。速水英介も、妾の子として冷遇され（言わば殺されかけ）家出し、苦労の末に、ライバルたちを倒して大実業家（実業界の「王」）にのし上がった。真澄は、早くに父母を失い、誘拐された時には養父の英介に文字通り見殺しにされかけたが、苦労の末に若き大実業家（実業界の「王子様《プリンス》」）となっている。姫川亜弓は、映画監督（「王」）と大女優（「女王」）の父母に余り構って貰えず（言わば殺されかけ）、ばあやを言わば養母とし、演劇の世界で輝かしい経歴を積み重ね、既に演劇界の「お姫様《プリンセス》」になったと言える。マヤは、「ガラスの仮面」の主人公で、ヨーロッパの言葉では、主人公と英雄は同じ言葉で、その語源は、「神と人の間に生まれた子」「英雄」を意味するギリシャ語の「ヘロス」に由来する。そのマヤも、父を知らず、母からは劣等者・「何のとりえもない子」として虐待され、女優になることにも反対され（言わば殺されかけ）、熱湯をかけられそうになったりしたが、月影千草という養母に育てられ、今は様々な迫害・試練を乗り越え、大女優（「女王」）への階段を登りつつある。そして、マヤと亜弓は、「紅天女」という演劇界の「女王」そして「女神」役という王位・女神の座をめぐって戦うことになる。このように、「ガラスの仮面」には、現代の英雄神話という性格があるのである。(注24)

しかし、主要登場人物の内、勝利に勝ち誇った時の英介・真澄は、その為に人を傷つけるという「罪」を犯してしまう事になり、姫川亜弓はマヤに出会って高慢ではなくなり、月影千草・北島マヤはもともと傲慢になることはない。美内氏は、英雄願望が「万能感」に繋がりやすいことを熟知しており、その危険を回避するよう、慎重に物語を運んでいるのである。

次に**メロドラマ**であるが、メロドラマとは、フランスで十八世紀末から十九世紀初頭にかけて大流行した舞台演劇のスタイルで、そのストーリーは、宗教的・道徳的に清らかな無垢（イノセント）な心を持った人間（しばしば女性や子供）が、悪人によって危機に陥れられ、ひどく苦しめられるが、イノセントな心を失うことなく、最後には美徳が勝利し、正しい秩序が回復されるという筋立てになっている。この筋立ては、父母によって不当に迫害された子供が、イノセント（純真無垢）な美しい心を保ち続けるならば、最後には正当に価値を認められ、愛され幸せになれるという、愛されなかった子供に対する希望の神話となりうるものなのである。

「ガラスの仮面」のメロドラマ的要素としては、マヤたち善人グループを、速水英介・真澄・小野寺らの悪人グループが迫害するという大枠の図式と、誰よりもイノセントな心を持つマヤを主人公としている点（主人公とは、作品に対して「神」の位置にある作者が、作中で最高の価値を持つ存在と認めた存在である）、また、マヤが演じる役柄の一つ一つが、次の段階への成長・向上のために必要な、超えるべき厳しい「試練」・茨の道として設定される点（現実の俳優とは違って、基本的に再演はされず、当たり役とか、マヤのレパートリーが増えて行くという考え方はされない）、そして、その「試練」の中に、周囲から不当な悪意を向けられたり、迫害を受けたり、競争相手より絶望的に不利な条件を乗り越えなければならなかったりするというメロドラマ的な迫害がしばしば設定される点、しかしマヤは決してその為に悪影響を受けることなく、イノセントで献身的な演劇への無私の情熱を見せ、その姿が周囲の人々にも良い影響を与え、心の歪んだ人々をも浄化し、マヤの美徳（イノセンス）が勝利するという展開、などである。(注25)

ただし、一般にメロドラマでは、善人の善も悪人の悪も、極端に誇張され、悪については同情の余地も改心させる余地もなく、滅ぼすしかないとする事が多いのだが、美内氏はそうならないように、充分注意を払っている。マヤについては、道徳性ではなく子供らしいイノセンスを強調し、笑われるようなドジさをも強調しているし、亜弓の道徳的立派さについては、マヤほどには評価せず、亜弓の心の歪みも書き込んでいる。速水英介・真澄については、心が歪んだ原因を詳しく書き込み、その歪みも作中で次第に改善されるように展開されている。小野寺についても、一九八八年十月「花とゆめ」15巻21号（連載第268回）の梅の谷の場面で、小野寺が赤目に向かって、「紅天女」に執着する理由を、「自分の才能をためしたいとか名誉欲とか　そんなものじゃない　もう一度観客として若い頃夢中になってみていたあの芝居をみてみたい　自分のみたいものをみるには自分が手がけるしかないじゃないですか」と言い、「若い頃にくらべると今はずいぶん眼が濁りました　金や名誉で心が動かされるようになってしまった…　「紅天女」の舞台を思い出すとあの頃の自分がなつかしい　純粋で素直でちょっとしたことにも感動して…　戻れるものなら戻りたいものですよ　澄んだ眼をしていたあの頃の自分に…」と話す所があったが、単行本では削除された。美内氏には小野寺を改心させる予定があるのだが、まだ時期尚早と判断されたのであろう。

ところで、英雄神話にもメロドラマにも、抽象的に見ると、「加入儀礼《イニシエーション》・通過儀礼・成年式」と類似した構造がある事が指摘されている（ラグラン『文化英雄――伝承・神話・劇』、ジャン＝マリ・トマソー『メロドラマ』（晶文社）Ｐ47）。イニシエーション等には、帰属していた集団からの「分離」→「移行（試練）」→新しい帰属集団への「統合」という過程が共通にあるのだが、英雄もメロドラマの主人公も、この過程を辿《たど》るからである。そして、この過程は、幼少期に家族の間に安住できる居場所を持たなかった不幸な子供たちにとっては、家からの脱出・試練を経て、真に自分が居るべき場所を手に入れられるまでの道筋たりうるのである。

「ガラスの仮面」では、マヤはもともと父を知らず、一人っ子で、女優を目指して家を出る時点で、実質的に母との繋がりも断ち切られる。即ち完全に「分離」され、一人になる。そしてその後も、一時的には劇団つきかげに所属するが、実質的にはすぐに（6巻以降は）一匹狼のような状態になる。他の主要登場人物たちについても、奇妙なまでに、ほぼ全員が、家庭らしい家庭を持たない。家族がいる場合でも、家庭的な幸福を味わうシーンは殆どなく、本当の意味で安住できる場所はないという印象なのである。

この様に、主要な登場人物たちが、安住できる帰属集団を実質的に持たず、本当の幸福や自己実現の道を探し求め続けている事が、彼等の生き方の、普通ではない激しさの原因ともなっている。

また、マヤに至っては、「自分」というアイデンティティすら、役を演じる時には殆ど消え去ってしまい、それが、人間以上の神的なものへの変身を感じさせる。これは、演劇（ドラマ）というものに、もともと安定した「日常」から「分離」「移行」し、「聖なるもの」や「非日常性」がそこに立ち現れるという性格が備わっているせいであり、また、作者・美内氏の宗教的な資質とも関係があろう。

さて、以上のような英雄神話・メロドラマ・イニシエーションのストーリーのパターン（そして作者が敷いた伏線）から、「ガラスの仮面」の**結末予想**をするとどうなるだろうか。

加入儀礼《イニシエーション》のパターンから考えると、マヤを始めとする主要な登場人物たちは、「移行（試練）」の段階を終えて、それぞれにふさわしい帰属集団に「統合」され、平和と安定を得るはずである。英雄神話のパターンからしても、メロドラマのパターンからしても、「ガラスの仮面」の最後では、「紅天女」の跡目争いについては、月影千草・マヤらの美徳のグループが、速水英介・真澄・小野寺らの悪徳のグループに対して勝利を収めるはずであるし、マヤは真澄と結婚し、「紅天女」・演劇界の「女王」・演劇ファンの「女神」となるであろう。英雄神話では、最後に英雄の死が語られることが多いが、マンガはハッピーエンドが多いので、死ぬとすれば月影千草ぐらいで、その場合も、一蓮と死後の世界で結ばれるという形を取るだろう（「紅天女」の最後で、紅天女が一真によって殺される事にしたのも、英雄神話における英雄の死を、女英雄《ヒロイン》としてのマヤが、舞台の上でだけ演じ、実際には生き延びられるようにする為でもあるのかもしれない）。一蓮の顔が真澄そっくりに、千草の子供時代の顔がマヤそっくりに描かれている所から見て、美内氏は恐らく、最終的には、速水真澄とマヤの結婚によって、一蓮と千草の果たせなかった想いを成就させるつもりなのであろう。38巻P40～41で一蓮が千草を「紅天女」と見誤るシーンとちょうど対応するように、40巻P34～36に「紅天女」の打ち掛けをこっそり羽織ったマヤを真澄が「紅天女」と見誤るシーンがあるのは、その伏線と思しい。

「紅天女」は、南北朝の乱れた世界が平和になる物語であるから、その意味からも、マヤが「紅天女」になる事が、「ガラスの仮面」の世界のすべての対立・不調和を、同時に終わらせる可能性が高い。メロドラマのパターンからも、速水英介・小野寺は改心し、月影千草とマヤは二人を許すだろう。真澄も本来の心を取り戻し、英介から大都芸能を完全に継承し、それを良心的に経営するようになるはずである。亜弓も世界的な写真家ピーター・ハミルと結婚し、全員が幸せになるという大団円を迎えるのであろう。

（四）「紅天女」に籠められた意味

「ガラスの仮面」の連載は、姫川亜弓と小野寺グループ、北島マヤと黒沼グループで、それぞれ「紅天女」を試演し、その中から配役・演出家を最終決定する事になり、それぞれが試演のための準備に入った所で、現在中断されている。「紅天女」は、「ガラスの仮面」の世界では、最も高い価値があるとされている作品であり、数々の演目を取り扱って来た「ガラスの仮面」全体を締め括る最後の演劇作品となるはずのものである。従って、そこには、美内氏の最も重要な価値観・願望と、美内氏が抱えている心理的問題に対する言わば究極の解決方法が表わされているはずであり、事実、表わされていると私は思う。

①宗教的世界観

先回りして結論から言うと、美内氏は、「紅天女」の物語で、現実社会の問題をも扱っているが、同時にそれが、美内氏にとって最も大切な母子関係の問題、および宗教的世界観とも密接に結び付くような形で扱っている。それは、美内氏が、「この世界は人間ではなく母なる神々が作った。そして人類は母なる神々の子供である」という宗教的な世界観を持っていて、それを前提として「紅天女」の物語を展開することで、そうなっているのである。

美内氏は、《両親がとても信心深かったので、小さい頃から神社やお寺によく連れられて行きました。》（「たま」一九九五年六月十五日号インタヴュー）という両親からの遺伝と影響、《子供の頃、（中略）朝、父親が店の戸をガラガラと開けて、太陽に向かってパンパンと柏手を打って頭を下げていた（中略）近所のおじちゃんたちが皆やっていた》（「週刊ＳＰＡ！」二〇〇五年二月十五日号インタヴュー）という環境からの影響、そして子供の頃から、自分の魂が体から脱け出す体験（「ＡＥＲＡ」臨増一九九六年九月十五日号「各界有名人に聴いた私の夢見る大往生」）や霊的体験（『13月の悲劇　美内すずえ怪奇傑作集』（角川書店　あすかコミックスＤＸ、一九九二年）所収の自作解説）・不思議な夢（『宇宙神霊記』）といった神秘的な体験をしばしばされたことから、神道系の宗教的資質が極めて強い人である（マヤが芝居の役柄に完全に成り切ってしまえる特殊能力も、神道の巫女などに神が憑依するシャマニズムと関わりがあることは、誰の目にも明らかであろう（注26））。

また、先にも紹介したように、美内氏は、《ものごころがつきはじめたころからずっと、そのうち自分の背中には羽根が生えだして、天国に帰るべき人間なんだと、思いつづけてい》（『有名人ふしぎ会見録』）た。つまり美内氏は、天上の神々が自分の本当の両親だと幼い時から信じていたのである。そして、一九九一年刊の『宇宙神霊記』によれば、美内氏は今も、人間の魂の輪廻転生や「宇宙神霊」という神々を信じておられ、皆が魂を磨き、純粋になれれば、《平和と愛に満ちみちた世界》（Ｐ51）が実現すると信じておられるのである。

「紅天女」の物語（40巻（一九九三年刊）Ｐ85～86）でも、阿古夜が楠木家の頭領に向かって、《我らのこの身はいったい誰が造りたもうたのか？》《山や川や森や空は》《木や草や鹿やきつねは》《鳥や虫や魚は》《あの太陽は》《我らとて同じこと　同じものから生まれしものぞ》と語っており、これは「人間も人間ならぬ天地万物も、すべて神々が造ったものだ」という意味である。Ｐ70では、神が神の子の魂を陰と陽に分けて、人間の女と男にした、とも語られている。

また、『新作能　紅天女の世界』（白泉社、二〇〇六年）所収の梅若六郎氏との対談で美内氏が語られているように、「紅天女」では《古代史にある物部と蘇我の、神と仏の戦いの見えない因子が連綿と日本の戦の裏に流れつづけていて、南北朝の戦の裏にもあって、そういったものも、神の宿る阿古夜と、仏の宿る仏師一真の恋が成就することで平和になる。》という構想になっている。つまり、人間の悪事ではなく、人間の世界を超えた神と仏の争いこそが、人の世の乱れの根本原因とされているのである。

実際には、「紅天女」の世界（日本の南北朝時代）で現実に起こっている大問題の中心は、人間たちが続けている戦《いく》さである。普通こういう場合には、物語は、戦さに反対する人々の努力で、戦さを望む人々を抑え、平和が回復されるという展開になるはずであるが、「紅天女」ではそうなっていない。高徳の僧と天皇への天女のお告げの通りに、仏師・一真が「紅天女」の像を彫ることで、（人間の世界で平和を実現するプロセスというものは一切なく）すべては一挙に解決し、平和になってしまうのである。(注27)「紅天女」末尾で語られる一真のその後の活動も、祈ることで人々のために天候を変え（旱魃《かんばつ》の地に雨を降らせるなどし）、荒れた土地を豊作にし、泉を湧き出させ、大勢の民の病をたちまち治すといった風で、殆どが人間業《わざ》ではなく、実際には紅天女の力でそうなっていると考えられる。つまり、この話は、「世界は人間ではなく神々が作り、人間ではなく神々が動かしているものなのだ」という世界観に基づいた、極めて宗教的な物語なのである。

美内氏は、今日の我々の現実の世界も、神々が作って下さり、神々が動かしているものであり、我々は母なる神々の子供としてその事に感謝しなければならないのに、その事を忘れて自分たちの欲望のままに生きていると考え、それを憂《うれ》いている。その事は、『新作能　紅天女の世界』の対談で、《『紅天女』は、最初はもう少し単純な、天女と仏師の恋物語にする予定だったんです。ところが描きはじめるうちに、どんどん今の世相が反映されてきてしまって。人間は目先の利益に捉われて、大気も水も大地も汚してしまい、自分勝手な価値観で戦争をして、山河をはじめ、動植物の生命までも破壊していく。それを見て、この地球の女神、紅天女は、どう思っているんだろうと考えたら、怒りが沸いてきてしまって……》と発言されている事や、『宇宙神霊記』で《戦争、利益だけを考える経済、地球的規模の環境破壊》（P47）・《むやみな競争》（P50）などを批判されている事からも窺い知ることが出来るのである。(注28)

美内氏は、人間が母なる神々の子供であることを忘れ、物質的欲望に取り憑かれ、人間や生物の生命を損なう戦争や環境破壊を繰り返している現代の姿を、朝廷も南北二つに分裂してしまった南北朝という分裂・破壊・混乱の時代で象徴させようとしている。また、美内氏にとっては、能の表現を「紅天女」に取り入れる都合からも、観阿弥の出た南北朝時代は都合が良かったのであろう。美内氏が能の表現を取り入れたのは、「紅天女」は女神がヒロインであり、能は神や霊的な存在を直接舞台に登場させる事の出来る演劇だからである。(注29)

②母なる神々とその子供としての人間たち

しかし、南北朝の社会の分裂・対立もまた、現代社会の問題の象徴であると同時に、美内氏にとって、より重要な、母と子の不幸な関係の問題を、母なる神々とその子供としての人間たちとの関係に置き換えたメタファーと見るべきで、その為にこそ、主人公の一人で仏教を代表し象徴する一真は、「ガラスの仮面」の主要登場人物たちと同様に、幼くして母の愛を失い、心を深く傷つけられた人間とされ、その不幸な生い立ちと心の遍歴が、詳しく語られているのである。

一真は、《六つのとき村が戦乱にまきこまれ　両親と姉弟が殺され》、ショックの余り、《長いあいだ言葉と笑顔を失っていた》（40巻P50）と、設定されている。つまり、一真の心を傷付けたのは戦乱であり、これは言わば、南北朝という時代そのものの罪なのである。

一真は《手先が器用なのを見込まれて》一旦は仏師に弟子入りしたが、高い代金を払う貴族や武家にだけ立派な仏像を彫る師匠の態度（「強欲」）に幻滅する。これは、神々と対立するようになった仏教が、実際には堕落していた事を表わすものである。こうした宗教・道徳の喪失（アノミー状態）(注30)にショックを受けたため、一真は野盗の仲間に入り、《貴族や金持ち達から金品を奪い　面白おかしく生き》るようになる。つまり、恵まれた者達への「羨望」と「強欲」を満たし、自分にはそういう悪い事も許されるのだという「万能感」によって、「空虚感」を満たそうとしたのである。これはまた、戦いや様々な悪が人々の心を傷つけ、歪ませ、それがまた戦いや様々な悪を呼び起こすという悪循環を表わすものであろう。(注31)

しかし、一真の場合は、やがて仲間達が囚われ殺されたため、無常の世に厭気が差し、一人で荒れ寺に住み始める。これは、悪事の報いを受けて「万能感」を失い、無常感という形の「空虚感」に囚われたという事であろう。そこで一真は、《欲も得も捨て　日の昇るのを見　日の沈むのを見る》内に、《笹の葉の揺れる音に風を知り》《草花の蕾のほころびに目がとまるようになった》。これは、母なる自然が惜しみなく与えてくれる恩恵に対して「感謝」できるようになり、「羨望」「強欲」「空虚感」から解放され、自然の中で生きる動植物たちに、自分と同じく他者（自然）に依存する有限な小さな生命を見、それを肯定できるようになった事を表わすのであろう。すると一真は、《近くの山に捨てられる》《使い捨てられる道具のような亡骸《なきがら》にも　ついこの間まで自分と同じように心があり人生があった》事に思い至り、《なにかしてやりたい気持ちになった》。(注32)強者たらんとする「強欲」がなくなり、有限・卑小なるものを、自分と同様の存在として大切にする優しさが芽生えたのである。また、幼い時から苦しんで生きて来たが故に、苦しむ人々に深く同情せずにはいられない人間へと成長できたのである。一真は、《いままで　なにも良いことをしてこなんだ》と、自分の悪を認め、《これは唯ひとつのわしのまこと心》というつもりで、木切れに彫った仏像に「真《しん》」の一字を刻んで、亡骸に手向けるようになった。(注33)この行為には、かつて自分が心の中で、または実際に傷付けた相手全体（母や他人）に対して「罪悪感」を抱き、象徴的に「償い・修復」を行なおうとする意味が籠められていたと考えられる。しかし、相手は死者ばかりなので、感謝の言葉を聞くことはなかった。ところが、陰陽師《おんみょうじ》の占いによって、一真は天皇から、世の乱れを鎮める天女像を彫るよう命じられる。その為に千年の紅梅の木を探す旅の途中、瀕死の盗賊の頭《かしら》に、彫ってあった仏像を与え、涙を流して感謝された時、(注34)一真は

《救われたのはおまえではない　わしの方だ》と盗賊の頭《かしら》に「感謝」し、初めて《命をかけて天女像を彫ろう》と決意する。それは、盗賊の頭《かしら》に感謝された事で、一真は初めて自分の愛・良い部分に力があり、自分が傷付けたものを「修復」できる、自分の過去の罪悪も打ち消すことが出来るという実感を得たからであり、一真は、自分が受けた様々な恩に「感謝」し、自分の過去の「罪悪」を「償い・修復」するために、世の乱れを鎮めるという大きな善い行ないに、命をかけて取り組もうと決意できたのである。

一真は、千年の紅梅の木を探す内に、山奥の紅谷《くれないだに》で、崖から禁足地（人が足を踏み入れてはならない神の住まう神聖な場所）へと転落し、記憶喪失に陥り、そこで、神道を象徴し代表する女性主人公・阿古夜に介抱される。[注35]阿古夜は村人の子だが、生まれてすぐに、紅《くれない》の大神《おおがみ》様（樹齢千年の紅梅の木＝紅天女）の申し子として、巫女であるおばばに引き取られ、育てられた娘で、実は紅梅の木＝紅天女の化身（＝神女）であり、普通の巫女とは違って、神力がなくなると死ぬ、という設定になっている。

ここで注目すべきことは、一真が阿古夜に、《おまえのやさしい手が傷口にふれるたび　どうしたことか痛みが消え　驚くほど早く治っていった…》《母親を頼る赤子のように　わしはおまえのやさしさに甘えてすがった》（40巻P67）と語っている事である。「記憶喪失」という設定は、一真の心が赤ん坊に戻ったこと、イノセントになったことを暗に示すもので、だから阿古夜が母親に見えるのであろう。

阿古夜は、生まれてすぐに父母から引き離されてはいるが、実際は紅天女の化身なので、実質上の父母は、天と地の神々である。だから、人間の父母から引き離されても、少しも淋しくなく、心は少しも歪んで居らず、イノセントで、《子供のように無邪気な表情》（40巻P82）を見せ、他者への愛に満ちている。人間の世界で母や女性の愛に巡り会うことの出来なかった一真が、阿古夜と出会って初めて愛を知ることは、神々の持つ母の愛と、純粋性と、その超能力を強調する為の仕組みであろう。

また、阿古夜は、人間ではあるが、どちらかと言えば神々・自然・動植物に近く、これは、美内氏が人間より神々・自然・動植物の方が、純粋で美しいイノセントな魂を持っており、人間の中では大人より子供の方がイノセントで純粋だ、と思っているからである。

阿古夜は、一真の質問に答えて、「私が動植物や風・空・大地・水などの心が分かるのは、言葉を交わすのではない。己《おのれ》をなくせば、同じ命を持つ者同士は、心が伝わるのだ」（P78～80）と言う。これも、言葉や常識に囚われた人間の意識的な自我（己《おのれ》）は、物欲にまみれ、純粋さを失ってしまっているのに対して、言葉以前の、自然と繋がっている無意識的なイノセントな部分にこそ、無私の愛を持つ「本当の自分」があり、そういう自分に戻ることが出来れば、誰でも超能力を発揮できるという美内氏の考え（『宇宙神霊記』P28～30・P46・P239など）に基づいている。また、美内氏には、「本当の自分」は、宇宙や自然と連続しているので、その事に気付きさえすれば、人類が自然を破壊する事も、無くせるという考えが、あるのであろう。

月影千草がマヤに、8巻の「石の微笑」で、《はるかな「紅天女」への道の一歩》（P73）として、自分を殺し、人形に成り切ることを要求し、禅寺で無心になり己を忘れる修行をさせる（P149～156）のも、マヤが「紅天女」の直前に演じた三つの作品で、「真夏の夜の夢」（21～22巻）の妖精パック、「ふたりの王女」（23～27巻）の聖母マリアのようなアルディス（27巻P130～132）、「忘れられた荒野」（28～33巻）の半分人間・半分狼の少女と、それぞれに人間離れした自然（狼）や神に近い役（妖精・聖母）を演じる事に挑戦するのも、意識的な自我（己《おのれ》）を消し、言葉を超えた自然と神々の純粋な世界に入るための準備だったのである。

六歳で母を失った一真は、先程確認したように、様々な体験を経て、自分の心の歪みをかなり「修復」し得ていた。しかし、健全な自己愛に移行する際に必要な「良い母親イメージ」は、まだ得られていなかった。それを一真は、阿古夜に見出す。母の愛と出会う事が出来さえすれば、心の傷は、愛の力でたちまち「修復」されるのである。

その事の象徴として、一真の心の傷ばかりではなく、肉体の傷もまた、阿古夜の神的な超能力の御蔭で、超自然的なスピードで「修復」される事になるのである。また、一真は心の歪みが無くなり、純粋になり、愛の力が強まった結果、傷付いた他者に対する良い影響力・「修復」力も強まり、だからこそ、天女像を刻んだ後も、諸国を遍歴しながら、人々を救う超能力を発揮するのだと考えられる。

美内氏は、こうした他者（すべての人間・生物・無生物）への無私の愛を、母なる神々の心であり、この世界の本質であるとする。この事は、阿古夜が神々の心を楠木家の頭領に語った次の言葉で示されている。《わが子たちが兄弟して相争い殺しあうのをみて嘆かぬ母親がおろうか!?》《神の心はすべてを生かすことにある…　われらは神の力で生かされている》《殺しあうは神の法に逆らうこと》《天と地に神あり　結びてヒト生まれたもうなり　神の魂《たま》　望みてヒトに宿りたまいき…》《わかれよ　慈《いつく》しまれていることを…》《思えよ　天と地の母の嘆きを…》（40巻P131・135・141〜143[注36]）。

美内氏は、母なる神々の愛を知るならば、人間は皆イノセントになり、人間以外の生物や自然に対しても公平になり、争いも環境破壊もない理想の世界が実現できると考えて居られるのであろう。美内氏においては、母なるものと子供のイノセンスは一対であり、母性もイノセンスもそれぞれに神的なものに通じているらしい（マヤがこの上なくイノセントであり、かつ悪しき母を愛し続ける人間として設定されていたのも、この為なのであろう）。

しかし、現実の人間たちは（「紅天女」の物語の中の南北朝の人々も、そして現代の人類も）、母なる神々の心を理解しようとしない。そこで、母なる神々の娘の一人である紅天女＝紅梅の木が、乱れた世に苦しむ人々を救うために、甘んじて一真に伐り倒され、天女像に刻まれることで、人類に対する母なる神々の大いなる慈悲・愛を顕《あら》わすのである。

こうした母なる神々への信仰の根本には、美内氏自身の母との問題を解決したいという願望がある、と私は思う。

美内氏は幼い頃、母に充分愛して貰えなかった事から生じた深い心の傷を「修復」しようとして、様々な漫画を創作されて来たのであろう。しかし、それでも人間的な母性の次元では、心の傷は「修復」しきれず、遂に自然全体・宇宙全体を覆うような母なる神々を創り出し、《世界がまだ混沌としていた頃　神は子を産み地上へ降ろされた　そのときひとつの魂を陰と陽のふたつに分け　別々の肉の身に宿らせた》（P70）のが人間であり、人間も動植物も自然物も、宇宙の全てが偉大な母なる神々によって命を与えられ、平等に愛されている兄弟姉妹のようものだと信じた時に、初めて一切の「羨望」「強欲」「空虚感」「万能感」から解放され、心の安定を得られたのであろう。その宇宙的な母なる神々とは、心理的には、美内氏の現実の母を抽象化・美化・理想化・絶対化して創り出された「良い母親イメージ」なのであろうが、「自分だけが天国の神様の子供だ」というあからさまに「万能感」的なファミリー・ロマンスを乗り超え、すべてを平等に愛する複数の母達とする事で、美内氏は個人的なエゴと密着していた幼少期の心の傷を乗り超え、さらには地球は人類のものだとする人類的エゴさえも超えて、神々の心をお手本とする事で、自らが理想とする宗教的な無私の愛の心に近付くことができたのであろう。その意味では、「紅天女」の宇宙的な母なる神々の神話こそは、美内氏にとっての究極のファミリー・ロマンスと言えるものなのである。

しかし、阿古夜は生身の人間であり、紅天女もまた、神々の娘ではあっても、宇宙的な母なる神々と比較すれば、地上の一人の神に過ぎない。阿古夜（紅天女）は母なる神々の具体例として必要だったが、有限の生命を持った一個人である間は、そして一真という一個人に恋をしている間は、人間と殆ど同一次元の存在（美内氏にとっては「私の母は神」という個人的次元）でしかない。神聖さも永遠性も、充分には持ち得ない。それが殺されて初めて、個人的次元を超えて、抽象的・普遍的な存在としての母なる神々（心理的には「良い母親イメージ」）へと昇華される。これが、阿古夜が犠牲にされなければならない作者側の心理的理由であろう。

英語・フランス語の犠牲（ぎせい・いけにえ）sacrifice の語源は、ラテン語で sacer（聖なるもの）＋ facere（～にする）である。阿古夜は犠牲にされることで、初めて聖なるもの・次元の違うものになり、母なる神々の集団に吸収される。

そもそも紅天女は、最初は人間に腹を立てていて、家来のようなものとの会話で、《捨ておけ》《栄えるも滅びるも人間しだい　手だしはならぬ》と言い、《人が己《おの》が罪に気づかぬそのときには龍に命じて天轟《とどろ》かせ地を裂き大地に水溢れさせ穢れを祓い　人祓うことにしようぞ》（洪水を起こして人間どもを滅ぼせばよい）と言っていた（P34～36）。この時の紅天女は、決して優しい神ではなかった。この紅天女は恐らく、厳しく冷たかった美内氏の母の面影と繋がっているのだろう。

しかし、このセリフの直後に、紅天女は危険だが甘美な恋を予感する。それが、後に起こる阿古夜と一真の恋である。この恋の為に阿古夜は神力を失い、無理矢理一真と引き裂かれ、悲しみに窶《やつ》れ衰える。一方、記憶喪失に陥っていた一真は、北朝の軍に襲われた紅谷の惨状を見て、六つの時の記憶が蘇り、天女像を彫る使命も思い出すが、切らねばならない紅梅の木が、他ならぬ阿古夜の本体であるとおばばから知らされ、ショックを受ける。

一真が実際に紅梅の木を切る場面は、漫画ではまだ描かれていないが、美内氏も校閲した『新作能　紅天女の世界』所収の台本によれば（原文は古文だが、意訳する）、一真は「阿古夜の命を断つ位なら、いっそ自らも死を選ぼう」と言うが、阿古夜に「私を伐ることができる人間はあなたしかいない。私の心は天女像となって永久にあなたと共に生きる」と言われ、伐り始める。阿古夜は苦しみ悶えるが、やがて次第に光り輝く天女に変身する、となっている。

紅天女は、最初人間に対して冷淡だったが、これは人間の心を知らず、人間を憐れむ事ができなかったからだと考えられる。それが、一真を愛した事で、愛する喜びと、会えない苦しみ・悲しみを味わい、弱い人間の心を、身を以て体験した。だから、愛する一真に使命を果たさせる為、また、苦しみ悲しむ沢山の人間たちを救う為に、自分の命を投げ出すという崇高な決心が出来たのである。紅天女は、自分のエゴを捨てることで、この時初めて本当に「神」になったのである。この事を通じて、美内氏は、自分の実際の母のイメージ（最初の冷たい紅天女のイメージ）を、甘んじて犠牲になる崇高な天女のイメージへと変容させたいのかもしれない。

　この紅天女の変化は、人間の心が発達・成長し、エゴイズムを超えた愛や慈悲を獲得して行く過程に、丁度、該当する。同時にこれは、『神道集』（注37）などに見られる、神々が前生で人間として苦難を体験し、死後、慈悲を垂れる神になったという民俗信仰のパターンにも近い。もともと、神というものは、人間の願望から生み出される心理的なイメージなので、人間心理を良く反映するのは当然のことなのである。

　また、この心理は、月影千草が「紅天女」のための火の演技での求愛を一蓮に無視された苦しみを経て、紅天女の愛と慈悲の境地になれた経緯とも似ている。

　また、心理的な象徴として見れば、この犠牲のシーンで甘んじて一真に伐られる紅梅の木は、子供時代の美内氏（＝不幸だった子供時代の一真）が心の中で恨み、繰り返し傷付けた母（乳房）の象徴とも考える事が出来る。そして、その苦痛を乗り越え、光り輝く天女に生まれ変わった紅天女は、どんなに傷付けられても優しく許してくれる「良い母親イメージ」の神話的な象徴となるだろう。母を恨み、心の中で傷付けることは、誰もが経験する心理なので、これは万人の心を撃つイメージとなり、クラインの言う「感謝」と「償い・修復」へと人々を駆り立てる事であろう。また、このイメージは、母なる自然に対して、人類が子供としての立場を忘れ、自然を破壊し続けていること、にもかかわらず、母なる自然が人類に多くの恵みを与え続けてくれていることを、思い起こさせるものともなるはずである。

　さらに、この犠牲は、社会との関係で考えると、共同体全体の罪・穢れを一匹の山羊に背負わせて追放するスケープゴート（身代わり山羊）の一種とも言える。ちょうど人類全体が受けるべき罰を、神の子キリストが罪無くして受け、人類の罪を償《つぐな》ったように、阿古夜は穢れ無く、罪が無いにも関わらず殺されることで、南北朝の日本に充満した罪・穢れを償い、浄めたのである。この「償い」もまた、心理的には、本来、子供（人間たち）がなすべきことを、母（そして神）がやってくれたという「感謝」と「負い目（罪悪感）」を、人々に感じさせるものであろう。

木が伐られた時、紅梅の木と阿古夜は死ぬが、紅天女の魂は、天上の世界で生き続ける。これは、母親に死なれた人が、「母の魂は死後の世界から自分を見守ってくれている」と信じる事と同じであり、この点からも、紅天女の昇天は、我々にとって「良い母親イメージ」となり、「感謝」と「償い・修復」へと我々を促すと考えられる。

一方、一真にとっては、阿古夜は恋人であり、母とも感じていた相手なので、それを殺さねばならない苦しさは、個人としての自分のエゴを完全に棄てなければ乗り超えられない、極めて大きな犠牲だったはずである。恐らく、阿古夜の強い励ましと、《我が心は天女の像となりて。永久に汝と共に生きる。》（『新作能　紅天女の世界』所収台本の原文）という約束、そして、阿古夜の魂と自分の魂は死後も永遠に結ばれるという信念（40巻P97に《死ねば恋が終わるとは思わぬ》というセリフがある）が無ければ出来なかった事であろう。この自己犠牲と引き換えに、一真は大きな霊的力・一種の超能力を獲得したのであろう。しかし、一真は、自分が払った犠牲や自分の功績を誇るのではなく、自分よりもっと大きな犠牲を払った阿古夜（紅天女）の人間に対する慈悲を実現する手助けの為に、謙虚にその余生を捧げたに違いない。

一真の諸国流浪にはまた、罪無くして傷付けられた乳房・母、戦乱に巻き込まれた死者たち、そして阿古夜、さらには速水英介に自殺に追い込まれた尾崎一蓮など、この世に溢れている怒りと恨みを鎮める鎮魂＝「償い・修復」のイメージも含まれているようである。

③神話原型との関係——宇宙樹・植物神・キリスト

ところで、この「紅天女」の物語は、世界の諸民族の宇宙樹の神話や植物神の死と復活の神話と、非常に良く似ている。

木、特に巨木は、地下に深く根を張り、幹と枝は天高く伸びて行くために、古代においては多くの民族が、大地と天空をつなぐ世界軸（axis mundi）としての宇宙樹の存在を空想し、神話化していた（エリアーデ『永遠回帰の神話』未来社など）。また、生命を樹木によって象徴する「生命の樹」の神話や図像も、広く見られる（エリアーデ『聖と俗』法政大学出版局）。

「ガラスの仮面」では、紅谷の禁足地は、《天の神が降《お》り　地の神が昇りくる天地和合の神の場》（40巻P115）とされていて、そこに生え出た樹齢千年の紅梅の木＝紅天女は、天と地の神の《和合》＝《結び》（P147）＝結婚（神々の聖婚hierogamy）によって生まれた《姫神》（娘としての神）とされている。これは紅梅の木が、天と地を結び合わせる世界軸としての宇宙樹であることを意味している。[注38]

美内氏は「紅天女」の物語で、朝廷も南北二つに分裂した南北朝という時代に、浅ましい人間の欲望・エゴイズムによる分裂・対立・憎しみ・戦争を象徴させているのだが、それとの関連で、大地と天上もまた、分裂・対立しているという状況を想定されているようである。従って、紅天女は、天と地を結び付ける役割を果たすべき世界軸＝宇宙樹という立場と、天地の神を両親とする娘という立場から、天地を再び強く結び付け直し、世界を救う願いを込めて、自らの命を犠牲にするのだと考えられる（40巻P170で「紅天女」を演じながら、月影千草が（わたしは）《天と地をつなぐ者…》と思う所もある）。

紅天女の化身である阿古夜が、様々な分裂・対立を乗り超え結び合わせる存在として設定されているのも、この事と繋がっていよう。即ち、阿古夜は巫女として、村人たちの願いを自然・動植物・神々へと通訳し、また自然・動植物・神々の心や智恵を村人たちに教える。阿古夜は自然・動植物・神々と、言葉を使わずして心が通じ合うことで、分裂・対立を乗り超えられるからである。また、阿古夜は楠木家の頭領に、分裂・対立しているように見える誕生と死、創造と破壊、天と地、火と水、光と闇、男と女、見えるものと見えぬものが、一本の棒の両端のように繋がっている事を教える。そして、神の愛の心を教え、戦争と殺人に反対するのである（P131～136）。

さらに、「紅天女」上演に際しては、38巻P50～55と40巻P166～170で、月影千草が、宇宙一切万物の魂と自分の魂は同じもので、永遠に輪廻転生し続けるものであると感じている。[注39] これは、宇宙のすべては一体であり、分裂・対立というものは、見掛けだけで、根本的には一つも無いという美内氏の願望を籠めた神話であり、美内氏は「ガラスの仮面」を通じて、実際に宇宙全体から分裂・対立を無くすことを夢見ておられるのであろう。

「紅天女」と神話との関わりに話を戻すと、植物は毎年秋・冬に枯れて（或いは単に葉を落とし）、春に蘇るものが多い為に、古代の農耕社会では、植物神の死と再生によって、この世界と共同体の衰えかけた生命を活性化しようとする神話や祭儀が行われていた。例えば、フェニキアやキプロス島で行なわれていたアドニスの死と復活の祭礼、また古代ローマ帝国の大地と豊饒の女神キュベレが、アッティスと聖婚し、これを殺して松に変えるという祭礼などが有名である。こうした神話は、神の子イエス・キリストの死と復活の物語の原型にもなっており、キリストが「一粒の麦」に譬えられたのも、またキリストの復活祭が祝われるのも、キリストが一種の植物神と見なされている為であり、キリストが磔にされた十字架も、一種の宇宙樹だと言われているのである。[注40]「紅天女」の物語は、南北朝の病み衰えた世界の生命力を更新するために、梅の木である紅天女が植物神として、また神々の子（一種のキリスト）として犠牲の死を遂げ、梅の木に天女像として刻まれることで（これは宇宙樹をミニチュア化したもので、キリストと十字架を合体させた磔刑像と類比できるものと考えられる）、世界の平和と生命力を回復するとい

う、神話の論理として、極めて優れた正統的な物語と言えるのである。(注41)

美内氏は、恐らくこうした神話を直接参考にされた訳では無いと思われるのに、樹齢千年の梅の巨木が天地を繋ぐべき存在だという発想をされたことは、神話的な想像力を氏が持っておられるからであり、素晴らしい事だと言えるだろう。

④道祖神《どうそじん》との関係

「紅天女」の最後で天皇が言うせりふに、《ふたりの魂が結ばれて　神と仏がひとつになり　尊い天女の像がうまれた》(40巻P183)とあるように、天女像は、阿古夜・紅天女が代表する神道と一真が代表する仏教の統一、そして一切の分裂・対立・混乱の収束を象徴しているのであるが、私は、そこに道祖神の信仰が影響を与えているのではないかと思う。

道祖神とは、外部から侵入する邪悪なものや疫病などを防ぐという神で、村境などにその像として、しばしば男女の生殖器をかたどった石や、男女二神の結び合う姿を彫り込んだもの(双体道祖神)が置かれるのである。これは、生殖器自体に強い生命力があって、生命を損なおうとするものを追い払う力があるという原始的な思考から行なわれるのだと解釈されている。

「紅天女」の物語には、勿論この様な露骨さはないが、先の天皇の言葉にあるように、天女像は愛し合う一真と紅天女が力を合わせて出来たものである。また、同じ所で照房《てるふさ》が、その後の一真について、《その身は地上にありながら心は常に天を歩いているのやもしれませぬ》と言い、天皇が紅天女の《尊い魂が流浪の僧にも宿っているのやもしれぬ》と言うように、地上を歩む一真と天上の紅天女の魂は合体している。『新作能　紅天女の世界』所収の台本でも、阿古夜は《我が心は天女の像となりて。永久に汝と共に生きる。》と約束していた。この様に二人の男女が強力に結ばれる事で、道祖神のように疫病を退散させ、また天候を変え、荒れた土地を豊作にし、泉を湧き出させるといった超自然的な力を発揮している点、道祖神信仰と無関係ではないと思うのである。

なお、道祖神には、兄妹や父娘の近親相姦の伝説が付随している事が多い。一真は阿古夜を母のように思っていたので、この面でも、両者の繋がりが考えられる。

⑤弘法大師・聖《ひじり》など

「紅天女」の末尾で、阿古夜を失ってからの一真が、僧となって諸国を流浪しながら、人々を救って歩いた事が語られている。これにも、モデルとなったものが考えられる。

一つは弘法大師の伝説で、弘法大師が諸国を旅する途中に奇跡を行ったとする伝説は数多い。弘法大師が杖で地面を突くと水が湧き出したという弘法井戸・弘法清水の伝説などは、一真が祈ると乾いた大地から泉がわいたというエピソードの直接の源泉かも知れない。

しかし、弘法伝説には、その原型となった古い信仰が隠されていると言う。それは、オホイコ（大子）として神の子や遊行の神が村に現われるとする信仰で、大師と大子の音読み「ダイシ」または「タイシ」との類似から、大子の話が弘法大師（時には元三大師・智者大師・聖徳太子など）と結び付いて伝説になったと言われている（柳田国男監修『民俗学辞典』（東京堂、昭和二十六年初版）の「大師講」参照）。また、年に一度、来訪神（折口信夫の所謂まれびと）が異界から来訪し、豊饒や幸福をもたらすという信仰も、その原型になっていると思われる。一真は僧と言っても紅天女と一体なので、美内氏の想像力は、これらの古い神々の信仰にまで届いているであろう。

また、仏教が貴族のものであった奈良・平安時代から、庶民のために、布教のほかにも様々な社会奉仕活動を行なったり、病気を治したり、死者を弔ったりした「聖《ひじり》」と呼ばれた仏教者たちの活動も、一真が京の風葬の地で亡骸に木の仏を手向けた活動や、諸国を流浪しての救済活動のイメージの元になったと思われる。なお、一真は、旅先で自ら仏像を彫って祈願することで人々を救うことになっているが、これは、有名な円空（一六三二～九五）か木喰《もくじき》（一七一八～一八一〇）からヒントを得たのであろう。

おわりに

「ガラスの仮面」は、43巻まで刊行されてもなお未完の大長編であり、まだまだ論ずべき点は数多い。本稿は、もとより不充分なものであるが、美内氏の心理・価値観を中心に整理し、「ガラスの仮面」全体の大枠となっている構想の解明を試みた。その結果、美内氏の心理・価値観の特徴として、幼少期に母の愛に恵まれなかった人間心理に対する深い洞察力があること、心の歪みをいかに超えるかが大きなテーマとなっていること、イノセンスが大きな理想となっていること、それが、宇宙的な母なる神々を信じる美内氏の特殊な信仰と結び付いていることなどを、大凡、明らかにし得たと思う。また、美内氏の豊かな想像力が、ファミリー・ロマンス、英雄神話、メロドラマ、宇宙樹・植物神・キリスト、道祖神《どうそじん》、弘法大師、聖《ひじり》など、様々な神話的原型と繫がっている事も、明らかになったと思う。

注

（1）「ガラスの仮面」の五年前、美内氏二十歳の時に発表された漫画「100年目のクリスマス」（「別冊マーガレット」一九七一年十二月号）にも、（母からではないが、）ヒロインのアニタ・バーロウが、《ぐずでのろまでなにもできない》と罵られる所がある。美内氏が母から投げ付けられた言葉を深く恨んでいたことの傍証と言える。美内氏は、前掲「季刊コミッカーズ」インタヴューや『「ガラスの仮面」パーフェクトブック』（白泉社、一九九七年刊）の安達祐実との対談で、「マヤの母は自分自身を過小評価しているから、マヤのことも過小評価し、その為にマヤ自身、自分は何も出来ないと思い込んでいるだけだ」と説明している。恐らく、美内氏は、自分の母がなぜ《否定的な言葉が多かった》のかを考え、母自身が自分を過小評価していた事が原因である事に思い至り、母を許せるようになったのであろう。

（2）メラニー・クラインによると、生後三、四ヶ月までの乳児は、乳房が自分を満足させてくれた時には、それを「良い乳房」、そうでない時には「悪い乳房」と認識し、「悪い乳房」が「良い乳房」と自分を滅ぼしてしまうという非現実的・妄想的な恐怖に囚われる為、「良い乳房」に幼児期特有の非現実的・魔術的な「万能感」を「投影」し、極度に「理想化」することで安心を得ようとすると言う。美内氏のマンガに、何者かに襲われる恐怖を描いた力作が幾つもあるのは、「悪い乳房」に対する恐怖心が美内氏の中に強く残っているためであり、その一方で、美内氏の著書『宇宙神霊記』（学習研究社、一九九一年）や「紅天女」に見られるように、大地母神的な女神への宗教的憧憬が強く見られれのは、「良い乳房」に魔術的な「万能感」を「投影」し、「良い母親イメージ」を確立しようとする傾向が美内氏の中に強く残っているためと考えられる。

（3）中でも、「ガラスの仮面」との関連で特に注目したいのは、「孔雀色のカナリア」（「月刊セブンティーン」一九七三年十二月～七十四年二月号）である。このマンガのヒロイン亜紀子は、母が妻子ある男にだまされて産んだ私生児で、バーで働く母に虐待され、顔に熱湯を浴び、頬に醜いケロイドが残った為、それを髪で隠している。

　この設定は、「ガラスの仮面」の月影千草とよく似ているし、マヤも「ガラスの仮面」第1巻で一度、母に熱湯を掛けられそうになり、月影千草がマヤを庇って代わりに熱湯をかぶる。月影千草の不幸な生い立ちも、顔の怪我も（四十歳位？　になってから、舞台照明の落下事故でついた傷ではあるが）、母に愛されない呪われた子供であることの象徴的な表現なのであろう。

　また、「孔雀色のカナリア」で亜紀子に唯一親切なのが童話作家志望の紅村雨月で、そのお話と空想が、小学生時代の亜紀子の孤独を慰めてくれたという設定と、最後に亜紀子の罪をあばき、自首を勧めるのがやはり紅村であるという設定は、幼い時、愛に飢え、不幸だった美内氏の心を救ったのがお話と空想、そしてマンガだったこと（「月刊ガラスの仮面」第1号（二〇〇一年六月）などで語られている）、しかし、お話・空想・マンガは、単なる欲望充足や現実逃避（後で述べるファミリー・ロマンスなど）であってはならず、人間の生きるべき姿・美しい心を教えるものでなければならないことを表わしているのであろう。

さて、亜紀子は母の死後、親戚に引き取られるが、そこの娘で同い年の恭子が高校へ通うのに、自分は高校へも行かして貰えず、こき使われる境遇に心が歪む。

これは、美内氏が母に充分愛して貰えないと感じていた欲求不満を変形したものであろう。この恭子の顔が、「ガラスの仮面」第1巻のラーメン店・万福軒の娘・杉子と似ているのは、偶然とは思えない。杉子は、マヤと同世代でありながら、テレビを好きなだけ見られ、マヤが見たくても見られない大女優・姫川歌子（亜弓の母）の「椿姫」の切符も持っていた。その境遇の差に対する不満もまた、美内氏の母に対する不満の変形なのであろう。

亜紀子は、以前、母が死の床で、大金持の夫婦に貰われていった双子の妹があると教えたその妹に会いに行くが、冷たくされたため、妹を殺害して入れ替わることを計画。一旦は成功するが、最後に逮捕される。

このマンガは、クラインの言う「強欲」と「羨望」から妹を殺してしまう少女を描いたものであるが、美内氏にも、母に愛されない不満から、同様の気持があったと私は考える。「月刊ガラスの仮面」第13号（二〇〇二年六月）によれば、「孔雀色のカナリア」は、女子高生が殺人を犯す夢を三日連続で見たために書く気になったものであり、彼女の心に深く根差したものだったと推定できるからである。

さらに、興味深いことに、美内氏の著書『宇宙神霊記』によれば、美内氏が以前から何回も見ていた夢で、「孔雀色のカナリア」を書いた後、パッタリ見なくなったものがあると言う。それは、自分が老婆を殺して、古びた家の裏の森の中の、イチョウかポプラの木の根元に埋め、黄色い枯葉で隠しているが、それがばれそうになる、という夢であった（同書P57～59）。そして美内氏は、この夢と、子供の頃なぜかお婆さんというものが怖かったこと（同書P53）を結び付けて、自分が前世で老婆を殺したことが原因であると解釈されているのであるが、私は、この老婆は本当は母であるものが、罪悪感のために変形されたものであって、愛してくれない自分の母を殺したいという欲望と、それに対する罪悪感・恐怖感から生じた夢だと解釈したい。

また、美内氏は「孔雀色のカナリア」を書いた結果、この夢を見なくなり、お婆さんたちをいとおしく感じるように変わった（同書P60）とされているが、実は「孔雀色のカナリア」の半年余り前に発表された「すばらしき遺産」

（「別冊マーガレット」一九七三年五月号）の方が、この夢を見なくなる、より大きな原因だったのではないかと私には思える。

「すばらしき遺産」のストーリーを紹介すると、「ヒロインはお爺ちゃんに育てられた孤児の紅《くれない》ネネで、紅《くれない》家は代々紅《くれない》城の城主だったが、明治以後落ちぶれ、お爺ちゃんは花造りを生き甲斐にし、ネネもそれを手伝って幸せだった。そのお爺ちゃんが、「いちょうの木のそばに黄金の素晴らしい遺産がある」と遺言して亡くなる。ネネは、いちょうの木のそばの蔵の中に、時価百億円分の千両箱の山を発見し、暫くは贅沢三昧を楽しむが、すぐに退屈し、花を作っていた昔の生活を懐かしむようになる。さらに、一緒に暮らし始めたおばとケン坊が、財産欲しさに自分の命を狙っているのではないかと疑い、おばたちの心を確かめるため、夜、家に火を付ける。が、おばたちには殺意などなかったことが分かる。ネネは、お爺ちゃんの遺産（千両箱）は素晴らしいものではなかったと思うが、その時、いちょうの木の根元で黄金色に光り輝いている発光性の花が発見される。それが、お爺ちゃんが遺言で言おうとしていた「遺産」だったのだ。ネネは再び花造りを生き甲斐にしようと心に決め、千両箱は世界中の困っている人たちのために寄附する。」というものである。

元来、自分は大金持の夫婦の養女になれるはずだったのではないかという「孔雀色のカナリア」の空想も、また、本当なら紅城の城主で大金持ちだったという「すばらしき遺産」の空想も、フロイトの所謂《いわゆる》「ファミリー・ロマンス（家族小説）」の一種と言える。即ち、子供が自分の両親を否認し（心の中で親を殺し）、自分にはもっと素晴らしい本当の両親が別に居るはずだと信じる願望空想なのである。

しかし、「すばらしき遺産」では、美内氏の夢の中でイチョウ（かポプラ）の木の根元に埋められていた老婆（≒母）の死骸が、美しく光り輝く貴重な花に置き換えられる。そして、お爺ちゃん（父母の変形）が素晴らしい遺産＝生き甲斐を残して自分を幸福にしてくれるという、愛の贈り物への「感謝」の話に書き換えられるのである。

また、老婆（母親）殺しは、おば（≒母）が自分を殺そうとするという空想と、おばたちを試すために家に火を付けるという形に変形され、おばたちはネネの命を助けてくれ、ネネを恨むことすらしない。つまり、母（おば）は自分を愛してくれていて、命の恩人であることになる。また、物質的豊かさへの「強欲」と「羨望」は、時価百億円分の千両箱によってイヤという程満たされ、乗り超えられ、「美しい花」（これは、美内氏にとってのマンガを象徴するものであろう）を作る生き甲斐の方が大切と悟って、お金は寄附する。

こうして「すばらしき遺産」と「孔雀色のカナリア」で、美内氏は老婆殺しの悪夢、即ち母殺しの欲望から解放され、同時に、母に愛されなかった事から来る心の歪みの多くを解決したのであろう。羨望や復讐の物語は、その後も書かれ続けてはいるが、「孔雀色のカナリア」から約二年後の一九七六年一月から連載が始まった「ガラスの仮面」では、マヤを父母の愛情に恵まれない孤児的な存在として設定しつつ、にもかかわらず、いかなる歪みもない少女として描いている。それは、それ以前に、「すばらしき遺産」と「孔雀色のカナリア」を書いていた御蔭だったと私は考えるのである。

「ガラスの仮面」では、母殺しのモチーフは、マヤが女優になるために、反対する母・春のもとから家出する所と、月影千草が春の送った小包をマヤに知らせずに焼き捨てる所、そして速水真澄がマヤをスターにするために、春の所在を隠そうとしたことが、結果的に春の死を招いてしまう、という所に現われる。しかし、マヤ自身が母を憎んだり疎んじたり殺そうとしたりする事はないのである。

（4）　月影千草の女優生命を奪った照明落下事故については、一九八八年三月「花とゆめ」15巻6号（連載第257回）の山小屋での千草との会話で、英介が、「わしではない…　わしでは…　舞台のライトをおまえの上に落とせとまで命じた覚えはない…　ほんのちょっと舞台のじゃまをするだけでよかったのだ　それなのにあの男…　紅天女を台なしにしおって…!」と語っていたが、単行本では削除された。

「ガラスの仮面」36巻P132～133で、真澄が語っている「ゲジゲジは昔かなわぬ恋をしてね（中略）食べれば自分のものになるだろうと（中略）葉っぱばかりかその枝や幹まで食い荒らし　とうとう梅の木を枯らしてしまったんだ（中略）そのときはじめてゲジゲジは自分のしたことの罪の深さに気づいたのさ」という表現は、母乳と母の愛の区別が曖昧な乳幼児の、精神分析で言う「口唇期」的な「強欲」の本質を、美内氏が直感的に捉えていることを感じさせる見事な表現だと私は思う。

（5）　この批評は、美内氏自身のもので、核心を突いたものと思う。「季刊コミッカーズ」のインタヴューでも、美内氏は、「マヤっていうのは演劇は凄くやりたいけど、それ以外には欲求がそんなにない子なの。」「人間臭さがない」と評していた。

（6）美内氏は、子供らしい無邪気な遊びの大切さを、「ルナの休日」「真夏の夜の夢」などで描いている。真澄が野球の楽しみを英介によって奪われたこと、また、次に取り上げる亜弓が、子供の頃、勉強やお稽古事ばかりしていて、余り遊ばなかったらしいことは、彼らの人格を歪ませた一因という意図で設定されたものであろう。真澄が心の歪みから回復する過程で、子供時代の楽しみだった鯛焼（11巻P147〜150）やプラネタリウム・お祭・ピロピロ笛（28巻）などをマヤと再体験して行くのは、決して偶然ではない。

（7）「13本のキャンドル」「ポーリュシカ・ポーレ」「クリスマスの私」「真夏の夜の夢」など、美内氏の漫画には、一見恵まれているように見える家庭が、子供にとってはそうではないことを描いたものが、「ガラスの仮面」以前にもある。

（8）ただし亜弓は、父に対しては、母に対してのようなわだかまりは無いようである。これは、母に対しては、エレクトラ・コンプレックス（娘の母に対するエディプス・コンプレックス）から敵意が生じやすく、父に対しては愛着が生じやすいからであろう。亜弓の母に対する敵意と、マヤの真澄に対する恋愛感情は、共に美内氏自身の問題を投影したものであろうと私は推定している。

（9）「文芸春秋」一九九七年十月号のインタヴューに、美内氏は《『アマデウス』の舞台を見たとき、（中略）改めてマヤと亜弓の関係に気付いたところがあります。マヤは天才のモーツァルト、亜弓はモーツァルトの才能を嫉妬したサリエリなのではないかなと思ったんです。》とある。（ピーター・シェーファー作）『アマデウス』は、日本でも一九八二、三、五、六年に九代目松本幸四郎のサリエリ、江守徹のモーツァルトで上演された（その後、モーツァルトが江守から市川染五郎に交替して、九三、五、八、二〇〇四年と再演された）。一九八六年に連載され、八七年に刊行された「ガラスの仮面」33巻で、亜弓がマヤの才能への嫉妬を自覚し、38巻の最後でマヤを見殺しにして死なせようとするという展開は、『アマデウス』にヒントを得たものであろう。
なお、このインタヴューで美内氏は、《亜弓は天才のようでいて実は努力家で、コンプレックスをもっている。》と語っていて、亜弓に劣等感などの心の歪みがあることを、認めておられる。

（10）41巻P112以下で、亜弓がマヤに《わたしはね　あなたのその卑屈な態度が大嫌いなの》と本心を明かし、二人が殴り合い、取っ組み合いの大喧嘩になる所は、「ふたりの王女」で、オリゲルドが牢獄のアルディスを殺すために訪ね、

《わたしはあなたなんか大っ嫌いなのよ》と本心を明かす場面（27巻Ｐ112以下）と、対応するように作られているようである。

（11）例えば「紅天女」の仏師・一真は、天皇から世の乱れを鎮める天女像を彫るよう命じられ、千年の梅の木を探す旅の途中、死に行く盗賊の頭《かしら》に仏像を与え、感謝された事から、「うまく彫ろう」「ひとにほめられたい」という思いを捨て、苦しむ人々の心を救うために命をかけて天女の像を彫ろうと決意する（40巻Ｐ58～59）というストーリーになっている。美内氏の考えは、ここからも知ることが出来るのである。

（12）この設定は、ディケンズの『オリヴァー・トゥイスト』の影響であろうか？　美内氏の漫画「炎のマリア」にも同様の設定がある。

（13）美内氏が38巻Ｐ9で、一蓮に引き取られる時の千津（月影千草）が親指を口に入れているように描いたのは、母の愛（乳房）への飢えを表わしたもので、それが一蓮の《大丈夫だよ　ぼくがいるから》の一言で治り、しかし一蓮の妻・清乃が千津を追い出そうとしているのを知ったＰ12・13では、また親指を口に入れている。美内氏の心理的洞察力が窺える所である。

（14）舞台照明落下事故の時期は、「ガラスの仮面」第1巻Ｐ121（雑誌掲載も単行本も一九七六年）で二十年前とされ、34巻Ｐ6（一九八三年という設定のはず）では二十七年前とされている事から、一九五六年と推定できる。

（15）『宇宙神霊記』Ｐ70によれば、美内氏の身長は一五〇㎝だと言う。

（16）『花とゆめ特別編集　ガラスの仮面フェスティバル　美内すずえの世界』（白泉社、一九七八年）所収・萩尾望都氏との対談で、美内氏は幼い頃の遊びについて、《小学校三年か四年の時に、ロビンソン・クルーソーを読んだの。そしたらすっかり熱中してしまってね。（中略）一人でロビンソンごっこを始めたわけ。まずね、自分の部屋のテーブルをひっくり返して、それをイカダという事にし、押入れからフトンを出してきてそれを積み上げ、山なんかにしたの。それから壁一面に、月とか太陽とか、あるいはジャングルの絵を書いて貼りつけ、あとは敷きブトンを敷いて、その上にアキカン一杯のビー玉をぶちまけ、キラキラ光る海にしたんです。そしておやつなんかをそこら中にバラまいて、それが食料…!!　これをなんと四畳半の子供部屋でやったのです。そして毎日、テーブルのイカダに乗って、今日は何処へ行こうかなんてネ!!》と語っている。これが、体育倉庫での一人芝居を着想する基になったのであろう。

(17)「清らかな心が周囲の人間の心をも清める」というテーマは、美内氏の漫画「王女アレキサンドラ」（一九七七年四月号「別冊マーガレット」）で、既に明確に描かれていた。

(18) 美内氏は、テレビや映画業界の金儲けしか考えない体質に対して、非常に批判的である。速水の大都芸能を悪役にしている事がその典型であるが、他にも批判的な考えの現われた例として、6巻でアイドル歌手・田淵エミを主演させる映画の安易さを暗に批判した描き方や、第8章「華やかな迷路」での芸能界の描き方、22巻P120〜123のテレビの青春ものの女優・北園ゆかりの無責任な降板、28巻P86〜87の「忘れられた荒野」の狼少女をアイドルタレント・美森ジュンにやらせようとする大沢事務所の社長、30巻P8で黒沼に罵倒されるテレビの名刑事役の俳優、そして38巻P98で月影千草が「紅天女」の映画化を拒み続けたこと、などが挙げられる。

(19) 単行本未収録の一九九〇年六月「花とゆめ」17巻13号（連載第298回）に、月影千草がマヤについて、「心が〝素〟の状態になること〝素〟の仮面　それこそがあの子の『紅天女』の仮面なのです」と言い、黒沼が「気負いやプレッシャー（中略）そんなものがあるあいだは本当の紅天女は演《や》れん　あの子はスコンと自分がぬければいいんだよ」と言う所があることも、傍証となろう。

(20) 雑誌「致知」二〇〇八年七月号の対談「生命のメッセージ」でも、美内氏は次のように語っている。《マンガも、私の場合、「描く」という意識があったら描けないんですよ。要するに自我があったら描けない。（中略）締め切りが迫ってくると、（中略）どんなふうに読者を面白がらせようかなと、最初は頭で考えるんですね。で、頭で考えているうちはダメなんですよ。いいアイデアは出てこない》。そして何日も経って、《雑念が出尽くしてしまうと、自分の中に何も浮かばなくなる。「壁一枚超える」と言っていますが、そうすると意識が見えない別の世界にボーンと入って、何も考えなくていいんです。（中略）面白いワンシーンがパッと浮かんできたり、瞬間的に性格や年齢、性別の違う人の気持ちになれて、台詞がポンポン出てきたりする。／そういうクリアな状況になるには、自我があるとダメなんです》。

(21)「紫のバラの人」は、お金を出して高校に進学させてくれたりする所が、ジーン・ウェブスターの『あしながおじさん』と良く似ているため、8巻P116以下で、たびたび「あしながおじさん」に譬えられている。ウェブスターの小説では、援助を受けたヒロインが最後に「あしながおじさん」と結婚しているので、この点からも、美内氏は、マヤの「紫のバラの人」への想いに、エレクトラ・コンプレックスが関係していることを匂わせているのであろう。

(22)　美内氏に兄がおられることは、「サンデー毎日」一九八八年十月十六日号のインタヴューによって分かるが、他にも兄弟姉妹があったかどうかは確認できなかった。いずれにしても、美内氏には、親の愛をめぐる兄弟姉妹との葛藤もあったのではないかと私は想像している。

美内氏の「神様の子供」というファミリー・ロマンスは、形を変えて、紅天女が天の神と地の神の間に生まれた神の子であり、阿古夜が紅天女の化身であるという設定になり、美内氏の分身と言うべきマヤが「紅天女」を演じるという構想になったと考えられる。しかし、これは劇中劇の設定に過ぎないので、読者は余りリアルには受け取らず、万能感を刺激されることは余りないと考えられる。

なお、「ガラスの仮面」には出て来ないが、美内氏が輪廻転生を信じているのも、輪廻転生は、両親が自分を作った事を否認し、自分は前世の自分の生まれ変わりで、永遠の昔から自分は自分だった、そして過去においてはもっと素晴らしい存在だった（または、未来においてもっと素晴らしい存在になれる）というファミリー・ロマンスだからであろう。

三島由紀夫が、晩年、輪廻転生に強い関心を示したのも、近年、若者の間に前世を信じる者が増えているのも、親子関係がうまく行っていない為だと私は考えている。

(23)　例えば、エルンスト・クリスとオットー・クルツの『芸術家伝説』（ぺりかん社）第二章「英雄としての芸術家」（神話的モティーフとしての「才能の発見」）参照。

なお、月影千草にとっての尾崎一蓮は、養い育ててくれた養父であり、かつ、千草の演劇の才能の発見者でもあり、二重の意味で、ファミリー・ロマンス的な父と言える。

(24)　美内氏が英雄神話的なものに惹かれる事は、美内氏が古代文明好きである事の原因でもあろう。美内氏がマヤ・インカ・アステカ・エジプト文明や伝説のムー大陸やアトランティスに関心を持っている事は、『花とゆめ特別編集ガラスの仮面フェスティバル　美内すずえの世界』所収・萩尾望都氏との対談や、鎌田東二氏『サルタヒコの旅』（創元社）所収の対談から分かる。北島マヤの「マヤ」もマヤ文明に由来するという説がある。美内氏の漫画で古代文明への関心を示したものとしては、ムー大陸を取り上げた「赤い女神」（一九七〇年）や謎の古代文明が登場する

「日本列島一万年」（一九七一年）「青いトンネル」（一九七二年）、また『古事記』『日本書紀』に取材した「アマテラス」（一九八六年九月〜未完）がある。「ガラスの仮面」の「紅天女」も、時代としては南北朝であっても、紅天女の世界は古代の神道の世界に近い。

(25) 後で論じる「紅天女」の物語も、非常に宗教的である事、またヒロインの阿古夜がイノセントで、悪しき心を持った人々に苦しめられる所、そして最後には世の中を救うために、犠牲となって命を捨て、その結果、正しい秩序が回復される点で、西洋のメロドラマに近い。

美内氏は、輪廻転生を信じていて、『宇宙神霊記』P50〜51で、「輪廻転生は、魂の成長のために、何度も生まれ変わって、イニシエーション（試練）を受けて磨かれる必要があるから起こる」という意味の説明をしているが、この発想もまた、非常に宗教的かつメロドラマ的と言える。

(26) 扇田昭彦氏の「ありうべき演劇を求めて」（「新劇」一九八六年八月号）や、白泉社文庫版「ガラスの仮面」第8巻（一九九四年六月刊）の林真理子氏の解説に指摘がある。

(27) 「紅天女」の冒頭で、最初に高徳の僧の前に紅天女が現われた後、かなりの年数を経て、天皇の夢に紅天女が現われる事になっているのも、仏教界で最高位の高僧と、神道の世界の頂点に立つ天皇に、それぞれ告げ知らせることで、神道と仏教が統一される予兆としたのであろう。

(28) 美内氏は、手塚治虫の影響もあってか、社会問題への関心と正義感が強い。その事は、デビュー後間もなくから、受験進学競争を批判した「妹マリン」（一九六九年）、いち早く盲導犬を取り上げた「進め！　バディ」（一九六九年）、ソ連の東欧諸国民に対するファシズム的弾圧を批判した「銀色のデュエット」（一九七〇年）、人種差別に反対した「赤い女神」（一九七〇年）、観光地開発による自然破壊に反対した「日本列島一万年」（一九七一年）、身体障害者に対する差別に反対した「パンドラの秘密」（一九七二年）、動物を虐待する人間たちを批判した「金色の闇が見ている」（一九七五年）などの作品を発表されている事からも明らかである。

(29) 『宇宙神霊記』によれば、美内氏は一九八六年八月三日夜、天河《てんかわ》大弁財天社の能舞台で神霊の存在を感じた事があると言う。私は、それが「紅天女」を能に近い演劇にする大きな原因になったのではないかと想像している。「紅天女」の舞台となっている紅谷《くれないだに》のモデルが、天河大弁財天社がある奈良県吉野郡天川村である事や、南北朝という時代設定が初めて語られたのが「ガラスの仮面」35巻（一九八八年刊）であることからも、そう考えられる。

(30) アノミー（anomie）は、フランスの社会学者デュルケームによって用いられるようになった社会学上の概念で、社会規範の動揺や崩壊などによって生じる混乱した状態を言う。

(31) 40巻P84で阿古夜が楠木家の頭領に語る言葉に、《ひとは己《おのれ》の欲と得のためにしか動かぬ　そのために血を流し争いあう　憎しみが憎しみを呼び　うらみがうらみを呼ぶ　同じ車輪の中で廻りつづけるだけじゃ》とあるのも、同様の意味であり、P35に《人々のうらみ憎しみ恐れなどの悪しき想念が〝陰《いん》〟の力となって》天候不順・火山噴火・地震・竜巻・台風を惹き起こし《人の世においては疫病を流行《はや》らせ死者を増やして大地を穢しまする》という一節があるのは、人間のネガティヴな感情が、人の世だけでなく自然にまで悪影響を及ぼしているという神話的な表現である。

(32) 一真が住んでいたのは、《都の西のはずれに（中略）うっそうと茂る竹林の（中略）風葬の地》の《荒れ寺》（40巻P48～49）とされているので、モデルとなった寺は、化野念仏寺《あだしのねんぶつでら》であろう。この寺は、現・京都市右京区嵯峨の風葬の地・化野《あだしの》に、弘仁二年（八一一年）に弘法大師空海が五智山如来寺を建立し、野ざらしになっていた遺骸を埋葬した事に始まり、法然が念仏道場を開いて以後、念仏寺となった。平安時代までは、一般庶民は死骸を遺棄し、鳥や獣が食べ、腐敗するに委《まか》せる風葬が普通で、平安京では郊外の化野・蓮台野《れんだいの》・鳥辺野《とりべの》がその場所として知られていた。

(33) これは、有名な円空（一六三二～九五）が彫って、貧しい民衆に与えていた「木《こ》っ端仏」と呼ばれる仏像から示唆された設定であろう。

(34) この盗賊の顔が、速水英介とどことなく似ている事には、「ガラスの仮面」の中で英介の魂が救済される予告としての意味があるのかもしれない。

(35) 阿古夜という命名は、人形浄瑠璃「出世景清」や「壇浦兜軍記」に登場する景清の愛人・阿古屋に由来すると思われるが、柳田国男は「アコ」を「我子《あこ》」＝神の子（みこ）の意味とし、巫女の通り名が物語のヒロインの名となった数多い例の一つとしている。

(36) 美内氏の『宇宙神霊記』のP51～52でも、人間の魂は輪廻転生を通じて、安息の地＝生まれた場へ戻り、宇宙神霊たちすべての「核＝母的存在」との合一を果たすとされている。

神を母とする信仰は、日本では必ずしも盛んではないが、安産・子宝や豊饒をもたらす女神への信仰は幾つか見られる。特に「紅天女」との関係が考えられるのは、『古事記』『日本書紀』に登場する木花之開耶姫《このはなのさくやびめ》である。この神は、山の神である大山祇神《おおやまつみのかみ》の美しい娘で、高天原《たかまがはら》から最初に天降った瓊瓊杵尊《ににぎのみこと》と結婚したとされており、神道では山の神は木花之開耶姫《このはなのさくやびめ》であるとしている。かつて日本人の多くは山の麓で農業を営んでおり、山は大切な水源であったし、食べ物や生活に利用できるものも採れるので、多くの地域で、山の神は、人々の生活を豊かにしてくれる豊饒の女神とされていた。木花之開耶姫《このはなのさくやびめ》はまた、安産・子育てを守護する子安神社の祭神ともされている。木花之開耶姫《このはなのさくやびめ》は木に咲き誇る美しい花から想像された神であるから、紅天女の着想は、或いはここから来ているのかもしれない。

なお、日本では、古くは地の神を地祇、天の神を天神と呼んでいたが、平安時代以降は、雷神としての菅原道真の御霊を祀った北野天満宮が天神信仰を代表するようになった。「紅天女」が菅原道真と縁の深い梅の木であるのは、天神信仰の影響かもしれない。

(37)『神道集』は、南北朝時代(一三五〇～六〇年頃)頃成立したと推定されている説話集で、諸国の神社の神体の本地仏の功徳と前生説話を述べたものである。

(38) 美内氏が主宰されているO-EN Networkの機関誌「O—EN」第6号(一九九六年九月)に掲載された「美内すずえのハートフルカルチャー」第6回「神木のメカニズム」に、《わたしは、植物とは大地のエネルギーの化身…大地の生命をあらわす一つの形ではないかと考えています。前述した『ガラスの仮面』に登場する「紅天女」は、天の父と大地の母が結婚して生まれ、育った梅の木の精です。天と地の神を結ぶ役割の「紅天女」は、神をおろすアンテナである影向の松と同じであり、それは植物すべての生命にもいえるように思います。》とあり、美内氏に樹齢千年の紅梅の木を宇宙樹的なものとする発想があったことが確かめられる。

なお、日本では、枝垂《しだ》れ桜・枝垂れ栗・逆さ杉・傘松など、普通とは逆に枝の下がった木を神霊の現じた木として神聖視して来た。美内氏が「紅天女」の木を、枝垂れ梅の巨木として描いているのは、そうした日本人の伝統的な感覚の現われであろう。

(39) これは、美内氏自身が「三十歳を過ぎた頃」(村上和雄氏との対談「生命のメッセージ」(二〇〇八年七月「致知」396号)による)、「幽体離脱して宇宙空間に出て、様々な色の光の玉が流れる大河を見、自分も地球も他の惑星も、動植物や山や川の魂も、全部自分と同じものだという感覚を受けた」(「たま」一九九三年六月十日号インタヴュー、のち『スピリチュアル・セッション』（たま出版、一九九五年）所収）という神秘体験に基づくものである。

美内氏は一九五一年生まれなので、「ガラスの仮面」28巻（一九八四年刊）にプラネタリウムが出て来るのが、この神秘体験の結果であるとすれば、神秘体験は一九八三年の前半までで、三十歳から三十二歳頃と推定できる。

なお、「たま」インタヴューによれば、美内氏はこの宇宙体験の際、宇宙は音に満ちあふれていて、その音が生命を育てるエネルギーだと感じたと言う。この事は、「ガラスの仮面」40巻P115～116の阿古夜のせりふで使われている。

（40）キリストの誕生日は分かっていないが、四世紀に冬至に当たる十二月二十五日に祝われるようになった。それは、冬至が太陽が最も衰え、言わば死んで再生する日だから、キリストを太陽神と同一視して祝ったのである。春分の日の後の最初の満月の次の日曜日に祝われるキリストの復活祭も、キリスト以前から春分頃に行なわれていたアドニスやアッティスの死と復活の祭礼と融合したものと言われている。

（41）「紅天女」の舞台では、巨大な紅梅の木の根元に、阿古夜が居る事が多く、これは「樹下美人図」の系譜に属する図柄と考えられる（日本では正倉院の「鳥毛立女屏風《とりげりつじょのびょうぶ》」が有名であり、谷崎潤一郎の『刺青』に出る「肥料」という絵や、坂口安吾の『桜の森の満開の下』、梶井基次郎の『桜の樹の下には』なども、この系譜に属する）。この図柄については、インドのヤクシーやペルシアの〈生命の樹〉の傍らに立つ女神などと共通するものだという説がある。他の「樹下美人図」については、その当否は分からぬが、こと「紅天女」に関する限りは、「生命の樹」と阿古夜（＝母なる生命の女神）との一体性を表わした優れた図像だと私は思う。

【付記】本稿は、「「ガラスの仮面」小論―美内すずえ氏の価値観について―」と題して、「ビランジ」19号（二〇〇七年四月）に発表したものに、今回、大幅な加筆・訂正を施し、改題したものである。

なお、「ガラスの仮面」の引用は、すべて白泉社の「花とゆめCOMICS」版に拠った。

おわりに

私が初めて「名作鑑賞」的なものを目指した最初の論文は、いま考えると、「『春琴抄』—多元解釈およびレトリック分析の試み—」（「甲南国文」48号、平成十三年三月発行。のち『谷崎潤一郎——深層のレトリック』（和泉書院、平成十六年三月刊）所収）だったと思う。作品を冒頭から末尾まで細かく丁寧に、舐《な》めるように味わいながらゆっくり読んで行きたいという気持は、昔からあったが、それを徹底し、自分の仕事の一つの柱とし、強い主張として打ち出したいという気持は、この時、はっきりしたものになったのだった。

しかし、徹底した精読を行なう場合、大きな問題は、論文の枚数が作品よりも長くなってしまう事である。通常、学会誌に載せられる枚数は三、四十枚である。だから、「名作鑑賞」的なものの第二弾として、『満願』論」（「太宰治研究　9」和泉書院、平成十三年六月）を選んだのも、『満願』が好きだからというだけではなく、千三百字足らずの掌編である事が大きな理由であった。それでも予定の枚数を超えたため、その分は原稿料無しにして貰って、無理に載せて頂いた事を憶えている。

その後、はっきりシリーズ化を意図して、「名作鑑賞」と銘打って発表した最初の論文が「名作鑑賞——森鷗外『花子』」（片山先生退職記念論文集『日本文芸論叢』和泉書院、平成十五年三月刊、所収）で、字数オーバーが許される学内の雑誌を選んで、以後、「名作鑑賞「となりのトトロ」——母なる自然とイノセンス」（「甲南女子大学文学部研究紀要」42号、平成十八年三月）、「名作鑑賞『大津順吉』——再評価のために」（「甲南国文」54号、平成十九年三月）、と書き継いで来た。この内、「となりのトトロ」論は、当初は本書に収録する事を考えていたのだが、和泉書院の御好意で、来年あたりに独立に単行本として刊行する事にして頂けた。もし御一読頂ければ幸いである。

それにしても、私はなぜ「名作鑑賞」的なものを強く押し出そうという気持になったのか?

理由はいろいろあって、そういう事が好きであること、「名作鑑賞」こそが、文学研究の究極の目標であり、完成であると私は思っていること、丁度その頃、長年続けて来た谷崎研究にここらで一区切り付けようと心に決め（そして『谷崎潤一郎――深層のレトリック』を刊行したのだが）、新しいチャレンジを始めるに当たって、私が研究者として仕事が出来る年数は、どうせあと二十年ぐらいのものだろうから、自分に一番向いている事を柱にしようと考え、それは「名作鑑賞」だと思ったこと、などが中心的な理由である。

が、その他の理由として、日本人の文学離れが激しく進行しつつあることへの危機感もあったと思う。全国の大学で、文学系の学部・学科が相次いで縮小・改組されるような時代の趨勢があったからである。

また、私が日頃接する大学生たちが、小・中・高校時代に、文学の正しい読み方について、何か少しでも教えられたとは全く思えないような実態があり、私たちの若い頃には読むのが当たり前であったような名作も、何一つ読んでいないという事実にも、衝撃を受けた。例えば、「行間を読む」という言葉を知っているのは、私の受け持つ学生の中では、せいぜい一割であって、これは、教育現場でこの言葉が死語になっている事を意味している。

また、口幅ったい言い方になるが、日本の近代文学研究者の間でも、文章をそのディテイルに至るまで、正確に精緻に読み味わわなければならないという気持や、それは非常に難しい事であるという認識が、意外に希薄であるという印象を私は持っている。また、記号論の流行（敢えて「流行」と呼ばせて貰う）以来、作品の文章を、作者の意図に忠実に正確に深く理解することを、軽視（人によっては無視すら）して憚らない風潮もあるように感じる（誤解の無いように言い添えるが、私は、「作者の意図」に、作者の無意識も含めている。創作行為においては、無意識の働きが極めて大きいからである）。

また、近年は「創造的な読み」を言う学校教員や研究者が少なくないようで、私が学生の誤読を正そうとすると、「文学は好きなように読めば良いのであって、正しい読み方など無いはずだ」と怒り出す者が、たまに出て来たりする。学校でそのように教わって来たのであろう。しかし、作品は、最初の一字から最後の一字まで、すべて一人の作者が、考え、工夫して、意図的に書いたものである。現にどの作者についても、作者の書いた通りに作品を後世に伝える努力がなされているし、主要な作者については『全集』というものすら作られている。作者の意図を無視して良いのなら、テキスト自体、読者の好みで好き勝手に書き直しても構わないはずであり、全集も作者の伝記も、そして文学研究も、ナンセンスであるはずだ。

実際には、作者が作品を書いた際には、確かに或る意図（無意識を含む、決して単純ではない意図）があった。その意図に忠実という意味での「正しい読み方」は、確かに存在する。そして、それ以外の読み方は、多かれ少なかれ、作者の意図に反しているという意味で、確かに「間違った読み方」なのである。「創造的な読み」のつもりでいる読者は、実際には、自分でも気付かずに、作中の沢山ある言葉の幾つかを無視し、幾つかを軽視し、幾つかを曲解・誤解した結果、「自分にはこの方がピッタリ来る」と感じる別の作品に作り変えてしまっているだけである（作品の一箇所でも無視または誤読することは、作品を勝手に編集し、書き直すことなのである）。そして、その人にピッタリ来るということは、残念ながら、客観的に言えば、折角の名作を、より平凡で常識的なものに作り替えているだけなのである。どんなに民主的な世の中になろうとも、偉大な芸術家は例外的な天才であり、天才的な作者が意図した読み以上の「創造的な」読み方が出来る人間など、居はしないのである。

「創造的・独創的」になるためには、自分の主観・常識を正しいと思い込み、頑固に変えようとしない、という思い上がった姿勢は、マイナスにしかならない。古来、優れた人々は皆、優れた先人達を尊敬し、謙虚に学んだ上で、初めて独創に達したのである。文学に携わる者も、優れた作家・作品を、本当に深く理解する努力を謙虚に続けてこそ、少しは「創造的」になれるのだ、と私は信じている。本書がその様な読者にとって、幾らかでもプラスになれば、と心から願う次第である。

最後に、本書の出版が実現したのは、前著『谷崎潤一郎——深層のレトリック』に続いて、甲南女子学園から「平成二十年度学術研究出版助成金」を頂くことが出来た御蔭である。
また、前著に引き続いて出版を御引き受け頂いた和泉書院の皆様にも、併せて深く感謝の意を表します。

■ 著者略歴

細江　光（ほそえ・ひかる）

1959年、京都市生まれ。東京大学大学院人文科学研究科国語国文学専攻博士課程を単位修得の上退学。現在は甲南女子大学文学部教授。『谷崎潤一郎――深層のレトリック』（和泉書院、2004年刊）によって、2008年、大阪大学より博士（文学）の学位を授与された。和泉書院より『「となりのトトロ」論』を刊行予定。

近代文学研究叢刊　41

作品より長い作品論
――名作鑑賞の試み

二〇〇九年三月三一日初版第一刷発行
（検印省略）

著者　細江　光

発行者　廣橋研三

印刷・製本　シナノ

発行所　有限会社　和泉書院

大阪市天王寺区上汐五-三-八
〒五四三-〇〇〇二
電話　〇六-六七七一-一四六七
振替　〇〇九七〇-八-一五〇四三

装訂　森本良成　　ISBN978-4-7576-0506-0　C3395